高等院校中文专业创新性学习系列教材

中国现代文学

陈国恩 主编

北京大学出版社
PEKING UNIVERSITY PRESS

图书在版编目(CIP)数据

中国现代文学/陈国恩主编. —北京:北京大学出版社,2010.9
(高等院校中文专业创新性学习系列教材)
ISBN 978-7-301-16718-2

Ⅰ.①中… Ⅱ.①陈… Ⅲ.①现代文学-文学史-高等学校-教材
Ⅳ.①I209.6

中国版本图书馆CIP数据核字(2010)第176022号

书 名:	中国现代文学
著作责任者:	陈国恩 主编
责 任 编 辑:	艾 英
封 面 设 计:	奇文云海
标 准 书 号:	ISBN 978-7-301-16718-2/I·2259
出 版 发 行:	北京大学出版社
地 址:	北京市海淀区成府路205号 100871
网 址:	http://www.pup.cn 电子邮箱: pkuwsz@yahoo.com.cn
电 话:	邮购部 62752015 发行部 62750672 出版部 62754962 编辑部 62752022
印 刷 者:	三河市北燕印装有限公司
经 销 者:	新华书店
	650mm×980mm 16开本 20印张 330千字
	2010年9月第1版 2019年5月第5次印刷
定 价:	40.00元

未经许可,不得以任何方式复制或抄袭本书之部分或全部内容。
版权所有,侵权必究
举报电话:010-62752024 电子邮箱:fd@pup.pku.edu.cn

《高等院校中文专业创新性学习系列教材》总编委会

主任委员 赵世举 刘礼堂

副主任委员 涂险峰 於可训 尚永亮

委员（按姓氏音序排列）

陈国恩 陈文新 樊 星 冯学锋 李建中 卢烈红
王兆鹏 萧国政 张 杰 张荣翼 张思齐 赵小琪

《高等院校中文专业创新性学习系列教材》总序

一

　　这套系列教材的酝酿已有七个年头儿了。2002年我受命担任武汉大学中文系副主任,分管本科教学工作。正值新世纪之初,经济全球化进程日益加快,我国现代化建设全面推进,高等教育也随之迎来了新的机遇和挑战。面对新的形势,如何更好地培养适应时代要求的高素质人才?这已是摆在我们高等教育工作者面前的不得不思考、不能不应对的当务之急。正是在这一背景之下,为了适应人才观和教育理念的发展变化,我与时任系主任的龙泉明教授策划,以汉语言文学专业为试点,从修订培养方案入手,全方位地开展本科教学改革。举措之一,就是大刀阔斧地调整课程体系,压缩通史性、概论性课程,增加原典研读课程和实践性课程,旨在强化学生素质和能力的培养。与此相应,计划编写配套的教材。起初,为了加大原典阅读的力度,配合新培养方案增设的语言文学名著导读系列课程,我们首先组编了《高等学校语言文学名著导读系列教材》,2003年正式出版。与此同时,也酝酿编写一套适应新需要、具有新理念的基础课教材。从那时起便开始思考、调研、与同仁切磋。经过几年的准备,2006年开始系统谋划和全面设计,2007年正式组建了编委会,启动了编写工作。经过众多同仁的不懈努力,今天终于有了结果,令人欣慰。

　　这套教材是针对现行一些教材存在的问题,根据当今社会对人才的新要求,为培养高素质、创新型、国际化人才而设计编写的。旨在引导学生进行自主学习、创新性学习,养成勤于思考的习惯,强化不断探索的意识,增添勇于质疑的胆略,培育大胆创新的精神。这也是我们把这套教材命名为"创新性学习系列教材"的用意。全套教材共有12种,基本上涵盖了中文类本科专业的基础课和主干课。

　　客观地说,现有本科基础课教材已是铺天盖地,其中也不乏特色鲜明、质量上乘之作,但从总体上看,适应新时代新需求的优质教材品种不多,相当多的教材由于时代和条件的限制或受过去教育理念的影响,相对于当今人才培养的新需求而言,还存在着一定的局限性和薄弱点。很多同仁感到不少教材存在的比较突出的问题是:

1. 重知识传授而轻思维启迪和素质能力培育,主要着眼于将基本知识传授给学生。这恰恰顺应了学生从中学沿袭下来的应试性学习的习惯,容易导致学生只是重视背记教材上的知识要点,仅仅满足于对一些知识的记忆,而缺乏能动思考、深入探究和自我训练,不能很好地消化吸收,内化为素质和能力。

2. 习惯于"定于一",兼收并蓄不够,吸收新成果不多,较少提供启发学生思考和进行思想碰撞的不同学术视角、观点、立场和方法的内容,启发性、研讨性、学术性不足,不利于培养学生的思辨意识、研究能力和创新精神。

3. 内容封闭,功能单一,较少对学生课外自主研习、实践训练、拓展提高给予足够的引导,更未能对具有较大的学术潜能、更多的学识追求以及创新意识的使用者提供必要的帮助。即使学生有进一步阅读、训练、思考、探索的愿望,在学习了教材之后仍往往茫然不知所措。因此教材的有效使用对象也仅限于较为固定、单一、一般的层次。

显然这些问题与当代人才培养的需要是不相适应的。社会的发展呼唤知识基础好、综合素质高、实践能力强、富于创新精神的人才,而不需要只会死记硬背的书呆子。因此,着眼时代需要,转变教育理念,吸收新的教学成果、学术成果和现有教材的经验,进行教材编写的新探索,是完全必要的,也是必需的。

二

我们这套教材正是针对上述问题,根据时代的需要所做的一种新尝试:在重视知识传授的同时,更加注重引导学生思考,帮助学生拓展,强化学生训练,指导学生探究,激发学生创新,着力将传授知识与提高素质、培养能力、启发智慧融为一体,充分发挥教材的综合功能。

正是从上述理念出发,这套教材的编写主要致力于体现如下特色:

1. 注重基础与拓展的有机结合。即在浓缩现行教材重要的基本知识体系的基础上,增加拓展性的内容,给学生提供进一步拓展提高的空间、路径和条件。

2. 体现将知识传授与素质提高、能力培养、智慧启迪融为一体的理念。在教材中增加探究性内容和训练性环节，以促使学生发挥能动性和主动性，激发学生积极思考，深入钻研，注重训练，敢于质疑，勇于创新，从而使学生获得能力的锻炼、知识的积累、素质的提高、情感的熏陶和思想的升华。

3. 贯彻课内外一体的精神，将课堂内外整体设计，注重课内和课外学习的有机衔接，加强对学生课外学习和训练的指导。除了提供课堂教学所需要的内容之外，还增加了指导学生课外自主学习、自我研讨和自我训练的内容，将教学延伸至课外，实现课内课外的有机结合和优势互补，帮助学生有效地利用课余时间。

4. 引导学生改变被动学习、简单记忆的惯性，培养学生进行自主学习、创新性学习的能力和习惯。尽量多给学生一些启发，少给一点成说，把较多的空间留给学生，让学生自己研读，自己咀嚼，自己品味，自己感悟，自我训练。努力构建以学生为主体，以教师为主导，全面调动学生学习积极性和能动性的师生有机互动的新型教学模式。

5. 强化文本研读。即浓缩概论性、通史性内容，加大经典原著阅读阐释比重，促使学生扎扎实实地读原典，把学习落到实处，从而夯实专业基础，汲取各方面的营养，获得全面提高。

6. 构建立体化教学资源系统。除了纸质教材之外，我们还将研制与之配套的辅助性多媒体教学资源，如适应学生自主学习的电子文献库、专题资料数据库、习题与训练项目库、自我检测系统、多媒体课件、网络课程、师生互动学习平台等，为学生提供形式多样、方便适用、全方位的学习服务。

此外，本套教材也与我们已经编辑出版的《高等学校语言文学名著导读系列教材》互为补充、相得益彰。

本套教材在基本结构上，每章都由以下四个板块组成：

1. 基础知识

根据国家有关部门和组织颁布的以及现在通行的各门课程要求，参照全国有影响的各种教材的做法，精选基础性教学内容。本着"守正出新"的原则，去粗取精，提纲挈领，注重点面结合。一方面重视知识的系统性、普适性和知识结构的完整性、科学性，另一方面突出重点问题，深入讲解，并努力吸收较成熟的最新学术成果。此外我们还尽量注意，对于中学讲授过的和其他相关课程有所涉及的内容，一般只作简要归纳和适当拓展与深化，不作重复性铺陈。

2. 导学训练

就本章的课内外学习和训练提出指导性意见,引导学生抓住关键,掌握方法,自主研习,创新学习。主要包括以下内容:

(1)导学。对本章的学习提出意见和建议,必要时也对主要内容进行归纳,对疑难问题和关键点进行阐释。

(2)思考题。努力避免简单的知识性题目,着重要求学生从不同角度、不同层面对本章的内容进行爬梳、归纳、提炼和发挥,或就一些问题进行理论思考。

(3)实践训练。设计了一些让学生自己动手动口动脑的实践性项目,要求学生联系学过的知识去验证、训练、研讨、演绎、发挥。

3. 研讨平台

就本章涉及的若干重要内容或有争议的问题、热点问题提出讨论,旨在强化、深化学生对这些问题的认识,培养学生的问题意识、质疑精神,提高学生的思辨能力和研究能力。主要包括两方面的内容:

(1)问题概述。就要研讨的问题作引导性的简单概述,包括适当介绍相关的学术史尤其是最新进展,为学生思考提供背景知识,指点方向、路径。

(2)资料选辑。围绕要研讨的问题选辑一些重要著作和论文中的重要片段,包括立场、观点、视角、方法各不相同的材料和最新学术前沿信息,供学生学习、思考,以丰富学生知识,开拓学生视野,启发学生思维。

4. 拓展指南

介绍有助于本章学习理解的文献资料和有助于进一步深化提高或开展专题研讨的文献资料,不仅包括纸本文献,也包括各类电子文献、数据库和网络资源等,以引导学生广泛而有效地利用各种相关资源进行深入学习和探究。主要包括两方面的内容:

(1)重要文献资料介绍。选择与本章内容有关的若干种重要文献进行简要介绍,以便学生有针对性地学习。

(2)其他相关文献资料目录与线索。

以上四个板块中,"基础知识"和"导学训练"是基础部分,主要提供本科生应该掌握的最基本、最重要的系统知识,培养本科生应该具备的素质和能力;"研讨平台"和"拓展指南"两个板块是提高部分,一方面是对基础部分的提高和深化,另一方面也是为进一步学习和研究做好铺垫,指点路径和方法,在程度上注意了与研究生阶段的区别与衔接。主旨是从各科教学入手,引导学生学会怎样自主学习、思考问题、分析问题和解决问题,培养学生的综合素质、研究能力和创新精神。简而言之,提高部分的主要作用是:激发学生兴趣,促使学生学会思考、掌握方法,提高素质和能力。

三

这套教材的编写,是我们整体教学改革的有机组成部分。几年来我们一直慎重其事,不仅注重相关的理论思考,而且努力进行实践探索,同时还积极学习借鉴兄弟院校的经验,不断丰富我们的想法。为了保证编写质量,2007年我正式拿出编写方案之后,多次召开会议进行专题研讨;各部教材也都分头召开了编委会,反复研究具体编写方案,不断深化认识、完善思路、优化设计。因此这套教材是集体智慧的结晶,也是我们教学改革的成果之一。

在编写队伍方面,我们约请了本院和其他部属重点大学的学术带头人或知名教授担任各书主编和主要撰稿人,并组建了总编委会,负责总体把关,各科教材则采取主编负责制,以确保编写质量。

十分感谢北京大学、北京师范大学、中国人民大学、清华大学、复旦大学、南京大学、四川大学、中山大学、厦门大学、西北大学、西南大学、华东师范大学、华中师范大学、暨南大学、华中科技大学、湖南大学、华南理工大学、中国社会科学院研究生院以及上海师范大学、南京师范大学、首都师范大学、华南师范大学、湖南师范大学、新疆大学、北京第二外国语言大学(随机列举)等校同仁的大力支持和积极参与,他们为这套教材的编写奉献了智慧,付出了汗水,增添了光辉。

北京大学出版社为这套教材倾注了极大的热情,鼎力支持,尤其是责任编辑艾英小姐参与了很多具体工作,尽心尽力,令我们感动,在此谨致谢忱!

古言道:"苟日新,日日新,又日新。"教材建设是一个需要根据社会发展的要求不断与时俱进的常青事业,探索创新是永恒的。我们编写这套教材,无非是应时代之需,在责任和义务的驱动下,为这项永恒的事业做一份努力。毋庸讳言,作为一种新的探索,肯定还有不少需要改进的地方,我们真诚希望使用本教材的老师和同学提出宝贵的意见,帮助我们不断改进和完善,使之更加适应高素质、创新型人才培养的需要。

赵世举

2009 年 7 月于珞珈山麓东湖之滨

本书编委会

主　编　陈国恩

编　委　（按姓氏笔画排列）

方长安　叶　君　刘川鄂　吕若涵　李文平
张　园　陈国恩　陈玲珍　苏春生　金宏宇
郝明工　高　玉　徐德明　莫海斌　黄万华

目　录

《高等院校中文专业创新性学习系列教材》总序 ………………………… 1

绪　论 ……………………………………………………………………… 1

第一章　从晚清到五四 ………………………………………………… 8
第一节　晚清文学改良 …………………………………………… 8
第二节　五四文学革命 …………………………………………… 10
第三节　新诗运动及新思潮 ……………………………………… 13
[导学训练] ………………………………………………………… 16
[研讨平台] 中国现代文学的起点在哪里？ …………………… 16
[拓展指南] ………………………………………………………… 17
[参考文献] ………………………………………………………… 17

第二章　新文学主将鲁迅 ……………………………………………… 19
第一节　生平与思想历程 ………………………………………… 19
第二节　《呐喊》、《彷徨》与《故事新编》 ………………………… 21
第三节　《野草》、《朝花夕拾》和杂文 …………………………… 26
[导学训练] ………………………………………………………… 28
[研讨平台] 政治革命视角与思想革命视角中的鲁迅研究 …… 28
[拓展指南] ………………………………………………………… 29
[参考文献] ………………………………………………………… 30

第三章　小说流派的形成 ……………………………………………… 32
第一节　"思考的一代"与问题小说 ……………………………… 32
第二节　人生派与写实小说 ……………………………………… 34
第三节　浪漫派与抒情小说 ……………………………………… 38
[导学训练] ………………………………………………………… 43

［研讨平台］郁达夫小说风格是现实主义的还是浪漫主义的？……… 43
　　［拓展指南］……………………………………………………… 44
　　［参考文献］……………………………………………………… 45
第四章　新诗的发展…………………………………………………… 46
　　第一节　郭沫若及《女神》…………………………………… 46
　　第二节　小诗运动与湖畔派…………………………………… 49
　　第三节　新月诗派的主张及创作……………………………… 51
　　第四节　李金发与初期象征诗派……………………………… 54
　　［导学训练］……………………………………………………… 56
　　［研讨平台］《女神》对生命"强力"原型的复活……………… 56
　　［拓展指南］……………………………………………………… 56
　　［参考文献］……………………………………………………… 57
第五章　现代散文的成熟……………………………………………… 58
　　第一节　从"随感录"到"语丝体"……………………………… 58
　　第二节　叙事抒情散文的"自我表现"………………………… 62
　　［导学训练］……………………………………………………… 65
　　［研讨平台］"自我"地位的变迁与现代散文的得失………… 65
　　［拓展指南］……………………………………………………… 65
　　［参考文献］……………………………………………………… 66
第六章　话剧新探索…………………………………………………… 67
　　第一节　文明戏与爱美剧……………………………………… 67
　　第二节　田汉与丁西林………………………………………… 69
　　［导学训练］……………………………………………………… 71
　　［研讨平台］田汉是个浪漫主义者还是现实主义者？………… 71
　　［拓展指南］……………………………………………………… 71
　　［参考文献］……………………………………………………… 72
第七章　左翼文学运动及创作………………………………………… 73
　　第一节　革命文学倡导及文艺论战…………………………… 73
　　第二节　多样态的左翼小说…………………………………… 79
　　第三节　左翼诗歌及戏剧……………………………………… 87
　　［导学训练］……………………………………………………… 91

［研讨平台］左翼文学研究新动向 …………………………………………… 91
　　［拓展指南］ ……………………………………………………………………… 92
　　［参考文献］ ……………………………………………………………………… 93
第八章　社会剖析小说大家茅盾　94
　　第一节　多方面的文学贡献 …………………………………………………… 94
　　第二节　《子夜》及其"延长线上" …………………………………………… 97
　　［导学训练］ ……………………………………………………………………… 101
　　［研讨平台］批评史上的《子夜》 …………………………………………… 101
　　［拓展指南］ ……………………………………………………………………… 101
　　［参考文献］ ……………………………………………………………………… 102
第九章　燃烧着青春激情的巴金　103
　　第一节　生平与创作 …………………………………………………………… 103
　　第二节　《家》：暗夜里的呼号 ………………………………………………… 105
　　第三节　《寒夜》：后青春时代的忧伤 ………………………………………… 107
　　［导学训练］ ……………………………………………………………………… 109
　　［研讨平台］巴金与无政府主义 ……………………………………………… 109
　　［拓展指南］ ……………………………………………………………………… 110
　　［参考文献］ ……………………………………………………………………… 111
第十章　展现市民社会世相的老舍　112
　　第一节　生平与文学道路 ……………………………………………………… 112
　　第二节　形象多姿的市民 ……………………………………………………… 115
　　第三节　创作特色与贡献 ……………………………………………………… 118
　　［导学训练］ ……………………………………………………………………… 120
　　［研讨平台］老舍语言的幽默艺术 …………………………………………… 120
　　［拓展指南］ ……………………………………………………………………… 121
　　［参考文献］ ……………………………………………………………………… 121
第十一章　现代话剧的高峰曹禺　122
　　第一节　说不尽的《雷雨》 …………………………………………………… 122
　　第二节　《日出》及《原野》 …………………………………………………… 125
　　第三节　《北京人》和《家》 …………………………………………………… 128
　　［导学训练］ ……………………………………………………………………… 130

[研讨平台]《雷雨》的经典性 ·· 130
[拓展指南] ··· 130
[参考文献] ··· 131

第十二章　沈从文与京派文学　132

第一节　自然与生命的歌者沈从文 ·································· 132
第二节　田园牧歌的诗意情怀 ·· 135
第三节　"乡下人"眼中的"都市" ··································· 139
第四节　文学中的生命乌托邦 ·· 141
[导学训练] ··· 143
[研讨平台]思想价值和审美价值研究中的沈从文 ················ 143
[拓展指南] ··· 145
[参考文献] ··· 145

第十三章　30年代现代派文学　146

第一节　后期新月派和现代派诗人群 ································ 146
第二节　戴望舒、卞之琳的诗歌 ······································ 150
第三节　新感觉派小说 ··· 153
[导学训练] ··· 157
[研讨平台]新感觉派的评价问题 ····································· 157
[拓展指南] ··· 158
[参考文献] ··· 158

第十四章　小品文的兴盛　159

第一节　"小品文热"及其论争 ······································· 159
第二节　林语堂、丰子恺、郁达夫 ··································· 163
[导学训练] ··· 166
[研讨平台]政治社会视角和文化美学视角下的林语堂散文研究 ···· 166
[拓展指南] ··· 167
[参考文献] ··· 168

第十五章　新旧激荡中的通俗小说　169

第一节　通俗小说的发展 ·· 169
第二节　张恨水的通俗小说 ··· 172
[导学训练] ··· 177

[研讨平台]二三十年代新文学与通俗文学的"对立衍生"态势 …… 177
　　[拓展指南] ……………………………………………………… 178
　　[参考文献] ……………………………………………………… 178

第十六章　40年代的文学运动 ………………………………… 180
　　第一节　国统区的文学运动 …………………………………… 180
　　第二节　解放区的文学运动 …………………………………… 183
　　[导学训练] ……………………………………………………… 186
　　[研讨平台]《在延安文艺座谈会上的讲话》的历史评价问题 … 186
　　[拓展指南] ……………………………………………………… 186
　　[参考文献] ……………………………………………………… 187

第十七章　解放区文学新气象 …………………………………… 188
　　第一节　赵树理与"工农兵方向" …………………………… 188
　　第二节　丁玲、周立波、孙犁的小说 ………………………… 193
　　第三节　诗歌与戏剧创作 ……………………………………… 198
　　[导学训练] ……………………………………………………… 201
　　[研讨平台]"赵树理方向"再探讨 …………………………… 201
　　[拓展指南] ……………………………………………………… 202
　　[参考文献] ……………………………………………………… 202

第十八章　国统区文学的丰收 …………………………………… 203
　　第一节　阶段性的历程 ………………………………………… 203
　　第二节　郭沫若的历史剧 ……………………………………… 207
　　第三节　梁实秋的散文 ………………………………………… 209
　　[导学训练] ……………………………………………………… 212
　　[研讨平台]抗战文学的艺术审美价值 ………………………… 212
　　[拓展指南] ……………………………………………………… 212
　　[参考文献] ……………………………………………………… 213

第十九章　新诗泰斗艾青 ………………………………………… 214
　　第一节　艾青的新诗创作道路 ………………………………… 214
　　第二节　典型意象与内涵 ……………………………………… 215
　　第三节　诗歌的审美风格 ……………………………………… 217
　　[导学训练] ……………………………………………………… 218

[研讨平台]《大堰河——我的保姆》的"经典化"历程 …………… 218
　　[拓展指南] …………………………………………………………… 219
　　[参考文献] …………………………………………………………… 220
第二十章　穆旦与西南联大诗人群 ……………………………………… 221
　　第一节　西南联大诗人群的出现 …………………………………… 221
　　第二节　西南联大的诗学与诗歌创作 ……………………………… 222
　　第三节　穆旦的新诗 ………………………………………………… 228
　　[导学训练] …………………………………………………………… 230
　　[研讨平台]穆旦由文学史上的缺席者变为"经典"诗人的
　　　　　　　历程之反思 …………………………………………… 231
　　[拓展指南] …………………………………………………………… 232
　　[参考文献] …………………………………………………………… 232
第二十一章　"七月派"的创作 …………………………………………… 233
　　第一节　"七月"作者群 ……………………………………………… 233
　　第二节　"为祖国而歌"的"七月诗派" ……………………………… 236
　　第三节　"做残酷的搏杀"的路翎小说 ……………………………… 239
　　[导学训练] …………………………………………………………… 241
　　[研讨平台]文学思潮与文学流派视角中的"七月派" ……………… 241
　　[拓展指南] …………………………………………………………… 242
　　[参考文献] …………………………………………………………… 242
第二十二章　都市通俗小说的发展 ……………………………………… 243
　　第一节　小说大众化的趋势 ………………………………………… 243
　　第二节　北派武侠与社会言情 ……………………………………… 246
　　第三节　徐訏和无名氏 ……………………………………………… 249
　　[导学训练] …………………………………………………………… 251
　　[研讨平台]40年代的大众小说与读者受众 ………………………… 252
　　[拓展指南] …………………………………………………………… 253
　　[参考文献] …………………………………………………………… 253
第二十三章　钱钟书、张爱玲与沦陷区文学 …………………………… 255
　　第一节　幽默才子钱钟书 …………………………………………… 255
　　第二节　乱世才女张爱玲 …………………………………………… 259

第三节　沦陷区其他作家 ································· 265
　[导学训练] ··· 269
　[研讨平台]1."张爱玲热" ································ 269
　　　　　　2.《围城》的主题 ······························ 271
　[拓展指南] ··· 272
　[参考文献] ··· 273

第二十四章　台湾和香港文学 30 年 ······················· 274
　　第一节　台湾新文学的发生和发展 ······················· 274
　　第二节　多种流脉中的台湾小说和诗歌 ··················· 278
　　第三节　迟出的香港新文学及其发展 ····················· 286
　[导学训练] ··· 296
　[研讨平台]1.在中国现代文学的视野中,如何处理好中国大陆
　　　　　　　文学和台湾、香港文学的关系? ················ 297
　　　　　　2.中国大陆的台湾文学研究是如何得以深化的? ···· 297
　　　　　　3.中国大陆的香港文学研究如何避免"中原心态"
　　　　　　　的影响? ······································ 298
　[拓展指南] ··· 299
　[参考文献] ··· 299

后　　记 ·· 300

绪 论

一

中国现代文学,是中国的现代性的文学。这既是指人们所公认的现代时期的文学,同时又规定了它必须是现代性的文学。现代时期之所以称为现代的时期,是因为它具备了现代的性质和特点。文学是社会的一部分,用来确定现代历史阶段的现代属性的标准,也应该成为确定这一时期的现代性文学的标准。

中国现代文学作为一个独立的学科,是相对于中国古代文学而言的。把中国现代文学与中国古代文学区别开来,或者说把中国现代文学从整个中国文学中分离出来,视之为中国文学的现代发展阶段的依据,就是现代性的标准。文学现代性的标准,在内容上强调人的独立精神——人不再像古代作家那样无法真正摆脱封建臣民的意识,不再成为思想的奴隶,而是一个现代的公民,具有独立的人格、独立的思想和独立的思考能力。表现现代人的这种现代思想和现代情感的文学,即是现代的文学。在形式上,它首先应该是白话的文学,由白话的语言所规定的一切表达方式,包括新的修辞、新的技巧、新的方法,都是现代文学的基本标志。

中国现代文学诞生于五四文学革命,这是因为五四文学革命开辟了一个新的文学时代。它的划时代性质,不是就文学史上的某一个阶段而言的,而是针对整个古代文学的。五四文学革命依托新文化运动,高举人的解放的旗帜,以"科学"和"民主"为武器,向封建性的文化和以这种文化为思想基础的文学传统发起了挑战,创造了现代的新文学。

五四文学革命与传统的联系是隐性的,是通过传统自身的延续性得以实现的,是通过作家所受的民族文化的熏陶得以保证并体现出来的,而五四文学革命与传统的对立则是文学革命的先驱者所自觉追求的。胡适的《文学改良刍议》提出"八事",态度还比较温和,陈独秀举起文学革命的旗帜,提出"三大主义",把新文学与旧文学完全对立起来,周作人干脆把新旧文学的对立称为活文学与死文学的对立,这种激进的态度有可以反思的地方,但无疑代表了五四文学革命的实质。不管它存在多少问题,事实上却是它规约了此后文学的发展方向和前进的道路。换言之,现代文学后来的发展是建立在五四文学革命的起点上,不是直接在古典文学基础上发展起来的。它广泛地吸收和借鉴了西方的价值观念,并在与民族传统的矛盾统一中改造了民族传统,同时也改造了西方的观念,实现了价值观的现代转型。它大量地借鉴了西方文学的形式和表现技巧,并把它与中国传统文学的经验加以融合,实现了艺术风格的现代转型。通过这一系列的改造、融合和创新,新文学传统的原点形成了,由这个原点产生了观念意识和表现形式都与古典文学显著不同的新文学。这个原点自然包含了民族传统的因素,新文学也与古典文学存在着内在的联系,但前者相对于后者又的确是一个重大的飞跃。

二

一个民族的文化传统是不可能真正断裂的,除非它所依附的民族本身也消亡了。所谓的改变方向或者突变,是原有的传统的改变方向和突变,而非凭空创造一种与原有传统毫无关系的新传统。改变方向或者突变也是一种历史的延续方式,只是它与一般的顺延方式有所不同罢了。以这样的观点看待五四文学与此前中国文学的关系,要注意两个方面。一方面是必须注意到它与晚清文学的历史联系——晚清文学的小说观念变革、新技巧的运用、文学传播方式的改进和关于欲望、正义、价值的想象,已经包含了某种现代性的因素,其经验相当一部分为五四新文学所借鉴——其实不仅晚清文学,就连整个中国文学都是中国现代文学的背景和源泉。另一方面,又不能不看到晚清文学是士大夫阶层脱离了科举制度以后与新兴的报章期刊相结合的产物,它的存在基础是正在形成的市民社会。它后来对商业利益的看重、对市民口味的迎合,虽有现代性的因素,但它所展示的欲望深受旧伦理的规范,停留在"发乎情而止乎礼义"的阶段,或者因为伦理观念的混乱而导致了简单的官能展示;它的正义,体现的只是清官理想;它的价值和知识带有过渡时期的特点。晚清文学是新旧杂陈的,新得不够彻底,与旧的观念有千丝万缕的联系,表现了过渡时期文学的观念的某种混乱和情绪的无精打采。

因此,王德威的"没有晚清,何来五四",可以改写成"没有五四,何需晚清"。"没有晚清,何来五四"若作为一种时间性的延续,是没有意义的,因为历史的发展本来就是从晚清的时代发展到五四的时代,这无需强调;若作为一种价值判断,则"没有晚清,何来五四"对一个时期里忽视晚清文学价值的倾向虽是一个及时的提醒,使我们意识到五四与晚清的历史联系,但在另一种语境中,比如当一些人尖锐批评五四新文化运动和五四文学革命,想淡化其历史原点意义的时候,我们也不妨说,不如强调"没有五四,何需晚清"更有意义。"没有晚清,何来五四",强调的是一个历史发展延续性的事实,它本身并不能保证把新文学的历史原点从五四改写为晚清,也容易使人忽视晚清文学的许多尚欠成熟的方面。"没有五四,何需晚清",也不是不需要晚清。作为历史中的一个阶段,你哪怕不需要,它也是存在的。这里仅仅是强调,晚清文学的意义要通过五四文学的更为成熟的创新才能充分地体现出来。如果没有文学革命对文学传统的革新,没有五四文学在新的思想和艺术基础上融合中西、大胆创新所取得的成果,没有五四文学的新传统对后来的重大影响,晚清文学探索本身的意义是否能得到确认还是一个问题。大量的晚清作品对当下的读者事实上没有什么吸引力,就是一个好的证明。

三

现代性的内涵在不同历史时期是有显著差异的。五四文学革命所体现的现代性是一种启蒙的现代性,它的特点是推崇理性,把主体性和独立思考能力视为人的基本属性,认为人可以通过独立的思考来探索世界的真相,解决自身所面临的问题。启蒙主义促进了人的觉醒和社会的现代化,在世界范围内产生了巨大影响。五四文学受它的引导,使文学的人学特性得到了充分展现,文学性的因素得到强化,从而确立了现代文学的人道主义传统。

人道主义传统在后来的"革命文学"论争中受到了质疑。质疑的根源,主要是中国社会由于民众普遍文化低下,难以通过启蒙的方式解决其自身的问题。在俄国革命经验的影响下,信奉革命的政党引导民众走上了社会斗争的道路。社会革命遵循的是革命现代性的原则,它的特点是把革命意识放在首位。对于主导左翼文化运动的中国共产党人来说,革命意识就是要求知识分子背叛自己的出身阶级,去表现底层民众的不幸与痛苦,反映他们的反抗和斗争,为建立一个人民当家做主的现代民族国家而努力。它免不了要批驳五四文学革命所推崇的个性解放、思想自由原则,因为个性解放和思想自由在具体的历史环境中不一定能够保证个人的思想和行为完全符合革命的要求。

革命现代性推动了左翼文学的兴起,并且把文学的政治标准放在第一位,艺术标准放在第二位。由于主要是从政治的角度思考文学的问题,重视文学的政治教化功能,相应地忽视了文学自身的审美规律,左翼文学总体上存在着本质主义思维方式难以避免的概念化、雷同化的毛病,作品的艺术感染力不强。

但是左翼文学执著于创建现代民族国家的理想,与启蒙现代性的目标原本没有根本的冲突,而且它与启蒙现代性从社会大系统来思考文学问题的思路是前后一致的。两者的差异主要在实现现代性目标的方法和途径上——一个选择启蒙,一个选择革命;在文学服务对象上各有自己的侧重——一个服务于启蒙,一个服务于革命。这些差异是关键性的,但两者仍有共通之处。因而左翼文学运动经过了曲折的过程,最终还是策略性地融合了五四文学的传统——这当然是以对五四文学传统进行改造为前提的。由于跟五四文学传统有这样一种联系,左翼文学的内在构成就不是单一的,而它的理论形态也处于动态平衡过程中。鲁迅就坚决反对教条主义者把文学当成宣传的错误观点,一些优秀的左翼作家,如萧红、叶紫、沙丁、艾芜,乃至丁玲和茅盾,把阶级的意识与个人的生活经验乃至生命体验结合起来,也写出了不少优秀的作品。这些作品贯彻了革命现代性的精神,但也融合了五四启蒙现代性的传统。

重要的是如何总结左翼文学的经验,包括它的贡献和存在的局限。世界上不存在没有历史局限性的文学观和文学。某种意义上说,局限性本身便是一种特色。左翼文学在特殊的年代追求文学的战斗武器作用,实质上是为新民主主义的理想而选择了粗暴的风格。如果仅从文学本身角度考虑问题,当然会觉得它不够优雅。但如果从整个社会的方面看,在民不聊生、国家危亡的时刻,战斗的文学可以激励民气,可以让人民看到民族的希望。牺牲优雅的美比起国家的前途和人民的命运来,显然并不是一件天要塌下来的事情。比起审美主义的理想来,革命现代性的目标在当时具有更为直接的现实意义,因而事实上得到了当时民众的广泛响应。

中国有从社会大系统的角度来思考文学的地位和功能等问题的传统。历史证明这种"工具论"的文学观是可以兼顾人情与物理的,可以包含审美的要素,使文学的社会功能与审美功能达到统一。会不会沦为庸俗的工具论,关键在于作家能不能在承担义学的社会使命的同时把握住自己的生命体验而采取一种通情达理的审美态度。

四

现代性的再一种形态,是世俗现代性。世俗现代情,有现代性的外形,但内在的精神却是一般社会中比较世俗化的民众追求生活享乐和欲望宣泄的要求,是人性中最为世俗一面的体现。它看似前卫,实则比较传统,与启蒙现代性所坚持的反传统的立场很不相同,因而容易与传统达成妥协。换言之,它是介于传统和现代之间的一种人生理想和生活态度,是跨越不同时代的。我们既可以在晚清找到它,也能在晚明的"三言二拍"、甚至更早时代的作品中发现它的踪迹;如果再抽去特定的时代内容,仅就其看重世俗欲望的满足一点而言,它事实上已经成为当下的一种时尚了。

当前世俗现代性影响力的加强,反映了后革命时代的来临。改革开放,在政治上的主要问题是如何清理"左"的政治观念对经济发展的阻碍,所以需要对革命及其遗产进行新的理论阐释。一个基本的方法,就是把革命的合理性置于更具普遍意义的基础上,把它解释成为一种"时代的潮流",赋予它"民族精神"的特质。总之,是淡化其阶级斗争的色彩,增加一些人性的因素,使之能够为当前世俗化社会的一般民众所容易接受。从这种变化中,我们已经强烈地感受到了由经济变革所带动的世俗化潮流对人的思想观念产生了深刻的影响。这种影响力,推动了通俗文学的创作,并使人们重新思考20世纪初以来通俗文学的价值。

通俗文学与知识精英文学,严格意义上说,是既有联系又相对独立的两个不同的文学系统。不能把体现了民间趣味的通俗文学排除在现代文学史的视野之外,忽视乃至抹杀它们对于知识精英文学的推进作用;但也不能倒过来以通俗文学的规则取代现代精英文学的规则,从而彻底颠覆和解构现在的中国现代文学史的规范和构架。通俗文学与精英文学的关系,应如范伯群先生说的,是"一体两翼"的关系。中国现代文学的"一体",少不了通俗文学与精英文学这"两翼"。少了其中的任何一翼,中国现代文学就不是完整的。

"一体两翼"的一个重要问题,是这两翼如何舞动起来。其中最重要的一点,是不能以通俗文学或精英文学的各自标准相互否定,既不能用通俗文学的标准嘲笑精英文学的脱离市民大众,也不能反过来以精英文学的标准指责通俗文学的缺乏思想冲击力和时代特色,贬低乃至抹杀通俗文学的特有价值。我们需要超越雅俗对立的思维模式,从通俗文学与精英文学的矛盾互动中说明这两翼的舞动。也即是说要在承认它们存在差异乃至矛盾的基础上，深入考察并清晰阐明知识精英文学是如何吸收通俗文学的观念和艺术技巧，从而丰富和充实了自身，而通俗文学又如何在知识精英文学的影响下提升了自身的思想艺术水平，回应了严肃的人生挑战，从而进一步显示出现代的、审美的意义，以至后来产生了像张爱玲这样兼具通俗性和精英特色的有成就的作家。只有这样，才可能写出一部有新意的中国现代文学史，呈现中国现代文学"双翼舞动"的景象。

五

最后还要强调几点。一是港澳台文学是中国现代文学的重要组成部分，但是鉴于港澳台文学在20世纪前半叶与大陆文学处于不同的社会文化背景中，相互之间的交流遵循独特的规则，未与大陆这个时期文学的发展保持同步，所以不易按大陆这一时期文学的叙史方式来描述，我们特在本教材中单独列为一章。至于它们与大陆现代文学的关系，可由教师按照各自的设想加以讨论。

二是不同民族的作家共同创造了中国现当代文学，他们相互之间没有文学标准以外的地位高下之别。因此，少数民族文学在进入中国现代文学史时要坚持国家水平的标准，不宜划出一块"少数民族文学"来做专门的介绍，否则不仅会损害文学史的有机结构，而且会在观念上造成不必要的混乱。我们的做法是在介绍少数民族作家时指明他是什么民族，重点则是从不同民族文学的交流和融合的方面来把握少数民族文学对整个中国现当代文学发展所做的贡献，从整个中国现当代文学的性质和特点出发来理解少数民族文学的民族特色。

三是中国现代文学史的下限，定在1949年7月第一次全国文学艺术工作者代表大会在北京的召开。第一次"文代会"的召开，标志着中国现代文学进入了一个新的发展时期。这一新的发展时期，即通常所说的"当代文学"，与本教材所指的"现代文学"是一种什么样的关系，现在已经有了大致的共识，那就是把二者合并起来，视之为中国现代文学的两个不同发展阶段。至于如何命名，并不重要。因此，我们事实上认为中国现代文学止于1949年仅仅是一种照顾教材特点的设计。中国现代文学并没有在1949年结束；相反，它要在此后通过新的迂回走向新的高潮。

四是教材的编写要考虑到教学的环节，特别是在注重知识传授的同时，要加强学生能力的培养，将传授知识、提高素质与培养能力融为一体，充分发挥教材的综合功能。为此，我们坚持一个作家只出现在教材的一个地方，一般是他在文学史的哪个时期成就最大,就在文学史的哪个时期里介绍,再前联后延,以显示这个作家的完整面貌。这有利于揭示文学史发展的脉络,同时又可以使学生对一个作家有整体性的印象。为了强化学生的能力培养,我们又在每一章设计了"导学训练"等环节。"导学训练"开列了与这一章教材的内容相关的若干个思考题,为学生指示思考的方向。"研讨平台"关注的是这一学科的研究史方面的内容,意在让学生理解,对某一作家、某部作品、某种文学现象,人们的看法是有变化的。透过这些变化,可以发现更有意义的东西。"拓展指南"是与该章教材的内容相关的代表性研究成果的简介,目的是让学生能比较方便地掌握一些代表性的学术观点。"参考文献"则是提供与思考题相关的研究资料的索引,以方便学生去查找资料,进行独立的探索。

第一章　从晚清到五四

五四文学革命开创了中国文学的新纪元,标志着中国现代知识分子以新的思想和文学理念向中国古典文学传统发起挑战,从而实现了中国文学从古典向现代的转型。不过,历史是线性发展的,具有划时代意义的五四文学革命也有前缘,而且有一个酝酿的过程。

第一节　晚清文学改良

中国文学发展到晚清,已经出现了变化的苗头。洋务运动推动了翻译西方书籍、派学生出国留学的文化热潮。维新派变法失败,梁启超意识了到国民素质对于政治革新的重要意义。于是,他从"新民"的角度思考社会的变革,强调新民是当时中国的第一要务。梁启超为了推进他的"新民"工程,要借重文学的力量。1899年12月,他在流亡途中提出"支那非有诗界革命,则诗运殆将绝",充分肯定黄遵宪"我手写吾口"的诗歌革新主张,其目的是要使中国诗词从晚清的拟古风气中摆脱出来,向与民生接近的方向发展。三天后,他又发出"文界革命"的呼吁,意图是通过输入新词语打破已趋僵化的桐城古文的藩篱,推广平易畅达、笔端含情的"新文体"。1902年,梁启超在《新小说》创刊号上发表了著名的《论小说与群治之关系》,提出:"欲新一国之民,不可不先新一国之小说,故欲新道德,必先新小说;欲新宗教,必先新小说;欲新政治,必先新小说;欲新风俗,必先新小说;欲新学艺,必先新小说;乃至欲新人心,欲新人格,必先新小说。何以故?小说有不可思议之力支配人道故。"他认为小说有"薰"、"浸"、"刺"、"提"四种力,用艺术形象来感染读者,对人心的影响超过其他文体。以梁启超在文坛的地位,他的小说观对中国传统以诗文为正宗的文学观造成了重大冲击,直接推动了晚清小说创作高潮的到来。

为了开启民智、扩大新思想的社会影响,在这一波文学革新运动中,白话语言的推行问题已被提了出来。黄遵宪在1895年出版的《日本国志》中正式提出了言文合一的主张,他要求"变一文体为适用、通行于俗者","欲令天下之工商贾妇女幼稚皆能通文字之用"。① 1898 年,裘廷梁发表了《论白话为维新之本》,提出"愚天下之具,莫如文言,智天下之具,莫如白话……文言兴而后实学废,白话行而后实学兴,实学不兴,是谓无民"。推行白话的主张,得到了新闻界的响应,一批白话报纸陆续创刊。戊戌前后,长江下游的白话报纸有无锡白话报、安徽白话报、杭州白话报、苏州白话报、宁波白话报、国民白话报、江西白话报。一些政论文章用白话写出,得以广泛传播。

专门登载小说的数十种小说杂志,此时也雨后春笋般地涌现。梁启超的《新小说》、李伯元的《绣像小说》、吴趼人的《月月小说》、曾朴的《小说林》,最负盛名,被称为"晚清四大小说杂志"。这些杂志大量登载揭露政治黑暗、抨击社会时弊的谴责小说,其中李伯元的《官场现形记》、吴趼人的《二十年目睹之怪现状》、刘鹗的《老残游记》、曾朴的《孽海花》影响最大。据阿英《晚清小说史》的不完全统计,这一时期的创作小说达四百余种,翻译小说更多达六百余种。其中有一些是迎合市民趣味的世俗小说,而谴责小说的质量是比较好的。这些小说大多体现了维新派的社会政治观点,直接取材于现实生活,展现了晚清社会的基本面貌。在艺术上,它们沿用了古典小说的章回体,但又采取了保持情节连续性的长篇结构,借鉴了一些西方小说的艺术技巧,对后来的新小说发展具有重要影响。但由于缺乏真正现代性思想的支撑,这些小说局限于嬉笑怒骂、谴责讽刺,虽得读者好评,终究是过渡时期的产物,不足以代表一个全新的文学时代。

晚清文学变化的另一个重要方面,是现代超功利的文学观开始萌芽。其代表人物王国维,早年接受叔本华等人的现代西方哲学思想,开始用西方美学理念来研究文学。他尖锐批评梁启超等人把文学当做改良社会工具的文学观,认为美就是"纯粹无欲之我"在"静观中所得之实念"。他说:"美这性质,一言以蔽之曰:可爱玩而不可利用者是也。虽物之美者,有时亦是供吾人之利用,但人之视为美时,决不计及其可利用这点。其性质如是,故其价值存于美之自身,而不存乎其外";强调"一切之美,皆形式之美"。② 这种超功利的美学思想,是对中国传统诗教的一大挑战,也是对 20 世纪初梁启超工具论文学观的一次重要的超越,其意义在于把文学引向了美自身的价

---

① 黄遵宪:《日本国志·学术志二》。
② 王国维:《古雅之在美学上之位置》,《静安文集》,《遗书》第 14 册。

值。王国维开创了中国现代学术的先河,其超功利的美学观和"一代有一代之文学"的进化论文学观,对于五四文学革命具有重要的影响。

随着现代都市社会的发展和市民阶层的扩大,民国初年以上海为中心出现了以消闲与消遣为主要目的的小说创作潮流。这些小说的作者大多是科举废止后从苏州等上海周边地区汇集到上海的旧文人,他们依托《小说月报》、《礼拜六》等报刊,创作黑幕、宫闱、武侠、侦探、滑稽等小说,数量惊人。其中言情小说的代表作有徐枕亚的《玉梨魂》、周瘦鹃的《九华帐里》、吴双热的《孽冤镜》、李定夷的《霣玉怨》、吴绮缘的《冷红日记》。鲁迅曾说:"这时新的才子+佳人小说便又流行起来,但佳人已经是良家女子了,和才子相悦相恋,分拆不开,柳阴花下,像一对蝴蝶,一双鸳鸯一样……"①对这类小说持批评的态度。但这类小说反映世情,描写细腻,在观念和技巧上借鉴了外国小说,有创新之处;只是其创新不太充分,留有不少旧的思想,比如许多作品反对自由恋爱和寡妇再嫁,表现的是旧文人的本色。另有数量众多的黑幕小说和武侠、侦探小说,影响大的如孙玉声的《海上繁华梦》、李涵秋的《广陵潮》、平江不肖生的《留东外史》、海上说梦人的《歇浦潮》、张春帆的《九尾龟》等,它们揭露国家的内忧外患不无积极意义,但作者采取自然主义的态度,一边暴露,一边欣赏,思想和艺术格调不高。《九尾龟》写章秋谷嫖堂子、玩女人,用鲁迅的话说,"可以做嫖学教科书去读"②。

历史期待着一场新的文学革新运动的到来。

第二节　五四文学革命

辛亥革命后,政治黑暗依旧。袁世凯在全国推行"尊孔读经",试图束缚国民的思想。以陈独秀、李大钊为代表的一批进步知识分子对此深感失望,开始寻找新的救国道路。他们从历次社会变革失败的教训和复古主义思潮盛行的现状中,认识到要启发民众的觉悟。只有更多的民众具备了国民的基本素质,社会变革才有群众基础。于是,他们发动了一场影响深远的新文化运动。

---

① 鲁迅:《上海文艺之一瞥》,《鲁迅全集》第4卷,北京:人民文学出版社1981年版,第294页。

② 同上书,第292页。

新文化运动发动的标志,是1915年9月《青年杂志》(1916年9月第二卷改名《新青年》)在上海创刊。主编陈独秀(1880—1942),字仲甫,安徽怀宁人,出身书香门第,十七岁参加县考中秀才,但厌恶八股,醉心于新学而东渡日本。在袁世凯大力提倡"尊孔读经"时,陈独秀以比梁启超更为激进的姿态向封建文化发起了攻击。他在《青年杂志》的发刊词《敬告青年》中宣传"人权、平等、自由"的思想,要请"德先生"和"赛先生"来"救治中国政治上、道德上、学术上、思想上一切的黑暗"。①

作为一份综合性的文化批判刊物,《新青年》致力于抨击封建传统文化,输入西方文明。对于传统文化的批判,集中在旧的伦理观上。易白沙在《孔子平议》中说:"孔子尊君权,漫无限制,易演成独夫专制之弊。"吴虞作《说孝》,指出"孝"的作用,是把"中国弄成一个'制造顺民的大工厂'"。不过他们并不是完全否定孔子,而是认为"独夫民贼利用孔子",而这"实大悖孔子之精神"。② 李大钊更是明确地说,反孔并非反对孔子思想本身,"乃抨击专制政治之灵魂"③。

《新青年》于1917年因陈独秀受聘北京大学文科学长而迁往北京,并从1918年1月号起改由陈独秀、李大钊、胡适、刘半农、沈尹默、钱玄同等轮流编辑,周作人、鲁迅也给该刊写稿,由此形成了反封建的思想文化战线。当时北京大学校长蔡元培实行"思想自由、兼容并包"的办学方针,大大推进了新思想在北大的传播,新文化运动也就借北大学术自由的空气获得了迅猛发展。

文学革命就在这样的背景中发生了。1917年1月,胡适在《新青年》上发表了《文学改良刍议》,提出改良文学要从"八事"着手,即须言之有物、不模仿故人、须讲求文法、不作无病之呻吟、务去滥调套语、不用典、不讲对仗、不避俗语俗字。此"八事"侧重文学语言文字的改良,也强调了文学内容的充实,可谓近代白话文运动在新时代的发展。胡适的主张得到了钱玄同、刘半农等人的响应。钱玄同在致《新青年》的信中站在进化论的立场上阐明白话文取代文言文势在必行,痛斥拟古的骈文和散文为"选学妖孽,桐城谬种"。刘半农发表《我之文学改良观》,就韵文和散文改革、使用新式标点符号等问题提出了许多建设性的意见。五四白话文运动吹响了现代语言革新

---

① 陈独秀:《〈新青年〉罪案之答辩书》,《新青年》第6卷第1号。
② 易白沙:《孔子平议(下)》,《新青年》第2卷第1号。
③ 守常:《自然的伦理观与孔子》,1917年2月4日《甲寅》日刊。

的号角,白话文的影响借着新文化运动的声威与日俱增。

1917年2月,陈独秀在《新青年》上发表《文学革命论》,提出了文学革命的"三大主义":"曰推倒雕琢的阿谀的贵族文学,建设平易的抒情的平民文学;曰推倒陈腐的铺张的古典文学,建设新鲜的立诚的写实文学;曰推倒迂晦的艰涩的山林文学,建设明了的通俗的社会文学。"陈独秀表现出了比胡适更为激进的态度,并且更多地关心文学内容的革新。

1918年4月,胡适发表《建设的文学革命论》,对文学革命的宗旨做了新的阐释。他的宗旨,就是通过"国语的文学"来建设"文学的国语",将文学革命与国语运动结合起来,以收彼此促进的成效。同年12月,周作人发表《人的文学》,提出新文学即是人的文学,从而有力地把新文化运动的启蒙精神落实到了文学中,使文学革命有了更为明确的内容和更为具体的目标。1918年冬,陈独秀、李大钊创办《每周评论》,北京大学学生傅斯年、罗家伦等办了《新潮》月刊。这些刊物提倡白话文和新文学,努力翻译外国文学作品,介绍外国文学思潮,文学革命的声势越来越大。

文学革命的先驱把文学看成是对人生很有意义的事业,因此在提倡新文学的同时,把矛头指向了民国初年追求娱乐和消遣的旧派小说。这是由于新旧两派小说家的文学观念尖锐对立,也是因为旧派小说在市民中仍然拥有很大的影响,不对它实施打击,新文学的影响难以真正地扩大。周作人写了《论黑幕》,批判黑幕小说的陈旧和浅薄,指出它是与封建复辟思潮同气相求的。沈雁冰在《自然主义与中国现代小说》等文章中,指出旧派小说"思想上一个最大的错误就是游戏的消遣的金钱主义的文学观念"。新文学阵营对旧派小说的批判,体现了一种使命意识,但也相当程度上抹杀了旧派小说在现代艺术的探索方面所做出的贡献。

文学革命初期,旧势力并没有予以重视,这让先驱者感到了寂寞。于是,钱玄同和刘半农演出了一场双簧戏。先由钱玄同化名王敬轩给《新青年》写信,模仿守旧派的口吻攻击白话文,然后由刘半农复信一一加以驳斥。但当文学革命的影响进一步扩大时,守旧的文人就忍不住了。先是林纾向新文化运动和白话文发起了攻击。这位在晚清用文言翻译了大量外国小说而享有盛名的古文家,写了《论古文白话之消长》、《致蔡鹤卿太史书》,攻击新文化运动"覆孔孟,铲伦常","尽反常轨,侈为不经之谈",声称"若尽废古书,行用土语为文字,则都下引车卖浆之徒,所操之语,按之皆有义法……凡京津之稗贩,均可用为教授矣"。他极力反对以白话文取代文言文。北大校长蔡元培发表公开信,重申北大"循思想自由原则,取兼容并包主义"①。李大钊、鲁迅等人也写文章批判林纾的陈腐思想。

1921年9月,南京东南大学的梅光迪、胡先骕、吴宓等人创办《学衡》杂志,以"昌明国粹,融化新知"为旗帜,对新文化运动和文学革命的激进倾向提出了批评。与林纾有所不同,这些教授都曾留学美国,了解西洋文明。他们在实现中国文化和文学革新方面持循序渐进的文化守成主义立场,反对激进的变革。梅光迪发表《评提倡新文化者》,吴宓写了《论新文化运动》,吴先骕撰《评〈尝试集〉》,对新文化运动和文学革命进行了系统的批评。这些意见触及新文化运动和文学革命的一些偏激方面,并非全无道理。但总的看,他们否认历史发生转折的可能,站到了守旧的立场上,成了历史前进的阻力。对此,新文化和新文学的倡导者纷纷发表文章加以驳斥。鲁迅发表《估学衡》一文,指出这些教授所写的文言文理不通,只能说明文言的气绝罢了。

1925年,北洋政府教育总长兼司法总长章士钊在刚复刊的《甲寅》周刊上发表《评新文学运动》等文章,力图证明白话文不能取代文言文。他说:"吾之国性群德,悉存文言,国苟不亡,理不可弃",断定白话文学已成强弩之末,当务之急则是提倡"尊孔读经"。新文学阵营撰写文章,全力反击"甲寅派"的复古观念。

新文学运动在与守旧派的思想较量中不断地拓展自己的阵地,虽然在激烈的论辩中难免有些过急的言论,有时不能冷静地思考对立面意见的某种合理性,但也正是这种冲决一切的气势扩大了文学革命的影响。

第三节 新诗运动及新思潮

文学革命初期所遇到的最大挑战,是白话文如何取代文言文,尤其是能不能用白话写出优秀的诗歌来。

晚清的诗界革命,提出了"新意境"和"新语句",但"新语句"难以与倡导者所追求的"古风格"统一起来。采用新语句,必定要打破传统诗词的格律;而想要保留传统诗词的格律,就无法采用新语句。这是晚清诗界革命的重大局限所在。

胡适在发表《文学改良刍议》之前,已经开始思考诗歌采用白话写作的问题。在留美时与同学梅光迪等人交换意见,他就提出要使白话文能够通

---

① 蔡元培:《答林琴南书》,1919年4月1日《公信报》。

行,必须用白话写新诗。这样做的目的,是打破诗词不能用白话的迷信。他在《论新诗》中提出,必须"推翻词调曲谱的种种束缚;不拘格律,不拘平仄,不拘长短;有什么题目,做什么诗;诗该怎么做,就怎么做"。后来他又把这一主张概括为"作诗如作文",强调诗歌语言要近于说话,反对"镂琢粉饰的诗"。这与他在《文学改良刍议》中主张不用典、不讲对仗、不避俗语俗字的观点是一致的。为了保证白话新诗不致失去诗的素质,胡适又提出用"自然的音节"取代旧诗词的格律,用口语的语法取代文言的语法,并吸收外国的新语法。这样做的结果,是新诗走向散文化,并由此建立起了一套新的诗歌美学。

胡适在进行新诗理论探索的同时,开始了新诗创作。1917年,他在《新青年》4卷1号上发表了《鸽子》(这是发表的第一批新诗,同时发表的有刘半农的《相隔一层纸》、沈尹默的《月夜》等)。到1920年,他把创作的新诗加以筛选,出版了《尝试集》。《尝试集》两年内销售了一万部,说明新诗已经开始被许多读者接受,胡适因此不无得意地宣称:"新诗的讨论期,渐渐的过去了。"[①]

胡适对于新诗有首创之功,《尝试集》中写得比较好的白话诗,是《一颗星儿》、《老鸦》、《威权》等,当然《蝴蝶》和《鸽子》虽有旧诗词的调子,却也清新隽永。不过,总体看,胡适的新诗带有初创期的局限,艺术成就不高。他一方面要挣脱旧诗词的格律,努力采用白话的文字、白话的文法和白话的自然音节,把"诗的散文化"与"诗的白话化"统一起来,实现"诗体的大解放";可是另一方面,已经养成的作旧体诗的习惯不可能仅仅凭留学西洋的短短几年就彻底打破,所以他的新诗语言是日常的口语,而调子却有旧诗词的成分。用他自己的话说,他的新诗是从旧式诗词曲调里脱胎出来的。由于竭力用口语写诗,他的一些诗做到了通俗易懂,然而也带来了过于直白、诗味不浓的缺点。

与胡适一起勇敢地"尝试"新诗的,还有沈尹默(1883—1971)、俞平伯(1900—1995)、康白情(1896—1958)、傅斯年(1896—1950)。他们的新诗也大多带有旧诗词的痕迹。沈尹默的《三弦》、《月夜》意境清新,情调隽永,但音节像格律诗。俞平伯的《冬夜》和康白情的《草儿》是当时影响很大的新诗集,得到了新诗界的好评,但也存在尝试的特点。真正摆脱了旧诗词的束缚而又内涵丰富、具诗美的是周作人的《小河》。《小河》与一条自然流淌

---

① 胡适:《〈尝试集〉四版自序》,《尝试集》,北京:人民文学出版社1984年版,第5页。

的小河被农夫筑堤拦腰截断,升高的水位使小河变得焦躁,也让下游两岸的小草和树木担忧河水决堤会带来灾难,所表达的是尊重自然人性的现代思想。艺术上,它着眼于小河形象的描写,用流畅的口语写出,避免说理,因而诗意浓郁,被胡适推荐为"新诗中的第一首杰作"①。

早期白话新诗的共同特点,是崇尚自然与平实的风格。大凡反映人生疾苦的,如刘半农的《相隔一层纸》、胡适的《人力车夫》、周作人的《两个扫雪人》、刘大白的《卖布谣》、康白情的《草儿在前》,都写得情真意切、通俗易懂;而托物寄兴的,如胡适的《鸽子》和《老鸦》、周作人的《小河》、沈尹默的《月夜》等,也都清新可读。当然,由于革新者关注的重点是摆脱旧诗词的束缚,所以免不了过分追求散文化的效果而使诗失去诗的特点,或重在说理,使诗的诗味不浓了。

反对新诗的守旧人士最不满意新诗的地方,就在新诗用白话写作。一些守旧人士指责新诗"数典忘祖,自矜创造",咒其"必死必朽";但新诗并没有"死",而是相反,呈现出不可阻挡的发展势头。

文学革命紧随着新诗的"尝试",向纵深推进。最突出的表现,是广泛地吸收外来的思想资源,推动了新思潮的涌现。如果说胡适提倡白话文运动,是受到了美国意象派诗歌的影响,强调意象的"具体性",反对语言的堆砌,那么在文学革命的深入时期,引进和借鉴外国文学的经验就变得更为普遍了。周作人的《人的文学》为新文学确立了人道主义的原则,他所提倡的"个人主义的人间本位主义",与西方的人道主义精神一致。李大钊对文学的理解,受到了马克思主义理论和俄国现实主义文学观的影响。《新青年》先后译介了屠格涅夫、王尔德、契诃夫等众多的外国作家的作品,还发行了一期《易卜生专号》,发表易卜生的《娜拉》、《国民公敌》等三篇剧作,引发了一场演易卜生的戏、讨论易卜生的问题的"易卜生热"。《新潮》、《少年中国》、《小说月报》、《文学周报》等刊物也大量登载了翻译作品。短短的几年间,这些刊物把西方自文艺复兴以来的浪漫主义、自然主义、现实主义、象征主义、唯美主义、印象主义、未来主义、立体主义、心理分析派以及人道主义、实证主义、尼采哲学、弗洛伊德主义、托尔斯泰主义、无政府主义、国家主义、马克思主义等文学思潮和哲学思潮大都介绍进了中国。外来的思潮激发了中国本土的文学创作力量,许多文学青年从西方文学中吸取营养,探讨人生的问题,表达内心的苦闷,从而形成了五四文学现实主义和浪漫主义双峰并

---

① 胡适:《论新诗》,《胡适研究资料》,北京:十月文艺出版社1989年版,第372页。

峙、现代主义因素渗透其间的独特景观。

　　文学新思潮涌起的一个突出标志,是文学社团的纷纷成立。文学研究会 1921 年 1 月率先在北平成立,同年夏天留学日本的学生宣布成立创造社。这两个文学社团在五四时期影响最大,分别代表了新文学的现实主义思潮和浪漫主义思潮。随后成立的新月社、语丝社、湖畔社、浅草社、弥洒社、沉钟社等,也各有文学主张,形成了自己的艺术风格和流派特色。文学社团的成立,文学流派的涌现,标志着文学革命取得了重大的成就。

【导学训练】

1. 文学革命与中西文学传统的关系。
2. 中国新诗的创造性和存在的问题。

【研讨平台】

　　中国现代文学的起点在哪里?

　　提示:起点问题,关系到对中国现代文学的性质、特性的认定。中国现代文学开始于五四文学革命,这一点在相当长时期里不成问题。

　　到了新的世纪之交,随着世俗化潮流的涌起,革命的历史记忆渐行渐远,人的欲望获得了表现的良机,文学的娱乐功能得到了加强。一些人既反对"左"的政治对文学史的干涉,也开始不满意启蒙主义者好为人师的态度,转而要求更多的个性自由,享受日常生活的乐趣。在这样的背景下,学术界出现了反思五四新文化运动和文学革命的声音,甚至开始指责新文化运动和文学革命破坏了中国的文化传统。按这种思路,中国现代文学开始于五四文学革命的观点就成了问题。其实,早在提出"20 世纪中国文学"这一概念的时候,已经有了超越五四起点的意向,只是当时关注的不是起点问题罢了。真正明确提出中国现代文学起点在五四之前(晚清),则是进入 21 世纪以后的事。主张晚清说的理由,是晚清的文学已经具备了现代性,比如它表现都市世相,借重现代出版业,其中的欲望、正义、价值和知识被看做是"被压抑的现代性"。这种观点的意义,是让人们重视五四文学革命与晚清文学革新运动的历史联系,显示了历史的连续性,也有利于研究者从一些新的角度来理解五四文学革命的发生。但它所带来的问题可能比它所解决的更多。有学者认为,它的最大问题是模糊了传统色彩比较浓的世俗现代性与真正现代的启蒙现代性的界限,降低了现代性的标准,因而也就降低了五四新文化运动和文学革命的历史地位。

　　起点问题联系着如何理解文学、理解历史。晚清起点说,反映的其实是 21 世纪新的时尚,那就是社会上不再像从前那样关心革命、启蒙等严肃的理想主义话题,转而开始讲究现世的享受和娱乐了,通俗小说的地位也就大大提高。

【拓展指南】

1. 王德威:《被压抑的现代性——没有晚清,何来五四?》,《想象中国的方法——历史·小说·叙事》,北京:三联书店1998年版。

简介:王德威在文章中提出,传统解释新文学的"起源",多以五四为依归,胡适、鲁迅等人被赋予开山宗师的地位。相对的由晚清以至民初的数十年文艺动荡,则被视为传统逝去的尾声,或西学东渐的先兆,过渡意义,大于一切。但到了20世纪末重审现代中国文学的来龙去脉,我们应重识晚清时期的重要,及其先于甚或超过五四的开创性。他认为,现代性的生成不能化约为单一进化论,也无从预示其终极结果。实际上,太平天国前后以至宣统逊位的六十年里,中国文学的创作、出版及阅读蓬勃发展,前所未见;推陈出新、千奇百怪的文艺实验,较五四毫不逊色。晚清小说的四个文类——狭邪、公案侠义、谴责、科幻,已经预告了20世纪中国"正宗"现代文学的四个方向:对欲望、正义、价值、知识范畴的批判性思想,以及如何叙述它们的形式性琢磨。仅以狭邪小说为例,它在开拓中国情欲主体想象上,往前承续古典情色小说感伤及艳情的两大传统,向下影响到郁达夫等人的颓废美学。而晚清文学的这些现代性内容到了五四被压抑了,五四文学以其正统儒家心态——"写作是事业,不是企业",否定了晚清文学的"商业意识",其"菁英的文学口味其实远较晚清的前辈为窄",这阻断了文学的多样可能性。

2. 刘纳:《五四能压抑谁?》,《社会科学战线》2009年第1期。

简介:刘纳本文针对王德威《被压抑的现代性》一文,提出三问:往前说,压抑了晚清文学的现代化趋势吗?平行说,压抑了被文学史家划归通俗文学的那一部分作品吗?往后说,压抑了五四之后中国文学的多种可能吗?刘纳认为晚清小说再怎么繁荣,也仍然敌不过当时占据正统地位的诗文,而且大多数作品语言乏味酸腐,阅读成了一种折磨。比如被王德威举证为"想象高妙"的《新中国未来记》等小说,以文学眼光看,不堪卒读。倘若不是在晚清之后有了五四,倘若不是五四新文学发难者大大抬举了晚清小说,如今未必会有那么多研究者到晚清留下的杂志中去爬梳。刘纳认为,晚清小说的四个文类在五四以后依然繁荣,反映了五四及其以后市民阶层兴起的历史现实,而新文学的读者主要是知识青年。对于五四是不是压抑了后来中国文学的多种可能性问题,刘纳认为首先要把文学史写作和文学史本身区分开来。文学史的丰富内容,在文学史家的陈述中被规范,这体现了一种话语权力。从这样的意义上说,五四被不断阐释,也是在被"压抑"。王德威问责五四"化约"了晚清,他自己是不是也在"化约"五四?

【参考文献】

1. 魏绍昌、吴承惠编:《鸳鸯蝴蝶派研究资料》上卷,上海:上海文艺出版社1984版。
2. 袁进:《它为历史提供了什么——试论民国初年鸳鸯蝴蝶派小说泛滥的原因》,《中国现代文学研究丛刊》1984年第3期。
3. 郝庆军:《论鸳鸯蝴蝶派的兴起》,《文学评论》2006年第2期。

4. 陈国恩、范伯群等:《百年后学科架构的多维思考——关于中国现代文学史起点问题的对话》,《学术月刊》2009 年第 3 期,《新华文摘》2009 年第 11 期全文转载。

5. 钱理群:《试论"五四"时期"人的觉醒"》,《文学评论》1989 年第 3 期。

6. 温儒敏:《王国维文学批评的现代性》,《二十世纪中国文学史论》,北京:东方出版社 1997 年版。

7. 刘纳:《嬗变——辛亥革命时期至"五四"时期的中国文学》,北京:中国社会科学出版社 1998 年版。

8. 李怡:《中国现代新诗与古典诗歌传统》,重庆:西南师范大学出版社 1994 年版。

9. 郑敏:《世纪末的回顾:汉语语言变革与中国新诗创作》,《文学评论》1993 年第 3 期。

10. 郑敏:《中国诗歌的古典与现代》,《文学评论》1995 年第 6 期。

第二章　新文学主将鲁迅

鲁迅是文学革命的主将。他在中国文学从古典向现代的转型过程中，以世界性的眼光汲取异域营养，继承并改造中国的文学传统，进行创造性的探索，以《呐喊》、《彷徨》等作品奠定了中国现代文学的基础。"鲁迅的方向，就是中华民族新文化的方向。"①

第一节　生平与思想历程

鲁迅（1881—1936），原名周樟寿、字豫山，后改为豫才。童年时家道衰落，给了他接触下层民众、尤其是农民的机会。他在家乡接受启蒙教学，1898年进南京水师学堂，不久又改投江南陆师学堂附设的矿务铁路学堂。南京求学期间，他接触到了现代科学知识，并读了赫胥黎的《天演论》，接受了进化论的影响。1902年，他赴日本学医，开始系统地接触西方新思潮，形成了早期以进化论和个性主义为核心的思想。进化论应用于社会领域，形成了社会达尔文主义，强调"物竞天择，适者生存"。鲁迅基于被压迫民族的立场，主要从进化论中吸收了进化和反抗的思想，着眼于民族的自强和振兴。他受尼采的影响，坚持个性主义，主张"掊物质以张灵明，任个人而排众数"②，体现了他早期重视个性发展的思想立场。

仙台医科专科学校经常在课间为学生放映幻灯片。有一天课后，放映的是日俄战争期间一个中国人因充当俄国间谍而被日本人抓住砍头，然而观看他砍头的竟是他的中国同胞，这使鲁迅受到了强烈的刺激。他意识到："凡是愚弱的国民，即使体格如何健全，如何茁壮，也只能做毫无意义的示众材料和看客，病死多少是不必以为不幸的。所以我们的第一要著，是在改变他们的精神，而善于改变精神的是，我那时以为当然要推文艺，于是想提

---

① 毛泽东：《新民主主义论》，《毛泽东选集》第2卷，北京：人民出版社1993年版，第698页。
② 鲁迅：《文化偏至论》，《鲁迅全集》第1卷，北京：人民文学出版社1981年版，第46页。

倡文艺运动了。"①

1909年8月,鲁迅回国,先后在绍兴和杭州教书。辛亥革命爆发,他十分兴奋,但很快就对辛亥革命的结果感到失望。1912年,受人推荐,他到南京教育部任职,不久又随教育部迁居北京。教育部的工作十分平淡,中国的社会又看不到希望,鲁迅的思想陷于消沉。他说:"见过辛亥革命,见过二次革命,见过袁世凯称帝,张勋复辟,看来看去,就看得怀疑起来,于是失望,颓唐得很了。"②作为麻痹自己的一种方法,他把主要精力放在了读古书、抄古碑上,而这也在不经意中增加了他的学术积累,提升了他对历史和现实的洞察力。

1918年初,钱玄同请他为《新青年》作点文章。鲁迅应约创作了《狂人日记》,从此一发不可收,接连发表了《孔乙己》《药》《明天》等小说和为数不少的杂文。这些作品后来分别结集为小说集《呐喊》和杂文集《坟》、《热风》等。1926年他又出版了小说集《彷徨》。

1926年9月,鲁迅由林语堂介绍,到厦门大学担任国文系教授兼国学院研究教授。一学期后辞职转任中山大学国文系主任。"四·一二"政变,鲁迅奔走营救学生无效,愤而辞去一切职务。他原来的"青年必胜于老年"的进化论思想轰毁,开始接受共产党人的阶级斗争学说。

1927年10月,鲁迅偕许广平从广州到上海,开始了最后十年在上海的生活。他参与了关于"革命文学"的论争,接编《语丝》,和郁达夫合办《奔流》,1929年又与柔石等组织朝花社,出版《朝花周刊》和《朝花旬刊》,印行《艺苑朝华》,介绍和倡导版画。1930年初,他与创造社、太阳社联合发起成立中国左翼作家联盟,开始了新时代的思想文化斗争。

鲁迅后期的作品有小说集《故事新编》,散文集《两地书》和《朝花夕拾》,杂文集《华盖集续编》、《三闲集》、《二心集》、《伪自由书》、《南腔北调集》、《准风月谈》、《花边文学》、《且介亭杂文》、《且介亭杂文二集》、《且介亭杂文末编》、《集外集》等。

1936年10月19日,鲁迅病逝于上海。毛泽东说:"鲁迅是中国文化革命的主将。他不但是伟大的文学家,而且是伟大的思想家。鲁迅的骨头是最硬的,他没有丝毫的奴颜和媚骨,这是殖民地半殖民地人民最可宝贵的性

---

① 鲁迅:《呐喊·自序》,《鲁迅全集》第1卷,北京:人民文学出版社1981年版,第417页。
② 鲁迅:《南腔北调集·〈自选集〉自序》,《鲁迅全集》第4卷,北京:人民文学出版社1981年版,第455页。

格。鲁迅是在文化战线上代表全民族的大多数,向着敌人冲锋陷阵的最正确、最勇敢、最坚决、最忠实、最热忱的空前的民族英雄。鲁迅的方向,就是中华民族新文化的方向。"①

第二节 《呐喊》、《彷徨》与《故事新编》

《呐喊》洋溢着战斗的豪情,《彷徨》透露出五四落潮期鲁迅内心的苦闷和孤独,它们都包含着丰富的历史内容。

第一,深刻揭露了宗法制度和封建礼教。鲁迅接受了进化论和个性主义思想,从自身的生存经验中痛切地感受到了中国社会的症结在于人的愚昧,所以要"撄人心",解放人的思想。他把小说创作自觉纳入到思想启蒙的时代要求中,第一篇白话小说《狂人日记》即把批判的矛头指向家族制度和封建礼教。《狂人日记》运用两套文本:作品的题记使用文言文,代表了现实世界的声音;正文用白话文,反映了狂人内心世界的声音。两套不同的文本是两种语言空间,隐喻了新旧文化的尖锐对立。作品中的狂人是一个迫害狂患者,他思维荒谬,语言混乱,但在看似疯狂的话语中其实包含着深刻的思想。这种奇异的艺术效果,来自于鲁迅在结构艺术上的大胆创新。鲁迅采用复合的结构,在表层结构上戏拟混乱的语言,表现一个精神病患者的病态思维,而在深层结构上却承载着作者自己的思想。因而从根本上说,这个狂人不是一般的战士,也不是精神病患者,而是鲁迅自己对历史认识的艺术表达。这种"特别的格式",使这篇小说实现了癫狂语言与深刻思想的统一,为中国小说打开了一个前所未有的新奇的审美视界。

《孔乙己》写的是一个落魄书生受人嘲弄最后饿死的悲剧,包含了封建等级制度杀人这样的主题,其实是礼教"吃人"的另一种形式。作品里,酒客与孔乙己的行为都受制于等级观念。不过,孔乙己虽然迂腐,毕竟善良,因而他的死是对封建等级制度的控诉。更有意思的是,孔乙己是被同样是读书人的丁举人打折了腿,最后走向死亡的。一个成功地跻身于上流社会的读书人,摧残了一个落魄的读书人,这构成了对封建等级观念的辛辣嘲讽。

由《狂人日记》开始的对封建思想和宗法制度吃人本质的揭露,是鲁迅创作的一个基本主题,贯穿在他后来的创作中。

---

① 毛泽东:《新民主主义论》,《毛泽东选集》第2卷,北京:人民出版社1991年版,第698页。

第二,反思了辛亥革命,强调国民性改造的重要性。鲁迅的小说没有正面描写辛亥革命,而是侧重从辛亥革命所引起的社会反响来思考这场革命与民众的关系。《药》由两条线索构成,明线写华老栓买人血馒头给儿子治病,暗线写革命者夏瑜为革命而牺牲,通过明暗两条线索的交织,把两个故事联系起来,从而揭示了一个残酷的事实,即革命者为民众牺牲,他的鲜血却成了民众用来治病的"药",表明革命者为民众牺牲没有得到民众的理解,他的鲜血白流了。透过革命者和群众之间的隔阂,鲁迅把质疑的锋芒指向辛亥革命领导者的脱离民众,又指向民众的愚昧。这体现了鲁迅小说的启蒙主义性质。

《阿Q正传》写阿Q的愚昧落后,他向往革命不过是为了个人欲望的满足,因而阿Q式的革命即使成功,也只是改朝换代而已。但阿Q毕竟有改变自己生活现状的急迫要求,他本能地感到革命对他有利,就去投降假洋鬼子,这说明阿Q本来是可以成为辛亥革命的基本群众的。辛亥革命不仅没有改善阿Q的处境,反而把他送上了断头台——阿Q被当做替罪羊枪毙了。这里,鲁迅从民众与革命的关系方面总结了辛亥革命失败的经验,在对辛亥革命表示失望的同时,强调了对民众进行思想启蒙的重要性。

阿Q形象具有多重的意义。就社会身份而言,他是一个落后的农民。他的性格充满了矛盾:他妄自尊大又自轻自贱,既敏感忌讳又麻木健忘,既质朴愚昧而又圆滑无赖。① 这些矛盾对立的性格因素统一在阿Q身上,显示了阿Q内心的扭曲和他的双重人格。这种人格的集中表现,就是精神胜利法。阿Q用精神胜利法来对抗强大的社会异己力量,这既有其愚昧的一面,消极的后果就是使他永远处在不觉悟的状态中,不敢面对现实;但也有其无奈的一面,即阿Q作为一个弱者,无法对抗强大的环境,只能通过扭曲自己来迎合强者,求得可怜的生存。从这后一方面来看,阿Q的精神胜利法就是一种生物性的自我保护反应,也可以说是人类较为普遍的一种不敢正视现实的精神弱点的象征。

鲁迅不仅创造了阿Q这一独具魅力的艺术典型,而且营构了独特的社会环境——未庄。这里封建等级观念盛行,影响着人际关系。这种等级意识森严、冷漠无情的现实,正是造成阿Q悲剧的原因之一,也是生成阿Q精神胜利法的重要土壤。

第三,真切地反映了旧时代农民的悲惨命运及其精神上的弱点。农民

---

① 林兴宅:《论阿Q的性格系统》,《鲁迅研究》1984年第1期。

在鲁迅的笔下主要是作为精神奴役创伤的承担者出现的。通过阿Q、闰土、七斤、九斤老太、爱姑等落后农民形象的塑造，鲁迅揭示了国民精神上的病态和性格的缺陷，又对他们抱着"哀其不幸，怒其不争"的态度。

《风波》是张勋复辟在农村引起的一个余波。复辟的消息传到农村，引起了一阵骚动。七斤因为进城被人剪了辫子，赵七爷威胁说他面临杀头之灾，一家人因此感到恐慌。周围的人听后，有幸灾乐祸的，有扬眉吐气的，有来凑热闹的。最终发现这是一场虚惊，村子于是复归平静，赵七爷又盘起了辫子，生活呈现老样子。鲁迅以此揭示了农村的闭塞落后、农民的愚昧麻木。

《故乡》是鲁迅小说中抒情味最浓的一篇。少年闰土与中年闰土的对比，反映了动乱年代的天灾人祸对农民的损害；闰土见到"我"时的一声"老爷"，又说明了闰土在社会化过程中失去了他少年时代的天真，服从了传统的等级观念。这种改变是令人心酸的，表面看是一个人的成长，实际上却是精神的异化。闰土目前景况的不好是与他精神上的这种变化联系在一起的。鲁迅虽然对他的处境抱着深厚同情，但对他精神上的异化却感到悲哀。

《祝福》对底层妇女的描写具有独特的意义。鲁四老爷与其说是政权的化身，不如说是礼教的化身，因为他的言行无不合乎封建礼教的规范。他虽然对祥林嫂婆家把祥林嫂绑走的行为感到愤怒，但最终又默认了这一行为。他吩咐下人把祥林嫂的工钱算清交给她婆家，从封建礼教的观点看，是一个正派人。但正是这个所谓的正派人按照礼教的观念，禁止祥林嫂参加除夕之夜的祭祀，摧毁了祥林嫂活下去的希望。鲁四老爷是按礼教行事的，所以他对祥林嫂的精神摧残是封建礼教对祥林嫂的精神摧残，祥林嫂的悲剧是封建礼教造成的悲剧。

第四，探索了从辛亥革命前后到五四时期知识分子的思想历程。知识分子的生存和命运是鲁迅小说的另一个表现重点。鲁迅小说中的知识分子形象包括了科举时代的读书人和五四时期的知识分子，他通过艺术实践探索了他们的思想历程，展现了他们的内心矛盾，对他们身上的局限进行了深刻的解剖。相对来说，《呐喊》主要写农村和农民；到了《彷徨》，知识分子题材的分量明显增加了。

《在酒楼上》的吕纬甫和《孤独者》中的魏连殳，是辛亥革命时期的知识分子。吕纬甫曾经奋发过，但他像苍蝇一样飞了一圈又回到原地，心灰意懒，觉得一切都没有意思。鲁迅同情吕纬甫的遭遇，但并不认同吕纬甫精神上的颓唐。魏连殳特立独行,可是最后他说:"我已经躬行我先前所憎恶所反对的一切,拒斥我先前所崇仰、所主张的一切了。"这种世俗意义上的成功,实际是他理想的幻灭。历史的重负、内心的孤独、焦灼的苦闷、复仇的愿望,面对"奴隶"和"看客"的世界,先行者的内心感受在"孤独"中得到最为深刻的体现。"孤独者"形象从根本上说是鲁迅的一种内心体验的艺术表达。

《伤逝》中的涓生和子君是五四时代的知识分子。他们的爱情从喜剧开始而以悲剧告终,包含着丰富的社会内容。从社会方面来看,他们的悲剧是由于自由恋爱不被封建舆论所认可,涓生失业,从而摧毁了他们爱情的经济基础。从个人的角度看,他们俩对爱情的理解不同,个性也有很大差别,从而导致最终的分手。涓生为了救出自己,以一种堂皇的借口告诉子君已不爱她了,这无异于摧毁了子君的精神支柱。而子君把爱情视为人生的一切,一旦失去了爱情,就没有了别的出路。鲁迅写这个悲剧,除了对子君们寄予深深的同情外,主要是为了打破五四青年的单纯幻想,要他们把争取恋爱自由与社会改革结合起来,取得经济上的独立。这使《伤逝》的主题远比五四时期一般表现两情相悦的爱情题材小说深刻得多。

《呐喊》和《彷徨》对历史和现实的批判、对农民问题的关注、对知识分子心灵的探索,都达到了时代的高度。它们在艺术创新上也取得了突出的成就,推动了中国小说艺术的发展。

鲁迅把外来的艺术营养与自身的生活经验结合起来,按照题材的特点和主题表现的需要,在小说形式上不断探索,因而几乎每一篇小说都是新颖的,《狂人日记》用的是日记体,《伤逝》是手记体,《药》采用双线结构,《祝福》用倒叙,而他采用最多的则是直叙的散记体,即用直叙的方法,让故事在起伏中直接地发展到高潮。

在艺术手法上,鲁迅擅长白描,即通过人物的动作和语言来表现其个性,并由行动中的人与人之间的关系构成人物活动的背景,传达出时代的特点。他说:"忘记是谁说的了,总之是,要极省俭的画出一个人的特点,最好是画他的眼睛。"[①]画眼睛,一是指笔墨尽量省俭,不作过多的铺叙,用细节揭示人物的内在精神。比如《肥皂》的结尾写到四铭的老婆最终还是用上了四铭替她买的香皂,表明她了解四铭的品质,揭示了四铭这类伪君子的肮

---

① 鲁迅:《我怎么做起小说来》,《鲁迅全集》第4卷,北京:人民文学出版社1981年版,第513页。

脏灵魂。二是指直接描写人物的眼神,如祥林嫂在鲁镇出现三次,鲁迅极简洁地写了她三次不同的眼神,从口角有点笑意,到眼光失去了精神,到最后"只有那眼珠间或一轮,还可以表示她是一个活物",前后不同的神情,写出了祥林嫂命运的变化。白描手法需要深厚的艺术功力,也透露出浓郁的民族特色。

鲁迅小说塑造典型的方法,是"杂取种种人,合成一个"。他说:"所写的事迹,大抵有一点见过或听到过的缘由,但决不全用这事实,只是采取一端,加以改造,或生发开去,到足以几乎完全发表我的意思为止。人物的模特儿也一样,没有专用过一个人。往往嘴在浙江,脸在北京,衣服在山西,是一个拼凑起来的脚色。"[①]这使鲁迅笔下的典型形象具有很强的艺术概括力,又富有鲜明的个性。

《呐喊》、《彷徨》以其直面惨淡人生的现实主义精神与艺术上的中西融合和大胆创新,开创了中国新文学的现实主义传统。

《故事新编》是鲁迅另一部小说集,共收新编历史小说 8 篇,大部分写于 1934—1935 年,代表了鲁迅在创作方法上的新探索。《故事新编》的各篇只取历史的一点因由,随意点染,想象丝毫不受历史规定性的束缚,重点是联系现实来品评历史,借以表达作者的历史观、人生观和对现实的看法。这是兼融现实主义、浪漫主义和表现主义于一炉的一种创作方法,鲁迅称其特点是"油滑"。《补天》里女娲两腿间多了几个"古衣冠的小丈夫",《理水》中文化山上的学者说"O. K"、"好杜有图",以古今杂糅的方式辛辣地嘲讽了历史和现实中的一些现象。这样的描写,包含现实批判的精神。就此而言,它们具有现实主义小说的特点。但这类想象突破了生活的常规,游走于历史和现实之间,因而又具有浪漫主义的特性。而就这些场景直接表现作者对历史和现实的本质理解而言,显然又带有表现主义的特点。

《故事新编》的内容是深邃的。《补天》向大地之母女娲表达了敬意,《奔月》对射日英雄后羿寄予了同情,《理水》歌颂了公而忘私、艰苦实干的大禹,《非攻》赞赏以天下自任而又有勇有谋的墨子,《铸剑》崇扬眉间尺的复仇精神,而《采薇》、《出关》、《起死》对伯夷、叔齐、老子、庄子等人进行了嘲讽,体现了鲁迅反对空谈、注重实干、为民谋利、疾恶如仇的个性。这是一部奇特的小说,它的新异与魅力同在。

[①] 鲁迅:《我怎么做起小说来》,《鲁迅全集》第 4 卷,北京:人民文学出版社 1981 年版,第 513 页。

第三节 《野草》、《朝花夕拾》和杂文

1924—1926年间,鲁迅在《语丝》上连续发表了23篇散文诗。他在1927年将这些散文诗结集,增写《题辞》一篇,命为《野草》。《野草》之名,一是自谦,认为这些作品来源于现实中的"小感触","根本不深,花叶不美",像路旁的"野草"一样,二是推崇像野草一样甘愿献身的品德。

《野草》并非没有美好单纯的情绪,比如《好的故事》,写"我"凝视在幻影中的美好景象时,它们骤然消失了,但小河两岸的美的人和美的事,毕竟以梦一样的美丽烙在了"我"的心中;问题在于,如果真要说它们留存在了记忆里,它们却又分明是一种幻影,这使美好的单纯增加了悲凉和虚无。《野草》所表达的,大多就是这种错综复杂甚至矛盾冲突的意向和情绪。这种情绪产生于深刻的焦虑与不安,是置身于"无物之阵",没有朋友,甚至找不到敌手时对自身存在的根本性忧虑。鲁迅的可贵,就在于他虽然陷于迷蒙之中,不轻易地相信希望,却也不主张绝望,如在《希望》中写:"绝望之为虚妄,正与希望相同",因而,"我只得由我来肉薄这空虚中的暗夜了,纵使寻不到身外的青春,也总得自己来一掷我身中的迟暮"。

《影的告别》正是写"我"无处可去,最终只能彷徨于无地的困境:"我不过一个影,要别你而沉没在黑暗里了。然而黑暗又会吞并我,然而光明又会使我消失。"《过客》像一个独幕剧,老人代表曾经战斗过、现在已经与现实妥协的人,小孩代表单纯,过客不愿学老人停下来休息,也不相信小孩充满孩子气的好梦,他只是按照前方缥缈的呼唤,疲惫然而坚毅地前行。他听从的其实是内心不愿向现实屈服的声音。《秋夜》通过枣树和不怀好意的天空、阴险狡猾的月亮一伙的对峙,同样表达了不向强权低头、不受伪善者蛊惑的倔强精神。

《野草》中的另一些篇章,则直刺人类的势利和残忍。《狗的驳诘》中以狗质疑人:狗说人不如狗,因为狗们"终于还不知道分别铜和银;还不知道分别布和绸;还不知道分别官和民;还不知道分别主和奴……"《失掉的好地狱》中,本来主宰地狱的魔鬼,面对久已废弛的地狱被人类整顿得秩序森严,比原先更为残酷,不禁感叹起"这是人类的成功,是鬼魂的不幸"。《颓败线的颤动》中,母亲含辛茹苦地养大了女儿,到老却遭到女儿的背叛,以诗的语言批判人类的忘恩负义。

在《野草》里,鲁迅大量运用象征手法,以奇幻的想象创造了美的意境。

火可以冻成冰,成了死火,像美丽的红珊瑚;而一遇人的热气,却又马上惊醒,开始燃烧。不过死火复活后还是面临生的悖论:如果燃烧,它就将烧完;如果冷冻,那就要冻灭。最后它还是选择了烧完,象征着人的存在意义其实全在于自己的选择。《野草》中,时间和空间是按作者的主观意志重组的,经常呈现为时间的断裂和空间的叠合,由矛盾对立的形象构成统一体,从而把丰富的情感和深刻的思想大大浓缩了。这是鲁迅在静思或想象中自己与自己的对话或辩驳、自己对自己的凝视与批判,包含着深刻的哲理。象征性的形象世界中,隐藏了鲁迅内心的挣扎与他的人生态度。

《朝花夕拾》是一本"旧事重提"的散文集,写于1926年。离开北京,鲁迅的心境似乎不再那么激昂和沉重,可是厦门大学的环境又让他感到沉闷,所以他"不愿意想到目前;于是回忆在心里出土了,写了十篇《朝花夕拾》"①。这种心境,使《朝花夕拾》带有朴实温馨的情调。《从百草园到三味书屋》写出了记忆中的儿童乐园。《阿长与山海经》中的长妈妈,虽然也有不讨"我"喜欢的地方,但她善良,讲的那些七奇八怪的故事让"我"惊异不已。《父亲的病》是回忆父亲患病期间"我"所见的种种情状,治病的各种奇怪处方尽显庸医的愚昧,可是在回忆中已经变成滑稽。《藤野先生》和《范爱农》带着深深的怀念,像黄昏落照那样让人惆怅和忧伤。

当然,《朝花夕拾》也并非尽是这样的抒情歌谣,除了回忆与怀念,还有鲁迅一生执著的讽刺与批判。《狗·猫·鼠》谈狗说猫论鼠趣味横生,可是矛头是对着像猫一样玩弄对手于股掌之上然而又媚态十足的"正人君子"的。《二十四孝图》则直斥中国传统孝道的虚伪与残忍,用了杂文笔法。

《朝花夕拾》色彩明丽清新,充满乡土气息;议论与抒情结合,写得朴实自然,饱含深厚的感情。这是鲁迅对自己逝去韶光所投的深情一瞥,是他孤愤苍凉心情的另一面展现。

鲁迅的杂文是艺术性的政论文,就其锋芒的犀利而言,可说是匕首和投枪。鲁迅的杂文计有《热风》、《坟》、《华盖集》、《华盖集续编》、《而已集》、《三闲集》、《二心集》、《南腔北调集》、《伪自由书》、《准风月谈》、《花边文学》、《且介亭杂文》、《且介亭杂文二集》、《且介亭杂文末编》、《集外集》、《集外集拾遗》,一百多万字;而且越到后来,他所写的杂文越多,战斗性和艺术性越强。

---

① 鲁迅:《故事新编·序言》,《鲁迅全集》第2卷,北京:人民文学出版社1981年版,第342页。

杂文有广义和狭义之分。鲁迅的杂文是狭义上的一种文体,这种文体因鲁迅的创作而获得了独立的意义。鲁迅的杂文短小精悍,常用的艺术手法是形象化的说理,即运用比拟造形的方法来表达主题,而其主题又都是紧密联系社会现实和各种文化现象的,因而具有艺术性和战斗性的双重性质。

所谓比拟造型,就是通过描画日常生活中的各种事物,来指称作者所要鞭挞的各类对象。鲁迅用这种方法塑造了许多生动的类型,如巴儿狗、落水狗、夏三虫,以及脖子上挂个小铃铛作为知识阶级徽章的山羊,彼此保持距离、既可取暖又免得相互刺伤的豪猪等,在发挥战斗作用的同时,给了读者"愉快和休息"。以巴儿狗为例,鲁迅说:"他却虽然是狗,又很像猫,折中、公允、调和、平正之状可掬,悠悠然摆出别个无不偏激,惟独自己得了'中庸之道'似的脸来。因此也就为阔人、太监、太太、小姐们所钟爱,种子绵绵不绝。"对巴儿狗,鲁迅认为应该先行打它落水,因为它是所有狗中最为势利的;说的是狗,指的其实是人。这样的论战手段,比起那些平实的说理更犀利、更精彩,也更富有艺术性。

鲁迅杂文的艺术手法是丰富多彩的。除比拟造型,还有起诨名、画脸谱等。比如"革命小贩"、"洋场恶少",看似信手拈来,实则涉笔成趣,直击要害。

鲁迅杂文的内容博大精深,涉及五四到 30 年代中期的中国社会政治和思想文化领域各种重大的事件,几乎可以当做一部中国现代政治史、思想史和文化史来读。当然,鲁迅杂文的思想价值须在认同他立场的前提下才能充分地挖掘出来。如果站在与他相反的立场上,或许会有不同的看法。

【导学训练】

1. 鲁迅与五四文学革命的关系。
2. 《阿Q正传》的艺术成就。
3. 《野草》的思想与艺术特色。
4. 鲁迅杂文的艺术贡献。

【研讨平台】

政治革命视角与思想革命视角中的鲁迅研究

提示:鲁迅的创作成就体现了五四文学革命的实绩。不过鲁迅在文学史上的形象,即使在充分肯定他的文学史著作中也是有所不同的。

鲁迅同时代的批评家大多是从批判封建礼教和改造国民性的角度来肯定鲁迅的创

作成绩的,这反映了五四时代的特点。到了上个世纪30年代初,以瞿秋白为代表的左翼文化阵营开始用马克思主义的观点来研究鲁迅。瞿秋白在其《鲁迅杂感集·序》中提出,鲁迅的思想发展道路是从进化论到阶级论、从个性主义到集体主义,而他的创作风格则体现了清醒的现实主义精神。这就把鲁迅的创作成就与政治革命的内在规定性联系了起来,从鲁迅体现政治革命对文学的要求方面来肯定他的创作成就。这种研究模式在此后的近半个世纪中一直占据主导地位,代表人物有周扬、冯雪峰、陈涌等。毛泽东认为鲁迅的方向代表了中华民族新文化的方向,同样是从鲁迅对中国革命的巨大贡献的角度来评价鲁迅的。从中国革命的规定性出发研究鲁迅,优点在于可以揭示鲁迅与中国革命的深刻联系,缺点是把鲁迅研究政治化,从而可能扭曲了鲁迅。

上个世纪80年代初,随着思想解放潮流的兴起,这种研究模式逐渐被从思想革命的视角来研究鲁迅的模式所取代。从思想革命的视角来研究鲁迅,标榜的是"回到鲁迅"。一些学者,如王富仁、钱理群等,认为研究者要回到鲁迅的原初意图上去。鲁迅的原初意图,就是批判国民劣根性。他们指出,鲁迅描写落后的民众,强调的是他们不仅无助于革命,反而给革命者造成了损害。在革命者与群众的关系中,已经不是革命者脱离群众的所谓历史错误问题,而是革命者宣传鼓动民众,甚至为民众牺牲,却因为民众的愚昧不仅发动不起来,甚至牺牲后被当成治病的"药",他们的牺牲毫无价值。因而鲁迅小说的意义,不是因为它们回答了中国革命的重大问题,而是因为它们回答了中国反封建思想革命的重大问题,即提醒人们注意,当务之急是对愚昧的国民进行思想启蒙。强调回到鲁迅创作的原初意图上,肯定鲁迅小说的反封建思想革命的意义,这顺应了思想解放的潮流,符合人们在经历了极左年代的思想专制以后要求确立人的主体性、肯定人的独立思考权利的普遍愿望。它本身就是思想解放运动的产物,并且构成了思想解放潮流的重要一环。

【拓展指南】

1. 陈涌:《鲁迅论》,北京:人民文学出版社1984年版。

简介:全书24万字。作者就鲁迅的道路、鲁迅小说的现实主义、鲁迅小说的思想力量和艺术力量、鲁迅与无产阶级文学、鲁迅与现实主义和浪漫主义的关系等问题做了专题探讨。陈涌认为鲁迅是一个伟大的革命民主主义和现实主义的作家,他的小说对中国农民问题的表现是从被压迫人民的角度出发的,其深刻性表现在反映了农民和其他被压迫人民的苦痛,不仅提出了反抗封建统治的问题,而且提出了农民的革命要求问题。鲁迅的现实主义使他正视阿Q思想上的落后性,但更重要的是表现了阿Q身上内在的革命要求。辛亥革命没有发动阿Q这样的革命群众,所以才导致了失败。鲁迅在小说中对知识分子的本性也做了深刻描写。知识分子往往最早感受到时代的苦痛,开始时也大多具有勇气和信心,但他们和群众缺乏联系,当革命昂扬的时候拥护和参加革命,但当革命走向低潮或者自己受到挫折时,便往往动摇、消沉、颓唐了,变得与群众和现实更加隔离。鲁迅对知识分子的失望和苦痛寄予了深挚的同情,同时又以冷峻、沉重的心情批判了他们的弱点。鲁迅思想的革命民主主义性质,决定了他的文学活动从一开始便服从于当时中国的政治斗争,这使他善于从阶级关系、从压迫与被压迫的关系来观察和表现封建阶级与农民阶级的人物,创作的成就超越了欧洲的批判现实主义文学,而且在中国的条件下必然会把自己的文学活动逐渐融合到共产主义的思想中去。从民主主义到共产主义,这是鲁迅思想发展的根本方向。

2. 王富仁:《中国反封建思想革命的一面镜子——〈呐喊〉〈彷徨〉综论》,北京:北京师范大学出版社1986年版。

简介:全书40万字。作者在"中国反封建思想革命的一面镜子"的基点上论述了《呐喊》与《彷徨》的本体意义、意识本质、两种观念意识进行对话的基本艺术方式、变动着的观念与变动着的艺术等问题。他认为从1950年代起,我国逐渐形成了一个以毛泽东对中国社会各阶级的分析为纲、以对《呐喊》和《彷徨》的政治意义阐释为主体的研究系统,这个研究系统曾对《呐喊》和《彷徨》的研究做出了自己的贡献,但也逐渐暴露出了它的一些严重缺陷。《呐喊》、《彷徨》的本体意义,首先是中国反封建思想革命的一面镜子,中国社会政治革命的一系列问题是在中国反封建思想革命的镜面中被折射出来的。《呐喊》、《彷徨》的意识本质,主要不是鲁迅对中国社会政治革命规律和特点的认识,而是与中国传统封建意识尖锐对立的现代中国的新的意识观念,它以社会思想和社会伦理道德的进化发展观、人道主义、个性主义为主体,以彼此的相互制约、相互补充为基本构架方式,形成了立足于中国反封建思想革命的现状,与西方各个历史时期的资产阶级民主学说不尽相同的、具有中国特色的反封建思想体系,这赋予了《呐喊》、《彷徨》以反封建思想内容的深刻性和彻底性。鲁迅对中国反封建思想革命特点的独特认识和深刻把握,内在地规定了《呐喊》、《彷徨》艺术方法的选择。

3. 汪晖:《反抗绝望——鲁迅及其文学世界》,上海:上海人民出版社1991年版。

简介:全书29万字。第一编论述的重点是鲁迅思想的悖论:在1903—1924年间,是个人、自我及其对启蒙主义历史观的否定与确认的悖论;在1920—1936年间,则是自我的困境与思想的悖论。第二编讨论了历史的"中间物"概念,认为鲁迅小说不仅是对近代中国社会生活和精神体系的认识论映象,而且也是鲁迅作为历史"中间物"的心理过程的全部记录。由于鲁迅的"中间物"意识出现在社会危机的时代,因而它在一定意义上又是我们民族现代意识觉醒过程中的全部精神史的表现。作者认为,狂人、夏瑜、吕纬甫、魏连殳等人物,作为历史的"中间物",其精神特征是与强烈的悲剧感相伴随的自我反观和自我否定,是对"死"和"生"的人生命题的关注,他们把生与死提高到历史的高度来咀嚼体验,在精神上同时负载起"生"和"死"的重担,从而以某种抽象的或隐喻的方式表达自己的"中间物"的历史观念。第三编讨论的是鲁迅小说的叙事原则与叙事方法。

【参考文献】

1. 严家炎:《复调小说:鲁迅的突出贡献》,《中国现代文学研究丛刊》2001年第

3 期。

2. 钱理群:《心灵的探寻》,北京:北京大学出版社 1999 年。
3. 南帆:《四重奏:文学、革命、知识分子与大众》,《文学评论》2003 年第 2 期。
4. 林兴宅:《论阿 Q 的性格系统》,《鲁迅研究》1984 年第 1 期。
5. 张梦阳《阿 Q 与中国当代文学的典型问题》,《文学评论》2000 年第 3 期。
6. 孙中田:《阿 Q:多元基因的艺术结晶》,《文学评论》2000 年第 6 期。
7. 孙玉石:《〈野草〉研究》,北京:北京大学出版社 2007 年版。
8. 阎庆生:《鲁迅杂文的艺术特质》,西安:陕西人民出版社 1983 年版。
9. 解志熙:《彷徨中的人生探寻——论〈野草〉的哲学意蕴》,《鲁迅研究月刊》1990 年第 9、10 期。
10. 袁良骏:《鲁迅杂文幽默讽刺新论》,《鲁迅研究月刊》1993 年第 11 期。

第三章　小说流派的形成

文学革命由新诗方面突破,而在小说方面获得重大成果。鲁迅的小说体现了五四文学革命的实绩,但从更大的范围看,五四时期的小说经历了一个从问题小说到不同流派小说涌现的发展过程。流派的形成,是现代小说成熟的标志。

第一节　"思考的一代"与问题小说

文学革命初期,除了鲁迅的《狂人日记》等,小说创作整体上还处在探索的早期阶段。新文化运动颠覆了封建礼教,解放了青年人的思想。觉醒了的青年成为思考的一代,他们开始用现代的眼光观察中国社会,探索人生问题。一个时期里,"人生究竟是什么"这样新奇的问题成了他们关注的焦点,他们希望文学能反映人生问题,并给出一个回答。1918年《新青年》刊出"易卜生专号",易卜生的问题剧风行一时,对青年人思考人生问题也是一次有力的推动。

问题小说兴盛于1919年前后。罗家伦的《是爱情还是苦痛》、俞平伯的《花匠》、叶圣陶的《这也是一个人?》,已经露出问题小说的端倪。问题小说探讨的大多是道德、教育、婚姻、恋爱的问题。这些问题与青年人关系最为密切,是他们首先要直接面对的。

1919年下半年,冰心发表《两个家庭》、《斯人独憔悴》,问题小说开始形成风气。冰心(1900—1999),本名谢婉莹,福州人。她出生于一个开明的海军军官家庭,年轻时求学于教会学校。《两个家庭》否定了封建家庭培养出来的女子,提出了家庭和教育问题。《斯人独憔悴》则反映了封建家庭里的父子冲突:守旧的父亲不能接受儿子的新思想,要加以经济制裁,矛盾无法调和,使年轻一代陷于"憔悴"之中。冰心的这些问题小说抓住了青年的心,引起很大的社会反响。不过,冰心没有去思考这些社会问题的根源和更深的内涵,而是试图开出解决这些问题的药方。在冰心看来,人生免不了痛苦、悲哀、贫穷乃至残杀和死亡,也存在名誉、利欲、享乐、腐化的诱惑。如何解决这些问题?她的答案是爱。她认为只有爱的维系才能缓解各种矛盾,人生才会有光明与幸福。1921年,冰心发表了《超人》,写一个冷心肠的青年何彬,因为母爱的感动,改变了对人生的冷漠看法,认识到世界上的人"都是相牵连,不是互相遗弃的"。这可以说是冰心对爱的哲学的阐释。冰心后来加入了文学研究会,1923年又留学美国,在散文和诗歌方面取得了重要成就。其散文影响较大的是《寄小读者》;其诗集《繁星》和《春水》是五四时期哲理小诗的代表。1931年,冰心写出了小说《分》,用一个"分"字把她早期所相信的人是"互相牵连,不是互相遗弃"的哲学否定了。她开始抛开了"爱"的幻想,直接面对社会,小说的现实意义增强了。

问题小说关注人生问题及其解决方法,作者的流派意识并不强。这些人后来大多像冰心那样加入了文学研究会,其创作按照他们原本关注人生问题的方向汇入了现实主义的潮流。

与冰心一样试图以理想化的方式解决人生问题的,还有早期的叶圣陶和王统照。王统照(1897—1957),字剑三,山东诸城县人。他认为"爱"与"美"可以克服人生的"烦"与"忧",然而现实似乎又告诉他这仅是美好的幻想罢了。《沉思》中的模特儿琼逸代表了"爱"与"美"的理想。《微笑》写小偷在监狱里偶然看到一个皈依基督教的女犯人的微笑,突然心灵复苏;出狱后,他成了一个有知识的工人。这超度灵魂的微笑,即是人类爱与美的象征。很显然,问题小说提出的问题都十分尖锐,但它们所暗示的解决问题的方法却都相当幼稚。这反映了五四前后盛行的"美育"思潮的影响,从作者个人方面看,也说明了他们还是阅世不深的青年。王统照的小说后来开始贴近现实人生。写于1922年的《湖畔儿语》,通过叙述者"我"与一个为避嫌而离家的孩子在湖畔的对话,讲述了孩子的母亲因家贫而被迫卖淫的故事,这种境遇对孩子心灵造成了严重伤害。创作于1923年的《生与死的一行列》,写一群抬棺者为在寂寞中死去的老魏送葬,揭示了下层民众痛苦而寂寞的生活。作者此前喜欢用的象征、暗示等艺术技巧,已经为写实的笔法所取代。

王统照的成就不限于短篇小说,他还是中国现代创作长篇小说最早的作家之一。他的《一叶》出版于1922年,与张资平的《冲积期的化石》同为中国现代最早的一批长篇小说。1923年起,他又在《小说月报》上连载长篇《黄昏》。不过,这几部长篇小说带有感伤抒情的成分,艺术上还处在探索的阶段。到了1933年出版的《山雨》,他的长篇小说艺术才趋向成熟,创作也进入了一个新的阶段。

第二节 人生派与写实小说

新文学流派的形成,始于1921年文学研究会的成立。文学研究会是最早的一个新文学社团,发起人有周作人、朱希祖、耿济之、郑振铎、瞿世英、王统照、沈雁冰、蒋百里、叶绍钧、郭绍虞、孙伏园、许地山。后来成员发展到一百七十余人,在上海、广州等地还成立了分会。革新后的《小说月报》是文学研究会的主要刊物,此外还发行了《文学周报》、《文学旬刊》及《诗》月刊,而且编辑出版了《文学研究会丛书》、《文学周报社丛书》、《文学研究会世界文学名著丛书》等共计二百余种。

周作人在《文学研究会宣言》中声称:"将文艺当作高兴时的游戏或失意时的消遣的时候,现在已经过去了。我们相信文学是一种工作,而且又是于人生很切要的一种工作。"强调文学激励人生、指导人生、改造人生的作用,是直接针对鸳鸯蝴蝶派小说及其娱乐性文学观念的,反映了文学研究会作家的社会使命意识。

文学研究会中主要从事新文学批评和理论建设的是沈雁冰。在改革《小说月报》之初,沈雁冰已经提出:"文学不是作者主观的东西,不是一个人的,不是高兴时的游戏或失意时的消遣。反过来,人是属于文学的了。文学的目的是综合地表现人生,不论是用写实的方法,是用象征比譬的方法,其目的总是在表现人生,扩大人类的喜悦与同情,有时代的特色做它的背景。"[①]文学研究会的成员大多认同这种"为人生"的文学观。这种文学观具有很强的包容性,吸引了不少有个性的作家和诗人,比如后来成为新月派主将的徐志摩,象征派的两位重要诗人李金发、戴望舒,都是文学研究会的成员。但文学研究会的文学倾向总体上是现实主义的,一个重要原因就是它受到了世界范围内、尤其是俄罗斯和北欧现实主义文学的影响。五四时期,西方文学观和外国文学作品被大量介绍到中国,文学研究会介绍的重点是欧洲的现实主义作品。沈雁冰接手《小说月报》后,即在《小说新潮栏宣言》中提出易卜生、左拉、莫泊桑、契诃夫、屠格涅夫、陀思妥耶夫斯基、高尔基等人的

[①] 沈雁冰:《文学和人的关系及中国古来对于文学者身份的误认》,《小说月报》第12卷第1号。

四十余部作品急需翻译,并重点介绍了左拉的自然主义。沈雁冰当时所理解的自然主义,其实就是现实主义。

文学研究会开了"为人生"的现实主义文学先河。汇集在其中的作家大多来自农村,对乡土有很深的感情。因而当他们受现实主义思潮的影响而把创作的重点转向记忆中的乡土时,五四文坛便出现了一个乡土文学的创作潮流。

鲁迅是乡土文学的奠基者。他在《中国新文学大系·小说二集·导言》中说:"凡在北京用曲笔写出他的胸臆的人们,无论他自称用主观或客观,其实往往是乡土文学,从北京这方面说,则是侨寓文学的作者。"他又指出这些作品都是回忆故乡的,"因此也只见隐现着乡愁"。鲁迅的《故乡》、《风波》、《社戏》等小说,就其题材和风格而言,是乡土文学的作品,只是由于它们代表五四文学的思想和艺术高度,远比一般乡土小说深刻和成熟,通常才未归入乡土文学的范畴。

乡土文学的作家大多受鲁迅的影响,而周作人主张文学要有地方特色的观点也鼓励他们去开发乡土题材。这些作家注重描写乡土的习俗,折射中国社会的变迁。虽然怀着"乡愁",但这并没有妨碍他们直面乡土的真实,写出农村的破败和人性的愚昧。乡土小说比起问题小说来,艺术上有明显进步,内容上则更为充实。

写乡土小说成就较为突出的有王鲁彦、彭家煌、蹇先艾等。王鲁彦(1902—1944),浙江镇海人。著有短篇集《柚子》、《黄金》、《童年的悲哀》、《小小的心》、《屋顶下》、《雀鼠集》、《伤兵旅馆》、《我们的喇叭》,中篇《乡下》,长篇《野火》。他早期的小说带有浪漫抒情的成分,如《柚子》讲述湖南军阀杀人像砍柚子,围观的人群缺乏起码的同情心,小说的结尾写道:"湖南的柚子呀!湖南的人头呀!"作者的愤怒溢于言表。当王鲁彦转向乡土题材时,主要是写他家乡镇海农村的生活和习俗,代表作有《菊英的出嫁》等。《菊英的出嫁》写一个女孩子的隆重婚礼,婚俗的环节写得十分细致。到临末,读者才发现婚礼的主角都在多年以前死了,双方的家长只是按照当地的冥婚习俗,把已经死去的一对孩子用婚礼的形式迁葬到一起。这样的爱心,其实是透着愚昧的,让人感到无可奈何的悲哀。王鲁彦的这类小说,因写风俗十分细腻而具有民俗学的价值。《许是不至于罢》、《阿卓呆子》、《阿长贼骨头》则在写风俗的同时,刻画乡村的各色人物,含着讽刺和喜剧意味。1927年,他发表了《黄金》,主人公是一个很有名望的乡村绅士,仅仅由于出门在外的儿子没有按期寄钱来,便被人瞧不起,受到了乡邻的种种轻侮。最后他在梦中见到儿子升了官，派人送来了黄金，以前侮辱他的那些人又变得十分恭顺了。这些人的前倨后恭，反映了金钱的观念已经破坏了农村的古老民风。这篇小说艺术上相当圆熟，堪称王鲁彦的代表作。

彭家煌（1898—1933），湖南湘阴人。著有短篇集《怂恿》、《茶杯里的风波》、《喜讯》、《管他呢》、《平淡的事》、《寒夜》、《厄运》、《落花集》、《出路》，中篇《皮克的情书》。他的《怂恿》是一篇优秀的乡土小说，写两姓家族头面人物的宿怨引起了一场风波。恶棍牛七的蛮横、小人物政屏的愚蠢懦弱、伙计的油滑、长工的粗莽，都刻画得相当生动。作品语言活泼，适当运用方言，增加了地方色彩和喜剧效果。茅盾在《中国新文学大系·小说一集·导言》中称赞这篇小说是"那时期最好的农民小说之一"。同样具有喜剧味的还有《活鬼》。所谓活鬼，是小孩子娶的大龄媳妇闹出来的，讽刺了乡下财主为人丁兴旺而纵容媳妇偷汉。

蹇先艾（1906—1994），贵州遵义人。著有短篇集《朝雾》、《一位英雄》、《酒家》、《还乡集》、《踌躇集》、《乡间的悲剧》、《盐的故事》、《幸福》，中篇《古城的儿女》。他的《水葬》"展示了'老远的贵州'的乡间习俗的冷酷，和出于这冷酷中的母性之爱的伟大"①。骆毛偷东西被捉，乡里人按习俗把他捆起来沉入河底处死，围观的人群像戏剧的看客，骆毛的母亲双目失明，到傍晚还在等着她唯一的亲人回家。《在贵州道上》的地方色彩也相当浓郁——贵州的自然景色，"加班"轿夫赵洪顺的打扮和他抽鸦片、穿草鞋、骂老婆，以及轿夫们抬轿时说的方言行话，都写得相当生动。蹇先艾小说刻画的寡妇、小偷、轿夫、烟鬼、士兵等形象，充满了泥土味。

许杰（1901—1993），浙江天台人。他的《惨雾》写浙东农村两个村庄的农民为了争夺河边的一块土地而发生大规模械斗，一个弱女子兼有女儿和媳妇的双重身份夹在中间，揪心地目睹父亲、兄弟、丈夫等亲人惨死却无力阻止，表现了作者长于叙述和渲染氛围的才能。他的《赌徒吉顺》写吉顺沉迷于赌博，最终连老婆也典给了别人，其中的人物心理刻画得相当精彩。

乡土小说增强了新文学反映生活的力量，艺术上远超问题小说。而完整地走过从问题小说到人生派小说的创作道路，成为文学研究会中成就最高的小说家的，是叶圣陶。

叶圣陶（1894—1988），苏州人。他在五四时期出版了《隔膜》、《雪朝》（合作）、《火灾》、《线下》、《城中》、《稻草人》等小说和童话集。早期的作品

---

① 鲁迅：《中国新文学大系·小说二集·导言》，上海：良友图书公司1935年版，第8页。

也主要是问题小说。那时他认为人生的问题在相互"隔膜",所以写出了因为精神上的隔膜而不得不相互虚伪应付的悲哀(《隔膜》),知识分子与农民因社会地位不同而对人生的歧见(《苦菜》),甚至夫妻之间,也似乎只剩下所谓的"共同生活",而没有思想和感情上的沟通(《一个朋友》)。叶圣陶主张用"爱"与"美"来解决这些问题。可是到《饭》和《校长》,他已经克服了问题小说的局限,显示出现实主义的力量。叶圣陶当过小学教员,对小市民和下层知识分子的灰色生活很熟悉,所以他塑造贫困而又性格懦弱、易于满足的吴先生(《饭》)的形象相当成功,揭露教育界的弊端(《校长》)也比较深刻。写小市民知识分子灰色人生的代表作是《潘先生在难中》。这篇小说发表于1925年,主人公潘先生带着全家躲避战乱到了上海,可一听说教育局长要严办擅离职守者,又惶惶然返回乡下的学校。不料战事结束,他只是虚惊一场。潘先生胆小自私,缺乏公德,只管一家人逃命,根本不在乎他人的安危,更不要提关心国计民生了。战事才结束,他就受命写下"功高牧岳"、"威镇东南"等条幅,为军阀歌功颂德。作者在容量有限的篇幅中,用白描手法刻画了一个性格鲜明的小市民典型,显示出比当时一般小说家技高一筹。叶圣陶的短篇小说注重细节刻画,语言朴素平实,隐含着"不动声色"的讽刺。

1929年,叶圣陶出版了长篇小说《倪焕之》。作品前半部写倪焕之在事业和爱情方面的追求和幻灭,叙述和描写都相当细密。后半部写倪焕之努力参加到群众运动中去,但他难以跟上时代步伐,最后在贫病交加中死去。作者对革命的群众运动缺乏了解,后半部以叙述代替了描写,结构也显得较为松散。尽管有这些缺陷,《倪焕之》依然是新文学第一个十年中最有分量的长篇小说。

许地山(1894—1941)是文学研究会中很有特色的作家。他生于台湾,长于福建,青年时代到过东南亚,后又进牛津大学研修宗教考古学,精通梵文。早期的小说探讨人生问题,然而与众不同的是他认为人生本苦,解决的途径在宗教的"爱"。后来的小说贴近人生,但基本的主题仍是"人生苦"和宗教救赎。这些作品基本是以东南亚一带为背景,充满异国的情调。《命命鸟》写一对恋人因为遭到父母反对,参透人生后一起含笑投湖,他们把死看做是走向爱的极乐世界的一个环节,所以没有一点抱怨和恐惧。《商人妇》写惜官在与丈夫分离十年后到新加坡寻亲,反被丈夫卖掉。她逃出来自立,经历了许多磨难。但她不恨别人,觉得人间一切事情本来没有什么苦乐的分别。《缀网劳蛛》延续了这一主题:主人公尚洁遭丈夫误解,毫无怨言地离开家门流落到马来半岛的西岸,被一个采珠商收留。丈夫后来受基督教神父的感化而请求她原谅,她便不计前嫌,回到了原来的家。作者宣扬一切要顺乎自然,这看似消极,实则隐含了弱者的一种进取的人生哲学,体现了宗教人生观坚韧的一面。许地山兼取佛教的慈悲、基督教的博爱和儒家的仁义,使之上升到大爱的高度,作为人从苦难的现实中获得精神解脱的一种方式。即使到了30年代的《春桃》,现实主义风格已经成熟,可是主人公春桃凭一种博大的爱收留了结婚之夜失散、已经残废了的丈夫,从而演绎了一段一妻两夫、相濡以沫的动人故事,我们从中依然能看到他早期小说里那种宗教精神的延续。

第三节　浪漫派与抒情小说

创造社在文学研究会之后"异军突起",开了五四浪漫主义文学的先河。创造社1921年6月成立于日本,发起人为郭沫若、郁达夫、成仿吾、张资平等。这些人爱好文学,受国内文学革命的激励,想引导一个新的潮流,以打破文学研究会对文坛的"垄断",于是商议成立了这个新的文学社团。创造社发行《创造》季刊,后又出版《创造周报》、《创造日》,并编辑出版了《创造社丛书》。

创造社成员年轻气盛,他们在日本受尽"东洋气",又广泛接触了西方文学思潮,特别是与西方浪漫主义文学有着更深的精神联系,因而当他们要与文学研究会的主张区别开来时,很自然地走上了浪漫主义的道路。他们强调文艺是自我的表现,推崇灵感的作用,反对艺术有另外的目的。这些都是浪漫主义的观点,体现了创造社成员共同的文学理想。

20年代中期,随着主要成员参加革命,创造社的方向发生了转换。郭沫若发表《革命与文学》等文章,宣布浪漫主义标榜个性自由,已成了"反革命的文学"。他要开展自我批判,提倡"表同情于无产阶级的社会主义的写实主义的文学"[①]。1927年下半年,郁达夫宣布退出创造社。次年从日本回来的冯乃超、朱镜我、彭康等激进青年加入进来,创造社又出版了《文化批判》等刊物,宣传马克思主义,这引起了他们与鲁迅等人就"革命文学"的问题展开的一场影响很大的论争。

---

① 郭沫若:《革命与文学》,《文学运动史料选》第一册,上海:上海教育出版社1979年版,第446页。

创造社的流派意识很强。郭沫若、成仿吾、郁达夫等高举"创造"大旗,把批判的矛头对准先他们登上文坛、奉行写实主义的文学研究会。基于不同流派观点的文学论争,虽有一些过火的言论,但总的看对于五四文学的繁荣起到了积极的作用。

浪漫派作家注重自我表现的文学观点与其浪漫的气质结合起来,很自然地促成了一类感伤抒情小说在五四时期的流行。郭沫若的《牧羊哀话》、《行路难》、《残春》、《喀尔美罗姑娘》等,都是主观抒情的小说。而写浪漫抒情小说成就最高的,是郁达夫。

郁达夫(1898—1945),浙江富阳人。1921年10月,他出版了小说集《沉沦》,内收《沉沦》、《南迁》、《银灰色的死》三篇小说。《沉沦》写一个留学日本的青年受到日本人的歧视和同胞的排斥,变得自卑寡欢。他离群索居,不甘沉沦而又不可自拔地沉沦下去,最后从酒家买醉求笑,投海自杀。作品不讲究故事的完整,而注重内心情绪的宣泄,是一种自叙传的写法。郁达夫信奉"文学作品,都是作家的自叙传"的观点,又受到当时日本流行的私小说的影响,因而他的小说取材基本就是身边琐事,尤其贴近个人的情感。他作品里的主人公不管叫"质夫"、"文朴",或者"我"和"他",其实都是自我的艺术写照。《茫茫夜》里,于质夫从日本回国,目睹政治黑暗,觉得"茫茫的长夜,耿耿的秋星,都是伤心的种子",意志脆弱的他便因失望而采取了自暴自弃的态度,从妓女身上寻求同情和麻醉。《茑萝行》写主人公在安庆教书时家里家外的不如意:同事排挤他,妻子不是理想的爱人。他常常拿妻子出气,过后又不得不歉疚地认错,写出了一个性格懦弱的知识分子内心的悲苦和挣扎。这些人物身上,多少都带有郁达夫的影子。

郁达夫说他在日本留学时读外国小说,几年之内"总有一千部内外"[1],而在许许多多古今大小的外国作家里面,"我觉得最可爱、最熟悉,同他的作品交往得最久而不会生厌的,便是屠格涅夫……我的开始读小说,开始想写小说,受的完全是这一位相貌柔和,眼睛有点忧郁,绕腮胡长得满满的北国巨人的影响"[2]。关于郁达夫所受屠格涅夫的影响,一般都会关注他们作品里的主人公有相似的"多余人"血统。但郁达夫的多余人与屠格涅夫的

---

[1] 郁达夫:《五六年来创作生活的回顾》,《郁达夫全集》第5卷,杭州:浙江文艺出版社1992年版,第338页。
[2] 郁达夫:《屠格涅夫的〈罗亭〉问世以前》,《郁达夫全集》第6卷,杭州:浙江文艺出版社1992年版,第96页。

多余人生活在两种完全不同的社会中,存在平民和贵族的身份区别。因而要说屠格涅夫对郁达夫创作的影响,主要还是一种由情感触动而引起的对自我多余人身份的恍然领悟,这种自我的发现导致作家精神生活和想象方式的变化。这一总体性的影响,又使郁达夫从屠格涅夫的创作中获得了注重人物内心体验以及自然美对人物塑造的作用等方面的经验。这些启示和经验,对郁达夫的创作具有重要的意义。①

1923年7月,郁达夫发表了《春风沉醉的晚上》。这篇小说写一个烟厂女工与"我"的一段交往。陈二妹关心和劝导"我",突出了这个女孩的坚强和善良,"我"则在陈二妹的纯洁中获得了灵魂的升华。次年,他又发表了《薄奠》,通过一个人力车夫艰难的一生和他的死,控诉世道的不公。这两篇小说在自我表现的风格中增加了社会批判的内容,已经流露出了风格变化的端倪。到1927年,他发表了《过去》,写一个知识分子碰到以前的情人,靠他自己的理性力量战胜了情欲。这一方面表现了作者中年人的情怀,另一方面也说明了前进的时代对他产生了影响,使他意识到了"沉沦"式的风格已经不受读者的青睐了。

郁达夫本质上是个诗人。他情感纤弱敏锐,对内心生活体验很深,对自然美有很强的感受力,其小说不重视情节,而是向诗美的方面开掘。他早期的小说,在感伤的情调中点缀了清丽淡雅的景色片断。到了后期,他虽然写出了《她是一个弱女子》、《出奔》等具有现实主义特色的作品,但真正能够代表他后期创作成就的是《迟桂花》、《杨梅烧酒》、《东梓关》、《瓢儿和尚》等具有散文美和诗美的小说,其中尤以《迟桂花》写得出色。《迟桂花》写"我"受同学邀请去参加其婚礼,重点却是"我"与同学的妹妹同游五云山,在美丽的大自然中净化了情欲,人格得到升华。优美的景色和感情的升华构成了作品的主体,从中可以看出传统审美趣味对作品的渗透。

郁达夫小说最容易引起争议的是其中的性苦闷及变态心理的描写。读者要在看到其颓废一面的同时,认识到这是作者抨击社会不公的一种独特方式。《沉沦》中的主人公陷于性苦闷,但郁达夫努力把它作为一个社会问题来写。主人公跳海前呼喊:"祖国呀祖国,我的死是你害我的!你快富起来,强起来吧!"在个人失败中包含着郁达夫式的爱国主义情怀。《茫茫夜》或许更消沉些,但是也不乏揭露士大夫虚伪的意图,或如郭沫若说的:"他

---

① 陈国恩:《心有灵犀一点通——屠格涅夫对郁达夫小说的影响》,《外国文学评论》1988年第3期。

那大胆的自我暴露,对于深藏在千年万年的背甲里面的士大夫的虚伪,完全是一种暴风雨式的闪击,把一些假道学假才子们震惊得至于发狂了。为什么?就因为有这样露骨的真率,使他们感受到作假的困难。"① 周作人在《沉沦》一文中已经指出了它描写青年现代的苦闷,即生的意志与现实的冲突,不是不道德的文学,而是"不端方"的文学,当然这也是"受戒者的文学",少儿不宜。

郁达夫小说的自我暴露,与他的文艺观是有关系的。他说:"艺术的价值,完全在一个真字上"②,"心境是如此,我若要辞绝虚伪的罪恶,我只好赤裸裸地把我的心境写出来"③。这种文艺思想,体现了五四青年的人本主义立场和对个人道德的自信心。

郁达夫的散文也写得很好,尤其是他30年代的游记,以个人的体验写出自然山水、名胜古迹的美,尽显其浪漫的才情,达到炉火纯青的境界。抗战时期,郁达夫流亡到南洋,从事抗日宣传。日本投降前夕,他在印度尼西亚的苏门答腊被日本宪兵秘密杀害。他以生命为代价实现了爱国的承诺。

张资平(1895—1950),是创造社的重要成员。他在日本开始创作小说,处女作《约檀河之水》描写一个中国青年与日本房东女儿的恋爱悲剧,带有浪漫情调,但青年在绝望中皈依了基督教,削弱了作品的反叛力度。张资平是现代文学史上最早创作长篇小说的作家,他的《冲积期的化石》、《飞絮》、《苔莉》等以写实的笔法讲述爱情故事,展现青年恋爱的心理较为细腻。他在文坛的地位,也主要靠这些长篇奠定。但张资平过多地表现男女间的挑逗追逐、争风吃醋,后来更热衷于编造乱伦的故事,失去了他早期作品心理描写的蕴藉含蓄,受到了鲁迅的尖锐批评。

五四时期的浪漫抒情小说以郁达夫为中心形成了一个作家群体,其中较有成就的是创造社的一些后起之秀,如倪贻德、陶晶孙、叶灵凤等。倪贻德的《玄武湖之秋》写"我"与三个女学生在玄武湖荡舟作画,相互体贴关怀,脉脉含情,他们的行止不过比较浪漫罢了,但这在风气尚未开化的地方招来了众人的嫉妒与嘲骂,使主人公感叹境遇的困苦、人世的孤零和社会的

---

① 郭沫若:《论郁达夫》,《历史人物》,北京:人民文学出版社1979年版,第303页。
② 郁达夫:《艺术与国家》,《郁达夫全集》第5卷,杭州:浙江文艺出版社1992年版,第64页。
③ 郁达夫:《写完了〈茑萝集〉的最后一篇》,《郁达夫全集》第5卷,杭州:浙江文艺出版社1992年版,第77—78页。

仇视，把美好的青春葬送了。陶晶孙有音乐造诣，他的小说包含了较多的音乐成分。他的日语比汉语好，这在一定程度上又助成了他寓巧于拙的语言风格。《音乐会小曲》是他早期的代表作，小说分三节，各以"春"、"秋"、"冬"命名，分别写出了伤感、萧瑟、难堪的人生境遇。《木犀》则以神秘醉人的木犀香潮为暗线，串起了一个少年与其年轻漂亮的女先生脱俗而凄凉的恋爱故事。陶晶孙小说中的男主人公大多浪漫而温文尔雅，擅长在女学生和舞女中周旋，可又不流于轻薄，常让人觉得有淡淡的哀愁在心头。叶灵凤的《女娲氏之遗孽》写感伤的多角恋爱故事。他受西方浪漫主义和唯美颓废派的影响很深，擅长表现人物的变态心理，营造幻美的气氛。

　　写浪漫抒情小说的，其实远不止于创造社的作家。陈翔鹤和林如稷是浅草—沉钟社的成员。前者的《西风吹到枕边》写 C 先生身受旧式婚姻的酷刑，可又不得不同情那个身不由己的女子，颇有郁达夫《茑萝行》的情调。后者的《流霰》，主人公内受累于旧式婚姻，外不见容于专制的学校，觉得世途暗昧，心境无宁，追慕起"自沉湘江的屈原"和"狂歌醉没的谪仙"，也是一种浪漫抒情的写法。文学研究会的王以仁，自认为受郁达夫的影响很深。他的《孤雁》由 6 封书信连缀而成，告白"我"的漂泊和挨饿受冻的人生景况，的确可以见出郁达夫的影子。

　　庐隐(1898—1934)，是文学研究会的作家，文学观念却与创造社相近。她说："文学创作是重感情，富主观，凭借于刹那间的直觉，而描写事物，创造境地；不模仿，不造作，情之所至，意之所极，然后发为文章。"①她的创作从问题小说起步，很快转向以抒写内心感受的方式来追问"人生究竟"。她所看到的人生大都像演戏一般，名利的代价只是"愁苦劳碌"，神圣的爱情到头来靠不住，人们都戴着假面具互相猜忌倾轧。《海滨故人》是她的代表作，主人公露莎和一群女友对生活充满憧憬，而冷酷的现实把她们的理想撞得粉碎，不仅事业成了泡影，而且爱情在结婚后也变了味。个人与社会、理想与现实、感情与理智的矛盾纠缠在一起，使这些人不堪重负。几千年来女性深受纲常名教的压迫，连表达苦闷的权利也没有。庐隐冲破封建观念的藩篱，以一个女流之辈大胆宣布女性对社会、对人生、对自我的思考，表达了女性在婚姻恋爱问题上要求拥有与男子平等权利的愿望，这从一个侧面反映出社会的进步。庐隐随后出版了短篇集《曼丽》、《灵海潮汐》、《玫瑰的刺》和长篇小说《归雁》、《象牙戒指》。庐隐喜欢用书信体，虽然语言不够精

---

① 庐隐：《著作家应有的修养》，《东京小品》，上海：北新书局1935年版。

练,但她长于展现女性的内心苦闷和憧憬,那种主观抒情的写法是有其特色的。

沅君(1900—1974),是五四时期另一个重要的女作家。她没有参加过创造社,但最初的作品发表在《创造》季刊和《创造周报》上。她的小说充满热烈的情感,写青年人勇敢地反抗封建势力对婚姻的干涉和阻拦。若论当时描写女性恋爱心理之细腻,表达女性个性解放、恋爱自由的要求之强烈,沅君是首屈一指的。她的作品比庐隐少些悲哀,多些抗争的精神。正是这些方面,再加上她采用的便于抒发主观激情的第一人称或书信体的写法,构成了她前期小说的浪漫抒情的特色。

创造社以外的一些作家不约而同地创作浪漫抒情小说,这说明五四是一个青春浪漫的时代,浪漫主义文学思潮的影响已经超出了创造社,辐射到了更广的范围。这正有点像郑伯奇所说的,"在五四运动以后,浪漫主义的风潮的确有点风靡全国青年的形势。'狂风暴雨'差不多成了一般青年常习的口号。当时簇生的文学团体多少都带有这种倾向"[1]。

【导学训练】

1. 五四乡土文学的特色及成就。
2. 郁达夫与五四浪漫主义文学的关系。

【研讨平台】

郁达夫小说风格是现实主义的还是浪漫主义的?

提示:郁达夫小说是一种什么样的风格?这在1949年后相当长的时期里是存在争议的。人民共和国成立,推行解放区的文艺方针,崇尚的是现实主义。在这样的历史背景中,若要肯定郁达夫在文学史上的地位,就要肯定他是一个现实主义作家。1950年代的一些重要论著采取的就是这么一种策略。如曾华鹏、范伯群在《郁达夫论》中写道:"把郁达夫这个名字与现实主义联系在一起,初看起来,也许显得是奇怪和勉强的,然而,当时的时代是异常复杂的,因此,作品所反映的现实也是多样的。如果作家真实地艺术地反映了生活的侧面,这就符合了艺术的现实主义法则。"[2]

上个世纪80年代初,"左"的教条被打破,人们才敢于正视浪漫主义的本来面目,肯

---

[1] 郑伯奇:《中国新文学大系·小说三集·导言》,上海:良友公司1935年版,第3页。
[2] 曾华鹏、范伯群:《郁达夫论》,王自立、陈子善编《郁达夫研究资料》(下),天津:天津人民出版社1982年版,第515—516页。

定其追求自由精神的积极意义。这时,浪漫主义不再仅仅是幻想和夸张,而是一种情感生活的方式,一种文学创作的姿态。它区别于现实主义的,是它的主观性、它的侧重于表现内心生活、它的叛逆情绪、它的打破文体的界限等。许子东的《郁达夫新论》按照这一新的标准,肯定了郁达夫是一个浪漫主义作家,并对他的小说的浪漫主义特色做出了新的概括。

从强调郁达夫是一个现实主义作家,到认为他是一个浪漫主义者,变化的背后是人们的批评标准不同了。这样的改变,不仅意味着郁达夫的小说得到了符合它本来特点的更为准确的评价,而且折射出了自由精神在社会生活中的影响力的扩大和历史朝向民主化方向的进步。

【拓展指南】

1. 凌宇:《二三十年代乡土小说中的乡土意识》,《文学评论》2000 年第 4 期。

简介:本文提出上世纪二三十年代乡土小说中的"乡土"表现出三种形态:过去的美的故乡,现实的黑暗故乡,想象中的未来故乡。在由此三种不同形态的"乡土"所引发的"乡愁"中,潜存着乡土作家们"得乐园——失乐园——重返乐园"的思想逻辑,同时也形成"乡土小说"在表现上的区别。

2. 许子东:《郁达夫新论》,杭州:浙江文艺出版社 1983 年版。

简介:全书 17 万字,内收郁达夫创作风格论、郁达夫小说创作、关于"颓废"倾向与"色情"描写、社会政治观与艺术创作、郁达夫与鲁迅、郁达夫与日本等专题论文。作者认为郁达夫小说的风格表现为强烈的主观色彩、感伤的抒情倾向、清新绮丽而自然的文笔。据此肯定郁达夫小说风格中浪漫主义是一种占主导性的创作精神,而现实主义主要只是一种创作手法(而非创作方法)。他指出,郁达夫的浪漫主义风格有两个特点,一是抒情主人公的现实化,二是感伤的美学特征;他的风格深受近代欧洲浪漫主义文艺思潮的影响,其中某些近乎"消极浪漫主义"的美学特征,不能掩盖其"积极浪漫主义"的精神实质;他的后期创作中现实主义因素有所增加,但浪漫主义始终是风格的基本倾向。

3. 陈国恩:《浪漫主义与 20 世纪中国文学》,合肥:安徽教育出版社 2000 年版。

简介:全书 30 万字。作者认为浪漫主义文学思潮是争取个性解放、情感自由的社会思潮在文学领域中的反映。中国现代浪漫主义思潮萌芽于 20 世纪初,至五四时期蔚为大观,代表者除了郭沫若的诗歌,主要就是郁达夫的小说。社会革命兴起,压缩了浪漫主义的生存空间,迫使它进入了调整期,从革命的浪漫谛克到丁玲、萧红,浪漫主义思潮的探索归入了现实主义的大潮,但沈从文、废名和 30 年代的郁达夫发展了一种田园牧歌型的浪漫主义。浪漫主义思潮此后经历了政治化的曲折道路,到新时期初又呈现回归之势,80 年代中期以后则整体性地消失在现代主义潮流中。中国现代浪漫主义文学思潮虽没有西方浪漫主义思潮的那种规模,但持续的时间却比西方的长久,从一个侧面反映了中国现代社会的复杂性和它所面临的困难形势。

【参考文献】

1. 许志英、倪婷婷:《中国农村的面影——二十年代"乡土文学"管窥》,《文学评论》1984年第5期。
2. 黄万华:《乡土文学和现代意识》,《中国现代文学研究丛刊》1988年第2期。
3. 陈继会:《文化视角中的"五四"乡土小说》,《文艺研究》1989年第5期。
4. 袁国兴:《乡土文学·鲁迅风——对中国现代文学初期一个小说群体创作倾向的再认识》,《文学评论》2006年第5期。
5. 梁实秋:《现代中国文学之浪漫的趋势》,原刊《晨报副镌》1926年3月25、27、29日,见唐金海主编《新文学里程碑·评论卷》,上海:文汇出版社1997年版。
6. 铃木正夫:《郁达夫与日本文学》,《复旦大学学报》1984年第6期。
7. 彭晓丰:《郁达夫与卢梭》,《中国现代文学研究丛刊》1984年第4期。
8. 周炳成:《郁达夫前期小说与西方浪漫主义文学》,《中国现代文学研究丛刊》1985年第4期。
9. 黄侯兴:《理想主义激情与殉情主义感伤——郭沫若、郁达夫文艺思想比较之一》,《文学评论》1986年第4期。
10. 罗成琰:《现代中国的浪漫文学思潮》,长沙:湖南教育出版社1992年版。

第四章　新诗的发展

在中国,诗歌一直处于文学正宗地位,五四文学革命也是以诗歌为突破口的。胡适等人对新诗进行了大胆的"尝试",其早期白话新诗的理论和实践为中国诗歌转型作了有益的探索,但毕竟带有初创期的局限。真正推动新诗进入一个全新的迅猛发展时期的,是郭沫若以及新月诗派、小诗派、湖畔诗派和象征诗派的诗人们。

第一节　郭沫若及《女神》

郭沫若(1892—1978),原名郭开贞,四川乐山人。年幼时酷爱中国古典文学,戊戌变法以后开始接触"新学",留日期间广泛阅读西方文学,并接受"泛神论"思想。五四运动使他找到了表现个人郁结和民族郁结的突破口,写出了不少浪漫抒情小说和张扬个性的散文,但他的主要成就在新诗创作。他说:"在一九一九的下半年和一九二〇的上半年,便得到了一个诗的创作爆发期。"①这个爆发期的成果,便是《女神》。

1921年8月出版的《女神》以绝端自由的形式、奇异的想象和奔放的情感,表现了五四狂飙突进的时代精神,展现了一个文化空前变革的大时代。它将胡适等人倡导的诗体大解放推向一个新的阶段,以直抒胸臆的方式表现爱国、反封建思想,充分张扬自由个性。从这一意义上说,《女神》开一代诗风,成为中国白话自由体新诗的奠基之作,引领了一个时代的诗歌走向,也由此奠定了郭沫若在新诗史上的地位。

五四期间,郭沫若如痴如醉地阅读美国诗人惠特曼的《草叶集》,认为"惠特曼的那种把一切的旧套摆脱干净了的诗风和五四时代的狂飙突进的

---

① 郭沫若:《创造十年》,《郭沫若全集》第12卷,北京:人民文学出版社1992年版,第64—65页。

精神十分合拍",于是"彻底地为他那雄浑的豪放的宏朗的调子所动荡了"。① 惠特曼解放了郭沫若的思想,使他从旧的思维桎梏中挣脱出来,认同《草叶集》那汪洋姿势的表达方式,"个人的郁积,民族的郁积,在这时找到了喷火口,也找到了喷火的方式"②。《女神》的成功相当程度上在于它是融合了诗人情感的高度诗化的五四精神载体。正如闻一多所言,"有人讲文艺作品是时代底产儿,《女神》真不愧为时代底一个肖子"③。

  《女神》以热烈奔放的情感鞭挞封建专制,主张个性解放和民主自由。郭沫若时刻关注时代、国家与人类的前途命运,以地球、海洋、宇宙等宏大意象,表现破坏旧制度旧世界的英雄气概,张扬个性解放精神。在《凤凰涅槃》中,他写道:"茫茫的宇宙,冷酷如铁"、"黑暗如漆"、"腥秽如血";喊出了对封建社会的强烈诅咒和拷问:"你脓血污秽着的屠场呀!/你悲哀充塞着囚牢呀!/你群鬼叫号着的坟墓呀!你群魔跳梁着的地狱呀!/你到底为什么存在?"《天狗》则发出了振聋发聩的呐喊:"我是一条天狗呀!/我把月来吞了,/我把日来吞了,/我把一切的星球来吞了,/我把全宇宙来吞了。"诗人希望砸碎一切落后的枷锁,期待整个世界的更新。因此"我飞奔,/我狂叫,/我燃烧。/我如烈火一样地燃烧!/我如大海一样地狂叫!/我如电气一样地飞跑!"作者以惊天动地的气概,表现了一种生命强力意志,热情地讴歌民主与自由,期盼重塑新的自我和人的尊严。这种空前的反叛精神和对人的自我的发现,这种对人的意志力的张扬,契合了五四的思想解放主题,是五四时代精神的诗意表达。

  更新和创造是《女神》所张扬的时代精神。诗人对日月星辰、海洋、光明和火等一切具有创造力量的事物极为崇拜。"凤凰"用"自焚"来抗议旧世界,诗中的凤凰,正是诗人的写照,是诗人反叛与创造精神的体现。《浴海》如此写道:"我的血和海浪同潮,/我的心和日火同烧,/有生以来的尘垢、秕糠/早已被全盘洗掉!/我如今变了个脱了壳的蝉虫,/正在这烈日光中放声叫://太阳的光威/要把这全宇宙来熔化了!/弟兄们!快快!/快也来戏弄波涛!/趁着我们的血浪还在潮,/趁着我们的心火还在烧,/快把那陈腐了的旧皮囊/全盘洗掉!/新社会的改造/全赖吾曹!"此诗作于1919

---

① 郭沫若:《我的作诗的经过》,《郭沫若全集》第16卷,北京:人民文学出版社1992年版,第216页。
② 郭沫若:《序我的诗》,《郭沫若全集》第19卷,北京:人民文学出版社1992年版,第408页。
③ 闻一多:《〈女神〉之时代精神》,《创造周报》1923年6月第4号。

年 9 月,诗人正在日本留学,虽未能亲历五四运动,却为五四思想解放的潮流所激荡,渴望通过"浴海"洗涤旧的思想污垢,脱胎换骨,以新的姿态自信地投入到改造社会的洪流中。

《女神》抒写了一种强烈的爱国情感。在《炉中煤》里,诗人将祖国喻为年青的女郎,将自己比成炉中燃烧的煤块,以表达对祖国的眷恋之情。在《地球,我的母亲!》一诗中,诗人将地球看成是寄托灵魂的所在,是慈祥、伟大的母亲。对地球的无以言说的深情,使诗人按捺不住地歌吟:"地球,我的母亲!/我的灵魂,便是你的灵魂,/我要强健我的灵魂来,/用来报答你的深恩。"《晨安》中,诗人以赤子之情,向祖国的大好河山与新生的同胞发出来自内心深处的"晨安"问候。

《女神》还塑造了一位张扬自我、以个性解放为强烈诉求的抒情主人公形象。郭沫若诗中的"我"彰显了一种崇高的时代精神,它是一个空前的叛逆者、创造者、一个"开辟鸿荒的大我",具有无限的伟力,要创造尊严的山岳、宏伟的海洋,创造日月星辰。诗人彻底打破了一切偶像,充分地张扬自我。火中涅槃的凤凰,燃烧的炉中煤,创造新太阳的女神,特别是吞吐宇宙万象的天狗,体现了诗人对个体解放后本质力量的想象。他在《凤凰涅槃》中不断地高歌:"一切的一"、"一的一切"、"一切的一切!"这是诗人对异域泛神论思想的个性化解读。"泛神论"原本是流行于 16—18 世纪西欧的一种哲学思想,它认为宇宙天地中并没有什么超自然的神,不存在超验的上帝,所谓的神其实就是自然本身,神存在于自然界的万事万物中。这种将神与天地自然相等同的思想,其实质就是否定神的存在,是一种无神论。郭沫若在五四思想解放的语境中对泛神论作了个性化的解读:"泛神便是无神。一切的自然只是神的表现,自我也只是神的表现。我即是神,一切自然都是自我的表现。"①显然,张扬自我是郭沫若解读的逻辑支点,是其泛神论思想的核心,也是《女神》抒情主人公的重要品格。

在艺术风格上,《女神》具有浪漫主义抒情特色。

《女神》中的大多数作品激荡着五四狂飙突进的时代精神,张扬了一股雄浑阳刚之气。《凤凰涅槃》、《天狗》、《立在地球边上放号》、《我是个偶像崇拜者》等作品中的抒情主人公,以一种阳刚之声,挑战旧的纲常伦理,渴望打破旧的秩序,建立以自由、民主、尊严为经纬的社会,表现了一种前所未

---

① 郭沫若:《〈少年维特之烦恼〉序引》,《文艺论集》,《郭沫若全集》第 15 卷,北京:人民文学出版社 1992 年版,第 311 页。

有的"人的解放"的深度、强度与广度。五四时代"人的解放",起码包括思想的解放、情感的自由和审美的多元化,"天马行空",人的潜力在自由宽松的状态下得到充分的发掘。周扬曾如此评价郭沫若的《女神》:"那辗转在封建重压之下要求解放的个性,不过是被堰拦住,只是徒然地在堰前乱流的'小河'的水,到他,这水便一下子泛成提起全身力量来要把地球推倒的无限的太平洋的滚滚怒涛。"①《女神》张扬了人类本性中热烈奔放、渴望创造的自由精神,其声雄浑激昂,彰显了一种崭新的时代理想。

《女神》的另一重要特点是想象奇特。郭沫若是一个偏主观的人,具有充沛的想象力,常常借助想象翱翔于诗的天际,依凭神话传说宣泄澎湃的激情,创造出令人神往的艺术境界。如诗人借火中歌吟的凤凰,尽情抒发渴望新生的情感(《凤凰涅槃》);想象自己是一只超凡的"天狗",气吞万象,张扬人的本质力量(《天狗》)。这类奇异的想象,增添了诗歌的浪漫主义色彩,将读者引向一个前所未有的美的世界,尽情地享受想象的快乐。在那些以古代神话和传说为题材的诗篇里,诗人在尊重神话和传说逻辑的前提下,超越一些具体细节,大胆地想象,创造出新的神话,如《凤凰涅槃》、《湘累》、《女神之再生》、《棠棣之花》等,诗中形象都带有个性化的想象色彩,成为五四时期高唱赞歌的解放者。

郭沫若沿着胡适的方向,将自由体新诗向前推进了一大步,《女神》的诗体形式不受任何规范的限制,完全遵从诗人情感表达的需要,做到了"绝端的自由、绝端的自主"。没有固定的格律和形式,整个《女神》数十首诗歌形式不拘一格,有的长达数百行,有的只有短短几句;有的掷地有声,有的清新淡雅;有的押韵,有的没有韵;短歌、诗剧、叙事诗、抒情诗,多种多样。郭沫若曾说过:"新诗没有建立出一种形式来,倒正是新诗的一个很大的成就……不定型正是诗歌的一种新型。"②《女神》正是通过天马行空、绝端自由的诗体,生动地表现了五四时期狂飙突进的时代精神。

第二节 小诗运动与湖畔派

小诗流行于20世纪20年代,是一种即兴式短诗,一般为三五行,抒写作者特定时空中的感触和情绪,寄寓人生的感兴与哲思。代表作有冰心的

---

① 周扬:《郭沫若和他的〈女神〉》,《解放日报》1941年11月16日。
② 郭沫若:《开拓新诗歌的路》,《郭沫若论创作》,上海:上海文艺出版社1983年版,第280页。

《春水》、《繁星》和宗白华的《流云》等。五四退潮后，许多知识分子在迷茫中思索、彷徨，他们由狂放的呐喊转为冷静的沉思，对社会人生多有感兴，但又不愿意像郭沫若《女神》那样恣意抒写，于是往往借助外在景象，三言两语地道出、升华，小诗便应运而生了。小诗在写实主义诗歌和浪漫主义诗歌的基础上弥补了新诗探索的不足，使人们看到了一种新的诗歌样式。当时很多知识分子热衷于以小诗抒发感兴，遂形成小诗运动。小诗的兴起还与日本短歌、俳句以及泰戈尔的《飞鸟集》的影响有着直接的关系。

　　童贞、母爱和自然是冰心小诗的基本主题。《繁星·一五九》："母亲呵！／天上的风雨来了，／鸟儿躲到它的巢里，／心中的风雨来了，／我只躲到你的怀里。"诗人以传统诗歌比兴的手法，表现了对母爱的依赖，让人意识到不管社会怎样变化，不管孩子如何强大，母爱永远是无法取代的。宗白华的小诗哲理性更强，他往往三言两语便敞开自然、生命与宇宙的奥秘，揭示由心灵搭建的某种关系，如《生命的流》："我生命的流／是琴弦上的音波／永远地绕住了松间的秋星明月。／我生命的流／是她心泉上的情波／永远地萦住了她胸中的昼夜思潮。"瞬间感触，朦朦胧胧，耐人寻味。

　　1925年以后，小诗因格局太小无法反映阔大的时代气象而逐渐衰落，但它创造性地探索了如何吸纳中外诗歌资源以为新诗所用这一重要问题，留下了一些好的作品，因此在新诗发展史上占有一席之地。

　　1922年春，湖畔诗社于杭州成立，其成员有潘漠华、冯雪峰、应修人、汪静之，他们沐浴着五四的春风，歌唱爱情，揭开了中国爱情诗的新篇章。他们出版了诗歌合集《湖畔》和《春的歌集》，汪静之还单独出版了诗集《蕙的风》和《寂寞的国》。这四位诗人被称为"湖畔诗人"。

　　湖畔诗人受五四精神洗礼，冲破了传统伦理道德的束缚，以纯真的心感应时代的脉搏，大胆地歌吟青年人的缠绵之情，咏唱自然，反对封建婚姻观。不过，他们又有各自的独特之处，"潘漠华氏最是凄苦，不胜掩抑之致；冯雪峰氏明快多了，笑中可也有泪；汪静之氏一味天真稚气；应修人氏却嫌味儿淡些"[①]。

　　潘漠华的诗沉郁、悲苦，他习惯表现自我化不开的乡愁和情爱苦闷，如月光下"忆起死父坟头底青草，／故乡母亲秋夜的伤心"(《秋末之夜》)。他往往以乡愁、亲情拨动读者的心弦，其爱情诗渗透着无言的苦涩与渴望，如《三月六晚》、《伤别》等。冯雪峰的诗清新纯美，好似一弯清泉，如《山里的

---

① 朱自清：《中国新文学大系·诗集·导言》，上海：良友图书印刷公司1935年版，第4页。

小诗》,全诗四句,清新可掬。汪静之以一颗纯然的心,大胆、直率地表达青春爱情,反抗束缚自由的礼教,如:"我每夜临睡时,/跪向挂在帐上的《白莲图》说:/白莲姊姊呵!/当我梦中和我底爱人欢会时,/请你吐些清香薰着我俩罢"(《祷告》);"琴声恋着红叶,/亲了个永久甜蜜的嘴。/他俩心心相许,/情愿做终身伴侣"(《恋爱的甜蜜》);"我冒犯了人们的指摘,/一步一回头地瞟我意中人;/我怎样欣慰而胆寒呵"(《过伊家门外》)。应修人追求一种恬淡的诗风,如"这么天真的人生!/这么放情地颂美这青春!//——呵!伊们,管领不住春的,飞了,飞了!"(《歌》),童真与爱情融为美的画面;《晚上》《山里人家》等诗也如牧歌,清新甜美。

湖畔诗派的情诗,清醇甘美中往往伴随着一丝幽怨,但那幽怨又不同于传统闺阁诗歌的怨而无望,而是渗透着希望,流淌着招手幸福的汩汩清泉。

第三节 新月诗派的主张及创作

早期白话新诗创作遵循话怎么说诗就怎么写的原则,导致作品过于平实、口语化,缺乏诗歌应有的内在审美张力和外在形式美。为改变这种非诗化倾向,一些诗人、理论家开始了新的探索实验,新月派诗人即是代表。

新月诗派出现于1920年代中期,以1927年为界分为前后两个时期。前期以《晨报副刊·诗镌》为阵地,成员有闻一多、徐志摩、朱湘、饶孟侃、刘梦苇、孙大雨、于赓虞、林徽因等人。后期以《新月》月刊和《诗刊》季刊为主要阵地,主要成员有徐志摩、林徽因、饶孟侃、陈梦家、方玮德、邵洵美、卞之琳等。

前期新月诗派致力于诗美的追求,对中国现代诗学的探索做出了突出贡献,这主要体现在两个方面。一是提倡以理性节制情感。前期新月诗人不认同郭沫若等创造社的浪漫主义诗歌主张,闻一多曾说:"自然的不都是美的,美不是现成的。其实没有选择便没有艺术。"[1]主张艺术创作过程中以理性节制感情,注意选择、加工,以具体意象呈现诗人对生命的感悟。二是主张新诗创作走一条新格律化的道路,倡导写新格律诗,并提出了新格律诗创作的"三美"原则,即"音乐美,绘画美,建筑美"。音乐美主要指音节的

---

[1] 闻一多:《〈女神〉之地方色彩》,《闻一多全集》第3卷,北京:三联书店1982年版,第361页。

"均齐"与"和谐",闻一多说:"一行诗有几个音尺,音尺排列可以不固定,但每行的三字尺,二字尺数目应该相等"①;"绘画美"要求诗人以具有色彩感的辞藻写诗,追求诗的视觉表达效果;"建筑美"指的是"节的匀称、句的均齐"。新诗格律化主张及其实践,一定程度上克服了五四诗歌形式过于自由化、感情表达过于直露等弊端,使新诗在自由与规范之间形成一种新的言说张力。

闻一多(1899—1946),原名闻家骅,出生于湖北浠水,是前期新月诗派的重要代表和新诗格律化的倡导者。1913年考入清华学校,1919年开始新诗创作,1922年留美专攻绘画,1925年归国。曾在北京艺术专科学校、武汉大学、清华大学、西南联大等校任教。晚年积极投身爱国民主运动,1946年7月15日遭国民党特务暗杀身亡。

闻一多的诗歌大部分收入《红烛》(1923)和《死水》(1928)两部诗集。爱国主义是闻一多诗歌的基本主题,代表作有《太阳吟》、《忆菊》、《我是中国人》、《发现》、《死水》、《七子之歌》等。身在西方却心在故国,在《忆菊》中,他深情地写道:"我要赞美我祖国底花!/我要赞美我如花的祖国!"在报国之情驱动下,他毅然提前回国,然而满目疮痍、民不聊生的现实却让他难以接受:"我来了,我喊一声,迸着血泪,/'这不是我的中华,不对,不对,不对!'""呕出一颗心来,——在我心里!"(《发现》)《七子之歌》以"七子"口吻控诉列强瓜分中国的罪行,抒发爱国深情。1926年,在几乎绝望中,他创作了《死水》,将现实的中国比喻为一沟绝望的死水,以反讽的语气"赞美"了所谓的"恶之花",爱恨交织。从《红烛》到《死水》,诗人的爱国之情变得更为深沉。

闻一多具有民主思想,同情下层民众,《飞毛腿》、《洗衣歌》、《荒村》等是这方面的代表作。

爱情诗"在闻一多诗作中所占比重不小,并且也很有特色"②,重要的作品有《美与爱》、《幻中之邂逅》、《花儿开过了》、《红豆篇》等。

闻一多在《诗的格律》一文中提出了自己的新格律诗主张,并在创作上认真实验。《死水》、《忆菊》、《一个观念》、《发现》等在艺术上实践了其格律诗主张,给人以视觉和听觉上的冲击。

徐志摩(1896—1931),浙江海宁人,出生于富商家庭,新月派代表人

---

① 闻一多:《诗的格律》,《闻一多全集》第3卷,北京:三联书店1982年版,第411页。
② 陆耀东:《中国新诗史(1916—1949)》第1卷,武汉:长江文艺出版社2005年版,第341页。

物,以诗和散文著称。1918年赴美留学,1920年转至英国剑桥大学,其兴趣也由银行学、社会学转向文学,开始新诗创作,1921年回国继续从事文学活动,并在一些大学任教。他一生虽然短暂,却留下了珍贵的诗歌作品,主要有《志摩的诗》(1925)、《翡冷翠的一夜》(1931)、《猛虎集》(1931)和《云游集》(1932)四部诗集和一些未结集的诗篇。

胡适曾指出徐志摩的人生观"真是一种'单纯信仰',这里面只有三个大字:一个是爱,一个是自由,一个是美。他梦想这三个理想的条件能够会合在一个人生里,这是他的'单纯信仰'。他的一生的历史,只是他追求这个单纯信仰的实现的历史"①。贯穿他诗歌创作的主线就是对"爱"、"美"与"自由"的追求。

《雪花的快乐》、《我等候你》、《海韵》、《沙扬娜拉》、《"起造一座墙"》、《我有一个恋爱》、《我来扬子江边买一把莲蓬》等作品,对爱情的渴望与追求,同对美的向往与赞美、对自由的想象性体验,往往融为一体,在爱情中体验自由与美,在美中感受自由,在自由中领悟爱情,这是徐志摩诗歌的重要特点。

对爱、美与自由的追求,使他对不平等的现实社会感到失望与不满,对底层社会生出一种人道主义的同情,《谁知道》、《先生!先生!》、《太平景象》、《叫化活该》、《大帅》等表现了诗人面对现实人生时的苦闷、愤慨与人道情怀。

在《再别康桥》、《石虎胡同七号》、《雷峰塔》、《五老峰》、《雪花的快乐》、《那一点神明的火焰》、《山中大雾看景》等诗歌中,诗人将视线从现实人生转向大自然,渴望在大自然中寄托情思,慰藉心灵,从自然之美体验大爱与自由,使自我性灵得以升华。

茅盾认为在徐志摩那里:"一旦人生的转变出乎他意料之外,而且超过了他期待的耐心,于是他的曾经有过的单纯信仰发生动摇,于是他流入于怀疑的颓废了!"②徐志摩后期创作的《西窗》、《秋虫》、《我不知道风是在哪一个方向吹》等诗,表现的正是"单纯信仰"难以实现后出现的某种"怀疑的颓废"情绪。

---

① 胡适:《追悼志摩》,陈引驰等编《文人画像——名人笔下的名人》,上海:上海三联书店1996年版,第172—173页。
② 茅盾:《徐志摩论》,《茅盾论中国现代作家作品》,北京:北京大学出版社1980年版,第97页。

徐志摩一生沉醉在对"爱"、"美"与"自由"的想象中,这使得其作品大都诗思优美,想象丰富,意境灵动,诗画不分。如《雪花的快乐》以想象幻化出漫天雪花,寄托美的情思,浪漫自由;《沙扬娜拉》在想象中将日本女郎的道别情景化为美的画面;《"起造一座墙"》借助奇异的想象营造一座爱墙,守护爱的自由。

徐志摩的诗歌"善于用形象的比喻给读者以暗示"①。《雪花的快乐》以飘扬的"雪花"为喻,暗示人生的自由境界;《我等候你》将等待中的复杂情绪转换为生动的比喻,暗示人世生存的无奈;《生活》将生活比喻为毒蛇似的"蜿蜒的甬道",具体形象,耐人寻味。

徐志摩是新月派中与闻一多齐名的诗人,严肃地探索、实验新格律诗,但由于家庭环境、性格等方面的差异,他的新格律诗不像闻一多的新格律诗那么整饬、规矩,或者说他对闻一多的"三美"主张的理解更灵活开放一些,其作品也有音乐美、绘画美与建筑美的特点,但它们参差错落,自由变化,彰显了一种现代的灵动感。《再别康桥》是其代表,诗人以富有色彩的词藻呈现康桥之美,凸显自我感怀;全诗共七节,每节四行,每行二到三个节拍;每节二、四行押韵,每节换韵,且退后两格,和谐匀称又富于变化。

第四节 李金发与初期象征诗派

20世纪20年代中期以李金发为代表的象征诗派"异军"突起,为中国新诗探索出了一条新的路径。

李金发(1900—1976),广东梅县人,出版了《微雨》(1925)、《为幸福而歌》(1926)和《食客与凶年》(1927)等诗集。1919年赴法国留学,专攻雕塑艺术,1920年开始新诗创作。当时,法国盛行象征主义诗歌,他接受了象征派诗人波特莱尔、魏尔伦等人的影响。由于在法国看到资本主义社会的种种血腥和罪恶,再加上身在异国他乡,没有爱情,孤寂、苦闷,李金发诗歌的色彩较为灰暗。他常使用"死尸"、"枯骨"、"残阳"、"残血"、"落叶"、"坟墓"、"荒冢"、"污泥"等凄冷意象,以呈现矛盾、无望的内心世界,表现对社会、生命的独特认知。

李金发的诗拓展了新诗的审美空间。首先,善于以象征、暗示等修辞呈现主体内在的情思。如其代表作《弃妇》,通过弃妇披散在两眼之前的长发

---

① 陆耀东:《中国新诗史(1916—1949)》第1卷,武汉:长江文艺出版社2005年版,第323页。

和"衰老的裙裾",以及内心的隐忧与哀戚,展示被人世所抛弃的妇女无助的心灵。其次,以奇特的想象和新异的隐喻写诗。《弃妇》以被遗弃的妇女为抒写中心,通过弃妇表达作者对男性与女性、自我与社会等多重关系的理解。诗人以奇异的想象将一些看起来没有多少关联的意象连接起来,以近乎意识流的方式将具有隐喻功能的单个意象组接起来,形成具有现代特征的画面,暗示弃妇无助、绝望的现实处境,让人意识到弃妇更深层的悲剧来自于失去了话语倾诉的能力。通常的比喻以事物间相似的属性为基础,而李金发诗中的比喻却具有强烈的主观随意性,与其直觉、幻觉联系在一起,大大地拓展了比喻的功能。如:"我们的生命太枯萎,如牲口践踏之稻田"(《时之表现》),用"牲口践踏之稻田"比喻生命的枯萎、绝望;"生命便是,死神唇边的笑"(《有感》),以"死神唇边的笑"隐喻生命的脆弱、存在的荒诞。再次,巧用通感手法,增强诗歌的表现力。诸如"粉红之记忆,如道旁朽兽,发出奇臭"(《夜之歌》),"山茶,野菊和罂粟,有意芬香我们之静寂"(《燕剪断春愁》),"窗外之夜色,染蓝了孤客之心"(《寒夜的幻觉》)等等,引领读者进入奇异的艺术世界,观赏难以言说的画面,感受、体认生命本身的丰富性。

初期象征派的另一位诗人穆木天,热衷于探索象征主义诗学理论,他在《谭诗》中提出了"纯粹诗歌"的概念:"我们要求的是纯粹诗歌(The pure poetry),我们要住的是诗的世界,我们要求诗与散文的清楚的分界。我们要求纯粹的诗的 Inspiration。"[①]在他看来,纯粹的诗歌写作就是要捕捉诗的感觉、印象,反对无含蓄的说明,强化诗的象征性,运用诗的思维术进行有韵律的创造,以暗示出内在生命的奥秘。

穆木天也自觉地实践自己的诗歌主张,他的代表诗集《旅心》追求诗的含蓄性与暗示功能,通过外在的韵律传递对生命的体认。一方面,表现人生的漂泊无助感,"我不知/哪里是家/哪里是国/哪里是爱人/应向哪里归/啊残灯败颓"(《鸡鸣声》);另一方面,细腻地状写故乡风物,表现爱国情思。《烟雨中》、《薄光》、《苍白的钟声》、《弦上》、《沉默》等是其代表作,它们以繁复的意象暗示诗人的"旅心"。

以李金发为代表的初期象征诗派,借鉴西方象征主义诗艺,书写对于世界与内在生命的独特感受,以象征主义技巧表现中国经验,创作了一种青涩的象征主义作品,为中国新诗探索开辟了另一路径,功不可没。

---

① 穆木天:《谭诗》,《创造月刊》1926 年第 1 卷第 1 期。

【导学训练】

1. 为什么说《女神》"开一代诗风"?
2. 湖畔派诗歌有何特点?
3. 新月诗人为何提出新格律诗主张?
4. 初期象征诗派的探索对于新诗发展有何意义?

【研讨平台】

《女神》对生命"强力"原型的复活

提示:郭沫若《女神》超越时空的艺术魅力是由多重因素共同作用而生成的,其中对被人类"文明"所湮没的生命"强力"原型的表现起了重要作用。远古神话以特殊的方式最早表现了人类生命中这种固有的"强力"记忆,共工、夸父、精卫、后羿、大禹等均为大力神形象,他们拨动了读者固有的对于力量的集体无意识记忆,放射出无限的光芒。然而,"子不语怪、力、乱、神",进入"文明"社会后,"强力"不再受到崇拜,以力为核心的原始文化精神被儒家所推崇的"温柔敦厚"所取代,以至于"强力"这一深远的文学原型,在中国古典文学中一直没有找到真正显现自己本质的载体。郭沫若吸取域外精神资源,在重新估定一切价值的文化氛围中,获得了超越儒家文化的力量,在《女神》中书写了一种自由解放后的破坏力、创造力,《匪徒颂》、《立在地球边上放号》、《天狗》、《我是个偶像崇拜者》等表现了一种惊世骇俗之"力",一种古典文学中所缺失的精神形式。这些作品在根本上超越了"温柔敦厚"、"思无邪"的文学,回归到了远古神话原型"强力"那里,使作品所表达的思想从偶然和短暂提升到了永恒的王国中,超越了时代性;同时,它又以现代文化为基础超越了古代神话中的"强力"原型,使初民的"强力"精神与现代意识相结合,使"强力"原型在现代意义上得以复活,由此激活读者"种族记忆"中的"强力"心理,使他们找到了回返最深邃的生命源头的途径,使他们在现代物质文明压迫下充满自信心,使他们受压抑的意识得以释放,心灵得以补偿。就是说《女神》以现代形式与生命原初经验进行对话,复活了生命"强力"原型,由此激活了读者潜意识中的"强力"记忆,获得了超越时空的价值,这即是其深层魅力所在。

【拓展指南】

1. 陆耀东:《中国新诗史(1916—1949)》(第1—2卷),武汉:长江文艺出版社2005年版、2009年版。

简介:总计59万字。以新诗中有特色的作品和重要的诗学论著为主要考察对象,资料详实,提出了许多独特的见解,如新诗史上的现代主义有它独特的艺术素质,但同时失去了现实主义、浪漫主义所具有的某些魅力;在中国现代并没有谁自己创立了什么文学流派,而是接受外来流派影响而出现了一些流派,所以都是驳杂不一的,创造社被公认为浪漫主义诗派,然而受未来主义影响不少,王独清的《IIDEC》就是典型的未来派;

《中国新诗》所刊的作品基本上都是现代主义倾向的,所以用"《中国新诗》诗人群"命名40年代中后期的现代主义诗人比用"九叶派"更符合史实;孙毓棠是一流的诗人;五四时,新诗只有现实主义和浪漫主义,个别作品有现代主义因素,尚很不成熟,到三四十年代,现代主义形成三分天下的"一分"。

2. 蓝棣之:《现代诗的情感与形式》,北京:人民文学出版社2002年版。

简介:全书24万字。特点是对文本的独特解读,以及在解读基础上豁然贯通地对于诗人整个创作脉络的把握。全书由两辑构成,第一辑是"现代诗的脉络与走向",以郭沫若、闻一多、徐志摩、戴望舒、艾青、冯至、卞之琳、何其芳、穆旦、牛汉、纪弦等为点展开论述。第二辑是"现代诗的三次浪潮",论述了新月派、现代派、九叶派为代表的诗歌潮流。作者认为,最好的解诗方法是一句一句地解读,一行一行地分析。解读诗歌既要有理论意识,又要有感性理解力。对于一个诗人创作的整体把握,要力求找出其创作的某种同一性,要有问题意识。在他看来,《雨巷》是戴望舒诗歌的一个内核,是解读戴望舒诗歌的关键。内核是内在的尺度与母题,诸如艾青诗歌中的象征和刻画、卞之琳的"知性"、穆旦的"用身体思考"等,由它们可以把握诗人创作的同一性和整体性。作者还提出了"巴那斯主义浪潮"、"意象象征主义浪潮"和"新现代主义浪潮"的观点,以此把握中国现代诗三次浪潮的整体特点。

【参考文献】

1. 陆耀东:《中国新诗史》第1卷,武汉:长江文艺出版社2005年版。
2. 孙玉石:《早期象征派诗歌研究》,北京:北京大学出版社1983年版。
3. 孙党伯:《郭沫若评传》,北京:人民文学出版社1987年版。
4. 李怡:《中国现代新诗与古典诗歌传统》,重庆:西南师范大学出版社1994年版。
5. 王光明:《现代汉诗的百年演变》,石家庄:河北人民出版社2003年版。
6. 姜涛:《"新诗集"与中国新诗的发生》,北京:北京大学出版社2005年版。

第五章 现代散文的成熟

现代散文从一开始,便以两条线索齐头并进:一是作为"文明批评"与"社会批评"的杂文,一是表现自我、表现人生各个方面的叙事抒情散文。前者体现出知识分子的责任感、社会承担精神和对世界的认知与思考,后者表现了现代人独特的生命体验和丰富的内心世界。

第一节 从"随感录"到"语丝体"

现代散文是新文学的重要组成部分,是五四文学革命和思想革命的产物。五四文学革命之前,散文已经发生变革,晚清一批具有开阔眼界和变革意识的新兴知识分子,为宣传自己的政治主张,发起"文界革命",大量的政论和杂文以通俗显浅的文字、犀利晓畅的文风打破了桐城派古文一统天下的局面。这种"新文体"可算作五四议论性散文的前身。不过,五四散文的出现才真正从思想观念与表现形式上宣告长期占据文学正统的古文的没落,成为现代意义上的白话文。1928 年朱自清在《背影·序》中谈到第一个十年文学发展的情状时说:"最发达的,要算是小品散文。"鲁迅也说,"漂亮和缜密的"白话散文,是对于旧文学的"示威","到五四运动的时候……散文小品的成功,几乎在小说戏曲和诗歌之上"。[①] 人们普遍认可,在现代文学的第一个十年中,散文的成就要高过小说、话剧和诗歌。

现代散文的成熟体现在议论性的文学散文和叙事抒情散文两类体式先后取得令人惊叹的成就。

议论性的文学散文,也就是杂文,从一开始就承担起了反封建思想革命的重任。广义上看,《新青年》上面大量议政、述学和论文的文章都是散文,

---

① 鲁迅:《南腔北调集·小品文的危机》,《鲁迅全集》第 4 卷,北京:人民文学出版社 1981 年版,第 576 页。

而 1918 年 4 月《新青年》4 卷 4 号开辟的"随感录"专栏,以形式活泼、体裁短小、文学意味较浓、个人风格明显而被视作现代散文的真正开端。"随感录"作者群由《新青年》编辑部的成员构成,主要有陈独秀、李大钊、鲁迅、钱玄同、刘半农、周作人等。陈独秀与李大钊是志存高远、激扬文字的思想启蒙者和政论家,他们的杂文主要以批判传统道德和旧文化为主旨,目光敏锐,率真畅达。陈独秀在《新青年》上以长篇论文论述社会和政治问题,目光敏锐,气势恢宏;而发在"随感录"上的文字则篇幅短小,直接议政,浅显晓畅。李大钊的政论文总是把希望寄于青年,他曾以抒情的文字歌咏青春,感情充沛激荡;而"随感录"的写作,却能对中外政治、政府的本质一语中的,显示出独特的政治眼光和高度概括的语言能力。钱玄同的杂文集中抨击封建道德、探讨语言文字改革,态度激进,时出偏激之语,却正好给人留下深刻印象。而刘半农为人为文,如一条清溪,澄澈见底,文章并不直白议论,而能够将形象、讽刺和幽默融合一体,使文体庄谐并出,摇曳多姿。鲁迅在评价这些《新青年》同人们的杂文时曾说:"唯独秀随感究竟爽快耳"①,而"玄同之文,即颇汪洋,而少含蓄,使读者览之了然,无所疑惑,故于表白意见,反为相宜,效力亦复很大"②,道出了杂文发展初期启蒙家们的情感胸襟与社会影响。

《新青年》阵营里,周氏兄弟的杂文最为突出,比上述其他几位有着更强烈的艺术创造的自觉,尤其是鲁迅,可称作战斗性杂文最重要的奠基者。鲁迅回忆他在《新青年》上的"随感"内容时说:"除几条泛论之外,有的是对于扶乩,静坐,打拳而发的;有的是对于所谓'保存国粹'而发的;有的是对于那时旧官僚的以经验自豪而发的;有的是对于上海《时报》的讽刺画而发的。记得当时的《新青年》是正在四面受敌之中,我所对付的不过一小部分;其他大事,则本志具在,无须我多言。"(《〈热风〉题记》)实际上,周作人五四时期的杂文内容亦大体如是,《祖先崇拜》、《天足》、《感慨》、《资本主义禁娼》等都是集中批判旧的思想文化和旧的道德伦理的好文章。周作人杂文的艺术个性与鲁迅并不相同。他在论述时并不直奔主题,而是四面埋伏,在旁征博引、侃侃而谈中,达到最后的议论目的,行文中时有讽刺意味,呈现出趣味和理性的风致。五四时期至 20 年代周作人这些带着凌厉暴躁

---

① 鲁迅:《致周作人》,1921 年 8 月 25 日,《鲁迅全集》第 11 卷,北京:人民文学出版社 1981 年版,第 391 页。

② 鲁迅:《两地书·一二》,《鲁迅全集》第 11 卷,北京:人民文学出版社 1981 年版,第 47 页。

之气、说着流氓似的和土匪似的话的杂文,主要收入《谈虎集》、《谈龙集》、《艺术与生活》、《雨天的书》等集子中。对于周氏兄弟的杂文,胡适在1921年的《五十年来中国之文学》中作了高度评价:"白话散文很进步了。长篇议论文的进步,那是显而易见的,可以不论。这几年来,散文方面最可注意的发展,乃是周作人等提倡的'小品散文'。这一类的作品,用平淡的谈话,包藏着深刻的意味,有时很象笨拙,其实却是滑稽。这一类作品的成功,就可以打破那'美文不能用白话'的迷信了。"

"随感录"式专栏,引起各报刊争相效仿。"杂感"、"随谈"、"杂文"、"随感"的创作洋洋大观,构成现代知识分子参与"文明批评"与"社会批评"的重要景观,在五四运动、五卅运动等重要的历史事件中都有着杂文作家们的身影。杂文针砭时弊,批判旧道德旧文化,提倡男女平等、个性解放,同时与时代浪潮和鸣共振,陈独秀、李大钊、鲁迅、周作人、刘半农、林语堂、陈西滢、瞿秋白等成为五四后第一代散文杂文家。《新青年》团体分化后,以杂文创作进行文明批评和社会批评仍在继续,杂文理论的探讨和艺术追求也走向新的阶段。

1924年11月,《语丝》周刊在北京创刊,这是现代文学中第一个以散文创作为主的刊物。语丝社集结了鲁迅、周作人、钱玄同、江绍园、孙伏园、章川岛、林语堂、章衣萍等文章高手,他们带着对《新青年》时期的战斗意趣和精神风貌的深深眷恋,发扬团体作战的精神,反击了甲寅派的复古思潮,与现代评论派展开论争,尤其在"三·一八惨案"后猛烈抨击军阀政府暴行,获得了累累战果,人称"语丝派"。

周作人撰写的《发刊词》申明了《语丝》创刊的目的:"我们只觉得现在中国的生活太是枯燥,思想界太是沉闷,感到一种不愉快,想说几句话,所以创刊这张小报,作自由发表的地方。""我们所想做的只是想冲破一点中国的生活和思想界的昏浊停滞的空气。我们个人的思想尽自不同,但对于一切专断与卑劣之反抗则没有差异。我们这个周刊的主张是提倡自由思想,独立判断,和美的生活。"

不依附政治权威,但不怕谈政治,是语丝派作家反抗精神的体现,即鲁迅所谓"任意而谈,无所顾忌,要催促新的产生,对于有害于新的旧物,则竭力加以排击"的精神。孙伏园说:"语丝同人对于政治问题的淡漠,只限于那种肤浅的红脸打进黑脸打出的政治问题,至于那种替政治问题做背景的思想学术言论等等问题还是比别人格外留意的。说得加重一点,倒是语丝同人最热心于谈政治……"①周作人虽然宣称"我最不喜欢谈政治",但始终把"假道学,伪君子"、"古野蛮"、"小野蛮"、"文明的野蛮"当做必谈的政治。林语堂在《语丝》中是仅次于鲁迅和周作人的一名猛将,他不仅视新月社同人"不许打牌与谈政治"的规则为"一怪现象",而且建议扩大《语丝》的讨论范围,要谈"真正政治",这里的"政治"是以思想批评和文明批评为旨归的广义政治。

和《新青年》这类政论性文化期刊相比,《语丝》有着相当自觉的美学追求。语丝派作家自由放逸的心态,在文章中淋漓尽致地体现出来,文风各异而鲜明。鲁迅的《野草》是《语丝》中的独异体,它造就了沉郁而震撼的美学效果,但是要数《论雷峰塔的倒掉》、《论照相之类》、《看镜有感》这些议论中带着浓烈情感的杂文方才代表了《语丝》的主格调。周作人开始在流氓鬼与绅士鬼间的矛盾徘徊,不断地进行角色转换:有时他是穿街走巷的"破脚骨",《关于三月十八日的死者》、《死法》等名文,写法看似别扭,实以反语来表达自己出离的愤怒;有时他又成了讲求"费厄泼赖"的绅士,更要往十字街头建起自己的塔来。钱玄同、刘半农虽感觉五四已然渐行渐远,但文风泼辣,思想锋芒依旧。林语堂以"土匪"自居,《祝土匪》、《打狗释疑》、《讨狗檄文》等文风犀利幽默、放纵恣肆、真诚勇猛。语丝社的作家们往往不做大题目,不直接论述、呼吁或发表演说,而是自觉运用讽刺幽默手法,嬉笑怒骂、冷嘲热讽,趣味横生。他们对笔下的人事进行否定时,很少采取直接批驳的方式,而是用讽刺、冷嘲、揶揄、反讽、正话反说等种种手法,使道貌岸然、冠冕堂皇者受到无情的"脱冕",最终达到了更强烈的否定效果。

与语丝派作家产生过论争的现代评论派作家陈西滢(1896—1970),也是 20 年代重要的杂文家。《现代评论》是综合性的政论期刊,但文艺性很强的杂文数量也不少,特别是 1925 年 4 月 18 日第 19 期上开设"闲话"栏目后,很快为别的报刊所仿效。《西滢闲话》(新月,1928)收入了作家 20 年代发表于《现代评论》和《晨报副刊》等刊物上的杂文随笔 78 篇,在内容上或对现政府进行积极泼辣的批评,或对中国传统文化、世间百相、国民根性进行嘲讽针砭,也有为数不少的文评、影评、戏评等。"闲话"源自英国文学传统中的 Essay,有着轻松随便侃侃而谈的格调,陈西滢师法西人,少有板着面孔说理的时候,多数是几句闲言,几许幽默,点到为止,含

---

① 孙伏园:《语丝的文体》,《语丝》第 52 期,1925 年 11 月 9 日出版。

蓄而理性。这种带着"绅士气度"的闲话文体与语丝"嬉笑怒骂,婉而多讽"各擅其美。

第二节 叙事抒情散文的"自我表现"

五四散文的成熟体现在创作体式丰富多样,个人风格十分突出。除大量杂文外,叙事抒情散文、旅行记、随笔等均呈一时之兴。如果说杂文随感是与五四新文化运动相伴而生、同步发展的话,偏于叙事抒情的散文的成功要略晚些才呈现出来。但这些散文量多质优,显示了不同的艺术个性,集中体现了五四作家内心的自觉、个性的开展、自我的扩张。

最早提出创作"美文"的是周作人,他在《美文》一文中谈到:"外国文学里有一种所谓论文,其中大约可以分作两类。一批评的,是学术性的。二记述的,是艺术性的,又称作'美文',这里边又可以分出叙事与抒情,但也很多两者夹杂的。"周作人20年代所创作的"平和冲淡"的文字,传达着自己对"生活之艺术"的追索。他说:"我们于日用必需的东西之外,必须还有一点无用的游戏与享乐,生活才觉得有意思。我们看夕阳,看秋河,看花,听雨,闻香,喝不求解渴的酒,吃不求饱的点心,都是生活上必要的——虽然是无用的装点,而且是愈精炼愈好。"(《北京的茶食》)《怀旧》、《初恋》、《故乡的野菜》、《喝茶》、《乌篷船》等散文,选择最平常不过的题材,表达对人情偕好的珍惜和生命本身的关切与爱,以"安闲而丰腴的生活的幻想"去抵抗"极端地干燥粗鄙"的"现在的中国生活"(《北京的茶食》)。周作人与五四一些年轻散文家有所不同,他不以华丽或流利的文句或放纵的情感抒发取胜,而是以节制简明老到朴拙的笔墨,统辖知识、趣味和思想,使温润平和的文字、情调与人生态度达到高度统一。

冰心的散文不断以"我在母亲的怀里,母亲在小舟里,小舟在月明的大海里"这样的意境,传达着她的"爱的哲学"。《寄小读者》是写给孩子的文字,它采用通讯形式,用活泼亲切的口语、童真而略带稚气的笔调,营造了一个童心隽逸真情蕴藉的氛围。作家特别选取了一些日常生活中的有趣而温暖的细节,让小读者会心会意,触发他们的记忆,最后达到启示他们爱母亲、以行动回报母爱的目的。从作文的角度看,冰心从不单纯地描景绘物,几乎每一处自然景观都融入她的家国之思、母爱礼赞和对友情的歌咏。她的抒情也往往先以叙事作铺垫,让情感的涓涓细流层层递送,汇成激流,最终沸涌到最高度。从语言运用上看,清新典雅隽逸是冰心的语言特点,她的白话文不是口语化的,而是自然妥帖地活用一些文言词汇、句式和古典诗词,化腐朽为神奇,在旧文字、旧文学的根基上建立起属于自己的"冰心体"。冰心散文无疑有着美育的功效。

朱自清(1898—1948)和俞平伯(1900—1990)两家散文都是以山水抒情、感发生命为开端的。二人年龄相仿,友谊深厚,同游秦淮河,写下同题散文《桨声灯影里的秦淮河》,一时间"朱俞并举"。这些"美丽散文",正表明五四后的青年知识分子在内心最为自然、也最为自由时期投向自然与社会的主观色彩和蓬勃意气。朱自清20年代的散文,多收于《踪迹》、《背影》中。他的记叙抒情散文,题材大体可分为三类:一、写景抒情文,如《桨声灯影里的秦淮河》、《荷塘月色》、《南京》、《说扬州》;二、写人抒情文,《背影》、《给亡妇》、《儿女》叙说自己为人子、为人父、为人夫的种种人生话题和身边琐事;三、描写生活情趣的文字,《看花》、《谈抽烟》、《择偶记》等在艺术的美、自然的美、女性的美中体会种种"幻灭的情思"。朱自清作文意在"表现自己所见的人生",进入其散文视野的多是与现实人生日常生活紧密联系的内容,他以饱含诗意的文字表达纯真而诚挚的感情,使文章一点儿也不琐屑、穷酸或境界低下,反而凸显出了一个清贫自守、温柔敦厚、中正平和的现代知识分子的形象。世代书香传承的俞平伯喜读六朝文,有很深的古典诗文修养,20年代出版了散文集《燕知草》和《杂拌儿》。俞平伯写作时自得其乐,耽于玄思,最擅长的是把小情小境当做珍贵的趣味来把玩体悟,"于针芥之微莫不低徊体玩",直抒心灵对美的感受和体验,而日常生活几乎难以进入其中。《湖楼小撷》的妩媚,《西湖的六月十八夜》的迷离,《清河坊》、《打橘子》等在酸甜惆怅的"忆之路"上的"洞达明理,委曲述怀",被周作人称作"近来的一派新散文的代表,是最有文学意味的一种"①。

许地山的《空山灵雨》是一部带着宗教情调和哲学思考的集子,收入了44篇抒情散文,1925年出版。这位曾屡遭变难,四方流离的作者,也与当时苦闷的五四文学青年一样,探索着人生的究竟和生命的意义。许地山很少用纪实写事的笔法,而善于用自然物象、生活细节来隐喻、阐发他所得出的"生本不乐"的思想,如《蝉》写可怜的蝉"好不容易爬到不老的松根上头",却被一颗雨珠打个正着,跌落地上,蚂蚁开始包围它,野鸟开始觊觎它,它纵

---

① 周作人:《苦雨斋序跋文·燕知草跋》,止庵校订,石家庄:河北教育出版社2002年版,第123页。

然锲而不舍也无法抗拒外在的偶然性,无法把握自己的命运。这些短而有味的文字,暗藏机锋,有时虚无,有时消极,有时也展露着淡定与洒脱。在《面具》、《愿》、《落花生》等文中,作者更强调人生的自然、朴素与本真:人并非要成就慷慨激昂的英雄伟业才是自我实现,做一颗有用的饱满的却又普通的落花生,或做一粒调味的精盐,"把自己底形骸融散,且回复当时在海里底面目,使一切有情得尝咸味,而不见盐体",平凡中当存有更真实巨大的人生。《空山灵雨》多为抒情小品,有时通过想象营造空灵的意境,构设空朦迷茫的画面;有时情节荒诞,情境飘忽,如同坠入梦之深处;有时只是以种种意象来呈现幻觉和冥想。它也具备了散文诗的形态,有着诗的简洁和深邃意蕴。

梁遇春(1906—1932)英年早逝,20年代的散文主要收入《春醪集》、《泪与笑》。这些作品与上述作家的散文很有些不同的意趣。他虽不曾游历欧美,于英国文学却算是科班出身,尤其深爱并师法兰姆和哈兹里特,因此作品中可以看到西方随笔潜移默化的影响。梁遇春的发现有自己的独特角度,独出机杼,毫不掩饰那种年轻人的洒脱与豪纵,他的"胡思乱想"也不甘与人同:当世间纷纷扬扬地讨论着"人生观",梁遇春偏作一篇《人死观》;人们都在模仿表现着"绅士"和"君子"气度时,他却赞美着"流浪汉",说他们丰富的幻想、冒险的精神、不计得失勇往直前的任性顺情,才是"具有出类拔萃的个性的人物"(《谈"流浪汉"》)。冯至认为梁氏散文"文思如星珠串天,处处闪眼,然而没有一个线索,稍纵即逝"。实际上,这种"散"源自蒙田,作家可以漫不经心地从一个主题扯到下一主题,随手撷取话题挥洒笔墨,而不取一本正经的面孔和刻板统一的模式。

有外国绅士风的,徐志摩是一位。他以诗人的才情来写散文,带着单纯明快耀眼的性格气质,下笔则止不住性灵的流动和才情的喷发,因此,人们把他的散文思维归结为"跑野马"的方式,把他散文中不加节制的抒情以及浓密的意象归结为"浓得化不开"的情绪使然。实际上,徐志摩不过是将自己的全部热情放大数倍再投入笔下,使其散文有着油画般的浓烈色彩。

郁达夫在《中国新文学大系·散文二集·导言》中说:"现代的散文之最大特征,是每一个作家的每一篇散文里所表现的个性,比从前的任何散文都来得强。""但现代的散文,却更是带有自叙传的色彩了,我们只消把现代作家的散文集一翻,则这作家的世系,性格,嗜好,思想,信仰,以及生活习惯等等,无不活泼泼地显现在我们的眼前。这一种自叙传的色彩是什么呢,就是文学里所最可宝贵的个性的表现。"

【导学训练】

1. 五四散文格外发达的原因。
2. 试谈一谈自己对朱自清散文的认识。

【研讨平台】

"自我"地位的变迁与现代散文的得失

提示:对散文中"自我"的认识,上个世纪走过了张扬、贬低、失落和重新发现的曲折过程。

20年代重要作家和评论家无不认为,自我发现和自我表现是散文最重要的特征。所谓"自我",就是散文家在作品中表现出来的自主独立的精神、创作个性和真情实感。30年代,自由主义作家与左翼作家的论争涉及诸多方面,其中包括对散文中的"自我"的界定。周作人、林语堂、俞平伯等认为,左翼作家们强调"抓住时代精神",结果是失去"自我",做出来的不过千百年来绵延不绝的"载道"文学。他们认定"自我"就是"独抒性灵"。而以鲁迅为代表的左翼作家们则明确地强调,"自我"必须与时代相联系,小品文里必须有时代的"眉目"和大众的"灵魂",回避时代的要求沉迷于个人小天地里的"自我"狭隘而不足取。对"自我"的不同理解,各有其合理的出发点,同时又各有偏颇,这种偏颇某种程度上源于作家对"文学与政治"关系的不同认识。前者在对抗和争辩中把"自我"看成是可以遗世独立的神秘之物,后者则过于强调文学的时代性和社会学意义,有可能淡化"自我"的独立性而使之成为政治的附庸。

50年代以后,现代散文中的"自我"被彻底放逐。没有了"自我"的散文,只能是"载他人之道"的散文,尤其是杂文传统中知识分子的"独立思考"和"批判意识"不复存在,文学的自由不复存在。这是自我的失落,是"说自己的话"的五四散文传统的失落,是知识分子在威权下,根深蒂固的"载道"意识和奴性意识的重现。同样,叙事抒情散文中的"自我"被严重扭曲,被所谓的"大我"和假"我"所代替。很多散文中原本的儿女亲情、正常人性的表现,也被视作写作的禁区。散文中虽然句句有"我",但是这个"我"不说真话,戴着面具;散文中也有杨朔式的"抒情",但这个情是"假"、"大"、"空"的,由此而形成"千人一面"、"千篇一律"的散文模式。

70年代末,巴金提出"说真话",许多老作家重新提笔,反思性和批判性散文大量出现,散文才重新出现繁荣的局面。而这种繁荣的标志便是散文中有着真情实感、个性鲜明的"自我"的回归。

【拓展指南】

1. 余光中:《论朱自清的散文》,《名作欣赏》1992年第2期。

简介:作者认为朱自清的形象"在现实生活里也许很好,但出现在'艺术人格'里却不见得动人","总有一点中年人的味道"。他举《荷塘月色》为例,认为这篇散文因果关系交代过于明白,缺乏诗的含蓄和韵味;运用比喻等修辞手法,虽然数量不少,却"大半泛浮,轻易,阴柔,在想象上都不出色"。他特别指出朱自清"好用女性意象",是农业时代的投影;语言方面,朱自清散文"往往流于浅白、累赘,有时还有点欧化倾向,甚至文白夹杂"。

大陆学者对余光中批评朱自清散文也有比较客观的评价。范培松在《中国散文批评史》中指出,余光中的散文批评不乏尖锐锋芒和真知灼见,但也有固执排他性,那就是"既有他站在诗人立场上以诗对散文的苛求,又有他站在今人立场上对昔日的散文家的苛求"。

【参考文献】

1. 俞元桂:《中国现代散文十六家综论》,上海:华东师范大学出版社1989年版。
2. 刘绪源:《解读周作人》,上海:上海文艺出版社1994年版。
3. 王嘉良:《论语丝派散文》,《文学评论》1997年第3期。
4. 吕若涵:《隐逸的诗与日常生活的诗》,《文学评论》2000年第2期。

第六章　话剧新探索

中国现代话剧诞生于清末民初,它是伴随着中国传统戏曲的改良、新文化运动的兴起以及西方现代艺术的输入而出现的新型艺术样式。早期中国话剧经历了从文明戏到爱美剧的曲折探索,完成了中国戏剧从传统戏曲到现代戏剧的历史转型,同时也产生了一批具有开拓意义的戏剧家和话剧作品。

第一节　文明戏与爱美剧

1898年戊戌变法失败后,一些进步知识分子和戏曲艺人开始提倡将戏曲的宣传功能与社会变革的精神要求联系起来。梁启超率先编写了针砭时事的新传奇剧本《劫灰梦》等,开倡言改良旧戏编导新戏之先河。汪笑侬、潘月樵等一批职业戏曲演员也对旧戏题材进行改良,创编了大量反映新的社会内容的戏曲剧本。这些旧戏基础上的改良,包括早期学生演剧,虽然都还没有从根本上突破中国传统戏曲的程式,并非真正意义上的现代话剧,但已迈出中国戏剧向现代转型的重要一步。

1906年底,由留日学生曾孝谷、李叔同等人在日本东京发起成立了一个以戏剧为主的综合性艺术团体——春柳社,旨在"研究新旧戏曲。冀为吾国艺界改良之先导"[1],这是我国最早的话剧团体。它从1907年2月开始,搬演《茶花女》第三幕和《黑奴吁天录》、《热血》等,掀起了现代中国引进话剧的热潮。其后,春阳社、进化团等戏剧团体,相继创作搬演了《孽海花》、《黄金赤血》和《共和万岁》等新剧,全国各地的演剧活动风起云涌。新剧演出讲究布景、道具、服饰、化装和表演的写实性,与中国传统的以写意为主的戏曲表演体系判然有别,这种新颖的戏剧形式与现实针

---

[1] 《春柳社开丁未演艺大会之趣意》,转引自欧阳予倩《回忆春柳》,《中国话剧运动五十年史料集》第一辑,北京:中国戏剧出版社1958年版,第14页。

对性的内容,即成为当时广受欢迎的"文明戏"。1914 年之后,伴随辛亥革命的失败及旧思想文化的复辟,文明戏逐步从鼎盛走向了衰落。除了客观的时代与社会环境的原因之外,新剧自身缺乏明确的精神主张和艺术特质的根本缺陷也不容忽视。随着演出商业化的需要,文明戏表演粗劣、刻意迎合低俗趣味的弊端日益暴露,也不可避免地导致了新剧的艺术堕落。

对新剧从思想到艺术上的全新改造是在五四新文化启蒙运动之后发生的。《新青年》对旧剧的批评在中国现代话剧转型过程中具有深远影响,它出版"易卜生专号"针对旧剧的统治"叫出反抗之声",同时译介了众多进步外国戏剧作品,并发表了以胡适的社会问题剧《终身大事》为代表的中国现代话剧剧本。中国戏剧领域由此兴起一股强劲的引介西方戏剧作品和戏剧理论的新思潮。据不完全统计,从 1917 年到 1924 年全国出版翻译的剧本有 170 余部,涉及 17 个国家的 70 多位剧作家,如莎士比亚、易卜生、萧伯纳、泰戈尔、王尔德、斯特林堡、梅特林克、霍普特曼、契诃夫、安特莱夫、果戈理、托尔斯泰、席勒、莫里哀等,西方各种戏剧流派都被介绍到了中国。在新的戏剧思想变革以及舞台实践的推动下,一些代表现代戏剧艺术、不以营利为目的的业余实验剧演应运而生,这即是"爱美剧"。它们的创作宗旨是反对文明戏的商业化弊端,反对戏剧的营利性,提倡艺术的新剧。第一个"爱美(业余)"的戏剧团体——民众戏剧社 1921 年 1 月在上海成立,除发起人汪仲贤外,还有沈雁冰、郑振铎、陈大悲、欧阳予倩等人,它创办了新文学运动中第一个专门的戏剧杂志《戏剧》,大力介绍欧洲近代写实的社会剧和戏剧理论。由黄炎培、欧阳予倩等支持的上海戏剧协社和李健吾、何玉书等发起的北京实验剧社也是"爱美"戏剧运动的重要力量。这些戏剧团体在抵制商业化腐蚀、促进现代话剧艺术发展上起了积极作用。

话剧在中国从异域奇葩渐渐变成了一支民族艺术的新秀,这一尚未臻成熟的戏剧新潮在短短十余年的时间里,以其开放的姿态迎接各种外来戏剧思潮和观念,在中西文化美学的碰撞交融中开拓出世界戏剧史上不可忽视的一个分支。一批优秀的剧作家,用新的文学剧本支撑起话剧的发展。田汉的《咖啡店之一夜》、《获虎之夜》,郭沫若的《三个叛逆的女性》,欧阳予倩的《潘金莲》,丁西林的《压迫》,陈大悲的《幽兰女士》,熊佛西的《一片爱国心》等都是当时优秀的剧目,产生了重要的影响。

第二节 田汉与丁西林

田汉(1898—1968),湖南长沙县人,原名寿昌。他是中国早期现代话剧的奠基者、开拓者,其20年代的剧作具有鲜明的"诗人剧"特色,按郁达夫《戏剧论》中的观点,这是"不以事件、性格或观念的展开为目的",而"专欲暗示一种情念的葛藤或情调的流动"的抒情剧,代表性的有《梵峨嶙与蔷薇》(1920)、《咖啡店之一夜》(1920)、《名优之死》(1927)、《古潭的声音》(1928)、《湖上的悲剧》(1928)、《南归》(1929)。田汉剧本的戏剧冲突不是外在的社会现实矛盾或命运悲剧,而是现实与梦幻、世俗与艺术的冲突。《湖上的悲剧》讲述诗人杨梦梅与其弟同游西湖,夜半在一座荒废的古宅中创作以个人爱情经历为蓝本的小说,却不意在此重逢了昔日的恋人白薇。当年殉情自杀而被救的白薇在看到杨梦梅写出的他们二人的爱情故事之后,毅然选择了第二次投湖。在这看似非现实的剧情中,女主人公第一次自杀是为捍卫爱情,而再次自杀则是为了捍卫艺术。人物以生命殉道艺术,正表达了田汉对灵肉冲突、艺术与现实分野的观念。《古潭的声音》创意来自日本著名诗人松尾芭蕉的诗句"古潭蛙跃入,止水起清音"。正是出于对这种唯美意境的向往,《古潭的声音》更像一部神秘化和象征化了的诗剧:在一个远离尘嚣的深山中,有一处古潭,古潭上是一座孤立的高楼,一个诗人与他的老母亲和一个舞女美瑛在此过着与世隔绝的生活。诗人把舞女从尘世诱惑中救出,让深山的古潭高楼"给一个肉的迷醉者以灵魂的醒觉",但不料舞女真的顿悟艺术对生命的拯救时,她的灵魂又发生了新的蜕变,受到象征着更高境界的"寂灭"的古潭的诱惑,从高楼上跃入了古潭,而不知情的诗人却从远方给她带回了异乡的珍宝。愤怒的诗人由此领悟到,比起被他拯救的舞女来,他的艺术领悟是妥协的,仍然是羁留于人世的,而舞女在跃入古潭的一刹那,才真正悟到了艺术与人生的真谛。于是他也不顾老母亲的反对,跃入潭中。整个戏剧浸透着生命的升华和净化。

相较而言,他的《获虎之夜》更好地结合了话剧的特殊形式。故事发生在辛亥革命后的偏远山村,猎户之家的女儿莲姑与孤儿黄大傻自幼相恋,而她父亲魏福生出于门第观念却嫌弃黄大傻,想把女儿嫁给城中大户家。为给女儿筹办嫁妆,魏家在山中设置了捕虎铳枪,正在所有情节指向获虎之夜的高潮来临时,山中枪响,众人捕虎归来,抬进来的却是中枪的大傻。戏剧气氛急转直下,由喜悦紧张突转入哀怨感伤,男主人公用大段的抒情台词抒发了在严酷现实面前失去恋人的思念和痛苦,推动着戏剧冲突向高潮的发展。女主人公莲姑则勇于追求婚姻自由,坚毅勇敢的性格彰显无遗。全剧矛盾冲突扣人心弦,加上山野猎户的传奇色彩、人兽世界的爱恨情仇,使之成为一部具有田汉个性特色的佳作。

丁西林(1893—1974),原名丁燮林,江苏泰兴人,是著名的喜剧家。从1923年发表第一个剧本《一只马蜂》开始,连续写了独幕剧《亲爱的丈夫》(1924)、《酒后》(1925)、《压迫》(1925)、《瞎了一只眼》(1927)、《北京的空气》(1930)等。这些剧作聚焦于事件的冲突本身,充分展开戏剧动作和人物关系的横截面,同时"二人三元"的三角式戏剧矛盾也切合于精巧的环节构思。

《一只马蜂》作为丁西林的处女作,就显出妙趣横生的幽默风格,成为五四时期脍炙人口的一部佳作。它不同于《终身大事》《获虎之夜》的悲剧呈现方式,也没有将五四时代两种思想、两种道德的激烈斗争作为戏剧的主线,而是用富于生活情趣的巧合与人物情感关系的错位来激发矛盾,从而达到机智巧妙、变教化控诉为曲尽其妙的喜剧效果。作为家长的吉老太太不是面目乖张的专制派,而是"愿天下有情人无情人都成眷属"的老糊涂,作为子辈的相互爱恋的吉先生和余小姐也不是誓死冲破封建罗网的激进青年,而是"只有发烧时才敢说真话"的互窥心意者。戏剧在真实与谎言、言彼而意此的曲折中引出了一系列啼笑皆非的喜剧冲突。比起同时期激烈尖锐的婚恋自由的文学主张,丁西林的幽默喜剧给时代的新旧更迭提供了另一种反抗方式,以轻松活泼的喜剧性表达出时代青年的价值选择和实现途径。

《压迫》也是丁西林早期喜剧中的代表作,因突出的思想艺术性而被洪深赞誉为同时代"喜剧中的唯一杰作"①。作者写一位单身男客想求租住房,遇上一位房东太太只租给带家眷的人,而房东女儿偏偏只租给不带家眷的人,男租客把定金交给女儿,搬家时却被房东太太挡在门外。僵持不下时,闯进来一位单身女客,两人将计就计,假扮夫妻,既争得了房子,也没委屈自己。最后,顽固的房东太太灰头土脸地交出了房子,还被蒙在鼓中。这出戏剧一开始就将人物置于令人哭笑不得的荒唐社会规则中,房东太太母女各怀心计,男女主人公玩世不恭,机智应对,喜剧意味浓厚。

---

① 洪深:《中国新文学大系·戏剧集·导言》,上海:良友图书印刷公司1935年7月初版,上海文艺出版社1981年影印本,第70页。

丁西林的独幕喜剧不仅在结构形式上表现出精巧和成熟,更主要的是在美学风格上开拓出中国现代话剧的幽默喜剧样式。他的喜剧性不是插科打诨式的搞笑闹剧,而是源于生活趣味,围绕现实矛盾,在人物与社会时代的冲突争斗中去引发喜感,让人回味深思。对喜剧内在幽默性和现代乐观精神的挖掘,是丁西林对中国现代话剧的独特贡献。

【导学训练】

1. 中国早期话剧和西方现代戏剧之间的关系。
2. 田汉20年代戏剧创作是否有西方现代主义思潮的影响?
3. 排演丁西林喜剧中由"欺骗性"构成喜剧冲突的台词段落,并分析其喜剧性的原因。

【研讨平台】

田汉是个浪漫主义者还是现实主义者?

提示:1949年之前的田汉研究中,钱杏邨和茅盾的观点较有代表性。钱杏邨将20年代的田汉戏剧分为三个时期,认为他是从"艺术至上主义"走向"以社会问题为中心题材",再到"抛弃人生主义走向无产阶级的转向"的阶段,这是以作家的创作主题变化来印证时代精神的变迁。茅盾在高度赞誉田汉反映工人斗争的剧作《梅雨》时,就指出该剧"除了'革命的浪漫主义'而外,还相当的配合着'社会主义的写实主义'"①。1949年后,对田汉的研究大体限定于政治视角,或者不承认田汉早期创作中的浪漫主义,或者因其浓厚的"颓废感伤"而贬其为浪漫主义。比如刘绶松对田汉早期的感伤情绪提出了批评,指出这是作家在社会和艺术选择上的二元见解造成的。陈瘦竹在充分肯定田汉前期创作成就的同时,也对作者前期的"幻灭的悲哀"持批评态度。他认为田汉的创作是从前期(1930年前)的浪漫主义(或积极的浪漫主义)到中期(1930—1949)的革命浪漫主义,再到后期(1949年后)的革命现实主义和革命浪漫主义的结合。这一观点在后来相当长的时期里被广泛认同。80年代以后,田汉创作的浪漫主义特点得到了正面评价,而且研究的视角也进一步扩大。一些学者从田汉接受西方现代主义思潮,如新浪漫主义、唯美颓废主义和象征派主义的影响,结合他对传统戏曲艺术的借鉴,来重新评判田汉戏剧的审美风格,对田汉在中国话剧现代化和民族化进程中的地位和价值给予了充分肯定。

【拓展指南】

1. 陈瘦竹:《论田汉的话剧创作》,上海:上海文艺出版社1961年版。

---

① 茅盾:《读了田汉的戏曲》,《申报·自由谈》1933年5月7日。

简介:全书 10 万字。这是新中国成立以后对田汉的话剧创作进行全面研究的第一部专著,其基本观点和研究思路成为前期田汉研究的代表。作者对田汉创作进行了三段历史分期,并从作家世界观和革命思想的成熟性方面分析了田汉不同时期的创作风格,指出了作家的创作变化和思想发展的轨迹。不同于同时期大多仅侧重政治研究视角的是,陈瘦竹还通过对田汉作品的细致分析,从文学本体论上概括了作家的艺术性——浓郁的抒情性、丰富的戏剧性、描写的生动性和形式的多样性。

2. 袁国兴:《中国话剧的孕育与生成》,北京:中国戏剧出版社 2000 年版。

简介:全书 30 万字。作者以文明戏(早期话剧)作为中国现代话剧发生的起点,详尽论述了话剧作为西方舶来品的艺术样式,如何在中国文化及文学史上被接受、生成及转化的历史过程。作者认为,文明戏是在对西方戏剧的认识深化和晚清传统戏曲改良的历史背景下发生的,它具有历史的必然性。作者还对新剧与日本新派剧的关系、早期话剧的剧团及演出情况、代表性剧作《不如归》等进行了分析,指出早期话剧(文明戏)具有明显的阶段性特点,为后来话剧的基本范型奠定了基础。

【参考文献】

1. 洪深:《中国新文学大系·戏剧集·导言》,上海:良友图书印刷公司 1935 年版。
2. 陈白尘、董健:《中国现代戏剧史稿》,北京:中国戏剧出版社 1989 年版。
3. 田本相编《中国现代比较戏剧史》,北京:文化艺术出版社 1993 年版。
4. 焦尚志:《中国戏剧美学思想发展史》,上海:东方出版社 1995 年版。
5. 黄爱华:《中国早期话剧与日本》,长沙:岳麓书社 2001 年版。
6. 董健:《田汉论》,《南京大学学报》1998 年第 1 期。
7. 刘平:《戏剧魂——田汉评传》,北京:中央文献出版社 1998 年版。
8. 解志熙:《"青春,美,恶魔,艺术……"——唯美—颓废主义影响下的中国现代戏剧(上)》,《中国现代文学研究丛刊》1999 年第 3 期。
9. 朱伟华:《丁西林早期戏剧研究》,《文学评论》1993 年第 2 期。
10. 孔庆东:《丁西林剧作"欺骗模式"初探》,《中国现代文学研究丛刊》1992 年第 1 期。

第七章 左翼文学运动及创作

左翼文学运动是30年代占主流地位的具有先锋性质的文学运动,经历了革命文学的倡导、论争到"左联"的成立等过程。为抗衡这一运动,国民党官方发动了所谓"民族主义文艺运动",而一批自由主义文学家也反对左翼文学运动。这造成了30年代中国文坛错综复杂的情形。

第一节 革命文学倡导及文艺论战

无产阶级革命文学的正式倡导,始于1928年1月。这个运动的出现有其历史必然,也有其现实的诱因。早在1921年,郑振铎就提出创建革命文学的问题。1923年以后,一批共产党人如邓中夏、恽代英、沈泽民、瞿秋白、蒋光赤等较系统地提出了革命文学的主张。1924年后,开始出现倡导革命文学的社团,如春雷社。稍后,沈雁冰、郭沫若、鲁迅等也纷纷撰文呼唤革命文学。后因北伐期间许多作家投身于实际革命工作,关于革命文学的探讨被迫中断,未能形成运动。但这几年关于革命文学的酝酿已为后来无产阶级革命文学的倡导做好了铺垫。1927年国共分裂,工农大众和革命的小资产阶级迫切需要从革命文学中获得鼓舞,找到出路甚至寻找刺激。在苏联和日本无产阶级文学的影响下,一些革命作家认为应由文学革命时期的"混合型的革命文学"转换成"新兴的革命文学",即应该倡导无产阶级文学。中国无产阶级革命文学运动于是开始了。

1927年10—11月,冯乃超、彭康、李初梨等留学生从日本回国,加上郭沫若、成仿吾、阳翰笙、李一氓等,共同组成后期创造社骨干。同年底,太阳社成立,主要成员有蒋光慈(光赤)、钱杏邨(阿英)、孟超、杨邨人、洪灵菲、林伯修等,大多是共产党员。他们共同以创造社的《创造月刊》、《文化批判》和太阳社的《太阳月刊》为主要阵地,倡导无产阶级革命文学。发表的主要文章有麦克昂(郭沫若)的《英雄树》和《桌子的跳舞》、成仿吾的《从文学革命到革命文学》、李初梨的《怎样地建设革命文学》、蒋光慈的《关于革命文学》、钱杏邨的《死去了的阿Q时代》等。创造社的《流沙》等刊物,太阳社的《海风周报》、《新流月报》(后更名为《拓荒者》),洪灵菲等出版的《我们》月刊等刊物,都发表了倡导革命文学的文章,由此引发了一场关于革命文学的论争。这场论争包括了创造社和太阳社关于革命文学发明权的论争,但更主要的是以创造社、太阳社为一方与语丝社的鲁迅、周作人、韩侍桁等(他们以《语丝》和《北新》为阵地)及文学研究会的茅盾之间的论争。

创造社和太阳社倡导革命文学,是一场新的文化批判运动和新的启蒙运动的组成部分。在《文化批判》创刊号的《祝词》中,成仿吾说:"这是一种伟大的启蒙"[1]。他们认为五四那场资产阶级反封建的启蒙运动"只限于一种浅薄的启蒙"[2],而现在进行的是无产阶级性质的启蒙运动,是马克思主义的启蒙。在对科学、民主、个人主义、人性等概念和话语的批判中,他们引进了无产阶级、阶级性、集体主义、唯物辩证法、意识形态、普罗文学等新的术语和知识谱系。这是试图超越五四启蒙运动的另一种新启蒙运动。正是在这种新的文化背景中,他们检讨了五四文学革命,并展开了无产阶级革命文学的具体议题。第一是重新定义"文学"。提出这个问题的是李初梨。他指出:"在我们,重新来定义'文学',不唯是可能,而且是必要。"[3]他否定了五四以来流行的两种文学观念:"文学是自我的表现","文学的任务是在描写生活"。他给文学的新定义是:文学是宣传;文学与其说是社会生活的表现,不如说是反映阶级的实践和意欲;文学有它的组织机能——一个阶级的武器。其他如蒋光慈、郭沫若等也作了呼应。第二,与文学定义相关的是如何创作革命文学的问题。他们提出要使文学的"媒质接近工农大众"[4],要描写大众并运用大众化的语言。这种文学大致有四种形式:讽刺的,暴露的,鼓动的,教导的。[5] 具体手法上,他们反对孤立的个人的描写,追求 simple and strong(简单加粗暴)。[6] 第三,提出了文学队伍的重新划分问题。这明显是苏联岗位派对待"同路人"作家的态度和日本福本和夫"分离结合"的思想脉络。他们把大部分作家划归小资产阶级,鲁迅、周作人、茅盾、叶圣陶乃至郁达夫、张资平等,都成为他们斗争的对象。这又很自然地导向了对

---

[1] 成仿吾:《祝词》,《文化批判》创刊号,1928年1月。
[2] 成仿吾:《从文学革命到革命文学》,《创造月刊》第1卷第9期,1928年2月。
[3] 李初梨:《怎样地建设革命文学》,《文化批判》第2期,1928年2月。
[4] 成仿吾:《从文学革命到革命文学》,《创造月刊》第1卷第9期,1928年2月。
[5] 李初梨:《怎样地建设革命文学》,《文化批判》创刊号,1928年1月。
[6] 同人:《前言》,《流沙》创刊号,1928年5月。

五四文学的再评价,他们认为五四文学的内容是小资产阶级的,形式上也不完备。

创造社、太阳社对革命文学的倡导无疑具有"左"的倾向和许多理论上的误区。他们忽视了文学自身的特点,夸大了文学的社会功能,割断了革命文学与五四文学的继承关系,迷信作家改造的"突变论"。以鲁迅、茅盾为代表的论争的另一方对革命文学的主张则显得更切合实际并富于学理。鲁迅发表了《"醉眼"中的朦胧》、《文艺与革命》等文章,肯定了无产阶级文学发生的必然性,但不相信文艺有扭乾转坤的力量。他肯定文艺有宣传作用,但认为"一切宣传却并非全是文艺",革命文学"当先求内容的充实和技巧的上达"。① 他还批评了满脑子旧的残滓的自封的无产阶级革命文学家。鲁迅并没有过多地投入论争,他认为争论无产阶级文学的条件并不成熟,所以更多地是致力于无产阶级文学理论的翻译工作。1928 年 10 月,茅盾也卷入了论争,他写了《从牯岭到东京》、《读〈倪焕之〉》等文,主张革命文学应广泛反映时代,不应排斥小资产阶级,批评了革命文学中的标语口号倾向。

革命文学的论争扩大了无产阶级文学的影响,带来了文坛的转向和文学话语的新变。论争的结果,是 1929 年中国文坛的明显分化和转向,革命文学及其话语取得了主流的地位。从更大的范围看,这场论争是国际性的无产阶级文学论战的组成部分。苏联是当时国际无产阶级文学运动的中心,1923 年的苏联文艺论战、1925 年拉普的成立及其后的派别之争等辐射到日本等国家,中国的革命文学论争则直接受到苏联和日本文艺论争的影响。这使得中国现代文学第一次直接与世界文学发展同步并在其后一起融入世界范围的"红色 30 年代"的文学潮流之中。论争还使双方开始重视理论的译介和学习,1929 年因此被称为社会科学的"翻译年",创造社、太阳社成员的思想也起了变化,他们改变了对鲁迅等人的态度。

语丝派的周作人等表面站在鲁迅一边,实际是反对无产阶级文学的。无政府主义派、国家主义派也有人否定无产阶级文学。最主要的反对者,则是新月派。1929 年秋,论争双方都发现了无产阶级文学的真正反对者。中共中央通过江苏省委及时做了联络工作,论争双方联合的时机成熟了。1930 年 3 月 2 日,以创造社、太阳社和鲁迅及其影响下的作家三部分人为基础,中国左翼作家联盟(简称"左联")在上海成立。鲁迅、冯雪峰、沈端

---

① 鲁迅:《文艺与革命》,《语丝》第 4 卷第 16 期,1928 年 4 月 16 日。

先、蒋光慈等四十余人出席了成立大会,会上通过了"左联"的理论纲领和行动纲领,鲁迅发表了《对于左翼作家联盟的意见》。"左联"的成立标志着中国共产党开始了对于左翼文学的直接领导。茅盾、冯乃超、阳翰笙、丁玲、冯雪峰、周扬等先后担任过"左联"的行政和党组领导,瞿秋白在上海期间也参与了领导工作。"左联"在国内大中城市设有分会,甚至日本东京也有分支部。文化界其他领域也成立了"社联"、"剧联"、"美联"、"影联"等左翼团体,由中共中央通过"文化总同盟"(简称"文总")统一领导。"左联"与其他各联盟一起掀起了左翼文化运动的浪潮。"左联"1930年还被吸收为国际革命作家联盟的成员,从而使中国左翼文艺运动与国际革命文艺运动发生了呼应。

"左联"成立后,开展了一系列文艺活动。除将鲁迅主编的《萌芽》和原太阳社的《拓荒者》作为机关刊物外,还先后出版了《巴尔底山》、《世界文化》、《北斗》、《前哨》、《文学》、《文艺新闻》、《文学月报》等刊物。这些刊物前赴后继,是对国民党文化围剿的抗争,也是开展革命文艺活动的重要阵地。"左联"还成立了"马克思主义文艺理论研究会",加强马列文论的译介和应用。

"左联"还开展了三次文艺大众化问题的讨论:第一次是1930年前后,先有大众文艺社召集的座谈会,后是继续于《拓荒者》、《大众文艺》上的讨论,这一次是文艺大众化的初步讨论。第二次是1932年前后在《北斗》、《文学月报》展开的深入讨论,涉及文学内容、形式、语言、培养工农作家等方面。第三次是1934年的大众语讨论。三次讨论推动了现代文学大众化的理论和应用研究。

"左联"时期,正是中共王明左倾路线占统治地位的时期,政治上的"左"必然反映到左翼文学活动中。苏联"拉普"的理论、决议在1931年到1933年间又集中译介到中国。"左联"对此缺乏足够的辨析能力,所以它在文学理论上存在把文艺理解为宣传等误区,创作上,左联初期存在公式化、概念化、标语口号化的倾向。组织上的宗派主义、关门主义更影响了左翼作家的团结,排斥了更多进步作家的参与。这些问题的积蓄,最终导致了左翼阵营内部关于"两个口号"的论争。

"两个口号"的论争是新形势下左翼阵营的分裂,也是"左联"成立前就开始的两种文艺观点论争的继续。1935年底,上海文学界地下党领导提出了"国防文学"的口号,开展了"国防文学"运动。他们按王明的指示于1936年春自动解散"左联"。1936年4月,冯雪峰作为中共中央特派员从延安来到上海,与鲁迅、胡风等人商量文艺问题。为补救"国防文学"的不明了性,他们提出了"民族革命战争的大众文学"。"国防文学"的倡导者对此很有意见,于是发生了长达四五个月之久的"两个口号"的论争。鲁迅后来发表《论我们现在的文学运动》等文章,回答了论争中提出的问题,并认为两个口号可以并存,由此论争开始平息。1936 年 10 月,鲁迅、茅盾、郭沫若、巴金等 21 人联合发表《文艺界同人为团结御侮与言论自由宣言》,标志着左翼阵营新一轮的联合和更广泛的文艺界统一战线的初步形成。

　　左翼文学运动开展过程中出现了与其他文艺思潮的激烈论战。这些论战呈现出理论论争和政治斗争相互交织的复杂性。1930 年 6 月 1 日,一批国民党上海市党政官员和文化骨干,包括潘公展、范争波、朱应鹏、傅彦长、王平陵等集会于上海,发起"民族主义文艺运动"。创办的刊物有《前锋周报》、《前锋月报》等。他们发表《民族主义文艺运动宣言》,提出"多型的文艺意识"正是文艺的"危机",要突破危机就必须树立"文艺的中心意识",而"文艺的最高意义,就是民族主义"。他们认为普罗文学重阶级观念,自然就会抛弃民族观念。他们倡导的民族主义,实质是封建意识与法西斯主义的混合。在创作上,他们推出了黄震遐描写元人西征俄罗斯的诗剧《黄人之血》,描写蒋、冯、阎中原大战的小说《陇海线上》,以及万国安描写 1929 年中苏之战的小说《国门之战》等作品。左翼阵营对"民族主义文艺运动"的官方立场和浅薄之处进行了有力的揭露和批判。茅盾的《民族主义文艺的现形》指出他们的理论和例证是"东抄西袭,大胆杜撰"。鲁迅的《"民族主义文学"的任务和命运》揭露了其"宠犬派"文学的反动本性。瞿秋白的《屠夫文学》等文章指出了其"屠夫文学"、"杀人放火文学"的实质及表现。经过"左联"的斗争,这个运动仅维持一年多便偃旗息鼓了。不过,左翼作家对民族主义文学作品的分析因过多政治比附而有违背史实之处。

　　左翼方面更为主要的论战对象,是一批自由主义作家。他们大多有留学背景,接受了西方的自由主义思想。这种思想以追求个人的自由、个人的权利为价值目标,反对外在权威的约束。因此,自由主义作家对国民党的专制统治不满,对无产阶级的革命和专政也难以接受。反映在文学观上,他们要求文学具有超功利性和独立性,反对革命文学对政治的依附;要求文学写基本的人性,反对普罗文学对阶级性的强调。

　　1928 年 3 月,《新月》杂志在上海创刊,主要撰稿人有徐志摩、胡适、梁实秋、罗隆基等。新月派成员大多为大学教授,生活优裕,具有贵族心态和绅士风度,艺术对他们来说是沙龙里上等人所谈论的高雅之事。他们强调文学的价值标准是健康、理性、纯正、常态、普遍。在《新月》创刊号上,徐志摩发表《新月的态度》,否定浪漫主义文学、通俗文学和革命文学,标举文学的两大原则:"健康与尊严"。随后,梁实秋意识到革命文学对自由主义文学的威胁,连续发表《文学与革命》、《文学是有阶级性的吗?》等文,提出文学表现的是人性,不存在所谓的无产阶级文学,而"好的作品永远是少数人的专利品,大多数永远是蠢的,永远是和文学无缘"①。左翼作家纷纷著文还击,鲁迅写了《新月社批评家的任务》、《"硬译"与"文学的阶级性"》、《"丧家的""资本家的乏走狗"》等文,认为"文学不借人,也无以表现'性',一用人,而且还在阶级社会里,即断不能免掉所属的阶级性……"②他很通俗地道出了文学作品难以避免阶级性。这场论争的实质不在文学能否表现人性、文学的阶级性的有无,而在于无产阶级文学是否成立、是否存在。鲁迅论证了无产阶级文学存在的必然性,但也看到了其幼稚性。鲁迅说阶级社会里的文学"都带"阶级性而非"只有"阶级性,既驳斥了新月派的否认阶级性,又批评了左翼文学家的夸大阶级性,体现了既反"左"又反右的明智。梁实秋否认无产阶级文学的存在,体现了他的贵族立场和对文艺平民化潮流的反动。但论争中,他认为左翼文学仍是五四浪漫主义文学的延续和变形,并看到了它的公式化、概念化弊端,也不能不说有其独到的眼光。

1931年底至1932年的"文艺自由论辩"是一场更复杂的论战。挑起论战的胡秋原是一位马列文艺理论修养较深的论战者(他后来成了国民党立法委员),另一位重要人物苏汶曾加入过"左联",也翻译过马列文艺论著(他后来成了汉奸)。从1931年12月起,自称"自由人"的胡秋原在《文化评论》等刊物连续发表《阿狗文艺论》、《勿侵略文艺》、《钱杏邨理论之清算与民族文学理论之批评》等文章,既针对民族主义文艺运动,重点却又在批评左翼文学。他说:"文学与艺术,至死也是自由的,民主的"③,要求无产阶级和资产阶级都"勿侵略文艺"。左翼作家在《文艺新闻》上发表文章批评胡秋原,自称"第三种人"的苏汶就发表《关于〈文新〉与胡秋原的文艺论辩》、《"第三种人"的出路》、《论文学上的干涉主义》等文章,声援胡秋原。苏汶说:"在'智识阶级的自由人'和'不自由的,有党派的'阶级争着文坛的霸权的时候,最吃苦的,却是……第三种人。这第三种人便是所谓作者之

---

① 梁实秋:《文学是有阶级性的吗?》,《新月》第2卷6、7期合刊,1929年9月。
② 鲁迅:《"硬译"与文学的阶级性》,《萌芽月刊》第一卷第3期,1930年3月。
③ 胡秋原:《阿狗文艺论》,《文化评论》创刊号,1931年12月。

群。"他认为文学要为某阶级服务,就会变成"人尽可夫的卖淫妇"。① 针对"自由人"和"第三种人"要求文艺脱离政治和阶级的自由倾向,左翼许多重要的理论家发表了系统的批驳文章,其中有鲁迅的《论"第三种人"》、瞿秋白的《文艺的自由与文学家的不自由》、冯雪峰的《关于"第三种文学"的倾向和理论》、周扬的《文学的真实性》等。这场论争的核心是文艺能否自由的问题。左翼作家坚持了文学具有阶级性,文学必须为政治服务的观点。但他们将论争当成政治斗争的意向过于强烈。冯雪峰在当时就有所反思,认为"左翼的批评家往往犯着机械论的(理论上)和左倾宗派主义的(策略上)错误"②。张闻天在《斗争》杂志以"歌特"的笔名发表《文艺战线上的关门主义》,对"左联"的左倾政策进行批评。鲁迅、周扬等也提出要联合"同路人"作家的问题。胡秋原、苏汶的某些观点具有合理性,原是冲着清算钱杏邨的理论和"唯物辩证法创作方法"的偏误而来的。在当时保持沉默的茅盾后来总结说:"通过与'第三种人'的这场论争,也暴露了左翼文艺批评界的贫弱。"③

左翼文坛与林语堂为首的论语派还就"性灵文学"发生过论争。林语堂标榜文学表现个人的"性灵"(自我)、生命的本能,而排斥对社会现实、时代风云的关注。其小品文被鲁迅称为"小摆设"。左翼作家还与朱光潜、沈从文为代表的京派作家有过论争。沈从文等认为"自由是文艺的本性",强调文学对时代、政治的"距离",追求文学的永久价值。他们也是文艺自由论的代表。

第二节　多样态的左翼小说

左翼小说有多种样态。最初出现的是浪漫型,它们与五四小说相比,在题材、主题、主角诸方面都发生了重大变化。现实的革命斗争生活和革命的工农形象、小资形象进入作品,似乎表现出极强的现实性,容易被误断为新的现实主义小说。但实际上它们既不是现实主义,也不是一般意义上的浪漫主义,而是革命浪漫主义的早期型态,瞿秋白称之为"革命的浪漫谛克"。这是一种按照小资产阶级的狂热和幻想来组构革命生活的倾向,表现出违

---

① 苏汶:《关于〈文新〉与胡秋原的文艺论辩》,《现代》1卷3号,1932年7月。
② 冯雪峰:《关于"第三种文学的理论与倾向"》,《现代》2卷3期,1933年7月。
③ 茅盾:《〈春蚕〉、〈林家铺子〉及农村题材的作品》,《新文学史料》1982年第1期。

背客观真实性而偏于主观性的特征,是小资情调的普罗小说。它的叙事模式,最突出的是革命加恋爱。除蒋光慈的一些作品外,洪灵菲(1902—1933)1928年出版的《流亡》三部曲(包括《流亡》、《前线》、《转变》),孟超的《冲突》、丁玲的《韦护》、胡也频的《到莫斯科去》和《光明在我们前面》等,都是这种模式的重要作品。还有一类小说写革命和工农斗争的生活带有简单、空想的特点,表现出革命不难并能"百事如意的得着好结果"[①]的倾向。楼建南的《盐场》、戴平万的《陆阿六》、钱杏邨的《义冢》等,都是这样的作品。阳翰笙(1902—1993)以"华汉"为笔名出版的《地泉》,其中写到农民领袖汪森振臂一呼,地主的庄舍就土崩瓦解,以至暴动的农民欢呼:"不难!不难!啊啊,不难!不难!"把革命写得十分浪漫。还有一种突变模式:在情节突变中写人物的突变,人物转变的心理过程和行动过程被删去。如,《地泉》第二部《转换》中沉沦的主人公林怀秋,到了第三部《复兴》,神奇地变成了工人运动中的英雄。《地泉》几乎包括了这三种叙事模式,可谓"革命的浪漫谛克"倾向的集大成者,因此而成了左翼批评家重点解剖的文本。在1932年湖风书局重版《地泉》之际,瞿秋白、茅盾、钱杏邨、郑伯奇和华汉自己都为该书作了序。五篇序言批评了《地泉》的概念化的缺点,也检讨了初期左翼文学的共同的毛病。这次集体批评,对左翼小说的改进和转向起了积极作用。

　　蒋光慈(1901—1931),自号侠生、侠僧,在五四以后数年间写作常署名"蒋光赤",安徽霍邱人。有新诗集《新梦》、《哀中国》等,但更多的创作是革命小说。其小说因有强大的感召力而使许多青年走上革命之途,又因其畅销而成为写作者竞相模仿而出版商竞相盗印的文本。1926年,他出版第一部中篇小说《少年漂泊者》,以书信体展示了汪中由孤儿到革命英雄的成长历程。1927年出版的短篇小说集《鸭绿江上》也多写青年的遭遇和革命经历。同年又出版描写上海工人武装起义的报告小说《短裤党》。这三部作品皆署名"蒋光赤",是"光赤"式的"粗暴的叫喊"。大革命失败后,他改名"蒋光慈",创作了《野祭》、《菊芬》、《最后的微笑》、《丽莎的哀怨》、《冲出云围的月亮》等。其中《最后的微笑》是带有陀思妥耶夫斯基风格的愤激小说;《丽莎的哀怨》则是描写十月革命后亡命上海的旧俄贵妇生活的哀怨小说。其他几部中篇都采用了"革命加恋爱"的叙事模式。其中《野祭》

---

① 瞿秋白:《革命的浪漫谛克》,《瞿秋白文集》(文学编)第1卷,北京:人民文学出版社1985年版,第459页。

1927年11月初版,是左翼小说中"革命加恋爱"模式的最早文本。所以蒋光慈成为"革命加恋爱"模式的始作俑者和突出代表。1930年创作的《咆哮了的土地》曾部分刊载于遭禁的《拓荒者》,全书在1932年出版时易名为《田野的风》。在这部作品中作者曾试图纠正由他引发的"革命的浪漫谛克"小说的流弊,将爱情置于较次要的枝节。这是蒋光慈小说创作中成就最高的作品和初期左翼创作中写农村革命的最重要的作品。

丁玲(1904—1986),原名蒋伟,字冰之,湖南临澧人。早期作品收在《在黑暗中》、《自杀日记》等集子中。使她蜚声文坛的是1927年底和1928年春发表的处女作《梦珂》和代表作《莎菲女士的日记》。这些作品留有五四时期个性解放思潮的余波和感伤浪漫主义的余风,着力刻画的人物主要是"心灵上负着时代苦闷的创伤的青年女性的叛逆的绝叫者"①。《莎菲女士的日记》代表了她此期的最高成就。作品将莎菲这个个性主义者置于两性关系的纠葛中,刻画其在灵与肉相冲突、理想与现实相矛盾时的复杂性格。莎菲追求灵肉一致的理想爱情,可是韦弟过于软弱,只会掉着眼泪向她示爱,而外貌英俊的新加坡富商凌吉士虽然获得了莎菲的青睐,可到头来莎菲发现他的灵魂充满了铜臭味。失望之余,莎菲离开了人群,要到一个没有人知道她下落的地方去挥霍她"生命力的余烬"。作品描写莎菲的心理过程,细致而深刻。就其展示女性心理的大胆和尖锐而言,按当时亲历者的说法,犹如在上海文坛扔了一颗炸弹,引起了强烈的震动。

30年代初,丁玲"陷入恋爱与革命的冲突的光赤式的阱里去了"②。她的第一部有"革命的浪漫谛克"倾向的作品是长篇小说《韦护》,是描写共产党人韦护与浪漫女子丽嘉沉溺于爱情复而警觉、悔悟,投入实际革命工作的故事。这之后的中篇《一九三〇年春上海》依旧沿袭"革命加恋爱"的旧套。1931年发表的中篇小说《水》,使丁玲率先成为左翼文学的"革命加恋爱"叙事模式的纠正者。作者从个人主义的小天地跳出来,将目光投向1931年全国特大水灾中的乡村旷野。尽管作品文字冗赘、场面嘈杂、人物模糊,仍被冯雪峰宣告为"新的小说的诞生"③。其后的《法网》、《奔》等作品已接近社会分析小说了。此时她还开始了长篇小说《母亲》的写作,可惜只写完第一卷即被国民党幽禁三年,中断创作。1936年丁玲逃离南京到了陕北,开

---

① 茅盾:《女作家丁玲》,《文艺月报》第2卷,1933年7月。
② 丁玲:《我的创作生活》,《丁玲研究资料》,天津:天津人民出版社1982年版,第110页。
③ 何丹仁:《关于新的小说的诞生》,《北斗》第2卷第1期。

始了她新的探索。

　　1927年大革命的失败使全社会笼罩着一种幻灭感。随即出现了一批幻灭小说,既表现革命失败的幻灭(这在革命浪漫谛克小说中也有所表现),亦表现其他人生追求失败的幻灭。这些作品弥漫着一种感伤浪漫主义的气息。代表作有叶圣陶的《倪焕之》、茅盾的《幻灭》等。左翼青年作家柔石(1902—1931)也有这类代表作。他原名赵平复,浙江宁海人。早期的短篇集《疯人》、长篇《旧时代之死》、中篇《三姊妹》等主要写青年的婚恋题材,已呈现忧郁感伤的基调。而出版于1929年的中篇《二月》则是典型的幻灭小说。它描写了主人公萧涧秋从幻灭中来,又幻灭而去的人生踪迹,塑造了一个游移于时代潮流之外、孤零地徘徊在人间的青年知识者形象。鲁迅说《二月》有"工妙的技术"①。这首先是其结构工巧,表层是一个三角关系架构,深层则以情与理的冲突制约小说情节的安排。此外,人物内心描写的细致、行文的婉妙等,都使作品如抒情乐章,萦绕着浓郁的感伤诗意。《二月》之后,柔石把注意力从知识者转向劳苦大众,短篇《为奴隶的母亲》便是这类作品中最优秀的一篇。它是一个关于浙东乡村的典妻故事,于三年的典期中叙述了春宝娘所遭受的肉体和精神上的双重折磨。作品的深刻处在于将阶级关系、经济关系融进血缘和伦理关系的描写之中,揭示了典妻的经济和文化根源。艺术上体现了真实、朴素而又感人的特色。

　　艾芜(1904—1992),原名汤道耕,四川新繁人。早期小说的浪漫特征则主要体现在传奇性和抒情性等方面。1925—1930年间抗婚南行的漂泊经历成为他早期的写作资源。创作有《南行记》、《南国之夜》等短篇集和中篇《芭蕉谷》、散文集《漂泊杂记》等。其中《南行记》是他最有影响的小说集,描绘了边境地区各种流浪者和游民的形象,包括那些偷马贼、走私贩、滑竿夫、赶马人、强盗等等。他们被抛出正常的生活轨道之外,以欺骗、偷盗等奇特的方式谋生和对抗社会,但作者往往能从他们怪异、粗野的外表之下发掘出灵魂之美。如《山峡中》就描写了一群看似冷酷无情实则豪侠仗义的"山贼"。这些小说显现了浓郁的浪漫特色,情节和人物富有传奇色彩,环境描写充满异域情调和山野气息,叙事中贯注了理想的成分和抒情的因素。艾芜早期小说还揭露了殖民主义者在南部边境和南亚地区的劣迹,如《欧洲的风》、《洋官与鸡》等作品。40年代的创作有《丰饶的原野》《故乡》等长篇和《石青嫂子》等中篇,转向现实主义,影响却不及早期。

---

　　① 鲁迅:《柔石作〈二月〉小引》,《朝花旬刊》第1卷第10期,1929年9月1日。

1932年前后,左翼小说开始转向,许多有不同浪漫倾向的作家都已走向写实,出现了社会分析小说、讽刺小说等新的小说类型。这种转向与一些文学论争和文学批评的推动有一定的关系,但更与叶紫、吴组缃、沙汀、张天翼、萧红、萧军等一批青年作家登上左翼文坛紧密相关。他们的晚出使得创作较少受到阻碍现实主义创作发展的左倾机械论的影响,同时,他们中的许多人也直接得到鲁迅先生的指导。他们写出了一批具有现实主义特色的作品,对左翼文学的整体转向起到了推动作用。叶紫(1912—1939),原名俞鹤林,湖南益阳人。有短篇集《丰收》和《山村一夜》、中篇《星》等及其他残稿。叶紫的小说真实地表现了大革命前后湖南乡村农民的生存状况、斗争姿态和精神面貌,塑造了不同"文化代"的农民形象,富有时代气息和战斗色彩,绝少空洞和感伤。其小说的最基本的冲突是农民与剥削阶级不可调和的斗争。这使得叶紫的一些小说往往抹去了阶级之间的交融性,突出了人物性格的单面性,减少了叙事语言的暗示性。许多作品还安置了光明的尾巴。《丰收》是其代表作。它叙述了农民在水灾旱灾、苛捐杂税、丰收成灾等各种灾难中的生存困境。小说揭示了造成农民破产的各种根源,试图让农民从生存困境中突围出来,又通过云普叔与立秋父子的冲突凸现了年青一代农民另觅新路的姿态。《丰收》中的反抗火苗在其续篇《火》中燃成革命烈火:立秋与癞大哥们已取得抗租的胜利并突破敌军的围剿奔向雪峰山。小说已从先前的经济视角转向了政治视角。中篇《星》则显示了叶紫创作的新的取向,展示了农妇梅春姐争取妇女解放的历程,将革命与伦理的主题叠合在一起。叶紫的创作坚实而有力度,显示了普罗文学的新方向。

吴组缃(1908—1994),原名祖襄,安徽泾县人。他并未加入"左联",但作品取材、作法等与"左联"作家相近,也被纳入左翼创作潮流。有短篇集《西柳集》、《饭余集》。早期的小说多写青春、爱情、家庭等内容。其中《菉竹山房》于鬼趣殊多中透出人性的热望,反映了旧时代礼教钳制下的妇女的命运。1942年写成的长篇《鸭嘴涝》(《山洪》)叙述了农民民族意识觉醒的过程。但他最为人称道的是30年代初所写的一批写皖南乡村动态的作品,这类小说描写了皖南乡村社会各阶级或阶层在30年代初中国城乡经济普遍破产时期所面临的共同的困境。作者不是孤立地去写各阶级或阶层,而是对全幅的乡村破产图景作了总体的展示。如《一千八百担》写农民成了饥民,而地主也个个喊穷,宋氏子孙在互相算计着要分掉宗祠义谷时,一群赤膊人浩浩荡荡地涌向了谷仓,揭示了农民的破产与地主经济的崩溃之间的联系。这类作品还表现了乡村的人情恶化、人性变异。《樊家铺》写经济的匮乏影响了亲情,血缘伦理维系的断裂正是乡村经济破产的怪力所致。吴组缃这类作品具有社会分析小说的一些特征,被认为"充满了无产阶级的回声"①,但并无普罗文学的流弊。

沙汀(1904—1992),原名杨朝熙、杨子青,四川安县人。1931年底在上海与艾芜一起向鲁迅求教,鲁迅两次复信指导他们避免"废名气",写熟悉的题材等。他的第一个短篇集《法律外的航线》1932年底一出版就引起茅盾注意并为之作了细致评论。此后又有《土饼》、《苦难》等集子出世。他最初的小说虽然没有革命文学的公式化、脸谱化弊病,但多半是些印象式的写法。1933年以后当他将目光投向四川,就写出了《老人》、《丁跛公》、《兽道》、《代理县长》等短篇佳作。1938年"暴露与讽刺"问题的讨论又坚定了沙汀发展讽刺艺术的自信。此后他的创作进入一个新的阶段。沙汀在步入左翼文坛不久即形成了自己的短篇小说创作特色。第一,他最成功的作品皆取材于川西北乡镇生活,显示出浓郁的四川地域文化特色,再现了吃讲茶、坐滑竿等地方风俗,刻画了众多的土著人物,采用了川味语言。第二是暴露与讽刺。暴露地方军阀统治罪恶的作品如《凶手》、《在祠堂里》《兽道》等具有一种凝重的悲剧色彩。讽刺四川农村基层政权腐败的作品如《丁跛公》、《代理县长》等则突出了一种喜剧性。40年代的《在其香居茶馆里》更将方治国这个见风使舵的基层官吏的"软硬人"性格刻画得惟妙惟肖。这类作品突出地展现了这些反面形象身上蠢、横、油、贪等喜剧性格,并从其内在的矛盾和不协调中产生了讽刺艺术的效果。第三,体现了一种现实主义特色。他不动声色地对事件和人物进行客观的描叙;擅长捕捉人物真实的细节而不采用夸张或漫画化的笔法。另外,如结构严谨缜密、以特定时空透视社会等特征则体现了社会分析小说的追求。沙汀小说的这些特征在其长篇小说《淘金记》中体现得更完备、更集中,它是乡土讽刺小说的上乘之作。

张天翼(1906—1985),原名张元定,祖籍湖南湘乡,生于南京。1929年他的第一篇新小说《三天半的梦》经鲁迅之手发表于《奔流》。1931年发表短篇小说《二十一个》,因其不落"革命加恋爱"窠臼而受到文坛注目。有短篇集《从空虚到充实》、《小彼得》、《蜜蜂》、《移行》、《团圆》等,中篇《清明时节》,长篇《鬼土日记》、《一年》、《洋泾浜传奇》,还有长篇童话《大林和小

---

① 夏志清:《中国现代小说史》,刘绍铭等译,上海:复旦大学出版社2005年版,第203页。

林》、《秃秃大王》等,是一位多产作家和文体家。他以写讽刺小说见长,将辛辣、幽默的笔锋伸向怪象丛生的中国城乡社会的各个旮旯。在他营造的那个灰色的喜剧世界中,汇集了地主、官僚、小知识分子、小公务员、小市民及底层贫民等各类形象。1936年他曾出版三册名为《畸人集》的选集。他展露的正是这些畸人们的畸零性格和丑陋灵魂。他的讽刺与批判常常能深入到文化—心理的层面,批判封建文化所养成的主奴根性和半殖民地文化环境中新生的市侩性以及由此衍生的各种精神痼疾。张天翼的小说善于捕捉戏剧性瞬间,组成片断性的结构;避免平铺直叙,从省略与细密中传达出叙述的节奏;常用对比、夸张、怪诞等表现手法,在漫画式勾勒中完成对人物的有力嘲讽;不用华丽、繁琐的语句,却在轻松、诙谐、幽默中达成喜剧式的精确。他30年代初的代表作是《包氏父子》,是对阿Q形象的重写。1938年4月他发表了又一讽刺小说杰作《华威先生》,并在国统区引发了一场关于暴露与讽刺问题的论争。作品没有完整的故事情节,只选取华威先生与五个会议的关联等人生片断,从神情、动作和语言上勾勒其漫画形象,却体现了张天翼讽刺艺术的最高成就,为现代文学提供了一个具有多种功能质且常说常新的人物形象。

东北流亡作家的小说是左翼小说的特殊类型。1931年"九·一八事变"后,东北沦陷,一批青年作家陆续流亡到关内且汇聚上海。他们当中有些人并未正式加入"左联",但其创作实际上已成为左翼文学的一部分。这个流亡者作家群包括萧军、萧红、李辉英、舒群、端木蕻良、罗烽、白朗、骆宾基等。他们的创作描写了东北人民对日本侵略者和敌伪统治的仇恨与反抗,体现了浓烈的抗日救亡意识和悲愤色彩;他们的小说常写东北故土的山川、人物、故事,具有浑厚的关外地域文化内涵,播散着浓郁的乡土气息和割舍不断的乡愁;他们的作品再现了东北原野的辽阔和民性的剽悍,又崇尚"力"的审美,表现出一种粗犷、阳刚的艺术风范。东北流亡作家的小说开了抗战文学的先河,但从其关怀底层人民苦难并表现他们的觉醒与反抗这个角度看,无疑又是左翼文学的延伸和拓展。

萧军(1907—1988),原名刘鸿霖,辽宁义县人。1933年与萧红合出短篇集《跋涉》。1935年出版长篇小说《八月的乡村》。1936年开始写作长篇《第三代》,抗战前夕出版第一、二部。另有短篇集《羊》、《江上》等。《八月的乡村》是萧军的成名作,也是他最有社会影响的作品,列为鲁迅主编的《奴隶丛书》之一。小说叙述的是一支东北抗日游击队的成长和斗争故事,将这支队伍与日伪军队的血与火的搏斗同他们自身的改造和成长过程交织起来描写,显示了人民必胜的信念,也写出了战争的残酷和艰难,积极而浑厚。作品塑造了陈柱司令员、铁鹰队长、萧明、唐老疙瘩、李七嫂等英雄群像,多属速写却能神形俱现,显出粗犷之美,避免了脸谱化。《八月的乡村》曾被誉为"中国的《铁流》"或"中国的《毁灭》",说明它受到这两部作品的影响。另外它还有艺术上的粗糙及结构上近乎短篇的连续所带来的松散等不足。但它洋溢着革命英雄主义的精神,富有东北地域特征,仍可称得上是一部雄浑、庄严的史诗。它那少修饰、近纪实、尚阳刚的作风,对当时的左翼文风也是一种振作。《第三代》直到1954年才写完,1957年全书以《过去的年代》为题问世,成就在《八月的乡村》之上。

萧红(1911—1942),原名张迺莹,黑龙江呼兰县人。创作除与萧军的合集《跋涉》外,还有散文集《商市街》、《桥》,短篇集《牛车上》、《旷野的呼喊》,中篇小说《生死场》,长篇小说《马伯乐》、《呼兰河传》等。写成于1934年的《生死场》是其成名作,也被收入鲁迅主编的《奴隶丛书》。作品用十几年的时间跨度连缀"九·一八事变"前后东北农村的生活图景,表现了沦陷前农民悲苦无告的生活和沦陷后农民奋起图存的抗争。在那世代轮回的生死场上,"人和动物一起忙着生,忙着死"。不过沦陷前是任践踏、遭遗弃的生与死;沦陷后,蒙昧的人们开始觉醒,最后是个人的生和死与民族的生和死挽结在一起。小说刻画了王婆、月英、金枝、二里半等质朴可爱而又多灾多难的普通农夫农妇的形象。鲁迅称它表现"北方人民的对于生的坚强,对于死的挣扎,却往往已经力透纸背;女性作者的细致的观察和越轨的笔致,又增加了不少明丽和新鲜"。但也有不足,那即是"叙事和写景,胜于人物的描写"。① 萧红的小说天才和艺术的圆熟体现在此后的一批短篇佳构如《手》、《牛车上》、《小城三月》等和长篇《呼兰河传》上。《呼兰河传》完稿于1940年底,是一部回忆性的小说。它描画了呼兰河小城的公共生活和景观;它叙述了一个小女孩的寂寞生活,这是作者的童年自传;它记录了小团圆媳妇、王大姐、冯歪嘴子、有二伯等具体的呼兰河人短暂、麻木、坚韧的人生。这又是一部抒情性极强的作品,它寄寓了作者对故乡和童年的无限依恋,也排遣着她历经坎坷后深深的寂寞。在这部作品中,萧红那种小说与散文杂糅的叙事特色被发挥到极致。

被称为东北作家群中的"行吟诗人"的端木蕻良(1912—1996),原名曹

---

① 鲁迅:《萧红作〈生死场〉序》,《鲁迅全集》第6卷,北京:人民文学出版社1981年版,第408页。

京平,辽宁昌图人。1932年加入"左联",并开始创作第一部长篇小说《科尔沁旗草原》。此后又有长篇《大地的海》,短篇《鹭鹭湖的忧郁》、《遥远的风沙》、《浑河的急流》等。由于这些长篇晚出,所以端木最先以短篇名世。事实上,他的长篇虽体现了博大的气势和横溢的才华,但多半是急就章,艺术上反不及这些短篇纯粹和圆熟。1933年就写出的《科尔沁旗草原》第一部,是其长篇代表作。但一直拖到1939年才出版,已错过产生轰动效应的时机。小说前三章交代了丁府数代人的发家史以及丁黄两家的结仇。后半部则于"九·一八事变"前夕的一个夏天展示了丁黄两家的纠葛、丁府与佃农的矛盾及丁府在日本人势力冲击下的衰败等,将阶级、家族、种族、民族等不同的矛盾纠缠在一起,在纵横捭阖里显示出草原的神秘和苍莽,草原社会的历史变迁。作品塑造了大山和丁宁两个重要的人物。前者是草原的化身,具有原始的强力;后者则是一个贵族知识者的形象,糅合了唐吉诃德和哈姆雷特的特性。端木对土地有一种深切的爱恋,其创作多半是一些关于土地的故事,他写出了土地的雄浑、辽阔和神秘的历史,也是借以遥祭失去的故土。

东北作家群中的其他作家也都用他们各自的声音吟唱着怀乡、抗日的主题曲。李辉英的长篇小说《万宝山》、舒群的中篇小说《没有祖国的孩子》、罗烽的中篇小说《归来》等都是这类悲愤之作。东北作家群的小说创作使左翼小说开辟了地域文学的新天地,也吹响了抗战文学的号角。

包括东北作家群在内的左翼小说家是30年代一支力量雄厚的创作队伍。除了上述作家之外,还有魏金枝、蒋牧良、周文、丘东平、葛琴、草明、荒煤、欧阳山、吴奚如、彭柏山等,也包括"左联"之外的罗淑(代表作《生人妻》)。他们各具特色的小说,交汇成声威雄壮的左翼文学交响曲。

第三节 左翼诗歌及戏剧

左翼诗歌是无产阶级革命文学的重要一翼。它主要包括普罗诗派和新诗歌派诗人的诗歌创作。左翼诗歌的兴起当溯源于郭沫若与蒋光慈。郭沫若的《前茅》和《恢复》,蒋光慈的《新梦》、《哀中国》、《乡情集》,都是革命诗歌的最初成果。1927—1930年间,更多的诗人加入到革命诗歌的创作队伍,于是形成左翼诗歌发展第一阶段的重要诗派:普罗诗派。其成员主要有创造社诗人郭沫若、段可情、黄药眠、龚冰庐,太阳社诗人蒋光慈、钱杏邨、任钧、洪灵菲、殷夫等。"左联"成立后,革命诗歌一度衰歇,但中国诗歌会的出现又使它再度勃兴,进入发展的新阶段。中国诗歌会的机关刊物是《新诗歌》,所以它又被称为新诗歌派。左翼诗歌属现实主义诗潮。它在方法上与浪漫主义、现代主义有一定的联系,但在观念上是反浪漫主义和现代主义的,形成一种与政治运动紧密关联的革命现实主义运动,其诗歌的基本主题是反映现实斗争生活和鼓动无产阶级革命情绪,其诗体形式主要是政治鼓动诗。与新月派、现代派的"纯诗化"倾向相对立,左翼诗歌体现为一种"非诗化"倾向。左翼诗人在身份认同上是把自己当做战士或战士型诗人,把诗歌创作活动视为一种准政治活动。这样,诗歌就被当做一种革命的武器和工具,诗歌的战斗功能和宣传鼓动作用被置于突出位置。左翼诗歌的公式化、概念化、标语口号化正是其"非诗化"的典型表征。而殷夫的部分诗歌则是左翼诗歌的成功例子。

殷夫(1909—1931),原名徐祖华,浙江象山县人。有诗集《孩儿塔》、《伏尔加的黑浪》、《一百零七个》等。殷夫早期的诗歌带有感伤浪漫主义的情调。1927年写于狱中的长抒情诗《在死神未到之前》已显示了他诗歌写作的新起点。1929年春起,殷夫成为职业革命者,也进入了创作的成熟期和丰收期,写作了大量具有现实主义特色的革命诗歌,被称为"红色鼓动诗"。这些诗歌歌颂了无产阶级革命,再现了战斗的场景,描绘了革命者的精神风貌,塑造了抒情主人公的典型形象,显示出革命乐观主义精神和真挚、充沛的诗情。殷夫较早就反省过左翼诗歌的标语口号化问题,所以他的这些诗歌在一定程度上克服了"非诗化"倾向,具有较醇厚的诗性特征。他注重诗歌结构层次的呈现、情感抒发的适当节制、意象的营造和诗语的选择,以及隐喻、象征等表现手法的运用。其组诗《血字》和《我们的诗》代表了30年代政治抒情诗的最高成就。它们呈现了革命者生活的不同方面,从游行、开会、发传单等具体行动到精神气质和感情世界,均有诗意的抒写。殷夫的名篇《别了,哥哥》则将兄弟间的亲情与追求真理的热情、个人的前途与阶级的命运交织缠绕起来,在对比、抉择中完成了诗作的起承转合,感情深沉朴实,是一首成熟的新诗歌。殷夫的诗歌是革命性内容和较完美的艺术形式的统一,加上可朗诵性特征,因此更具有鼓动和感召力。鲁迅对殷夫诗歌的思想价值和历史意义给予了高度评价,也隐指了其艺术上的欠缺。

中国诗歌会1932年9月成立于上海,是"左联"领导下的群众性诗歌团体,其成员不下200人。发起人有健尼(高云览)、森堡(任钧)、黄浦芳(蒲风)、穆木天、杨骚等。这个诗派的重要诗人还有关露、王亚平、温流、石灵等。1933年2月,中国诗歌会上海总会的机关刊物《新诗歌》创刊,各地分会也有自己的刊物或副刊。在中国诗歌会成立《缘起》中说:"一般人在闹着洋化,一般人又还只是沉醉在风花雪月里。……把诗歌写得和大众距离十万八千里,是不能适应这伟大的时代的。"他们针对的显然是新月派和现代派。他们要纠正和廓清这两个诗派的唯美的、颓废的诗风,这其实是对"纯诗化"的反动。他们提倡的是"捉住现实,歌唱新世纪的意识"①的"新诗歌"。"新诗歌"首先是广泛地反映了工农大众现实的痛苦生活及其觉醒与反抗的新姿态。如蒲风的《茫茫夜》、杨骚的《乡曲》等。另一主题是反帝爱国。中国诗歌会及时提出"国防诗歌"的口号并出版《国防诗歌丛书》。"新诗歌"在形式和表达手法上也相应发生改变,如写作叙事诗和讽刺诗。蒲风的《六月流火》、杨骚的《乡曲》、穆木天的《守堤者》等都是长篇叙事诗。任钧是中国诗歌会最重要的讽刺诗人,有诗集《冷热集》。"新诗歌"还"新"在其"大众歌调"上。新诗歌遏制了新月派和现代派的纯诗化、贵族化倾向,使诗歌向现实与大众靠拢,其刚健壮阔的诗风对诗坛起到了振起和冲击的作用,但其非诗化倾向也是致命弱点。

  没有加入过"左联",但与左翼诗人一样具有现实主义诗风的是臧克家(1905—2004),山东诸城县人。有诗集《烙印》、《罪恶的黑手》、《运河》、《泥土的歌》,长诗《自己的写照》,讽刺诗《宝贝儿》、《生命的零度》等。其中《烙印》是他最有代表性的诗集。臧克家是一位以现实主义为主调的诗人。从与现实的关系看,他的诗与新诗歌派相近;从诗语精炼和形式谨严的角度看,他的诗又受新月派和中国古典诗歌的影响;从重意象、重暗示的诗艺特征看,他的诗显然挪用了现代派;从运用想象的表现手段看,他的诗又带有某种浪漫主义情调。他的诗广泛借鉴古今中外诗歌艺术,既避免了口号诗的直露与粗糙,也没有神秘诗的艰深晦涩,更极力摆脱形式主义诗歌的拘谨。其诗歌在非诗化和纯诗化之间找到了一条自己的新路,在内容充实与形式讲究之间达成了一种和谐。在内容上,臧克家的诗执著于表现现实人生,关注底层人民的苦难。他最擅长描写封建性乡村中的悲剧型农民、传统农民,如《难民》、《老马》、《老哥哥》、《歇午工》等。他还有许多诗描写了城乡各类劳动者、弱小者的悲惨生活,如《渔翁》、《炭鬼》、《当炉女》、《神女》、《罪恶的黑手》等。臧克家在对底层人民生活的描写中还提炼出一种人生哲学——坚忍主义,即一种忍受苦难、迎战苦难的生活态度。他甚至直接用诗句表达这种主义:"苦死了也不抱怨";"活着带一点倔强,尽多苦涩,苦涩中有你独到的真味";"当前的磨难就是你的对手,运尽气力去和它苦

---

① 穆木天:《发刊诗》,《新诗歌》第一卷创刊号,1933年2月11日。

斗"。这种主义赋予了他的诗歌以更深厚的内涵。总之，臧克家的诗写的是极严肃的人生内容，没有闲情与爱情。与这种严肃的内容、深沉的主题相配的是其诗歌形式上的谨严。在抒情导向上，他不是将诗情向外铺张，而是往内紧缩，将抒情与"主智"、自我与"非个人化"结合起来，苦心寻找情感与思想饱和交凝的焦点。这使得他的许多诗具有象征诗的多义性，如《老马》。在艺术构思方面，他的诗整体上注重意境的创造，局部上注重意象的捕捉。在表述方式上，他擅长凝练概括，注重词句的锤炼。在诗体艺术上，他的诗又具有一种格律的印迹，受古诗格律和新诗格律的双重影响。臧克家在诗艺上不断探索，他曾尝试写长诗、讽刺诗，追慕博大雄健的诗风，但终究只能以那些谨严、凝练的抒情短章取胜。

左翼戏剧运动及其创作也在革命文学倡导的背景中展开。1929 年 11 月，由沈端先、郑伯奇、冯乃超、钱杏邨等发起成立了上海艺术剧社，这是最早的在共产党领导下的左翼戏剧团体。他们出版《艺术》、《沙仑》两种剧刊，首次提出建立"新兴戏剧"即无产阶级戏剧，并举行了两次公演。1930 年 8 月，上海艺术剧社又联合摩登、南国、辛酉、光明、戏剧协社等组成中国左翼剧团联盟，1931 年 1 月又改组为中国左翼戏剧家联盟（简称"剧联"），开展大众化戏剧运动。他们组织移动剧团到基层演出，还建立了工人业余剧团"蓝衫剧团"。1933 年"剧联"又提出"戏剧走向农村"的口号。1936 年左翼戏剧界又开展了"国防戏剧"活动，创作演出了《走私》、《咸鱼主义》（洪深执笔）、《汉奸的子孙》（于伶执笔）、《放下你的鞭子》（崔嵬等改编）等剧目。1936—1937 年，"剧联"又以上海为中心掀起"大剧场"演出热潮。在左翼戏剧运动中涌现出一大批剧作家，其剧本创作在主题、题材诸方面都有新的变化，工农和城市贫民成为主人公，争取阶级解放、民族解放成为剧作主题。重要的剧作家有田汉、洪深、夏衍、白薇等。田汉（1898—1968）在 1929 年创作了《名优之死》，通过名优刘振声的悲剧表达了要追求艺术，首先得改造这世界的主题。这是田汉摆脱其唯美主义思想而转向现实主义的代表作。1930 年 3 月，田汉加入"左联"后，对"南国运动"及自己的感伤倾向进行了反思，投入到左翼戏剧的创作中，写出一批表现工人的反抗斗争和抗日救亡运动的剧作，如《梅雨》、《回春之曲》等。洪深（1894—1955）早期的代表作是具有表现主义特征的《赵阎王》。加入"左联"后，最重要的作品为"农村三部曲"——《五奎桥》、《香稻米》、《青龙潭》，是典型的社会分析剧。其中《五奎桥》（独幕剧）较其他两部多幕剧艺术上更成功，是话剧中最早反映农民反抗地主的优秀剧本。夏衍（1900—1995）在 1936 年发表了两部历史讽喻剧《赛金花》和《秋瑾传》,借古讽今,以古励今。他还有一组总题叫《小市民》的剧作(共五篇),反映上海市民生活,其中最有影响的是《重逢》(即《上海屋檐下》)。它描写了1937年梅雨季节里上海一石库门民居中五户人家的命运。剧作以林志成与妻子杨彩玉及其前夫匡复之间的纠葛为主线,让五户人家统一在同一屋檐下、统一在同一种自然气候和心理气候中来展开戏剧冲突,真实再现了上海普通市民的痛苦生活情景,是一部匠心独运的现实主义剧作,代表了左翼剧作所达到的高度。

【导学训练】

1. 革命文学倡导的背景和功过。
2. 简论左翼阵营与自由主义作家的论战。
3. 关于左翼小说的转向。
4. 左翼诗歌的"非诗化"与新月派、现代派诗歌"纯诗化"的关系。

【研讨平台】

左翼文学研究新动向

提示:很长时期里,30年代的左翼文学基本上被主流话语阐释为当时共产党人领导下反对国民党文化"围剿"——"文化革命"深入发展的结果①。从20世纪80年代后期开始,随着世界政治格局巨变和中国市场经济体制进一步确立,各种新社会思潮的交互激荡,不少学者开始以疏离政治的姿态来重新考察左翼文学,得出了一些新的论断。

第一,以全球性或商业化的眼光来理解左翼文学发生发展的背景与条件。马克思主义传播、国内革命斗争形势与共产党人的组织领导,是左翼文学兴盛的根本原因与传统解释。但这无法说明为何只有上海才成为了左翼文学的发源地和大本营,也无法解释为何左翼作家大多具有"日本经验"或"俄苏经验"。其实,30年代的左翼文学是一种国际潮流,中国左翼文学只是其中的重要支脉。世界左翼文学潮流对中国左翼文坛的影响相当明显。而上海在30年代作为工商业发达的现代化大都市,同时拥有租界文化带来的相对自由的舆论环境、繁盛的出版业与追新求异的市民风尚,都为在当时具有先锋性的左翼文学的兴盛提供了必要的生存发展空间。蒋光慈开创的"革命加恋爱"小说在商业化市场的推波助澜下风靡一时。左翼电影与戏剧影响很大,很重要的原因也是其可商业化操作程度很高。如果进一步考虑到20年代末青年知识分子普遍的个人主义精神危机与五四以来民粹主义在中国的潜滋暗长,考虑到后来被划入"新感觉派"

---

① 毛泽东:《新民主主义论》,《毛泽东选集》第2卷,北京:人民出版社1966年版,第662页。

和"京派"的不少作家都曾有相当明显的左翼倾向,那么,左翼文学的兴盛也许正如鲁迅所言:"势所必至,平平常常,空嚷力禁,两皆无用。"①

第二,从"个人化"或地域文化的视角来分析左翼文学的主题、内容与性质。如果单强调左翼文学的革命性,它很容易与40年代的解放区文学、建国后的"十七年"文学甚至文革时期的"样板戏"建立历史承传关系。但面对左翼作品中大量存在的"个人化"描写,必须承认:左翼文学的许多因子已存在于五四文学。李杨在《文学史写作中的现代性问题》一书中提出:没有五四文学,何来左翼文学?左翼文学的浪漫蒂克倾向和前期创造社郭沫若、郁达夫的自我表现、自叙传性质的浪漫主义创作,在精神与风格上具有明显的相似性。另一方面,左翼作品在写出了中国社会底层的抗争与革命的同时,又具有浓郁的乡愁与鲜明的地方色彩,呈示出左翼文学话语的地域文化个性,与五四时期的乡土文学血脉相连。左翼的乡土气息浓厚的作品与五四乡土文学一样,都缝合了从外界引进的现代性文化思想(五四时期以个性解放为核心的民主思想与30年代以阶级斗争为核心的革命思想)与民族性的本土社会生活在文学创作上的分裂状态。更关键的是,"左联"虽然提倡文学"大众化",但左翼文学本质上具有"个人化"政治精英意识,具有类似五四文学的启蒙姿态与反思批判精神,这使得它始终难以真正融入民间。鲁迅的后期杂文是左翼文学的突出代表。受鲁迅与五四启蒙思想影响的许多左翼作家构成了"左翼启蒙派"。在这个意义上,对知识分子启蒙意识、"个人化"精英立场采取否定态度的解放区文学是对左翼文学精神的消解,延安文学不是左翼文学。

第三,从伦理道德与理想主义角度来阐释左翼文学的影响与意义。左翼文学借助感同身受的苦难表述、同呼吸共命运的人道光辉、追求正义改造社会的理想情怀,使无产阶级革命理论在创作实践中完成了自身合理性的证明,其本身也在文学史上获得了独特的地位。在强调"革命"的20世纪,具有激进姿态、不那么精致与缜密的左翼文学,其阶级斗争叙事逻辑常常被放大被凸显,而其人性关怀与人道主义理想则常被忽略与遮蔽。也主要由于这种原因,左翼文学常为具有自由主义立场与文化精英意识、追求"纯文学"的文人所不屑。2004年,曹征路的中篇小说《那儿》受到评论界广泛肯定,被认为是"新左翼小说"的代表作。这标志着左翼文学的底层关怀与理想主义传统在新世纪重新得到了重视。

【拓展指南】

1. 艾晓明:《中国左翼文学思潮探源》,北京:北京大学出版社2007年版。

简介:作者以20世纪20、30年代的世界无产阶级革命文学思潮为大背景,运用影响研究和平行比较的方法,详细探讨和梳理了中国30年代中国左翼文学思潮发生、发展和转变的外部原因。前三章分别阐述了太阳社、后期创造社诸成员如何比附式接受

---

① 鲁迅:《〈现代新兴文学的诸问题〉小引》,《鲁迅全集》第10卷,北京:人民文学出版社1981年版,第292页。

了当时苏俄、日本的无产阶级文艺论战中不同派别的思想,并发动了中国革命文学论争的整个过程。第四至六章以钱杏邨、茅盾、瞿秋白、胡风四人的文艺批评理论与批评模式为切入口,重点分析了普列汉诺夫、卢那察尔斯基、苏联"拉普"的各种文艺理论,在经过鲁迅、瞿秋白等人的接受与改造后,如何推动了30年代中国左翼思潮的发展。其中对鲁迅"同路人"的思想来源、瞿秋白关于"党的文学"的翻译及影响等,考辨尤为精到。第七章通过胡风与卢卡契二人文艺思想的比较,从世界范围内考察了30年代中国左翼文学思潮的特色、命运、意义及影响。相对于长期以来局限于从国内政治革命形势对左翼文学进行阐释的传统研究视角,本书具有恢弘的世界眼光、新颖的文化传播思路、精到的史料考辨、明晰的逻辑表述等特色。

2. 朱晓进:《30年代文学与政治文化之关系》,收入《非文学的世纪——20世纪中国文学与政治文化关系史论》,南京:南京师大出版社2004年版。

简介:论文全面、细致地探讨了中国20世纪30年代文学与政治文化的关系及创作政治化的问题。作者认为,首先,国民党在文化领域施行了一整套政治化的文化方略,这就导致了与左翼文化界等尖锐冲突,造成了对文学书籍的查禁、删改,造成了版本繁杂、笔名众多、书名改换、假托出版、伪装封面等现象。其次,文学群体基本上都带有"亚政治文化"特征。最大的文学群体"左联"体现得最明显,新月派、自由人、第三种人、京派也都未能超脱政治。再次,重要的文学论争几乎都带有浓厚的政治文化色彩,一些艺术问题的讨论最终几乎都归结到政治问题。特别值得指出的是读者的需求是30年代左翼革命文学主宰文坛的根本原因。普遍的政治文化心理及导向作用还表现在对文学杂志刊载内容的制约上,左翼文学作品得到了广大读者的青睐,影响了刊物的用稿选择。出版部门无一不对左翼书籍采取门户开放政策,从而推动了左翼革命文学的兴盛。论文指出这种政治文化氛围形成了大量作家左转、创作题材上的转换和政治价值取向。论文角度新颖,揭示了30年代文学的最本质的特征。

【参考文献】

1. 温如敏:《新文学现实主义的流变》,北京:北京大学出版社1988年版。
2. 张大明:《不灭的火种——左翼文学论》,成都:四川文艺出版社1992年版。
3. 〔美〕安敏成:《现实主义的限制》,姜涛译,南京:江苏人民出版社2001年版。
4. 旷新年:《1928革命文学》,济南:山东教育出版社1998年版。
5. 宋剑华:《论左翼文学现象》,《文艺理论研究》2000年6期。
6. 方维保:《红色意义的生成——20世纪中国左翼文学研究》,合肥:安徽教育出版社2004年版。

第八章　社会剖析小说大家茅盾

茅盾是杰出的现实主义小说家,他在现实主义小说的理论和创作上都做出了重要贡献。他开创了社会剖析小说的流派,其史诗性写作形成了中国现代小说中的所谓"茅盾传统"。

第一节　多方面的文学贡献

茅盾(1896—1981),原名沈德鸿,字雁冰,浙江桐乡县乌镇人。1920年接任《小说月报》主编,正式步入文坛。1921年参与发起成立文学研究会。1927年发表第一篇小说《幻灭》时开始使用笔名"茅盾"。他是新文学的倡导者、组织者之一,是著名的小说家、散文家、文艺理论家、文艺批评家、翻译家和编辑。

茅盾为中国现实主义文学理论及左翼文学理论的建设做出了重要贡献。在文学研究会成立之初,他写了《新文学研究者的责任与势力》等文章,借用并发挥了泰纳的文艺思想,提倡文学表现人生并指导人生,批评鸳鸯蝴蝶派、唯美派的文学观。1922年,他在《自然主义与中国现代小说》一文中称颂左拉的创作,主张借鉴自然主义的两大法宝——实地观察和客观描写,以纠正中国文坛描写不真实之偏。1925年发表《论无产阶级艺术》一文,修正了早期的为人生的艺术观,探讨了无产阶级艺术的取材范围、艺术形式等问题。在革命文学论争中,他写了《从牯岭到东京》等文,回应太阳社、创造社。"左联"时期,他所写的《"五四"运动的检讨》等,划清了现实主义与自然主义的界限,将现实主义置于马克思主义社会科学理论的指导之下。茅盾还是中国现代文学批评的开拓者之一。他发表于《小说月报》上的《春季创作坛漫评》、《评四、五、六月的创作》,是最早对一个时期文学倾向进行综合批评的文章。他评价过沙汀、吴组缃、臧克家、萧红、姚雪垠等一大批新作家。而最有影响的批评文章是关于鲁迅等一批五四时期就已成名的作家的"作家论"。这批作家论是对革命文学论争的回应,所选的正是一批革命文学倡导者认为已经落伍的旧作家或小资产阶级作家,开创了一种新的左翼文学批评范式,被认为是运用历史唯物主义观点进行现代文学作家作品批评和文学史研究的成功尝试。

  茅盾是一位重要的小说家,代表了左翼小说艺术所达到的高度。大革命失败后,他发表了三个中篇:《幻灭》主要写章静在读书、爱情、革命方面不断追求又不断幻灭的经历与心态。《动摇》主要写方罗兰在革命与反革命之间(也包括在妻子与情人之间)的动摇,最终导致革命受挫。《追求》写大革命失败后一群青年知识者的盲目追求:有希望"教育救国"的张曼青,有热衷于新闻改革的王仲昭,有沉醉于感官享受的章秋柳,有怀疑主义者史循。他们的种种追求都以失败告终。这三篇作品后以总题《蚀》出版。1928年7月茅盾流亡日本,写出了《色盲》、《诗与散文》等短篇,有些作品收入《野蔷薇》集。这些短篇在题材、主题等方面多半类似于《蚀》。1929年他又有一部未写完的长篇《虹》,写了梅行素从五四到五卅这一时段冲出家庭牢笼走向社会的成长经历,已足以表现她从信仰易卜生主义到接受马克思主义,从"娜拉型"女性到"卢森堡型"女性的思想与性格趋向。1932年前后,茅盾开始了对中国社会各阶级和各阶层的全方位叙事。以《子夜》、《春蚕》等为代表的作品再现了30年代大萧条时期中国社会的全幅图景,他的小说创作进入鼎盛时期。抗战爆发后,茅盾写了长篇《第一阶段的故事》、中篇《走上岗位》、长篇《锻炼》第一部。这些作品反映了上海"八·一三事变"至沦陷时期各阶级的民族情绪和生活动向。此期有两部更重要的长篇:《腐蚀》以皖南事变为背景,通过女特务赵惠明的视角,暴露了国民党法西斯的特务统治内幕,展示了人性与兽性的冲突,体现了题材与主题的尖锐性。1942年发表的《霜叶红似二月花》又折回到五四前后江南一个小县城,描写了新兴资本家王伯申和封建大地主赵守义之间的冲突、青年地主钱良材的改良主义努力和失败,以及其他几个年轻人的命运。这部计划写到1927年的三部曲在当时只写出了第一部(续稿发表于1996年5月《收获》总119期)。茅盾上述小说表现出鲜明的时代性特征,表现了"时代会给予人们以怎样的影响"和"人们的集团活力又怎样将时代推进了新方向"。[①] 中国现代社会的历史动向、时代思潮、社会心理等都及时地在其作品中得到反映。茅盾的时代叙事显示出全景性倾向,从乡村到都市,政治、经济、文化诸层面,中国社会各阶层,在他的作品里得到整体呈现。把这些

[①] 茅盾:《读〈倪焕之〉》,《文学周报》第8卷第20号,1929年5月12日。

作品串起来，无疑是20世纪上半叶中国社会的一部形象的编年史。

茅盾通过这些小说，为中国现代小说艺术的发展做了有益的探索。他尝试过两种小说生产的路径：一是经验人生之后才写小说，如《蚀》三部曲就是他经验了动乱中国最复杂的人生的一幕，感到了幻灭的悲哀、人生的矛盾之后的写作。这是一种更多地融入了作家主体性的写作。二是为写小说才去经验人生，如《子夜》虽有人生经验做底子，但主要还是有了写小说的计划之后才开始有意识地观察、调查、积累生活的结果。这类写作虽带有作家的情感体验，但更多地被认为有理性化、概念化的缺陷。这两种小说生产路径都会产生失败之作，但茅盾都有成功的例证，《蚀》、《虹》、《子夜》、《春蚕》等不仅是左翼小说的扛鼎之作，在现代小说史上也具有重要的艺术价值。在创作方法上，茅盾的小说主要体现为一种现实主义特质，但他又改造和借鉴了其他方法。茅盾介绍过自然主义，他自己的作品如《幻灭》等都带有自然主义的印迹。他对自然主义的重视补救了中国旧小说写作方法在描写等方面的不足，减轻了"拉普"的文学观念和中国左翼写作中概念化等弊病的影响。当然，自然主义方法也给他的小说带来了负面影响。茅盾很早就提倡、翻译、研究过象征主义。他后来否定了象征主义流派，却吸纳了象征主义方法，利用象征所具有的暗示、辐射、超越功能，表现作品丰富、深厚的意蕴。

茅盾的小说在结构、情节、体式等方面都不断创新。《虹》是"流浪汉体"，《腐蚀》采用日记体。《幻灭》依单线发展，《动摇》取双线结构，《追求》则三线平行，《子夜》为网状布局。《野蔷薇》有西方小说的象征意味，《霜叶红似二月花》则有传统的"红楼"神韵。真正奠定茅盾左翼文学大师地位的，则是他创作的一批社会分析小说。这类小说具有以下特征：一是理性色彩。其构思不是只凭直觉、潜意识，而是诉诸于理性的把握，其叙事不只是感性的、直观的铺展，而是"分析的描写"。这种分析不仅靠感性知识，更靠理性知识，即社会科学知识。二是社会化倾向。这类小说注重于表现中国社会各阶级和阶层的生活和思想面貌，注重于社会环境、社会画面、社会矛盾的交代与描绘，从而揭示社会结构和社会走向。而人物形象的塑造是放在复杂的社会关系之中，不作纯人性的表现。三是结构宏大严谨。因为追求社会化，这类小说尤其是长篇，必然人物众多、情节复杂、视景开阔，所以一般都具有宏大的或网状的布局；因是理性化的构思，所以其结构又体现为一种严谨，尤其是以作品中的小时空透示整个社会的大时空。

茅盾的小说人物主要有地主、农民、资本家、时代青年等形象系列。其中最完备和最有艺术成就的是后两个形象系列。仅《子夜》,就有吴荪甫等各色资本家形象十几个,而时代青年的形象,有落伍者钱良材、张恂如,有前进者梅行素等,更有动摇、彷徨、颓废者,如章静、方罗兰等,而写得最成功的是孙舞阳、章秋柳等时代女性的形象。茅盾对人物的塑造有自己的风格,如在二元对立关系中刻画形象,仅时代女性形象系列中就形成了东方型与西方型两种类型人物在性格、思想乃至装束等方面的对立和对照,甚至某一人物自身也构成两极冲突,显示出性格中沉静与狂躁、刚强与软弱、人性与兽性、男性气质与女性气质等的矛盾性。在这些矛盾的组合中,茅盾写得最好的人物被认为是具有男子性格的女性(西方型女性)和具有女性的软弱的男性(如吴荪甫等)。茅盾还擅长表现人物的复杂性、多面性,擅长运用烘托等手法。

茅盾只写过一部小说化的剧本《清明前后》,但在散文方面也是一位名家,既有《速写二》这样的记述平凡事的优美、细腻的美文,也有《卖豆腐的哨子》、《虹》、《白杨礼赞》、《风景谈》等象征性的雄壮、激越的名篇。这些写作与其批评、小说等一起构成了茅盾文学世界的丰富性。

第二节 《子夜》及其"延长线上"

《子夜》的构思与写作经历了两年多的时间。1930年秋,茅盾因患眼疾等病经常晤谈亲戚和同乡故旧,从他们那里了解到民族工业的处境及其社会关联现象,就有了写一部白色的都市和赤色的农村相交响的小说的想法,并开始积累材料。同时,这年夏秋间关于中国社会性质的大论战使他有了更明确的写作意图:"就是想用形象的表现来回答托派和资产阶级学者:中国没有走向资本主义发展的道路……是更加半封建半殖民地化了。"[①]在写作期间,茅盾因故返乡两次,搜集了不少关于农村的生活素材。从这个过程看,《子夜》的写作并非人们所说的主题先行。但总的来说,走的还是为写小说才去经验人生的路子。由于无军队生活经验等原因,原先庞大的构思几经压缩,最后作品侧重写都市,不再正面写农村了,但已写好的关于农村的第四章还是保留了下来。所以写成的作品被茅盾称为"半肢瘫痪"之作。《子夜》1933年初版。这部作品是茅盾创作的一个高峰,体现了左翼文学的实绩,树立了社会分析小说的典范,可以说是中国现代长篇小说成熟的

---

① 茅盾:《〈子夜〉写作的前前后后》,《新文学史料》1981年第4期。

标志。

《子夜》是一部具有某种史诗性品格的作品。它正面展示都市的生活景观,但也通过保留下来的第四章、费小胡子的告急电报等表现了农村的动荡。它主要描写民族工业的命运,但却涉及帝国主义掮客的阴谋,蒋、阎、冯的南北大战,农民的暴动和红军的行踪,工人和革命者的活动,各色地主、知识分子的行径等。小说呈现了30年代初中国社会的全貌:经济的破产、军阀的混战、革命的风起云涌,表现了生活的各环节,描绘了各阶级各阶层许多人物的状况,揭示了错综复杂的社会矛盾。所以,它具有近乎史诗的百科全书式的规模。更重要的是小说所具有的丰富思想蕴涵。其一,揭示了复杂的社会关联及其互动性和因果律。小说显示了30年代中国社会内部及其与世界关系的复杂性:世界经济危机及帝国主义的经济侵略、中国政局的不稳及战争、民族工业的发展及破产、农村的破产及动荡等都是互相牵拉和互为因果的。这体现了作者观察中国社会的一种宏观性、全球性眼光。其二,指出了中国社会的性质及其走向。小说主要通过对民族工业的衰败、民族资本家吴荪甫的悲剧的描写,不仅呈现了民族资产阶级没有出路的历史命运,更指出了中国社会更加殖民地化的本质特征和发展趋势,赋予了史诗性作品所具有的"国家之主题"。这是一个关乎民族国家建构的重大问题。它指向经济,也转向政治,是救亡主题,也牵涉阶级主题,体现了分析中国社会时的深刻性与前瞻性。其三,展示了人性的变异与人情的恶化,让我们看到了人与人之间关系的真实形态。亲情关系、亲戚关系、朋友关系、情爱关系等等在这个城乡经济破产时期皆极其脆弱,而金钱成为其中的主导因素。这使作品又有了更深一层的伦理指向和道德主题。要言之,《子夜》体现了一部经典的社会分析小说所达到的深度。

《子夜》把广阔的时代背景、复杂的社会关联、曲折的情节冲突、众多的人物形象融为一个有机的艺术整体,形成了一种既宏大又缜密的结构。小说第一章写吴老太爷来上海,从历史的维度交待了吴荪甫所置身的父子冲突。第二章写吴老太爷的丧事,让吴荪甫面临现实的各种矛盾,全书主要人物出场,引出公债斗法、农运、工运、家庭矛盾等重要线索。此后这些线索互为因果、交叉发展,又以小说开头的出迎和结尾的出逃前后呼应。因此,作品是经纬交织、文脉贯通、前后勾连。这一切又都交会于吴荪甫的命运、性格的变化与发展。其间情节展开波澜起伏,错落有致,富有叙事的节奏。作品前半部分紧锣密鼓,第十七章则荡开去写黄浦夜游,有张有弛。吴、赵之斗法是先联合,后斗争,最后拼死一搏。所以,整个结构头绪纷繁、收放自如又摇曳生姿。巨大的生活容量压缩在1930年炎热的5—7月来表现,矛盾冲突激烈,结构紧凑而巧妙,充分展示了茅盾把握宏大题材的出众才能。

《子夜》中出场的人物有80个左右,且大多个性鲜明。其中居于中心位置的是吴荪甫。吴荪甫是30年代中国社会环境中带有悲剧性的民族资本家的典型,被作者看成是"20世纪机械工业时代的英雄、骑士和'王子'"。他出身于"城"与"乡"之间的双桥镇,游历欧美,学会了资本主义的经营理念与策略,成为一代有理想的民族资本家。但他生不逢时,最终从实业转向公债投机而成为破产者。他的身世、经历、思想及所在的时代都注定了他将处于城与乡、中与西、封建主义与资本主义、理想与现实的二元对立之中,这决定了他矛盾与复杂的性格。一方面他是一个具有"法兰西性格"的资本家,资本雄厚,谋略过人,具有营商的胆识、才干和实业救国的理想。另一方面,他出身于封建家庭,在财产的承传、文化积习等方面与封建阶级有千丝万缕的联系,如他对待家人和下属都俨然是一位封建家长。他既具有"经济人"特性——精于计算、唯利是图等,又有超经济人的品质,具有振兴民族工业的爱国心和民族意识。他一开始选择的并不是最能投机的金融业等,而是当时唯一能为国家赚回外汇的丝织业。他既具有强者的刚强、自信、理智和魄力甚至刚愎自用,又具有一个普通男人的软弱、沮丧、暴躁、紧张乃至恐惧。《子夜》通常是把吴荪甫的阶级性与人性混合起来加以表现,最终把他塑造成一个血肉丰满而又具有性格张力的民族资本家的形象。在塑造这一形象时,作者采用了一些特有的策略和技巧。一是在复杂的社会关系尤其是政治、经济关系中来描写人物。吴荪甫与买办资本家、民族资本家、工农阶级、政客、下属及家庭成员等不同的社会关系是典型环境的最重要因素,能具体细致地表现他性格的复杂构成。二是在作品情节的推进中来表现其矛盾与复杂。吴荪甫原是做实业的,但最后却转到了投机业;他本是埋头事业而不惜牺牲家庭幸福的资本家,却出现了奸女佣、玩交际花的行径;他在作品前半部分镇定自若、深谋远虑,但在后半部分则垂头丧气乃至精神崩溃。三是在吴荪甫周围设置了对立形象(如赵伯韬)、对比形象(如杜竹斋)、补充形象(如屠维岳),起到了烘托、反照等作用,更鲜明地凸现了他的性格。吴荪甫的矛盾与复杂,典型地体现了中国民族资产阶级的本质特征,如进步和反动的两面性等,也体现了这一阶级在现代中国的困境和无路可走:要么当买办,要么破产。这是这一形象所体现的历史蕴涵。吴荪甫是中国小说史上不曾有过的民族资本家的典型,为读者提供了美感、反感、悲剧感等多重审美感受,从而为此后这类人物的塑造确立了一个范本。

《子夜》体现了高超的心理描写艺术,不仅有对人物潜意识和幻觉的描写,甚至能从人物的行动和对话中展示其心理。《子夜》还运用了象征手法,吴老太爷之死的情节、《太上感应篇》和鹦鹉笼等道具、色彩与声浪的描写等都具有象征意味,有时甚至还与心理的刻画联系在一起。《子夜》当然存在有一些颓废的描写、工人和革命者形象单薄、一些线索未及展开等艺术弱点,但这些都无碍其成为现代长篇小说的经典之作。

　　创作《子夜》的同一时期,茅盾还写了一些与《子夜》内容有关联的中短篇小说。可以把这些涉及民族资本、农村问题的作品,如《林家铺子》、《多角关系》及《春蚕》、《秋收》、《残冬》("农村三部曲")、《小巫》等,视为"《子夜》的延长线上"①。《林家铺子》描写了乡镇小商人林老板的小百货铺的倒闭过程,这乡镇临近上海。《多角关系》则写了县城里中等民族资本家唐子嘉在"欠人"、"人欠"的关系中走向破产的命运,可谓《子夜》的续篇。《春蚕》等写了老一代农民老通宝发家梦的破产和新一代农民多多头等的反抗,是《子夜》未及展开的农村"小结构"的延伸。这些作品是对《子夜》的补充和拓展。它们在空间上让作家的视野从大都市伸向了小城、乡镇和农村,在时间上则从 1930 年延长至 30 年代上半期(《林家铺子》、《春蚕》皆以 1932 年"一·二八战争"为背景,《多角关系》写到了 1934 年年关时的金融恐慌)。它们与《子夜》之间还有许多更内在的关联。《子夜》中吴荪甫的企业是丝织业,《春蚕》里老通宝从事的是蚕事活动,丝与茧将民族资本家与农民联系起来。从这些作品可以看到城乡经济的因果牵连:帝国主义的经济侵略导致民族工业的破产,进而导致蚕农的破产;农民购买力的低下加大了城镇商人的经济危机。从主题、内容等方面看,《林家铺子》《春蚕》等无不是《子夜》的延长线。同时,它们还有许多类似的艺术特质,如都是社会分析小说,分析了林老板的店铺倒闭、老通宝的"丰收灾"的政治、经济方面诸多社会原因,也通过一家一店的遭遇透示大时代、大社会的面貌。它们都将主人公塑造成一种矛盾复杂的形象。林老板是一个新旧并举的小商人,具有既精明又软弱、既欺人又被人欺等特征。老通宝是老一代农民,但其一举一动也体现了两重性:在养蚕问题上,他既有冷静的预见,又有愚昧的卜算;在与人相处时,他既有厚道做人的美德,又有不把荷花当人的缺德。当然,这些短篇小说在叙事上有自己的特点,如老通宝的蚕事活动从"窝

---

① 〔日〕松井博光:《黎明的文学》,高鹏译,杭州:浙江人民出版社 1982 年版,第 168 页。此书把茅盾后来所写表现民族资本问题的作品称为"《子夜》的延长线上"。

种"到"大眠"再到蚕茧丰收的过程都写得详细，而对其破产的结局则略写，过程与结局形成强烈对比。总之，《子夜》与其"延长线上"的作品有机关联，共同构成了 30 年代中国社会的全景图画，它们作为社会分析小说的代表作，其叙事方式影响了吴组缃、沙汀等不少现实主义作家，以至形成了所谓的"社会分析小说"的流派或模式。

【导学训练】

1. 茅盾对现代文学的贡献。
2. 《子夜》的史诗品格。
3. 何谓"《子夜》的延长线"？

【研讨平台】

批评史上的《子夜》

《子夜》出版后引起轰动，瞿秋白、鲁迅等充分肯定了它的现实主义成就。吴组缃于 1933 年在《文艺月报》第 1 卷上发表《"子夜"》一文，首次将茅盾与鲁迅并称为中国现代小说方面"两位杰出的作家"。当然，也有人对《子夜》持完全否定的看法，如韩侍桁，但这遭到了左翼的回击。1949 年后出版的现代文学史著作均一例设有茅盾专章，对《子夜》给予很高评价。冯雪峰还提出现代文学创作中存在着一个"茅盾模式"的命题。

在 1980 年代末重写文学史的热潮中，对茅盾及《子夜》的评价才发生重大变化。汪晖的《关于〈子夜〉的几个问题》一文提出，"《子夜》作为一部独立的作品可以用'卓越'、'优秀'等词冠之，但作为一种文学史现象的《子夜》范式却实在值得深长思之"。蓝棣之在《一份高级形式的社会文件》中从文学水准、主题先行等方面论述了《子夜》的症候，认为《子夜》是"一份高级形式的社会文件"。还有人历数《子夜》的败笔与缺陷，说《子夜》是一部失败的作品。1994 年 9 月，王一川在《文学自由谈》发表《我选二十世纪小国小说大师》，选出了九位大师，其中不包括茅盾，认为茅盾的作品"欠缺小说味，往往概念痕迹过重。有时甚至'主题先行'，所以得割爱"。此文发表，文学界一片哗然。

进入 21 世纪，对《子夜》的评价已不再那么情绪化。王嘉良的《论"茅盾传统"及其对中国新文学的范式意义》一文，认为"茅盾传统"包括了积淀深厚的现实主义传统、气势阔大的史诗传统、注重社会分析的"理性化"叙事传统。孔庆东虽然对《子夜》仍表遗憾，说作者虽然使尽了浑身解数，却仍然仿佛是戴着脚镣在跳舞，但他也承认《子夜》为中国的社会长篇小说开辟了一条非常宽阔的道路。

【拓展指南】

1. 王晓明：《惊涛骇浪里的自救之舟——论茅盾的小说创作》，收入《潜流与旋涡》，北京:中国社会科学出版社 1991 年版。

简介:作者认为,茅盾是矛盾的。茅盾从事文学活动之初不像是一个文学家,倒像是一个社会活动家,跨进文学界在某种意义上也就是在从事一场社会运动,二者都能够满足他改造社会的内心热忱。大革命失败后,茅盾把小说创作当做了唯一的自救之舟和精神的避难所。从《幻灭》到《动摇》到《追求》,茅盾逐渐摆脱了苦闷宣泄的冲动,表现出了超越个人的洞察感,艺术创造的热情压制了先前的政治热情,展现出了一个小说家与众不同的艺术风姿。可是茅盾没有保持住这种风姿,《虹》、《路》、《三人行》等小说又让那社会活动家的一半灵魂重趋活跃,将形象感受纳入一个现成的政治模式,表现出了他天性使然的灵魂分裂和矛盾。《子夜》、《林家铺子》、《春蚕》等更拥有明确的社会政治主题,其中有概念化的缺陷,也得到了成功,这些成功依靠的正是他一贯的情感体验。论文对茅盾的创作心理和艺术个性进行了深入而贴切的体察,超越了以往的认知水平。

【参考文献】

1. 孙中田:《论茅盾的生活与创作》,天津:百花文艺出版社 1980 年版。
2. 〔日〕松井博光:《黎明的文学》,高鹏译,杭州:浙江人民出版社 1991 年版。
3. 邱文治:《茅盾小说的艺术世界》,天津:百花文艺出版社 1980 年版。
4. 杨扬:《转折时期的文学思想——茅盾早期文学思想研究》,上海:华东师范大学出版社 1996 年版。
5. 陈剑华:《革命与形式》,上海:复旦大学出版社 2007 年版。
6. 汪晖:《关于〈子夜〉的几个问题》,《中国现代文学研究丛刊》1989 年第 1 期。

第九章　燃烧着青春激情的巴金

巴金是中国现代文学史上拥有众多读者的一位作家。他用饱蘸情感汁液的笔,在理想之光的引领下,创造了独具巴金特色的艺术世界:从高涨的革命热情中起步,历经青春时代的激情以及青涩,走向对社会与人生的诗性沉思。

第一节　生平与创作

巴金(1904—2005),原名李尧棠,字芾甘,出生于四川成都一个官宦大家庭。在十九年的家庭生活中,巴金享受过"一个被爱着的孩子"的幸福,并由此形成了其"全性格的根柢":"爱"。① 父母的相继离世,又让他看清了这个富裕大家庭的真实面目——"一个专制的王国",和平、友爱的表面下是仇恨的倾轧和斗争。②

五四运动为这个高宅大院内的少年打开了一个崭新的世界。1923 年,巴金离家到上海、南京求学,1927 年赴法留学。在 20 世纪初风起云涌的各种西方思潮里,强调反对专制和压迫,要求个人绝对自由的无政府主义,打动了热衷于社会革命事业的年轻巴金。深受无政府文化思潮影响的巴金,对一切人压迫人、人剥削人的现象与制度始终保持着特殊的敏感。

他的第一部小说《灭亡》于 1929 年在《小说月报》上连载,"巴金"这个名字第一次进入中国读者的视野。《灭亡》塑造了一个富有正义感和自我牺牲精神的革命者杜大心的形象。不断遭遇的苦难与不幸使他成为"恨"之哲学的奉行者,在并肩奋斗的同事被捕牺牲后,他决意执行自己的复仇计划,却终因一次失败的刺杀成了一个孤绝悲壮的英雄。虽然具体环境和人物行为在文中都不甚清晰,但主人公杜大心对平等、公正、博爱的强烈渴望和对专制暴政的刻骨憎恨给读者留下了深刻的印象。

---

① 巴金:《我的几个先生》,《巴金选集》第 10 卷,成都:四川人民出版社 1996 年版,第 95 页。
② 巴金:《我的幼年》,《巴金选集》第 10 卷,成都:四川人民出版社 1996 年版,第 88—90 页。

30年代，巴金迎来了小说创作的一个高峰期。他自己所喜爱的《爱情三部曲》——《雾》《雨》《电》和赢得读者持久青睐的《激流三部曲》——《家》《春》《秋》，都写于这一时期。《爱情三部曲》表现了时代大潮中革命青年的成长和生活，虽然未脱其时流行的"革命加恋爱"的窠臼，但仍以呼之欲出的激情感染了一代青年。《雾》塑造了现代文学史上较早的"多余人"形象周如水，一个优柔寡断、懦弱无能的悲剧人物；《雨》是一支凄清伤感的蓝调，主人公吴仁民的感情世界"欢浓之时愁亦重"，其间穿插的他与朋友关于革命问题的争论，表明作者在讲述革命者悲凄爱情的同时并未减弱对其革命志业的热情；《电》通过"完美女性"李佩珠的形象寄托了作家的理想：她果敢而不盲目，坚毅而不失温柔，展示着一个女革命者的独特魅力。无论从思想还是艺术来看，《爱情三部曲》都可作为了解早年巴金其人的极有价值的文本。而巴金历时十年完成的《激流三部曲》则更有力地奠定了他在中国现代文学史上的地位。这是一组以家族生活为题材控诉封建制度和礼教的作品，它们在面世以后的漫长时日里逐步演化为巴金极富代表性的文学名片。这一时期，巴金还出版了《复仇集》《光明集》《电椅集》等10个短篇小说集，这些小说题材广泛，内容丰富，延续了巴金文字一贯鲜明的感情标识。

进入40年代，巴金对社会现实以及人自身都有了更为理性的审视，早期不加节制的激情抒发和宣泄演变为细腻沉静的世相描摹和思索，他写出了"抗战三部曲"《火》以及《憩园》《第四病室》《寒夜》。《憩园》是40年代初作者还乡归来后的收获。作品以一座"憩园"为视窗，让读者看到了它的新旧两代主人杨、姚两个家庭的命运遭际。大家庭里的蛀虫杨老三昔时的豪奢、放纵带来的凄惨下场，宣告"长宜子孙"这一封建观念的彻底破产。而在"憩园"旧主人的落魄悲凉与新家庭潜伏的哀伤中，处处可见作家于批判之外对每一个人处境的同情与叹惋。巴金不但以深邃的历史目光穿透这座见证了人世浮沉的"憩园"，而且还以人性的温暖光辉笼罩了这园子里已然离去和正在悲欢的人们。从构思到格调，《憩园》都显示出作家巴金日益走向成熟的坚实步态。

到1949年底，巴金共创作了18部中长篇小说、12本短篇小说集、16部散文随笔集，还有大量的译作，其中以中长篇小说的成就和影响最大。他留下的不仅仅是20世纪前半叶生活的一幅幅画卷，其中的灭亡与新生、沉沦与抗争、呐喊与歌哭，已汇入我们这个民族的精神版图。他所构建的充溢着炽烈情感和青春气息的艺术世界，持久吸引着不同时代、不同地域的人们。

第二节 《家》：暗夜里的呼号

1931年春，上海《时报》开始连载一部题为《激流》的小说，这就是后来被誉为"新文学史上拥有最多读者的一部小说"①——《家》。

《家》以五四运动前后的四川成都为背景，写出了一个大家族由盛到衰的崩溃过程。高家的历史，俨然一幅封建宗法王国的缩影图。这里屹立着一座等级制度的金字塔，居于顶端的是高氏家族的奠基人、创业者高老太爷。小说里吃年夜饭排桌次场景的描写，将几千年来根深蒂固的等级制度生动地演绎了出来。在家国同构的中国封建社会，正是这种金字塔式的权力结构稳固地支撑起了漫长的专制时代。高踞塔尖的高老太爷是高家凛然不可侵犯的"君主"，在此背景下，看似偶然酿成的年轻一代的悲剧实际上成了一种制度及文化的命定。

觉新三兄弟的爱情故事是情节发展的主干。在这里，爱情已不仅仅是两情相悦那么简单。新旧两代人的冲突、新思想与旧礼教的交锋，象征性地概括了中国在现代转型中的艰难历程。"一个垂死的制度""在崩溃的途中它还会捕获更多的'食物'：牺牲品"。②由此，每一次社会转型所导致的代际冲突背后，显露出了迟迟不愿退出历史舞台的封建统治核心——专制主义，与蓬勃发展的反专制力量旷日持久地激烈博弈。

高老太爷掌控家族的经济财产大权，拥有对所有家庭成员一切活动的决策权。偌大的公馆，有权体现并实现个人意志的唯他一人。他最爱说的一句话就是："我说是对的，哪个敢说不对？我说要怎样做，就怎样做！"这是高老太爷也是整个专制制度的霸道宣言。他一生历经宦海沉浮，终于广置田产，兴修宅院，创立下这份大家业，实现了中国封建社会最圆满的家庭形式——四世同堂。但这个子孙满堂、权倾一族的人，临终前也会陷于孤独和无助。他的绝望和幻灭，是对"高老太爷时代"之命运的隐喻和象征。

高呼着"我要做一个旧礼教的叛徒"的觉慧，是小说中最能打动读者的人物。他身上寄寓着巴金对光明和理想的热诚向往，也洋溢着年轻作家与火热时代的青春激情。觉慧的人生为经过五四新思潮洗礼的一代青年留下

---

① 司马长风：《中国新文学史》中卷，香港：昭明出版社1978年版，第41页。
② 巴金：《关于〈家〉（十版代序）——给我的一个表哥》，《巴金选集》第1卷，成都：四川人民出版社1996年版，第381页。

了一份成长的标本,他的叛逆是那一个时代的精神印记。在高家,是这个十七八岁的青年第一个看出了家庭内部的腐朽和不合理性。在外边,他豪情满怀地参加反封建的社会革命活动。与鸣凤的爱情是觉慧性格展开的一个重要环节。两人身份的差别让这份情感在萌动之初就被贴上了叛逆的标签。坦率地向鸣凤示爱,表明了觉慧对所谓等级的蔑视,而在高老太爷决定将鸣凤送给他的老友冯乐山做妾时,"事实上经过了一夜的思索之后,他准备把那个少女放弃了"①。很显然,觉慧对身边的个体生命的怠慢和疏略,是与他想为人类谋福祉的宏阔理想相违背的,这不能不说是一种带有一定盲目色彩的自我牺牲精神。觉慧正是这样一个热情大胆而又无可避免单纯幼稚的"叛徒",但正是他作为高家的第一个掘墓人,发散出了《家》中最耀眼的一束理想之光,和着时代的旋律唱响了青春的最强音。

觉新是对自身悲剧命运有所意识却又无力加以改变的"过渡时代的牺牲者"②。在中国现代文学史上,这是一个不朽的艺术典型。这个形象,深刻体现出封建主义不只是作为一种现实的社会制度出现,更是作为一种传统文化的存在,弥漫在人们所思所为的空间,"内化"在人物的灵魂中。相貌清秀、聪慧好学的觉新原本对自己的未来有美好的设想和憧憬,而长房长孙的特殊身份使其早早地被楔入封建宗法制家庭框架中。长辈们一次儿戏般的拈阄,决定了他的感情归属和生活轨道,他只能为梦想的破灭而悄悄地哭泣。觉新的软弱与顺从只为他和他所爱的人招致更可怕的厄运,善良仁厚的他客观上不只一次地充当了封建专制和旧礼教的帮凶。觉新的悲剧很大程度上源于他把自己的价值完全依附于家族制度之上,丧失了一个最为宝贵的东西——对个性的绝对追求。③"觉新性格"至今仍常被人们谈起,它的确已超出了人物形象本身,成为某种具有普遍性的性格悲剧。尤其是在我们这个有着悠久的中庸传统的国度里,读者往往能依据各自的生活经历与内省体验,或多或少地从这个人物身上认出自己。

巴金说他写了《家》,即使真把这本小说作为武器也是有权利的,这固然是一部控诉和鞭挞的文学作品,但作家没有因此而让任何人物变得脸谱化和概念化。他对人与制度的区别性看待正显示在这里:对于前者充满了

---

① 巴金:《家》,《巴金选集》第1卷,成都:四川人民出版社1996年版,第231页。
② 巴金:《呈献给一个人(初版代序)》,《巴金选集》第1卷,成都:四川人民出版社1996年版,第373页。
③ 陈思和:《巴金研究的回顾与瞻望》,天津:天津教育出版社1991年版,第166页。

理解和大爱,对于后者则给予了憎恨与诅咒。①

《家》在结构上借鉴了《红楼梦》的经验,以青年一代的爱情故事为情节发展的主线,将纷繁复杂的人事表述得有条不紊。在刻画人物方面,作者汲取了一些外国小说的方法,如对人物心理描写的重视。《家》通过日记、梦境、内心独白等方式展现了不同人物的内心世界,对习惯于追随情节匆忙前行的读者来说,确是另一番阅读的体会。火一般的热情促使作家常常在作品中借人物之口或者干脆由叙述人大段抒怀,其中多是对现实生活中的黑暗势力的不满,其愤懑酣畅的表达尤能感染阅世未深、感情重于理智的青年人,这形成了《家》特有的激情氛围。激情化的写作状态亦令巴金"差不多是没有选择题材和形式的余裕和余地"②,这为其后来小说风格的转变和技巧圆熟预留了大的空间。

第三节 《寒夜》:后青春时代的忧伤

《寒夜》是巴金继《家》后的又一个艺术高峰,因其风格的变化,可以说是巴金文学创作道路上一次隽永而稳健的转身。《寒夜》动笔于 1944 年一个寒冷的冬夜,走过躁动热烈的青春时代,不惑之年的巴金获得了一份更为平和与从容的心态,去观察、思索和写作。小说以抗战后期的"陪都"重庆为背景,描写了一个经自由恋爱组合起来的知识分子家庭如何在时代的低气压下陷入自身的低迷和窒闷,在社会的动荡中失掉自身的平衡与和谐。巴金绘出了"一个肆无忌惮的悲观厌世的城"③,和这座城里的小人物们理想的破灭、生存的压迫,以及在爱与伤害之间所受的苦役。小说弥漫着悲凉的气氛和阴郁的调子,其中有对黑暗时世的揭露与控诉,更有对复杂人性的沉思和探析。

主人公汪文宣和其妻子曾树生都是大学毕业,有过共同的理想和美好的时光。然而共筑的爱巢时时都在内外交困中沉重喘息。政治腐败、经济紊乱、价值颠倒的社会里,汪文宣被抛到一家半官半商的图书公司做校对,在单调沉闷的工作中如履薄冰地为人处事;曾树生被摆在一家银行的"花

---

① 巴金:《关于〈家〉(十版代序)——给我的一个表哥》,《巴金选集》第 1 卷,成都:四川人民出版社 1996 年版,第 383 页。
② 巴金:《我的自剖》,《巴金全集》第 12 卷,北京:人民文学出版社 1989 版,第 244—245 页。
③ 白修德、贾安娜:《中国的惊雷》,端纳译,北京:新华出版社 1988 年版,第 19 页。

瓶"位置，日日卖力花枝招展只为供人悦目开怀。在生活的漫漫寒夜里，这对夫妻从同一间灯光昏黄、老鼠肆虐、人气稀薄的屋子出发，误入了不同的迷途。战争的苦难和疾病的折磨，把汪文宣变成了一个丧失生命活力的懦弱无能的小职员。精力旺盛、健康美丽的曾树生因难以忍受毫无生气的家庭生活和婆婆的憎恶仇视，逐渐萌生了冲出家庭牢笼的愿望，一种未必光明然而却是全新的生活诱惑着她。困守于汪家这座无光之城的既不是充实的生命，也不是腐朽的生命，而是曾经有过丰富、充实生活的委顿生命。① 就连汪母也未尝是个例外：她年轻时受过良好的教育，曾经的昆明才女却在颠沛流离中沦为"二等老妈子"，一个她深爱的男人和一个她憎恶的女人，还有一个狭小昏暗的房间，就是她全部的天地。这个家，最后以汪文宣的死亡、婆婆带着孙子不知去向、曾树生茫然无措地踟蹰于街头而解体。同样是"家"的解体，《激流三部曲》传达出的是历史与人双方面的如释重负，而时隔十余年，《寒夜》却有着耐人寻味的转变。汪文宣和曾树生这对在五四新文化的鼓舞下，因志同道合、相知相爱走到一起的"新青年"，有打破封建婚姻俗套的魄力去成立一个家庭，却不能在风雨飘摇的世道中守住这一方港湾。除了战时气候对普通个体的冲击与打压，这里面也有经历世事沧桑人间百态后，作者对五四时期一些价值观念的再思考，以及对与伦理、情感相纠结的人性困境的洞察。

这部小说没有突出的中心事件，其基本情节是靠人物的心理活动和人与人之间的关系发展来完成。汪文宣、曾树生这两个主要人物较之巴金此前作品的男女主人公既有继承，又有突破，达到了新的高度。汪文宣的短暂人生是古今中外人之悲剧最常见的一种形式——社会悲剧与性格悲剧的合成。理想的失落往往是个人尤其是知识分子性格悲剧的开始，而为汪文宣日渐枯萎的生命之树投下浓重阴翳的，已不再仅仅是满怀希望的青年人遭受挫折后的激愤，更有饱尝世间冷暖的中年人"梦醒后无路可走"的悲哀。经济与精神的双重压力使本该是家庭顶梁柱的成年男性退化成了一个无能无助的孩子。间或以鲜血的喷发作为可怖点缀的肺病，既是汪文宣生命力衰颓的结果，又反过来加速了他的委顿以至毁灭。汪文宣是一个带有典型的中国传统知识分子气质的人物，正直、良善但又脆弱、少韧性，他的生命轨迹也是他这类人物群体的生命轨迹。抗战胜利的消息传来后，这个"生如

---

① 张民权：《从〈家〉和〈寒夜〉看巴金小说创作风格的演变》，《中国现代文学研究丛刊》1984年第2期。

草芥,死如蝼蚁"的小人物在满街的欢歌笑语锣鼓喧天中吐出了最后的一丝气息。作者不仅以喜庆反衬死亡,增加了死亡的哀痛程度,而且以哀痛反思喜庆,衡量着喜庆给小人物的世界带来的价值。

曾树生是小说中最为鲜活的人物。她抑制不住对灰暗的家庭生活的厌倦,却又难逃"我不是一个贤妻良母"的内疚和自责。婆婆尖刻的讥讽和随时准备好的冷眼,催生了她离家的意向。婆媳之间这本总是难念的经在汪家不只是鸡毛蒜皮的家长里短,更是一种新与旧的对峙,究其根源还是一场以爱为扭结点而频频打响、僵持不下的战役。这已隐约触碰到在婆婆和媳妇的伦理身份之下,女性幽深的内心丛林里关于"爱"的那一道难解的情感方程式。作家把人物置于理想与现实、亲情与伤害的对立中观照他们身上各自存在的人性弱点,由此更显悲凉甚至绝望的气息。从这个意义上说,作品忧郁感伤的调子既是对这个家庭里的小人物们的理解与同情,更是对人性弱点的深沉哀叹。在《寒夜》中,巴金不再如以往那样谴责家长的保守落后,而是以悲天悯人的态度叹息着人与人之间的隔阂,为这个家的破裂而哭泣。《寒夜》充分体现了巴金的美学理想——无技巧的艺术。没有大起大落的紧张情节,一切都是波澜不惊却又自有甘苦。从小说的开篇起,凄厉的防空警报声把人们拉进了抗战后期国民党统治区的典型环境:战争失利、物价飞涨、谣言四起、人心惶惶,"陪都"市民躲警报、醉酒、吵架、瘟疫、咯血……小职员汪文宣一家的悲剧就在这样一种环境下展开。"寒夜"既是社会氛围的写照,又是人物生存状态的写真。情节的每一次起伏,都在一系列日常生活琐事中不知不觉地推进,使人觉得仿佛不是在阅读小说,而是在经历生活。

从《家》到《寒夜》,由大家庭至小人物,巴金和他的小说一道历经热烈和青涩,走向冷隽和成熟,独属于他的那份激情由外显渐趋内敛。

【导学训练】

1. 如何看待巴金小说主题及风格的变化?
2. 试分析《家》中的觉慧和觉新形象。
3. 《寒夜》的艺术特色表现在哪些方面?

【研讨平台】

巴金与无政府主义

提示：巴金与无政府主义思想的关系，一向是人们谈论的焦点与热点。巴金晚年，人们与他谈及无政府主义时，他总是表示同一个态度：有些问题还是让历史去做结论吧。客观审度巴金与无政府主义结缘及至后来因此遭逢种种非议挫折的曲折历程，我们能够了解到一些基本事实。巴金早年思想主要来自无政府主义思想，当然还包含了其他一些外来思想的影响，但它们之间也是有联系的，如恐怖主义、人道主义、民粹主义思想等。值得注意的是，无政府主义在五四时期只是作为国际社会主义思潮的一种派别传入中国，它的两大核心，一是反对任何形式的强权，二是强调绝对的个性自由。这两大思想核心在当时的中国与反帝反封建的主流文化相一致，无政府主义思潮当时吸引的主要是一批向往革命的青年人。无政府主义是一种思想上的乌托邦，尤其在作家巴金身上，它更多地体现为一种精神资源，对其灵魂塑造和精神成长发挥着重要作用，从而对其文学创作产生了深刻影响。无政府主义思想为巴金作品灌注了一股热诚的理想主义激流，它奔涌在自由、公平、正义与一切不合理、压制人性的制度和观念之间。巴金文学创作的一个主要内容，就是在对黑暗的批判中呼唤光明。另外，以"世界大同"为美好理想，主张取消国家政权的无政府主义，还使深受其浸染的巴金具备了一种宏阔的全人类的文化视野。在他那些表现异域生活的短篇小说中，人们看不到隔阂与疏远，争取自由、反抗压迫的呼声响彻那些与我们同在一片天空下的国度。巴金说过，他的上帝只有一个，那就是人类。无政府主义也在巴金作品的艺术风格上留下了印记，比如其强烈的抒情性和带有浓郁感伤情调的浪漫主义色彩，就与无政府主义运动在中国的失败有某种内在的联系。

值得注意的是，巴金很反感将他的信仰与作品"捆绑"在一起，他直截了当地说："我写过、译过几本解释'安那其'的书，但是我写的、译的小说和'安那其'却是两样的东西。"①这提醒我们，理解作家巴金还是要以其作品为本，在作品里与他进行思想对话。特别是后期作品，由30年代的鼓吹反抗与恐怖主义到40年代同情小人物的尊严，无政府主义给予巴金的精神财富在更大程度上已由实际的政治理想转化成日常的伦理理想，更切近地陶冶和抚慰着人之心灵。

【拓展指南】

1. 陈思和、周立民选编：《解读巴金》，沈阳：春风文艺出版社2002年版。

简介：全书36万字。编者力图从七十多年来不同时代、不同年龄、不同观念的人对巴金不同侧面的描述与考察中，勾勒出一个真实的巴金形象。由于论者个体的差异，所论巴金的形象可能并不统一，但这也正是编者的意图，只提供给读者大量的真实材料，把更多的判断和思考的空间留给读者，就像陈思和说的，要理解和评价巴金在中国现代文化史上的意义，应回到巴金本身，把握其一生的自觉追求及其实践过程中所呈现出来

---

① 巴金：《〈火〉第二部后记》，《巴金全集》第7卷，北京：人民文学出版社1988年版，第374页。

的复杂历史内涵,从中获取我们需要的启示。

2. 张民权:《巴金小说的生命体系》,上海:上海文艺出版社 1989 年版。

简介:全书 13 万字。作者将巴金小说中的人物归纳为一个独立、完整的形象体系——"生命"体系。这一体系由三个行列式组成,分别是"充实生命"、"委顿生命"和"腐朽生命"。作者认为,"生命"意识是理解巴金创作、思想、人格的一把钥匙。巴金小说中的"生命"意识主要有三个层次的内涵,即"一个人只有一个生命",生活"是一个'搏斗'"以及"把个人生命拿来为他人放散"。在此基础上,作者论述了巴金文学个性中与"生命体系"形成密切相关的两点:一是他具有强烈的伦理、道德热情,全部创作贯穿了对人生、生命问题的探讨;二是其内心积淀了一座不可遏止的感情火山。作者还从中西文化对巴金的影响这个角度分析了"生命"体系的文化内涵,并阐述了它在展现旧家庭制度、近代进步知识分子的心灵历程和我们民族的典型性格及心理特征方面的认知价值。

【参考文献】

1. 汪应果:《巴金论》,上海:上海文艺出版社 1985 年版。
2. 陈思和、李辉:《巴金论稿》,北京:人民文学出版社 1986 年版。
3. 花建:《巴金小说艺术论》,上海:上海社会科学出版社 1987 年版。
4. 田夫:《巴金的家和〈家〉》,上海:上海文化出版社 2005 年版。
5. 张民权:《从〈家〉和〈寒夜〉看巴金小说创作风格的演变》,《中国现代文学研究丛刊》1984 年第 2 期。
6. 栾慧:《论巴金家庭题材小说家园意识的变化》,《文艺理论与批评》2005 年第 6 期。
7. 陈国恩:《文本的裂隙与风格的成熟——论巴金的〈寒夜〉》,《西南民族大学学报》(人文社科版)2005 年第 11 期。

第十章　展现市民社会世相的老舍

在现代文学史上,老舍最大的贡献在于他用艺术方式将市民阶层的命运和追求引入文学领域,使现代文学的"根"更深地扎在中国普通人民(包括市民)的精神文化的土壤之中。他是现代中国杰出的"市民"诗人。[①]

第一节　生平与文学道路

老舍(1899—1966),原名舒庆春,字舍予,生于北京,满族。父亲是守卫皇城的骑兵,在八国联军入侵北京时阵亡。父亲去世后,家里的生活非常艰难,靠母亲终年给人家洗衣服、缝补来维持。母亲坚强乐观、善良朴实的品格给了他很大的影响,他称母亲给予的是"生命的教育"。老舍一家所居住的小羊圈胡同住的大多是穷困的平民,有拉车的、卖艺的、当兵的、做小买卖的等等。这样的生活环境使得老舍对社会的世态和下层劳动人民的艰辛生活有了亲身的体验,也为他以后的创作提供了丰富的题材和基本的写作基调。

1913年秋老舍考入北京师范学校,1918年7月毕业,先后任过小学校长、中学教员。1924—1929年赴英国伦敦大学东方学院任教期间,为学英文而阅读大量英国小说,同时萌生写小说的念头。至1929年夏回国前,他先后完成了三部长篇——《老张的哲学》(1926)、《赵子曰》(1927)、《二马》(1928),全部在《小说月报》上发表。《老张的哲学》是以老舍当京郊劝学员时的一段日常现实生活为背景原型的,情节主线是信奉"钱本位"哲学的老张为了一己的私利,用尽卑劣手段拆散两对年轻恋人。小说在骂笑之中有力批判了中国国民的精神弱点,展示了20年代北京普通市民的悲剧命运。《赵子曰》描写的是北京"天台公寓"里的大学生,通过对赵子曰们喝酒、为官、玩女人的堕落生活的展现,深入剖析了他们的空虚灵魂。《二马》

---

① 王瑶:《老舍对现代文学的贡献》,《社会科学辑刊》1987年第1期,第85页。

在中西文化的对比中将笔触深入民族文化的各个层面,通过马氏父子间的冲突表现了历史转折时期新旧两代人之间无法调和的矛盾。以北京市民社会为观察范围,用讽刺与幽默为创作基调,引发对中国传统文化及国民性弱点的深刻批判是这三部作品的共同特点。在艺术上,作品的幽默虽有时不免流于油滑,但已见出老舍创作中美学风格的端倪。

1929年老舍离开英国经由新加坡回国,在新加坡逗留数月期间创作了长篇童话小说《小坡的生日》。这部作品用简单的语言,以儿童小坡梦幻"影儿国"的奇遇历险为主,体现了弱小民族联合的理想。1930年春回国至抗战爆发之前,老舍任教于济南齐鲁大学和青岛山东大学,这七年,他写作状态极佳,不仅数量多,质量也是一个高峰,短篇小说《月牙儿》和长篇小说《骆驼祥子》都是这一时期创作的。济南四年,创作了长篇小说《大明湖》(1931)、《猫城记》(1932)、《离婚》(1933)、《牛天赐传》(1934),短篇小说集《赶集》。青岛三年,创作了长篇小说《文博士》、《骆驼祥子》(1936),短篇小说集《樱海集》、《蛤藻集》。这一时期创作的文学作品还有:幽默诗文集《老舍幽默诗文集》,散文《趵突泉》、《济南的冬天》、《济南的秋天》等,以及文艺理论著作《文学概论讲义》、《老牛破车》,还翻译了大量外国文学作品。

《猫城记》写地球人"我"因火星探险失事,被猫国人俘虏,历览猫国的政治、经济、文化、军事、教育等,见证了猫国被灭亡、被吞噬的全过程,展现了猫国国民种种保守、愚昧、敷衍、非人格的国民性。《猫国记》以寓言体的形式隐含作者的讽刺意蕴。作品通过对猫国人的描写,深入剖析了中华民族这个古国的国民劣根性,从而流露出重塑新国民灵魂的愿望——"猫人的糟糕是无可否认的。我之揭露他们的坏处原是出于爱他们也是无可否认的"[①]。同时作品也间接地抨击了国民党政府内政外交上的懦弱无能,表达了对国民政府的失望。小说对被称为"哄"的政党和被称为"大家夫斯基"的革命事业进行了辛辣讽刺,某种程度上显示出老舍对革命缺乏了解。

短篇小说《月牙儿》是从被毁于"一·二八"战火的长篇小说《大明湖》截取的"最有意思的一段",小说描写了母女两代因穷困相继被迫沦为暗娼的悲剧,表现了底层人民尤其是底层广大妇女的悲惨命运。老舍没有按照传统的叙事方法,而是抓住月牙儿这个情绪象征物来传达主人公的人生片

[①] 老舍:《我怎样写〈猫城记〉》,《老舍文集》第15卷,北京:人民文学出版社1990年版,第190页。

段。贯穿全作的"月牙儿"具有渲染气氛、烘托心理等多重作用,它犹如影子般伴随着主人公,是主人公悲戚命运的诗意象征。"月牙儿"色调的不断转变不仅使作品情节具有韵律性,而且也使作品从首至尾散溢着哀婉凄戚的情愫,具有较高的艺术魅力。

1937年"卢沟桥事变"后,老舍到达武汉,并被推举为全国文艺界抗敌协会(简称"文协")常务理事兼总务部主任,连任七年。从抗战爆发至全国解放,是老舍创作的又一高峰。这期间他的主要作品有:长篇小说《火葬》(1944)、《四世同堂》(1944—1948)、《鼓书艺人》(1949);中篇小说集《月牙集》;短篇小说集《火车集》、《贫血集》;长诗《剑北集》(或《剑北篇》)、通俗文艺集《四三集》以及话剧《残雾》、《张自忠》、《面子问题》、《大地龙蛇》、《归去来兮》、《谁先到了重庆》、《桃李春风》等。这些作品涉及内容广泛,体裁样式丰富,既深入现实生活,又审视历史文化,显示了老舍艺术创造力之雄厚。

《四世同堂》(1944—1948)是老舍这一时期的代表作。小说以小羊圈胡同为人物活动的中心,以祁家四代人的境遇为主线,以钱、冠两家为副线,写出了抗日八年沦陷区北平人民的生活及精神面貌。第一部《惶惑》详细地描述了北平是怎样一步步沦陷的,"惶惑"既是对民族、国家出路的迷茫惶惑,也是像祁瑞宣等青年人对"尽孝"与"尽忠"两难选择的徘徊苦闷。第二部《偷生》主要写偷生中的北平人。小崔的无故被砍头,祁天佑的受辱自尽,小文夫妇、尤桐芳的惨死,如果说偷生是为了苟活,那么以上诸人之死则是对于这种苟活的有力讽刺。作者的用意非常明白:若是反抗,则必有希望;若只偷生,则国家必亡。第三部《饥荒》进一步写抗战后期偷生中的北平人的苦难生活以及大多数北平人的觉醒,其中以祁老太爷最具代表性。面对残酷的战争与北平彻底沦陷的现实,思想守旧、胆小怕事的祁老太爷最后逐渐萌生了仇恨与反抗。老一辈北平人从觉醒到抗争的过程,在祁老太爷身上得到了体现。

《四世同堂》突破了老舍以往每部作品只塑造一两个人物的构思框架,显示了恢弘的气势。小说着重刻画了四类典型的北平人:第一类是以祁老太爷、祁太太为代表的清朝遗老,对于亡国没有特定的概念,他们关心的是战乱搅乱了他们四世同堂的梦,担心的是他们死后棺材运不出北平等。面对残酷的战争,这些老一辈北平市民终于觉醒并开始反抗。第二类是以钱家父子(钱诗人、孟石、仲石)为代表的爱国心切,敢于反抗,誓死不做亡国奴的北平人,他们高尚的民族气节弘扬了民族文化中的爱国主义精神。第三类是以祁瑞宣为代表的被拴在"家"的传统观念上,却又想为国出力的处于犹豫徘徊之中的北平人。最后一类则是作者要全力抨击的以冠晓荷、大赤包、祁瑞丰等为代表的"有奶便是娘"的民族败类。《四世同堂》是老舍长篇小说创作的高峰,也是中国现代长篇小说的重要作品之一,它标志着老舍现实主义创作的伟大成就。

第二节 形象多姿的市民

老舍是忠实的现实主义作家,他关心激荡社会中"人"的命运。他笔下市民王国中的形象可以分为老派、新派和"正派"三种类型,而塑造最为成功的是老派市民形象,老舍作品中所体现的强烈的文化批判意识与国民性批判意识主要是通过这类市民形象来完成的。他还刻画了一系列城市底层市民形象,反映了他们艰辛而凄苦的生活。毫不夸张地说,老舍是"中国现代文学史上最杰出的市民社会的表现者与批判者"[①]。

《离婚》是老舍在济南期间创作的一部优秀长篇小说,主要描写了国民党财政所里几个小职员的工作以及家庭生活,围绕着"离婚"一词,描写了几对夫妇的婚姻故事,内容非常细碎,类似鲁迅所说的"几乎无事的悲剧"[②]。作品精心塑造的张大哥形象是老舍最熟悉的北平老市民的典型。他热心为人说媒,这几乎成了他的职业,而他也在替人说媒的过程中享受着乐趣。张大哥的婚姻观念是"宁拆一座庙,不破一门婚"。在婚俗方式上张大哥有个发明:在娶亲的汽车上放一顶轿子。这些都是张大哥因循保守的一种最稳妥的做法。张大哥是反对离婚的,因为离婚意味着对一种现存既定秩序的破坏,因此张大哥一辈子都在谨谨慎慎地维持着现状,维持着既成事实的"婚姻"。

老舍对以张大哥为代表的这种北京特有的市民性格与具有封建性的市民文化是再熟悉不过了。他说这类人物"在我廿岁至廿五岁之间我几乎天天看见他",以至于"我看见了北平,马上有了个'人'","这个便是'张大哥'"[③]。不难看出,老舍对市民社会的批判是相当犀利的,小说不无深刻地道出了以张大哥为典型的传统市民敷衍、怯懦的人生态度与折中、妥协的中

---

① 赵园:《老舍——北京市民社会的表现者与批判者》,《文学评论》1982年第2期,第35页。
② 鲁迅:《几乎无事的悲剧》,《鲁迅全集》第6卷,北京:人民文学出版社1981年版,第370页。
③ 老舍:《我怎样写〈离婚〉》,《老舍文集》第15卷,北京:人民文学出版社1990年版,第191—192页。

庸处世哲学,从而在冷静中审视传统文化的内核以及整个社会的文化心理,表达了对以婚姻制度为代表的传统社会文化制度的深刻反思,显示了老舍强烈的文化批判意识。但另一方面,老舍这种批判在主观上又是有所保留的。这种矛盾的二重心态,既是老舍思想上的局限性,也是老舍"平民作家"二重心理的典型表现。

如果说张大哥等代表的是"不好,也不怎么坏"的老派市民,那么兰小山(《老张的哲学》)、牛天赐(《牛天赐传》)、张天真、小赵(《离婚》)、丁约翰(《四世同堂》)等则无疑是老舍要批判的新派市民的典型。他们是东方文化与西方文化杂交和混合所塑造的畸形的新派市民形象,一味追求"洋式"的浪漫的生活情调,讲虚荣、讲摆设、不中不西是他们的共同点。老舍对这类市民的批判是通过对他们进行漫画式的肖像描写体现的。老舍这样描写《离婚》中的张天真:"高身量,细腰,长腿,穿西服。爱'看'跳舞,假装有理想,皱着眉照镜子,整天爱吃蜜柑。拿着冰鞋上东安市场,穿上运动衣睡觉。每天看三份小报,不知道国事,专记影戏院的广告。"活脱脱一个洋派时髦却又虚荣浅薄的形象。对于这些洋派青年,老舍采取了毫不留情的鄙夷与嘲讽的态度。这些青年一味尚新、虚荣、堕落而浅薄,在他们身上,传统文明失落了,道德失范,价值混乱。老舍对这一类型的批判与讽刺,一者体现了他对西方文明包括五四以后引进的西方新潮的反思与批评,二者也体现了老舍对外来思潮的排斥与拒绝态度,而这种态度是与许多同时代作家迥然不同的。

老舍笔下的第三类市民类型是"正派"市民,或者说是理想市民,主要有《赵子曰》中的李景纯、《二马》中的李子荣、《离婚》中的丁二爷、《四世同堂》中的钱默吟等,其中尤以《四世同堂》中的钱默吟为代表。诗人钱默吟在抗日战争爆发之前是"闭门饮酒栽花","以苟安懒散为和平"。当残酷的战争打破了他宁静的生活之后,当儿子仲石壮烈牺牲之后,当自己无故被捕并受尽折磨之后,他身上爆发出了传统文化中的道德力量,处处闪耀着坚韧不屈的民族气节与焕然一新的精神面貌。"正派"形象身上体现了侠客与刺客的影子,他们承载着老舍探索新的社会的理想。这说明老舍在批判传统文化的同时,始终没有放弃对理想的探索与追求,这是一种对中国文化转型的出路的探索,因此具有思想启蒙的意义。在这一点上,老舍可以与鲁迅进行比较。

老舍小说还刻画了一系列城市底层贫民形象,如中篇小说《月牙儿》中的母女,《我这一辈子》中的老巡警;长篇小说《鼓书艺人》中的艺人方宝庆,

《骆驼祥子》中的祥子、妓女小福子,《四世同堂》中的车夫小崔、剃头匠孙七等。所以描写城市底层贫民的不幸生活也是老舍小说的一个重要特色,而长篇小说《骆驼祥子》在展现底层市民的生存状态方面则是最具代表性的。

《骆驼祥子》描写了一个外号为骆驼、名为祥子的人力车夫的人生悲剧。祥子本是一个由乡间流落到城市,希望靠自己的勤奋苦干来谋取生活的青年农民。他的生活理想就是拉上自己的车,做一个"独立自由的车夫"。但他经过了三起三落的打击,心理防线崩溃,最终自暴自弃,走向了堕落。昔日"体面的,要强的,好梦想的,利己的,个人的,健壮的,伟大的"祥子,成了"堕落的,自私的,不幸的,社会病胎里的产儿,个人主义的末路鬼"。

祥子三起三落的生活遭遇是一个悲剧。造成这一悲剧的原因,主要是人吃人的黑暗社会。祥子被迫离开亲人和土地,到城市谋生。但他渺小的理想一次次被黑暗的社会吞没,他带着哭声问自己"我招谁惹谁了?"值得注意的,还有祥子与虎妞的婚姻。虎妞连诱带骗,与祥子发生关系。这种婚姻是对祥子自尊心的打击,因此势必会导致尖锐的冲突。虎妞从小养成的好逸恶劳、善于心计的恶习以及深受剥削者家庭影响的泼辣粗俗、善于支配人的性格与祥子纯朴善良、向往独立的本性也是相互矛盾的。虎妞既是受害者,又是害人者。她的纠缠对祥子简直成了肉体与心理的双重折磨。因此对祥子来说,虎妞也是一个悲剧的原因,尽管她的出现是偶然的。

《骆驼祥子》的深刻性还表现在老舍对祥子主观悲剧因素的挖掘。老舍通过祥子的买车卖车,表明单枪匹马的个人奋斗并不是劳动者摆脱贫困的出路。祥子根本就没有看清社会的本质,事实上仅靠自己个人的奋斗是根本不能改变他作为车夫的命运的。从老马的孙子小马儿身上祥子看到了自己的过去,从老马身上祥子看到了自己的将来。老马的命运本来可以说是给祥子提供了"此路不通"的活生生的例子,但祥子看不到这一点。他"不合群,别扭,自私,死命要赚钱,不得哥儿们",这就注定了他的孤独与脆弱。所以我们说祥子的悲剧就在于他从头至尾都"执迷不悟"于他的个人奋斗史。老舍把祥子作为"个人主义末路鬼"来写,显示出思想启蒙的意义。

祥子的悲剧,还有性格的因素。祥子虽然是体力上的强者,在心理上却常常是个弱者。当经历一次次的打击后,祥子便慢慢有了得过且过的想法。而且他缺乏足够的自制能力,受不住虎妞以车要挟的诱惑。虽然他曾经对虎妞干涉他的生活方式的企图有所抵制,但最后还是妥协并听从于虎妞。当对生活中遇到的难事想不明白时,祥子只会自己诘问自己。虎妞的难产而死与小福子的被迫自杀,犹如两颗连环炸弹,彻底突破了祥子的心理防线。从精神的全线崩溃到道德价值的彻底丧失,祥子终于自我放纵,流入流亡者的行列。

第三节 创作特色与贡献

老舍是中国现代作家中始终坚持以市民、主要是以北平市民生活为表现对象的作家。浓郁的京味儿是老舍的小说创作最鲜明的特色之一。老舍生在北京,长在北京,对北京的方方面面都很熟悉,因而自然与这个文化有割舍不断的亲情联系。他的小说总是以北京作为背景,他描绘北京的大杂院、胡同小巷、茶馆和热闹的庙会。《骆驼祥子》中北平洋车夫的"门派"、祥子拉车的路线等无一不透出北平特有的地域文化色彩。"京味儿"作为小说的背景风格,又体现在作家对"老北京"市民的文化心理的揭示上。北京具有作为三朝皇都的特殊地位,在清朝统治的近三百年间,汉文化中原本是属于贵族的享乐主义观念发展为民间化,于是便渐渐形成了特殊的文化心理习惯,这是迥异于充满商业气息的"上海文化"的。老舍用"官样"一词来概括北京文化的特征,如讲究排场和体面、追求"生活的艺术化"、注重礼仪。连目不识丁的车夫也是守着这种"礼节"的:他敢于打一个不付车钱的日本士兵,却不会动手去打大赤包,因为他觉得他越不过"好男不与女斗"的"礼"。这些既表现了老舍对"北京文化"中这种特有的精致的美、充满情趣的生活方式的欣赏,同时也流露出对这种被玩味得"烂熟"和过分讲究的贵族文化习气的沉痛批判。

与同时代大多数作家对待保守愚昧的传统文化的激愤态度不同,老舍性格温和,就像他自己说的:"幽默中是有同情的。我恨坏人,可是坏人也有好处;我爱好人,可是好人也有缺点。"[①]"我有一点点天赋的幽默之感,又搭上我是贫寒出生,所以我会由世态与人情中看出那可怜又可笑的地方来。"[②]正是这种天赋的幽默之感与普世情怀,形成了老舍冷静、温和的批判

---

① 老舍:《我怎样写〈老张的哲学〉》,《老舍文集》第16卷,北京:人民文学出版社1991年版,第166页。

② 老舍:《自述四篇·写与读》,《新文学史料》1981年第2期。

态度,更形成了老舍特有的幽默。老舍作品中的幽默,早期受英国现代小说的影响。《老张的哲学》就是类似狄更斯《尼考拉斯·尼柯尔贝》、《匹克威克外传》的"讽刺小说"。它虽然幽默得太过火,以至于讨厌,但奠定了老舍之后小说创作的幽默基调。到30年代,老舍的小说又受到果戈理、契诃夫"含泪的笑"的讽刺艺术的影响。《离婚》就受俄国幽默文学的影响,既保持了幽默的英国因素,又避免了油滑、刻意追求笑料的缺点,在戏谑诙谐的外衣下深藏着泪水,成为老舍幽默风格走向成熟的标志。

当然,老舍的幽默归根到底是根植于中国土壤的。他的很多幽默都是来自事实本身,"不是靠文字技巧和文字游戏制造笑料"①。他说"北平人,正像别处的中国人,只会吵闹,而不懂什么叫严肃","北平人,不论是看着一个绿脸的大王打跑一个白脸的大王,还是八国联军把皇帝赶出去,都只会咪嘻咪嘻的假笑,而不会落真的眼泪"。老舍经常将北平市民这种特有的"插科打诨"融入作品中,成为幽默的因素之一。② 这种幽默既是对现实不满的温情式批判,同时也是对苟安、敷衍等国民劣根性的自我解嘲。

老舍又是一位杰出的语言大师。他的创作极大限度地释放了北京话的内在美感。"俗"、"白"是老舍作品语言的最大特点。他说:"世界上最好的著作差不多也就是文字清浅简练的著作。""想要这样说明事体,就必须用浅显的,生动的话,说起来自然亲切有味,使人爱听。"③"我始终保持我的'俗'与'白'"④。当然,老舍的语言也有一个变化的过程。创作初期,比如《老张的哲学》、《赵子曰》等,他主要是将文言与白话夹裹在一起,试图把文言溶解在白话里,以提高白话,使白话成为雅俗共赏的语言。写《离婚》时,他决定抛弃陈腐的文言文,而尽量用一般平民百姓的语言去创造一种新的美感。到了《骆驼祥子》,则是通篇用顶俗浅的文字"将白话的真正香味烧出来"。老舍从小生活在北京,非常熟悉北京话,尤其熟悉老北京中下层市民阶层的市井语言,这些市井对话都是小胡同、大杂院里的老北平市民日常生活中地道的大白话。在老舍的作品中,无论是写景、状物、叙事还是人物

---

① 石兴泽、刘明:《老舍评传》,北京:中国社会科学出版社2005年版,第90页。
② 关于老舍幽默的"京味"根源,参见温儒敏《文学课堂:温儒敏文学史论集》,吉林:吉林人民出版社2002年版,第207页。
③ 老舍:《我怎样学习语言》,《老舍文集》第16卷,北京:人民文学出版社1990年版,第285、284页。
④ 老舍:《老舍论创作》(增订本),上海:上海文艺出版社1982年版,第100页。

的对话,都完全采用经过加工的地道的北京口语,文字"极平易,澄清如无波的湖水",又"添上些亲切,新鲜,恰当,活泼的味儿"。①

【导学训练】

1. 举例分析老舍创作的市民类型。
2. 简述《骆驼祥子》中祥子悲剧的原因。
3. 简述老舍小说创作的艺术特色。
4. 简述老舍对中国新文学创作的贡献与影响。

【研讨平台】

老舍语言的幽默艺术

提示:老舍最突出、最为重要的成就主要体现在语言的幽默艺术上,这在现代作家中是独具一格的。幽默心态和时代环境是老舍幽默艺术的成因机制。在将幽默同奇趣、反语、讽刺、机智、滑稽逐一加以区别后,老舍把幽默定位在"首要的是一种心态上。而所谓幽默的心态就是一视同仁的好笑的心态"。再者,老舍所处的那个同"猫城"般可笑的清末民初的社会现实也促成了老舍的幽默之风。

然而,也正是在幽默问题上,老舍遭到了最为广泛、最为持久的批评与责难。在30年代,老舍追求幽默的喜剧效果的艺术倾向很难为日益激进的文坛所认可。其中,包括鲁迅、茅盾、朱自清、吴组缃等人在内,都对他的幽默作品表达了保留与批评的态度。幽默艺术如何为灾难深重的中国社会现实服务、如何与严肃的文学主题协调起来,应该是当时人们对老舍的幽默持不满态度的主要视角。而纵观老舍早期的文学创作,其幽默的确有着明显的缺陷。从《老张的哲学》、《赵子曰》、《二马》到《猫城记》,过于热衷逗趣不免显得有点庸俗油滑,这势必削弱了幽默的思想力度与艺术效果。因此,从深层次意义上来说,30年代人们的一些批评是有一定道理的。

进入新时期以后,研究者开始从不同的方面、以不同的方式全面深入地重新认识老舍,于是对老舍的幽默艺术也有了更多新的发现和比过去高得多的评价。人们发现,《骆驼祥子》、《离婚》、《四世同堂》、《我这一辈子》、《断魂枪》、《正红旗下》等作品,虽然没有从政治的角度观察生活,也没有直接去配合革命斗争,但它们同样是将笔触深入客观存在的社会矛盾与国民性的精神弱点中去。在这些作品中,老舍更加娴熟地实践着把幽默视为"看透宇宙间的种种可笑"的人生哲学。在表面的逗笑滑稽的喜剧因素后面,他的幽默还时常透露着对生活悲观绝望的悲剧意识。这既是老舍个人艰辛不顺的

---

① 老舍:《我怎样写〈骆驼祥子〉》,《老舍文集》第15卷,北京:人民文学出版社1990版,第208页。

生活经历造就的悲观性格所带来的,又是由现代中国灾难深重的社会现实所决定的。富含如此悲剧力度的幽默,是一种含泪的笑的艺术,它往往具有严肃的命意和发人深思的艺术感染力。这应是老舍幽默艺术的主要价值所在。

【拓展指南】

1. 傅光明:《口述历史下的老舍之死》,济南:山东画报出版社2007年版。

简介:作者以口述历史下的老舍之死为切入点,分四章具体论述了口述历史下的老舍之死、老舍之死的史学意义、从老舍作品及其性格看"老舍之死"以及由老舍之死看20世纪中国知识分子的悲剧宿命。其中重点分析了老舍小说文本里的"非正常死亡"以及性格的、母亲的、社会政治的等诸多因素,与老舍的死之间内在的紧密的生命逻辑关系;分析了老舍与革命和共产党的关系史,并由研究老舍之死发散开来了解中国作家的命运遭际,得出老舍之死是20世纪中国知识分子悲剧宿命的一个缩影的结论。

2. 樊骏:《论〈骆驼祥子〉的现实主义——纪念老舍先生八十诞辰》,《文学评论》1979年第1期。

简介:与以前停留在表面的孤立的评论不同,樊骏采用的是宏观总览与微观分析相结合的方法,围绕祥子的悲剧来论述《骆驼祥子》中的现实主义。他认为,老舍的"取材城市贫民生活的作品,是他的全部作品中最受欢迎的部分"。《骆驼祥子》是中国现代文学史上一部优秀的现实主义作品;对祥子的悲剧处理,很好地遵循了现实主义的原则。樊骏力图穿透表层,将评析的触角伸向深处,具体从黑暗的现实地狱对祥子精神上的毁灭、虎妞对祥子深入身心的阶级对阶级的摧残和压迫、为祥子悲剧提供现实根据的其他人物的分析以及作为个体劳动者自身弱点的剖析等方面,来阐述《骆驼祥子》的现实主义特色。

【参考文献】

1. 赵园:《老舍——北京市民社会的表现者和批判者》,《文学评论》1982年第2期。
2. 张斌:《老舍文化视野中的市民世界及精神内涵》,《齐鲁学刊》2007年第4期。
3. 陶长坤:《论老舍小说的幽默》,《文学评论丛刊》1984年第21期。
4. 王瑶:《老舍对现代文学的贡献》,《社会科学辑刊》1987年第1期。
5. 吴小美、魏韶华:《老舍与中国新文化建设》,北京:民族出版社2006年版。
6. 石兴泽:《老舍与二十世纪中国文学和文化》,北京:人民文学出版社2005年版。
7. 孙玉石:《老舍的艺术地位和现代文学史观念的更新》,《民族文学研究》1986年第4期。
8. 曾广灿:《老舍研究纵览:1929—1986》,天津:天津教育出版社1987年版。

第十一章　现代话剧的高峰曹禺

　　曹禺(1910—1996)是中国话剧走向成熟的标志性人物,他原名万家宝,湖北潜江人,生于天津封建官僚家庭,父亲出身于军人官僚,幼年失母,从小酷爱戏剧。1922年考入天津南开中学,参加了学生剧团的演剧活动。1928年入南开大学政治系,1929年进清华大学学习西洋文学,其间广泛涉猎中外戏剧。1933年完成处女作《雷雨》,其后又接连发表了《日出》、《原野》、《蜕变》、《北京人》、《家》等。曹禺吸收中国传统戏剧艺术的营养,充分地借鉴外国戏剧的创作经验,从而创造出了富于民族艺术性的戏剧精品。

第一节　说不尽的《雷雨》

　　《雷雨》一共四幕,表现了两个家庭八个人物前后三十年错综复杂的矛盾和纠葛。作者以对人性的深刻体悟和高超的艺术手段,由暴露家庭矛盾转向对社会的揭露,写出了家庭的悲剧、社会的悲剧,更写出了命运的悲剧和精神的悲剧,即人抗争和不可主宰命运这种悖论式的生存困境。
　　周朴园出生于封建家庭,又留学海外,后来成为以暴利盘剥手段发家的大煤矿主。他在家庭中冷酷专横,要求妻子、儿子对自己绝对服从。逼繁漪喝药的一场戏,他的这种个性展露无遗。在这个貌似体面、有秩序的大家庭中,周朴园的权威使全家人充满压抑和窒息感。不过,曹禺没有把人物简单化。周朴园在冷酷虚伪的背后,还保存着一点对相恋过的侍萍的温情和挂念,特别是尾声中已失去家人的周朴园的忏悔形象,使全剧转向了对人性和命运的更深层思索。周萍在剧中也是一个重要人物,曹禺曾多次提及这个人物"最难演",要找到对他的理解之"同情"。作为"父亲的儿子"、"后母的情人"和"妹妹的恋人",周萍曾经产生过对父权最极端的反抗之心,也曾在叛逆和情欲的驱使下陷入与后母的乱伦关系。当他想挣脱道德乱伦的罪恶感时,却坠入了血缘乱伦的深渊。周萍的形象是悲剧性的,他的命运正如曹禺所揭示的那样，"《雷雨》所显示的，并不是因果，并不是报应，而是我所觉得的天地间的'残忍'"，"我念起人类是怎样可怜的动物……他们怎样盲目地争执着，泥鳅似地在情感的火坑里打着昏迷的滚，用尽心力来拯救自己，而不知千万仞的深渊在眼前张着巨大的口"。①

《雷雨》是一部富有戏剧性的杰作，曹禺在组织戏剧冲突方面展现了过人的才气。一天时间（上午到午夜两点）、两个场景（周家、鲁家），集中了两个家庭错综复杂的历史和现实的矛盾。这样的结构设计，有利于戏剧情境的营造、戏剧冲突的集中，也反映出强调时间、地点、事件均需整一的古典主义戏剧观对曹禺的重要影响。

要展现两个家庭三十年的矛盾，曹禺选择"剧情开始的最好时机"是高潮的前夕，即周朴园从矿上回家，侍萍（鲁妈）到周家来找女儿。两人在周公馆见面，使本来已经暗潮汹涌的周家猛然激起惊心动魄的波涛。曹禺让"过去的戏剧"——三十年前周朴园抛弃侍萍和三年前繁漪与周萍乱伦，来推动"现在的戏剧"，让历史的恩怨和现实的矛盾纠结在一起，写出了周朴园要建立他在家庭中的绝对权威，却一步步受到繁漪的挑战，权威被逐渐消解，最终暴露出他的真面目。繁漪为追求一个幸福的幻景，想拉住周萍，可她所做的抗争却激化了矛盾，加速了真相的暴露，因而客观上在推动着悲剧的发生。侍萍要阻止女儿走自己的老路，可到头来只能眼睁睁地看着自己的儿女比自己更惨，她无能为力，只能向苍天控诉命运的不公。

在《雷雨》剧情的展开过程中，"发现"是一个极为重要的戏剧手段。侍萍因为想领回在周家做仆人的女儿四凤，发现这个周家的男主人是三十年前对自己始乱终弃的少爷，发现周家的大儿子周萍是自己的亲生儿子。她还发现女儿重蹈自己覆辙与周家大少爷相恋，在无知之中陷入了兄妹乱伦的悲剧。繁漪让侍萍来带走四凤，却发现她是丈夫的昔日情人。不仅如此，繁漪还发现周冲爱四凤，发现周萍要出走……每一次发现，都把矛盾的关系绞结得更紧密，从而把冲突推向无可挽回的结局。

诗化的现实主义，是《雷雨》艺术的风格。剧作的诗性首先表现在剧中强烈的情感性。曹禺曾说写"《雷雨》就是一种情感的迫切需要"，"《雷雨》所象征的对我是一种神秘的吸引，一种抓牢我心灵的魔"。② 他把这种神秘的激情转化为对生命本身的一种深刻而微妙的诗意探求。

---

① 曹禺：《雷雨·序》，《曹禺文集》第 1 卷，北京：中国戏剧出版社 1988 年版，第 212—213 页。
② 同上书，第 220 页。

《雷雨》的诗化品格其实不仅是一种诗意风格的追求,更体现在戏剧本身的诗性特质中。戏中的各个人物形象都有浓烈的情感性,如有着"最雷雨"的性格的女主人公繁漪,她敢爱敢恨、不计后果的突出个性给人们留下了深刻的印象。她有自己的思想,敢于作出自己的决定,即使在成为封建婚姻的牺牲品之后,仍敢于冲破封建纲常,大胆追求自己的爱情。她从情欲的解放中体味到精神的自由,重新找回丢失已久的生命力。繁漪陷入对周萍的爱中不能自拔,疯狂的情欲燃烧着她,使她本来就不安分的灵魂、被压抑的生命力更加灼热,最终引起近乎疯狂的"雷雨式"的感情大爆炸。繁漪就是这样一个"有火炽的热情,一颗强悍的心"的女人,她依靠原欲的力量制造了雷雨,释放着任何禁锢都无法阻拦的正常人应有的激情与欲望。她所冲决的,是旧秩序、旧道德观对她的压抑,所释放和实现的是她正常人的本性。与此同时,侍萍构成了与繁漪相对和互补的另一类女性形象。她外柔内刚,富于自我牺牲的女性美德。她年少时像天真温柔的四凤一样,爱上少爷,这却成为她悲剧命运的开始。在被周朴园抛弃后,她一直过着颠沛流离的生活,尝尽了人世辛酸。她善良坚韧,对昔日恋人始终怀有真爱,又不乏坚毅,对深陷悲剧的儿女充满母性的悲悯与牺牲精神,敢于承担一切命运的击打。侍萍的形象是中国道德伦理化的传统女性代表。

　　《雷雨》最初发表时,有一个"序幕"和"尾声",反映了曹禺当时对人性和命运问题的思考。"序幕"的时间是在悲剧发生后十年,周公馆这时变成了教会医院,两个疯了的老妇人——繁漪和侍萍——孤独地住在这里。寂静中,来访者周朴园的忏悔带出了十年前的"雷雨"往事。"尾声"重回序幕中的教会医院场景,戏剧在一片宗教诗般的净化中闭幕。"序幕"和"尾声"的加入,看似与主体情节联系不紧,而且使三十年故事的顺叙时间变成了结局揭晓的倒叙时间,但却使《雷雨》的意蕴发生了深刻变化。由于特定的审美接受心理的局限,作者苦心创造的《序幕》和《尾声》,从《雷雨》开始演出就被忽视乃至抛弃。可这样的结构却隐藏着作者更深的美学追求:化恐惧与噩梦为一种新的保持"欣赏的距离"的精神超越,让观众从原有的郁躁、紧张到恐惧的煎熬中猛醒和挣脱,就如曹禺自己所说的,"我要流荡在人们中间还有诗样的情怀","导引观众的情绪入于更宽阔的沉思的海"。①

　　曹禺说:"《雷雨》对我是个诱惑。与《雷雨》俱来的情绪蕴成我对宇宙间许多神秘的事物一种不可言喻的憧憬","这篇戏……连绵不断若有若无

---

① 曹禺:《雷雨·序》,《曹禺文集》第 1 卷,北京:中国戏剧出版社 1988 年版,第 212 页。

地闪示这一点隐秘——这种种宇宙里斗争的'残忍'和'冷酷'。在这斗争的背后或有一个主宰来使用它的管辖。……我的情感强要我表现的,只是对宇宙这一方面的憧憬"。① 他说得虽显得神秘,但《雷雨》所表达的却不能简单地理解为"宿命论"、"因果报应"等。相反,作品中几乎每个人的行动都充满主动性,他们都力图通过各种努力来摆脱困境,只是最终反把自己和他人一步步推向悲剧的深渊。由此可见,这部戏的真正意义是透过人物命运的发展,直指人自身不可摆脱的存在困境:人要对抗自己无力对抗的存在——这是比故事情节本身更为复杂的精神主题,或许更可以引起人们的长久思考。

第二节 《日出》及《原野》

1936 年,曹禺发表了四幕剧《日出》。他从《雷雨》的家庭生活场景中跳脱出来,展现了较为宽阔的生活画面。戏剧的冲突趋于自然,贴近生活本身,避免了《雷雨》情节上的"巧合"。剧本主要以陈白露的休息室和翠喜的卧室为舞台场景,表现上流社会的纸醉金迷和下层民众水深火热的生活。"生活在狭的笼里面洋洋地骄傲着"的"可怜的动物",从潘月亭、张乔治到顾八奶奶、胡四,以至李石清,彼此勾心斗角,丑态百出。而在另一个世界中,是比陈白露遭遇更悲惨的下层妓女翠喜和逃不出恶魔毒掌的小东西。作家借她们的苦难表达了对"损不足以奉有余"的社会的抗争。她们的毁灭暴露出黑暗世界虚伪丑陋的真相,同时也加强了剧中追求光明的方达生形象的正面力量。

《日出》没有贯穿始终的剧情,读者看到的是"多少人生的零碎"构成了一个社会的"横断面"。人物之间没有太直接的生活联系,也不围绕同一事件发生冲突。但是围绕主题的轴心,这些角色之间存在着内在的对应与关联,如陈白露和翠喜、小东西作为明暗对应的两类不幸女性的描写,将"鬼"样的人们生活的"天堂"同"可怜的动物"遭受煎熬的"地狱"相互对照,带来了戏剧结构的统一性。

陈白露是沦落风尘的高级交际花。她曾是受过五四新文化影响的知识青年,具有诗人般的纯真和自负。她虽然冷傲地拒绝了方达生的拯救,可仍难以抑制心灵的颤动;在自甘金丝笼里的堕落时,她仍然怀抱着内心的诗

---

① 曹禺:《雷雨·序》,《曹禺文集》第 1 卷,北京:中国戏剧出版社 1988 年版,第 212 页。

她在潘月亭、李石清、顾八奶奶的污浊世界和方达生的理想世界之间挣扎。她的沉沦,是在穷奢极欲世界里的自我迷失,更是生命深处与社会抗争后的空虚与幻灭。

与《雷雨》相比,《日出》显现出曹禺戏剧新的审美追求——由戏剧外在形式的冲突转向内在的冲突。冲突的内向化、生活化,成了此时曹禺区别于其他中国现代剧作家的一个鲜明特征,表明他受到了重视人物内心矛盾冲突的西方剧作家如易卜生、梅林克、契诃夫、奥尼尔等人的影响。曹禺曾特别谈到契诃夫的剧作里"没有一点张牙舞爪的穿插……结构很平淡,剧情人物也没有什么起伏发展"①。这种戏剧观显然启示了曹禺,使《日出》致力于"平铺直叙"地展开日常生活,从而形成了一种新的戏剧风格。

《原野》发表于1937年,同年8月由文化生活出版社出版单行本。作为曹禺戏剧的"生命三部曲"之一,它的诞生并不像《雷雨》、《日出》一样引起轰动,在后来几十年的文学读解和舞台演出中,人们对《原野》也是否定多于肯定。这是因为《原野》是一个"异数",对五四以来的戏剧观念、戏剧规范构成了挑战,也是对无产阶级戏剧运动和现实主义批评范式的挑战。

戏剧讲述的是仇虎的复仇历程及最终走向精神毁灭的悲剧。仇虎一出场就充满了极度的神秘和紧张。他历尽了艰险,从八年的监牢囚禁和折磨里逃脱出来,只为了一个目标——向仇人焦阎王报仇!八年前,焦阎王为了强占田产,活埋了仇虎的父亲,又把他的妹妹卖进妓院直到受折磨而死;仇虎被陷害入狱,打瘸了腿,受尽牢狱之苦。他的未婚妻花金子也被迫嫁给了焦阎王的儿子焦大星;家破人亡的仇恨、失去爱人和自由的痛苦,无时无刻不在烧灼着仇虎的心,是命运的残酷和不公把一个原本善良的人推向了复仇和杀戮。然而焦阎王已死,这使仇虎失去了复仇的目标。饱尝仇怨煎熬的仇虎决不甘心就此放弃,按照"父债子偿"的传统观念,转而把焦阎王的儿孙视为新的复仇对象。序幕中接着出场的就是焦阎王的儿子焦大星和他母亲焦氏,以及大星的新媳妇金子。金子的形象是全剧的又一大亮点,这是个浑身沸腾着原始的生命力和欲望的女性,她从不压抑自己极端的爱恨欲念,大胆藐视一切世俗成规。她始终在寻找一个更加强韧、蛮性和自由的空间,放恣地享受情感的极致、生命的飞扬。同仇虎一样,金子对令人窒息的环境的反抗充满了主动性,他们都力图通过自己的努力来摆脱生存的困境。如果说《雷雨》中的繁漪、《日出》中的陈白露更多地表现了女性对超常态的

---

① 曹禺:《〈日出〉跋》,《曹禺文集》第1卷,北京:中国戏剧出版社1988年版,第456页。

欲望的压抑和妥协的话,金子的形象则显示出作者对人破坏的野性的生命存在的全新思考。正因此,金子与焦大星和焦母之间的关系是尖锐对立的。焦母对儿子大星的母爱已经扭曲成强烈的独占欲和对金子恶毒的恨,她是整个焦家精神统治的堡垒,在剧中是作为与一切不屈的反抗意志相对立的压迫力量出现的。焦大星则是与仇虎、金子全然对立的另一类人物形象。他爱金子,却懦弱、卑琐地驯服于焦母的残暴,无力保护和坚持自己的爱;他善良忧郁,但当知道金子与仇虎对他的背叛时,却选择了逃避和自欺。大星的软弱、善良和委琐使他最终无辜地死在仇虎复仇的利刃之下。剧本在第一幕中以延缓的戏剧节奏表现仇虎潜伏在焦家,等待大星回来完成复仇计划。这段情节的延宕大大增加了故事的悬念,并把人物之间错综复杂的关系展露无遗。

第二幕,情节更趋紧张,焦母、大星和仇虎、金子之间多次进行着心理和精神上的较量周旋——焦母对仇虎的疑惧、试探,仇虎对大星的挑衅、刺激,在含蓄的对话背后隐藏的尖锐的心灵交锋是比真正的复仇行动更加惊心动魄的。为了复仇几乎疯狂的仇虎终于杀死了焦大星,并借焦母之手杀死了大星的儿子小黑子,实现了他残忍的计划。至此,《原野》的高潮才真正来临,戏剧重心陡然转移:复仇的行为,转向了复仇后不可抗拒的内心世界的分裂和挣扎,人与外部现实的矛盾转向了人与内部自我之间的矛盾。在神秘恐怖的"黑林子"里,仇虎深深地陷入了血腥仇杀之后的种种迷狂幻觉,一个意志坚定的完整的自我,在无法躲避的良知审视里,逐渐瓦解,直到崩溃。他原以为自己苦心孤诣的复仇能使他摆脱困境,获得自由;可是他的一切反抗,就像沿着一个周而复始的圆弧在打转,奔忙了一圈又回到原点,回到当初卸下的镣铐旁边。更可悲的是,他发觉自己也同仇人一样充满罪恶,正义变成了邪恶,抗争变成了残暴,一个无辜者变成了一个杀戮者。仇虎的死决非迫于形势的赎罪性自惩,对抗他无法对抗的存在的斗争,是他毁灭的真正原因。

剧情由此生发出更为复杂的精神主题,曹禺在第三幕中把仇虎最初的肉体受难净化到了一个全新境界:"在黑的原野里,我们寻不出他一丝的'丑',反之,逐渐发现他是美的,值得人的高贵的同情的。他代表一种被重重压迫的真人,在林中重演他所遭受的不公。"

《原野》在整个中国现代话剧史上是一个独特的存在。它表明曹禺戏剧艺术的重心转向了人的自我、人的生存困境,从揭示人生现实当下的、具体的苦难上升到了思索人存在的本源性的精神困境。

第三节 《北京人》和《家》

1940年,曹禺创作了五幕剧《北京人》,再一次回到自己所熟悉的旧家庭题材,对传统家族关系作了抽筋剔骨的批判。作家从人的命运及地位的角度深入人的精神生活领域,揭示了黑暗势力、专制制度和旧文化对人的精神上的控制、压抑和虐杀,歌颂了人类心灵对新生活的追求。

《北京人》以抗战后封建大家庭内的命运纠葛为题材,描写曾家三代人各自的人生。特别是对遗留原始蛮性和生命力的"北京人"形象的虚幻创造,作为一个巨大的历史文化象征,代表着剧作者对人类健康发展指向的理想性创造。

假如说《雷雨》侧重于家庭伦理关系的批判,《北京人》则企图清算整个封建文化传统。曾家是衰弱的封建社会的缩影,曾经有过的诗书礼仪的鼎盛时代已经过去,如今各种要账的逼上门来,它的世家儿孙精神上更趋于颓败——家长曾皓生活中唯一的"快慰"就是一遍遍油漆为自己准备的棺材;曾文清,这位天资聪敏、心地善良的封建士大夫,精神上已完全瘫痪,成了徒有"生命空壳"的"多余人"。人类祖先"北京人"的纯朴、勇敢与健康已为封建文化的苍白、消沉与病态所替代。剧作家力图以这个旧家庭为缩影,对传统文化进行反思,找到通往新生活的精神力量。

在《北京人》中,曹禺以曾家的经济衰败作为串联全剧矛盾的导引,展开了善良与丑恶、新生与腐朽、光明与黑暗的冲突,作家的笔触深入到封建家庭这一躯体的灵魂与骨髓,解剖着腐朽的精神统治怎样蚕食人的生命,又怎样在新生的追求中走向灭亡。

《北京人》以家庭代际关系创造了三个不同时代的"北京人"及其文化形象。"现实中的北京人"是曾家三代:家长曾皓,随着不劳而获的寄生生活的完结,作为封建权威和诗礼传家的传统处在风雨飘摇中,他所代表的"仁义道德"的虚伪性也暴露无遗。子辈曾文清在消磨意志的腐败消遣中打发生活,原本善良温厚的他曾经满怀希望地出走,可更令人绝望的是他又一无所有地归来,最后吞鸦片自杀。饱含作者希望的是家庭中第三代的新人瑞贞,她以毅然离开、冲破牢笼的结局颠覆了宗法家庭最后的堡垒,象征着一个新的文化时代的来临。剧中着力创造的是另一个崭新的女性愫方。她的忍让谦顺,是旧时代的负担;她的追求觉醒,开启了新生活的光明。她的身上有着中华民族传统性格中的甘于奉献,也不乏新女性的勇敢探求。

戏剧还以袁任敢、袁圆这样的"明日北京人",象征着接受五四科学民主思想的北京人的未来方向,他们将重新书写中华民族"人"的创造历史。戏剧最具艺术想象力的,是一个完全跳脱出现实舞台时空的新奇观——一个"猩猩似的野东西"、"一个巨灵自天而降",它是"远古的北京人",人类的祖先。它象征着人类强大的原始生命力,是对把生命掏空成"空壳"的传统文化危机的一声绝吼。三种不同文化标志与象征的北京人在曹禺的戏剧奇想中,跨越了舞台程式,以大胆的时空重叠将戏剧的假定性发挥到了历史的极致。

如果说《日出》是曹禺打破"佳构剧"重回生活的尝试,《北京人》就是他对契诃夫式生活化戏剧一次更深沉的致敬:平凡的生活、日常化的语言,却有内在的诗意涌动不息。在缄默的庭院里是人和人之间巨大的鸿沟,在痛苦中一天天走向殉葬的灵魂,还始终在问"活着是为什么",如此情韵既具有东方审美的诗情,又让人不禁想起契诃夫的《三姊妹》、《樱桃园》——把生活琐事的杂质剔去后,是纯净的诗样情怀。《北京人》是曹禺借鉴西方戏剧精神,又融入传统诗学意境的一部经典作品。

1942年,话剧《家》由文化生活出版社出版。这是曹禺改编自巴金同名长篇小说的四幕话剧,戏剧的主题意蕴、审美风格乃至语言形态与巴金的《家》迥然有别。曹禺曾说,他阅读巴金小说《家》时,"感受最深的和引起当时思想上共鸣的是对封建婚姻的反抗"[①]。在改编中,他根据戏剧性的要求,以觉新、梅、瑞珏三个人物的爱情婚姻关系为主线,着力写旧礼教对青春和爱情的摧残,情节安排得更为单纯和集中。瑞珏是曹禺在原著基础上的重新创造,这个人物既没有繁漪、金子身上因扭曲而迸发的强力,也不是小说原型中的一味温婉忧伤,而是对青春、爱情、生命充满向往的纯真形象,她的死彻底毁灭了封建婚姻中幸福爱情的可能。

《家》同《北京人》一样,是一部充满浓郁诗情的作品。人物之间凝练的独白、单纯的对话,都蕴含了无限丰富的潜台词,戏剧内敛而恣肆的张力也得以充分展现。如戏剧开始时带来了春的"杜鹃醅唱",让人物的内心从沉默走向感应交流,却没有一句语言的挑明;戏剧结束在瑞珏和觉新对"杜鹃声声"的春的回忆里,无尽的哀痛和悲凉弥漫开去,这诗样的情感氛围没有任何言语能够替代。尖锐的内在动作性和抒情性就包蕴在含蓄、曲折的戏剧形式中。

---

① 曹禺:《曹禺同志漫谈〈家〉的改编》,《剧本》1956年12月号。

【导学训练】

1. 曹禺戏剧与西方现代戏剧的关系。
2. 如何理解曹禺笔下女性人物形象？
3. 如何理解对剧本《原野》的争议？

【研讨平台】

《雷雨》的经典性

提示:《雷雨》的经典性不仅体现于它在中国现代话剧发展史上不可替代的地位，更体现于随之伴生的对《雷雨》复杂多元的阐释历史。从20世纪30年代起，研究者从作家创作观与作品社会意义、人物形象、戏剧结构、戏剧主题乃至演出历史等多个视角，探讨了作品的价值和内涵。《雷雨》的研究史，反映出不同时期历史观与文学批评观的变迁。

上个世纪80年代前的《雷雨》研究，主要集中在作家的创作观与作品的社会意义方面。周扬在《论〈雷雨〉和〈日出〉》中肯定了这两个剧本"具有反封建反资本主义的意义"，"暴露了封建家庭的残酷和罪恶"，但又认为由于作者的宿命论倾向，大大降低了剧本的思想意义。这一观点对此后几十年的《雷雨》研究产生了深远影响。

钱谷融1962年发表的《〈雷雨〉人物谈》，推进了对《雷雨》人物形象的解读。作者不是从单一的阶级观点出发，而是从作品中人物的台词动作以及戏剧情节出发，细致深入地分析了人物性格的复杂性，包括探讨周朴园与鲁侍萍之间的感情关系、繁漪作为全剧动力的"雷雨"化身等问题。陈瘦竹、沈蔚德的《论〈雷雨〉和〈日出〉的结构艺术》指出《雷雨》在一天之中展开了三十年周鲁两家的矛盾纠葛，是借鉴易卜生等西方剧作家的结构技巧，"以'过去的戏剧'来推动'现在的戏剧'"，这一观点是对《雷雨》精巧结构的重要发现。

80年代以后，《雷雨》研究别开生面。仅就主题研究而言，从最初的"命运观"、"宿命论"、"暴露与讽刺"，到后来提出"生存困境"说、宗教精神投射说和俄狄浦斯情结说等，研究视域不断扩大，作品的意义被不断地开掘出来。也有学者从接受理论角度考察《雷雨》的演出史、改编史及误读现象，从而大大拓展了人们对这一经典剧作的理解。

【拓展指南】

1. 田本相:《曹禺剧作论》，北京:中国戏剧出版社1981年版。

简介:全书24万字。以曹禺一生创作道路上的9部剧作的具体分析为基本框架，从《雷雨》中作家个体的创作个性、现实主义手法和话剧的民族化群众化问题出发，考察了曹禺不同时期、不同作品中的艺术特征及其发展演变。论述以具体的单部作品为线，同时将曹禺的创作置于中国文学和话剧发展的历史背景下，对《雷雨》、《日出》等剧进行了分析比较。作者认为，《雷雨》的"现实主义成就为中国话剧的现实主义传统奠定了一块有力的基石;而它的民族化群众化的尝试,显示着中国话剧民族化群众化的最初实绩";《日出》,"无论是反映现实的广阔性和深刻性,还是批判现实的战斗性,较之《雷雨》都大大地向前发展了";"《雷雨》、《日出》等剧,是中国话剧艺术走向成熟的标志"。作者把曹禺9部剧作作为一个有机联系的艺术整体来看,动态地分析了作家世界观及艺术追求的曲折演变,将史论与个体审视结合起来,考察作家的内心世界和时代历史之间的相互对话和作用力。

2. 钱理群:《大小舞台之间——曹禺戏剧新论》,北京:北京大学出版社2007年版。

简介:全书45万字。第一章分析了《雷雨》、《日出》、《原野》的艺术价值、生产与接受状况及其反映出的时代标准;第二章从《北京人》、《家》等作品解读入手,论述了作家创作的艺术发展与成熟,并揭示出40年代戏剧评论的价值尺度;第三章则讲述了解放后曹禺的新创作及其遭遇的精神危机。作者重点分析了曹禺剧作中的"郁热"、"挣扎"、"残忍"等意象及其艺术表达,指出这是剧作家"对一定历史时代人的生存状态、生存体验、生存困境的一种发现(感受、概括),是艺术家形成与表达自己的'思想'的特殊方式"。

【参考文献】

1. 周扬:《论〈雷雨〉和〈日出〉》,《光明》1937年第2卷第8期。
2. 陈瘦竹、沈蔚德:《论〈雷雨〉和〈日出〉的结构艺术》,《文学评论》1960年第5期。
3. 钱谷融:《〈雷雨〉人物谈》,《文学评论》1962年第1期。
4. 唐弢:《我爱〈原野〉》,《文艺报》1983年第1期。
5. 田本相:《〈原野〉论》,《中国现代文学研究丛刊》1981年第4期。
6. 朱栋霖:《论曹禺的悲剧艺术》,《中国现代文学研究丛刊》1982年第1期。
7. 王文英:《曹禺与契诃夫的戏剧创作》,《文学评论》1983年第4期。
8. 刘珏:《论曹禺剧作与奥尼尔戏剧艺术》,《文学评论》1986年第2期。
9. 董炳月:《论〈原野〉的精神内涵—兼评〈原野〉研究中的某些观点》,《中国现代文学研究丛刊》1990年第4期。
10. 孔庆东:《从〈雷雨〉演出史看〈雷雨〉》,《文学评论》1991年第1期。
11. 邹红:《"家"的梦魇——曹禺戏剧创作心理分析》,《文学评论》1991年第3期。
12. 宋剑华:《基督精神与曹禺戏剧》,长沙:湖南师范大学出版社2000年版。
13. 李扬:《现代性视野中的曹禺》,北京:人民文学出版社2004年版。

第十二章　沈从文与京派文学

1934年1月,沈从文在《大公报·文艺副刊》发表《论"海派"》①一文,说海派文人是"名士才情"与"商业竞卖"的结合,这引发了南北文坛关于文学品格和地域文化性的论争,中国现代文学史上的"京派"与"海派"由此得名。作为一个文学派别,京派是指20年代末到30年代初居留或求学于以北京为中心的北方城市,坚守文学的独立与自由立场的作家群体。他们既反对左翼文学的文学从属于政治,又反对海派作家将文学商业化的功利主义。他们是维护文学纯艺术性立场的理想主义者。

第一节　自然与生命的歌者沈从文

京派作家中最有成就的小说家是沈从文。沈从文(1902—1988),原名沈岳焕,生于荒僻神秘的湘西凤凰县,有苗汉土家族的血统。1917年出身行伍世家的他离家参军,军旅生活使他看尽残酷杀戮而产生厌恶心理,同时湘兵的雄武蛮强和沅水民风的淳朴自由,使他对于生命和自然有着特殊的认知和敏感。1923年,沈从文来到北京,考不上大学,窘困中用"休芸芸"的笔名开始文学创作。至30年代,他用小说构造心中的"湘西世界",写出了《边城》、《长河》等佳作。他以"乡下人"的主体视角审视当时城乡对峙的现状,批判现代文明在进入中国的过程中所显露出的丑陋,由此大大丰富了现代小说的审美视域。

沈从文一生创作了八十多部小说集。早期有《蜜柑》、《雨后及其他》、《神巫之爱》等。30年代后他的创作趋向成熟,出版了短篇小说集《龙朱》、《旅店及其他》、《石子船》、《虎雏》、《阿黑小史》、《月下小景》、《八骏图》、《如蕤集》、《从文小说习作选》、《新与旧》、《主妇集》、《春灯集》、《黑凤集》等,还有中长篇小说《阿丽思中国游记》、《边城》、《长河》、散文集《从文自

---

① 沈从文:《论"海派"》,《大公报·文艺副刊》1934年1月10日。

传》、《记丁玲》、《湘行散记》、《湘西》,文论集《废邮存底》及续集、《烛虚》、《云南看云集》等。

充满古典诗性的乡土在《边城》中获得了最美好的表达。沈从文把翠翠的世界简单到只有一个爷爷、一条狗和一只渡船。翠翠情窦初开的爱情和后来的悲剧都只是隐隐约约,混沌而蒙昧。她的成长是一种生命的自然成长,她在边城的生活几乎是与世隔绝的,她的生命相当程度上是自然人性的展开过程。无父无母的渡船孤女在爷爷呵护下长大,团总的儿子大佬天保和二佬傩送都爱她,最后却一个溺水而死,一个一去不回,而最亲的爷爷也在暴风雨夜里离开了她。故事中的人与人之间有着无法沟通的隔膜:爷爷不完全明白翠翠对二佬的爱,而她也误以为二佬爱着别人。大佬、二佬兄弟都无法真正明白对方,二佬以为爷爷害死了大佬而离开了翠翠,顺顺也因为长子的死而对爷爷冷漠。然而,悲剧是在淡淡的诗意中展开的,《边城》有一种奇特的化悲为哀的审美力量。沈从文在散文《废邮存底·给一个写诗的》中说:"一个聪明的作家写人类的痛苦是用微笑来写的。"很大程度上,《边城》悲剧的残酷性因这种"微笑以对"的人生态度而化解了。

但是,在这个仿若无事的悲剧背后,隐含了沈从文对人生悖谬、生命自然性的诘问。如他所说,"我的作品能够在市场上流行,实际上近于买椟还珠,你们能欣赏我故事的清新,照例那背后蕴藏的热情却忽略了;你们能欣赏我文字的朴实,照例那作品背后隐伏的悲痛也忽略了"①。

沈从文擅长以忧伤隐痛而不是残酷的方式写悲剧,发乎于生命中一种本源的审美情感。在沈从文看来,外人看来不堪忍受的重负,湘西人却以为是生活的常态。如与《边城》同属湘西世界故事的《萧萧》、《三三》等。十二岁做童养媳的萧萧,丈夫三岁,她被长工花狗引诱怀孕,按当地习俗本来要被发卖或沉潭,但因为生下来的是团头大耳的儿子,母子俩都留了下来,直到这个私生子的童养媳又进了家门——另一个萧萧出现,萧萧自己对什么是命运还懵懂无知。沈从文当然对乡间的蛮俗和人格习以为常的被践踏有深沉的哀怜,可是小说更多是在展示萧萧的形象的美感,那混沌未开的生命状态、人性状态。

《医生》、《三个男人和一个女人》等描写的是一种极致化的生命存在状态,以及它与现实世界的矛盾。一个失踪半月的医生回来跟人们讲述了一

---

① 沈从文:《〈从文小说习作选〉代序》,《沈从文文集》第11卷,广州:花城出版社,香港:三联书店香港分店1984年版,第44页。

个骇人听闻的事件:一个疯子劫持一个憨厚的医生到山里,为的是让自己心爱的女子复活,医生深感疯子盗尸和复活的做法荒诞,可是这个疯子却一直认真执著。还有《虎雏》写一个城市知识者企图用现代文明改造一个乡野士兵而最终归于失败的故事,《灯》中淳朴的司务长依旧做着对主人恋恋不忘的旧梦⋯⋯这些有蛮强心性但又不见容于文明世界的湘西人,他们身上不合时宜的山野灵魂也好,古典风度也罢,组成他们人生的重要部分。他们的悲剧性不是自身原因造成的,而是一个自然生命"被安置到这毫不相称的战乱世界里来",从而衍生出一曲挽歌绝唱。

如果说作者在《边城》中所描绘的是"过去农村是什么样子",带有极大的浪漫抒情成分的话,那么未完篇的《长河》则接触到种种实实在在的现实问题。40年代的湘西,辰河中部的小码头吕家坪及附近的萝卜溪经历了几十年内战的蹂躏,加之外来文明的侵蚀和冲击,一向和谐、有序的湘西小镇也开始被躁动不安的喧哗所侵扰。《长河》已不再属于纯粹意义的田园牧歌,它把湘西社会的急剧变化作为历史背景,让我们"听到时代的锣鼓,鉴察人性的洞府,生存的喜悦,毁灭的哀愁,从而映现历史的命运"。如果说,《边城》的纯粹剔透是作者有意将混乱的历史时代隔绝在外而拟造出乡土的化外之境的话,《长河》仍然写乡风淳朴,但却不无忧虑地看到现代文明的侵入怎样挤压着湘西世界自主自为的人生形式。

沈从文在《长河·题记》里说:"用辰河流域一个小小的水码头作背景,就我所熟习人事作题材,来写写这个地方一些平凡人物生活上的'常'与'变',以及在两相乘除中所有的哀乐。问题在分析现实,所以忠忠实实和问题接触时,心中不免痛苦,唯恐作品和读者对面,给读者也只是一个痛苦印象,还特意加上一点牧歌的谐趣,取得人事上的调和。"[①]可是,他同时也深切地意识到,"有意作成的乡村幽默,终无从中和那点沉痛感慨"。动荡时代中,老水手、夭夭、三黑子等人物不仅依然保留了人性善良纯朴等闪光之处,而且摆脱了对"气运"无可奈何的依赖,在苏醒的理性精神和自信心的驱使下,以更多敏锐多感的思考,探索着新的更为残酷的人生变迁。

沈从文在他的一系列中长篇小说《边城》、《长河》,以及短篇《萧萧》、《三三》、《柏子》、《丈夫》等中创造了翠翠、萧萧、三三、夭夭的少女群体形象,构成人性化的湘西梦境的隐喻。她们代表着不曾被污染的童真世界,像

---

① 沈从文:《长河·题记》,《沈从文文集》第7卷,广州:花城出版社,香港:三联书店香港分店1983年版,第5—6页。

三三孩子气地和妈妈闹别扭、翠翠不明所以的沉默、还有萧萧对女学生式的"城里的自由"的渴望等等。甚至那些活在侮辱和无常中的人们——忍受妻子卖身屈辱的丈夫、以性命与妓女相好的水手,他们的爱恶哀乐都一样鲜明。而在沈从文的散文集《从文自传》、《湘行散记》等文字中,不仅常常可见小说中故事原型的现实影像,更以纪实的笔录直接表达了他对乡土诗境的眷怀和隐忧。

从小说到散文,沈从文完成了他的湘西系列,使中国文学地图上勾画出全新的健全美丽的乡村生命形式,同时与它的对照物——城市生命形式——的批判结合,提出了人与自然"和谐共存",本于自然、回归自然的哲学。"湘西"所能代表的健康、完善的人性,一种"优美、健康、自然,而又不悖乎人性的人生形式",正是作家所要表达的文化观念与生命理想。在沈从文的湘西理想中,"自然"与"生命"构成其精神家园的两个核心概念。"生命"是与人的现实生存相对立的神圣存在,如沈从文所说,"对于一切自然景物,到我单独默会它们本身的存在和宇宙微妙关系时,也无一不感觉到生命的庄严"①。同时,"自然"成为沈从文美学之境的最高境界,他所醉心的人性与生命形式,就是这种充满原始生气、自由自在的自然形态,它是迥然不同于文明理性的生命状态,也是重振一个"老态龙钟颓废腐败的中华民族"的一剂良方。

第二节　田园牧歌的诗意情怀

京派的重要小说家还有废名、萧乾、芦焚、林徽因等人。与五四创造社的浪漫抒情小说相比,京派小说不采用激切直露的主观抒情方式,他们把逝去的民族品德和传统美感的哀痛沉潜在想象的乡土中,淡化了乡土的严酷一面,向美的乡村理想延伸,专注于个体生命的诗意抒写。

废名(1901—1967),原名冯文炳,湖北黄梅人。1924年入北京大学英文系学习,读书期间开始创作。1925年第一部短篇小说集《竹林的故事》问世,其他代表作有《桃园》(1928)、《枣》(1931),另有长篇小说《桥》、《莫须有先生传》,其小说深受中国古典诗词与周作人美文风格的影响。

废名的小说以其田园牧歌的风味和意境在现代小说史上别具一格。如

---

① 沈从文:《水云》,《沈从文文集》第10卷,广州:花城出版社,香港:三联书店香港分店1984年版,第288页。

《竹林的故事》《浣衣母》《桃园》描写的不再是乡村小镇的野蛮、落后、闭塞、沉重的气息，而是将其作为世外"桃花源"似的由幻想构造的乌托邦，作为一个充满东方诗境的田园世界。《竹林的故事》中三姑娘和林里的竹子、田里的菜一样一天天长大，疼爱她的父亲死去，在她幼时嬉闹的竹林里添了一个坟头，三姑娘也做了一个卖菜妇。《浣衣母》中善良的李妈一直跟驼背女儿相依为命，与乡民和乐融融，不意遇上一个过路的卖茶叶的汉子，有了新的想法，而马上不见容于乡邻，新生活的希望也就此幻灭。《桃园》里的阿毛姑娘从小没有了母亲，成日酗酒的父亲也不照管阿毛，她和桃园里的桃树一样病了，无人可以诉说。小说中并不见主人公的凄苦自哀，反倒有一种生命无常、任运自在的纯净。正如周作人所说，废名小说"宜在树荫下闲坐"时读，他书写的人生也是在一方静土中安天知命的人生方式，表现人与自然（竹林、流水）之间的和谐无间，其中的人性和人际关系分外纯洁宁静。文学史称废名为"文体小说家"，认为他是开创真正的中国现代抒情小说的鼻祖，他对小说文体的创新并非简单意义上开创了"田园诗化小说"，其诗化不仅仅是在语言层面和故事层面，而是在整个文体上直接把中国古典文学特别是古诗词的意境移植到现代小说中来，因此所描写的竹林、流水、树木、村庄以及人物都已经远远超出了景物描写本身的意义，成为刻意营造的抒情主题本身。

废名说，"我写小说，很像古代陶潜、李商隐写诗"，"表现手法上也是如唐人写绝句一样"。用唐人写绝句的方法创作现代小说，是废名小说文体的精神内核。《桥》写琴子、细竹和小林三人恋爱，每一章都像独立成篇的水墨画。三人读书作画，谈禅论诗，抚琴吹箫，吟风弄月，每一节都可以离开前后文独立成篇，景是青山秀水，人也是纯净透明的。在这种不甚分明的三人情感关系中，丝毫不见人性的丑恶与阴暗。那些古朴、静穆的民风民俗造就了人，而淡泊宁静的人也映衬了这样的诗情画意。"唐绝句"创作的精髓并不是形式上的语言凝练含蓄可得，而是小说文体整体意义上的"意境"创造，它作为极具民族特色的审美范畴，讲究心物契合、情景交融，同时须有"象外之象，景外之景"的想象空间。废名小说的诗意美正得自于中国传统诗学的精髓。

萧乾（1910—1999），原名秉乾，生于北京蒙古族一个贫民家庭。自幼父母双亡，12岁入小学，其间半工半读。1926年加入共青团后被捕，1928到广东汕头任中学国语教员，后回京就读辅仁大学英文系，又转燕京大学新闻系。1935年主编《大公报·文艺副刊》。1939年任英国伦敦大学东方学院讲师,兼《大公报》驻英记者,多次赴欧进行战地采访。其小说创作主要集中于1933—1937年,代表作有短篇小说集《篱下集》、《粟子》、《落日》,长篇小说《梦之谷》。

萧乾在《给自己的信》中写道:"《篱下》企图以乡下人衬托出都市生活。虽然你(指作家自己)是地道的都市产物,我明白你的梦,你的想望却都寄托在乡下。"①他以描写儿童纯洁无瑕的童话世界开始了自己的创作,《蛋》、《俘虏》等一些短篇小说使人返回无法复现的童年时光中,去领略那趣意盎然的生意和快乐。但当他的叙述从童话世界转向世态炎凉的现实时,"篱下"、"矮檐"的生存境遇也就使这一切荡然无存。萧乾早期小说集《篱下集》如题所言,多写寄人篱下的都市世态炎凉,同时也表现出对人情凉薄的逆反心理。《篱下》叙述了起初人事无知的少年环哥是一个乡村顽童,蹦着闹着随母亲进城寄居在姨妈家,拉着体面的表弟捉泥鳅,在台阶上吐唾沫淹蚂蚁,摇枣……很快因为他的"不懂规矩"而被限制了种种自由,"这时他小心坎懂得了'狭窄'、'阴沉'是它(城市)的特质"。小说始终是从环哥任性无忌的心理去描写这段都市生活的遭遇及其不解的冲突性。在这个少年天真的心底,"规矩"、"礼节"、世故人情都是那么难以理喻的东西,他听不明白姨父彬彬有礼的"都是一家人"的话背后的深义,更不明白打枣子和"送衙门上司的礼"之间有何联系,所以这个"由田间原野来的孩子"最终无法被都市接纳,送回了乡下。比起环哥来,《檐下》里的乐子已经懂得了人情冷暖的含义。他和环哥有着一样寄人篱下的命运,小说也是从童年视角叙述成人世界的势利世故压抑着孩子的心灵,但是叙述中不仅没有写出乐子的屈服,反而强调他在种种困苦击打中"激起的反是一种英雄气概",它要写出一个弱者在都市现实中可贵的反叛精神,这是作品中漫溢而出的悲哀也远远不能压制的力量。萧乾的小说几乎都是从儿童立场出发,表达对都市污浊的嫌恶,对人的反抗性、不屈性的礼赞。《印子车的命运》里倔强的车夫秃刘、《邓山东》里仗义的小贩邓山东、《花子与老黄》里本分而硬气的老仆老黄,这些挣扎在社会底层,遭受着屈辱、遭受着蔑视的"低等人",在故事里的孩子眼中,总是从不低头、从不畏缩的英雄人物。社会地位的卑微反而更映出他们人格上的高大健全,命运的不公正反而激增了他们的反抗意志。

"儿童视角"的运用,构成了萧乾小说中儿童—成人、童真—世故的二

---

① 萧乾:《给自己的信》,《水星》1935年第1卷第4期。

重世界的对照。这是京派文学中城乡二重世界的另一种表现形式。"儿童视角"出于儿童的不谙世事,不点破现实的残酷、冷漠,不直接揭破批判的锋芒,而是把生活的悲感和人生的隐痛融化在孩子的世界里,表达出儿童的天性、率真与现实功利的世界之间的对抗和矛盾。

长篇小说《梦之谷》是以作家自己的亲身经历为蓝本,描写了飘零异乡的男主人公与南国姑娘的悲情恋曲。主人公在颠沛流离的困顿中遇到了"盈",产生同病相怜的爱情,梦之谷的短暂甜蜜之后,"盈"被劣绅霸占,故事以悲剧告终。男女主人公在丧失对方的过程中经历的巨大的创痛体验,静静地融化在整个小说的抒情笔触中,强烈的悲剧氛围以舒徐方式托出,充满感伤。萧乾还有一些反宗教虚伪的小说如《参商》、《皈依》,小说主题与宗教本义无涉,而是容纳在反压迫、反伪善的大主题之下。

芦焚(师陀),是20世纪30年代后期和40年代一位引人瞩目的作家。乡土小说是他创作中最有光彩的部分。他原名王长简,1910年3月生于河南省杞县一个没落地主家庭,15岁离家,先后在开封、北平、上海等地求学工作。抗战时期,师陀身陷"孤岛","心怀亡国奴之牢愁",靠一点菲薄的编辑收入和稿费维持生计。代表作《果园城记》就是写于这一时期的18个短篇小说的结集。此外,他还有短篇小说集《谷》、《里门拾记》、《落日光》和中篇小说《无望村的馆主》等。

《果园城记》反映了20世纪初期到抗战前日益凋敝的封建乡村的生活场景,其中充满沉郁而复杂的乡土情结,滞重而哀痛。作者在《果园城记·序》中说:"我有意把这小城写成中国一切小城的代表,它在我心目中有生命,有性格,有思想,有见解,有情感,有寿命,像一个活的人。"①师陀在记忆中重溯自己梦牵魂绕的故乡时,故乡已泛化为民族社会的整体存在。它既是中国一切乡村小城的代表,又是乡土中国的一个缩影,更是传统中国社会在现代转型时期的文化生存环境的象征。

与京派小说整体性的城乡对照叙述不尽相同,师陀的乡土小说最擅长运用抒情化文体和讽刺艺术。长篇小说《结婚》集中代表了师陀对堕落城市文明的批判,但对《果园城记》中乡土中国的"惰性文化于平静中消磨耗尽着一切生命",师陀同样表现出彻底否定的态度。

林徽因(1904—1955),祖父为前清翰林,父亲林长民,民初立宪派名人,善诗文、书法。林徽因自幼受良好的中西文化教育,16岁与父亲游历欧

---

① 师陀:《果园城记》,上海:上海出版公司1946年版,第5页。

洲,回国后参加了新月社活动。20岁与梁思成赴美学习美术、建筑。1928年两人回国后创建清华大学、东北大学建筑系。林在文学艺术方面多才多艺,广涉小说、诗歌、散文领域。小说代表作有《九十九度中》、《窘》等。

《九十九度中》是从凡俗人生的瞬间透视整个生命、心灵的悲剧。刘西渭评论说:"这是个人云亦云的通常的人生,一本原来的面目,在它全幅的活动之中,呈出一个复杂的有机体",它"把人生看做一根合抱不来的木料,《九十九度中》正是一个人生的横切面"。[①] 他显然看到了《九十九度中》表现的是"通常人生"的"原来面目",人们对其中每个生活片段都如此熟悉,而作者用最快利明净的镜头把它们摄取来,又极富匠心地微缩在这个"横切面"上,展示出这最日常和最平静的人生角落。叙述从三个挑寿宴的挑夫开始,展开了整个30年代北平酷暑的一天中的众生相。由张老太太的七十寿诞穿插着一家上下的纷嚷、卢二爷的午餐、车夫杨三和王康为寻债的殴斗、路边喜燕堂里新娘阿淑的心事、逸九爷对早日恋人的追忆,再到赴宴者刘太太不合时宜的装束、丁大夫的医学话题等等,最后以挑夫的中暑染霍乱死去而结束。在都市既平凡又特殊的一日中,各种人物的身份、地位、遭遇、心态都一一铺展开来,形成不同又相通的都市世态。叙述铺排着人生共同的经历和情感:生的快乐、死的痛苦、婚姻的无奈、感情的诚挚、家庭的琐碎……它使读者平静地看到人的生老病死、婚丧嫁娶,这就是每个人必经的一生。作家通过几番镜头的分切,来表现看似纷繁的都市生活;又随时把人事相关地穿织起来,使人见出其中的普遍性。幸福的形式下隐藏的是痛苦和无奈,每个人都把自私和冷漠掩盖在一片祥和中。作者将生命中无法回避的冲突暗含在人的生存形式中,暴露了它的残酷性。

第三节 "乡下人"眼中的"都市"

京派小说家大多特别强调自己是"乡下人",这种身份体认不是出于一种地缘关系——地理类型上的农村、城市——的差异,也不是社会政治形态所区分的"城中、乡下",显然他们对"乡下人"的自我定位是出于特定的自我主体性归属的文化认同。

沈从文说:"我实在是个乡下人,说乡下人我毫无骄傲,也不在自贬,乡

[①] 刘西渭:《九十九度中——林徽因女士作》,《咀华集》,上海:文化生活出版社1948年版,第84页。

下人照例有根深蒂固永远是乡巴佬的性情,爱憎和哀乐自有它独特的式样,与城市中人截然不同。"萧乾在《给自己的信》中写道:"《篱下》企图以乡下人衬托出都会生活,虽然你(作者)是地道的都市产物,我明白你的梦,你的想望却寄托在农村。"芦焚也把作为"乡下人"当做一种自我期许,他用"乡下人"眼光呈现的世界比沈从文少了几分想象,多了几分真实。

  京派小说家反复宣告自己是"乡下人"的立场,已经不仅意味着他们急于表明自己的出生地、自己来自乡村地域的态度。如果回到他们所处的30年代中国现实,就可以看到,这些京师学府里的教授学者,处在古都传统文化浸淫之中,除了享有优厚的物质生活条件、社会地位,还沉浸于自由而从容的文化氛围之中。面对30年代的社会巨变,尤其是上海开埠后西方文明在中国加速膨胀,巨大的文化反差骤然瓦解了几千年以文明自居的"天子脚下"的心理稳定感,由此可寻京派与海派矛盾的深层原因。从表层看,京派作家以"乡下人"自居,是以见素抱朴式的中国传统文化来对抗压迫性的西方文明,他们要用想象和回忆回到中国人自己和谐宁静的乡土家园中去。这是说,他们营造青山绿水、碧瓦红墙的东方抒情诗,代表的是他们自许的"乡下人"的审美判断和情感倾向。京派的乡土世界是真正沉积着贵族气派和诗书情韵的,只有这些经院派的隐逸君子才会这样写"乡土"。这是当他们面临都市经验和乡村情感冲突时做出的文化选择,与之相对的是整个都市文明的理性规范。

  沈从文在《绅士的太太》起首有个引子:"我不是写几个可以用你们石头打他的妇人,我是为你们高等人造一面镜子。"都市的"高等人"成为沈从文的嘲讽对象,用"设镜"作为都市批判的手段,作家毫不回避他的暴露心态,并且点明,受抨击的不是个别,而是整体。作家在自己与读者和故事人物之间划出泾渭分明的界线,一边是观看者,另一边是被看者。这样,镜中人种种自欺欺人的伪饰都被剥蚀殆尽,显出原形。他另一篇小说《厨子》中,"设镜"则是正好反转过来,让按常轨生活的都市人倾听一个乡野来的厨子讲他的故事。对这些教授和教授太太们来说,厨子所讲的一切无疑是个域外传奇,是他们从来不会也不愿知道的一种生活。然而这些粗野村夫、下等土娼却在不为人知的世界里有生气地活着,活得那么认真、那么自然。最后,被看的对象突然反转过来,变成了都市人自己对生命真义的质疑。都市小说的叙述者对清晰的旁观者常常反戈一击,由对"被看者"的批判转向对"看者"的批判。《八骏图》里对达士先生的叙述是通过他写给未婚妻的一系列信件进行的,达士先生对现实的揭示透彻有力,情感书写真挚恳切,使读者对他加倍信任。如果没有那个出人意料的结尾,小说整体的讽刺深度会大大降低。在主人公整个自我欺骗的游戏中,结尾构成了一个必不可少的补充——达士先生最终被海滩边神秘女人的身影和字迹所惑,给未婚妻发出了推迟返期的电报。本来是虚假病态的旁观者和批判者,转眼之间,也成了参与者和被讽刺的对象。

京派的城乡叙述对照体由此形成,和谐自然的是乡土,冲突矛盾的是都市。沈从文的《八骏图》、《绅士的太太》,萧乾的《篱下集》、《道傍》等,将讽刺矛头对准教授、官员、绅士阶层,城市人外在的体面与显贵被颠覆。对他们的批判,京派不再含蓄节制,而是锋芒毕露。相反,京派笔下的"乡下人"却表现出生命真义。如沈从文《灯》中的老司务长、废名《河上柳》中的陈老爹、萧乾《邓山东》中的邓山东,这些人物的某些生存方式和人生经验可能在现实中悲剧性的失去了亮色,但是一种内在的统一与和谐仍然使其具有尊严和高贵,反过来倒显示出现实与他们的"毫不相称"。《灯》中的老兵追随"我"父亲,一生戎马生涯,至晚年来到"我"身边,包办伙食,以军礼告辞睡觉,梦到"我"衣锦还乡,重振衰败的将军之家,自己当"迎宾主事",表现出一种"忠仆"的愚钝,"不失赤子之心"。老兵的人生可能在现实中是悲剧性的,但以京派的审美眼光来看,人性、生命内在的统一性是美的,只有扭曲了心灵的都市人才真正的可笑可悲。

第四节　文学中的生命乌托邦

京派始终致力于追求塑造乡村中国的文学形态,他们热衷于去发现各自的乡土生命世界,无论是废名的黄梅故乡、沈从文的湘西边地,还是庐焚的果园城世界、萧乾的北京城根篱下,都逐渐淡化了乡土小说的现实性而向乡村历史深处延伸。京派的乡村叙事讲究情感的节制、含蓄,既不多述事件的前因后果,也回避大量的心理剖析,只是把单纯的人物、情节隐伏在场景和细节之中,让人反复品味。萧乾说:"一个作者之技巧在善于吝啬文字,节制刻画,在匆忙中寻出井条的线索,由朦胧中看出生命之轮廓。"[①]沈从文也多次指出,叙述中应"不加个人议论",反对"为官能的爱欲而眩目"和"对

---

① 萧乾:《小说》,《大公报·文艺副刊》1934年7月25日第87期。

生存的热情赞颂"①,应以冷静、平实、不动声色的态度展示人物的哀乐。乡村世界靠故事的传奇性和叙述本身的沉潜内敛而形成张力,这里包含着生命的神性、诗性与悲剧性的冲突,人生的离奇处与人性的朴素美之间的统一。也写矛盾,但不强调矛盾冲突的不可调和,而是从矛盾的对立统一中表现它的动态发展,使对立和不协调的品质取得平衡,最终达到了和谐。如废名的诗化小说,深受中国传统"意境"论审美内涵的影响,小说语言不仅在外在形式上如唐诗宋词一般凝练含蓄,而且在整体意境上追求"无我之境"的审美主体与客体融合,追求"境生象外"的言外之意、文外之意。正因为对于人生、对于社会自然的这种特殊理解,即人与自然社会的和谐相融,废名才把自己醉心的传统意境创造运用于现代小说的表现之中,平凡普通的生活场景在他笔下化为一个空灵、纯净,充满诗情画意的世外桃源。京派小说从中国传统乡村地域选材,显然不同于五四"乡土小说"的精神指向和意义。

同时,京派文学擅长将外在现实世界淡化,人物和情节都被奇特地中和了。小说回避现实世界尖锐的利益、情感和命运冲突,极少战争、灾难或惊心动魄的死亡斗争场面,而是让人只凭自然本性去行动。当不能预知的因素闯入,悲剧发生,并不使人感到巨大的悲怆,而是上升为一切顺乎自然的生命哲学观。如《边城》中天保、傩送都爱翠翠,翠翠只爱其中一个,微妙朦胧的情感选择过程中,又出现了许多不由人把握的阴差阳错,结局令人怅惘,可是悲剧命运的背后却没有强烈的外部冲突,一切自在任为。这是代表乡土生命的存在形式。与之形成对照的是都市人的生存世界里,作家发出对人物无个性化生存的批判,特别是对在物化都市中丧失生命力的"文明人":"都市中人是全为一个都市教育与都市趣味所同化,一切女子的灵魂,皆从一个模子里印就,一切男子的灵魂,又皆从另一个模子中印出,个性与特性是不易存在。"②出于这样的生命观念,都市人物的形态也呈现出"群像化"、"脸谱化"的特点,人物常常以类群的集体形象出现,如绅士们、太太们、大学教授们、学者们等等,并由此指明都市人类型化和模式化的普泛性。"有学问的人"、"聪明人"被通通剥下种种名分、衣冠,露出他们不调和的

---

① 沈从文:《论朱湘的诗》,《沈从文文集》第 11 卷,广州:花城出版社,香港:三联书店香港分店 1984 年版,第 113 页。

② 沈从文:《如蕤》,《沈从文文集》第 5 卷,广州:花城出版社,香港:三联书店香港分店 1982 年版,第 260 页。

生命。

京派作家必须要为自己的审美理想寻求一个立足点,让它足以支撑一切对现实的决绝否定、对生命无限性的探求。于是它创造出属于自己的"虚构的乡土",像废名的《桥》把闭塞乡村写得充满禅意理趣,萧乾在《蚕》里把一切生命描绘得那样清莹剔透,没有对"现实乡土"的有意规避是无从完成的。我们也许无需追究京派作家用文学想象虚构的桃花源境是否真的曾如此和谐,它的虚拟性也无碍于我们对美本身的憧憬。

深山大泽中的"山野精神"赋予京派作家们以无边际的想象力和创造力、不拘一格的生命力,与之对照的是,京派的生命理想从乡村中国产生,它对生命的独特理解与现代人的道德、知识、伦理诉求等恰恰相反,强调生命的本真存在。对于生存与生命的本质对立,沈从文提出了自己的标准。在他的小说系列中,若是仅满足于"能吃,能睡,且能生育"的生存基本愿望的人,他们的存在无异于虫豸,只具有"生物性";只有那些"不能安于目前生活习惯与思想形式又不怕痛苦"的人,以幻想或理想将生命推之向前,"将生命与生活来作各种抽象思索",才是健康完整的生命。[①]

对于生命发展、民族德性重塑而言,自然性不但使现实的畸形发展趋向平衡,甚至是"重造民族品德"的文化理想的必由之路。当京派作家以沉郁的悲感写出了传统乡土无可挽回的消逝,以此引起读者对"美"的毁灭的深沉思考,认识到"这个民族的过去伟大处与目前堕落处"时,他们仍在以这个由文学构筑的生命乌托邦,不懈地追寻改造民族的道路。

【导学训练】

1. 怎样理解京派文学中的乡土世界?
2. 《边城》的审美艺术性。
3. 废名小说的文体特点。

【研讨平台】

思想价值和审美价值研究中的沈从文

提示:自沈从文1920年代发表文学作品起,对他的研究历经了兴起、关注、争议、沉寂到重新评估、再度繁荣的不同历史时期。

---

① 沈从文:《烛虚》,《沈从文文集》第11卷,广州:花城出版社,香港:三联书店香港分店1984年版,第271、274页。

30 年代,较有代表的研究文章是苏雪林的《沈从文论》和刘西渭的《〈边城〉与〈八骏图〉》。苏文以沈从文创作的四类文学题材分析开始,指出其创作思想是"想借文字的力量,把野蛮人的血液注射到老迈龙钟颓废腐败的中华民族身体里去使他兴奋起来",有着独特的民族文化性思考。文章从整体上肯定了沈从文作品的独特风格、结构多变和单纯之美。刘文通过对沈从文两篇小说的对比,指明了小说中人性美和悲剧美的艺术价值,是从感性印象上对作家的审美分析。

30 年代末到 40 年代,由于文艺评判标准的政治化倾向,沈从文一贯的文学独立性立场开始招致严厉的批判。郭沫若的《斥反动文艺》一文,将沈从文、朱光潜、萧乾等人的京派文学称为反人民的"反动文艺",并专门批评了沈从文是"桃红色"文艺家,"一直是有意识的作为反动派而活动着"(1948 年 3 月 1 日《大众文艺丛刊》第一辑《文艺的新方向》)。其他如巴人、林默涵、冯乃超等也纷纷撰文批判,对沈从文的"地主阶级的反动文艺"进行清算。从 40 年代末到 70 年代末,这些观点成为对沈从文的思想批判最有影响力的结论,他的创作和研究由此在中国文学界沉默了三十年。而同一时期海外研究者则更多从文学性与艺术性角度推进了沈从文的作品研究,如夏志清的《中国现代小说史》、聂华苓的《沈从文评传》、司马长风的《中国新文学史》等。

80 年代以后,沈从文研究再次引人注目。80 年代初发表的朱光潜的《关于沈从文同志的文学成就历史将会重新评价》、汪曾祺的《沈从文的寂寞——浅谈他的散文》等文分别从思想和艺术角度对作家作出了重评。同时,凌宇发表一系列文章阐述了沈从文创作的思想倾向和抒情特性,他在 1985 年出版了研究专著《从〈边城〉走向世界——对作为文学家的沈从文的研究》,成为这一时期的代表性研究成果。1985 年,王富仁发表《在广泛的世界性联系中开辟民族文学发展的新道路》的文章,认为沈从文的小说"远未脱出市俗现实生活和封建意识形态的无形束缚",因此对其创作的思想价值提出了质疑。值得注意的是,1985 年前后同时发表的三篇文章——美国学者金介甫的《沈从文与中国现代文学的地域色彩》、凌宇的《从苗汉文化与中西文化的撞击看沈从文》和赵园的《沈从文构筑的"湘西世界"》都从文化视角论及了沈从文创造的"湘西"在中国文学史上的独特价值,认为其独特的地域民族性兼具地方性与世界性、原始性与现代性的复杂融合。

进入 90 年代以后,沈从文研究的视野与方法进一步拓展。赵学勇的论著《沈从文与东西方文化》从作家文化心理方面阐述了沈从文"生命美学观"所受的中西方文化影响。吴立昌的《"人性的治疗者"沈从文传》以作家经历、作品分析揭示了文学中的"人性美"内涵。王晓明《"乡下人"的文体与"土绅士"的理想——论沈从文的小说文体》一文深入分析了沈从文的创作心态与矛盾心理,同时细致剖析了作家的审美感受在文体创造上的变化。此外,刘洪涛的《〈边城〉:牧歌与中国形象》也从沈从文的代表作解读入手,揭示了作家创造的现代诗化小说的艺术价值及其展示的文学中国想象。总之,研究者分别从民族文化、创作心理及文体特征等多角度阐述了沈从文创作的思想及审美价值。

【拓展指南】

1. 凌宇:《从〈边城〉走向世界——对作为文学家的沈从文的研究》,北京:三联书店1985年版。

简介:全书27万字。作者从作家的生活经历、创作道路,到独特的文艺观念、美学追求,再到小说和散文的文学世界,论述了沈从文的创作品格和他提出的生命观念。作者不是以政治或道德标准评定作家的文学立场,而是从作家本人的精神个性出发,以史实来说明他一贯的文学独立性的主张。作者认为沈从文人生观和美学观的核心是"生活"与"生命"的二元对立的观念,并特别强调沈从文创造的湘西世界具有自然、自在、自为的三种乡村生命形式,以此为框架重新解读了《边城》和《长河》。作者在书的最后通过散文集《湘行散记》和《湘西》的分析,揭示了沈从文坚持的美是生命的属性、美在于生命之中的美学命题。

2. 杨义:《京派海派综论》(图志本),北京:中国社会科学出版社2003年版。

简介:全书35万字,分上、下两编。上编"京派与海派的文化因缘及审美形态",从学理上考察了北京、上海两大都市的历史人文演变及其与京派、海派文学的文化渊源,并从京沪两地的都市地域性和文化形态出发,阐释了京派、海派文学不同的审美风格和文化趣味。这一编的主体部分是对京派、海派作家作品的审美个性的具体分析。作者将中国社会现代化和都市化的进程作为分析文学流派的精神特质的论述框架,强调京派和海派的审美个性不再是简单的文学现象,而是不同知识群体在文化选择上的差异的显现。下编"北京上海人生色彩",撷取20世纪30、40年代京沪刊物的400余幅漫画,呈现出两大都市丰富多样的文化形态和人文景观。

【参考文献】

1. 汪曾祺:《沈从文和他的〈边城〉》,《汪曾祺文集》,南京:江苏文艺出版社1993年版。
2. 杨义:《废名小说的田园风味》,《中国现代文学研究丛刊》1982年第1期。
3. 赵园:《沈从文构筑的"湘西世界"》,《文学评论》1986年第6期。
4. 王晓明:《"乡下人"的文体和城里人的理想——论沈从文的小说创作》,《文学评论》1988年第3期。
5. 查振科:《京派小说风格论》,《文学评论》1996年第4期。
6. 刘洪涛:《〈边城〉:牧歌与中国形象》,《文学评论》2002年第1期。
7. 杨联芬:《沈从文的"反现代性"》,《中国现代文学研究丛刊》2003年第2期。
8. 赵学勇:《沈从文与东西方文化》,兰州:兰州大学出版社1990年版。
9. 金介甫:《沈从文传》,符家钦译,长沙:湖南文艺出版社1992年版。
10. 许道明:《京派文学的世界》,上海:复旦大学出版社1994年版。
11. 吴晓东:《镜花水月的世界——废名〈桥〉的诗学研读》,南宁:广西教育出版社2003年版。

第十三章　30年代现代派文学

中国现代主义文学在30年代取得了长足的发展。在狭义的现代主义流派之外,这一时期现代主义对新文学家们有着个体化的、因此也更为广泛的影响。无论是京派作家、左翼中人抑或"第三种人",对于西方现代主义文学都不陌生,也多有借鉴、化用之处。在影响的广泛之外,30年代现代主义文学又有着明显的本土性质,它从民族文学传统和作家本土经验中生发出来,并在现代汉语中得到独到而精确的传达。

第一节　后期新月派和现代派诗人群

《晨报·诗镌》停办(1926年6月10日)后,新月派主要成员及其活动从北京(后更名北平)移向上海,创办《新月》月刊(1928年3月10日到1933年6月)、《诗刊》季刊(1931年1月到1932年7月),作为诗歌活动的主要园地。在徐志摩、饶孟侃等原有诗人之外,后期新月诗派还有两支生力军,一是以陈梦家、方玮德等中央大学学生为主体的南京青年诗人群,一是卞之琳、沈从文、孙大雨、孙毓棠等北方青年诗人。1931年陈梦家选编的《新月诗选》为新月派做了事实上的总结;同年11月徐志摩因空难辞世后,《诗刊》停办;1933年6月《新月》关门,最终为新月派活动画上了句号。但是,相关诗人仍然在《大公报·文艺副刊》和1938年11月新辟的《文艺副刊·诗刊》上继续着现代主义诗歌实践,例如卞之琳、废名、林庚、何其芳、孙毓棠、曹葆华等,以至于后来有"北方诗派"和以戴望舒为首的"南方诗派"之分。其实,这只是30年代现代派诗歌内部的两个分支。1936年戴望舒邀约孙大雨、卞之琳、梁宗岱、冯至共同主编《新诗》,南北现代派从此合流。

新月派前后期在形式自觉、美的创造和有节制的抒情等方面有着相同的诉求。陈梦家在《新月诗选》序言中明确表示:"我们在相似或相近的气息之下秉着同样以严正态度认真写诗的精神(并且只为着诗才写诗)","主张本质的醇正、技巧的周密和格律的严谨差不多是我们一致的方向"。十四行体就是在前后期新月诗人的共同努力下移植成功的。顾名思义,十四行体(Sonnet)是由前八行和后六行两个部分组成,前八行是两段四行诗,后六行一般是三三或四二结构。它体式相对简单,但在段式、节奏、韵法上有着繁复多样的变化和严格要求。中国诗人很早就意识到它与近体律诗的相似性。20年代初,闻一多译之为"商籁体",初步比较了它和律诗的异同。1930年,他进一步指出十四行体和律诗有着相似的"起、承、转、合"的章法结构,"总之,一首理想的商籁体,应该是个三百六十度的圆形;最忌的是一条直线"①。新月诗人不仅自觉于西方资源与中国本土传统的深层契合,也在有意识地借此探索新诗自身新的可能。1931年,徐志摩说十四行体"是我们钩寻中国语言的柔韧性乃至探检语体义的浑成、致密,以及别一种单纯的'字的音乐'(Word-music)的可能性的较为方便的一条路"②。在此双重自觉意识指导下,《新月》、《诗刊》连续推出十四行体的译作、创作和理论文章,《现代》、《文学》、《文艺杂志》等刊物也纷纷刊登十四行诗,一时形成小小的热潮。其中重要的收获有李唯建的《祈祷》(1933),这是新诗史上第一部十四行诗集;朱湘的《石门集》(1934)收入71首十四行诗,是收录十四行诗最多的一部诗集。

后期新月诗派也有自己的新质。在诗体形式上,他们重申格律的重要,但并不坚持非格律不可;在诗歌情绪上,开始倾向甚至认同于现代主义。闻一多的长诗《奇迹》是一首象征主义的名作;朱湘的《石门集》有着明显的现代主义倾向;陈梦家开始趋近于魏尔伦(Paul-Marie Verlaine,1844—1896)等法国象征主义诗人,并在诗作《都市的颂歌》、《自己的歌》中将大都市中现代人的精神病态纳入视野;孙大雨更进一步,不仅全景式地展示了大都会的"森严的秩序,紊乱的浮嚣",更"从整个的纽约城的严密深切的观感中,托出一个现代人错综的意识"③,长诗《自己的写照》"批判地勾勒出现代人错综意识的图像。为中国新诗后来的现代化倾向,做了最早的预言"④。在都市化和向个体情绪深沉幽微处洇潜这两点上,后期新月诗派启动了从浪

---

① 闻一多:《谈商籁体》,《闻一多全集》第2卷,武汉:湖北人民出版社1994年版,第168页。
② 徐志摩:《〈诗刊〉前言》,《徐志摩研究资料》,西安:陕西人民出版社1988年版,第235—236页。
③ 陈梦家:《〈新月诗选〉序言》,《中国现代诗论》上编,广州:花城出版社1985年版,第153页。
④ 痖弦语,转引自周良沛编《中国新诗库·孙大雨卷》,武汉:长江文艺出版社1993年版,第765页。

漫主义激情向现代主义意绪的转变,完成这一转变的,是现代派诗人群。

《诗刊》停办后,继起的是一群诗人主要集中在《现代》(1932 年 5 月到 1935 年 5 月)杂志上进行现代主义尝试,"现代派"因此得名。在北方与《现代》呼应的是卞之琳主编的《水星》(1934 年 10 月到 1935 年 3 月)、杨振声和沈从文等主持的《大公报·文艺副刊》以及《文艺副刊·诗刊》。1936 年,《新诗》月刊(1936 年 10 月到 1937 年 7 月)创办,南北现代派诗人合流,标志着 30 年代现代主义诗歌运动巅峰的到来。除了戴望舒,主要的现代派诗人有卞之琳、何其芳、废名、林庚、金克木、施蛰存、徐迟、李白凤、路易士等。

何其芳(1912—1977),四川万县人。1930 年考入清华大学,后就读于北京大学哲学系。著有诗集《汉园集》(与李广田、卞之琳合著,因而有"汉园三诗人"之称)、《夜歌》、《预言》、《夜歌和白天的歌》,散文集《画梦录》等。他早期的诗对形式美表现出执著的追求,代表作《预言》在婉约的诗风中表达了青年人朦胧美好的情感和想象,表现出细腻华丽的特色。1938 年,他赴延安,诗风发生重大变化,变得质朴明朗,写出了进入新环境后的欢快心情。

施蛰存说:"《现代》中的诗是诗,而且是纯然的现代诗。它们是现代人在现代生活中所感受到的现代的情绪,用现代的词藻排列成的现代诗形。"①现代派是在新月派和初期象征诗派的基础上发展起来的,他们在继承初期象征诗派的"纯粹诗歌"追求的同时,也将诗笔探向现代生活和现代人的情绪世界。所谓"现代生活"固然指的是工业化、都市化带来的诗人生存方式的改变,他们体验着现代城市新异强烈的刺激,领受着现代个体生存的孤独、脆弱、虚无;但它更包括一批有着现代教育背景和清醒的自我意识的年轻知识分子,在风云变幻的大时代面前无所适从,经历着理想的幻灭,深切感到自我的渺小、无力。他们退返内心,"把诗当作另一种人生,一种不敢轻易公开于俗世的人生"②。由此而生的"现代情绪"往往是内敛而繁复的,它可能是感性的,沉迷于自我情绪的微妙变化,例如戴望舒、何其芳的吟唱;可能是直觉的,捕捉着都市的光色、印象,例如施蛰存、徐迟的都市意象诗;也可能是喜思的,擅长于向日常生活去寻找诗趣,见出平淡生活里蕴藏的悲喜剧,例如卞之琳、废名、金克木等的智性写作。

---

① 施蛰存:《又关于本刊中的诗》,《现代》第 4 卷第 1 号。
② 杜衡:《〈望舒草〉序》,《戴望舒诗全编》,杭州:浙江文艺出版社 1989 年版,第 50 页。

现代派完成了后期新月派启动的诗情的现代转换,因此在诗的自由化、散文化上比后者来得更为彻底。而在意象化的抒情("词藻")方面,现代派诗人主要受到法国象征主义(尤其是后期)、美国意象派,以艾略特(Thomas Stearns Eliot,1888—1965)为代表的现代主义诗歌潮流的影响,并在中西诗艺的融汇点上创造出汉语自身的美。首先,现代派诗人内敛、有所节制的个人化写作方式使他们倾向于认为"诗是一种吞吞吐吐的东西,术语地来说,它底动机是在于表现自己与隐藏自己之间"①,因而运用隐喻、象征等手法对情绪、直觉与冥思作出意象化的传达。这种意象或者是对某种抽象情绪的动态变化过程的繁复而细密的表现,或者是对整体情调的多侧面的暗示,或者是对刹那直觉的捕捉。其次,是意象之间奇特的观念联络。现代主义诗歌是对个体内面世界的探询,它依循的是情绪的、直觉的逻辑,依据日常逻辑和科学思维很难索解,但也因此有了新异、陌生化的美感。例如废名的《街头》,诗人从路遇汽车和街对面的邮筒以及邮筒上英文"邮局"的缩写这样一系列现实事件、事物,迅速跃入自己的跳荡的意识活动,截去过程,而以一个个意象的节点组成一首诗,虽说不无晦涩,却也浑然天成。至于"年轻的死人"、"美丽的夭亡"、"健康的身体和病的心"等现代派惯用的词语组合,同样是通过观念的奇特的强力扭合而带给读者新的现代性的体验。这也说明,现代派的写作具有感情与智性相结合的特点,甚至径直是一种"以智慧为主脑的""新的智慧诗"②。最后,在主体心境、个人化写作方式、意象化的写法等多个方面,现代派诗人都颇认同于李商隐、温庭筠等的晚唐诗风,因而在创作中有着一份晚唐的美丽。诗情与主体心境的相似,拉近了现代派与古典传统的距离,他们直接或间接地化用晚唐意象,作品中也时常回响着中国传统诗词的题材和意境。当有读者批评现代派诗人"文言语词入诗"的现象时,施蛰存回应道:"他们并不是有意地'搜扬古董'。对于这些字,他们没有'古'的或'文言'的观念。只要适宜于表达一个意义,一种情绪,或甚至是完成一个音节,他们就采用了这些字。所以我说它们是现代的词藻。"③

---

① 杜衡:《〈望舒草〉序》,《戴望舒诗全编》,杭州:浙江文艺出版社1989年版,第50页。
② 柯可:《论中国新诗的新途径》,《中国现代诗论》上编,广州:花城出版社1985年版,第261页。
③ 施蛰存:《又关于本刊中的诗》,《现代》第4卷第1号。

第二节　戴望舒、卞之琳的诗歌

30年代,戴望舒与卞之琳二人,一南一北,一主情一主知,与其他诗人一起,合力打造了中国式的现代主义诗歌。

戴望舒(1905—1950),原名戴朝寀,字丞,祖籍江苏南京,生长于浙江杭州。1921年,他和施蛰存、戴克崇(杜衡)、张元定(张天翼)等人组织鸳鸯蝴蝶派气息浓厚的"兰社",并主编《兰友》旬刊。这是他最初的文学实践。1922—1924年间开始试写新诗,《璎珞》第1期的《凝泪出门》是他公开发表的第一首新诗。戴望舒生前先后出版《我底记忆》(1929)、《望舒草》(1933)、《望舒诗稿》(1937)、《灾难的岁月》(1948)四部诗集。他诗风多变,先后经历了浪漫的感伤抒情(1922—1927年)、象征主义的内心轻唱(1927—1933年)和面向时代的超现实主义写作(1933年后)这三个阶段。

戴望舒是带着中国古典诗歌(尤其是温庭筠、李商隐一路诗风)和新月诗派的影响开始创作的。早期的他"追求着音律的美,努力使新诗成为像旧诗一样地可'吟'的东西"①。在从事新诗语音形式实验的同时,戴望舒的诗歌兴趣从浪漫主义转向魏尔伦、波德莱尔(Charles Pierre Baudelaire, 1821—1867)等法国早期象征主义诗歌,形成他早期独特的诗歌风貌:浪漫诗情与象征技法的结合。例如他的成名作《雨巷》,采用首尾复沓的环式结构,从"我希望逢着"到"我希望飘过",是一个情感欠缺与补足、平衡失落后重建的过程(类似于徐志摩《再别康桥》),诗人对未来有所期待,也在玩味一份孤独。这份浪漫诗情是通过意象式的手法渗透、渲染出来的。"油纸伞"、"雨巷"、"颓圮的篱墙"一类江南意象和"寂寞"、"愁怨"、"太息"、"彷徨"、"梦"、"静默"等字眼一起,合力烘托出一位化自晚唐五代诗句的"丁香一样地/结着愁怨的姑娘",指涉着香草美人的古典抒情传统。《雨巷》的另一特点是它的音乐性效果。在环状的结构里,诗句随情绪起伏而长短伸缩;江阳韵一韵到底,又参差错落地散布各处;主题性意象、短句不断重复,营造出全诗复沓、回环的节奏,婉转低徊的旋律。

《雨巷》为戴望舒带来最初的声名,被认为是"替新诗的音节开了一个新的纪元"②,但诗人对它并不满意。他从法国后期象征主义那里获得新的

---

① 杜衡:《〈望舒草〉序》,《戴望舒诗全编》,杭州:浙江文艺出版社1989年版,第51页。
② 同上书,第52页。

启发,开始形成自己的现代主义诗歌观念,诗风陡然一变,从有节律的吟唱转向口语的言说。稍晚于《雨巷》的《我底记忆》,标志着诗人完成了从浪漫主义到象征主义的转变,也被认为是30年代现代派诗歌的起点。戴望舒说:"诗是由真实经过想象而出来的,不单是真实,亦不单是想象。"①这句话被认为是"望舒诗底唯一的真实。它包含着望舒底整个做诗的态度,以及对于诗的见解"②。类似于闻一多等新月诗人,戴望舒认为原发性的情感必须经过诗人的重新体验、想象才可能转化为诗歌的情绪,或者说,诗人要传达的是他关于原发性情绪的新的经验。只不过,这种"想象"是在个体意识深层乃至潜意识中进行的,它是直觉的捕捉、非理性的梦境的再现,因而是轻微地波动着的,有着丰富的"细微的差异",是理性语言和浪漫主义的铿锵语调无法捕捉的,必须借助于"吞吞吐吐"、"既不是隐藏自己,也不是表现自己"的象征式写法,通过口语和自由的诗体,方才可能得到曲尽其妙的再现。所以,戴望舒强调"诗不能借重音乐","诗的韵律不在字的抑扬顿挫,而在诗的情绪的抑扬顿挫上,即在诗情的程度上"。③他对《雨巷》的不满,原因也应在这里。

戴望舒1933年前的诗作集中于爱情悲欢、人生理想的追求与失落。他潜入心底深处去提炼微妙、复杂的感情,以亲切的语调、工笔的手法将其描述出来。这种情绪是真实的,也是诗人诗意的想象和虚拟。例如《我的恋人》"她有黑色的大眼睛",这是真实的;"而当我依在她胸头的时候,/你可以说她的眼睛是变换了颜色,/天青的颜色",则出于诗人多情的想象。《妾薄命》和《村姑》可以看成是想象力的练习。《寻梦者》、《乐园鸟》则将一代知识分子既执著追求理想又疲惫忧伤的心态,幻化为"攀九年的冰山"、"航九年的旱海"的"寻梦者",当"梦开出花来"的时候,他已经"鬓发斑斑"、"眼睛朦胧"。《古神祠前》更是内心意识的自由流动、诗歌经验的互相生发,而这些又是在诗人自觉的内心观照当中进行的。在意象的选择上,戴望舒习惯于从日常生活中寻找,向古典抒情传统回溯,同时注意意象之间的呼应、配合,而很少出现大幅度的跳跃、省略,以及私人性质明显的意象。他吸收西方象征主义的营养,续接上中国含蓄蕴藉、温柔敦厚的抒情传统,创造出属于自己的亲切自然、韵味悠远的抒情风格。

---

① 戴望舒:《诗论零札》,《戴望舒诗全编》,杭州:浙江文艺出版社1989年版,第692页。
② 杜衡:《〈望舒草〉序》,《戴望舒诗全编》,杭州:浙江文艺出版社1989年版,第49页。
③ 戴望舒:《诗论零札》,《戴望舒诗全编》,杭州:浙江文艺出版社1989年版,第691页。

1933年后,法国超现实主义以及西班牙诗人洛尔迦(Federico Garcia Lorca,1989—1936)给戴望舒带来新的启发。在收入《望舒诗稿》、《灾难的岁月》的29首新作里,他深深潜入非理性的水域,在幻象捕捉和梦境的展开中呈现自我更为真实的内部现实,又将意识与潜意识、现实和梦幻相结合。小诗《我思想》化自"庄周梦蝶"和笛卡尔(Rence Descartes,1596—1650)的"我思故我在",首句"我思想,故我是蝴蝶……"其实是一连串的幻象,我可以是蝴蝶,也可以是飞鸟、绿草抑或小花。所以,后三句里浮现出一个奇异而令人愉悦的梦景:"万年后小花的轻呼/透过无梦无醒的云雾,/来震撼我斑斓的彩翼。"蝶与花的共生被幻化为思想者们跨越时间与空间的精神对话,既是"我"与笛卡尔、庄周的,也是当下"蝴蝶"与未来某一朵"小花"的。《眼》更以汪洋恣肆的想象和对于幻象的准确把握,成为新诗史上爱情诗的杰作。超现实主义并不否定理性和客观现实,而是要求取消理性的独裁,在意识和潜意识的自由流动当中,借助于直觉思维、即兴意象、词与词的非理性联结,以怪异奇幻乃至荒诞的方式,传达对于现实世界电光石火般的领悟,使读者瞥见为日常理性遮蔽的另一种真实。在这一点上,戴望舒找到了一条从内心通向世界、承担时代责任的道路。他的《我用残损的手掌》,完全摆脱了以往诗歌的狭小格局。在阔大的想象中,"我"用"残损的手掌"暗中"摸索"祖国广袤的、正在遭受异族欺凌的土地,从东北到东南又转向西部内陆,"无形的手掌掠过无限的江山",将挚爱与憎恨、悲哀和希冀浓缩进"摸索"的动作,通过触觉的意象来激发、复合其他经验,取得了成功。

　　卞之琳(1910—2000),江苏海门人。著有诗集《三秋草》(1933)、《鱼目集》(1935)、《汉园集》(1936,与何其芳、李广田二人的诗合集)、《慰劳信集》(1940)、《十年诗草》等。卞之琳幼年喜翻阅家中所藏词章一类书籍,14岁以后接触冰心、徐志摩等人的新诗,1929年入北京大学英文系,逐渐熟悉西方现代主义的作品与理论,成为后期新月诗派的一员。卞之琳说他最着力于诗的"欧化"、"古化"或者"化欧"、"化古",在转益多师的同时,自出机杼的诗人形成了自己的独特风格。卞之琳七十年间仅发表170首左右的诗,但艺术水准相当高。袁可嘉曾用"上承'新月',中出'现代',下启'九叶'"来评价卞之琳①,余光中也明确表示"我以为这60年来,他绝对是一流的诗人"②。

---

① 袁可嘉:《略论卞之琳对新诗艺术的贡献》,《文艺研究》1990年第1期。
② 余光中:《新诗的赏析——"中文文学周"专题讲演》,香港《中报月刊》创刊号,第48页。

卞之琳对现代新诗的贡献,主要在于抒情方式和语言、技法方面。在抒情方式上,他以独到的日常生活的智性抒情为人所称誉。他有着敏锐的感觉,可以在人们经常忽略的最没有诗意的琐碎事物里发掘出独特的诗意,在日常生活里进行哲学的穿透与开掘。《断章》《白螺壳》《圆宝盒》《距离的组织》等名篇,都是在尘世荒街上沉思的诗人的智性抒情的代表作。《断章》通过对寻常"风景"的刹那感悟,展示了物我、主客关系的相对相通、相应相亲,又因为"装饰"这个关键词的歧义性("装饰"可以是"锦上添花",也可以是"矫饰"、易逝的),引发出对人生、情爱的微喜或者沉哀。

智性的抒情依然是抒情,只不过抒情的方式倾向于克制。卞之琳说:"我更多借景抒情,借物抒情,借人抒情,借事抒情。……我总喜欢表达我国旧说的'意境'或者西方所说的'戏剧性处境',也可以说是倾向于小说化,典型化,非个人化。"①他将艾略特的"非个人化"、"客观对应物"理论与中国诗歌物化于我、我化于物的物态化抒情传统融汇于一炉,借助于自我意识的客观化和主体声音的对话化,弱化诗人主体,将之隐伏在意象创造和意象的繁复而跳跃的组合当中。例如《酸梅汤》通篇是车夫的戏剧性独白;《春城》里众声喧哗,诗人这一抒情主体却游离于外。又如《白螺壳》,诗人作为"多思者"出现,"我"、"你"的人称却随着具体上下文在"多思者"、"白螺壳"、"大海"之间互换。

卞之琳善于以口语、短句写诗,同时也擅长熔铸文言语句,运用倒装、插入、跨行等手段锻造各类欧化长句。他的抽象词汇与具象词的组合,将两种异质经验扭合起来,也具有智性抒情的特质,比如"友人带来了雪意和五点钟"(《距离的组织》)、"伸向黄昏的去的路象一段灰心"(《归》)等。卞之琳的格律体诗,既有充分的创作实践(他进行了新诗史上最繁复的诗体实验),又在理论上做出了深入探讨和完备的归纳。除了少量的自由体,卞之琳一直坚持写作格律体新诗。

第三节 新感觉派小说

30年代的上海在金融、贸易、文化、艺术等领域都领先于其他亚洲城市,也滋生出丰富多元的文学现象——这里有以批判都市文明为主要任务的左翼文学,有顺应市民趣味的通俗作家,也有出没于十里洋场,将都市化、

---

① 卞之琳:《人与诗:忆旧说新》(增订本),合肥:安徽教育出版社2007年版,第283页。

商业性与新文学紧密结合起来的海派一群。而海派本身又是驳杂的。惯写都市性爱、有着浓郁商业气息的张资平、曾虚白、章衣萍等属于海派的卑下层面。叶灵凤的性爱小说则兼具"先锋文学"和"通俗文学"两面,鲜明的都市先锋意识里有着"中世纪风的轻微的感伤"。以施蛰存、刘呐鸥、穆时英等人为代表的新感觉派,是海派的新一代作家。新感觉派的小说第一次用现代人的眼光来打量上海,用新异、现代的形式来表现现代大都会的城与人。他们的创作,使原来依附于浪漫抒情小说的中国现代主义形成了独立而完整的小说流派。

施蛰存等人的创作集中发表于《无轨列车》、《新文艺》,尤其是《现代》等杂志上,主要受到日本新感觉派的影响,因此被称为"现代派"小说或者中国的"新感觉派"。新感觉派是日本最早出现的现代主义文学流派。1924年,横光利一(1898—1947)、川端康成(1899—1972)、片冈铁兵(1894—1944)等创办《文艺时代》。他们的小说不关注外部现实的真实,而是追求新奇的感觉,重视客观世界在主观意识活动中的重新塑造,注重传达主体瞬间的直觉体验、潜意识和内心世界。日本新感觉派经历了新感觉主义和新心理主义两个阶段,其中刘呐鸥、穆木天受前者影响较多,施蛰存更偏重于后者。

新感觉派小说的最大特点在于真正地以现代人的眼光观照现代大都市,在新文学史上第一次把都市当做独立的审美对象,于快节奏中表现现代大都市的生活,创造出和茅盾、老舍等人不同的另一类型的城市小说。他们写都市的日常生活、世态人情,喜欢用感性的笔触塑造富于现代城市气息和特征的舞女、少爷、水手、姨太太、资本家、投机商,以及典型的都市环境,如影戏院、赛马场、夜总会、大旅馆、小轿车、特快列车等。穆时英的名篇《上海的狐步舞》,没有连贯的情节,只是循着时间(从夜晚到黎明)、空间(从沪西到浦东),对夜上海进行了一次全面而有层次感的扫描。这里有上流社会的腐烂淫乱、夜总会灯红酒绿中的歇斯底里、荒郊暗杀的枪声,也有建筑工地工人的惨死、街头黄包车车夫的飞奔,以及缩在胡同口惨淡路灯下为媳妇拉客的穷老婆子……作家运用意识流、印象主义、感觉主义的方法,如电影蒙太奇般将一系列平行展开、毫无关联的场面、线索组合、拼贴在一起,揭露出现代都市的复杂本质:"上海,造在地狱上的天堂。"

刻意捕捉新奇的感觉,将主观感觉、主观印象渗透融合到客体的描写中,创造带有强烈主观色彩的"新现实",是新感觉派主要的艺术特色。例如描写舞厅:"舞着:华尔兹的旋律绕着他们的腿,他们的脚站在华尔兹旋律上飘飘地、飘飘地"（穆时英《上海的狐步舞》）；写到"晴朗的午后"："游倦了的白云两大片，流着光闪闪的汗珠，停留在对面高层建筑物结成连山的头上。"（刘呐鸥《两个时间的不感症者》）新感觉派擅长充分调动各种技巧来传达关于都市的丰富的感性直观经验，但他们更多地沉溺于都市感官刺激，痴迷于文体形式的先锋实践，而缺乏更深层次的思辨与批判。

在新感觉派小说家里面，刘呐鸥和穆时英更热衷于都市风尚、男女欢爱一类题材。刘呐鸥（1900—1939，一说 1905—1940），台湾台南人。他最早向中国文坛介绍日本新感觉派，也是第一个创作新感觉派小说、发现上海的都市现代性的作家。他唯一的小说集《都市风景线》，集中表现上海躁动不安的现代生活和男女社交情爱场景。赛马场、跳舞厅、咖啡馆和繁华的大街是他小说里常见的场景。在十里洋场的灯红酒绿、嘈杂熙攘中，隐伏着现代男女的情感危机、性爱困境。刘呐鸥的价值主要在于形式与技巧的实验，他推崇"感觉"的作用，打造出新颖的意识快速流动、跳跃的小说文体。杜衡在 30 年代初期说："中国是有都市而没有描写都市的文学，或是描写了都市而没有采取了适合这种描写的手法。在这方面，刘呐鸥算是开了一个端，但是他没有好好地继续下去。"①这种判断基本是准确的。

沿着刘呐鸥的道路继续下去并有更大的成就的，是人称"新感觉派的圣手"的穆时英。穆时英（1912—1940），生于浙江慈溪，幼年起随银行家的父亲在上海求学。1929 年开始小说创作，著有小说集《南北极》、《公墓》、《白金的女体塑像》、《圣处女的感情》等。他的第一本小说集《南北极》主要以写实的方法反映都市下层流浪汉的生活。从 1932 年开始创作新感觉主义小说，题材与人物接近刘呐鸥，但更有才华，更能体现新感觉派的特点，在小说的数量和质量上都超过了刘呐鸥。穆时英是一个重技巧的作家，他宣称他所关心的只是"应该怎么写"的问题，尤其是小说集《公墓》及以后的创作，技巧试验和锻炼成为他写作的主要兴趣。他既能用纯熟流利的市井口语写《南北极》那样的作品，也能用意识流、感觉主义、心理分析写《夜总会里的五个人》、《上海的狐步舞》、《白金的女体塑像》一类新感觉主义的作品，或用流畅细腻的散文笔调写《公墓》等有着浓郁抒情气息的小说。他所运用的技法也是多样而大胆的，既有百余字省略标点的流水长句，通过不同型号的印刷字体来表示说话声音的大小，也有潜意识、性心理的描写，大段

---

① 杜衡：《关于穆时英的创作》，《现代出版界》第 9 期。转引自严家炎：《新感觉派小说选·前言》，北京：人民文学出版社 1985 年版，第 18 页。

的内心独白,快节奏切换的意识流。最能代表他的个性与才华的是独具一格的语句组合方式,例如"绢样的声音溜了出去,溜到园子里,凝冻在银绿色的夜色里边"(《墨绿衫的小姐》),"灯光是潮湿的","口笛的调子是紫色的","女性的发香簪着辽远的愁思和辽远的恋情"(《pierrot》)。尤其是《夜总会里的五个人》对于繁华街头霓虹变幻辉映下夜景的状摹,更以直觉的、印象式的快节奏镜头切换组合,成为新感觉派的经典片段。

在新感觉派里,施蛰存(19905—2003)开始文学创作的时间最早,成就最高。他认为自己正式的第一个短篇小说集是《上元灯》,其中 10 篇作品大多追忆少年时期的生活,有着诗意的淡淡哀愁。《周夫人》、《宏智法师的出家》则开始受到弗洛伊德学说的影响。在《将军底头》、《梅雨之夕》、《善女人行品》三部小说集中,由于奥地利作家显尼志勒的启发,施蛰存开始熟练运用弗洛伊德心理分析方法进行创作,具有了鲜明的现代主义性质。《将军底头》收入 4 篇历史题材小说,都是运用精神分析方法来解释历史事件、历史人物,开掘人物的潜意识、变态心理和梦境。小说集《梅雨之夕》、《善女人行品》则将目光投向现代都市的日常生活,在平实琐碎的情节当中,跟随人物心理散乱自由的滑动,层层剥离出复杂的心理层次、道德超我对于内心情欲的抑制与禁锢。同名短篇《梅雨之夕》以极其细密微妙的笔触描绘出"我"在梅雨天气邂逅一位没有带雨伞的美丽少女,几经思虑后同伞送她回家这一过程中的心理变化。在同行过程中,"我"因为路人探寻的眼光而紧张,又恍惚忆起旧日的初恋情人,进而兴发一系列遐想,但街旁一个女子的忧郁目光又让"我"想起家中的妻子。最后,"我"因为发现同行少女的嘴唇太厚,绝非初恋的女友,受压抑的心才忽然松弛,呼吸也舒畅起来。但回家听到妻子的声音,错觉中又以为是同行少女的声音,进而从妻子身上看到街旁忧郁女子的嫉妒眼光,直到在灯光之下,"我"才完全清醒过来,了结了这场白日梦。

施蛰存的心理探秘也可能趋向求异炫怪的极端。小说《魔道》由一系列荒诞情节组成,既是叙述人的现实经历,又是一系列狂乱的幻觉,它和《夜叉》、《荒宅》等都有着爱伦·坡(Edgar Allan Poe,1809—1849)式的神秘恐怖。施蛰存很快掉转头来,在《善女人行品》一集中加大现实主义的比重,创作出一系列揭示人伦道德与欲望本能相互冲突的作品,如《春阳》、《雾》等,具有鲜明的反封建意义。1936 年出版的最后一本小说集《小珍集》,表明施蛰存已经从现代主义转回到现实主义,开始探索心理现实主义的新路。在晚年回顾时,施蛰存认为自己小说的意义在于"把心理分析、意识流、蒙太奇等各种新兴的创作方法,纳入了现实主义的轨道"①,这话是有一定根据的。

【导学训练】

1. 与沈从文、老舍、茅盾的城市小说进行比较,分析新感觉派小说中的人与城的关系。
2. 怎样评价戴望舒诗歌的艺术价值?
3. 解读卞之琳的《断章》或者《白螺壳》。

【研讨平台】

新感觉派的评价问题

提示:对新感觉派的评价,一开始就存在分歧。褒扬者以为新感觉派是中国都市文学的开端,是有意识地书写都市现代性的先锋作家。而对于大多数左翼作家来说,新感觉派在意识形态、阶级伦理上存在明显的错误,也脱离了当时的社会现实,因此是时代文学的逆流。当然,也有部分左翼作家认可穆时英等人的形式实验。沈从文的《穆时英论》颇多对于穆时英小说的负面评价,但他同样承认穆时英"所长创新句,新腔,新境",其作品风格独具,"铺排不俗"。建国以后,由于现代主义文学受到当时主流文学的排斥,以及穆时英、刘呐鸥等人曾经的汉奸经历,新感觉派基本被遗忘在文学史和研究者的视野之外,极少有人问津。

从80年代开始,情形出现转变。严家炎收集编选的《新感觉派小说选》,第一次正面承认"真正在小说创作领域把现代主义方法向前推进并且构成了独立的小说流派的,是二十年代末期到三十年代初期的刘呐鸥、施蛰存、穆时英等人"。不过,他同时也强调新感觉派"带来过一些倾向性问题和不好的后果"。20世纪最后十余年的研究,主要集中在新感觉派的现代主义性质及其表现、京海派文学对比研究、流派研究方面,较有代表性的成果有杨义《京派与海派比较研究》、吴福辉《都市漩流中的海派小说》、李今《海派小说与现代都市文化》等。研究者在揭示新感觉派的现代主义性质、在都市写作与形式实验方面的贡献的同时,也对他们的悲观主义思想进行批判,认为他们在暴露大都市资产阶级男女的荒淫、堕落的同时,流露出对这种腐朽生活方式的留恋、欣赏。

21世纪最初的十年里,关于新感觉派的研究主要集中在都市与现代性、文学生产与传媒研究等方面,例如李欧梵《上海摩登——一种新都市文化在中国》、史书美《现代的诱惑:书写半殖民地中国的现代主义(1917—1957)》等。和之前相比,这一时期更重视新感觉派的都市经验及其现代主义的传达方式,以及它在沟通雅俗、聚合先锋实验与

---

① 施蛰存:《关于"现代派"一席谈》,《文汇报》1983年10月18日。

通俗意识方面的历史意义。

【拓展指南】

1. 李欧梵：《上海摩登——一种新都市文化在中国(1930—1945)》，北京：北京大学出版社2001年版。

简介：全书32万余字，分为三个部分。第一部分在大量资料基础上重新绘制了30、40年代上海的都市文化背景，包括都市生活方式、作家的生存境遇与姿态、刊物出版与电影等都市现代性建构，以及西方文学被上海文坛吸收、转化的方式。第二部分分章对施蛰存、刘呐鸥、穆时英、邵洵美、叶灵凤、张爱玲等与上海渊源很深的作家作品进行文本分析，以揭示文学想象和都市语境的复杂关系。在前两个部分的基础上，第三部分就上海30年代文化中的殖民主义、现代性与民族主义问题做出了进一步的探讨。

2. 孙玉石：《中国现代主义诗潮史论》，北京：北京大学出版社1999年版。

简介：全书43万字。作者依照时间线索，分章描述了现代主义诗歌在中国的萌芽、探索、勃兴、开拓和超越，主要研究对象为20年代初期象征诗派、30年代现代派、40年代冯至与"中国新诗"派的写作和理论。另一主线是中国现代主义诗歌本土化的进程，即在中西诗歌艺术的交汇点上，构想并建设"东方现代诗"。

3. 江弱水：《卞之琳诗艺研究》，合肥：安徽教育出版社2000年版。

简介：全书26万字。如书名所示，本书侧重于卞之琳诗歌的形式研究，前四章分别归纳、论述卞之琳诗歌的意象与主题、意识与声音、句法与章法、音韵与体式，后四章考察卞之琳诗歌与西方诗人(魏尔伦、艾略特、瓦雷里、纪德、奥顿)、中国古典诗歌以及时人诗作的内在关联。

【参考文献】

1. 蓝棣之：《现代诗的情感与形式》，北京：人民文学出版社2002年版。
2. 吴晓东：《象征主义与中国现代文学》，合肥：安徽教育出版社2000年版。
3. 龙泉明：《中国新诗流变论》，北京：人民文学出版社1999年版。
4. 孙玉石：《中国现代诗导读(1917——1937)》，北京：北京大学出版社2008年版。
5. 废名：《论新诗及其他》，沈阳：辽宁教育出版社1998年版。
6. 刘西渭(李健吾)：《〈鱼目集〉》，《李健吾文学评论选》，银川：宁夏人民出版社1983年版。
7. 李今：《海派小说与现代都市文化》，合肥：安徽教育出版社2000年版。
8. 严家炎：《中国现代小说流派史》，北京：人民文学出版社1989年版。

第十四章 小品文的兴盛

30年代动荡的生活、激烈的斗争,使一部分自由主义知识分子难以适应,他们便向传统文学趣味靠拢,倡导小品文,借以暂时忘却现实的尴尬,而这引起了左翼文艺人士的不满,于是发生了以林语堂为代表的论语派和以鲁迅为代表的太白派关于小品文的论争。论争折射出现代作家对小品文的社会性与审美性的认知差异。在论争中,谈话风小品文与匕首投枪式杂文分庭抗礼又互补共生,成就了一道独特的文坛风景线。

第一节 "小品文热"及其论争

30年代的小品文概念与现代散文、杂文、随笔等概念时分时合,时有交叉重叠。它整合了西方Essay、日本随笔和中国古代小品笔记,也包涵了它们的多种精神气质和文体形态,强调自由思想和批判精神,强调表现自我与个性,强调思想的偏见与叛逆的精神;美学形态上讲求笔调轻松、亲切随意、趣味性灵、闲适幽默、平淡清新;大小长短可不拘一格,但以篇幅短小的随笔、杂文、尺牍(书信)、游记等为主。

30年代小品文的兴盛体现在小品文期刊高度繁荣、小品文理论充分发展、小品文创作极一时之盛三个方面。"小品文的发达是同定期出版物的盛行做正比例的。"[①]30年代初,新文化中心从北京南移,大量新文化人云集上海,上海出版业进入快速发展的阶段,刊物杂志数量达到空前的纪录,1934年甚至被称作"杂志年"。大量的报刊杂志需要各种随笔、评论、散文去填充,而市民读者在紧张的都市生活中也更愿意阅读轻软的短章小品,作为期刊中的"轻骑兵"的小品文刊物应运而生。《论语》、《人间世》、《宇宙风》、《逸经》、《文饭小品》、《太白》、《新语林》、《杂文(质文)》、《水星》等是

---

① 梁遇春:《〈小品文选〉序》,俞元桂主编《中国现代散文理论》,南宁:广西人民出版社1983年版,第27页。

京沪两地最有影响的小品文期刊。此外,众多报纸副刊也大量刊载散文。

30年代散文作家便依附各自的小品文刊物阵地,打出自己的口号,确立自己的风格,形成了论语派、太白派、水星派三派,"谈话风"、"鲁迅风"和"独语体"分别代表这三派迥异的散文美学风格和文体式样。这其中,以林语堂为代表的论语派和以鲁迅为代表的太白派在小品文的思想取向、艺术倾向上构成鲜明对立,是30年代自由主义文学思潮与左翼文学思潮的颉颃在散文创作中的具体体现。

论语派是语丝派分化后的重新聚集。1930年3月,已经移到上海出版的《语丝》停刊。实际上在大革命失败之后,语丝派作家的思想分化已很明显。鲁迅的世界观正在发生质的变化,他开始以马克思主义来观察社会现象,思索文艺问题。在北京的周作人把国民党的清党与讨赤称作"以思想杀人"的棒喝主义,宣称过去那个"跳舞于火山之上"的自己已经毙命,接下来要"闭户读书",改为隐逸;朱自清、俞平伯也在"哪里走"的困惑中,选择躲进学者的书斋。林语堂来到上海,回顾在北京时的激烈,只"感觉太平人的寂寞与悲哀",他不满国民党的大屠杀,但在白色恐怖面前,只好消极处世,"增进一点自卫的聪明"。①

1932年9月,林语堂、邵洵美、章克标等一起酝酿出版了幽默小品文刊物《论语》半月刊,林语堂任主编。1934年9月林语堂创办小品文刊物《人间世》,1935年9月《宇宙风》问世。林氏期刊上聚集了周作人、俞平伯、林语堂、老舍、丰子恺、郁达夫、章克标、邵洵美、老向、何容、周劭、海戈、姚颖、大华烈士等一批京沪自由派作家,形成了以林语堂为主将,标榜幽默、闲适、性灵的小品文流派——"论语派"。论语派散文有讽刺说理的杂文,也有随感小品、序跋、读书札记、日记、书信等等,艺术上主张"以自我为中心,以闲适为格调",内容上主张"宇宙之大,苍蝇之微"皆可取材,并将晚明"性灵"美学与西方近代以来的浪漫主义美学相提并论。在林语堂及其刊物的带动下,文坛出现幽默小品文热、小品文期刊热及晚明小品热。

论语派作家在政治上取自由主义态度,代表了一批由五四走来的知识分子的复杂思想倾向和心态。一方面,这些自由派作家对日渐高涨的左翼文学思潮相当疑惧和抵触,在他们看来,集团主义的盛行会使"载道文学"和"遵命文学"重新抬头。另一方面,由于30年代中国言论机制比起军阀

---

① 林语堂:《翦拂集·序》,《林语堂名著全集》第13卷,长春:东北师范大学出版社1994年版,第4页。

统治时期更为严酷,知识分子"言路的窄,正如活路一样",因此,在国民党钳口政策下,论语派文人既不屑于做帮闲文人,又有一肚子不合时宜,必然要另外寻找发泄闷气的出口。在这种矛盾的思想状态中,他们便打起中间旗号,声称"东家是个普罗,西家是个法西,洒家则看不上这些玩意儿,一定要说什么主义,咱只会说想做人罢"(林语堂《有不为斋丛书序》),试图在左、右之间另寻一条自由主义文学的道路。幽默、闲适、性灵成为他们左右为难之际应对现实和政治的文学法宝。

论语派作家以幽默的、旁观者的姿态来议论世道人心,泛谈社会政治。《论语》等刊物发表了许多针对政治和社会的幽默、讽刺的文字,有时批评时事,语句尖刻,如"民国万税","自古未闻粪有税,而今只许屁无捐","朱湘自杀,个个狐悲兔死;丁玲失踪,人人胆战心寒","国家尚未分裂,同室仍需操戈"等口号和对子,直指国民党政治和民生上的腐败与暴政。林语堂的名文《梳、篦、剃、剥及其他》不乏尖锐严正的讽刺,他引四句流行的童谣:"匪是梳子梳,兵是篦子篦,军阀就如剃刀剃,官府抽筋又剥皮",作出"匪不如兵,兵不如将,而将又不如官"的结论。已经很有学者平和之气的刘半农,也创作了《南无阿弥陀佛戴传贤》这种充满激愤反语的檄文。

不过,讽刺性文字并不符合林语堂对幽默闲适性灵文学的要求,林语堂认为真正的幽默者"大概世事看得排脱的人,观览万象,总觉得人生太滑稽,不觉失声而笑"(《会心的微笑》)。以超脱的心态,写尽人间万象,成了论语派作家小品文的主要倾向。许多游戏消闲、幽默诙谐、品茶谈鬼的小品文也应运而生,从论语派刊物的专栏名"姑妄言之"、"姑妄听之"、"有不为斋"、"双凤凰砖斋"即可略窥小品文的精神取向。论语派作家紧随周作人、林语堂之后,以"婉而趣""犹有童心"回忆,玩味着故乡的风俗人情,以清浅口吻谈论着日常起居和饮食男女的琐碎凡庸,以抄书体翻捡古书旧文,还从草木虫鱼谈到人情物理。

在文体上,论语派小品文以"谈话风"为最重要的文体特征。谈话风散文,也称作絮语散文、言志散文、闲适散文、娓语体散文、家常体散文,是五四以后新文学作家们借鉴西洋的 Familier Essay 且融合了中国古代小品文、尤其是晚明公安派小品那种"独抒性灵不拘格套"传统而发展起来的一种新型的散文文体,它讲求与"对面的友人"的娓语清谈、"任心闲话",强调"说自己的话",有着不容忽视的审美价值。

论语派作家的政治立场以及谈话风小品文的幽默、性灵和闲适主张,引起了鲁迅及左翼作家的不满。鲁迅发表了《小品文的危机》、《小品文的生机》等杂文，从文学的社会功用方面，对幽默小品文提出批评。鲁迅称林语堂提倡的幽默闲适小品文是"小摆设"，在"风沙扑面，狼虎成群的时候"，"靠着低诉或微吟，将粗犷的人心磨得逐渐挟庸"，这是十足的"麻醉性的作品"。鲁迅认为，"生存的小品文，必须是匕首，是投枪，能和读者一同杀出一条生存的血路的东西，但自然，它也能给人愉快和休息，然而这并不是小摆设，更不是抚慰和麻痹，它给人的愉快和休息是休养，是劳作和战斗之前的准备"。

鲁迅批评了文坛上小品文创作趋雅的倾向以及林语堂对晚明小品不加辨析地吹捧，以致于幽默变味。所谓提倡幽默，其实却是"乱点古文，重抄笑话，吹拍名士，拉扯趣闻"（《从帮忙到扯淡》），"于是虽然幽默也就免不了改变样子了，非倾于社会的讽刺，即堕入传统的'说笑话'和'讨便宜'"（《从讽刺到幽默》）。1934年鲁迅在给郑振铎的信中提到林语堂提倡晚明小品文的问题："小品文本身本无功过，今之被人诟病，实因过事张扬，本不能诗者，争作打油诗；凡袁宏道、李日华文，则誉为字字佳妙，于是而反感随起。总之装腔作势，是这回的大病根。其实文人作文，农人掘锄，本是平平常常，若照像之际，文人偏要装作粗人，玩什么'荷锄带笠图'，农夫则在柳下捧一本书，装作'深柳读书图'之类，就要令人肉麻。现已非晋，或明，而《论语》及《人间世》作者，必欲作飘逸闲放语，此其所以难也。"

1934年，陈望道主编的《太白》创刊，以鲁迅、瞿秋白、茅盾为代表的左翼作家在《太白》、《新语林》、《杂文（质文）》等小品文刊物上，以新的生存的小品文为号召，坚持"率性而言，凭心立论，忠于现世，望彼将来"的社会批评和文明批评传统，培养了一批年轻的鲁迅风杂文家。这些作家以直面现实的姿态，举起"匕首与投枪"，走上了有别于论语派"姑妄言之"、"姑妄听之"的抗争之路，人称"太白派"。他们的小品文，也就是杂文。茅盾的《速写与随笔》实践着他"新的小品文"的主张。他要求"小品文摆脱名士气味，成为新时代的工具"（《关于小品文》）。《故乡杂记》、《乡村杂景》、《上海大年夜》等，是对城乡生活一隅的速写，叙事中夹杂议论，题材不大却指陈社会经济的重大问题，颇有社会剖析家以小见大的敏锐目光。郁达夫在《中国新文学大系·散文二集·导言》里特别指出茅盾的小品文具有"观察的周到，分析的清楚"、"切实的记载"等特点。阿英则以史家的眼光、学术性的笔调评判论语派的小品文理论，指出晚明"吃茶"文学、"隐逸文学"、"山人文学"发生的社会历史背景和真实面目，寓观点于史料中，寓批评于学术中。左翼阵营中更年轻些的作家徐懋庸、周木斋、唐弢等的杂文，深受鲁迅精神气质的影响。他们取材广泛,历史与现实浑融一体,宇宙与苍蝇皆可为题,在说理论辩中,张扬了作者的主体精神,实践了鲁迅所说的:"对于有害的事物,立刻给以反响或抗争,是感应的神经,是攻守的手足。"①

经由自由派文人与左翼作家的论争,现代小品文理论获得长足发展。

第二节　林语堂、丰子恺、郁达夫

在30年代的小品文创作中,林语堂是一个很重要的人物。林语堂(1895—1976),祖籍福建漳州,出身山村牧师家庭。1917年进入上海圣约翰大学,毕业后在北京清华大学任英文教员。1920年始游学美国、法国、德国,获莱比锡大学哲学博士学位后于1923年回国。

"幽默"是林语堂小品文理论的重要组成部分。1924年林语堂在《晨报副刊》上发表了《征译散文并提倡"幽默"》、《幽默杂话》,主张将英文的 humour 译成"幽默"。这是林语堂首倡幽默、涉足文坛的开始。1932年9月《论语》创刊,林语堂重提"幽默",并加以反复阐释,尤其是《论幽默》、《论文》、《言志篇》等,系统地表达了他的"幽默文学"的理论主张。他把幽默与讽刺相区别:"幽默只是一位冷静超远的旁观者,常于笑中带泪,泪中带笑。""最上乘的幽默,自然是表示'心灵的光辉与智慧的丰富',如麦烈蒂斯氏所说,是属于'会心的微笑'一类的。"(《论幽默》)受到周作人的影响,林语堂将晚明公安派的"性灵"与幽默合为一家,说:"所以真有性灵的文学,人人最深之吟咏诗文,都是归返自然,属于幽默派,超脱派,道家派的。"(《论幽默》)不过性灵究竟为何物,林语堂在理论上有其混乱之处,往往将"性灵"与"自我"、"幽默"、"闲适"划上等号,看成相通且互相补充的美学概念。

从幽默理论出发,结合性灵、闲适,林语堂在《论语》、《人间世》、《宇宙风》上大力宣扬他的小品文主张。《人间世·发刊词》中说:"盖小品文,可以发挥议论,可以畅泄衷情,可以摹绘人情,可以形容世故,可以札记琐屑,可以谈天说地,本无范围,特以自我为中心,以闲适为格调,与各体别,西方文学所谓个人笔调是也。故善冶情感与议论为一炉,而成现代散文之技巧。……内容如上所述,包括一切,宇宙之大,苍蝇之微,皆可取材,故名之

---

① 鲁迅:《且介亭杂文·序言》,《鲁迅全集》第6卷,北京:人民文学出版社1981年版,第3页。

《人间世》。"内容上既定为无所不包,但又反复强调"不谈政治",就不免有点矛盾了。而所谓的"个人笔调",本来范围极广,多种多样,但他又作了限制,那就是"以自我为中心,以闲适为格调"。题材无所限制,笔调闲适从容,个人的性灵获得充分展示,无拘无束各言其志,林语堂的小品文理想,实际上还是对五四个性主义文学传统的继承与发扬。

30年代,林语堂不仅构建起他的幽默闲适小品文理论,小品文创作也取得丰硕成果。首先,他的话题极广。林语堂说:"信手拈来,政治病亦谈,西装亦谈,再启亦谈,甚至牙刷亦谈,颇有走入牛角尖之势,真是微乎其微,去经世文章远矣。"(《我的话序》)事实上,从宪法到法治,从国庆到国难,从言论控制到民众教育,只要客观读来,民国时期知识分子所关心的大事无一不在林语堂的视界中,属于有讽刺、有酸辣气息的文字。《中国究有臭虫否》、《在中国何以没有民治》等,题旨大小不同,但对于民族性的分析却是作者从五四以来一直持有的核心思想。这类接近社会讽刺的文章,不乏浓厚的功利性、参与鼓动的气势,甚至还有将精神化为行动的渴望。除了这些带着酸辣味的文字,林语堂另有不少小品文,无涉"宇宙"只谈"苍蝇"。《论握手》、《我怎样买牙刷》、《秋天的况味》等,追求清浅有趣和个人感兴。他把自己在刊物上的专栏命名为"烟屑"、"谈螺丝钉",也是不避日常细小琐杂。应该说,现代文人对日常生活的点滴观照、对日用起居之"奇"的关注,也是智慧而通达的人生态度在散文中的一种体现。

林语堂的幽默文风对读者有着亲切的吸引力。在《山居笔记》这种传统题目下,林语堂轻讽现代都市人的矫情和虚假的"休闲"生活;而《论西装》这种洋题目,又在讨论中西服装之利弊中,揭示都市人唯时俗是趋的崇洋心态;《论政治病》里所列举的现代人的各种疾病则一一对应着从古至今政府官员"上台下台"之政治弊病,将油滑与幽默、调侃做成一锅。林语堂的语言文白杂糅、中西结合,时有文言句式的短促、精简,又杂以不少的外来词和现代口语。他主张写作语录体,认为:"语录体初写时或难,写惯便甚易。""做语录体,说话虽要放胆,文章却须经济,不可鲁里鲁稣。"他大胆链接古今,指出:"语录体甚宜做文言的'闲谈体'(Familiar Style)。"[①] 尽管林语堂在30年代的小品文理论和实践中有着钻进牛角尖的"一意孤行"和提倡幽默的"不合时宜",但其理论主张与创作实践在现代散文史上有着积极

---

① 林语堂:《答周劭论语录体写法》,《林语堂名著全集》第14卷,长春:东北师范大学出版社1994年版,第197页。

的意义。

丰子恺(1898—1975),在30年代初以漫画和《缘缘堂随笔》成名。他的小品文在日常感兴中寻找着趣味:"趣味,在我是生活上一种重要的养料,其重要几近于面包。"(《家》)他最主要的散文题材有两类,都有趣味的存在。儿童类题材小品文里,因对儿童的挚爱而品味着日常生活中的"可惊、可喜、可悲、可哂"的滋味和感兴,只是在观察点上另有自己的位置。以《谈自己的画》为例,他描绘妻儿在弄堂口等待他回家的情形:"当这时候,我觉得自己立刻化身为二人。其一人做了他们的父亲或丈夫,体验着小别重逢时的家庭团圆之乐;另一个人呢,远远地站了出来,从旁观察这一幕悲欢离合的话剧,看到一种可喜可悲的世间相。"因带着冷静与旁观,他把童心童趣上升到哲理与宗教的层面。对童真的种种描绘,表达人的智灵纯真将随着年龄的增长而日益凋落,因而对于童心尚存的孩子一颦一笑的摹写中便夹杂着成年人淡淡的悲哀。可见,丰子恺的儿童观与冰心有所不同,是以儿童世界的纯美、自由、富于生命力和创造力来反衬成人世界的呆板、虚伪、颓废和了无生趣,因此对儿童世界秉持宗教般的敬意。正如此,了悟世间的常与变的丰子恺小品,与他另外那些"画中的小品"——漫画一样,也在"美而幽,静而玄"的诗意与温情中透出禅思和哲理。在另一类涉及俗世生活情状和社会现实的散文中,丰子恺受到近代日本讲求审美静观玩味文学观的影响,是旁观与超然的,只是他目光所及,并非美的静物,而是动荡怪异、纷乱可笑的"车厢社会"和人间百相。

郁达夫的山水游记主要有《屐痕处处》、《达夫游记》等。30年代的郁达夫,身上的名士气再次以不同于五四时代的方式表现出来。有人这样描绘迁居杭州的郁达夫:"他喜欢游山玩水,写几段流利轻松的游记;喜欢低吟浅酌,做几首清新隽逸的诗词;收集不少地方志书;雅好各种线装古籍。从前那种桀骜不驯的露骨牢骚,也变为含蓄蕴籍,谑而不刺的言辞。"[①]在散文中便可时时听见他"旧梦豪华已化烟,渐趋枯淡入中年"的叹息。

郁达夫的山水游记以"清、细、真"为重要特征,这得益于他的阅读嗜好,他声称自己"平时喜翻阅前人笔记及时文别集"(《娱霞杂载》),在阅读中领会着传统山水游记、隐逸文学所呈现的"阴柔秀美、主观抒情、冲淡空灵、玄远飘逸"的美学境界。与早年小说中那种直抒悲苦不加节制的风格完全不同,郁达夫的记游散文讲究情味和闲笔,字词雅驯却并不古奥,营造

---

① 孙百刚:《郁达夫外传》,杭州:浙江文艺出版社1983年版,第48页。

着清淡隽逸的风神,富春江如烟的秀丽、钓台的寂静与历史古迹的颓废和残败仿佛是可以并置在一幅画中的整体。郁达夫有着深厚的古典文学功底,他笔下的春愁、故都的秋与江南的冬景,都毫无愧色地延续着中国文学传统的主题。作家的行旅中,总是顺手而妥帖地拈来一两句古诗,或穿插进一段传说、典故,使文章展示出趣味性、知识性和浓厚的书生气。

郁达夫记游山水的另一特点是处处有"我",名士的率真与放达、颓废与感伤,总会从清幽的字里行间扑面而来,或是历史的怀旧,或是现实的牢骚,或是"煞风景"的人事与现实。游记不是纯粹的外在的风景,而处处有作者"我"的心理、情感和思想,郁达夫终未成为淡泊的隐士高人,飘逸、优美的游记与苦闷、富有才情的作者合成30年代小品文中独有的存在。阿英肯定地说:"即使是记游文罢,如果不是从文字的浮面来了解作者的话,我感到他的愤闷也是透露在字里行间的。"①的确,无论是记游文还是读书记、杂文,郁达夫都为我们描绘了一个30年代里难有所为、"偶谈时事,嗒然若失"、"或问昔年走马章台,痛饮狂歌意气今安在也"的真实形象。

【导学训练】

1. 评价林语堂"以自我为中心,以闲适为格调"的理论主张。
2. 总结谈话风(闲话风)散文的主要特点。

【研讨平台】

政治社会视角和文化美学视角下的林语堂散文研究

提示:上个世纪30年代,除了以鲁迅为代表的左翼作家杂文外,胡风的《林语堂论》②是一篇全面分析研究林语堂的"文化批评和文学见解"的论文。胡风称赞《语丝》时期是林语堂的"黄金时代",目的是批评林语堂30年代提倡"幽默"、"小品"、"性灵"违背了历史的动向和人民的要求。胡风认为林语堂所追求的"个性",是脱离社会的超然的个性,是不带人间烟火气的天马行空的个性,因此,林语堂也是个性的拜物教者。这篇文章从政治社会视角出发,代表了这一时期林语堂散文研究的最高水平,对后来的研究影响很大。

50年代以后的三十年,林语堂在大陆被定性为"资产阶级反动文人",作品不再出版。

---

① 阿英:《郁达夫》,《阿英文集》,北京:三联书店1981年版,第140页。
② 胡风:《林语堂论》,《胡风选集》第1卷,成都:四川人民出版社1996年版。

直到80年代以后,林语堂作品的出版、研究渐渐升温。研究者开始从史料出发,力图实事求是地重新评价林语堂其人其文,多加肯定的同时也有所保留。一些研究者从社会意义和主体的反抗性方面,认为林语堂所办刊物、所写散文,既有反抗现实的因素,也有"寄沉痛于幽闲"的无奈,是现代自由主义知识分子从挣扎到消沉的典型心理和命运以及"一团矛盾"的体现。同样,"以自我为中心,以闲适为格调"的散文主张,在当时风沙扑面、虎狼成群的时代,终究不合时宜。① 除了社会政治视角,有更多的研究者选择文化视角,对林语堂在散文、小说中"两脚踏中西文化,一心评宇宙文章"的写作姿态加以肯定,认为林语堂的知识涵养中包含了乡土文化、西洋文化和中国传统文化。矛盾和困惑由此而生,但却也是林语堂的特点和优势。②

90年代以后,对林语堂散文及其幽默观的研究更为细致和深入。林语堂提出的小品文理论与西方表现主义美学的关系、与晚明公安派"性灵"文学的关系,以及对欧美近现代文学刊物的仿效和对"西洋杂志文"的学习等,都在文化接受、美学影响的视角中得到深入考察与探讨。也有研究者指出,应当对30年代鲁迅在与林语堂进行小品文论争中的批评立场有所反省:散文除"匕首""投枪"外,是否还可充当"小摆设"角色?散文作为"小摆设"在人们的日常生活中能不能起到一定的美化作用?"匕首""投枪"和"小摆设"是否可以作为不同风格而并存?③

【拓展指南】

周作人:《中国新文学大系·散文一集·导言》,上海:良友图书公司1935年版。

简介:这篇《导言》综合了周作人此前写的《美文》、《〈杂拌儿〉题记(代跋)》、《〈燕知草〉跋》、《〈近代散文抄〉序》等文的基本观点,是他对第一个十年新文学散文创作的一个总体考察。周作人重申了自己在《中国新文学的源流》(演讲稿)中提出的"言志"和"载道"此消彼长的文学史观。为了避免缠夹,周作人追加说明"言他人之志即是载道,载自己之道亦是言志"。对于言志文学,周作人推崇"文学上颇有革新的气象"的晚明公安派人"能够无视古文的正统,以抒情的态度作一切的文章",正和现代人相同。这是他把现代散文的源头追溯到晚明的原因。

周作人全面总结了自己的散文艺术观。其一,重文章的思想。周作人通过晚明小品"大抵叙事物抒情绪都较出色,其涉及人生观处则悉失败也",强调五四以来的散文"经过西洋现代思想的陶镕浸润,自有一种新的色味,与以前的显有不同"的巨大成就。其二,强调文章的"涩味"、"简单味"和"趣味"。尤其是"趣味":"这所谓趣味里包含着好些东西,如雅,拙,朴,涩,重厚,清朗,通达,中庸,有别择等,反是者都是没趣味。"其

---

① 参见俞元桂主编:《中国现代散文史》,济南:山东文艺出版社1988年版,第162、163页。
② 参见万平近:《林语堂论》,西安:陕西人民出版社1987年版;陈平原:《两脚踏东西文化——林语堂其人其文》,《读书》1989年第1期。
③ 范培松:《中国散文批评史》,南京:江苏教育出版社2000年版,第187页。

三,"文词的变化"。因为白话文的语汇欠丰富,句法也易陷于单调,因此,现代散文应当"以口语为基本,再加上欧化语,古文,方言等分子,杂糅调和","假如能将骈文的精华应用一点到白话文里去,我们一定可以写出比现在更好的文章来"。周作人的结论很明确:"我相信新散文的发达成功有两重的因缘,一是外援,一是内应。外援即是西洋的科学哲学与文学上的新思想之影响,内应即是历史的言志派文艺运动之复兴。"

【参考文献】

1. 万平近:《林语堂论》,西安:陕西人民出版社1987年版。
2. 陈平原:《现代中国的"魏晋风度"与"六朝散文"》,《中国现代学术之建立——以章太炎、胡适之为中心》,北京:北京大学出版社1998年版。
3. 范培松:《中国现代散文批评史》,南京:江苏教育出版社2000年版。
4. 余凌:《论现代散文的"闲话"与"独语"》,《文学评论》1992年第1期。
5. 王爱松:《论30年代散文三派》,《中国现代文学研究丛刊》1996年第3期。

第十五章　新旧激荡中的通俗小说

现代通俗小说走的是晚清改良路线,渐次有限度地接受了一些新的思想艺术元素,小说中表达的思想情感有时反而阻碍着思想先驱的精神传布。从鲁迅开始的中国现代小说是一种超越,它的读者群是一批新青年,但一时无法覆盖与替代通俗小说的受众。晚清开始的现代通俗小说占据着图书市场的巨大份额,面对新文化思潮的批判,它在市民阶层受众中的影响力不曾减弱。新文学阵营发起的批判,自然导致了新旧阵营的对峙。但是在中国现代文学的三十年中,新文学与晚清延续下来的现代通俗小说也未尝没有融合、衍生的互动。

第一节　通俗小说的发展

与五四新派小说的突兀崛起不一样,通俗小说的流行在新文化运动时仍处于高潮。虽然以"新民"为号召的现代启蒙的内涵已经褪色,《海上花列传》展示上海现代生活的"穿插藏闪"的艺术历二十年也无甚突破,但是巨大的市民读者市场却牢牢地掌握在通俗报刊与文人手中。晚清小说家与现代通俗小说家之间,由文化市场规制而产生自然的顺承转移。民国通俗小说家中最有影响的是被誉为"五虎将"的徐枕亚、李涵秋、包天笑、周瘦鹃、张恨水,其中包天笑是晚清即开始文学与报刊活动的老前辈,李涵秋的文学写作也在辛亥以前开始,而徐枕亚也曾厕身南社。

武侠小说完全是本土传统,在20年代既有出新也有承续。鲁迅《中国小说史略》概括清之武侠小说有两大特点:第一是公案化,说的"大概是叙侠义之士,除盗平叛的事情,而中间每以名臣大官,总领一切"。第二是文体上没有结构,"大抵千篇一律,语多不通"。晚清小说戏曲中不缺少侠义形象,那是志士的变形,侠义的精神与反对专制的革命豪情联系在一起,而与"侠"密切相连的"武"却被看得不太重要,如鉴湖女侠秋瑾等。民初武侠小说较少,叶楚伧《古戍寒笳记》独辟蹊径,以经史才学显示于武侠小说之中。民初以古文写作武侠技击小说的有林纾,更偏重于"武",是笔记小说的路数。

向恺然是20年代武侠小说的代表人物,也是民国武侠小说的奠基人,祖籍湖南平江,所以署名平江不肖生。《江湖奇侠传》在《红杂志》上从22期开始连载,写剑仙神魔,极为畅销。小说中的"武"从拳术、技击、器械演变成呼风唤雨,人物从修炼吐纳功夫变为吞吐飞剑,侠道偏趋于神魔,其想象力确实丰富。1928—1931年,上海明星电影公司根据其中的65～86回改编拍摄武侠神怪片《火烧红莲寺》(18集),其轰动效应反转推动了小说的发行。《侦探世界》从创刊号起连载的《近代侠义英雄传》,写的是侠义英雄,在史实传奇与武林轶闻的基础上为英雄树碑立传,大刀王五和霍元甲是贯串人物。小说表现京城大刀王五与戊戌六君子之一谭嗣同的情谊,还写到霍元甲以中华武术为国争光的事迹,富有爱国热情和凛然正气。向恺然跳出了清代侠义公案小说的窠臼,为民国武侠小说创立了门户。关于民初武侠小说,有"南向北赵"的说法,与向恺然并列的是赵焕亭,他写有"超长篇"《奇侠精忠全传》,"为晚清侠义公案续命"。以创造性而论,赵焕亭对武侠小说的发展是难以和向恺然比并的。在卖文为生的宗旨下,他写武侠小说为的是柴米油盐酱醋茶,写作是"疗饥煮字"的市场化活动。

姚民哀(1894—1938)写另类武侠——江湖会党小说。他是常熟人,擅长弹词,家传演唱《西厢》、《三笑》等,是书台上的"响档"。因为知道什么是看家书目、什么是表演的独门绝活,他将武侠与帮会融合,会党为经、武侠为纬,创作出风格独特的"会党小说"。他的小说在《红玫瑰》上也占重要席位。其会党说部从《山东响马传》起家,取材当下生活,写轰动全国的山东临城劫车案,拟用一位"赶脚史"以第一人称叙述,绘声绘色地为绿林人物作传。其后陆续出版了《盐枭残杀记》、《龙驹走血记》、《四海群龙记》等会党小说。30年代初,武侠小说名家还珠楼主(李寿民)在天津掀起第二波武侠小说高潮,《蜀山剑侠传》的创作与出版绵延十数年,影响经久不息。

武侠小说与阅读消费市场的关系非常紧密,可作为通俗小说市场化的标本解剖。向恺然以武侠名家走向市场,与身兼多重身份的通俗小说家包天笑有关[①]。张恨水《啼笑因缘》的言情中有一点武侠的影子便效果非凡,最能左右大众图书阅读市场的便是武侠小说了。赵焕亭是有意投合市场,

---

① 包天笑:《钏影楼回忆录》,香港:大华出版社1971年版,第383—384页。

所以循着以往的旧路；天津《天风报》找米下锅，李寿民又急于筹钱办婚礼，作者与媒体一拍即合。向恺然则是因家乡湖南的生活经验中有些非常的材料而无意插柳，他的市场价值被世界书局老板通过包天笑发掘出来。可见通俗小说家与文化市场的互动关系也是多样的。包天笑应该是现代通俗文学界在创作、编刊、组稿、出版、发行方面活动最为出色的多面手，他的通俗小说创作贯串晚清、民初直到40年代，《沧州道中》、《烟蓬》的写法含有现代因素。他与毕倚虹（也是因包天笑才过上了报人生涯、写小说，其《人间地狱》在20年代初脍炙人口）的小说常有人道主义的精神。编辑刊物最有个性的，是周瘦鹃。他继王钝根主编过《礼拜六》，这份杂志标榜其休闲风格与趣味："晴曦照窗，花香入坐，一编在手，万虑都忘，劳瘁一周，安闲此日，不亦快哉！"①从编辑的市场化宗旨看，将读小说与觅醉、买笑、听曲相比较，是休闲、消遣、游戏的态度。其实《礼拜六》上发表的作品并不都为游戏，也有暴露专制黑暗和翻译西方名家的作品。周瘦鹃自己的作品以哀情风格的短篇为主，曾创办个人杂志《紫罗兰片》，专写一己哀情。他还是民初出色的翻译家，其译作《欧美名家短篇小说丛刻》曾得到过鲁迅的赞许。包天笑、周瘦鹃并不因为身在文化市场而只注重经济利益，1936年10月鲁迅、郭沫若、茅盾等领衔文艺界各方面代表人士20人共同签署《文艺界同人为团结御侮与言论自由宣言》，他们作为通俗小说代表列名其中。

　　侦探小说是舶来品，以中国人传统眼光看可与公案相关联，由于其通过科学方法解决，所以在"新小说"时期被看做是合乎进化原则的现代科学作品。周桂笙的《〈歇洛克复生探案〉弁言》首先推崇"侦探小说之机警活泼"，民元前后侦探小说的创作程式渗透到了其他小说中去，如章士钊的《双枰记》、林纾的《冤海灵光》等文言小说中都可以清晰地见到侦探小说的印迹。以翻译和创作侦探小说闻名的程小青，直到二三十年代仍竭力在侦探的科学推理之外为侦探小说的文学价值辩护②。提倡"新小说"的时期，因侦探小说中包含了许多科学知识的成分，对开启民智确实有功；然而五四新文化运动的科学观念与维新时期的科学常识相比，已经有了很大区别。所以，在晚清作为西方的新雅之作介绍过来的福尔摩斯探案的小说到了五

---

① 王钝根：《〈礼拜六〉出版赘言》，《鸳鸯蝴蝶派研究资料》上卷，上海：上海文艺出版社1984年版，第183页。
② 程小青：《谈侦探小说》（上、下）、《侦探小说的多方面》，《鸳鸯蝴蝶派文学资料》，福州：福建人民出版社1984年版。

四以后就被看做一种通俗读物,一度被认为有较高的"新民"价值的作品被摒弃于新文学的范围之外。

程小青(1893—1976),20岁即以侦探小说参加《新闻报·快活林》征文竞赛,此后陆续写作"霍桑探案"。1916和周瘦鹃合作用浅近文言翻译《福尔摩斯侦探案全集》,1930年为世界书局用白话重新翻译《福尔摩斯探案大全集》。霍桑的形象被公认为中国"第一侦探",1946年出版了《霍桑探案全集袖珍本丛刊》,其中有《黄浦江中》、《活尸》、《案中案》、《黑地牢》等30种。程小青既反对描写超人式英雄,也不渲染暴力,他从正义出发将霍桑这一私家侦探塑造成智慧的化身——明察秋毫,孜孜不倦,精密细致,有科学头脑。在人物关系的处理上,程小青采用了福尔摩斯与华生医生的模式,霍桑也有助手包朗,且以包朗为叙述人,然而对福尔摩斯的模仿也束缚了创造。程小青成名于二三十年代,孙了红的反侦探小说则在40年代独领风骚,他的侦探小说曾经是十分红火的刊物《万象》的重镇,侦探人物侠盗鲁平被称为"东方亚森罗苹"。20年代出版市场有专门的侦探小说杂志《侦探世界》,出了一年就因为稿源缺乏而停止了。

上述文类以外,历史小说类有历代王朝演义。蔡东藩十年工夫(1916—1926)"演义"正史,他"以正史为经,务求确凿,以轶闻为纬,不尚虚诬","合正稗为一贯",创作从汉朝到民国的历史演义11种,总题《历朝通俗演义》,洋洋600万言。这套书深受民国时期中学教育界欢迎。他在1921年创作了《民国通俗演义》。比他更早写当代政治演义的是杨尘因。杨用历史小说的形式切入刚刚过去的生活,1916年称帝的丑剧刚刚落幕,袁世凯在6月间"龙驾升天",杨尘因70万字的长篇小说《新华春梦记》在12月份就出版了。包天笑则演绎野史,1922年的《留芳记》用梅兰芳做贯穿人物,记录袁世凯称帝前后的内幕,组织编排一些轶闻笔记于其中。这些当代演义尽管有新内容,形式仍然是传统讲史,小说家的主体意识仍不具备强大的穿透力。宫闱小说也是历史小说中的一种,专门谈宫中的一些秘闻,可算是宫闱黑幕。

第二节　张恨水的通俗小说

张恨水(1895—1967),安徽潜山人,原名张心远,初为文投稿时截取"自是人生长恨水长东"中"恨水"二字为名。1919被新文化运动感召而北上,受经济力量限制未能入北京大学读书而进入报界,遂成报人小说家。张恨水南人北居，小说中融通南北的气质也是他的魅力之一。张恨水有自己的通俗小说的现代追求，1944 年重庆文艺界给他庆祝 50 岁生日，他在《总答谢》中阐明其改良中国旧文艺的心志："新派小说，虽一切前进，而文法上的组织，非习惯读中国书、说中国话的普通民众所能接受。正如雅颂之诗，高则高矣，美则美矣，而匹夫匹妇对之莫名其妙。我们没有理由遗弃这一班人；也无法把西洋文法组织的文字，硬灌入这一批人的脑袋……而旧章回小说，可以改良的办法，也不妨试一试。"张恨水试图打通雅俗关隘，既不崇仰新派之"雅"，也不卑抑旧派之"俗"，兼收并蓄，却不能否认他仍然是从晚清传统的道路上走来，是以通俗为根基的。他的第一部有影响的长篇小说《春明外史》标志其真正踏上通俗小说创作之路，一生创作了一百多部中长篇通俗小说，发表的文字有两千多万，代表作有《春明外史》、《金粉世家》、《啼笑因缘》。

《春明外史》连载于 1924 年至 1929 年初的北平《世界晚报》，它既具有社会小说抨击揭露丑恶社会现实的特征，又有言情小说的悱恻缠绵，是晚清、民初"社会"与"言情"文类的融合，论者称之为"社会言情小说"。小说的主角杨杏园是记者，张恨水有意识地围绕他的活动与见证范围来结撰小说。他言："《春明外史》，本走的是《儒林外史》、《官场现形记》这条路子。但我觉得这一类社会小说犯了个共同的毛病，说完一事，又递入一事，缺乏骨干的组织。……我就先安排下一个主角，并安排下几个陪客。这样，说些社会现象，又归到主角的故事，同时，也把主角的故事，发展到社会现象上去。"可见是在改良传统。张恨水在章回体小说内部进行了部分革新，小说有了通篇的主心骨杨杏园，他成了社会见证人，避免了多头绪的事件堆砌造成的结构散漫，这是自晚清以来的社会小说在形式上的一个进展。针对丑恶社会现象，《春明外史》建构了一个城市平民的道德评判框架。小说用平民的视角看"春明"（用唐代京城东门的名称借代北洋军阀治下的北京），揭露总长阁员们的腐朽糜烂，对当今政要和遗老遗少的狭邪余风进行讽刺，同时也对下层贫苦者有平民式的同情，于是小说的叙述某种程度地成为北京市民的代言。

"社会言情小说"是民初通俗小说较之晚清的发展，晚清小说呈现的"社会"难免落入泥实的一味暴露，"言情"的涕泪又往往夸张失当。张恨水的《春明外史》将面对社会的冷嘲热讽与宣泄一己感伤进行综合平衡，男女主人公的言情故事贯串始终，避免了"社会相"编排的松散，是其对社会言情小说的努力完善。杨杏园与梨云、李冬青的情史赓续是虚构的基本框架，在这一"言情"层面上的叙述描写的相对完整恰恰补救了社会新闻记者随机见闻的松散游离。小说前22回中,杨杏园与风尘少女梨云之间的那段纯洁情感因后者感染病疫夭折而告终,伤逝的结局没有带来多少对生命的反思,而是让人物浸淫于涕泪与命运无常的感伤。小说从23回开始出现一位擅长词章的才女李冬青,她的女学生身份不同于梨云的雏妓身份,这标志着此类小说从狭邪情场向社交恋爱的正面转移。然而小说又故意设置李冬青身怀暗疾,她荐人替身的故事还是落入窠臼。杨杏园与李冬青的恋爱方式半新半旧,其实是张恨水文化态度的表示。小说对新旧社会现象一例地讽刺,其中对个性解放中的新女性、对白话新诗的讽刺表现出张恨水基本认同主人公杨杏园的社会态度,与五四价值观念有不少歧异。杨杏园洁身自好,是社会小说中的浊世清流,和谴责小说中旁观骂世的态度不同,他入世而不同俗、出污泥而不染。杨杏园幻想有个新旧合璧的生活,李冬青是这个新旧合璧生活理想的体现,但是她可望而不可即,他的结局只能是避世学佛而最终辞世。杨杏园的生活态度与人格在《金粉世家》中部分地转移到女主人公冷清秋身上。

《金粉世家》连载于1927年至1932年的北平《世界日报》,是现代通俗小说的扛鼎之作。小说112回,80万字,110多个人物,事件纷繁却叙述得谨严有序。作品写大家族的衰败、崩解,其叙述是跟随冷清秋、金燕西的活动展开的。叙事安排有两条交互的线索,一条是冷清秋与金燕西的恋爱婚姻,一条是家族由盛转衰。冷清秋与金燕西婚前着重叙述金燕西的全力追求,全书在金冷恋爱、结婚、冲突乃至决裂遁走的行动之间组织大家庭生活图景,叙述的重大转折在于一家之主金铨的突然病逝,此后便开始了大家族的分崩离析过程。

《金粉世家》明显地受到《红楼梦》的影响,但它是现代的家族小说,金氏家族结构与意识权威已经混合了维新成分。金府是一个经历并完成了晚清、民国之际传统帝王臣子向现代官僚转型的家庭,已经没有了贾府那样典型的传统封建家庭的氛围。金府没有"四世同堂"的家庭规模,在冷清秋进金府之前还没有第三代人。这个家庭看起来颇有维新气象,较之巴金《家》中的高家开明,其新旧意识的冲突也没有那么紧张。说明问题的是青年一代的婚姻,金燕西与冷清秋自由结合,他的三个哥哥也是自由恋爱的婚姻,根本不存在"觉民抗婚"的叙述模式。底下人如佩芳屋中的小怜主动出走,寻找自己的终生幸福,主人宽容见谅,也不存在鸣凤式的恋爱悲剧。这个家庭里甚至会听到关于"女权"的种种议论,女儿们能够有各种自主的权利,在遗产分配中也享受一份利益,姊妹们的看法能够在燕西的婚姻中起关键影响。然而,开明与相对自由挽救不了大家族的必然崩解,子弟在温柔富贵的家族蔽荫之下只能声色犬马一事无成。从家族内的人物关系看,金铨是一座冰山,他的中道倾颓是树倒猢狲散的转折关键,是热闹中的大冷落,是在新的境地里生活态度的冲突的开始。金铨死后,金家仍然是簪缨世家,百足之虫死而不僵,但分家独立已经是难免了。家族制度的改良无法挽救这个制度本身。

小说中冷清秋离开金府以后,以金太太为主要角色的金府的戏还在上演。金太太是家族体制的改良者。改良者常常面临这样的尴尬:所提倡的在实践中一定会变形,旧的未能改变,新的糟粕却很快地就与旧的融合。所以,她无法把握享受着改良成果的儿子们的价值取向。她那些只要母亲照顾、不要母亲约束的儿子们,愿意享受宽松自由的家庭内的生活,更愿意享受家庭外的新旧逸乐:花街柳巷与戏子明星,舞场戏院与咖啡厅。从理性出发,金太太希望子弟都有能力,能经济独立,但是在情感上却不免溺爱和纵容。从传统观念出发,她不愿"有伤中和"让小家庭独立,可是家族的现实生活状况逼得她不得不痛下决心"散家",但是这个散家的过程却是她的心理难以承受的。金太太一边读着佛经,一边叹着气、流着眼泪的场景不断再现,这与冷清秋的眼泪构成小说后半部的基本情感旋律。金太太想远离这纠缠痛苦的家族生活,但她即使上了西山,也无法潜心念佛。金太太的这种矛盾与痛苦,某种程度上具有了人性的深度:她不是冷清秋那样的狷者,所以有普遍性;她更不像金燕西没心没肺,能深切地感受着别人和自己的痛苦。她的母性的慈爱和她的理性观念,一直在平静的表面下激烈地斗争着,"眼看着全家的盛衰"而无能为力的心态,其复杂程度非一般人所能体会。

中国社会的现代化包含家族伦理的生活方式退出历史的渐变过程。"家族小说"是以家族伦理为框架,以一姓为主体的大家庭日常生活方式的叙述,家族子弟习惯于某种权力与经济的福荫,一家之主的政治与自然生命影响着家族生活,形成盛衰聚散的变化,这种叙述内容在前现代向现代中国社会的转型中具有史诗价值。家族小说从儒家伦理内涵看占有三伦:"父子、夫妇、兄弟",家族的现代解体是因为伦常关系变了,君臣关系不再,朋友关系扩充到更广大的社会交往,前现代社会的"世交"被更广泛的"社交"取代。"家、国、天下"的概念中间必须嵌入"社会"。而父子、夫妇、兄弟之间的状况也发生了变化,金铨去世,难得见到儿子们的"孝",兄弟们的"悌"却变成了沆瀣一气,凤举夫妇的关系戏剧性地成了放贷与债主。张恨水擅长"言情",但《金粉世家》超越"言情"而回归"人情"。从 1913 年到 1926 年,言情小说已趋于末途,《金粉世家》的好处就是让言情回归人情的通衢大道。"人情"是包罗万象的,从一个人的性格气质到精神内涵、从个人和他人的多重复杂关系衍化出一个丰富复杂的世界。家族小说的美学追求,用张恨水在小说叙述过程中的话说是"包罗万象",包括各种人际关系:父子、妻妾、妯娌、亲戚、友朋、同事、同学、主仆、帮忙帮闲的社会交际圈子……小说中过分重视人际关系常常是伦理道德危机的表现,《金粉世家》人际关系的错综矛盾正是大家庭伦理分崩离析的结果。

写上述两部长篇小说的张恨水是北方的小说名家。写长篇小说《啼笑因缘》时,张恨水已经从北平进入上海洋场,在南方鸳鸯蝴蝶派的大本营中站稳了脚跟,一举成为通俗小说市场上的巨擘,红遍大江南北。《啼笑因缘》连载于 1930 年 3 月 17—30 日的《新闻报》,同年 12 月由上海三友书社出版单行本,此后多次再版,续作有《续啼笑因缘》、《新啼笑因缘》、《啼笑因缘三集》、《反啼笑因缘》等。小说很快被改编为话剧、电影、连环画和各种地方戏剧。张恨水在《我的写作生涯》中分析其成功原因时说:"在那几年间,上海洋场章回小说,走着两条路子,一条是肉感的,一条是武侠而神怪的。《啼笑因缘》,完全和这两种不同。……是以国语姿态出现的。"

《啼笑因缘》故事性很强,叙述以青年樊家树为中心的多角恋爱。樊家树在京游学结识关寿峰、秀姑父女和唱鼓书的少女沈凤喜。樊家树对凤喜一见倾心,秀姑则对樊家树暗暗钟情,而表兄嫂一心撮合他和财政部长独女何丽娜。凤喜经不住军阀诱骗,成了刘将军的笼中鸟。樊家树南下回京后,秀姑为成全樊家树而去刘府帮工,助其相会。樊沈情感裂痕无法弥合,凤喜却被刘将军折磨发疯。刘将军见秀姑又起不良意,秀姑将计就计行刺成功。最终是关氏父女策划促成了樊家树与何丽娜。

小说在"言情"与"社会"结合的套路以外加上了"武侠"。首先是"言情",樊家树与天桥唱大鼓书的少女沈凤喜的爱情是主要线索,与何丽娜、关秀姑则是插入的情感纠葛,何丽娜的都市色彩和关秀姑的乡间传奇都使故事更为丰富,而且沈凤喜与何丽娜外表酷似,平添了许多误会与巧合的阅读趣味。这部小说在言情上的突破是集中笔墨"言"人格心理,沈凤喜迫于刘将军的威势而服从,其软弱动摇的人格与心理表白则在章回小说的套路之外,有契合沈凤喜身份的北方鼓书和南方评弹的细腻说表的风味。小说的艺术资源有传统的成分,即将曲艺的说表细腻的艺术融入小说,有别于西方小说的心理描写。其次论"社会",吸引人的地方首先在于地方风俗人情,北京风物尤其是天桥风景有不同于上海老城隍庙和苏州玄妙观的韵味。社会批判则集中指向官方,特别是刘将军代表的军阀势力,他强夺沈凤喜引起读者的普遍憎恨。最后是"武侠",这与对社会的反抗相一致,关寿峰父女锄强扶弱、山寺除奸让读者有大快人心之感,更重要的是张恨水让那种与现实世界没有多少关系的武侠介入当代现实社会生活。现实生活不是封闭的,《啼笑因缘》也有一个开放的结尾,主人公的结局比《金粉世家》中冷清秋的峰回路转开放度更大。

抗战时期,张恨水继续对章回体小说进行改良。《丹凤街》专为下层小贩立传,写菜贩童老五为首的义士救助被卖给赵次长的秀姐,讴歌其疾恶如仇和重然诺、轻生死的美德。小说不再是言情加武侠,而是统之以民间"侠义"思想。《八十一梦》连载于1939年底至1941年春重庆《新民报》副刊《最后关头》,1943年9月由重庆新民报社出版单行本。小说以梦幻奇谭表达社会讽刺想象,十四个梦指向国难期间大后方的种种丑陋现象。它有晚清谴责与幻想的风范,丰富的想象力与道德正义感是其特色。

【导学训练】

1. 比较"鸳鸯蝴蝶"的婚姻恋爱问题与五四个性解放的自由恋爱、婚姻自主。
2. "黑幕小说"的暴露方式与批判现实主义的异同。
3. 比较《断魂枪》与武侠小说、《月牙儿》与狭邪小说处理通俗题材的差异。

【研讨平台】

二三十年代新文学与通俗文学的"对立衍生"态势

提示:新文学在20年代很少抓住大众读者,旧派通俗小说家其实也濒于技穷,于是都揣摩对方的优势,相互汲取可以利用的因素,这就衍生出新的内容与形式。大要而言,一是文艺大众化问题讨论持续了四年,新文学家意识到可以鄙视旧小说,但不能瞧不起大众读者,描写对象不能总是知识分子。二是新旧刊物的壁垒森严面缓解。老舍30年代的一些短篇小说发表在《良友》上。叶灵凤的《时代姑娘》和《未完的忏悔录》连载于有浓厚通俗气息的《时事新报·青光》上。张资平在30年代初已成为通俗的三角恋爱模式专家,一些作品发表在旧派期刊上,如《人兽之间》、《我是苦力》。他的小说成了西方文学的技巧、言情的内容情节、冲决道德约束的本能的三位一体。他和张恨水的作品,是学生时代张爱玲们的流行读物。三是在对峙与融合中,作家群体的态度与盛衰发生变化。旧派的通俗小说到30年代已走下坡路,作家与刊物的影响都今非昔比。民初作家搁笔,包天笑那样写到40年代的极少,北方的后起之秀才刚刚露头;通俗时尚难以持续，民初的哀情、20年代的武侠的潮涌已退下滩去。同时，都市商业性文学生产机制破坏其责任感，粗制滥造加上影射谩骂，张秋虫《海市人妖》等竟以此著称。《申报·自由谈》主持人由黎烈文替代了周瘦鹃，虽然周又办了《春秋》，影响到底不如前者。四是20年代新文学显示精神超越与细腻的现代技巧，但无力将笔触遍及旧派通俗小说涉及的生活领域；30年代新文学对通俗内容显示了审美的包容力，凡旧派涉及的题材无不能写。他们不再执著于"身边"、"问题"与相对狭窄的乡土题材。都市的、乡村的、现代的、历史的、知识阶层的、世俗的、个人的、家族的，林林总总无不进入其审美视界。穆时英能同时在大众化与先锋派两个方向上进行探索，《南北极》的叙述与对话用大众口语体现了新文学小说的张力。老舍、李劼人的大众化介入方式更为复杂。老舍与通俗小说有许多共同的题材，他出色地描写着市民生活，笔下也有武侠、妓女、大鼓娘、三角恋爱。《死水微澜》、《暴风雨前》、《大波》三部曲是1936—1937年间小说的巨著，郭沫若说"李劼人这样写实的大众文学家，用着大众语写着相当伟大的作品"①。他们的笔下已经衍生出"现代大众小说"的轮廓。

【拓展指南】

范伯群：《中国现代通俗文学史》（插图本），北京：北京大学出版社2007年版。

简介：作者认定通俗小说的基本读者是现代市民，通俗小说与传统和现代的关系为"继承改良派"，而新文学则是"借鉴革新派"。现代通俗小说的发达与中国现代印刷出版业的文化生态紧密联系。《海上花列传》是中国现代通俗小说的开山之作。发端于晚清的现代期刊第一波，推动着晚清谴责小说，也引发了通俗社会小说的现代化和言情小说的滥觞。辛亥前后到五四时期的现代期刊第二波，是中国现代通俗小说中的"鸳鸯蝴蝶式文学的极盛时期"，这一阶段新文学刚刚兴起，其后新文学家对《礼拜六》等的批判并没有在全面估量的基础上进行。1921年新旧文学分道扬镳，《小说月报》改组，一大批专门的通俗文学杂志创刊，带来言情、社会、历史、武侠小说的繁盛。这一阶段的通俗小说已经不止于鸳鸯蝴蝶式的婚姻爱情问题，写上海都市生活的作品形成一股"都市乡土小说"热潮，展示的是中国都市化过程中乡村移民从乡民到市民的衍生与变化。现代通俗小说的大宗当然是"海派"，但是20年代以后北方的通俗小说的成就与影响也不小。三四十年代的通俗小说描写社会，其创作主体在不断地分化，新市民小说的通俗性与原来意义上的通俗小说已经有些貌似神离了。

【参考文献】

1. 〔美〕韩南：《中国近代小说的兴起》，上海：上海教育出版社2004年版。
2. 陈平原：《二十世纪中国小说史》（第一卷），北京：北京大学出版社1989年版。

---

① 郭沫若：《中国左拉之待望》，1937年《中国文艺》第1卷第2期。

3. 陈平原、夏晓虹编:《二十世纪中国小说理论资料》(第一卷),北京:北京大学1997年版。

4. 范伯群、孔庆东:《通俗文学十五讲》,北京:北京大学出版社2003年版。

5. 徐德明:《中国现代小说的雅俗流变与整合》,北京:社会科学文献出版社2000年版。

6. 吕文翠:《海上倾城——上海文学与文化的转异1849~1908》,台湾:麦田出版公司2009年版。

7. 魏绍昌编:《鸳鸯蝴蝶派研究资料》,上海:上海文艺出版社1962年版。

8. 芮和师等编:《鸳鸯蝴蝶派文学资料》,福州:福建人民出版社1984年版。

第十六章　40年代的文学运动

抗日战争爆发,中国现代文学进入了新的发展阶段。国统区在"中华全国文艺界抗战协会"和军委会政治部第三厅等组织机构领导下,"文章下乡、文章入伍",开展形式多样的抗日救亡运动,以不俗的创作成绩有力地配合了抗战。解放区于1942年5月在延安召开了文艺座谈会,毛泽东发表《在延安文艺座谈会上的讲话》,倡导为工农兵服务的文学,中国现代文学出现了新的气象。

第一节　国统区的文学运动

1937年7月7日,日本侵略者发动了"七七事变",标志着中国抗日战争的全面爆发。在国统区,文学界1938年3月27日在武汉成立了"中华全国文艺界抗战协会",简称"文协"。这是继戏剧界抗敌协会之后成立的规模最大的全国性的文艺团体。大会选出郭沫若、茅盾、巴金、朱光潜、张道藩等45人为理事,周恩来、孙科、陈立夫为名誉理事。理事会推选老舍任总务部主任,主持日常事务。大会通过了《中华全国文艺界抗敌协会宣言》、《中华全国文艺界抗敌协会简章》等文件,提出"文章下乡、文章入伍"的口号。"文协"的成立,标志着文艺界最广泛的抗日民族统一战线的形成。

"文协"在成立之初,多次派遣作家战地访问团到各战区访问、慰劳和宣传,推动作家深入现实斗争。"文协"组织编写了通俗读物50多种、《抗战小丛书》40多种,就文学如何为抗战服务多次举办学术座谈会、讨论会、报告会。"文协"在广州、成都、昆明、桂林、香港、延安、贵阳、上海等地设立数十个分会。"文协"总会和各地分会先后创办了各自的会刊,影响大的有文协总会会刊《抗战文艺》和茅盾主编的《文艺阵地》。大批的爱国作家、艺术家汇聚在"文协"的旗帜下,进行各类活动和创作,使抗战初期的文艺活动呈现出生气蓬勃的气象。

1938年4月,郭沫若主持的军委会政治部第三厅在武汉成立。第三厅组织多种形式的街头宣传演讲和文艺演出,并到前线战场巡演。先后有9个抗敌演剧队、4个抗敌宣传队(后合并为10个"抗敌演剧宣传队")、1个孩子剧团和电影放映队到各地宣传抗日救国,演剧活动持续了十一年之久。

1940年郭沫若为抗议政府当局强迫第三厅加入国民党,选择离开,在重庆另组"文化工作委员会"。这个委员会主要成员有阳翰笙、老舍、茅盾等人,下设国际问题研究、敌情研究、艺术研究(包括戏剧、诗歌、音乐和美术等)三个组开展活动。重庆成了抗争时期大后方一个重要的文化中心。

从1937年11月淞沪抗战失败到1941年12月8日太平洋战争爆发,上海英、法等国的租界尚未被日本占领,成了沦陷区中的一座"孤岛"。进步文艺工作者利用"孤岛"的特殊条件进行多种形式的抗日救亡文艺活动,开展对"大东亚文学"和"和平文学"的批判,刊行抗日爱国的文艺作品,出版了《鲁迅全集》、《大时代文艺丛书》、《西行漫记》等,又创办《杂文丛刊》、《鲁迅风》等刊物,积极展开对敌斗争。

抗战时期,形势紧急,新的问题大量出现,国统区进步文艺界就文艺的民族形式问题、现实主义与"主观"问题等进行了讨论甚至是激烈的争论。

抗战初期,国统区文艺界先后召开了关于"通俗文艺问题"、"宣传、文学、旧形式的利用"、"关于'旧瓶装新酒'的创作方法"等问题的座谈会。茅盾的《关于大众文艺》、南桌的《关于"文艺大众化"》、何容的《旧瓶释疑》等,提出了文艺大众化、旧形式利用的问题,充分肯定了文艺大众化的意义,主张批判地利用"旧形式",推动文艺的大众化。1939年和1940年,毛泽东先后发表了《中国共产党在民族革命战争中的地位》和《新民主主义论》,就马克思主义在中国的发展提出了"新鲜活泼的为中国老百姓所喜闻乐见的中国作风和中国气派"和"民族形式"的问题,关于文艺的"民族形式"问题的讨论便在国统区更深入地展开起来。向林冰发表《论"民族形式"的中心源泉》,主张"应该在民间形式中发现民族形式的中心源泉"。他认为民间文学形式"是创造民族形式的起点,而民族形式的完成,则是运用民间文学形式的归宿",所以民间形式应该"成为创造民族形式的'主流'"。① 葛一虹则将五四以来的新文学看做民族形式创造的"中心源泉"。在《民族形式的中心源泉在所谓"民间形式"吗?》一文中,他将中国旧的艺术形式一律视为"濒于没落文化的垂亡时的回光返照"、"只是历史博物馆里的陈列品",并断定它"必归于死亡",全盘否定了民族文化遗产,并将五四新文学与大

---

① 向林冰:《论"民族形式"的中心源泉》,《大公报》1940年3月24日。

众脱离的原因归咎于"大众的知识程度低下",在此基础上他说:"目前我们迫切的课题是怎样提高大众的文化水准……是继续了五四以来新文艺艰苦斗争的道路,更坚决地站在已经获得的劳绩上,来完成表现我们新思想新感情的新形式——民族形式。而这样的形式才是真正的新鲜活泼为老百姓喜闻乐见的中国作风与中国气派。"①1941年《新华日报》社举办了"民族形式"问题座谈会,促进了"民族形式"问题讨论的深入。此时的焦点已不再是中心源泉问题,而是"民族形式"的内涵问题。郭沫若将创造民族形式的中心源泉定格在了"现实生活"之上,认为"今天民族现实的反映,便自然成为今天的民族文艺的形式"②。潘梓年也认为:"民族形式问题的提出,主要的要求是文艺活动与抗战建国的具体实践相结合,就是说,要用大众自己的语言来描写大众自己为独立、自由、幸福而斗争的战斗生活,并为大众所享受。"③茅盾认为:"新中国文艺的民族形式的建立,是一件艰巨而久长的工作,要吸收过去民族文艺的优秀传统,更要学习外国古典文艺以及新现实主义的伟大作品的典范,要继续发展五四以来的优秀作风,更要深入于今日的民族现实,提炼熔铸其新鲜活泼的质素。"④这次讨论持续了一年多,在文艺界产生了广泛影响。

现实主义和"主观"问题的讨论开始于1945年初,一直延续到1950年代前期。1945年1月,胡风在他主编的《希望》上发表了《置身在为民主的斗争里面》。胡风认为现实主义没有在当时获得应有的发展,主要原因是存在着"客观主义"和"主观主义"。克服这两种不好的倾向的关键,是提倡"主观精神与客观真理结合或融合"的"现实主义"。他说:"在对于血肉的现实人生的搏斗里面,被体现者被克服者既然是活的感性的存在,那体现者克服者的作家本人底思维活动就不能够超脱感性的机能。"这"一方面要求主观力量的坚强,坚强到能够和血肉的对象搏斗,能够对血肉的对象进行批判","另一方面要求作家向感性的对象深入,深入到和对象的感性表现结为一体"。深入的过程,也是作家"不断的自我扩张过程,不断的自我斗争过程",即"作家底主观一定要主动地表现出或迎合或选择或抵抗的作用,而对象也要主动地用它底真实性来促成、修改、甚至推翻作家底或迎合或选

---

① 葛一虹:《民族形式的中心源泉是在所谓"民间形式"吗?》,《新蜀报》1940年4月10日。
② 郭沫若:《"民族形式"商兑》,《大公报》1940年6月9—10日。
③ 潘梓年:《民族形式与大众化》,《新华日报》1940年11月4日。
④ 茅盾:《旧形式、民间形式与民族形式》,《中国文化》第2卷第2期,1940年9月25日。

择或抵抗的作用"。经过这样的斗争,"对象才能够在血肉的感性表现里面涌进作家底艺术世界","作家底思想要求才能和对象底感性表现结为一体",从而使所创造的艺术世界"真正是历史真实在活的感性里的反映"。[1] 胡风的文章发表后,连同与他意见相近的舒芜的《论主观》等文章,一起受到一些左翼文艺家的质疑,邵荃麟、林默涵、胡绳等在香港出版的《大众文艺丛刊》上发表批评文章,胡风又写了《论现实主义的路》作了回应。这一论争反映了左翼文艺界内部在现实主义问题上不同流派思想的分歧,论争一直延续到1950年代前期。

在文艺界统一战线内部,由于立场和观点不同,也发生过一些论争。

1938年12月,梁实秋在他主编的《中央日报》副刊上发表《编者的话》,提出:"现在抗战高于一切,所以有人一下笔就忘不了抗战。我的意见稍为不同。于抗战有关的材料,我们最为欢迎,但是与抗战无关的材料,只要真实流畅,也是好的,不必勉强把抗战截搭上去。至于空洞的'抗战八股',那是对谁都没有益处的。"[2] 罗荪、宋之的、张天翼等撰文批评梁实秋的观点,强调作家应该去发掘现实生活中与抗战有关的东西,而克服"抗战八股"的办法,也应该是对时代把握得更紧、更深入。

"战国策派"是40年代初以西南联大和云南大学的林同济、陈铨等一批教授为主的文人团体,其著述囊括了政治、经济、社会、历史、法律、伦理、文学、教育、地理等方面。他们主张"权力意志论",提倡"尚力"与"唯意志"观,强调"国家至上,民族至上","意志集中,力量集中"。文艺方面,他们提倡反理性的"恐怖·狂欢·虔恪"为创作的三母题。陈铨的剧本《野玫瑰》把国民党的间谍视为民族英雄来歌颂,受到国民党的学术审议会的奖励。左翼文艺阵营则批判"战国策派"是一个法西斯主义的团体,服从于国民党的专制统治的需要。这种批判一直延续下来,直到20世纪末,学术界才出现了希望理性研究"战国策派"的声音。[3]

第二节 解放区的文学运动

1942年5月,中共中央在延安整风运动的基础上召开了文艺座谈会,

---

[1] 胡风:《置身在为民主的斗争里面》,《希望》1945年创刊号。
[2] 梁实秋:《编者的话》,《中央日报》副刊《平明》1938年12月1日。
[3] 参见温儒敏、丁晓萍编:《时代之波——战国策派文化论著辑要》,北京:中国广播电视出版社1995年版。

毛泽东在会上发表了《在延安文艺座谈会上的讲话》(以下简称《讲话》)。《讲话》把马克思主义基本原理同中国革命具体实际相结合,运用辩证唯物主义和历史唯物主义的世界观和方法论,阐明了中国共产党对文艺的基本方针,论述了文艺与人民、文艺与政治、文艺与生活、文艺与时代、内容与形式、继承与创新、普及与提高、世界观与文艺创作等一系列重要问题。

毛泽东提出革命的文艺要为人民大众服务,首先要为工农兵服务;而要做到这一点,作家必须改变自己的思想感情,把立足点转移到无产阶级方面来。《讲话》强调人民的生活是"一切文学艺术的取之不尽、用之不竭的唯一的源泉",要求文艺工作者"到唯一的最广大最丰富的源泉中去,观察、体验、研究、分析一切人,一切阶级,一切群众,一切生动的生活形式和斗争形式,一切文学艺术的原始材料",在"深入工农兵群众、深入实际斗争的过程中,在学习马克思主义和学习社会的过程中"改造思想,获取丰富的艺术源泉,并吸收古今中外的优秀文学遗产,然后才能创造出真正为人民大众喜闻乐见的作品。《讲话》所阐述的文艺思想,是对中国左翼文艺运动以来文学发展经验的历史总结,是马克思列宁主义文艺理论在中国的一个重大发展。它所确立的原则,成了中国共产党制订文艺政策的理论依据和指导方针,对后来的文学发展产生了重大而深远的影响。

晋绥根据地较早地传达了《讲话》精神。根据地党委根据《讲话》精神和党中央的具体指示,学习《讲话》精神,开展整风运动。主要是解决革命队伍内部的思想作风问题,改造小资产阶级知识分子意识,克服知识分子身上固有弱点,实现与革命的结合、与群众的结合。经过学习整顿,广大文艺工作者纷纷深入基层,参与根据地革命实际斗争,了解农民的思想感情,学习农民的优良品质。

在太行、太岳根据地,通过对《讲话》的学习,纠正了主观主义、宗派主义和党八股的错误思想倾向。晋察冀边区于1942年5月掀起整顿三风的热潮,开展了对"人性论"、"艺术价值论"、"政治落后于艺术论"、"'化'大众论"、"艺术至上主义"等文艺观点的批判,推动这一地区文艺整风运动的开展,促进文艺工作者深入基层,繁荣文学创作。

延安文艺整风运动中,还发生过一件影响很大的事,即批判王实味等人的文艺思想。从1941年到1942年上半年,王实味、丁玲、艾青、萧军、罗烽等人,在延安《解放日报》文艺副刊和《谷雨》、《文艺月报》等刊物上发表了一批文章和一些小说,其中影响大的有王实味的《政治家·艺术家》、《野百合花》,丁玲的《我们需要杂文》、《三八节有感》、《在医院中》,罗烽的《还是杂文的时代》，萧军的《论同志之"爱"与"耐"》等。这些人的思想观念中有不少共同点，一是反对文学成为政治的附庸，二是认为边区充满光明，但也不可避免地存在阴暗与缺陷，三是强调文艺的特殊性、文艺反映生活的真实性与形象性，反对文艺"粉饰和欺骗"。延安文艺界在战争的环境中，为了迅速统一内部的思想，未及细致地辨别文艺问题的复杂性，就对这些人展开了猛烈的批判。《解放日报》发表大量批判王实味的文章，中央研究院多次召开揭发批判王实味的各种会议，王实味被定性为"反革命托派奸细分子"、"暗藏的国民党探子、特务"、"反党五人集团成员"。丁玲的《在医院中》和《三八节有感》，以及其他作家的一些作品，也受到批评。对王实味的批判，留下了深刻的历史教训，它告诫人们：不能对文艺问题采取简单化的处理方法，不能把文艺论争变为政治斗争。这种极端政治化的文艺斗争方式，给解放区文学以至以后中国文学的发展带来了许多负面的影响。

为了更好地贯彻落实毛泽东的《讲话》思想，解放区的文艺理论工作者提出了"向赵树理方向迈进"的口号。"赵树理方向"的提出，进一步推动了工农兵文学运动的发展。各抗日民主根据地采取多种措施，举办多种形式的奖评活动，推动工农兵文学运动的开展。

在《讲话》精神指导下，经过解放区文艺整风和广大文艺工作者的共同努力，解放区形成了声势浩大的工农兵文学运动。这一文学运动具有鲜明的时代特色。首先是群众文艺运动空前高涨，许多村庄建立了俱乐部，组织业余剧团、秧歌队，开展多种形式的文艺创作和文艺宣传活动。其次，作家深入基层、深入生活、深入前线，创作出了一批崭新的人民文艺作品。丁玲、周立波等从国统区来的作家取得了新的成就，赵树理成了解放区文艺的杰出代表。再次，对马列主义文艺理论的译介和宣传取得了新的成绩，这成了推动工农兵文学运动发展的重要理论资源。

工农兵文学运动催生了"新的人民的文艺"，其成果集中体现在《中国人民文艺丛书》的编纂与出版发行上。1948年由周扬主持编纂了《中国人民文艺丛书》，先后参加编选工作的有柯仲平、陈涌、康濯、赵树理、欧阳山等。这套丛书选编了解放区历年来，特别是1942年延安文艺座谈会以来的各种体式的优秀作品。丛书收入的戏剧作品（包括秧歌剧、新歌剧、话剧、新平剧、新秦腔等）有鲁迅文艺学院集体创作、贺敬之和丁毅执笔的《白毛女》及延安平剧院集体创作的《逼上梁山》等27种，通讯报告有周而复等人的《诺尔曼白求恩片断》等7种，小说有丁玲的《太阳照在桑干河上》、周立波的《暴风骤雨》、赵树理的《李有才板话》等 16 种,诗歌作品有李季的《王贵与李香香》等 5 种,曲艺有韩起祥的《刘巧团圆》等 2 种。

周扬高度评价了人民文艺,他说:"毛主席的《在延安文艺座谈会上的讲话》规定了新中国的文艺方向,解放区文艺工作者自觉地坚决地实践了这个方向,并以自己的全部经验证明了这个方向的完全正确","解放区的文艺是真正的人民的文艺"。①

【导学训练】

1. "民族形式问题讨论"有何启示?
2. 如何评价毛泽东的《在延安文艺座谈会上的讲话》?
3. 如何认识工农兵文学运动的文学史意义?

【研讨平台】

《在延安文艺座谈会上的讲话》的历史评价问题

提示:由于1949年以后文艺发展过程中产生了一些重大失误,到"文革"结束后,人们开始反思历史的经验教训,提出了如何科学地、历史地评价《讲话》的问题。第四次全国文代会召开,邓小平代表中共中央致《祝辞》,提出了文艺要"为最广大的人民群众"服务的观点,这是减少"左"的政治对文艺干预的一个意义重大的举措。以此为契机,学术界对《讲话》的"文艺为政治服务"的观点提出了批评意见,极大地解放了文艺生产力,促成了新时期初文艺的繁荣和发展。当然,这些质疑和批评并没有从根本上否定《讲话》的历史价值和总体理论意义。

《讲话》是一份历史文献,更是中国共产党领导文艺实践运动的一个理论总结,是与中国现代革命史紧紧联系在一起的。因此,对《讲话》的评价,只能是历史的、理性的、实事求是的。到20世纪初,学术界对《讲话》的评价就体现了这样的历史与理性相统一的精神。

【拓展指南】

1. 温儒敏、丁晓萍编:《时代之波——战国策派文化论著辑要》,北京:中国广播电视出版社 1995 年版。

简介:全书34万字,是在林同济编的《时代之波》(1944)基础上增加部分篇幅,作为汤一介主编的"二十世纪中国文化论著辑要丛书"之一出版的。书中遴选收入了"战

---

① 周扬:《新的人民的文艺》,《中国现代文学运动史料摘编》(下),北京:北京出版社 1985 年版,第 357 页。

"国策派"核心人物林同济、雷海宗、陈铨、陶运逵、何永佶、岱西和贺麟等人的43篇文章。这些文章大体上表达了"战国策派"的文化主张和人文理念。书前由编者撰写的代前言《"战国策派"的文化反思与重建构想》,分别从"战国时代重演"论与民族性格自审、意志哲学的移用于文化重建的构想、狂飙运动的借鉴与五四新文化反思和民族文学运动的提倡四方面,从学理视角重新评价"战国策派"在文化重建上的价值与意义。

2.黄曼君主编:《毛泽东文艺思想与中国文艺实践》,武汉:华中师范大学出版社2002年版。

简介:全书50万字,分导论、孕育篇、奠基篇、发展篇、波澜篇、特征篇、比较篇等,比较系统地阐释了毛泽东文艺思想的生成、发展和特征,全面地论述了毛泽东文艺思想对中国文艺实践的巨大历史影响和伟大理论价值,同时论析了毛泽东文艺思想与中外古今文艺思想的关系。与40年代的文学运动紧密相关的"奠基篇",叙述了在解放区整风运动背景下召开的延安文艺座谈会,毛泽东在会上发表了《讲话》,标志着毛泽东文艺思想的形成。解放区开展轰轰烈烈的工农兵文艺运动,取得了新人民文艺的胜利。《讲话》对国统区的文艺运动也产生了重大影响,并在更大的范围里影响到了随后的人民共和国文艺的发展。

【参考文献】

1.刘增杰主编:《中国解放区文学史》,开封:河南大学出版社1988年版。
2.苏光文:《大后方文学论稿》,重庆:西南师范大学出版社1994年版。
3.《中国解放区文学书系》,重庆:重庆出版社1992年版。
4.《中国抗日战争时期大后方文学书系》,重庆:重庆出版社1989年版。

第十七章　解放区文学新气象

在《在延安文艺座谈会上的讲话》精神的指引下,解放区文艺工作者深入前线、深入基层、深入生活,开展了轰轰烈烈的工农兵文学运动。他们按共产党人的世界观改造自己,从最广大的人民群众的生活和斗争中发掘创作的题材,用中国老百姓所喜闻乐见的风格创作,写出了大量新颖的作品,代表了"新的人民的文艺"的成绩。

第一节　赵树理与"工农兵方向"

赵树理(1906—1970),原名赵树礼,出生于山西省沁水县一个贫苦农民家庭。他的祖父信奉佛教,父亲是个"万宝全"式的人物。赵树理从小参加村里的八音会,会唱上党梆子,演奏各种民间乐器。1925年,考入山西省立第四师范学校。在共产党人王春、常文郁等人的启发教育下,他接受新文化、新文学,秘密加入了中国共产党,并对文学产生了浓厚的兴趣。

1927年"四·一二政变"后,山西实行白色恐怖,赵树理因地下党员常文郁被捕而遭通缉,逃离学校避难。1929年春天被捕,被关押在国民党山西省党部的"自新院"。1930年获释后,流浪于太原等地。早期作品《悔》和《白马的故事》欧化倾向严重。1932年,发表长诗《歌生》,标志他的创作开始转向大众化、口语化。赵树理声称要"夺取封建文化阵地",不做"文坛文学家","只想上'文摊',写些小本子去赶庙会"。[①] 1937年"七七事变"爆发,他由太原回到家乡,参加了牺盟会,重新加入中国共产党。此后长期在太行山抗日根据地从事抗日宣传工作,发起成立了"通俗化研究会",倡导通俗化、大众化的文学。受《讲话》的鼓舞,他写出了《小二黑结婚》、《李

[①] 李普:《赵树理印象记》,黄修己编《赵树理研究资料》,太原:北岳文艺出版社1985年版,第19页。

有才板话》《李家庄的变迁》等小说,成为解放区实践工农兵文学方向的一面旗帜。

《小二黑结婚》是赵树理的成名作,写于1943年5月,同年9月由新华书店出版发行。彭德怀题词:"像这样从群众调查研究中写出来的通俗故事还不多见。"小说出版后,获得众多读者的喜爱,仅在太行区一地就销行三四万册。此后还不断被改编为曲艺、戏剧和电影,影响深远。

《小二黑结婚》讲叙的是一对青年男女为争取恋爱自由和婚姻自主而与封建思想和基层恶霸势力进行斗争并取得胜利的故事。作品讴歌了青年农民的自由恋爱和农村中新生力量的成长,揭露了封建恶霸势力,批判了老一代农民封建落后的思想,是一曲新社会、新思想的颂歌。婚姻恋爱是文学的一个永恒主题,但赵树理的《小二黑结婚》已不同于五四时期的"娜拉出走"和1930年代的"革命加恋爱",而是以喜剧的结局,歌颂了新社会和新人物。这在新文学史上具有重要的创新意义,正如周扬在《论赵树理的创作》一文中所指出的:"作者是在这里讴歌自由恋爱的胜利吗?不是的!他是在讴歌新社会的胜利(只有在这种社会里,农民才能享受自由恋爱的正当权利),讴歌农民的胜利(他们开始掌握自己的命运,懂得为更好的命运斗争),讴歌农民中开朗、进步的因素对愚昧落后、迷信等等因素的胜利,最后也最关重要,讴歌农民对封建恶霸势力的胜利。"①

小二黑和小芹是中国新文学中最早出现的新农民形象。他们是小说中的主人,也是生活中的主人、时代的主人。他们不仅年轻富有朝气、心灵纯洁健康、性格朴实开朗,更主要的是具有新时代青年的特质。小二黑是村里青抗先队长、民兵英雄,在一次反扫荡中打死过两个敌人,受到边区政府的奖励。小芹是一个活泼大方、端丽秀美的农村姑娘。由于家庭环境和所受教育的影响不同,小二黑表现得较为和善,有时还有些腼腆,而小芹则更为泼辣,而他们反对父母包办婚姻、反抗黑暗势力的斗争性格则又是相通的。他们信任人民政权,敢于为自己的美好生活而斗争,把个人自由、幸福同革命事业联系起来,最终取得了胜利。作者歌颂了青年人的胜利、新政权的胜利,对当时的广大农村青年起到了很大的鼓舞和教育作用。

三仙姑和二诸葛是小说中塑造得最成功的人物形象。二诸葛讲究阴阳八卦,处处迂腐可笑,三仙姑经常装神弄鬼,打情卖俏。二诸葛给儿子买了个童养媳,三仙姑把女儿卖给了一个老男人,都反对儿女的自由恋爱。但二

---

① 周扬:《论赵树理的创作》,《解放日报》1946年8月26日。

诸葛心地善良,本质朴实,往往是好心办错事。他反对儿子与小芹好,是因为认为他俩命相不合。在事实教育下,他终于改变了态度。三仙姑行为放荡,品质粗俗。她是怕小芹妨碍了她与青年后生们的调情与鬼混,所以带有报复心理把小芹卖给年老的旧军官做填房。作家尖锐地嘲讽了她的错误思想,同时也写出了她的羞耻感和自尊心。二诸葛和三仙姑最终以不同的方式和旧思想旧习俗决裂了。作者通过这两个人物的转变,表现了新社会对封建思想和旧的道德习俗的彻底否定,歌颂了新思想、新道德的胜利。

兴旺兄弟是根据地农村封建残余势力的代表。他们混进新政权后,劣性不改。当图谋侮辱小芹、报复小二黑的恶行暴露后,他们被区政府扣押判刑。小说在当时的背景下提出了坏人混入新政权的问题,显示了赵树理难能可贵的现实批判精神。

《小二黑结婚》以鲜明的民间艺术特色标志着一种通俗化、大众化的时代风格的形成。它在情节和结构的安排上注重故事性,讲究故事的有头有尾、首尾连贯、环环紧扣、波澜起伏,在一个大故事里套几个小故事。作者又善于用小故事刻画人物的性格,如用"米烂了"写三仙姑的变态与作假,通过"不宜栽种"写二诸葛的迷信迂腐。在这些故事的叙述中,包含了善意的嘲讽与幽默。小说较少心理描写,也不注重肖像的描写,而是把人物放到矛盾冲突中去,通过他们的行动来刻画性格,写得简练而流畅。最值得称道的是,小说以清新活泼、地地道道的农民口语为基础,广泛吸收了民间语汇和修辞手法,形成了通俗、朴素、顺畅、机智和明快的语言风格,富有浓郁的生活气息和地方色彩。

继《小二黑结婚》以后,赵树理于1943年10月又创作了中篇小说《李有才板话》。《李有才板话》从更为广阔的社会背景上展现了抗日战争最艰苦的时期,根据地农村地主与农民之间尖锐复杂的矛盾和斗争,热情歌颂了解放区农民的斗争精神和他们的胜利。赵树理的个人风格由此表现得更为鲜明。

小说以浓重的笔墨描写了农村革命力量的发展壮大,反映了变革时期农村阶级关系的新变化。在共产党领导下,农村民主政权逐步稳固。觉醒起来的农民群众已成为具有初步革命意识的新型农民。李有才爱憎分明,性格坚强,对地主阶级的压迫既敢于反抗,又善于斗争,在日常生活中积累了丰富的经验。在没有把握取胜时,他能忍耐,不轻举妄动,细心观察,等待时机,同时还尽量采用一些可能奏效的办法进行斗争。如抛"冷话"、编快板,以幽默风趣的语言表示对地主阶级的不满,表现他的鲜明是非感和强烈爱憎。这种快板由"小字辈"人物传开去,成了揭露敌人的有力武器,使地主阎恒元的阴谋诡计无法得逞。正因为如此,阎恒元才把他看做是眼中钉,决心把他撵走。但这是枉费心机的,因为阎恒元无法一手遮天,"小字辈"仍在斗争。李有才人称"气不死",是老槐树下的头号"能人",是农民中的诸葛亮。他集中了老一辈农民身上那种顽强的革命要求与务实态度,强烈的反抗意识和遇事不慌、等待时机复仇的坚韧性格。这样的人物性格,在赵树理之前不曾有过,所以李有才形象的出现在中国现代文学史上具有重要意义,它表明中国新文学进入了一个新的阶段。

《李有才板话》中的阎恒元是封建势力的代表。抗战前他长期把持村政权;抗战期间,阎家山虽然成了抗日根据地,建立了民主政权,但村政权仍然操纵在他手里。他伪装开明、守法,骗得章工作员的信任,他和他的儿子都当上了村政府的委员。他们骗取了"模范村"的招牌,招摇撞骗,为非作歹,捆人打人、罚钱、押地、瞒上欺下,抵制党的减租减息的政策,把阎家山搞得乌烟瘴气。然而,以李有才和"小字辈"为代表的广大农民群众,在县农会主席老杨的组织领导下,经过曲折复杂的斗争,终于识破了阎恒元的阴谋,清算了他们的罪行,纯洁了民主政权,使阎家山发生了根本的变化。这说明即使在人民已经掌握政权的解放区农村,封建地主势力仍不甘心灭亡,他们为了适应新的环境,必然改变斗争策略,采取更加隐蔽、更加阴险的手法妄图维持他们的统治,解放了的农民不可放松对他们的警惕性。这在当时具有重大的现实意义。

农村基层政权的建设是解放区的一个根本问题,农村基层政权的严重不纯主要是地方上封建势力的破坏,但也不可否认农民掌握村政权以后会面临新的考验与选择。赵树理以他敏锐的洞察力,发现农民由民主选举参与村政权的领导工作后,仍有蜕化变质的危险。小说中的陈小元,就是农民当村干部后蜕化变质的典型。陈小元原来也是"小字辈"里的穷人,在改选村干部时,李有才曾策划鼓动"小字辈"推选他当干部。但他当干部后,很快被阎恒元拉拢下水,开始变质腐化。比如他自己不劳动,随意派穷哥们的差。从陈小元这个形象身上,可以看出赵树理表现生活所达到的深度。他最早提出解放区农民当家做主当干部以后需注意自身改造的问题,有着深远的历史意义。

解放区农村的政权建设及各项工作都是依靠党的干部到农村发动群众完成的,中国共产党派往农村的干部的素质和工作作风就是一个举足轻重的问题。在《李有才板话》中，作家通过塑造老杨和章工作员两个形象说明了这个问题。章工作员是最早出现的官僚主义者的形象，他对当时农村阶级斗争的复杂性认识不足，存在严重的主观主义，客观上成了老奸巨猾的恶霸地主阎恒元的保护人。老杨是县农会主席，是一个优秀的农村干部。他具有朴素的阶级感情、鲜明的群众观点、高度的政策水平和敏锐的观察能力，生活上艰苦朴素，工作中任劳任怨。他一到阎家山就弄清了"模范村"的秘密，斗倒了阎恒元，农民获得了真正的翻身解放。老杨是中国现代文学史上最早出现的优秀党员干部形象。赵树理赞颂了调查研究、实事求是的工作作风，批评了官僚主义干部。这在解放区的文学创作中具有不可低估的开拓作用。

《李有才板话》故事完整，叙述有头有尾，来龙去脉交代得清清楚楚。作者从李有才写起，由他引出了阎家山各种类型的人物，接着叙述了这些人物之间的矛盾和纠葛，推动了故事情节的发展。各节之间衔接紧密，形成波澜，曲折发展，并巧妙地通过李有才这个人物贯穿起来。在表现方法上，赵树理把来自于生活的真实情节和典型性的人物结合在一起，把抒情的描写融化在故事的叙述之中，取得了通俗明朗的艺术效果。他还吸收民间通俗文艺和说唱文学的经验，在故事中穿插"板话"这种简洁有力而活泼有趣的艺术形式，省略了过程的交代，从而使小说更为简洁流畅。

《李家庄的变迁》写于1945年冬，是赵树理写的第一部篇幅较长、结构复杂的长篇小说。如果说《李有才板话》主要是从村政权建设的局部反映了农民在新的历史条件下的斗争，那么《李家庄的变迁》则是以第二次国内革命战争至抗日战争胜利的历史为背景，从历史演变的广阔画面反映了农民的斗争过程，揭示了中国农民革命的发展道路，表现了中国农民在共产党的领导下组织起来自己解放自己的重大主题。作品故事情节虽然复杂，规模比较宏大，但作者处理和剪裁十分恰当，把小说所表现的二十多年的历史分开几个阶段来写，而以主人公张铁锁的活动贯穿始终，结构严谨而紧凑。整部小说叙事条理清晰，描绘真实感人，语言通俗易懂、幽默明快，进一步显示了赵树理小说创作所形成的民族化、大众化、通俗化的艺术风格。

赵树理在本时期还创作了许多短篇小说，主要反映解放区的复杂的阶级斗争和新的民主政权建设以及新旧思想的冲突等问题。《邪不压正》、《福贵》、《地板》等作品，从不同角度表现了党领导农民开展的轰轰烈烈的土地改革运动。《传家宝》和《小经理》等短篇小说描写农村新政权建立后出现的新问题、新课题以及由此带来的种种新旧交替的变化。

第二节 丁玲、周立波、孙犁的小说

丁玲因参加左翼文学运动而在1933年遭到国民党当局的秘密逮捕。重获自由后,她于1936年冬辗转来到解放区,受到了毛泽东等人的热烈欢迎。初到解放区,她表现出由衷的喜悦与兴奋,写出具有社会批判意识和个性启蒙色彩的作品《我在霞村的时候》、《在医院中》和《夜》等,引起了根据地文艺界的极大关注。《我在霞村的时候》一扫传统观念的偏见,把爱投向了遭受种种不公平待遇和精神折磨的贞贞,而把批判的锋芒指向了对贞贞非难歧视的乡邻和革命队伍内部的一些麻木不仁的人。这里面,有丁玲作为一个经过了五四精神洗礼的现代女性对同是女性的贞贞为革命立功却因为失身而蒙受不白之冤的愤怒,后来有学者因此把这篇小说归入现代女性主义书写范畴。《在医院中》写一个从大城市来到延安的女青年陆萍,她对根据地医院中的种种冷漠、不讲卫生和不负责任的现象非常不满,不断地向上级提意见,可是不仅毫无效果,反而被视为不能正确对待解放区的个人主义者。丁玲大胆赞扬了女医生陆萍同小生产者习气的斗争精神,艺术地揭示了小生产者愚昧、保守的思想作风对创造精神的扼杀。这反映了丁玲对解放区社会生活的一种看法,如她在《我们需要杂文》中强调的:"即使在进步的地方,有了初步的民主,然而这里仍然需要督促、监视,中国所有的几千年来的根深蒂固的封建恶习,是不容易铲除的,而所谓进步的地方,又非从天而降,它与中国的旧社会是相连结着的。"①

在延安文艺整风中,丁玲和她一些作品受到了批评。她开始努力改造自己,这成了她后来创作风格转变的一个契机。1946年7月,丁玲参加了晋察冀土地改革工作团,到河北涿鹿县温家屯,同年冬又加入华北联合大学土改工作队,在束鹿县生活了一个时期。1948年初,她再到石家庄近郊参加土地平分工作。《太阳照在桑干河上》就是作家根据多次参加土改运动获取的素材而创作的。这部小说获得了1951年度斯大林文学奖二等奖。

《太阳照在桑干河上》原计划写三个部分:第一是斗争,第二是分地,第三是参军。这个计划虽然没有完成,但就已成的部分看,结构完整,人物生动活泼,主题清晰明确,反映了农村斗争的某些本质方面,已经是一部独立

---

① 丁玲:《我们需要杂文》,《解放日报》1941年10月23日。

的长篇。作品以华北地区一个叫暖水屯的村子为背景，真实生动地反映了农村尖锐复杂的阶级斗争，揭示出各个阶级人物不同的精神面貌，展现了中国农民在共产党的领导下走向光明前途的过程。小说成功地塑造了张裕民、程仁等一系列农民形象。张裕民、程仁并不那么"高大"，有的论者甚至认为小说对他们"行动的积极性"表现不够。然而不能否认，其中的正面人物都写得相当真实，使读者感到可信、可亲。从实际生活出发，把人物放在一定的历史条件下和斗争环境中加以分析，既努力发掘他们要求翻身、敢于革命的本质，又注意到千百年来封建生产关系在他们身上产生的影响，这说明丁玲没有拔高人物，而是在歌颂他们斗争精神的同时也不掩饰他们存在的弱点、缺点，把他们写成成长中的英雄人物。作品里的人物大多是性格鲜明的，如勇敢坚决、略带一点鲁莽的积极分子刘满，干脆利落的妇联主任董桂花，泼辣能干的羊倌女人周月英等。不同人物之间形成了一种对应关系，比如写黑妮是为了说明钱文贵的阴险，当然也为了表现程仁的思想矛盾；写李子俊是为了突出钱文忠；写刘教员是为了反衬任国忠。任国忠、白娘娘的表现则表明了封建统治具有深广的社会基础，说明了土改斗争牵动社会面的深广。作者通过这些人物展示了复杂的社会关系，表现了土改斗争的曲折艰难。丁玲的描写表明：土地改革是一场伟大的群众运动，它不但以极大的威力改变了中国农村几千年的秩序，而且深入人心，对人们的思想、性格的变化发生了深刻的影响。与其他反映土改斗争的作品相比，《太阳照在桑干河上》之成就高出一筹，一个重要的原因即在于此。

丁玲的可贵之处还在于，她在努力追随时代脚步的同时，并没有完全放弃自己的艺术个性。她主张情感上向大众靠拢、语言上向大众学习，但又注重作家创作中自我创造的独立性和自觉的使命感。《太阳照在桑干河上》表现了作家相当熟悉农村的社会与土改运动，对农民生存状态与心理状态体察入微，较好地反映了特定时期民族的生存样态。在叙事形式上，其结构的明了性、描述的清晰性、人物语言的农民口语化等方面向传统文学和民间文学学习借鉴，是显而易见的；同时，作品里保留了她所擅长的心理剖析的特色，并在工农兵方向上发展了自己的这种创作特点。

《太阳照在桑干河上》是丁玲的创作达到新阶段的一个标志性的作品。不过由于着力于表现人物的心理变化过程，这部小说的节奏显得比较缓慢，风格稍嫌沉闷，不够明快。

周立波（1908—1979），湖南益阳人。1930年代在上海参加左翼文学活动和从事翻译工作，抗战爆发后奔赴抗日前线，1940年到延安"鲁艺"任教。

他与丁玲一样，也是经过延安文艺整风运动投入工农兵文学运动的。他于 1946 年 10 月到东北北海参加土地改革，后又到五常、拉林、苇河、呼兰等县搜集创作素材，1948 年创作了《暴风骤雨》，获得 1951 年度斯大林文学奖三等奖。

《暴风骤雨》反映了以东北松花江畔一个叫元茂屯的村子为背景的一场土地改革运动。与丁玲的《太阳照在桑干河上》相比，《暴风骤雨》的人物和情节都比较单纯，然而反映土改斗争的规模比较宏大，过程也比较完整。作品从工作组进村掀起土改斗争写起，除了写斗争恶霸地主外，还写了土改复查、分土地、挖浮财、起枪支、打土匪，一直到最后掀起参军热潮。周立波是一位致力于发掘农民优秀品德的作家，他把发掘农民这种品德视为作家的使命。小说成功地塑造了赵玉林、郭全海等贫苦农民形象。小说第一部的中心人物是农会主任赵玉林，他苦大仇深，性格倔强，一直保持着穷人的骨气和劳动者的尊严。作品开始紧紧抓住"赵光腚"外号的由来，追述他一家在韩老六和日伪反动势力互相勾结、残酷压迫下的悲惨遭遇。他曾受到日本帝国主义和恶霸韩老六的双重压迫，老母饿死，妻子讨饭，全家三口露着腚，可他人穷志不穷，遭受再多再大的打击也不掉一滴泪。同时他又敢于斗争，在土改运动中，他没有过多的犹豫和胆怯，义无反顾地走在斗地主、打土匪的前头。在分配财物时，他又一心为公，不计较个人利益。他朴实、勤劳、倔强，是那种受压迫最深、对敌人的仇恨最大，因之革命性也最强的贫苦农民的典型。不幸的是他在一次与土匪的战斗中牺牲了。小说第二部的主人公是郭全海。作品通过分马、参军等几个典型事例写他精明能干、机灵正派、大公无私的高贵品质和忠于人民革命事业的传统美德。作为承继赵玉林的未竟事业的主要干部，过去漫长的苦难岁月中受尽压迫的阶级地位和父子两代的血海深仇，决定了他的革命坚定性。他在斗争中逐渐学会了走群众路线的工作方法，锻炼了组织领导才能。例如，在斗争狡猾、毒辣的地主杜善人时，他表现了"勇敢精明，大胆卓识"的才干，及时地识破了敌人的阴谋，并引导群众控诉了杜善人的罪行，激起群众的愤怒和仇恨，从而保证了斗争的胜利。

《暴风骤雨》包含了一种契诃夫式的诙谐幽默，但给人的更强烈的感觉是作者对文学民族化、大众化道路的探索，对于农民语言的创造性的运用。小说按事件发生和发展的前后次序写来，线索单纯，结构紧凑，详略得当。他通过人物的行动和言谈表现性格，把人物放在剧烈的斗争中，特别注意抓住一些具体的情节、事件，揭示人物的内心世界，揭示人物的命运。小说中广泛采用东北方言和俚语,人物语言富于地方色彩,具有浓厚的生活气息。

由于作者要完整地表现解放区土改的全过程,小说第二部让土改来了个反复,所以第二部的结构不如第一部集中。这一缺点,由于第二部成功地塑造了老孙头这个形象而得到了某种弥补。

孙犁(1913—2007),原名孙树勋,河北安平人。1938年春在家乡投身抗战,长期在晋察冀根据地工作,被誉为"荷花淀派"的创始人。著有短篇小说集《芦花荡》、《荷花淀》、《嘱咐》、《采蒲台》等。小说大多以冀中平原为背景,描写抗日根据地人民在中国共产党领导下艰苦卓绝的抗日斗争。文笔清新明快,充满诗情画意,洋溢着积极乐观的情调。

《荷花淀》是孙犁的代表作。这是一部战争题材的小说,但从小说的整个艺术构思与话语组织来看,又是一篇完全诗意化了的小说。它以战争为背景,写一次激烈的伏击战。但作者有意淡化战争的气氛,回避了通常那种硝烟弥漫的惨烈景象,甚至把双方激战和对抗的过程也全然省略,三言两语之间如同神话一般便结束了战斗,夺取了胜利。读《荷花淀》时,人们似乎得不到战争体验,感受到的是一派诗意。不过,孙犁并非对丑视而不见,只是无意去开掘它。他不愿忍受"邪恶"带来的情感压力,更不愿让其干扰人物心灵的善良。所以,孙犁小说展现的更多是那些散发着浓郁水乡气息的日常生活,如夫妻之间的私语、离合、思念,乃至误会、龃龉,乡亲邻里的和谐关系。《荷花淀》不仅写了日常生活中的"家务事,儿女情",而且还刻画了在美丽的白洋淀生活着的具有真善美品质的人物形象。比如,水生告诉妻子自己"第一个举手报了名"时,妻子没有热情鼓励,也没有豪言壮语,只是嗔怪地说了一句"你总是很积极的",非常真实细腻,于生活细微处折射出生活的本真之美。水生的女人勇敢、要强、乐观,同时又怀着对丈夫深沉的爱情。可以说,她的身上融合了"传统妇女的美德与新时代解放妇女的新特征"。不过,这也不免带来了某种缺憾,那就是"很难看到封建传统对妇女的束缚压迫的严重性,以及摆脱这种束缚和压迫的艰苦性"。①

孙犁用散文诗的语言来写小说,他的小说具有浓郁的抒情味。《荷花淀》写劳动场面、战斗场景时,语言完全是诗化的;写人物心理时,并非采用一般小说的叙事方式来表现,而是通过散文诗的绘画的笔法来描绘。小说并没怎么细致描述女人劳动,却一下子就变成了"坐在一片洁白的雪地上"、"坐在一片洁白的云彩上",把劳动的场面美化了。战斗场景也是诗化

---

① 程光炜等主编:《中国现代文学史》,北京:中国人民大学出版社2000年版,第409页。

的,如女人们摇船进荷花淀,一望无际的密密层层的大荷叶"像铜墙铁壁","粉色荷花箭高高地挺起来,是监视白洋淀的哨兵吧!"对荷叶荷花的描写不但形象逼真,而且寄托了作者强烈的感情。

在解放区,还有一批影响较大的小说。如柳青的《种谷记》描写了抗战时期的解放区在实行减租减息斗争的基础上组织互助变工,进行大生产运动的情景。作品以集体种谷为主线,展现了各个阶级人物对待集体事业的不同态度,以及由此引起的曲折复杂的斗争。分别代表两条道路的贫雇农和富裕中农的人物形象,有些是写得很出色的。特别是作者着重刻画的农村的新人物,显示了比较熟练的艺术技巧。

欧阳山的《高干大》描写的是40年代初陕甘宁边区一个叫任家沟的村庄办供销合作社的故事。通过这个故事,作者成功地塑造了忠于职守、忘我工作、扎根于群众中、全心全意为人民谋利益的农村干部高生亮的形象,揭露了主观主义和官僚主义对革命事业的危害,歌颂了联系群众、实事求是的工作作风,具有较高的思想认识价值。

邵子南的《地雷阵》以李勇这一真实人物为主人公,广泛地描写了晋察冀民兵开展地雷战把日本侵略者打得焦头烂额的故事。作品在叙述、描写方面明显吸取了民间说唱文学的优点,特别是插入不少快板和落子式的韵白,更适合群众的爱好,因而在当时广为流传,起到很大的宣传鼓动作用。

马烽和西戎合著的《吕梁英雄传》反映了晋绥地区抗日根据地创建和发展的过程。小说描述了康家寨的农民由于党的领导、教育而坚决、勇敢地打击侵略者,刻画了在斗争中涌现出来的许多英雄人物。其中坚决执行党的政策、领导群众建立抗日根据地的武工队员武得民,机智勇敢的民兵中队长雷石柱,写得较为生动。作品表现了中国人民反抗侵略的崇高的民族气节,形象地说明了抗日战争是全民的战争,以及取得胜利的根本原因是中国共产党的正确领导。

袁静和孔厥合著的《新儿女英雄传》是继《吕梁英雄传》之后又一部反映抗日战争的优秀长篇小说,在艺术上显得更为成熟。小说以冀中白洋淀为背景,以牛大水和杨小梅的爱情故事以及他们的成长为线索,表现了冀中人民抗战八年的斗争和敌我力量的消长,歌颂了在党的领导下解放区人民坚毅勇敢、不怕牺牲的革命精神和坚贞不屈的民族气节。作品成功地塑造了牛大水、杨小梅和黑老蔡等几个共产党员的形象,表现了中华民族英雄儿女在革命斗争中锻炼成长的过程。

第三节　诗歌与戏剧创作

　　解放区的诗歌,数民歌体叙事诗成就高、影响大。《讲话》发表以后,许多诗人在搜求整理民歌的基础上追求大众化、通俗化的艺术风格,创作叙事诗,取得了可喜的成绩。他们创造性地借鉴陕北民歌"信天游"及其他民歌的艺术形式,创作出了一批群众喜闻乐见的作品。李季的《王贵与李香香》、阮章竞的《漳河水》是这方面的佳作。

　　李季(1922—1980),河南唐河人。抗战爆发后,先后在太行革命根据地和陕北"三边"地区工作。《王贵与李香香》以王贵和李香香的爱情故事为基本线索,展现了1930年前后陕北"三边"地区农民在共产党领导下的革命斗争生活。诗歌在"有情人历经磨难终成眷属"这一中国民间传统戏曲、歌谣里常见的故事母题中融入了革命意识和阶级斗争观念,把男女主人公爱情的悲欢离合与当时急风暴雨式的群众斗争紧密联系起来,让人们从一个动人的爱情故事中感受到浓烈的时代气息,看到了劳动人民个人的命运与革命斗争血肉相联的关系。诗歌采用陕北民歌"信天游"的格式和手法写成,较多地运用了民歌中常用的比、兴手法,甚至大胆地化用"信天游"的某些原句。同时,《王贵与李香香》在原有民歌形式的基础上也有所突破和发展。"信天游"是一种抒情的民歌体式,通常两句为一节,每节表达一个相对完整的意思,《王贵与李香香》虽仍以两句为一节,但常常是数节表达一个情景或一个事件,将数百节"信天游"连缀成章,叙述一个长篇故事,大大扩展了"信天游"这一民歌体式表现生活的容量,为新诗的民族化、大众化提供了宝贵的经验。

　　阮章竞(1914—2000),广东中山人。抗日战争和解放战争时期长期在太行革命根据地工作。创作了叙事诗《圈套》、《漳河水》和歌剧《赤叶河》,都是当时颇有影响的作品。《漳河水》真实地反映了太行山区三个劳动妇女在野蛮封建习俗下的痛苦遭遇和不幸命运,以及她们在党的领导下,经过艰苦斗争获得新生的过程。通过三个妇女不同的婚嫁遭遇,展现了妇女解放的时代主题。诗歌提出并回答了较《王贵与李香香》更为深刻而复杂的问题:妇女在政治上翻身以后,仍须与封建礼教、传统观念作坚决斗争,同时还必须实现相应的经济独立。这样,妇女的彻底解放才真正成为可能。《漳河水》也是采用民歌的表现形式,但不是采用单一的民歌体式,而是根据其表现对象和内容,选取了潭河地区流行的多种民歌、小曲的形式,加以改造和利用,杂采成章。

张志民的《死不着》、田间的《赶车传》和李冰的《赵巧儿》也是学习民歌创作的民歌体叙事诗,产生了一定的影响。

解放区还有一批诗人继承五四的诗歌传统,创作了许多自由体诗,如陈辉的诗集《十月的歌》、魏巍的诗集《黎明风景》、方冰的诗集《战斗的乡村》等。这些诗或抨击日本侵略者的罪行,歌颂解放区军民的战斗精神,或暴露旧社会的黑暗,礼赞新社会的光明,产生了不小的影响。

解放区的戏剧,包括新歌剧、新编历史剧和话剧。解放区的新歌剧是在新秧歌剧运动基础上产生的。在新秧歌剧运动中,产生了《十二把镰刀》、《兄妹开荒》、《夫妻识字》等一大批利用民间曲调创作的秧歌剧,它们具有群众喜闻乐见的民族形式。这批秧歌剧从剧本题材的选择、情节的安排、人物的刻画、语言的运用到音乐歌词的写作、曲谱的创新、乐器的改进、表演的方法和演出的形式,都在原有的民间广泛流传的旧秧歌的基础上去粗取精,大胆而细致地进行了改革,同时吸收了一些地方戏曲的优点。在这样的文化土壤中,1945年4月由延安鲁迅艺术学院集体创作、贺敬之和丁毅执笔的大型歌剧《白毛女》诞生了,成为我国新歌剧的奠基之作。《白毛女》是根据晋察冀边区流传的"白毛仙姑"的民间传说创作的。剧作通过贫苦农家女喜儿惨遭恶霸地主的迫害,家破人亡,逃进深山老林,头发变白,共产党八路军打倒地主,为其报仇雪恨的故事,表现了"旧社会把人逼成'鬼',新社会把'鬼'变成人"的深刻主题,具有强烈的现实意义。剧中成功地塑造了杨白劳和喜儿等人物形象。杨白劳是一个惨遭地主迫害、受苦受难而尚未觉醒的老农民形象。喜儿是剧中全力塑造的主人公,她是一个天真纯朴、勇敢追求幸福、富有反抗精神的农村新女性形象。《白毛女》博采民歌、戏曲和外国歌剧之长,创造出一种既不同于戏曲也不同于西洋歌剧的民族新歌剧。尽管它还不够完备,却以革命的思想内容和为群众喜闻乐见的形式受到广大观众的热烈欢迎,为中国的新歌剧开辟了一条极富活力的道路。

《女英雄刘胡兰》由战斗剧社集体创作,魏枫、刘莲池、朱丹、严寄洲、董小吾执笔编剧,于1948年春正式演出。该剧塑造了刘胡兰的英雄形象,突出表现了她"生的伟大,死的光荣"的气概。剧本还根据观众的要求,增写了解放军枪决杀害刘胡兰凶手的场面,使作品在振奋鼓舞人心的氛围中结束。剧作通过刘胡兰烈士的英雄事迹,典型地反映了共产党人的崇高品质和英雄气概,反映了解放区军民不惜牺牲、迎接民主革命胜利的战斗精神,同时也刻画出垂死挣扎的反动派的凶残与罪恶。虽然剧本还比较粗糙,但仍然具有惊心动魄的强烈的鼓动性、激励性,起到了配合革命战争的现实功用。

《赤叶河》是阮章竞影响最大的作品,反映了20世纪30年代初期到抗战胜利后太行山区农村的斗争生活。歌剧共分四部(幕),中间有一段"闲话"。前三部(幕)描写贫苦农民王大富一家的苦难史。第三部(幕)之后的"闲话"插叙了抗日战争时期日蒋勾结统治下赤叶河的残破景象,农民群众日益增长的反抗情绪和对共产党、八路军的殷切盼望。第四部(幕)描写解放后王大富翻了身,王禾子重返家园,赤叶河人民在共产党领导下,为彻底消灭以吕承书为代表的封建地主阶级进行的激烈斗争。《赤叶河》以山西民歌和说唱音乐为素材,许多歌词都是在民间歌谣基础上提炼的。全剧音乐通俗易懂,亲切动人,富有强烈的艺术感染力。但是,作品的戏剧冲突较分散,人物形象不够丰满,也较少个性。

解放区对旧戏曲进行了改革,成就斐然。抗战期间出于宣传抗日的需要,各解放区对利用旧的戏曲形式均不乏尝试,不少剧团演出了以宣扬爱国精神、鼓吹抵抗外侮反抗强暴为内容的旧戏曲,用以激励军民的斗志。在延安中央党校,一些喜爱京剧(当时称为"平剧")、热心戏曲改革者,尝试以历史唯物主义观点来处理历史题材,于是在1943年秋出现了新编历史京剧《逼上梁山》(中共中央党校和大众艺术研究社集体编写,杨绍萱、齐燕铭执笔)。这个戏的创作和演出受到了观众的赞扬和中央领导的肯定。毛泽东专门写信给作者杨绍萱、齐燕铭表示祝贺,认为"从此旧剧开了新生面","是旧剧革命的划时期的开端"。①

《逼上梁山》是根据《水浒传》中描写林冲被逼上梁山的故事重新创作的。剧作凸显林冲人物形象的塑造,强化林冲与高俅的矛盾冲突,增写李铁等农民群众人物,拓展了剧作思想内容的深度和广度,表现了北宋末年"官逼民反,不得不反"的主题,从而影射抨击国民党统治的黑暗腐朽,激励民众积极抗日救亡、保家卫国。剧作突破并合理运用旧京剧的表演艺术形式,以塑造人物形象和表达思想意旨为目标。在舞台布景与演出效果方面,增加了现代布景技术,强化了表演的感染力和演出效果。

---

① 《毛主席于一九四四年在延安看了〈逼上梁山〉后写给杨绍萱、齐燕铭二同志的信》,原载《人民戏剧》创刊号,1950年4月1日。转引至北京大学、北京师范大学、北京师范学院中文系中国现代文学教研室主编:《文学运动史料》第五册,上海:上海教育出版社1979年版,第3页。

此后出现的新编历史京剧《三打祝家庄》（延安平剧研究院集体创作，李锐、魏晨旭、任桂林执笔）也是取材于《水浒传》，根据梁山泊义军三打祝家庄的故事编写而成。剧作通过梁山泊义军攻打地主寨子祝家庄的三次战役的描写，表现了依靠群众、调查研究、里应外合、孤立敌人、争取胜利的军事思想，对于抗日战争进入战略反攻阶段极具宣教的现实意义。

至于反映现实生活的戏曲现代戏，影响较大的有陕甘宁边区的秦腔《血泪仇》（马健翎）、《刘巧儿告状》（袁静），晋冀鲁豫边区的现代京剧《荡家恨》（史若虚、江涛）、根据同名小说改编的戏曲《小二黑结婚》（张万一）等。

解放区的话剧创作同新歌剧和新编历史剧相比成就不高，影响也不大。主要的作品有《把眼光放远一点》（冀中火线剧社集体创作，胡丹佛执笔）、《同志你走错了路》（姚仲明、陈波儿等集体创作）、《李国瑞》（杜峰）、《红旗歌》（刘沧浪、鲁煤等集体创作）和《抓壮丁》（吴雪等集体创作）等。

【导学训练】

1. 赵树理与"工农兵方向"再思考。
2. 比较丁玲的《太阳照在桑干河上》与周立波的《暴风骤雨》。
3. 谈谈孙犁战争题材小说的别样风景。

【研讨平台】

"赵树理方向"再探讨

提示：1947年7月25日至8月10日，晋冀鲁豫边区文联根据中共晋冀鲁豫中央局宣传部指示，召开文艺座谈会讨论赵树理的文学创作。陈荒煤根据与会者的意见，提出了"向赵树理方向迈进"的口号，这对以后的文学发展产生了重大影响。到上个世纪80年代初，在"重写文学史"的浪潮中，一些学者对此提出了质疑，认为赵树理所坚持的是"问题小说论"与"民间文艺正统论"，不宜把"赵树理方向"作为新文学的"方向"。① 这引起了学术界的争议，陈荒煤在1983年8月23日《人民日报》上发表《向赵树理的创作方向迈进》，再次强调："我们反映新农村，就需要赵树理这样的作家，需要许多许多新的赵树理。在这个意义上讲，我觉得，向赵树理创作方向迈进，还值得大大提倡一下。"②

如何看待"赵树理方向"？温儒敏、赵祖谟主编的《中国现当代文学专题研究》提

---

① 戴光中：《关于"赵树理方向"的再认识》，《上海文艺》1989年第2期。
② 陈荒煤：《向赵树理的创作方向迈进》，《人民日报》1983年8月23日。

出:"'赵树理方向'是依照毛泽东《在延安文艺座谈会上的讲话》精神'想象'的结果。一方面肯定了赵树理小说创作中许多值得肯定的东西,另一方面对赵树理小说的丰富内涵作了简单化的描述,遮蔽了其中许多有价值的东西,同时也掩盖了赵树理小说创作、文学观念上某些带有根本性的局限,它是为了显示《讲话》后解放区的文学实绩进而为全国解放后实行文学规范所采取的一个策略。这是一个关于赵树理的'故事'。在这个'故事'的讲述中,突出了民间文化正统论者赵树理与中国共产党主流意识形态及文学主张相适应的一面,忽略了二者之间的差异。当时,无论'方向'的构建者还是赵树理本人可能都没有意识到这一点,从而伏下了建国后赵树理'危机'的因子。"①这样的思考,是耐人寻味的。

【拓展指南】

1. 中国赵树理研究会编:《赵树理研究文集》,北京:中国文联出版公司1996年版。

简介:全书94万字。上卷为"近二十年赵树理研究选萃",收入周扬、陈荒煤、孙犁、康濯、黄修己、陈思和等人的文章,还有部分港台学者的论文及部分论文文摘。中卷为"赵树理论考",下卷为"外国学者论赵树理",收入美国、日本、苏联、捷克、英国、挪威和韩国等国家学者的文章30余篇,可以看出赵树理的文学创作在国外的影响。

2. 张永泉:《个性主义的悲剧——解读丁玲》,北京:中国社会出版社2005年版。

简介:上篇"五四退潮的执着追求",主要是莎菲形象的再评价,认为莎菲是五四退潮后,在黑暗中执着寻求光明的女性。中篇"话语转变中的艰难执守",论述丁玲1940年代在解放区的文学创作,以《在医院中》、《太阳照在桑干河上》等作品为例,分析革命知识分子转变的艰苦历程。下篇"个性主义者的双重悲剧",重点从丁玲生平与创作论断丁玲的精神悲剧是"个性主义的松动与式微"。

【参考文献】

1. 黄修己:《赵树理评传》,南京:江苏人民出版社1981年版。
2. 陈荒煤:《向赵树理的创作方向迈进》,《人民日报》1983年8月23日。
3. 戴光中:《关于"赵树理方向"的再认识》,《上海文艺》1989年第2期。
4. 张炯、王淑秧:《朴素·真诚·美——丁玲创作论》,北京:人民文学出版社1988年版。
5. 严家炎:《开拓者的艰难跋涉——论丁玲小说的历史贡献》,《文学评论》1987年第4期。
6. 胡光凡:《周立波评传》,长沙:湖南文艺出版社1986年版。
7. 叶君:《参与、守持与怀乡:孙犁论》,北京:中国社会科学出版社2006年版。

---

① 温儒敏、赵祖谟主编:《中国现当代文学专题研究》,北京:北京大学出版社2002年版,第211页。

第十八章　国统区文学的丰收

1937年7月,抗日战争全面爆发。随着国民政府西迁,1938年"文协"等文艺团体也相继迁入重庆,形成了以重庆为核心的大后方文化格局。1941年12月太平洋战争爆发,中国的抗日战争由抗击日本帝国主义侵略的救亡图存的战争转为中国人民参与的世界反法西斯战争。与这一历史进程相对应,国统区文学高扬爱国主义的旗帜而呈现出阶段性的发展。抗战胜利后,与民族解放战争转入人民解放战争进程相一致,国统区文学高扬民主主义的时代精神而进入了解放战争阶段。

第一节　阶段性的历程

抗战前期,国统区文学在战争烽火中高扬爱国主义的时代精神,广大文艺工作者纷纷走出都市的校园与书斋,在"文章下乡,文章入伍"的口号的感召下,走向前线、内地与乡村,积极投身到群情激昂的抗日救亡运动中去。这一时期,为了适应及时反映"抗日救亡"的现实需要,发挥文艺的宣传鼓动作用,以爱国主义和英雄主义为主题,注重纪实性与新闻性,在形式上小型、轻型化,讴歌中国军民团结爱国、英勇抗敌的文学成为抗战文学的主流。

为探索诗歌鼓动民众,积极服务于抗战的道路,1938年前后在武汉、重庆等地兴起了朗诵诗运动。高兰、光未然、冯乃超、徐迟等人是积极的推动者。高兰的《哭亡女苏菲》、光未然的《黄河大合唱》等是当时朗诵诗的代表作。这些朗诵诗诗情激昂,形式自由舒畅,还融进了戏剧中抒情独白的特点,利于吟诵,深受大众的喜爱,产生了良好的宣传鼓动效果。同时,在解放区"街头诗运动"的影响下,国统区诗人也在重庆开展过街头诗与传单诗的试验,但由于当局的限制,未能发展成为比较广泛的诗歌运动。"朗诵诗运动"与"街头诗运动"的积极开展,推动了新诗语言与形式向通俗化、散文化方向发展,促使自由诗体在抗战时期再次崛起。

田间(1916—1985)，被闻一多誉为"时代的鼓手"，正是这种崛起的标志性诗人。他在抗战中创作的自由体诗篇先后结集为《给战斗者》和《抗战诗抄》等，产生了广泛的影响。其中的《给战斗者》、《义勇军》、《给饲养员》等，以精短有力的诗句来表现民族战斗意志与时代战斗激情，鼓点式的节奏、雄壮的气势，与抗战前期的时代精神十分合拍。

这一时期，将新诗的时代性与现代性融合在一起，写出足以代表一个时代的艺术高度的诗篇的，是艾青、西南联大诗人群和七月派的诗人们。

抗战前期，随着抗日救亡运动的高涨，戏剧运动非常活跃。戏剧的形式趋于小型化、轻型化和通俗化，出现了迅速反应抗战现实，有强烈的宣传鼓动效果的街头剧、活报剧、茶馆剧等等。被戏剧界誉为"好一记鞭子"的三个短剧《三江好》、《最后一记》和《放下你的鞭子》，是当时流行的小型戏剧的代表。以爱国主义为主题，反映中国军民英勇抗敌的《保卫芦沟桥》、《八百壮士》，以及夏衍的《咱们要反攻》、荒煤的《打鬼子去》、易扬的《打回老家去》等，都是当时有名的剧目。这些戏剧通俗、活泼，充满激情与感染力，很好地起到了动员民众团结抗日的目的。由于时局动荡，时间仓促，这些戏剧也难免失之粗糙。

1938年10月，抗战进入相持阶段以后，戏剧活动逐渐由前线和农村转移到大后方的城市，演出场所也由广场走向了剧场，反映抗战现实、艺术水平更高的多幕剧随之产生。这一时期，夏衍继《上海屋檐下》之后创作的《一年间》、《心防》、《愁城记》，田汉的《秋声赋》，宋之的的《雾重庆》，于伶的《夜上海》，老舍的《残雾》、《国家至上》(与宋之的合作)，吴祖光的《正气歌》，欧阳予倩的《忠王李秀成》，阳翰笙的《天国春秋》等，已从抗战初期对硝烟弥漫的战斗生活的关注和对英雄主义的讴歌，逐渐转向了对战时生活的描绘，关注知识分子在民族抗战中的心理变化和精神风貌，同时从民族历史中去总结经验教训，发掘支撑民族抗战的精神力量。

抗战前期，中国军民在抗日前线浴血奋战、英勇抗敌的战斗生活成为小说关注的重心。这一时期的小说及时反映抗日战场的壮烈场景，重视作品的新闻性与纪实性，往往体现出浓厚的报告文学色彩，被称为"前线主义"的小说。丘东平的《第七连》、《一个连长的战斗遭遇》以淞沪抗战为题材，表现爱国军民浴血抗敌的英雄壮举，真实地刻画了抗日将士在战斗失利状态下有心杀敌无力回天的悲愤心理，显现出悲壮之美。姚雪垠的《差半车麦秸》通过游击队的生活，表现了抗战烽火对国民灵魂和民族性格的重造，语言通俗,主题新颖而深刻。此外,萧乾的《刘粹刚之死》、碧野的《乌兰不浪的夜祭》、李辉英《北运河上》、骆宾基《东战场别动队》等,也是抗战前期颇有影响的小说。

随着战事的发展,出现注重社会分析的暴露与讽刺小说。张天翼的《华威先生》、沙汀的《在其香居茶馆里》、茅盾的《腐蚀》、萧红的《呼兰河传》、吴组缃的《山洪》等小说,直面民族解放的大时代,以分析的眼光深入反映社会,揭示了由于民族矛盾激化而迅速变动的社会人群之间的复杂关系,刻画了个性鲜明的人物形象,蕴含着相当丰富的社会历史内容。其中特别是《华威先生》、《在其香居茶馆里》显露出相当辛辣犀利的讽刺锋芒,激起了抗战时期暴露讽刺文学的浪潮。

抗战前期,报告文学作为散文创作的主要形式发挥其文艺"轻骑兵"的作用,迅速地反映战况,传递战斗信息,记录抗战的业绩。丘东平的《我们在那里打了败仗》、骆宾基的《在夜的交通线上》、曹白的《这里,生命也在呼吸》、以群的《台儿庄战场散记》、碧野的《太行山边》、汝尚的《当南京被虐杀的时候》等,或写前线将士杀敌献身,或写敌后抗日武装的成长,或写后方民众团结支前,或写难民颠沛流离,或写日寇凶残暴虐,表现了中国军民爱国一心、奋起抗日的不屈的民族精神。值得注意的是一些职业记者所写的通讯报告,也是抗战前期报告文学中的佳作,如范长江的《台儿庄血战经过》、萧乾的《血肉筑成滇缅路》等,集真实性与新闻性于一体,具有很强的可读性。还有一些以纪实性的方式描写抗战中著名人物的散文,如沙汀的《我所见之H将军》(后改为《随军散记》印行)等,从日常生活的接触及细节入手,塑造真实感人的抗战将士的形象,接近传记的写法,比一般报告文学具有更强的文学性,很受读者的欢迎。

抗战后期,诗歌虽不像抗战前期那样浪潮汹涌、洪峰澎湃,却显得坚实厚重,形式上叙事长诗和抒情长诗代替了抗战前期的短诗、小诗,出现了一批以沉思著称的诗人和诗作。力扬的《射虎者及其家族》,臧克家的《泥土的歌》、《古树的花朵》,卞之琳的《十年诗抄》,戴望舒的《灾难的岁月》,冯至的《十四行集》,王亚平的《火雾》等,标志着抗战初期一度消失了的诗的个性在新的历史阶段有了更为自觉的追求。这一时期,七月诗派的诗人坚持以顽强的主观战斗精神突入生活的底蕴,将现实主义的自由体新诗推向了一个新的高峰。

国统区的戏剧进一步向职业化、商业化转变,以大后方重庆、桂林、昆明等大城市为中心的剧场剧成为戏剧的主要形式,先后掀起了历史剧、现实剧、讽刺喜剧三股戏剧创作的潮流。郭沫若先后创作《屈原》、《虎符》等六部历史剧,以古鉴今,在当时产生了轰动性的影响。夏衍的《法西斯细菌》、《离离草》、《芳草天涯》,吴祖光的《风雪夜归人》,田汉的《秋声赋》,宋之的的《祖国在呼唤》,于伶的《长夜行》,袁俊的《万世师表》,陈白尘的《岁寒图》等正面歌颂知识分子的现实剧,展现了知识分子在抗战时期思想变化的心灵历程,揭示了他们身上所蕴藏的精神力量对抵御日寇入侵与民族复兴的特殊意义。这一时期,随着抗战时局的发展,国统区的腐败现象日益严重,处于战时水深火热之中的戏剧家拿起了讽刺的笔,揭露国统区黑暗与腐败。陈白尘的《结婚进行曲》,老舍的《归去来兮》,袁俊的《山城故事》、《美国总统号》,丁西林的《三块钱国币》等都是抗战后期讽刺戏剧中的佳作。

此时长篇小说创作获得了丰收,老舍的《四世同堂》,沈从文的《长河》,沙汀的《淘金记》,艾芜的《故乡》,丁玲的《在医院中》,师陀的《果园城记》,以及路翎的《财主的儿女们》,巴金的《憩园》、《寒夜》,沙汀的《困兽记》,李广田的《引力》,都是有影响的佳作,说明大多数作家超越了抗战前期单一化与表面化的创作倾向,开始恢复文学审美应有的丰富性与复杂性。

抗战后期,国统区的散文创作主要是以杂文创作为主体,围绕着文学杂志《野草》形成了以聂绀弩、秦似、冯雪峰、夏衍为代表的杂文作家群,还有《新华日报·新华副刊》和《新蜀报·蜀道》等也刊载了大量的杂文,显现出抗战后期杂文创作的兴盛。此外,小品散文在国统区有所复苏,巴金的《龙·虎·狗》、《废园外》、《旅途杂记》,李广田的《圈外》、《灌木集》,冯至的《山水》,缪崇群的《石屏随笔》、《眷春集》,叶圣陶的《西川集》,沈从文的《湘西》,梁实秋的《雅舍小品》,冰心的《关于女人》等,个性纷呈,多姿多彩,与杂文创作一起,构成了抗战后期散文创作的繁荣。

1946年以后,国统区文学创作的主题与题材主要集中在两个方面:一是对黑暗的诅咒与对腐朽的现实政治的否定;二是知识分子在新的时代到来之前的自我内省与历史总结。文学创作的暴露讽刺色彩突出而鲜明,各种体裁的文学作品几乎都凸显出时代大转折时期特有的紧张激越、充满期待而又焦躁不安的氛围。讽刺喜剧增多是这一时期文学发展的显著现象,如陈白尘的《升官图》、宋之的的《群猴》、吴祖光的《捉鬼传》等,揭示战争中的人情世道,讽刺官僚制度的腐朽,暴露乱世中的丑恶社会现象。其他的文学体裁,如小说中钱锺书《围城》、张恨水的《五子登科》、沙汀的《选灾》,诗歌中袁水拍的《马凡陀山歌》、臧克家的《生命的零度》和《宝贝儿》,以及冯雪峰、聂绀弩的杂文等大多显示出讽刺为主要手段的喜剧性色彩。① 而这一时期,以穆旦为代表的西南联大诗人群,在对"现实、象征、玄学的综合传统"的追求中,完成了对于时代的现代抒写,成为解放战争时期国统区文学创作中耀眼的群星。

在国统区文学之外,上海"孤岛"文学也是抗战文学中独特的文学景观。一部分留在上海租界里的文艺工作者继续坚持创作,以各种文艺活动配合全国的抗日救亡运动。以"上海戏剧界救亡协会"组织的"上海剧艺社"为代表的一批戏剧工作者,创作了大量的现实剧与历史剧,翻译了不少外国剧。于伶的《夜上海》,阿英的《明末遗恨》、《海国英雄》,李健吾的《草莽》和他翻译的《爱与死的搏斗》(罗曼·罗兰著)、《乱世英雄》(莎士比亚著)等,宣传民族意识和爱国主义,揭露敌寇的凶残与罪恶,颂扬抗击外敌入侵的民族英雄,在心理上对留守上海的民众起到很大的鼓舞作用。为感应抗战时事,杂文创作在"孤岛"也风行一时。巴人的《窄门集》、周木斋的《消长集》,以及汇集了"鲁迅风"作者唐弢、孔另境等人作品的《边鼓集》、《横眉集》,斥责敌伪谎言,针砭社会痼弊,论理清楚,逻辑严密,风格泼辣,是"孤岛"艰难岁月中抗敌斗争的锐利武器。而1938年梅益等征集出版的百万字大型报告文学集《上海一日》,不仅是"孤岛"文学的显著成绩,也是中国报告文学发展中的重要收获。

第二节 郭沫若的历史剧

1941年底到1943年初,郭沫若连续创作了《棠棣之花》、《屈原》、《虎符》、《高渐离》、《孔雀胆》、《南冠草》六部历史剧。这是他自《女神》后又一个文学创作的高峰,同时也是抗战时期历史剧创作所达到水准的一个标志。

郭沫若具有历史剧创作的卓越才能。五四时期,他创作了《三个叛逆的女性》(《卓文君》、《王昭君》、《聂嫈》),"借古人来说自己话",在古代人物的"骸骨"里吹进了时代精神的生气。② 郭沫若说:"历史研究是'实事求是',史剧创作是'失事求似';史学家是发掘历史的精神,史剧家是发展历

---

① 参见钱理群、温儒敏、吴福辉:《现代文学三十年》,北京:北京大学出版社2007年版,第347页。

② 郭沫若:《孤竹君之二子·幕前序话》,《郭沫若全集》文学编1卷,北京:人民文学出版社1982年版,第238页。

史精神。"①"剧作家的任务是在把握历史的精神而不必为历史的事实所束缚","他可以推翻历史成案,对于继成事实加以新的解释,新的阐发,而具体把真实的古代精神翻译到现代。"②这种历史剧观念贯穿于他抗战时期的历史剧创作,形成了独特的浪漫主义风格。

从抗战的时代条件出发,郭沫若积极追求历史的悲剧精神与现实需求的高度契合。《屈原》以战国时代合纵抗秦的历史为背景,通过楚国统治集团内部爱国与卖国两条外交路线的斗争,成功塑造了爱国主义的政治家与诗人屈原的形象,歌颂他热爱祖国、光明磊落、正直无私、凛冽难犯的崇高品质,揭露和鞭挞了卖国求荣、陷害忠良的鬼蜮。作者是感愤于"皖南事变"中新四军的冤屈和悲惨的遭遇,以及事变后严酷的政治气氛而创作的,意在将"这时代的愤怒,复活在屈原的时代里"。《棠棣之花》是取材于《史记·刺客列传》的史剧,以聂政刺杀韩相侠累的故事为主要内容,歌颂了聂政姐弟的爱国主义和自我牺牲精神,批判了"兄弟阋墙,引狼入室"的分裂投降丑行,凸现了"主张集合反对分裂"的时代主题。《虎符》以战国时期信陵君窃符救赵的故事为题材,通过如姬为了信陵君倡导的"仁义",不惜以王妃之尊和付出生命的代价窃符救赵事件的铺展,宣扬"把人当成人","舍生取义,杀身成仁"的"仁义"思想。同样取材于《史记·刺客列传》的五幕史剧《高渐离》(又名《筑》)描写了荆轲刺秦失败后,其友高渐离不畏秦王淫威继续刺秦的故事,歌颂了反抗专制暴虐统治者的坚毅勇敢、不屈不挠的反抗精神,在英雄的悲剧中显示其为了正义而斗争的惊人意志与"杀身成仁"的崇高人生。《孔雀胆》写元末云南行省梁王之女阿盖公主与大理总督段功的爱情被宰相车力特穆尔和王妃阴谋扼杀而家破身亡的故事,虽然从主观情感上是作者"重温情感的旧梦"的心灵纪念,但剧作的理性是表现民族团结,谴责政治上的妥协主义造成的悲剧。《南冠草》是以明末少年诗人夏完淳的同名诗集的诗情和史实为依据,讴歌这位民族英雄推戴鲁王,聚兵抗清,最终壮烈殉国的事迹。六部历史剧虽然取材于不同的历史故事,但都力求真实地反映历史的悲剧精神,并将自己在抗战时期大后方现实生活中所感受到的时代悲剧精神与反抗国民党独裁专制的民主要求融入其中,反映出共同的鲜明主题:反对侵略与投降卖国,反抗强权与专制暴政,坚决维护

---

① 郭沫若:《历史·史剧·现实》,《沫若文集》第13卷,北京:人民文学出版社1961年版,第17页。
② 郭沫若:《我怎样写〈棠棣之花〉》,《沫若文集》第3卷,北京:人民文学出版社1957年版,第164页。

民族国家的根本利益,讴歌爱国爱民、舍生取义、团结御侮和坚贞不屈的民族气节。

郭沫若的历史剧注重描写"杀身成仁,舍生取义"的古代英雄与仁人志士,并将他们置于尖锐的矛盾冲突中去刻画,充满了理想化的色彩。他说:"我主要并不是想写在某些时代有些什么人,而是写这样的人在这样的时代应该有怎样合理的发展。"①他笔下的悲剧主人公屈原、如姬、高渐离、聂政、夏完淳、阿盖公主等,都是时代所塑造出来的真正的"人",是民族的精英,具有崇高人格与道义美德。他们意识到"以仁义思想来打破旧的束缚"的历史要求,为争取人民的生存权利和国家的统一,反对投降与分裂而斗争;但他们都不能避免"历史的必然要求与这个要求实际上不可能实现"的悲剧,因此其行动都具有一种"知其不可为而为之"的历史悲壮性。② 郭沫若的历史剧以人物性格刻画为立足点,打破了现代话剧以剧情发展为主要线索的基本格局,以人物命运来结构戏剧的冲突,通过人物强烈的自我表现来揭示主题,带动全剧。在把握历史精神的同时,根据主题表现和人物塑造的需要,充分发挥剧作家的大胆想象来丰富和虚构历史的细节,使人物形象栩栩如生,具有更加崇高伟大和深沉悲壮的艺术魅力。

郭沫若的历史剧始终洋溢着一种沉郁悲壮的抒情气氛,体现出浪漫主义悲剧戏剧的显著特征。在他的史剧中,人物的对白及剧作家的叙述语言充满了诗的激情,还大量穿插民歌、抒情诗以及歌舞的场面,如《屈原》中的《橘颂》、《棠棣之花》中的《北游诗》、《南冠草》中的《大哀赋》、《虎符》中的赞颂歌等,增强了剧作的抒情色彩。同时,他还运用长篇抒情独白以充分展现人物丰富复杂、悲壮激越的内心世界,如《屈原》中的《雷电颂》等。这种独有的诗剧合一的艺术表现方法,不仅渲染了剧作的抒情氛围,而且凸显了人物性格,强化了戏剧的主题,使郭沫若的历史剧显现出与众不同的艺术个性。

第三节　梁实秋的散文

抗战进入相持阶段以后,战争生活成为一种日常生活。在大后方,一部分作家在关注战事发展的同时,也关注这平凡的战时生活。他们继承30

---

① 郭沫若:《献给现实的蟠桃——为〈虎符〉演出而写》,《沸羹集》,上海:上海大学出版公司1947年版,第75页。
② 参见钱理群、温儒敏、吴福辉:《中国现代文学三十年》,北京:北京大学出版社2007年版,第86页。

年代论语派幽默闲趣的散文风格,发展了一种表现战时的人生感悟与生活智慧的散文。梁实秋以"雅舍小品"命名的系列散文,就是其中的杰出代表。

1939年以后,梁实秋蛰居重庆北碚,陆续以"子佳"为笔名在《星期评论》上发表了不少在战时艰难苦涩的生活中寻觅雅趣的小品散文,后来结集为《雅舍小品》出版。

梁实秋的雅舍小品透露出一种古典的审美趣味。这不仅表现在它像古典文学作品那样对于字句细腻斟酌与推敲,更表现在一种从容淡定的人生态度上。他对生活的体悟用力甚深,却又语出平淡。《雅舍》一文这样来写"雅舍"的月夜:"'雅舍'最宜月夜——地势较高,得月较先。看山头吐月,红盘乍涌,一霎间,清光四射,天空皎洁,四野无声,微闻犬吠,坐客无不悄然!舍前有两株梨树,等到月生中天,清光从树间筛洒而下,地上阴影斑斓,此时尤为幽绝。直到兴阑人散,归房就寝,月光仍然逼近窗来,助我凄凉。"①这段描写,用的全是平常语,读来朗朗上口,形象地写出了"雅舍"之月色与夜趣,虽有淡淡的忧伤,然而终归于温柔敦厚、平和冲淡之间,在对古典的审美趣味的现代追求中,张扬了一种名士风范。

梁实秋将"简单"视为散文的理想境界。他认为:"简单就是经过选择删芟以后的完美的状态",散文的毛病在于"太多枝节;太繁冗;太生硬;太粗陋",而散文的美"不在乎你能写出多少旁征博引的故事穿插,亦不在多少典丽的辞句,而在能把心中的情思干干净净直接了当的表现出来"。②《雅舍小品》写的都是生活中简单的人,如《孩子》《男人》《女人》《医生》;最普通的动物,如《狗》《猪》《鸟》;简单的日常生活,如《握手》《写字》《下棋》《理发》《旅行》《运动》。作家大多用生动的例子和细致入微的分析来叙事、写人、状物,以达到恰好说明文章题目所要表达的意思的"简单"为限。"简单"对于梁实秋的散文而言不仅是写作技巧的运用,更是一种散文"境界"的追求。这种"简单"蕴含着对自然的皈依与倾慕。在《音乐》一文中,作者这样写道:"在原则上,凡是人为的音乐,都应该宁缺毋滥。因为没有人为的音乐,顶多是落个寂寞",而人是不会寂寞的,除了市里的喧闹声、村里的鸡犬声,最让人难忘的还有所谓的天籁:"秋风飒飒的声音,一阵阵袭来,如潮涌,如急雨,如万马奔腾,如衔枚疾走;风定之后,细听还有

---

① 梁实秋:《雅舍小品》,北京:解放文艺出版社2007年版,第4页。
② 梁实秋:《论散文》,《新月》第1卷第8号,1928年10月10日。

枯干的树叶一声声地打在阶上。秋雨落时,初起如蚕食桑叶,窸窸窣窣,继而淅淅沥沥,打在蕉叶上清脆可听。风声雨声,再加上虫声鸟声,都是自然的音乐,都能使我发生好感,都能驱除我的寂寞,何贵乎听那'我好比……我好比'之类的歌声?然而此中情趣,不足为外人道也。"①作者在本能地排斥所谓人为音乐的同时,表现出对来自市井生活和大自然的声音的无限倾慕,体现出心灵深处对自然的皈依。在这个意义上,正如有的论者所说,"梁实秋是一个大时代的隐士,在大时代的风雨之中,在心灵中建一座小小的雅舍,来持守某种足以温暖人心的东西"②。

梁实秋的雅舍小品还追求一种文调上的"活泼"。这种"活泼"主要表现为语言的风趣幽默。他常以独到的眼光,捕捉日常生活富有趣味的事件,用风趣幽默的语言绘声绘色渲染到令人捧腹喷饭的地步。如在《男人》一篇中,写男人的脏,令人称奇:"有些男人,西装尽管挺直,他的耳后脖根,土壤肥沃,常常宜于种麦!袜子手绢不知随时洗涤,常常日积月累,到处塞藏,等到无可使用时,再从那一堆污垢存货当中拣选比较干净的去应急。有些男人的手绢,拿出来硬像是土灰面制的百果糕,黑糊糊粘成一团,而且内容丰富。男人的一双脚,多半好像是天然的具有泡菜霉干菜再加糖蒜的味道,所谓'濯足万里流'是具有道理的,小小的一盆水确是无济于事,然而多少男人却连这一盆水都吝而不用,怕伤元气。两脚既然如此之脏,偏偏有些'逐臭之徒'喜于脚上藏垢纳污之处往复挖掘,然后嗅其手指,引以为乐!……'扪虱而谈'的是男人。还有更甚于此者,曾有人当众搔背,结果是从袖口里面甩出一只老鼠!"③男人的脏,可以说在这里被梁实秋写绝了。但在写这种"脏"的时候,他显然超越批判态度,带着一种菩萨般的怜悯心态,去发掘其中的趣味。梁实秋的散文写生活中充满谐趣的事情,虽不无揶揄之处,却似乎有着从容的理解与包容之心,不作辛辣的讽刺与尖刻的批判,是一种西方绅士般的温婉含蓄的讽喻。

梁实秋的小品散文不以抒情见长,而重议论,不直接干预抗战现实,多以生活中常见的事物为题,在饶有兴味的叙谈中,交织着博雅的知见与幽默的趣味,将人生的体味艺术化,在当时风行文坛,影响长久不衰。

---

① 梁实秋:《雅舍小品》,北京:解放文艺出版社2007年版,第11—20页。
② 佚名:《从梁实秋的〈论散文〉论梁实秋的散文》,中国语文网/文学世界/中国文学/现代文学/作家档案/梁实秋。
③ 梁实秋:《雅舍小品》,北京:解放文艺出版社2007年版,第20页。

【导学训练】

1. 试述抗战时期大后方文学发展的阶段性特征。
2. 抗战时期大后方文学是"凋零"还是"繁荣"?
3. 抗战时期大后方文学如何践行"文艺服务于抗战"的时代使命?
4. 如何看待梁实秋写于抗战时期的《雅舍小品》?

【研讨平台】

抗战文学的艺术审美价值

提示:抗战文学的艺术审美价值,是抗战文学研究中的一个热点问题。长期以来,除抗战文学"右倾"论以外,还有另一种观点影响人们对抗战文学文学价值全面客观的评价。这种观点认为,抗战文学产生和发展于战争烽火之中,强调文艺服务于抗战,往往是急就成章,多数作品文学价值不高。1986年在四川举行的第三次抗战文艺学术讨论会上,就此专题较集中地进行过探讨。① 与会学者多数认为,抗战文学的艺术性问题应当视不同时期的不同作品作具体分析。一种意见认为:抗战初期的作品鼓动性强,艺术上显得粗糙浮浅。进入相持阶段以后,"无论诗歌、小说、戏剧、杂文都呈现出前所未有的多姿多彩的局面",从而形成了抗战文艺独特的审美特征,不但文艺创作的思想意蕴更加深邃,而且艺术技巧也更加圆熟,现实主义更加深化,达到了超越从前、后来居上的美学高度。但也有学者持相反的意见,认为历史地看,抗战文艺在民族危亡时刻确实起了唤醒民众、振奋民族精神的作用,充分发挥了文艺的社会功能,在中国文化发展史和中国革命史上都具有不可磨灭的贡献,但是,肯定其社会作用不等于肯定其艺术性,思想性高、时代感强不等于审美价值高,应该看到,抗战时期的文艺主要是服从政治的需要,而不是艺术的需要,从总体上看,抗战文艺突出政治、忽视艺术的倾向,对当代文学产生了不良影响。

上个世纪90年代以后,随着抗战文学史料的发掘与整理出版,研究视野的扩大,对重要作家、流派研究的更加全面与深入,人们越来越认识到抗战文学内涵丰富,其艺术水平较之抗战以前也有长足的进步,审美价值不容低估。

【拓展指南】

1. 田仲济(署名蓝海):《中国抗战文艺史》,上海:现代出版社1947年版。

简介:全书约8万字。第一章绪论,从时代与文艺的关系论述了抗战时期是中华民族历史上的一个英雄的时代,在"文艺上也应是一个英雄的时代";第二章"新文艺发展的路向",论述了从五四、"左联"直到抗战新文学的传承和发展;第三章到第九章分别

---

① 参见望江:《第三次抗战文艺学术讨论会综述》,《抗战文艺研究》1987年第1期。

就抗战文艺的动态和路向、通俗文艺与新型文艺、长足发展的报告文学、在成长中的小说、戏剧创作的高潮、诗歌发展的新阶段、文艺理论的发展等全面描述和评价了抗战时期的文学现象、文学活动和文学创作。论著的突出特点是史料丰富,论述全面。由于成书于战争年代,获取资料不易,书中难免存在一些瑕疵,但它是将抗战文艺作为一个相对独立的整体而写成的断代文学史专著,是第一部对抗战文艺进行全面系统的历史回顾与研究的著作,具有重要的参考价值。

2. 苏光文:《大后方抗战文学论稿》,重庆:西南师范大学出版社1994年版。

简介:全书40余万字。"评估篇"辨析20世纪后半叶海内外抗战文学——大后方文学研究中几个代表性的观点。"理论篇"主要论述抗战时期大后方文学发展过程中的现实主义文学理论与文学思潮问题,展现大后方文学理论的繁复与现实主义理论的日趋体系化。"创作篇"将抗战时期大后方文学分为八大流派加以评析,呈现大后方文学创作所取得的成就及其共时性与历史性相结合的特征。"交往篇"着重勾勒抗战时期大后方文学与世界反法西斯文学交往的概貌,突出大后方文学在世界反法西斯文学中的地位。"延伸篇"概论抗战时期港台文学的特点、成就及其历史意义,阐释了香港文学与战时大后方文学的关系。

【参考文献】

1. 胡风:《民族战争与我们》,1940年7月7日《中苏文化·抗战三周年纪念特刊》。
2. 艾青:《抗战以来的中国新诗》,《文艺阵地》第6卷第4期,1942年4月10日。
3. 茅盾《八年来文艺工作的成果及倾向》,《文联》第1卷第1期,1946年1月。
4.《国统区抗战文艺研究论文集》,重庆:重庆出版社1984年版。
5. 文天行编:《国统区抗战文艺大事记》,成都:四川省社会科学院出版社1985年版。
6. 林默涵主编:《中国抗日战争时期大后方文学书系》,重庆:重庆出版社1989年版。
7. 章绍嗣:《抗战文艺研究60年回眸》,《抗日战争研究》1998年第4期。
8. 秦弓:《抗战文学研究的概况与问题》,《抗日战争研究》2007年第4期。
9. 郝明工:《抗战时期中国文学的区域划分与主导特征》,《中国现代文学研究丛刊》2009年第3期。

第十九章　新诗泰斗艾青

新诗到第二个十年进入了成熟期。艾青正是在此时"吹着芦笛"沉稳地步入诗坛,将中国自由体新诗推向新的高峰的诗人。他的创作经历了30年代的凝重、40年代的激越,跟随时代的脚步,紧贴大地,歌颂光明,书写中国人民在血与火考验中的倔强与奋争,沉郁醇厚,深刻地影响了后来新诗的发展。

第一节　艾青的新诗创作道路

艾青(1910—1996),原名蒋海澄,出生在浙江金华一个地主家庭。1929年赴法国留学,专攻绘画,1932年1月以"莪伽"为笔名发表第一首诗《会合》。不久,乘船回国,参加"中国左翼美术家联盟",8月被捕入狱。

1933年1月在狱中创作了代表作《大堰河——我的保姆》,刊于1934年《春光》1卷3期,署名"艾青"。艾青出生时难产,算命先生说他命相"克父母",从小便寄养在农妇"大叶荷"家,这一经历使艾青对破败的乡村有较为深入的了解,同情不幸中挣扎的农民,并逐渐形成了"忧郁"的性格。在《大堰河——我的保姆》中,他深情地写道:"大堰河,今天我看到雪使我想起了你","大堰河,今天,你的乳儿是在狱里,写着一首呈给你的赞美诗","大堰河,含泪的去了!/同着四十几年的人世生活的凌侮,/同着数不尽的奴隶的凄苦,/同着四块钱的棺材和几束稻草,/同着几尺长方的埋棺材的土地,/同着一手把的纸钱的灰,/大堰河,她含泪的去了"。他将最真挚的情感献给了自己的乳母,一位普通、善良的农妇。同年3月,艾青创作了《芦笛》,被誉为"吹芦笛的诗人"[①]。抗战爆发后,他先后到武汉、西安、桂林、湖南、重庆等地从事抗日文化活动,并坚持诗歌写作。1938年,创作《我爱这土地》,假设自己是一只鸟,以嘶哑的喉咙歌唱土地、河流、风和温柔的黎

---

① 胡风:《吹芦笛的诗人》,《胡风评论集》(上),北京:人民文学出版社1984年版,第416页。

明,最后连羽毛也要腐烂在土地里:"为什么我的眼里常含泪水?/因为我对这土地爱得深沉……"表现对大地最深沉的爱。苦难的现实不断强化他的忧郁情绪,"叫一个生活在这年代的忠实的灵魂不忧郁,这有如叫一个辗转在泥色的梦里的农夫不忧郁,是一样的属于天真的一种奢望"①。忧郁诗化为对底层社会饥饿的老人、蓬头垢面的少妇、刻满痛苦皱纹的农夫、流浪者、乞丐等的人道主义同情。

1932—1941年是艾青创作的黄金期,他创作出版了诗集《大堰河——我的保姆》(1936)、《北方》(1939)、《向太阳》(1938)、《旷野》(1940)、《他死在第二次》(1939)、《火把》(1941)等。1941年3月,艾青从重庆到延安,参与发起成立"延安诗会",在鲁艺任教,新的环境逐渐改变了他思考问题的方式,诗歌情感与表达发生了明显的变化,创作了《黎明的通知》、《给太阳》、《雪里赞》、《献给乡村的诗》等诗歌。1949年到北京,参加中华全国文学艺术工作者第一次代表大会,不久任《人民文学》副主编。1954年到智利访问,重新燃起创作激情,创作了《维也纳》、《一个黑人姑娘在歌唱》、《在智利的海岬上》、《在智利的纸烟盒上》等作品。1956年出版诗学著作《诗论》。1958年被错划为右派,先后到北大荒、新疆生产建设兵团劳动改造,新时期出版诗集《归来之歌》。

艾青的传统文化、文学根底很深,他的诗歌创作虽自觉地与传统格律诗拉开距离,继承了胡适、郭沫若等所开创的自由诗新传统,但民族传统文化却始终滋养着他,成为其创作的深层土壤。他善于将个人的遭遇同民族文化历史联系在一起,从民族文化建设角度探寻个人创造的深层价值。同时,他又广泛地汲取世界诗艺的精华。在法国留学时期,艾青就阅读了大量的西方作品,接受了象征派、印象派的艺术观念,自觉借鉴西方诗艺以创作新诗,他的许多优秀篇什中留有马雅可夫斯基、惠特曼、波特莱尔等人诗风的痕迹,做到了中西诗艺的融合。

第二节　典型意象与内涵

艾青追求以意象呈现内在情思,以意象拓展诗歌审美空间,通过意象融合生活与艺术,创造个性化的作品。诗人都有自己热爱的题材、习惯的言说载体,艾青紧贴大地,追寻光明,土地与太阳是贯穿他全部诗歌的核心意象。

---

① 艾青:《诗论》,《艾青全集》第3卷,石家庄:花山文艺出版社1994年版,第43页。

土地意象凝聚着诗人强烈深沉的爱国主义情感。1930年代,由于对民族苦难的深刻体认,他饱含悲愤忧郁之情,集中写了大量的以北方农村生活为题材的作品。在《雪落在中国的土地上》《北方》《我爱这土地》《手推车》《旷野》等诗篇里,"土地"成为诗人歌吟的核心意象。"我爱这悲哀的国土,/荒漠/也引起我的崇敬/——我看见/我们的祖先/带领了羊群/吹着笳笛/沉浸在这大漠的黄昏里","国土"养育了祖祖辈辈,养育了中华文化,"他们为保卫土地,不曾屈辱过一次,/他们死了/把土地遗留给我们——"(《北方》),他诉说"土地"的悲哀,歌赞"土地"的坚韧,"土地"意象中寄托着他对民族不屈性格与生生不息的生命力的深切体认。在《我爱这土地》中,诗人歌唱"这被暴风雨所打击着的土地";在《雪落在中国的土地上》中,他如此倾诉:"中国/我的在没有灯光的晚上/所写的无力的诗句/能给你些许的温暖么?"爱国之情借助土地意象凝结为不朽的诗句。

　　土地意象还寄予着诗人对劳动者的深情。《大堰河——我的保姆》以排比的句式塑造了大堰河这一凝聚着诗人崇高情感的形象,将对中国大地的深情转换为对普通农妇大堰河的赞美。《雪落在中国的大地上》《乞丐》和《复活的土地》等抒写了对于生活在土地上的普通农民命运的关怀。

　　唐弢曾说:"我以为世界上歌颂太阳的次数之多,没有一个诗人超过艾青的了。"①太阳是艾青诗意言说的另一最重要的载体和意象。一方面,太阳意象表达了诗人对光明和希望的热烈期盼。他赞美"比一切都美丽"的太阳,并且深信只有太阳"把我们从绝望的睡眠里刺醒","刺醒我们的田野、河流和山峦"(《向太阳》);"假如没有你,太阳,/一切生命将匍匐在阴暗里,/即使有翅膀,也只能像蝙蝠/在永恒的黑夜里飞翔"(《给太阳》),坚信只有太阳能给生命以阳光与力量。《太阳》《火把》《春》《黎明》《向太阳》《太阳的话》《黎明的通知》《吹号者》《野火》《篝火》《给太阳》等诗给抗战儿女以鼓舞,成为青年知识分子的精神食粮。抒情长诗《向太阳》"赞美着光明,赞美着民主";《黎明的通知》写道:"我将带光明给世界/又将带温暖给人类/……请叫醒一切的不幸者/我会一并给他们以慰安",作者热情地呼唤光明,对祖国和人民的前途满怀希望。另一方面,太阳意象还寄予着诗人对战斗者不屈精神的赞美。在《吹号者》中,吹号者"以对于丰美的黎明的倾慕/吹起了起身号","太阳给那道路上镀上黄金了/而我们的吹号者/在阳光照着的长长的队伍的最前面/以行进号/给前进着的步伐/

---

① 唐弢:《中国现代作家作品欣赏丛书·新版序言》,南宁:广西教育出版社1990年版。

作了优美的节拍",倔强地吹着行进的号角。在《向太阳》中,诗人塑造了一个支撑着拐杖向前行走的"伤兵"形象,他在"太阳下的真实姿态","比拿破仑的铜像更漂亮",在诗人看来,正是这些普通而不屈的士兵撑起了民族的脊梁。

土地、太阳意象凝聚着诗人对于生命、世界和自我的深刻体认,是内外世界相遇后的诗化契合。将千百年来中国人特别是中国知识分子对于脚下大地、对于普照大地的太阳的深情,转化成为一种现代诗意,凝练成为美的诗篇,这是艾青对于中国诗歌发展的重要贡献。

第三节 诗歌的审美风格

艾青曾如此发问:"一首诗里面……没有色调,没有光彩,没有形象——艺术的生命在哪里呢?"①在创作中,他总是试图将对于外在世界诸如土地、光色、风、雨、雾、电等的感受与自己的情感思想融为一体,使诗句获得一种丰厚感、一种情感冲击力,如"颓垣与荒冢呀/都被披上了土色的忧郁"(《北方》),"呈给你黄土下紫色的灵魂"(《大堰河——我的保姆》),"由玛格丽特震颤的褪了脂粉的唇边/吐出苍色的故事"(《芦笛》),诗人对于外在世界的感受是那么真实、特别,彰显了一种崇高的价值认同和巨大的语言张力。

艾青的色彩感特别强烈,色彩是他承载诗意的重要元素,色与意融为一体,化为美的意象和诗句。如《北方》"一片暗淡的灰黄/蒙上一层揭不开的沙雾/……村庄呀,山坡呀,河岸呀/颓垣与荒冢呀/都披上了土色的忧郁",《旷野》"在广大的灰白里呈露出的/到处是一片土黄,暗赭/与焦茶的颜色的混合啊",诗人以色彩再现北方乡村的破败,呈现诗人的忧郁。《向太阳》、《火把》等诗里,火红的色彩意象传达的是诗人的民族自信心,是一个民族对于生的强烈渴求。

艾青创作了大量的富于散文美的自由体诗歌,其特点是形式自由,表达口语化。形式自由,就是指诗人自由地抒写所感所思,不求外在形式,只注重诗的内在韵律。他认为是诗产生格律,不是格律产生诗,追求诗意的自由表达,不愿意将美的诗意装进呆板的形式里,而是让诗情任意挥洒,变幻出

---

① 艾青:《诗论掇拾》(一),《艾青全集》第 3 卷,石家庄:花山文艺出版社 1991 年版,第 48 页。

美的节奏与形式,诸如《大堰河——我的保姆》那散文化的排比句,就是诗意自由生成的一种"格律"。艾青倡导"散文美",他表示:"我说的诗的散文美,说的就是口语美","最富于自然性的语言是口语"。① 口语是美的,富有表现力,所以诗人喜欢以日常口语表现自己的感受、经验。他以口语为诗,自由挥洒,创造出一种灵动变幻、富于表现力的自由体诗。他还喜欢运用排比、复沓的修辞方法,如《大堰河——我的保姆》,全诗十三节,借助排比和复沓造成一种排山倒海的言说气势,渲染了诗人对于大堰河的无限深情。

艾青在继承与创造、自由与整饬中将新诗推到了前所未有的境界。正如绿原所说:"中国的自由诗从'五四'发源,经历了曲折的探索过程,到三十年代才由诗人艾青开拓成为一条壮阔的河流。"②艾青紧贴中国大地,以崇高的价值理念为底蕴,广泛借鉴中外文学经验,"综合"五四以来新诗传统,融会贯通,将中国自由体新诗推向了一个新的高度。

【导学训练】

1. 艾青对新诗的贡献何在?
2. 如何理解艾青诗歌中的"忧郁"?
3. 土地和太阳意象中蕴含着艾青怎样的情思?
4. 结合《大堰河——我的保姆》谈谈艾青的诗学追求。

【研讨平台】

《大堰河——我的保姆》的"经典化"历程

提示:艾青的《大堰河——我的保姆》是经典,但它走向经典的过程决定于多重机制,具有思想史意义。

该诗 1934 年刊于《春光》1 卷 3 期,起初并未引起读者注意,到 1936 年底艾青以《大堰河》为名出版诗集后才引起关注。不久,茅盾和胡风撰文评论《大堰河——我的保姆》,使其脱颖而出。然而,当中国进入战争状态后,这首诗因其脉脉温情与战时精神格格不入而被边缘化。五六十年代,左翼文学史叙事以文学参与革命程度、阶级性、现实主义等作为评判作品优劣的原则,《大堰河——我的保姆》获得重新出场的机会。进入新时期后,尽管现代主义不断受到重视,但《大堰河——我的保姆》依然受到肯定,孙

---

① 艾青:《诗的散文美》,《艾青全集》第 3 卷,石家庄:花山文艺出版社 1991 年版,第 65 页。
② 绿原:《白色花·序》,北京:人民文学出版社 1994 年版。

玉石、陆耀东、谢冕、杨匡汉、杨匡满等均认为它是20世纪新诗的代表作。

纵观《大堰河——我的保姆》的接受史，不难发现它之所以被"经典化"，除了其独特的诗质外，还有历史的机缘：在它"经典地位"的生成过程中，与左翼话语的暗合为其历史出场提供了机遇；左翼文学史在现实主义规约范围内梳理艾青诗歌的发展脉络，确立了它的开端和起点意义；新中国新诗编选者勾勒历史的野心，与对读者接受能力和接受范围的自我限制，促使他们要么以"选"代"史"，要么在读者期望值之内进行取舍，因此，《大堰河——我的保姆》便成了必选篇目，使它拥有了众多的读者。正是在不同力量的作用下，《大堰河——我的保姆》才确立了在新诗史上的"经典"地位。如果避开历史运动中的诸多因素，《大堰河——我的保姆》的"经典"地位是值得怀疑的。

【拓展指南】

1. 龙泉明：《中国新诗流变论》，北京：人民文学出版社1999年版。

简介：全书近50万字。作者认为，中国新诗经过了革创——奠基——拓展——普及与深化四个阶段，分别以郭沫若、戴望舒、艾青为代表，实现了三次整合。五四以前以胡适为代表的白话诗作为中国诗歌转型的开端，乃是传统与现代之间的历史联结点。之后，写实诗派、浪漫诗派、湖畔诗派和小诗派等在白话诗的基础上进一步实行对旧诗的扬弃和新诗的重建，从而奠定了中国新诗的第一块基石。郭沫若的诗歌是中国新诗成立的标志。此后新诗进一步拓展，以闻一多为代表的格律诗、以李金发为代表的象征诗、以戴望舒为代表的现代诗，以及先后以普罗诗派、中国诗歌会和"密云期"新诗人为代表的革命现实主义诗歌，是中国新诗进入建设期的多种诗歌形态的交错演进，然而又在总体上形成两种并立对峙的发展态势。最后，诗坛又由对峙转入历史的大汇合，新诗进入普及与深化的阶段。新诗的主要流向——浪漫化运动、民间化运动、散文化运动、形象化运动和意象化运动，新诗的重要流派——延安诗派、七月诗派和九叶诗派，以及本时期代表诗人艾青的诗歌创作，均呈现出艺术创新与历史使命的统一、民族化与现代化融合的总趋势。新诗的发展，是各种诗潮和流派动态组合、交错递进、多元互补、多元推动的过程，从对立走向融合，从交叉达到互补，从趋异直至趋同，几乎成为新诗发展的内在律动模式。

2. 程光炜：《艾青传》，北京：北京十月文艺出版社1999年版。

简介：全书39万字，共十一章，从诗人雾一般的童年写起，对其人生经历、艺术追求、动荡岁月中的诗艺探索、信仰选择等作了详实的叙述，落脚于重返北京的最后岁月。作者认为，艾青的文化命运既受制于晚清以来的历史处境，又为30年代以来动荡的社会变革所裹挟、所塑造，所以其心灵轨迹既不同于前一代，也异于后来者，对他人生、艺术历程的描绘研究，将富有心灵史、思想史意义。在叙述艾青人生、艺术遭遇时，作者不断地发问，探寻个中是非奥秘。作者认为艾青的性格乃至创作中，贯穿着一个偌大而刻骨铭心的"家"的情结，揭示了一种深刻的困惑，只有感应到这一困惑，才可能走进艾青的世界。超现实主义终究没有成为他创作的主导倾向，这是幸还是不幸耐人寻味。《大堰河——我的保姆》在《现代》杂志受到冷遇,预示了艾青与现代派诗人完全不同的人生旨趣。《诗论》的写作是出自一种忧伤,是向整个三四十年代中国诗坛"要求答复与保证的疑问"。艾青与朦胧诗人等后来者不应存在你死我活、非此即彼的尖锐矛盾,艾青的历史背后存在着更加复杂的一部几代知识分子奋争与思考的心灵史。

【参考文献】

1.《艾青全集》,石家庄:花山文艺出版社1994年版。
2.《艾青专集》,南京:江苏人民出版社1982年版。
3.杨匡汉、杨匡满:《艾青传论》,上海:上海文艺出版社1984年版。
4.程光炜:《艾青传》,北京:十月文艺出版社1999年版。
5.蓝棣之:《现代诗的情感与形式》,北京:人民文学出版社2002年版。
6.龙泉明:《中国新诗流变论》,北京:人民文学出版社1999年版。

第二十章　穆旦与西南联大诗人群

1930年代,中国新诗经中国诗歌会、后期新月派和戴望舒为代表的现代派的共同努力,取得了重大的发展,不仅突破了早期白话诗过于平实、想象力不足的局限,而且克服了五四浪漫主义诗歌无节制的主观宣泄的弊端;不仅丰富了革命诗歌的表现力,而且将早期象征主义向前推进了一大步,使西方诗艺与中国经验更好地结合起来了。进入第三个十年,在民族危亡的战争语境中,新诗同样经受着血与火的考验。根据地、解放区的现实主义诗歌直接投入到民族解放的洪流中,而在国统区,特别是在西南联大,一大批诗人在诗歌园地进行着坚韧的探索,加快了中国诗歌的现代化进程。

第一节　西南联大诗人群的出现

1937年,全面抗战爆发,北京大学、清华大学和南开大学迁至湖南长沙,合并成立国立长沙临时大学,不久又南迁昆明,成立"国立西南联合大学"。

西南联大地处西南边陲,物质上极度贫乏,教学条件相当差,然而文化氛围却特别浓。当时中国一大批自然科学家、人文学者聚集在西南联大,他们一边教学,一边从事着文化建设工作。民族危亡,国家不幸,却意外地为中国新诗探索、实验提供了一块"净土"。一大批优秀的诗人来到西南联大,包括20年代扬名诗坛的闻一多、朱自清、冯至,30年代崭露头角的卞之琳、李广田,他们活跃了当时昆明的文学气氛,将五四以来培植起来的新诗种子带到了大西南,撒向了渴望知识、向往光明并希望以诗歌抒写自我与世界的一大批青年学生,使他们近距离地感受到中国新诗的传统,受到新诗艺术的浸润,诗创作的种子开始在他们心中萌芽。这些青年学生包括穆旦、杜运燮、郑敏、袁可嘉、周珏良、王佐良、赵瑞蕻等。

点燃这些青年学生诗情的除了20年代和30年代的中国诗人,还有来自英国的诗人、理论家燕卜荪(1906—1984)。燕卜荪是当时西方现代派青年诗人,1930年出版了诗歌批评著作《七类晦涩》,影响颇大。1937年,他在长沙临时大学任教,后又随师生一起来到昆明,在西南联大给青年学生讲授《当代英诗》,将叶芝、艾略特、奥登等介绍给战时的中国青年学生,使他们在炮声中消化当时西方最前沿的诗歌理论,领悟现代派的奥秘。奥登(1907—1973)也是一位英国现代主义青年诗人,于1938年来到武汉,卞之琳曾翻译了他的十四行诗《战时在中国》5首和《小说家》,前者刊于《明日文艺》1943年11月第2期,后者发表在《东方和西方》1947年4月第1卷第1期。奥登的诗歌深受联大学子的喜爱,使他们对现代主义诗歌有了更深入的理解,并自觉思考中国新诗发展同现代主义的关系。

在西南联大校园里,五四以来的新诗传统经由闻一多、朱自清、冯至等人,直接影响着穆旦、袁可嘉、郑敏等人;西方现代派诗艺则通过燕卜荪的言传身教浸润着青年学生,在这里中西诗艺进行着直接的碰撞、融汇。学生们成立了名目繁多的文学社团和诗社,如"南湖诗社"、"冬青社"、"文聚社"、"新诗社"、"南荒社"、"布谷社"、"耕耘社",闻一多、朱自清、冯至、卞之琳、李广田等作为指导教师,经常参加社团活动,引导学生从事文艺创作和诗歌写作。学生们读艾略特、里尔克、叶芝和奥登等人的作品,读冯至的《十四行集》,读卞之琳的《慰劳信集》、《鱼目集》、《十年诗草》,他们创办刊物,举办诗歌朗诵会,办壁报,创作新诗,相互激励,探索中国新诗的出路。他们经常在自办的《文聚》杂志和香港《大公报·文艺副刊》、《贵阳日报》、《明日文艺》、《中南三日刊》上发表作品。闻一多先生在《现代诗抄》里收录了他们的作品,这是一种肯定与奖掖。

于是,以西南联大为中心,形成了一股探索新诗、创作新诗的潮流,参加者有冯至这样的前辈诗人,但主要是青年学生,包括穆旦、郑敏、杜运燮、袁可嘉、王佐良、赵瑞蕻、闻山、秦泥、周定一、杨周翰、马逢华等,他们被称为西南联大诗人群。袁可嘉在1987年回顾那场诗歌潮流时说:"现在看来,那一场诗歌界的新思潮好像是很自然地形成的,似乎也没有提出什么新理论或标榜什么新流派。"①

第二节 西南联大的诗学与诗歌创作

在西南联大,燕卜荪向中国青年学生解读西方现代主义诗歌文本,介绍英美现代派诗学;与此同时,中国诗人也开始思考、总结中国新诗几十年来

---

① 袁可嘉:《诗人穆旦的位置》,《一个民族已经起来》,南京:江苏人民出版社1987年版,第16页。

的发展经验:朱自清完成了《新诗杂话》,阐明自己对于新诗的看法,倡导新诗"现代化",并认为冯至的《十四行集》奠定了中国十四行诗的基础;闻一多写了《艾青和田间》、《时代的鼓手——读田间的诗》等评论文章,并编撰了体现其诗学观念的《现代诗抄》。袁可嘉(1921——　)是西南联大诗人群里最重要的理论家,在 40 年代中后期,他撰写了一组诗学文章,如《新诗现代化》、《新诗现代化的再分析》、《新诗戏剧化》、《谈戏剧主义》、《论现代诗中的政治感伤性》等,探讨新诗现代化、戏剧化问题。在他看来,中国新诗也应该建立"现实、象征、玄学的综合传统:现实表现于对当前世界人生的紧密把握,象征表现于暗示含蓄,玄学则表现于敏感多思、感情、意志的强烈结合及机智的不时流露"①。他认为新诗的弊端在于:"说明意志的最后都成为说教的,表现情感的则沦为感伤的,二者都只是自我描写,都不足以说服读者或感动他人。"而戏剧化则是使"意志和情感转化为诗的经验"的最好的途径,所谓戏剧化也就是"避免直截了当的正面陈述而以相当的外界事物寄托作者的意志与情感"②,重视表现的客观性、间接性。西南联大时期的诗学总结与诗歌创作之间,相当程度上是一种彼此影响、动态互生的关系。

冯至(1905—1993),河北涿县人,曾被鲁迅誉为"中国最为杰出的抒情诗人"。1920 年代上半期在北京大学读书期间,大量阅读外国文学作品,接受西方现代思想的洗礼,加入"浅草社",后又与陈翔鹤、杨晦、陈炜谟等人发起成立"沉钟社"。

1927 年出版第一本诗集《昨日之歌》,收入 1921—1926 年间创作的抒情短诗和叙事长诗。其抒情短诗,或歌颂友情、爱情,或揭露社会不平,或抒发自我胸中苦闷,且多从平凡的日常生活中发掘诗意,重要作品有《绿衣人》、《我是一条小河》、《雨夜》、《在郊原》、《蛇》、《瞽者的暗示》等。它们"有些近似海涅早期作品和后来苏联的伊萨柯夫斯基的诗,大多有一点情节,而且有一点波澜"③,想象丰富,借日常生活片段营造意境,暗示某种人生旨意。叙事诗共四首,包括《吹箫人》、《帷幔》、《蚕马》和《寺门之前》等,均以曲折的故事情节表现青年人对人生理想或爱情的追求,在反封建中彰显"人的解放"的主题。如《帷幔》写一个妙龄少女为反抗包办婚姻削发为

---

① 袁可嘉:《新诗现代化》,《论新诗现代化》,北京:三联书店 1988 年版,第 7 页。
② 同上书,第 24—25 页。
③ 陆耀东:《中国新诗史(1916—1949)》,武汉:长江文艺出版社 2005 年版,第 449 页。

尼的故事,她要将深爱绣在帷幔上,但她无法绣出心中的悲伤:"现在已经二百年了,/帷幔还珍重地,被藏在僧院里——/只是那左方的一角呀,/至今没有一个人儿,能够补起!"这是对封建婚姻制度的血泪控诉。

1927年诗人到哈尔滨任教,恶劣的环境,缺乏友爱,特别是浓重的殖民氛围,使他内心孤独而痛苦,诗风由幽怨转向激愤,1929年出版的第二本诗集《北游及其他》反映了这种变化。1930年去德国留学,对存在主义有了更深入的了解,并大量阅读里尔克的诗歌,思考生死问题,对十四行诗做了较为深入的研究,为其创作转向埋下伏笔。1935年回国,抗战爆发后到西南联大任教。

在西南联大,冯至是老师辈诗人,创作了包括27首诗的《十四行集》,这是他的代表作。他曾谈到写作这些诗的缘由:"有些体验,永久在我的脑海里再现;有些人物,我不断地从他们那里吸取养分;有些自然现象,它们给我许多启示:我为什么不给它们留下一些感谢的纪念呢?由于这个念头,于是从历史上不朽的精神到无名的村童农妇,从远方的千古名城到山坡上的飞虫山草,从个人的以一小段生活到许多人共同的遭遇,凡是和我的生命发生深切的关连的,对于每件事物我都写出一首诗……"①这些诗歌来自诗人日常生活的发现,是生活的诗化表现。历史人物、名城、飞虫山草、村童农妇成为他哲思的对象,由他们敞开了生命的本真状态。

《十四行集》没有《昨日之歌》的浪漫,也没有《北游及其他》的悲愤,它受存在主义思想影响,表现了诗人对生命的体验、追问与反思。诗歌中反复出现第一人称复数"我们",但它不是一般意义上的人称代词,而是体现冯至的存在主义思想的核心语词,是解读《十四行集》的关键。首先,"我们"是真实独立的生存者、承担者。正如诗人所说:"谁若是要真实的生活,就必须脱离现成的习俗,自己独立成为一个生存者,担当生活上种种的问题,和我们的始祖所担当过的一样,不能容有一些儿代替。"②这是"我们"的实质,也是"我们"面临的本然处境。诗人在第一首诗中就明确揭示了这一点:"我们准备深深地领受/那些意想不到的奇迹,/在漫长的岁月里忽然有/彗星的出现,狂风乍起……"在人生的途程中,有许多艰难、坎坷,如同"狂风乍起,彗星出现","我们"作为生命个体的人,应当主动领受、自觉承担,不能回避,也不能逃离。其次,"我们"是"向死而生"的涅槃者。面对

---

① 冯至:《〈十四行集〉序》,《十四行集》,上海:文化生活出版社1848年版。
② 《冯至全集》第11卷,石家庄:河北教育出版社1999年版,第283页。

死亡"向死而生"的态度是作为真实的生存者所应当持有的死亡观,也是"我们"达到本真存在的途径之一:"我们把我们安排给那个／未来的死亡……"(《什么能从我们身上脱落》)在这里,"我们""为死而在"、"先行就死",把死亡视为生命中最辉煌、最神圣的时刻,向着死亡筹划和安排人生,积极坦然地面对死亡。① 就像施太格·缪勒评价里尔克时所说:"死亡是作为把人引导到生命的最高峰,并使生命第一次具有充分的东西而出现的。"②有生命就必然有死亡,这是任何生命个体都必须遵循的自然法则,生与死不是对立而是统一的,死是生的一部分,死亡是生命的圆满完成,只有真正明白了这一点,才能平静地面对死和更主动地投入生。再次,"我们"是交往于天地万物的联系者。"我们"作为一个个生命个体,就像"西方的那座水城","它是个人世的象征……当你向我拉一拉手,／便像一座水上的桥……"(《威尼斯》)"我们"包括世上所有的人和物都是互相关联、彼此贯通的,"我们"不能脱离其他的存在而单独探求自我的生存,只有在相互交流的环境与过程中,"我们"才有可能达到本真自我。当"我们站立在高高的山巅"时,"我们"、他人和自然之间互相交融、密合为一体。"我们"通过与他人、与社会、与自然之间的交流,将之化为自己的生命,扩充自我的存在。又次,"我们"是虚心谦敬的发现者。这一点对"我们"很重要,"我们"只有"怀着纯洁的爱观看宇宙间的万物","虚心侍奉他们,静听他们的有声和无语,分担他们人们都漠然视之的命运"③,才能把握住一些从未被人注意到的事物的本质。而且,"我们"为了把捉住那些被人忽略、被人遗忘的但却是本质性存在的东西,往往把目光投向熟悉的、日常的事物。

在艺术表达上,冯至从里尔克那里获得启示,以雕刻的方式进行诗歌创作,变抽象为具体,变情思、思想为可感的事物,使诗歌像一面风旗,"把住一些把不住的事体"。

郑敏(1920—),福建闽侯人,1943 年毕业于西南联大哲学系,是当时昆明的才女诗人,出版了《诗集(1942—1947)》。唐湜认为郑敏"浑厚"、"丰富","时时任自己的生命化入一幅画面,一个雕像,或一个意象,让思想之流里涌现出一个个图案,一种默思的象征,一种观念的辩证法,丰富、跳

---

① 参见解志熙:《生的执著》,北京:人民文学出版社 1999 年版,第 155—157 页。
② 施太格·缪勒:《当代哲学主流》中译本上卷,北京:商务印书馆 1986 年版,第 184 页。
③ 《冯至全集》第 4 卷,石家庄:河北教育出版社 1999 年版,第 84 页。

荡,却又显现了一种玄秘的凝静"。① 她关注、探索生命存在的本真状态,感受生命的丰富与复杂,将生命过程中的喜怒哀乐体验化为画面、雕塑与意象,它们流动而又凝静。《金黄的稻束》如此写道:"金黄的稻束站在/割过的秋天的天里/我想起无数个疲倦的母亲","没有一个雕像能比这更静默","而你们,站在那儿/将成了人类的一个思想"。疲倦而伟大的母亲,就是一尊雕像、一个思想。流动与静默统一在她的哲思中,"我从来没有真正听见声音,/像我听见树的声音","我从来没有真正感觉过宁静,/像我从树的姿态里/所感受到的那样深"(《树》),在她那里,树就像失去民族自由的人民,"仿佛生长在永恒宁静的土地上"。诗人在动、静之间感受生命的活力,沟通人与自然、个体与人民,使诗思意象化。

杜运燮(1918—2002),福建古田人,出生于马来西亚,1945 年于西南联大外语系毕业后,参加过中国远征军和美国空军志愿大队,任翻译,赴前线参战。1946 年发表《诗四十首》,主要作品有《滇缅公路》、《狙击兵》、《草鞋兵》、《被遗弃在路旁的死老总》、《游击队歌》、《无名英雄》等。"太伟大的都不必有名字/有名字的才会被人忘记"(《无名英雄》),充满机智。"你苦难的中国农民,/负着已腐烂的古传统/在历史加速度的脚步下无声死亡,挣扎","仍然踏着草鞋,走向优势的武器/像走进城市,在后山打狼般打游击/忍耐'长期抗战'像过了持久的雨季"(《草鞋兵》),在战争语境中反思中国农民的命运,有着奥登诗歌嘲讽的味道。《滇缅公路》曾得到朱自清、闻一多的肯定,诗中写道:"放声歌唱吧,接近胜利的人民/新的路给我们新的希望,而就是他们/还带着沉重的枷锁而任人播弄","我们都记得无知而勇敢的牺牲/永在阴谋剥削而支持享受的一群",胜利是以农民的牺牲为代价的,无知而勇敢的牺牲有时只是成就某种阴谋,以反讽彰显机智,于冷峻中张扬民族良知。唐湜称该诗是"抗战时期最好的史诗之一,为当时作出重大牺牲的农民写的史诗"②。

抗战胜利后,西南联大的青年诗人穆旦、杜运燮、郑敏、袁可嘉等纷纷回到北京或天津,在新的环境中继续从事现代主义诗艺的探索。与此同时,1946 年,杭约赫、臧克家等在上海成立了星群出版社,专业出版新诗;1947 年,杭约赫、臧克家、林宏、郝天航等在上海创办《诗创造》,辛笛、杭约赫、唐湜、陈敬容、唐祈、方敬、方宇晨等人均在上面发表过具有现代主义倾向的作

---

① 唐湜:《九页诗人:"中国新诗"的中兴》,上海:上海教育出版社 2003 年版,第 184—185 页。
② 同上书,第 101 页。

品。后来,杭约赫退出《诗创造》,于1948年6月与辛笛、陈敬容、唐祈、唐湜等创办了《中国新诗》丛刊,发表诗歌与诗论,至11月被国民党查封,一共出版了5集。这一刊物的作者还有穆旦、杜运燮、郑敏、袁可嘉、马逢华、方敬、李瑛、方宇晨、杨禾等人,南北诗人围绕这一刊物发表诗作;冯至、刘西渭、蒋天佐等人发表诗论;戈宝权、陈敬容等人还刊发了译诗。于是,以该刊为中心形成了一个新的诗歌流派,即《中国新诗》派。1948年,袁可嘉就认为《中国新诗》"具体化了,同时象征化了,南北青年诗人们的破例的合作,而这个合作并非基于某一武断的教条,而是想在现实与艺术间求得平衡,不让艺术逃避现实,也不让现实扼死艺术"①。《中国新诗》派的创作与西南联大诗歌一脉相承,即追求现实与艺术的平衡,强调诗歌表现的戏剧化效果,追求现实、象征、玄学的综合,具有现代主义特征。

辛笛(1912—),清华大学外语系毕业,1935年与弟辛谷合出诗集《珠贝集》,1948年出版《手掌集》。他酷爱李商隐的作品,又接受了艾略特等现代派的熏陶,追求中西诗艺的结合:"列车轧在中国的肋骨上/一节接着一节社会问题/比邻而居的是茅屋和田野间的坟/生活距离终点这样近","瘦的耕牛和更瘦的人/都是病,不是风景!"(《风景》)诗歌于质朴中撼人心魄。

陈敬容,1917年生,四川乐山人,出版过诗集《交响集》(1947)、《盈盈集》(1948)。她具有女性诗人细腻的感受,想象奇异,如"当一只青蛙在草地上跳跃,/我仿佛看见大地在眨着眼睛"(《雨后》)。她认为中国新诗"一个尽唱的是'爱呀,玫瑰呀,眼泪呀',一个尽吼的是'愤怒呀,热血呀,光明呀',结果是前者走出了人生,后者走出了艺术"②。她追求自我与社会、人生与艺术的结合,作品具有蕴藉明澈、刚柔相济的抒情风格。

杭约赫,原名曹辛之,1917年生,江苏宜兴人。代表作是诗集《撷星草》(1945)和长诗《复活的土地》(1949)。他的诗紧贴大地,关注苦难人生,但受浪漫主义影响,重视政治抒情;《复活的土地》六百余行,不仅描绘了旧上海形形色色的人生,而且表现了复活与觉醒的主题,气势宏大,感情热烈,具有史诗的气势和现代主义特征。

唐祈,1920年生,苏州人。出版诗集《诗第一册》(1948)。郑敏认为唐祈的诗"就是他的肉体,那上面有深深的鞭痕,也有短暂的欢乐;有愤怒,也

---

① 袁可嘉:《诗的新方向(书评)》,《论新诗现代化》,北京:三联书店1988年版,第219页。
② 默弓(陈敬容):《真诚的声音》,《诗创造》第12期,1948年6月。

有奇迹般生存下来的希望"①。他由乞丐、妓女、女犯、寡女等不幸者的遭遇,敞开了世界的荒诞与恐惧。1948年创作的《时间与旗》,是一首中国式的现代主义长诗,揭露了现代都市的罪恶。

唐湜,1920年生,浙江温州人。既写诗,又写诗论,创作出版了诗集《骚动的城》(1947)、《交响集》(1948)和六千行的长诗《英雄的草原》(1948),1950年出版诗论著作《意度集》。其诗多以现代派手法表现40年代中国现实社会的荒诞性,意象繁复、驳杂。

第三节 穆旦的新诗

穆旦(1918—1977),是西南联大和《中国新诗》派最重要的诗人,原名查良铮,祖籍浙江海宁,生于天津。1929年考入南开学校,高中时开始诗歌创作,1934年在《南开高中生》发表散文诗《梦》时,署名"穆旦"。1935年考入清华大学外文系,以笔名"慕旦"发表诗作,多为雪莱式的浪漫主义作品。抗战爆发后,随母校南迁长沙、昆明,在西南联大开始接触艾略特、叶芝、奥登等人的作品,诗风向现代主义转变。1940年毕业留校,1942年参加中国远征军,出征缅甸,亲历了野人山战役及大撤退,后创作《森林之歌——祭野人山死难的兵士》以为纪念。远征军经历改变了穆旦对于世界、人生的理解,其诗风发生了很大变化。出版的诗集有《探险队》(1945)、《穆旦诗集(1939—1945)》(1947)、《旗》(1948)等。1949年赴美留学;1953年回国,陆续翻译了《普希金抒情诗集》、《欧根·奥涅金》、《拜伦抒情诗选》、《雪莱抒情诗选》和《唐璜》等,1977年2月26日病逝。

穆旦的诗歌创作资源相当丰富。西方浪漫派的济慈、雪莱、布莱克,现代派的艾略特、叶芝、奥登,中国的闻一多、冯至、卞之琳等,从不同角度以不同方式影响着他的创作;而远征军经历更是改变了他对于世界的思考方式,使他对大地有一种难以言说的恐惧感,对自我生命有一种永不停息的拷问与自觉体验,以致其诗歌中回荡着令人颤栗的叩问"自我"的声音。

穆旦书写"我"的诗很多,以"我"为诗题的作品有《我看》(1938年6月)、《我》(1940年11月)、《我向自己说》(1941年3月)、《我想要走》(1947年10月)、《我歌颂肉体》(1947年10月)、《我的叔父死了》(1957年)、《听说我老了》(1976年4月)、《"我"的形成》(1976年)等等;还有许

---

① 郑敏:《唐祈诗选·序》,《唐祈诗选》,北京:人民文学出版社1990年版。

多诗歌标题中没有"我",但内容仍以"我"为核心,诸如《赞美》、《诗八首》、《春天和蜜蜂》、《自然底梦》、《森林之魅》等。古代《诗经》中有大量书写"我"的作品,但后来因儒家文化的压抑,"我"之声在中国诗歌史上越来越弱;五四诗歌特别是郭沫若的《女神》中,"我"横空出世,发出了惊世骇俗的呐喊,"我"的力量在无遮拦的宣泄中无限膨胀,但反省意识不够。从这个意义上讲,穆旦的诗歌超越或者说背离了五四以来诗歌那种外在言说的特点,向生命最本质的地方探寻。

  1937年11月创作的《野兽》如此写道:"是谁,谁噬咬它受了创伤?""它拧起全身的力","射出那可怕的复仇的光芒",诗人以"野兽"比喻我们受伤的民族,挖掘了民族生命中的野性与强大。诗人眼睛盯着现实,精神却超越了现实,直逼真实的生命。1940年所写的《我》则直接追问了"我"从何而来的问题,答案是从母体子宫而来,实实在在而又耐人寻味。诗中出现了"群体"和"残缺的部分"两个重要概念,离开母体就是离开"群体",变为不完整的"残缺的部分",这是诗人对生命"此在"状态的感觉与体验;"残缺"感驱使生命不断地寻找,但结果却是"永远是自己,锁在荒野里",是"不断地回忆带不回自己",是"更深的绝望";当"我"自以为找到知音时,事实上却"伸出双手来抱住了自己",于是仇恨"给分出了梦境"。"我"是孤独无助的,没有任何其他人可以帮助自己,替代自己,只能自己体验"锁在荒野里"的感觉。这就是穆旦的"我",没有郭沫若诗歌中那天狗般的气势,没有"涅槃"新生的信心,但却有更实在的经验,有直指自我真实的力量,或者说有一种揭开粘贴在个体生命上的所有遮盖物将最真实的自我敞开的勇气,努力还原生命的本真感受。1945年创作了《被围者》,写出了自我生命被围与突围的较量:"一个圆,多少年的人工,/我们的绝望将使它完整。/毁坏它,朋友!让我们自己/就是它的残缺,比平庸更坏"。意识到自我被有形无形的力量所围困,便努力突围,这是穆旦诗歌抒情主人公的重要特征。1942年所写的《出发》最后一节:"就把我们囚进现在,啊上帝!/在犬牙的甬道中让我们反复/行进,让我们相信你句句的紊乱/是一个真理。而我们是皈依的,/你给我们丰富,和丰富的痛苦。"诗人带着太多的矛盾出发,但他并不能真正出发,因为他被现实的、形而上的"丰富的痛苦"所纠缠、煎熬。这些诗歌展示了40年代个体生命被围困的青年苦苦思索、挣扎的形象。

  穆旦写爱情的作品不多,但别具一格。战时残酷的现实体验和存在主义思想的引领,使穆旦的情诗中没有传统爱情诗花前月下、卿卿我我的缠绵;相反,他从真实的生命存在出发,"用身体思想"爱情,歌颂真实的肉体:

"我歌颂肉体:因为它是岩石/在我们的不肯定中肯定的岛屿"(《我歌颂肉体》),反思现代社会爱情的虚伪。"突进!因为我看见一片新绿从大地的旧根里熊熊燃烧"(《玫瑰之歌》),以"新绿"的燃烧比喻爱情的复苏。"蓝天下,为永远的谜迷惑着的/是我们二十岁的紧闭的肉体","呵,光,影,声,色,都已经赤裸,/痛苦着,等待伸入新的组合"(《春》),爱情是赤裸的,是不需要遮遮掩掩的。"别让那么多残酷的哲理,姑娘,/也织上你的锦绣的天空"(《一个战士需要温柔的时候》),爱情是肉体的,哲思往往遮蔽生命的真实。"你把我轻轻打开,一如春天/一瓣又一瓣的打开花朵","解开那被一切纠缠着的生命的根"(《发现》),在诗人看来,真正的爱情可以解开被所谓文明缠裹着的生命。《诗八首》表现了诗人对于文明社会虚伪爱情的恐惧感:"我们相隔如重山"、"使我们丰富而且危险"、"是一条多么危险的窄路里"。在诗人看来,生命的真实体验是爱情的灵魂,现代人失去了真实的存在状态,所以不可能体验到真实美好的爱情。袁可嘉曾指出:"穆旦的《诗八首》是一组独特的情诗。新诗史上有过许多优秀的情诗,但似乎还没有过像穆旦这样用唯物主义态度对待多少世纪以来被无数诗人浪漫化了的爱情。""穆旦的情诗是现代派的,它热情中多思辨,抽象中有肉感,有时还有冷酷的自嘲。"①

穆旦是40年代引领潮流的诗人,既执著于现实,思考中国社会所面临的大问题,又超越现实,反思现代文明,叩问历史故事,探寻人的本真状态;他从西方接受现代诗歌艺术的洗礼,但又有着深厚的古典文学根基,融会贯通以书写真实的中国经验;他以感兴托起知性的思索,以白话口语写诗,但言语组合逻辑奇特,充分开掘了现代汉语的潜力,创造了一种全新的白话诗歌语言,将象征与联想、幻想与现实融化在独特的汉语表达中,从而开启了中国新诗现代化的另一路径。

【导学训练】

1. 简述西南联大诗人群的创作资源。
2. 简析冯至《十四行集》的主要艺术特点。
3. 解读穆旦的《诗八首》。
4. 穆旦对于新诗传统的突破在哪里?

---

① 袁可嘉:《诗人穆旦的位置》,《一个民族已经起来》,南京:江苏人民出版社1987年版,第14页。

【研讨平台】

穆旦由文学史上的缺席者变为"经典"诗人的历程之反思

提示:穆旦是20世纪80年代以来中国文学界重新发现的现代诗人,是今天的新诗研究和文学史叙述绕不开的一个重镇。他由无名而变为经典诗人耐人寻味。

1930年代,穆旦开始诗歌写作,1940年代出版诗集《探险队》、《穆旦诗集》、《旗》等,开始受到关注,被誉为那一代诗人中"最有能量的、可能走得最远的人之一"①,代表了新诗现代化发展方向。然而1949年以后,穆旦屡受冲击,其诗歌因"非中国"的现代主义倾向而失去了传播空间,他成为文学史上的"离场"者。1980年代上半期,随着思想解放思潮的展开,穆旦再次进入读者视野,不过他只是作为"九叶派"中的普通成员而被接受的,他被策略性地定位为爱国主义、现实主义诗人。1980年代中期以后,文学界对于穆旦的阐释发生了剧变,不再仅仅把他作为"九叶派"的一员加以介绍,而是充分注意其诗歌独特的现代主义品格与价值,凸现其新诗史地位。1993年至今,关于穆旦的阐释则更多地是从总结新诗发展经验、从新诗自身现代化建设出发的,没有像上一时期那样纠缠于穆旦是否属于现代派、是否具有民族性这类附着了浓厚政治意识形态色彩的问题,而是在"纯文学"意义上赋予其经典性地位。

关于穆旦"经典化"问题,我们应持一种冷静的反思态度。穆旦由默默无闻变为"经典"诗人,是一次重要的文学史事件,是当代文化、文学话语在文学史叙述中的体现。它一方面表明1980年代以来的文化思潮、文学阅读语境与穆旦诗歌之间存在一种内在的默契,知识分子从穆旦诗歌那里获得了一种言说的角度,一种自我情绪、思想释放的途径,穆旦与他们之间构成一种互证关系,发现穆旦某种意义上是这个时代的自我辩护,穆旦诗歌那特有的西方式的诗歌抒情方式和大量的西方文化话语,提示、印证了这个时代文学西化道路的合理性。另一方面,中国新诗到20世纪末已有近百年的历史,虽然涌现出大量诗人,诗作更是无以计数,但对它的指责从未间断过,甚至它的合法性在1990年代也受到许多人的质疑。正是在如此情形下,一些新诗卫护者为给新诗正名,便努力寻找代表者,而他们对多年来文学史公认的新诗"经典"诗人又不满意,因为在他们看来既有经典诗人的"创造"过程中渗透了许多非文学性因素,于是他们以百年诗歌发展为视野,站在审美的立场,尽可能地站在诗歌本体角度新盘点新诗,找寻新诗的代表者,正是在这样的情形中,他们不约而同地发展了穆旦,共同完成了对于穆旦的叙述,将穆旦经典化。

然而,从历史上看,文学经典化是一个与时间相关的非常复杂的现象,同时代作家以及稍晚的批评者的言说固然非常重要,但并非决定性因素。穆旦"经典化"事件存在的主要问题是时间短,言说者与穆旦之间没有距离感,加之为百年新诗寻找杰出代表的现实使命使得认同成为言说的心理前提,反思性话语被抑制;而且参与者圈子过小,基本上没有

---

① 袁可嘉:《诗的新方向》,《论新诗现代化》,北京:三联书店1988年版,第221页。

超出文学界,且主要是穆旦的诗友和文学史研究专家,多为大学教授,这样,他们的话语代表性便值得怀疑。文学经典并非少数专家所能决定的,它的尺度掌握在多数读者手中。

【拓展指南】

1. 孙玉石:《中国现代主义诗潮史论》,北京:北京大学出版社1999年版。

简介:全书43万字。作者认为,以象征主义为滥觞的现代主义诗潮,在中国新诗坛客观存在,它是伴随着西方象征主义、现代主义诗潮在中国的传播介绍而诞生的。它经历了由荒芜幼稚的萌芽、广泛的创造和深化的开拓三个历史阶段,在艺术上逐渐由幼稚走向成熟。中国现代主义诗人较少关注新诗的社会功能,更注重对新诗艺术的探求,但他们中的大多数人并未钻进"象牙之塔"。他们以自己的创作实践,走着一条更加贴近诗的艺术本质的道路,同时也用不同的方式承载着历史的使命。初期象征派诗歌的意象本体具有象征性,情调传达具有暗示性,语言叙述具有新奇性;30年代的现代派诗人努力寻找中外诗歌艺术的融汇点,他们是艺术和人生的寻梦者,诗歌具有智性化特征;40年代,冯至架起了通向新现代主义的桥梁,《中国新诗》派则寻求与构建一种新的诗歌审美原则,具有超前意识。通过深入的历史梳理和文本分析,作者指出:从李金发为代表的初期象征派的茫然尝试起步,经过30年代戴望舒、卞之琳等民族化的象征派、现代派诗歌实验探索,再到40年代冯至的《十四行集》和辛笛、穆旦、郑敏等为代表的"诗的新生代",中国的象征主义、现代主义诗歌潮流,与郭沫若为代表的浪漫主义诗潮和艾青为代表的现实主义诗潮一起,构成了三十年里中国新诗发展的历史洪流。

2. 李方编选:《穆旦诗文集》(第1—2卷),北京:人民文学出版社2006年版。

简介:全书50余万字。第一卷收录《探险队》、《穆旦诗集》、《旗》和《集外诗存》,共166首诗歌,1934—1976年间创作,其中包括一些以前未发表过的作品。卷前附录了十几帧诗人照片、作品手迹、出版说明和穆旦夫人周与良所写的代序《永恒的思念》;卷末附录了"穆旦自选诗集存目"、"穆旦晚期诗作遗目"。第二卷收录诗人不同时期所写的散文、随笔、评论书信和日记,均为首次结集出版。卷前有20余帧珍贵照片;卷末附录了杜运燮的《穆旦著译的背后》、王佐良的《谈穆旦的诗》、袁可嘉的《诗人穆旦的位置》、谢冕的《一颗星亮在天边(节选)》和李方的《穆旦(查良铮)年谱》、《编后记》。它们对于了解和研究穆旦具有重要的价值。

【参考文献】

1. 唐湜:《九叶诗人:"中国新诗"的中兴》,上海:上海教育出版社2003年版。
2. 袁可嘉:《论新诗现代化》,北京:三联书店1988年版。
3. 王泽龙:《中国现代主义诗潮论》,武汉:华中师范大学出版社1995年版。
4. 王毅:《中国现代主义诗歌史论》,重庆:西南师范大学出版社1998年版。
5. 孙玉石:《中国现代主义诗潮史论》,北京:北京大学出版社1999年版。
6. 方长安、纪海龙:《穆旦被经典化的话语历程》,《南开学报》2007年第3期。

第二十一章 "七月派"的创作

从抗日战争到解放战争,以《七月》与《希望》为阵地,围绕在它们的主编胡风周围的一群青年诗人,构成了当时文坛上十分活跃的"七月派"。这些年轻诗人的诗歌、小说、报告文学和文学评论,是一道亮丽的现实主义风景线,丰富了战时中国现代文学的内容。

第一节 "七月"作者群

1937年7月7日,"卢沟桥事变"爆发,中国进入了全面抗战时期。在战火惨烈的上海,《七月》周刊于9月11日创刊。坚持出版3期后,七月社迁往大战在即的武汉。10月16日创刊《七月》半月刊,出版了18期之后七月社又迁往大后方的陪都重庆。1939年7月改版为《七月》月刊,陆续出版到1941年9月停刊。抗日战争胜利以后,1945年12月《希望》月刊创刊,到1946年10月停刊。① 胡风除了先后担任《七月》与《希望》的主编之外,还在1943—1948年间主编了《七月诗丛》、《七月文丛》、《七月新丛》,向《七月》与《希望》的主要作者及一些成名作家组稿,除《我是初来的》这一新人诗歌合集之外,出版了诗歌、小说、报告文学、文学评论等个人专集达39种之多。

在这39种个人专集之中,诗歌专集的作者有艾青、田间、胡风、孙钿、亦门(S·M、阿垅)、鲁藜、天蓝、冀汸、绿原、邹荻帆、庄涌、牛汉、化铁、贺敬之等人;小说专集的作者有路翎、杨力(贾植芳)、东平、晋驼、陶雄、孔厥、丁玲等人;报告文学专集的作者有东平、阿垅、曹白、萧军等人;文学评论专集的

---

① 《〈七月〉和〈希望〉》,王大明、文天行、廖全京编《抗战文艺报刊篇目汇编》,成都:四川省社会科学院出版社1984年版,第353—371页。

作者有胡风、吕荧、舒芜等人。①当然,"七月"作者群远远不止以上这些作家。不过,这至少从一个侧面显示了"七月"作者群的阵容和实力。

无论是《七月》到《希望》的创办过程,还是《七月诗丛》、《七月文丛》、《七月新丛》的出版过程,都经历了从全民奋起抗战到走向实现民主的未来这同一历史过程,所以如当初"愿和读者们一同成长"到后来"愿再和读者一同成长"一样,"七月"作者群的誓言始终如一:"在神圣的火线下面,文艺作家不应只是空洞的狂叫,也不应作淡漠的细描,他得用坚实的爱憎真切地反映出蠢动着的生活形象。在这反映里提高民众底情绪和认识,趋向民族解放的总的路线。文艺作家底这工作,一方面被壮烈的抗战行动所推动的,所激励,一方面将被在抗战热情里面踊动着、成长着的万千读者所需要,所监视。工作在战争底怒火里面罢!文艺作家不但能够从民众里面找到真实的理解者,还能够源源地发现从实际战斗里成长的新的同道伙友。我们愿意献出微力,在工作中和读者一同得到成长。"②"七月"作家群的这一誓言一直延伸到抗战胜利之后,期待着与所有那些期盼着"从'黑夜'到'天亮了'的读者们'",一同"置身在为民主的斗争里面"。③

这主要是因为作为《七月》、《希望》与《七月诗丛》、《七月文丛》、《七月新丛》主编的胡风,一直主导着"愿和读者们一同成长"的群体发展方向,不但要发挥出成名作者的创作才能,更要培养出读者期盼的文学新人,在作者与读者的互相影响之中真正实现"一同成长"的远大目标,以促进中国文学在抗战时期的顺利发展。所以,胡风认为只有通过作者与读者之间这样的共同努力,才有可能促进"战争期的一个战斗的文艺形式"的尽快形成,因而这就迫切地需要创造出"新情势下的新形式",以便进行"由平铺直叙到把要钩玄"的创作转换。这固然是因为"情绪的饱满不等于狂叫",更为重要的是"要歌颂也要批判"。只有通过这样的"文艺形式"的现实转换,才有可能最终使中国文学在抗日战争之中,成为整个民族复兴的"集体史诗"。④

---

① 吴子敏:《〈七月〉丛书》,中国大百科全书总编辑委员会《中国文学》编辑委员会、中国大百科全书出版社编辑部编《中国大百科全书·中国文学》,上海:中国大百科全书出版社1988年版,第616—617页。

② 七月社:《愿再和读者一同成长》,《七月》第4集第1期,1939年7月。

③ 胡风:《寄从"黑夜"到"天亮了"的读者们》、《置身在为民主的斗争里面》,《希望》第1集第1期,1945年12月。

④ 胡风:《论战争期的一个战斗的文艺形式》,《七月》第1集第5、6期连载,1937年12月16日、1938年1月1日。

胡风的这一主张,得到了及时的响应,有人提出"战争期"的创作必须保持"文学的宽度、深度和强度"[1],还有人强调"战争期"的文学要避免陷入"公式化"的泥潭[2]。

只有面对抗战现实,在爱憎分明中去努力创作,作家才能满足读者的需要,在"和读者一同成长"的现实之路上迈开坚实的一步。最能体现这一步的,是《七月》所发表的报告文学。这类报告文学,从起先的"战讯"迅速转向了报告抗战现实的文学散文。曹白发表了《受难的人们》,以展现"在死神的黑影下面"挣扎着的人们,如何在战火之中夺取"活魂灵"的战斗。[3] 肖红也发表了《火线外二章》,不仅报告了窗外发生的战斗,而且写出了战士在不怕牺牲自己生命的同时对小生命的珍惜。[4] 东平不仅以"印象记"的方式写出了抗日名将、名人的各自丰采[5],而且写出了浴血抗战的战士群像[6],写出了他们虽败犹荣的种种感受[7]。

随着抗日战争进入相持阶段,报告文学也从"战地特写"逐渐成长为"战役报告",以期能够达到对于抗战全景的文学显现。这一点特别地表现在 S·M 的报告文学中——从最初的具有通讯特点的"战地特写"《咳嗽》,到后来的显现出散文特质的"战役报告"《从攻击到防御》[8],表明报告文学随着抗战形势的发展和创作经验的积累而成长起来。

"七月"作者群中能够以诗歌的自由创造来呈现个体追求一致性的是诗人们,尤其是那些在战火中成长起来的年轻诗人。一方面,他们在实际战斗中进行激情澎湃的诗意挥洒,为神圣的抗战而努力歌唱,为民族的复兴而努力歌唱;另一方面,他们在与抗战现实保持血肉联系之中展开个人激昂的自由咏叹,选择了自由的诗体来表达对自由创造的无限向往,推动了自由诗在抗战烽火中的向前发展。

《七月》上也发表小说,既有短篇小说,也有长篇小说。长篇小说较有

---

[1] 端木蕻良:《文学宽度、深度和强度》,《七月》第 1 集第 5 期,1927 年 12 月 16 日。
[2] 辛人:《谈公式化》,《七月》第 1 集第 6 期,1938 年 1 月 1 日。
[3] 曹白:《受难的人们》,《七月》第 1 集第 2 期,1937 年 11 月日。
[4] 肖红:《火线外二章》,《七月》第 1 集第 2 期,1937 年 11 月日。
[5] 东平:《叶挺印象记》、《吴履逊和季子夫人》,《七月》第 1 集第 3 期,1938 年 11 月 16 日。
[6] 东平:《第七连》,《七月》第 1 集第 6 期,1938 年 1 月 1 日。
[7] 东平:《我们在那里打了败仗》,《七月》第 2 集第 1 期,1938 年 1 月 16 日。
[8] S·M:《咳嗽(战地特写)》,《七月》第 2 集第 5 期,1938 年 3 月 16 日;《从攻击到防御(战役报告)》,《七月》第 4 集第 2 期,1939 年 8 月。

影响的,是萧军的《第三代》①。《第三代》通过对20世纪初以来中国东北农民生存现状的如实描写,揭示了民众坚忍不拔的生活意志和勇于牺牲的抗争精神。不过,能够在"七月"作者群中成为小说创作的佼佼者的,唯有年轻的路翎。路翎以其亲历性的小说叙事,通过对底层民众与中国青年的心灵挖掘,展现出一种对于生活史诗的个人追求,从而推动小说叙事在战时发展到了一个新水平。

第二节 "为祖国而歌"的"七月诗派"

1981年,20位"七月"诗人的诗结集为《白色花》出版。于是,一个差点儿就要被遗忘的中国现代诗歌流派开始重新浮现在读者眼前。② 1984年,收入更多"七月"诗人的诗作结集为《七月诗选》出版。③ 从此,"七月诗派"在中国现代文学史上得以再度彰显。"七月诗派"的成员远远超过20人,而且其中大部分人都是在抗日战争中成长起来的新生代诗人。他们之所以能够形成诗歌流派,主要是"由于气质和风格相近",促使他们在诗情与诗风上渐趋一致。当然,这一过程得到了及时的"诱导"——胡风"对于这个流派的形成和壮大起过不容抹煞的诱导作用"④。

胡风不仅为诗人们提供诗歌发表的园地,对诗歌进行评论,而且直接为诗人们作出了示范。1937年8月3日,胡风在日机轰炸声中写出了《为祖国而歌》,大声呐喊"我要尽情地歌唱",号召把"赤诚的歌唱"奉献给"我底受难的祖国"——"歌唱出郁积在心头上的仇火/歌唱出郁积在心头上的真爱/也歌唱掉盘结在你古老的灵魂底一切死渣和污秽/为了抖掉苦痛和侮辱的重载/为了胜利/为了自由而幸福的明天"⑤,从而成为一次立足抗战现实的自由放歌。

这一"为祖国而歌"的个人示范表明,面对抗战之中"受难的祖国"这一严酷的现实,诗人们要尽情地唱出对敌人的无比愤怒与对亲人的无限眷念,

---

① 萧军:《第三代(第三部)》,《七月》第1集,第3、4、5、6期连载,1937年11月16日、12月1日、12月16日,1938年1月1日。《第三代(第一部)》于1937年12月由上海文化生活出版社出版。
② 绿原、牛汉选编:《白色花》,北京:人民文学出版社1981年版。
③ 周良沛选编:《七月诗选》,成都:四川人民出版社1984年版。
④ 绿原:《序》,绿原、牛汉选编《白色花》,北京:人民文学出版社1981年版。
⑤ 胡风:《为祖国而歌》,《为祖国而歌》,重庆:南天出版社1941年版。

要赤诚地唱出对胜利的坚信不移与对自由幸福的执著追求。然而,更为重要的是胡风认为,即使诗人们处在被强加的"苦痛与侮辱的重载"之中,仍然应该坚持对民族劣根性的诗性批判——清除所有那些"盘结在你古老的灵魂底一切死渣和污秽"。所以,胡风于诗情挥洒间进行着个人的诗意思考,实际上已在孕育发扬"主观战斗精神"以批判"几千年的精神奴役的创伤"这一现实主义的文学主张①,进而显示出中国文学的现代传统在战时的延续与发展。

所有这一切,直接影响着新生代诗人的成长。1939年9月,钟瑄在《七月》第4集第3期发表《我是初来的》一诗,预示着"七月诗派"的新生代诗人将以"黎明"追求者的欢唱姿态出现在中国诗坛上——"我是初来的/我最初看见/从辽阔的海彼岸/所升起的无比温暖的,美丽的黎明","黎明照在少女的身上/照在渔民的身上",表达出对祖国的辽阔、祖国的未来的空前惊喜与挚爱,对所有生活在这国土上的亲人们的深切思念与温情,以此激发起民族意识。这样的诗情与诗风在新生代诗人的诗作中较为普遍,因而也就难怪胡风在编选"七月诗派"14位新生代诗人合集的时候,会借用"我是初来的"对合集进行命名。

抗战进入后期,中国抗日战争成为世界反法西斯战争的重要组成部分。1942年4月,牛汉以谷风的笔名发表了《山城与鹰》,表现出诗人的诗思与诗艺的同步成长:"从远古,灰色的山城/便哺育着灰色的鹰","山城衰老了,而鹰在高天仍漫飞/天蓝色的梦里华夏嘹亮的歌音/鹰飞着,歌唱着:/'自由,便是生活呵……'","以后,山城却在鹰底歌声的哺育下/复活了,而鹰是山城生命的前哨……"②由此可见,从看见民族解放的黎明,到迎来个人生活的自由,诗人们由欢唱转向沉吟之中,所展现出来的理想追求势必面临着现实的挑战,进行着从简单到繁复的意象转换,由单纯的倾诉转为多重的对应,实际上已经促成诗意的拓展与深化,诗歌的个人吟唱趋向多样化,为"七月诗派"的形成奠定了坚实的基础。

从整个"七月诗派"来看,多样化的特点最鲜明地表现在诗歌体裁的选择上,诗人们的笔下出现了叙事长诗、抒情长诗、组诗与寓言诗、讽刺诗、小诗这众多的现代诗歌体裁,并且在诗情与诗风上表现出同样的诗派演变。

---

① 马良春、张大明主编:《中国现代文学思潮史》(下册),北京:十月文艺出版社1996年版,第1127—1132页。

② 谷风(牛汉):《山城与鹰》,《诗星》第2集第4—5期合刊,1942年4月1日。

这一演变，不仅可以在叙事长诗《队长骑马去了》（天蓝）与《纤夫》（阿垅）中看到，也可以在组诗《跃进》（艾漠）、《耕作的歌》（杜谷）、《六歌》（阿垅）中见出，更可以在抒情长诗《春天——大地的诱惑》（彭燕郊）、《渡》（冀汸）、《风雪的晚上》（鲁藜）、《神话的夜》（绿原）、《终点，又是一个起点》（绿原）里感受到。流派演变的动向，尤以抒情长诗为突出。

在1945年1月写成的《风雪的晚上》里，鲁藜发出了"我爱北方的雪／我爱这没有穷人痛苦的北方的雪"这样的呼唤，显然雪就是寄寓着希望的诗歌意象，通过"纯洁像羔羊的雪"、"美丽像海边贝壳的雪"、"轻飘像浪花的雪"、"透明像水晶的雪"、"形体像白蔷薇的雪"的反复吟唱，抒发了迎来希望的快乐与迎接快乐的希望的激情。① 这里，诗情已经通过雪这一诗歌意象由静到动的变化得到了延伸，并且由前方拓展到后方。随着抒情长诗扎根在整个战时生活中，诗歌也就拥有了从悲愤的倾诉到欢畅的吟唱这样宽广的抒情基调。

"七月诗派"的这一流派演变，在绿原的诗作中或许表现得更为集中一些。在1941年写成的《神话的夜》中，绿原发现"荒凉"的夜是"凄凉"的，甚至可能是"苍白"的，不过，"战斗常从夜间开始"，就会有"新鲜的生命"，"从梦谷爬出来"、"从夜间蒸发出来"，因而"神话的夜"充盈着愤怒中的憧憬。② 而在1945年末写成的《终点，又是一个起点》中，诗人以"从一九三七年七月七日到一九四五年八月十五日，共计八年零八天"作为全诗的题记，然后开始尽情地欢呼"人民响应／胜利！"这一中国抗日战争胜利的终点的最后到来，然而，这更是一个划时代的崭新起点，因为今后只要"德谟克拉西的实践！／而用一种／今天流的汗与昨天流的血可以比赛一下的工作"，这同样需要生命的牺牲与意志的磨炼，所以"终点，又是一个起点"的重合，融铸了欢乐中的追求。③ 这表明，抒情长诗在进行从日常生活到政治斗争的题材拓展时，将会在诗情与诗风的演变中促成政治抒情诗的产生。

这样的流派演变，既存在于长诗之中，也出现在短诗里；不仅能在寓言诗《小牛犊》（彭燕郊）、《给哥哥的信》（邹荻帆）、《穗》（冀汸）中看到，也可以在讽刺诗《犹大》（阿垅）、《他们的文化》（化铁）中看到，更可以在小诗中看到。较之寓言诗和讽刺诗，小诗有可能将诗歌的个人表达提升到人生哲

---

① 鲁藜：《风雪的晚上》，《希望》第1集第4期，1946年4月。
② 绿原：《神话的夜》，《童话》，重庆：南天出版社1941年版。
③ 绿原：《终点，又是一个起点》，《又是一个起点》，上海：希望社1948年版。

理的高度,显现出诗人在诗心灵动之中的个人睿智,从而有可能促进"七月诗派"诗情与诗风的不断演变。

邹荻帆发表于1941年的小诗《蕾》,表达出了诗人对生命初绽的一种直觉式的无限憧憬:"一个年轻的笑/一股蕴藏的爱/一坛原封的酒/一个未完成的理想/一颗正待燃烧的心"①,于是乎开始在琢磨不定之中企图找出生命的真谛。两年后写成的小诗《陨落》中,诗人却不再寻求生命的真谛,而是坚定不移地对生命的奉献进行赞颂:"流星是映照着爱者的晶莹的泪珠/带着听不见的声响落的/落了,落了,几千年后的人间/闪着它不灭的生命的光"②,显示出诗人已经能够去体悟生命的要义。到了1945年,在小诗《泥土》中,诗人展开了对生命价值的二元对照:"老是把自己当作珍珠/就时时怕被埋没的痛苦/把自己当作泥土吧/让众人把你踩成一条道路"③,以期反思到生命本真的深处去。在这里,可以看到"七月"诗人在诗情与诗风的流派演变之中试图以个人咏唱来进行生命价值的张扬。然而,在将这一张扬推向个人极致的同时却出现了价值尺度的政治偏转,显示出"七月诗派"的演变难以避免社会政治变迁对文学战时发展所产生的这样或那样的现实影响。

第三节 "做残酷的搏杀"的路翎小说

在"七月"作家群中,最能体现出作者"和读者们一同成长"的,无疑是路翎。路翎(1923—1994),出生于南京,抗战爆发后随同家人从南京沿江而上一路流亡到重庆。1940年5月,他在《七月》第5集第3期上发表处女作《"要塞"退出以后》。④ 到1949年,路翎发表了超过200万字的小说。其中影响大的,有短篇小说集《青春的祝福》、《求爱》、《在铁链中》、《平原》,中篇小说《饥饿的郭素娥》、《蜗牛在荆棘上》,长篇小说《财主底儿女们》、《燃烧的荒地》。

长篇小说《财主底儿女们》从出版始,就被胡风视为路翎小说的代表作。胡风说它展现了"历史事变下面的精神世界底汹涌的波澜和它们底来

---

① 邹荻帆:《蕾》,邹荻帆《意志的赌徒》,重庆:重庆南天出版社1941年版。
② 曾卓:《陨落》《曾卓抒情诗选》,北京:中国文联出版公司1988年版。
③ 鲁藜:《泥土》,《希望》第1集第1期,1945年12月。
④ 路翎的文学处女作,据有的研究者考证,应该是抗战之初的1937年在《弹花》上发表的散文《一片血痕与泪迹》。朱珩青:《路翎》,北京:中国华侨出版社1997年版,第23页。

根去向",因而是"自新文学运动以来的,规模最宏大的,可以堂皇地冠以史诗名称的长篇小说",而类似《财主底儿女们》主人公那样的中国青年,如果要"走向和人民深刻结合的真正的个性解放,不但要和封建主义做残酷的搏杀,而且要和身内的残留的个人主义的成分与伪装的个人压力做残酷的搏杀"。这双重的"残酷的搏杀",不仅出现在个人的"精神世界"里,而且涌现在他的小说世界中。如果说在路翎的短篇小说中这样的双重"搏杀"各有侧重,在路翎的中篇小说中加重了"和封建主义做残酷的搏杀",那么到了《财主底儿女们》,路翎进行了更彻底的双重"搏杀"——"在这里,作者和他底人物们一道身在民族解放战争底伟大的风暴里,面对着这悲痛的然而伟大的现实,用惊人的力量执行了全面的追求也就是全面的批判"。①

《财主底儿女们》的叙事带有某种自传色彩,不仅融入了路翎对苏州外祖父家的童年记忆,而且显现出路翎在重庆的生活轨迹。不过,路翎原先写的却是《财主底儿子》,由于稿子遗失,他只得重写,并更名为《财主底儿女们》,于 1945 年出版上卷,1948 年出版了下卷。

《财主底儿女们》的背景,是从 30 年代初开始的民族解放战争的全过程,而以 1937 年抗日战争全面爆发为界分为上下卷。作品描写了苏州财主蒋氏家族的分崩离析与蒋氏儿女在流亡旅途中的心灵呐喊,展示出远离关外战火的封建世家的衰落、硝烟弥漫的关内破落子弟的奋起反抗,主人公们的日常生活成为贯穿和平日子与战争年代的叙事轨迹,从而演绎出一部完整的生活史诗。

"举起了自己的整个生命来呼喊"的蒋纯祖,是《财主底儿女们》中最具叛逆性的人物。其叛逆性不仅表现在他对于封建家族制度所进行的伦理批判上,而且也表现在他对于整个中国封建文化意识所进行的社会批判上,更表现在他对于个人意识扩张所进行的自我揭示上。抗日战争的全面爆发,促成了蒋纯祖从家庭的斗争转向社会的斗争,并对个人意识的缺陷进行了反思。这里,可以看到路翎凭借着过去生活的回忆与当下生活的历练,在两相交织之中来展示对于未来生活的向往。从这样意义上,可以说《财主底儿女们》已经成为抗日战争中一代新人成长的心灵史诗:在战火燃烧的岁月里,中国青年在努力摆脱古老传统的因袭与缠绕的同时,不得不承受着种种精神奴役的创伤。他们在艰难的人生道路上挣扎着前行,从而展开了个人灵魂由磨难到复生的艰苦历程。

---

① 胡风:《序》,路翎《财主底儿女们》,重庆:南天出版社 1945 年版。

《饥饿的郭素娥》里,郭素娥的原型是路翎所熟悉的在重庆矿区乡镇上卖香烟的一个寡妇,生活细节也来自路翎在矿冶研究所工作期间,在重庆矿区乡镇上的所见所闻。小说描写郭素娥周旋在鸦片鬼丈夫、野蛮情人、怯懦的追求者三个男人之间,为了个人的尊严,美丽而强悍的她经受了种种酷刑,最终被夺去了生命。

路翎并不是仅仅为了写出一个受侮辱、受迫害的郭素娥,他要写出郭素娥的"饥饿",揭示"饥饿"的文化寓意。路翎对胡风这样说:"我企图'浪费'地寻求的,是人民底原始强力,个性底积极解放。但我也许迷惑于强悍,蒙住了古国根本的一面,像在鲁迅先生底作品里显现的。"显然,他笔下强悍的郭素娥,不同于鲁迅笔下懦弱的祥林嫂,尽管后者更能显现出"古国根本的一面"。

对于路翎的这一说法,胡风抱以同情的理解。他说:"郭素娥,是这封建古国的又一种女子。肉体的饥饿不但不能以祖传的礼教良方得到麻痹,但是产生了更强的精神的饥饿,饥饿于彻底的解放,饥饿于坚强的人性。她用原始的强悍碰击这社会铁壁,作为代价,她悲惨地献出了生命","但她却扰动了一个世界"。① 这个能够"扰动一个世界"的郭素娥,或多或少地显现出路翎的"主观战斗精神",这在某种程度上会影响他对于"精神奴役的创伤"的深入揭示,从而偏离了鲁迅通过《祝福》对祥林嫂形象的刻画所确立起来的批判国民劣根性的五四文学传统。

【导学训练】

1. 如何评价胡风在"七月派"中的"诱导"作用?
2. "七月诗派"在诗歌艺术上有哪些特点?
3. 路翎小说的批判性表现在哪几方面?

【研讨平台】

文学思潮与文学流派视角中的"七月派"

提示:"七月派"是贯穿于抗日战争和解放战争时期影响很大的一个文学社团(文学流派)。1949年以后,尤其是胡风冤案发生后,"七月派"遭到了埋没。直至新时期,随着思想解放运动的深入,"七月派"的文学观念和创作成就才逐渐被人们重新提起,

---

① 胡风:《序》,路翎《饥饿的郭素娥》,重庆:生活书店1943年版。

并获得了认可,个案研究也随之多了起来。1988年,学术界对胡风文艺思想开始再评价,"七月派"的研究也被推进到一个新的层面,从文学思潮与文学流派两个角度展开了深入探讨。从文学思潮的角度研究"七月派"的创作,主要是指出它对现实主义战时发展所做出的贡献,而现代主义是否影响了"七月派"的问题,则仍没有得到应有的关注。从文学流派的角度研究"七月派",有影响的成果主要是主张在"七月诗派"以外,还应该有一个"七月小说派",认为这有利于对"七月派"的作家作品进行更为系统的研究,以确认"七月派"在文学史上的应有地位。

【拓展指南】

李怡:《七月派作家评传》,重庆:重庆出版社2000年版。

简介:作者主要是围绕胡风文学思想的演变来梳理胡风与"七月派"作家的关系,他将"七月派"作家的个案研究整合起来,展示了"七月派"形成的过程和作家创作的全貌。作者发掘了不少与"七月派"作家相关的史料,从文学思潮和文学流派的角度对"七月派"作家进行个案研究,显现出"七月派"与抗战时期中国文学发展之间的多重联系。

【参考文献】

1. 龙泉明:《中国新诗流变论》,北京:人民文学出版社1999年版。
2. 杨义:《中国现代小说史》(第三卷),北京:人民文学出版社1991年版。
3. 王庆福:《痛苦:富有力感的情绪表达——论七月派的文学性格(之一)》,《中国现代文学丛刊》1994年第1期。
4. 朱寨:《关于胡风文艺思想的评价问题》,《文学评论》1999年第1期。

第二十二章　都市通俗小说的发展

40年代错综复杂的社会环境,使文学有了多种发展的可能性。在新文学与通俗小说雅俗对立的空间里衍生出一种现代都市大众小说,无疑是此一时期一个重要的文学现象。这种小说以多元文化的综合为背景,在战前的大众化讨论与创作实践的基础上,融合了传统与现代的民族文化因素,把通俗小说推向了一个新的发展阶段。

第一节　小说大众化的趋势

现代大众小说由于对民族历史文化有很强的适应性,成功地填补了新文学与通俗小说之间的空白。它有平民叙述主体,来自大众的语言表达,选材切近普通人生活,在世俗人生中寻求民族文化的底蕴,叙事结构在自然中求变化,没有确定单一的意识形态中心,又不失对民族、文化的责任感,较好地做到了俗中寓雅、雅俗共赏。尽管原来的通俗小说作家向现代大众化方向的靠拢程度参差不齐,现代大众小说至此还是在总体上形成了对通俗小说的超越。

40年代中国现代小说实现了由知识分子叙述话语向大众叙述话语的转移,新旧小说没有了故意的对峙,通俗小说家更主动地从文艺思想上接受新文艺的影响,其突出的表现是《万象》综合新旧,提倡现代大众小说。这可以说正应验了曹聚仁在战前的预言:"'新的文艺之花'将和过去的纯文艺或带政治宣传作用的文艺不同,它是综合新旧文艺,兼采新旧文艺之长,而为一般大众所喜爱的。"[①]

在民族大众文化潮流的影响下,"现代大众"的中心主题由各个方面汇集起来了:在重庆,"文协"号召"文章下乡,文章入伍"。在延安,《在延安文艺座谈会上的讲话》规定了工农兵方向。在上海,旧派小说家陈蝶衣主持

[①] 转引自陈蝶衣:《通俗文学运动》,《万象》第2年第2期,1942年10月。

了《万象》的通俗文学运动。在华北,《国民杂志》《中国文艺》讨论文艺大众化是"文学革命的更进一步的发展"。老舍在总结文学语言的大众倾向时说:"第二次世界大战间以至战后,出现了丢开本世纪初以来创作上最突出的使用欧化语法结构的趋向,转而使用地道的普通民众的日常口语。……今天的作家在他们的短篇小说、长篇小说和剧本中越来越多地使用了简单明了、直截了当的人民语言。他们正在努力创造一种'纯'汉语,它大体上不受外国语法结构、外国词语和西方写作技巧的影响。"①

40 年代的上海,陈蝶衣、平襟亚主持的《万象》新旧兼收,没有门户色彩。陈蝶衣倡导大众文学,体现了旧派元老的文艺观的重大变化。他的出发点,是把新旧双方森严的壁垒打通,使新的思想和正确的意识可以借通俗文学而介绍给一般大众读者。他认为,作者的意识如果不合乎时代思潮,或者充满了时代落伍的封建意识,则他的文章纵使写得很通俗,对于读者也还是无益有害;旧文学作家的作品之被人诟病,意识落后也是一因。他明白地表示认同与追随新文学。旧派通俗小说家平襟亚则以创作实绩显示着转变,他以"秋翁"的笔名写了《孔夫子的苦闷》、《潘金莲出走》等十几篇历史小说。

上海的文化环境很有利于现代大众小说的发展。读者的文化素质较高,与出版媒体形成了较固定的需求与供给关系,新文学小说大众化的工作早有所成,到 40 年代出现张爱玲、予且、苏青和秦瘦鸥,很是自然。予且的《如意珠》、《伞》,戏剧性地表现物质力量对世俗男女的播弄。无论男女,对这种力量都采取平静地认可的态度,体现了都市人的婚恋观念。《戒烟》、《酒》一类小说的长处是在最琐屑的俗事上把人的精神上的小小震颤表现出来。作者对上海知识市民的心态与价值的把握细致而又准确。秦瘦鸥的《秋海棠》,无论内容或者形式都是旧派小说的"异军突起"之作。之所以说"异军突起",主要是因为与 20 年代《歇浦潮》中的戏子与姨太太的关系比较起来,《秋海棠》完全是另一类小说。前者是黑幕,后者是写被侮辱被损害者的权利,充满人道主义的精神。《秋海棠》不是章回体,表现技巧也与许多新文学作品不分轩轾。秦瘦鸥之为异军,正与苏青、张爱玲同。40 年代后期的上海栖居于通俗和先锋之间的女作家,还有写《凤仪园》、《鬼月》的施济美,写长篇《退职夫人自传》的潘柳黛。东方蝃蝀能融合雅俗,其《绅

---

① 原载英文期刊《学术建国丛刊》第 7 卷第 1 期,译文载《中国现代文学研究丛刊》1986 年第 3 期。

士淑女图》写旧家族在洋场上的失落与精神家园的难觅,繁华中透露精神荒凉,很像张爱玲,小说的意象与现代主义相通。在上海这个先锋探索与通俗并存的地域中,主流文化失去了影响,先锋吸引不了眷恋本土化人生方式的民众。这种种因素的交互作用,促成了现代大众小说的兴盛。相比较而言,抗战时期及战后的南方通俗小说家中,老一辈如包天笑仍然写一点文章,但已是今非昔比。周瘦鹃虽然还在编《申报》副刊《春秋》,但较《礼拜六》时"文字劳工"的干劲不可同日而语。程瞻庐讲气节,不再写一向擅长的滑稽小说。独有周天籁的《亭子间嫂嫂》写"神女非人涯的痛",一度大为走红。王小逸则是在迎合着市场,极力表现市民中的"金钱欲"与"肉欲"的膨胀。可见上海的大众小说是多元化、多层面的。

与通俗小说家向现代意识"攀升"对应,新文学作家则在题材与形式上"下行"。老舍抗战时的小说既是大众世俗生活的反映,又是"灵的文学"。他既写鼓词等民间文艺作品,又创作了《四世同堂》。作为人伦文化延续的象征,老舍选取了一个"四世同堂"的市民家族,以世俗化的胡同显示中国的地缘文化结构,以现代市民知识分子所承担的家族责任与公民责任的冲突表示历史文化的冲突。老舍把巴金开辟的家族文化母题拓展到了世俗大众的范围。这部小说一百段,每段匀调齐整,恰像旧式"百回本"章回体小说。《鼓书艺人》比《啼笑因缘》更接近下层民众。这里有一个唱大鼓的妙龄鼓娘,有一个鼓书世家,还有市侩气的唐家、侠义的"窝囊废";有大鼓娘求学,还有军阀娶妾。而在世俗生活表象下面,隐藏着灵魂的挣扎。现代大众小说处处能触摸到人物的灵魂,这与过去的通俗小说单纯地停留在世俗层面不同,它真正达到了雅俗共赏的境界。

这一时期较有影响的通俗小说,还有黄谷柳的《虾球传》。作品描写广东下层市民及香港黑社会、游击队的生活,主人公虾球的经历曲折、惊险,有传奇性。夏衍让作者"按照报刊上连载小说的方式进行修改",作者也愿意"向香港的那些章回小说家学习",茅盾则肯定他在风格上"打破了'五四'传统形式的限制而力求向民族形式与大众化方向发展"。[①] 关于五四的"限制"与"打破"的说法,证实了现代大众化小说的合理性与历史必然性。茅盾自己的《霜叶红似二月花》的日常语言与传统结构也是一个例证。

[①] 夏衍:《忆谷柳——重印"虾球传"代序》,广州:花城出版社1985年版。

第二节 北派武侠与社会言情

40年代北方的通俗小说是另一番热闹的情景。抗战前后的武侠小说家,除了王度庐在青岛,其他人都集中在天津卖文谋生。其中影响大的,有写武侠小说的还珠楼主、写社会言情小说的刘云若。这些通俗小说作家,比民初才子们晚一代。当他们成长时,已面对着雅俗文学两个传统,新文学与世界文学供给他们章回体小说以外的范本,因而其创作有了新的面貌。

还珠楼主(1902—1961),原名李善基,后名李寿民,四川长寿人。他的创作时间跨三四十年代,而与40年代的联系更紧密些。他的小说有40部左右,以气魄宏大、容量深广、充满瑰丽想象的仙魔神怪武侠闻世,代表作便是《蜀山剑侠传》和《青城十九侠》。1932年还珠楼主的《蜀山剑侠传》在天津的《天风报》连载,到1949年出了55集。他是武侠小说家中的奇才,有超凡的想象力,不停地创造出神秘奇幻、出世的侠仙境界。还珠楼主还显示了武侠小说的现代容涵,武与侠都不过是作者对生命感受的一种外化方式,武林中的剑侠仙魔都是人类生命的表现,标志着武侠小说的立足点转移到人的生命上来,这是和新文学相通的。还珠楼主直接影响了40年代北派武侠小说家宫白羽、郑证因、王度庐、朱贞木,带动北派武侠超过南派;在观念、想象、组织结构乃至技术上给后来者以启示,一直影响到港台新武侠。

《蜀山剑侠传》创造了一个超现实的世界,它是武侠小说中的"出世"派的标志性成就。小说由人世、自然、神话、幻想、哲理交织成诗化的叙述。表层故事为剑仙与怪魔间的正邪征战,表现善恶的主旨。剑仙、怪魔都要逃脱每四百九十年一次的劫难,剑仙行善避劫,怪魔行恶逃劫,都是对"命"的抗争。这是用出世的剑仙神魔来表现现代人对生命的思考与抗争的行动。

还珠楼主的想象力与表现力可以上追唐代传奇。《蜀山剑侠传》展示出小说中从来未曾有过的面面观:"关于自然现象者,海可煮之沸,地可掀之翻,山可役之走,人可化为兽,天可隐灭无踪,陆可沉落无形,以及其他等等;关于故事的境界者,天外还有天,地底还有地,水下还有湖沼,石心还有精舍,以及其他等等;对于生命的看法,灵魂可以离体,身外可以化身,借尸可以复活,自杀可以逃命,修炼却有死劫,以及其他等等;关于生活方面者,不食可以无饥,不衣可以无寒,行路可缩万里成尺寸,谈笑可雪冰,日月星气云,金木水火土,雷电声光磁,都有精英可以收摄,炼成各种凶杀利器,相生相克,以攻以守,藏可纳之于怀,发而威力大到不可思议。"[1]

还珠楼主的成功,告诉人们神怪武侠小说其实并不是一味地驰骋想象,它是与中国传统文化深切地关联在一起的。还珠楼主以武侠生命的世界来熔裁中国传统文化,道、释、儒三宗联系的是人物谱系,经史子集衬托人的内涵,医卜星象、天文地理是博识多能,诗词书画是才情,风俗民情铺陈一本活生生的博物志。无限制的篇幅和读者热情、市场销量,可以让他不加节制地逞才显学。他创作的字数近两千万,但不管不顾任何小说章法,也不能不说是一种弊病。

王度庐(1909—1977),生于北京的旗人家庭,有下层生活经历,自觉接受人道主义与平民思想。他的小说,除了武侠形象,语言表达、人物塑造等方面很难和新文学作品区别开来。1938年后,他写出了《鹤惊昆仑》、《宝剑金钗》、《剑气珠光》、《卧虎藏龙》、《铁骑银瓶》所谓"鹤—铁"系列长篇五部,各部既有联系又相对独立,其侠情悲剧能超出俗套,震撼人心,仅凭玉娇龙的形象已使顾明道相形逊色。这个女侠的生活遭际,与父、夫、子三代人的情感联系与冲突都是很深刻的生命体验。某种程度,他的侠情悲剧已具备了寓言意味,但一些个人寄托却使玉娇龙带有强烈的褊狭个性,阻碍了向人类意义的升华。王度庐的侠情小说里有人道主义价值观的强劲渗透,也有顾明道在侠情方面的开拓的影响。

宫白羽(1899—1966),生于天津,原名竹心,白羽是笔名。他认识鲁迅、周作人,受新文艺的影响较深。1938年发表《十二金钱镖》成名。他的武侠小说属于"入世"一派,既写人物的武功与诚信,也写其普通人情,赋予社会武侠小说以反讽意义。《偷拳》批判武侠中的虚伪,显示现代人的自尊。其个人在生活中的辛酸过多地变相寄托在小说中,反而对"侠义"的超越精神构成了妨害。宫白羽笔下的武侠们在现实面前的种种碰壁,有塞万提斯笔下的堂·吉诃德的影子,而其叙述方式则是《水浒》式的。

郑证因(1900—1960),以技击丰富武侠小说,"武"的成分与特色与众不同,带有阳刚之气。1941年,《鹰爪王》在《369》画报上连载,得享盛名,后来有"鹰爪王系列"80多部作品。他与20年代的向恺然同是武术行家,但不像后者以轶闻、奇幻取胜。他笔下的拳法、掌法有20多种,把扎实的武

---

[1] 徐国桢:《还珠楼主论》,上海:正气书局1949年版,第12—13页。

功落到了纸上,但又有神韵而不泥实。

朱贞木(约生于1905),40年代末推出武侠小说近20部。1949年的《七杀碑》是其代表作,笔法细腻,侠情兼长。他受还珠楼主影响,题材诡奇,被认为是奇情武侠小说的高手;因写南方"苗乱"等内容,有南派通俗小说的风韵。

北方最有影响的社会言情小说家是被称为"天津张恨水"的刘云若,他的小说中的现代意味却强于张恨水。刘云若(1903—1950),一生都生活在天津,早年编辑过画报和《天风报》副刊。1930年在副刊上发表长篇小说《春风回梦记》而受到市民读者欢迎,开始专事通俗小说创作,在北方社会言情小说家中可与张恨水相抗衡。《春风回梦记》和后来的《旧巷斜阳》等小说都有一个"巧构/情让"的模式,人物陷入多角情爱,其中有种种意外的巧合,他们在行动上多为成全他人而退让、出走,结果却是接近于自戕,酿成悲剧。战后的《粉墨筝琶》仍然写抗战动荡年代人间大戏场中的离合悲欢,主要情节线索却是暗杀敌伪政府的主要官员。刘云若有出色的才能,小说中常常有极为精彩的篇章段落,但总体上并不匀称完善。作品的许多迹象表明,他没有当行则行、当止则止,作品连载时受控于报纸编辑,受欢迎的尽力往下拖,而腻烦了则戛然而止。

写于40年代的长篇言情小说《红杏出墙记》,是刘云若的代表作。铁路职员林白萍外出深夜回家,本来要给妻子黎芷华以惊喜,却撞见妻子和自己的挚友边仲膺在床,林白萍弃家出走,黎芷华忏悔追夫,过程中带出淑敏等一系列男女人物间的错综情爱,组织成一个大情网,人皆不能自拔。刘云若很善于制造悬念,方式很戏剧化,总是有一连串的"发现"与"转变",《红杏出墙记》里高度戏剧化的效果就令读者脑际始终布满紧张的疑云。小说为多边关系而设计出复杂的巧合与误会的情节,过程中又屡屡呈现戏剧性场面,对读者形成强烈的刺激。小说最后是一个悲剧的结局:边仲膺"投军觅死",林白萍"落水身亡"(跳水自杀),黎芷华"堕楼自尽"。《红杏出墙记》与中国传统叙事之间有很深的联系,刘云若总是擅长利用戏曲表演的角色来塑造人物、表现性格,读者不自觉间已经成为其故事的俘虏:"两个旦角,一个小生,一个花脸"[①]的结构,悬念丛生的情节,人物行动戏剧化地一让再让、一错再错。

---

① 景孤血:《粉墨筝琶·序》,转引自张元卿《民国北派通俗小说论丛》,太原:山西古籍出版社2001年版,第56页。

刘云若的"言情"小说不同于以往的通俗小说而更具有现代性。其人物的"纵情"形成了特别的情节发展动力,期间充斥着"忏情"中的恩爱、善恶与生死选择的心理活动等细腻剖白,忏悔之后又往往"忍情",不可避免地产生精神与肉欲的冲突,交缠成为死结,只能"殉情"而死。民初鸳鸯蝴蝶小说的殉情是因为爱情不能成功,刘云若的殉情却是本来不缺乏爱情,可是因为一失足或者几乎失足而成千古恨,这种情感上的"失误"基本上是一种不可避免的命运。这种富有探索性的、综合古今中外叙事艺术的成绩,不仅仅在于故事的复杂性,而且在于对人性有相当深度的探究。刘云若曾说过:"何年得比肩曹(雪芹)施(耐庵),而与狄(却尔斯·狄更司)华(华盛顿·欧文)共争短长"①,表明他写小说是想与现代作家相颉抗的。

第三节　徐訏和无名氏

徐訏和无名氏的小说在大众和先锋两极之间摆荡。他们创作了都市大众喜爱的《鬼恋》、《塔里的女人》等,这些作品战时和战后都畅销,其言情及三角乃至多角恋爱的故事模式与张资平或旧派小说家相去不远,保持着对大众的亲和力。但在先锋层面上则追求象征性,有浓厚的现代主义气息。有人称其创作方法是"后浪漫主义",实际上与"新浪漫主义"概念一样是现代主义的别称。称其为"海派"者,则看到了他们处于中西文化交汇之中,并受沿海都市读者市场的影响,甚或有人称其为新鸳鸯蝴蝶派小说。重要的不是命名,而是这些纯文学小说倾向于现代大众口味,反映了40年代城市读者的小说审美趣味的新变。

徐訏(1908—1980),浙江慈溪人。成名作《鬼恋》发表在《宇宙风》1937年元月及2月号,一再重版。孤岛期间(1937—1942)他又写了三个畅销的中篇:《吉布赛的诱惑》、《荒谬的英法海峡》、《精神病者的悲歌》。徐訏是多产作家,加上50年代以后的创作,出版诗歌、剧本、散文达60余种。徐訏认为艺术的本质就是大众化的,其作品较多倚赖的是大众热衷的爱情传奇,擅长结撰奇幻虚渺的爱情故事。《鬼恋》中有神秘的恋情和人物变态的出世心理,《阿拉伯海的女神》叙述的是离奇的故事,《荒谬的英法海峡》写华洋杂错的男女情爱,在虚幻中揭示出留学欧美的部分中国知识分子的心境。

---

① 刘云若:《酒眠灯唇录·序》,转引自张元卿《民国北派通俗小说论丛》,太原:山西古籍出版社2001年版,第41—42页。

徐訏早年读过哲学和心理学,几乎每部作品都有一定程度的哲理探讨,这成就了他的先锋性。

徐訏1943年创作的50万字的长篇小说《风萧萧》,列当年畅销书的榜首。小说写"七七事变"第三年,大部分国土都已沦陷,只有上海的外国租界成为有限自由的"孤岛"。男主人公是个青年哲学家,他想利用上海孤岛的相对安静来完成一部著作。因为帮助了受伤的美国军医史蒂芬,他们成了朋友并常常出入舞场,于是认识了红舞女白苹。在史蒂芬太太的生日宴中,他开始了与中美混血、生长在日本的佳人梅瀛子交往。他还结识了温柔而有音乐天才的美国少女海伦。梅瀛子、白苹的身份是间谍。青年哲学家抱独身主义,却对三个女孩子都感兴趣。故事在多角恋爱的浪漫交流、间谍的错综复杂关系与青年哲学家爱情自我消解的认知矛盾中进行,饶有情趣,背后却是严肃的生命思考。

《风萧萧》塑造了三个不同的女性。对白苹着墨最多,其风尘舞女的职业外衣里面是圣洁的本质。她为国家民族献身,有一去不复返的壮士气概。盟军的间谍梅瀛子是个有侠情的交际花,机智、干练而有魅力,为达到目的不择手段。海伦爱音乐,她被青年哲学家打动,弃音乐而学哲学,一度也陷入间谍活动中,但终于回归音乐,对青年哲学家的那份情爱仍然困扰着她。小说通过她们各自秉持的人生追求,表现生命过程中的理想、信仰,爱的永恒价值和有限人生的冲突。徐訏受弗洛伊德影响,《风萧萧》里有出色的梦境描写和对人物潜意识心理的挖掘,在性心理的探索、女性心理的刻画方面都很出色。他在此基础上展开情爱和性爱的探讨,揭示生命的严峻。徐訏习惯于从人物内视点来进行叙述,《风萧萧》从"我"这个感觉主体出发,叙述过程中有广泛的象征含义。

无名氏(1917—2002),原名卜宝南,后改名乃夫,是徐訏之后的另一位畅销书作家。他在抗战时期发表通俗爱情小说《北极风情画》和《塔里的女人》,立意用新的媚俗手法来吸引广大的读者而大获成功,几年内印行100版以上。《北极风情画》写义勇军上校军官韩国人林在流亡苏俄期间同一位波兰裔少女奥蕾利亚之间哀婉的爱情故事。两个受压迫民族的男女最终因义勇军接受命令离开西伯利亚寄居地而被拆散,奥蕾利亚自杀。《塔里的女人》写已婚医生兼提琴家罗圣提与名媛黎薇的爱情,男主人公向社会习俗的妥协葬送了爱情,也葬送了黎薇和他自己。两部小说中的男女都一见钟情,叙述笔调感伤而善于煽情,结构中有故事的套叠,有悬念和神秘色彩。两个爱情悲剧中不乏生命探索,女性爱情追求的纯粹与一往情深,较之男主人公对现实的妥协,是两种生命形态的内在冲突,也导致了美丽生命走向幻灭的悲剧。

无名氏创作"无名书初稿",有明显的先锋小说的精神印记。他原来计划写七卷,抗战后隐居杭州,写出前三卷《野兽·野兽·野兽》(1946)、《海艳》(1947)、《金色的蛇夜》(1949),总字数近百万。小说情节有连续性,写青年印蒂的精神历程与生命追求,情节性不强。作者说其主题是探讨未来人类的信仰和理想,遵循感觉——思想——信仰——社会问题及政治经济的基本脉络。《野兽·野兽·野兽》写印蒂从南京流浪到北京去寻找"真理",北伐前夕归来,去了革命策源地广州。两年后他跟随北伐军回到长江下游。反共清党的风暴中,他被捕入狱,体验了人间的惨苦,又受到组织的怀疑、诬妄和唾弃。真理碎了,他在父亲印静修的营救下出狱,回了家。《海艳》开始追求诗和梦,集中写爱情故事。印蒂和瞿萦在西子湖畔热恋,在青岛度蜜月,及至诗和梦在"九·一八"的炮声中幻灭。《金色的蛇夜》写印蒂为逃脱幻灭感,跑到东北投身抗日游击队,溃散后失魂落魄回到上海,在沉沦中寻求拯救。印蒂被莎卡萝迷住了,她人尽可夫,却冷若冰霜地卑视仰慕和追求者,使印蒂受尽折辱和煎熬。印蒂从上海追到三峡,历尽风波和纠缠,一旦沟通情意,莎卡萝却不告而别。

"无名书初稿"的先锋性在于尝试用新的手法表现人的精神历程。主人公印蒂神秘失踪,为了去寻找生命中最可宝贵的东西,这成了全书的基本主题。印蒂的漫游既是空间的也是时间的,更重要的是他在穿越历史、革命、政治的空间时,身心经历着革命、爱情、欲望、信仰的诸般磨难。"无名书初稿"作为一部"心史",其独创性是明显的。精神的探索与漫游,是生命的追求与价值的体现,这种因素是传统的中国通俗小说所缺乏的。但是无名氏不全依赖寓言的方式,他的小说既有史实又有男女爱情的依托。无论是写通俗的、还是先锋的小说,无名氏总喜欢文采绚烂的铺陈,有的地方甚至略显夸张了。《海艳》中描写洞房花烛,用六千多字写性,但全是象征的笔触。这种非写实的倾向贯穿始终,为中国文坛提供了长篇巨制却又弱化了故事情节的小说模式。

【导学训练】

1. "新浪漫派小说"与《秋海棠》通俗之比较。
2. "出世派"与"入世派"武侠小说之异同。

3. 南方和北方通俗小说的盛衰。

【研讨平台】

40年代的大众小说与读者受众

提示：由于区域现代化进程的差异，中国大众对待文化生活的态度是有差异的，他们对小说现代化的接受心理也不一致。就40年代通俗小说而言，除了受晚清以降的旧派小说传统的影响外，外国小说影响力的渗透已经深入到更细微具体的层面。最为重要的是，五四文学已经成为一个新的传统，它的影响已经是通俗小说不断出新的重要动力。在这一背景中，通俗文学在变化，并且表现出了区域性的特点。

都市大众以上海人为代表。他们生活在东亚的工商都会和金融中心，有相当高的识文断字的水平，适应了流行的时尚、文化消费等一系列都市文化景观，对现代生活的声色气味的敏感是其他区域的人无法比的。都市里的小说家面对这样的读者，既有惶惑之心，又有应变能力。他们执著于世俗大众的生活，讲述种种离奇与平常的故事，努力将不安稳的人心安顿于世变之中，从而表现出了本土现代性的特征。兼具雅俗的张爱玲如此，苏青如此，甚至秦瘦鸥、刘云若或徐訏、无名氏都具有这样的素质。

乡村大众仍然未曾实现从听者向读者的接受方式转化，多数人还不识字，靠赵树理这样的"文摊"作家用故事性强、语调亲切入耳的叙述主动接近他们。乡村大众经验中的艺术，是民间的口头表演，是英雄传奇的章回小说。他们的审美与接受中，除了戏剧曲艺的故事模式和套路化的表演程式，并没有多少自己主动参与的经验。在这样的模式或程式中，可以包含各种新的意识形态内容。当新小说家接近他们时，用"板话"与"新儿女英雄"的传奇说起了他们的生活由旧到新的蜕变，这极大地调动了乡村大众接受主体的积极性，开始了和新的通俗小说的互动。叙述乡土经验的小说家的真实身份是读书人转化而来的"兵"，即使他们不直接服务于八路军、新四军，其在各级政治组织形式中的服务实际上是军政一体的。他们将曾经是乡村大众的"兵"们的经验说给他们自己听，说给未曾参加军队的农民听，说给有限的工匠们听。这样的接受大众已经是兵、农民、工匠的大众集合体了，小说家与乡村大众构成了一种新的意识形态场域。当然，还有很大一部分的乡村民众仍然在接受着帝王将相和才子佳人式的作品。

一般市民大众生活在都市洋场与乡村以外的大大小小的城市里。北京及许多被拂着现代文明风气的中小城市里，大量的"新派市民"与少量的"老派市民"仍然是通俗小说的接受者。从内心到行为，他们能在新旧时尚间折衷调和，在外来文化、新兴文化、传统习惯之间取得平衡。他们没有都市大众的移民品格，对地缘结构有深刻的认同感，与传统文化有较深的血缘关系，不热衷于时尚而习惯于特定地区的风俗文化。以他们为对象的通俗小说家，习惯在相对固定的人伦关系中表现人的性格与冲突，但是他们擅长对这种人伦关系进行微调，小说中叙述的人与事并不以颠覆传统为目的，却常常有人伦关系的新的激荡。张恨水、刘云若的社会言情小说主要就是面向这个群体的。固定的生活格局让他们感到不满足，武侠小说中的想象，如还珠楼主那样"出世"的剑侠——在子虚乌有中展开一派世界，"入世"的侠情悲剧及武侠社会中复杂的人际关系，恰好弥补了这种不足，因而受到他们的欢迎。

不过，各区域的大众虽然有别，但他们都有渐进的现代性追求。他们所热爱的通俗小说承载的文化内容，他们与通俗小说家们共同建构的文化市场，以及在这个市场规制下生产的小说，都在向人们展示着40年代的现代大众化小说走向了成熟。

【拓展指南】

1. 朱自清：《论雅俗共赏》，收入《二十世纪中国小说理论资料》第四卷，北京：北京大学出版社1997年版。

简介：朱自清提出，19世纪和20世纪之交是个新时代，新时代给我们带来了新文化，产生了我们的知识阶级。这知识阶级跟从前的读书人不大一样，包括了更多的从民间来的分子，他们渐渐与统治阶级拆伙而走向民间。于是乎有了白话正宗的新文学，词曲和小说戏剧都有了正经的地位，还有种种欧化的新艺术。只是这种文学和艺术并不能让小市民来"共赏"，更不用说农工大众了，因而有人认为这是新绅士的欧化文学。此后提倡"大众语"运动，但时机还没有成熟，成果不显著。抗战以来又有"通俗化"运动，这个运动才开始转向大众化。"通俗化"还分别雅俗，还是"雅俗共赏"的路数，大众化却更进一步要达到不分雅俗、只有"共赏"的局面。这大概就是所谓由量变到质变罢。

2. 徐斯年：《侠的踪迹——中国武侠小说史论》，北京：人民文学出版社1995年版。

简介：读这本书，既可了解武侠小说的历史知识，又可看到个性化的、有深广度的一家之言。书中既追溯"侠"之精神源流，更重现代武侠小说的总体走向。作者讨论唐以前的中国古代武侠小说的孕育过程，特别看重《史记》的"侠德规范系统"，强调其文化精神与文体对后世武侠小说的双重影响。对唐代武侠小说的浪漫本质、作家的风格追求以及创作主体的狷介人格与侠骨柔情，对宋代武侠小说的"说话"家数及内容品类的分析，都有较深入的论述。作者通过对唐宋武侠小说的文化品质的比较，提出宋代武侠的"文化下行"不仅体现在精神上，而且反映在题材介入现实的限制上，宋代的侠义人物更为接近于常人。作者对明清两代武侠小说的范本《水浒》、《七侠五义》的考量，重点放在文体、武打艺术等方面，内容上则追索"忠义"观念如何贯彻到文本的精神层面。他认为民初武侠小说一方面是观念情绪上的张扬，一方面是样式的粗糙与幼稚。五四新文化运动以后，武侠小说经历了"退却——定位——繁荣"的历史过程，论证的重点最后落实到"武侠"的"现代型"层面。作者对民国武侠小说家王度庐、姚民哀、朱贞木的认识之独到，非一般武侠小说论著所能比拟。

【参考文献】

1. 张赣生：《民国通俗小说论稿》，重庆：重庆出版社1995年版。

2. 叶洪生:《武侠小说谈艺录——论剑》,上海:学林出版社 1997 年版。
3. 陈平原:《千古文人侠客梦——武侠小说类型研究》,北京:新世界出版社 1992 年版。
4. 张恨水:《武侠小说在下层社会》,《二十世纪中国小说理论资料》第四卷,北京:北京大学出版社 1997 年版。
5. 汪应果、赵江滨:《无名氏传奇》,上海:上海文艺出版社 1998 年版。
6. 吴义勤:《漂泊的都市之魂——徐讦论》,苏州:苏州大学出版社 1993 年版。

第二十三章　钱钟书、张爱玲与沦陷区文学

1941年12月太平洋战争爆发,上海遭日本占领。沦陷地区的文学进入了一个特殊的时期。其中,上海沦陷区文学的成就最为突出。在不便直接言说时政的环境中,作家们纷纷在"永久人性"和"日常生活"两大疆域大显身手。"这样的选择,是顺理成章的。而且,似乎是被动的选择背后,却隐藏着更为深刻的生存体验、心理动因与观念变化。"①钱锺书和张爱玲这两位才华横溢的作家,就出现在这个时期。由于身陷沦陷区的作家大都以写作觅温饱、求生存,需充分考虑读者和市场因素,因此在二三十年代一直处于紧张对峙状态的严肃文学和通俗文学在这时有了融合互补的趋势。

第一节　幽默才子钱钟书

钱钟书(1910—1998),字默存,号槐聚,江苏无锡人。出身于书香世家,早年毕业于清华大学西洋语言文学系,1935年考取英国退回庚子赔款留学名额,在牛津大学英国语文系攻读两年,又到巴黎进修法国文学一年,1938年回国。历任西南联大外文系教授、湖南蓝田师范学院英语系主任、上海暨南大学外语系教授、中央图书馆英文总纂、清华大学外文系教授。1953年起任中国社会科学院文学研究所研究员,1982年任中国社会科学院副院长。创作有散文集《写在人生边上》(1941)、短篇小说集《人·兽·鬼》(1946)、长篇小说《围城》(1947)。

一、长篇小说《围城》

钱钟书说:"我想写现代中国某一部分社会,某一类人物。写这类人,

---

① 钱理群:《"言"与"不言"之间——〈中国沦陷区文学大系〉总序》,《中国现代文学研究丛刊》1996年第1期。

我没忘记他们是人类,还是人类,具有无毛两足动物的基本根性。"①这部作品在对知识分子灵魂的拷问中渗透着作者对现代人的存在困境的独特思考。所谓"围城",如书中人物所说,脱胎于两句欧洲成语——英国人说:"结婚仿佛金漆的鸟笼,笼子外面的鸟想住进去,笼内的鸟想飞出来,所以结而离、离而结,没有了局。"法国人的说法是:结婚犹如"被围困的城堡,城外的人想冲进去,城里的人想逃出来"。《围城》所描绘的,是理想不断升腾又不断幻灭的循环。主人公方鸿渐经过求职、情感、婚姻的坎坷,切身地感觉到了"人生万事都是围城":归国轮船的舱房是围城,上海孤岛是围城,内地大学是围城,婚姻家庭也是围城。"围城"是对人生情境的一种形象概括,是人类身处困境、屡遭挫折的象征。

在中西交汇的文化背景和现实战难的时代环境中,小说以方鸿渐留学归国、谈情说爱、谋事求职和婚姻家庭为主线,描绘出现代知识男女的各色形象,充满了对战时知识分子某些性格弱点的批判和嘲讽。不学无术、空虚无聊的褚慎明,靠同英国著名哲学家罗素通信和会面猎取"哲学家"空名。三闾大学校长高松年,号称是一位研究生物的老科学家,却是一位心术不正的学界官僚。自称"诗人"的曹元朗,也是一位好色贪杯玩弄权术的可笑之人。韩学愈从美国的爱尔兰骗子那里买了子虚乌有的"克莱登大学"博士文凭,骗取大学教授的头衔,还让他的白俄妻子冒充美国国籍,以便到英文系任英语教授。还有以国防部、外交部信封唬人的教授陆子潇,用不通的英文假冒作者赠书给自己的学监范小姐等等。小说通过描绘宽敞客厅里的高谈阔论、卖弄炫耀,花前月下的争风吃醋、打情骂俏,儒雅校园中的弄虚作假、投机钻营,充分暴露了他们自欺欺人、虚伪卑劣的负面性格,并对之进行了辛辣的讽刺和批判。

比较而言,主人公方鸿渐倒是一个可怜可爱而不那么可恶可憎的书生形象。他长于言谈,短于行动,聪明而怯弱。在不关涉大是大非的场合,常常妙语如珠、幽默风趣,颇有几分潇洒。而在事关人生重要选择之机,却总是无能为力、无所适从。出于文人的清高和自尊,方鸿渐羞于利用不正当的手段获取个人的利益,但在现实生活中处处碰壁。他总在试图进入一座围城之中,进去后才发现并不如愿,于是又开始了对另一座围城的美好想象,然而等待他的仍是失望。他总幻想着有什么机遇或什么人物伸出援手,但谁也救不了他。他的每一次努力都显得被动,都是一副无可奈何状。后来

---

① 钱钟书:《围城·序》,1947 年 1 月《文艺复兴》第 2 卷第 6 期。

成为方鸿渐妻子的孙柔嘉当面评价他："你不讨厌,可是全无用处";"本领没有,脾气倒很大"。意志薄弱、优柔寡断、貌似洒脱的背后是软弱、有小聪明而无大智慧,这正是现代中国某些知识分子的通病。

小说中与方鸿渐有过情感交往的四个女性亦很有代表性。这些走出家庭、走向学校、走向社会的知识女性,在情爱的世界里性格各异,自有归途。归国途中,方鸿渐被"没有心和灵魂"的性感鲍小姐引诱后抛弃,那是一场失败的爱情游戏。刚回国时,与孤芳自赏的漂亮女博士苏文纨试探性交往,两人在情感上算计太精,筋疲力尽,两败俱伤。纯清脱俗的女大学生、"真正的女孩"唐晓芙,是有独立意识的新知识女性代表,是书中男主人公心目中的理想异性,也是作者理想的女性美的化身。双方都动了真心的爱情,但脆弱得被"误会"所谋杀。这是作品中最动人最凄美的爱情故事。在三闾大学,不知不觉中处于他人的流言和女方的计谋中,与"晚辈"孙柔嘉意外恋爱、被动结婚,证明了方鸿渐的又一次失败。这四场恋爱经过,可以说代表了男女情爱的四个方面:肉体之欢、智性较量、纯净恋爱、婚姻圈套。

《围城》是中国现代最著名的长篇小说之一,人物形象丰富、生动,幽默风趣、充满智慧,深受读者喜爱。其艺术成就是多方面的,主要表现在杰出的讽刺手法和精妙的富有喜剧效果的语言等方面。作家以幽默、辛辣的笔法讽刺时态弊端,语言风趣幽默,妙趣横生,人物形象丰富、生动,令人赞叹的精辟比喻,机智的反语、双关、谐音、对仗、警句格言,古今中外的典故、逸闻,纷至沓来。采用独特的象征,蕴含着深刻的社会意义和人生哲理;以漫画式的笔法讽刺时弊,描摹人物世态,调侃"芸芸众生",惟妙惟肖地描绘出各色男女在特定的场合下的所思所想,传达出人物瞬间所萌发的情思与微妙的心理情绪。

作家勾画负面知识分子形象,善于用尖刻的笔法描摹人物,戳穿其阴暗内心,嘲笑其言行举止的虚假性。方鸿渐买博士文凭时,引柏拉图、孔子、孟子哄骗撒谎的典故为自己的荒唐行为辩护,认为自己买文凭哄骗父母,是"孝子贤婿应有的承欢之志","这一张文凭,仿佛有亚当夏娃下身那片树叶的功用,可以遮羞包耻"。连用几个中西典故,细腻逼真地写出了方鸿渐自我解嘲和自欺欺人的心理,增加了讽刺的力量和批判的力度,惟妙惟肖、形神毕露。

《围城》好用比喻,善用比喻,使小说充满机趣,令人忍俊不禁。作者善用一般人容易理解的事物来比喻较抽象难懂的事物或事理,带有强烈的讽刺意味,给人以强烈的感染和启悟。如写苏文纨:"那时苏小姐把自己的爱情看得太名贵了,不肯随便施与。现在呢,宛如做了好衣服,舍不得穿,锁在箱里,过一两年忽然发现这衣服的样子和花色都不时髦了,有些自怅自悔。"这个比喻把矜持漂亮的大龄女博士的复杂心理写得活灵活现。张先生喜欢说话时夹杂一些无谓的英文字,作者称其"说话里嵌的英文字还比不得嘴里嵌的金牙,因为金牙不仅妆点,尚可使用,只好比牙缝里嵌的肉屑,表示饭菜吃得好,此外全无用处",一个虚荣的假洋鬼子的嘴脸跃然纸上。

《围城》因其知识密度大也被称为"学人小说"。作家旁征博引,信手拈来,驰骋古今,融汇中西,既切合人物的身份脾性,又与故事情景相映成趣,显得渊博而丰富。如书中借方鸿渐之口说道:"从前愚民政策是不许人民受教育,现代愚民政策是只许人民受某一种教育。不受教育的人,因为不识字,上人的当,受教育的人因为识了字,上印刷品的当……"寥寥几笔,对国民党统治时期的教育作了嘲讽。

二、其他创作

短篇讽刺小说集《人·兽·鬼》共收作品四篇。这些作品从神话和现实生活中摄取题材,寓哲理于象征,探讨人性的弱点,有很深的文化意蕴。在艺术上,荒诞性与真实性相融,讽刺的犀利与含蓄兼顾。但也存在着"掉书袋"过多、智性议论过多之弊,"理大于情",某些篇章、段落略显沉闷。《上帝的梦》写神在造人过程中的孤寂和人与人的难以沟通,以及神的专制、虚伪等性格弱点,有点"反神化"意味。《猫》描绘了周旋于知识界的一对夫妻的明争暗斗,兼而挖苦了30年代文坛的一群无聊的知识分子,是现世讽喻之作。《灵感》描写了一个不负责任的高产作家,在地府受到司长的严厉审判,讽刺文坛不良现象之意也很明显。

最有情趣、最有可读性的《纪念》。曼倩大学毕业后成了家庭主妇,丈夫是个平凡安分的人,夫妻过着一潭死水般的生活。曼倩心有不甘,梦想一场"不落言诠,不着痕迹"的婚外恋游戏,给"仿佛黯淡平板的生活里,滴进一点颜色"。她期盼与她喜爱的空军飞行员天健保持一种精神出轨肉体清白的关系,没料到天健实行的是现代的"结实、平凡的肉体恋爱"。曼倩一次并不情愿的失身,全盘毁掉了这场"恋爱"。"天健有达到目的之后的空虚",曼倩也感到"心像新给虫子蛀空的"。两人都生怕对方再有第二次要求。不久后天健在空战中牺牲了,曼倩却发现自己怀了孕,留下难堪的"纪念"。《纪念》通过对曼倩不安现状、空虚、负疚、迷惑心理的细致入微的刻画,表现了知识分子在抗战后方环境中的烦闷和空虚,既写出了无法弥合与沟通的夫妇关系,也揭示了情人间爱情游戏中的迷茫,是探寻人性的盲目性和复杂性的上佳之作。

钱钟书的散文收在《写在人生的边上》这本集子中。作者带着"一种业余消遣者的随便和从容",以旁观者的姿态对世道人心发表看法,博闻善说,睿智幽默。他在该书序中说:"假使人生是一部大书,那里面几篇散文只能算是写在人生边上的。这本书真大!一时不易看完,就是写过的边上也还留下好多空白。"①

《写在人生边上》广征博引,充满思辨色彩,将学问、才情、感悟、哲理融为一体,说理谨严透彻,比喻贴切生动,语言轻松幽默。如《魔鬼夜访钱钟书先生》一篇,赋予"夜访"的魔鬼以现代人格,他温文尔雅、"人性"十足,把"我"当做阔别已久、"时切葭思"的老朋友,千里迢迢跑来倾诉衷肠,探寻真理。《窗》、《论快乐》、《读伊索寓言》等都是妙趣横生的散文。

钱钟书写的是一种典型的学者散文。他超越了主流意识、权威话语的表达方式,在无拘无束的思想独白中,在轻松自如的状态下,从容地评判世俗、评判人性的弱点,品味人生的窘迫,张扬自由人格。他的叙述、他的幽默与讽刺,有着情感、智慧、学问相融的通达。

"写在人生边上",正是中国现代自由主义流派散文家的一个形象概括。他们站在时代人生的边上,不一定直接面对时代最敏感的问题发言,不必急切地传达某种权威意识,而是以个人的观察、性情与知识自由抒写,从而扩大了散文的表现领域,拓展了散文的私人化、趣味化题材丰富了散文的文体美、智慧美、闲适美。

第二节 乱世才女张爱玲

张爱玲(1920—1995),原名张煐,原籍河北丰润,生于上海。中学毕业后到香港大学读书。1942年香港沦陷,未毕业即回上海,开始职业写作生涯。1943年发表小说处女作《沉香屑》(第一、二炉香)。随后接连发表《倾城之恋》、《金锁记》、《封锁》、《红玫瑰与白玫瑰》等代表作。此期主要作品结集为中短篇小说集《传奇》和散文集《流言》,极为畅销。23岁时与胡兰成结婚,抗战胜利后分手。1949年上海解放后以"梁京"的笔名在上海《亦

---

① 钱钟书:《写在人生边上·序》,北京:开明书店1942年版。

报》上发表小说。1950年参加上海第一届"文代会"。1952年移居香港,在美国新闻处工作,发表小说《赤地之恋》和《秧歌》。1955年旅居美国。张爱玲一生经历了优裕而忧郁的童年、立志而发愤的少年、成名而谋爱的青年、漂泊而执著的中年、孤寂而怪癖的晚年五个阶段。她矜持地活在想象的世界里,探寻着"人性和人性的弱点"。她有强烈的文体意识,不带偏见地尝试过鸳鸯蝴蝶派、章回体、"新文艺腔"等多种文体,并逐渐形成了卓尔不群而又雅俗共赏的"张爱玲体"。她是把中国古代文人小说精华与现代西洋小说技巧结合得最好的现代作家之一,笔下人物的人性深度和美学意蕴高于一般现代作家的作品。

一、小说代表作

1. 金钱与爱欲:《金锁记》

"三十年来她戴着黄金的枷。她用那沉重的枷角劈杀了几个人,没死的也送了半条命。……三十年前的月亮早已沉下去,三十年前的人也死了,然而三十年前的故事还没完——完不了。"中篇小说《金锁记》描绘了七巧由婚前的泼辣强悍到婚后的疯疯傻傻到分家后的乖张暴戾以至变态的性格历程。它使读者触目惊心地感到:封建的等级观念、伦理道德、金钱婚姻在一个遗少家庭表现得多么丑恶,对人性的戕害是多么狠毒残忍。

《金锁记》是描写变态心理的令人颤栗之作。其女主人公曹七巧的形象与丁玲《莎菲女士的日记》中的莎菲、曹禺《雷雨》中的繁漪并称为中国现代文学中性格最复杂、内涵最丰富的三大女性形象。《莎菲女士的日记》因是日记体,在表现女性审视男性世界和自身灵与肉冲突方面是新颖大胆细腻深入的,但在背景描绘上有欠完整,因而局部地影响了其表现的广度和清晰程度;《雷雨》因是话剧文体,主要通过对话来表现繁漪的情感变态、阴鸷性格和女式的复仇,因而对其性格发展过程和心理演变轨迹的铺垫交代有欠细致。《金锁记》则是以第三人称的全知叙事方式一步一步地推演主人公的性格发展,一级一级地把曹七巧推向没有光的所在。其发展脉络之清楚、性格描写之细致、心理剖析之直接和犀利,在现代小说中难有匹敌之作。无怪乎夏志清在他的小说史中赞道:"这是中国自古以来最伟大的中篇小说。"[①]

[①] 夏志清:《中国现代小说史》,刘绍铭编译,香港:传记文学出版社1985年版,第406页。

2. 伦理与爱欲:《红玫瑰与白玫瑰》

深谙弗洛伊德精神分析学说的张爱玲,对佟振保的人格矛盾、灵魂冲突的描写表现出罕见的精细和深入。作为一个社会角色的佟振保,"他整个地是这样一个最合理想的中国现代人物"。而在私生活圈中作为一个男人的时候,他却是一个贪玩好色之徒。玩妓女、玩朋友的太太、虐待妻子,这在传统道德看来,简直是十恶不赦。这种身心分裂、双重人格的变态,实为洋场畸形社会的产物。"十里洋场"既充斥着邪恶淫乱,同时又有着传统中国道德的束缚。前者激发着他"本我"中的原欲,后者又具有超我的抵制力,因而内心极度紧张。他很放荡,同时又活得很累。振保的敌人是他自己,他老是在跟自己打架。时而"本我"占了上风,时而"超我"占了上风。他是情爱伊甸园中的馋猫,胆小如鼠的馋猫,双重夹磨、精明贪图、自怜自艾、心理紧张,在不伤大雅的范围内有偷尝禁果的愉悦,在意念之中更敢做冥冥的非分之想,而一到事关名声的关键场合,又退缩到原来的自我之中。

如同阿Q既是辛亥革命前后闭塞的中国农村愚昧落后的典型,又可折射出几千年中国国民性弱点一样,佟振保既是半殖民地半封建的中国都市的特定产物,又是现代中国知识分子的一种原型。他首先是属于租界洋场的,洋场上半中半西的特点正是现代中国的普遍状态。因而佟振保更典型地代表了现代中国某一类知识分子面对伦理和情欲的矛盾心理和撕裂人格。可以说,佟振保是中国现代文学中塑造得最复杂最深透的男性知识分子形象之一。

3. 爱情与欲望:《倾城之恋》

如果说佟振保的性格反映了洋场社会上"理"与"欲"的冲突的话,那么《倾城之恋》中的范柳原这个人物表现的则是"情"与"欲"的冲突。一个洋气十足的华侨喜欢一个旧派女子,也许可以解释为换个口味,但确也包含着爱的成分。然而洋场生活腐蚀了他,他一会儿是高等调情者,一会儿又是老实的恋人。他习惯了洋场上的装假做态,真情假爱难以分辨。正如他自己所说:"我们那时候太忙着谈恋爱了,哪有功夫恋爱。""恋爱"与"谈恋爱"的区别,也可看做是"情"与"欲"的区别。欲是情的生理基础,是情的最底层的决定力量,情是欲的升华和补充。现代观念认为"恋爱"的完美形成是二者不可分割的结合,并在现实社会的实际情形下通过法律和舆论的形式予以肯定和保护,从而指向婚姻与家庭。恋爱就是两心相悦,两身相许,它无所谓技巧,既是过程又是目的。"谈恋爱"与"恋爱"的区别就在一个"谈"字,"谈"意味着恋爱是一个区别于婚姻的独立阶段,是婚姻之前的一个必不可少的过程。"谈"就是一种方式,一种技术性工作,因此它给某些人提供了一个寻花问柳的借口,一种玩弄异性的机会,他们可以以"谈"为名目而永远停留在这一阶段上。范柳原式的男人,在花花世界浸泡得太久,他们的感情已不纯净,对别人的感情不愿当真,也难以当真。他们深谙"谈"的技巧,或以语言挑逗,或故意让女性吃醋,或当众放肆狎昵背后故作正经,或在独处时随意轻浮当众道貌岸然。这就是张爱玲之所谓"高等调情"。它既不像恋爱那样郑重认真,亦不像狎妓那样粗俗下流,也不像姘居那样有实无名。它是一种爱情游戏,是上流社会屡入情海而又无聊空虚的男女之间的一种不健全的身心运动。

范柳原与白流苏的高等调情似乎永无休止,作者突然让他俩在港战中以平实的方式结合。其用意在于无论什么身份什么性格的人,当"生存"这个第一需要出现危机的时候,全部注意力就会落在这一点上。质朴的生活逼迫了一对自私的人,人性的底蕴就这样凸现出来了。这就是"反高潮"——走向高潮的反面。

"反高潮"不单是一种技巧,不是故作悬念,源自作家对人生别致而深入的理解。它是使人物行动走向极致而突然出现另一面,同时也是人性的一面发挥到极致而突然露出另一面。看似突兀,却不牵强,看似荒唐,却更真实,使读者在惊愕之中不得不回味深思,在蓦然回首中产生应该是这回事、还是这个人的反观照效应,因而更立体化,更有深度。

4. 好人与真人:《封锁》

这篇小说写的是一辆电车上的短暂故事,一场偶然的恋爱,一个无情的结局。"封锁"不单表示故事发生的背景,更应看做是一个单纯而又繁富、美丽而又短暂的意象。吕宗桢有家庭、有事业,但他并不快乐,他连每天为什么要离家去上班、下班后要回家也不明白,不敢想生活的意义。吴翠远是一个严肃得过分、平淡而无生气的规矩女性。封锁期间,他们成了纯粹的男人和女人,坠入爱河,焕发了活力。而一旦封锁开放,他们又不得不继续扮演着原来在尘世中的形象,纯洁的情如美丽的昙花,刚开即逝。作者通过封锁期间与开放以后的时空变化,表现出尘世与纯情的对立。

与这一对立相联系的是好人与真人的对立。"好人"是社会塑造出的形象。环境、舆论、道德、习俗、教育都联合着完成这种塑造工作。这"好"是尘世社会的标准,体现为道德评价。这种标准在一定程度上扼杀着人的真情实谊,扼杀着人的七情六欲,扼杀着人的生命力。可见好人并不完全等于真人。毫无疑问,这种"好人"标准有其现实合理性。但人类文化并未完全适应和发展人的丰富的本质,道德判断和价值判断仍然难以调和统一,"文明及其不满"仍是人类孜孜以求但悬而未决的高难课题。张爱玲的小说表现了这种对立,这是一种难得的敏锐和智慧。

尘世与纯情,好人与真人,婚姻与爱情,作者揭示的正是这样一个尖锐对立的世界。文化束缚了人性,现实不给情感一席地位,好人与真人作对,婚姻与爱情冲突,《封锁》当属20世纪中国最优秀的短篇小说之列。

二、"张爱玲体"

张爱玲喜读中国古近代小说,这一爱好在她的创作中留下了深深的印痕,对故事结构方面的影响则更为明显。其一是往往采用全知的说书人的叙事角度,使作者、读者与作品有明显的距离。《第一炉香》、《第二炉香》的开头,直接请读者点燃一支香,听作者讲故事。香燃完了,故事也讲完了。其二是首尾照应的安排。《金锁记》以苍凉的月光开始,讲述的是一个苍凉的故事,并以苍凉的月光结束。《红白玫瑰》一开头就介绍佟振保是一个"好人",在记述了这个好人的恶事之后,又写他变成了一个"好人"。《封锁》描写的是从电车行进到封锁到封锁开放后电车继续行进的过程。这种照应的写法渲染了气氛,表现了结构的完整性;有头有尾,但没有古代小说常见的"大团圆"。其三是情节结构的故事性强、传奇味浓。《传奇》中或奇异或缠绵或讽刺或惊奇的故事无一不给读者留下深刻印象。但是在这古典味极浓的外壳中,蕴含的仍是一个现代人的思考。她重视故事性,是为了更好地"让故事自身去说明"。

张爱玲多次谈到自己的写法是参差的对照,从而写出"现代人的虚伪之中有真实,浮华之中有素朴"。她对人物性格的复杂面有深透的认识,笔下的人物大都是"不彻底的人物",没有太好大坏,有的只是那种"不明不白、猥琐、难堪、失面子的屈服"[①]。参差对照,在她作品中有时表现为人与人性格的互证与互补,更重要的是表现人物自身性格不同方面的对照。振保的外生活圈与内生活圈是对照、犯罪感与快乐欲是对照、意识与潜意识是对照,充分揭示了这个洋场畸形人物的复杂心理。但复杂不是杂乱,不是拼凑,它们都受"自私"这一振保性格中的主导因素的支配。至于被作者视为唯一的"彻底的人物"七巧,尽管她疯疯傻傻、狠毒残忍,似乎一点人性都没有,但小说最后写到她把手镯套到腋下,想着年轻时粗陋而有情趣的生活

---

① 张爱玲:《传奇再版序》,《流言》,上海:中国科学公司1944年版,第206页。

流出了眼泪，令人触目惊心地感到人性的因素在她身上还有微弱之光，它使人同情，更让人恐怖；而她连眼泪也不擦，任它自己干掉，这与小说对她性格的全部描写又相吻合。《封锁》中的吴翠远在常态情形下是一个好学生、好女儿、好教师，而在封锁这一特定时空中，在一个真实的男性面前，潜伏在她内心深处的"真人"的声音自然涌出，"真人"吴翠远对"好人"吴翠远提出了抗议。一个人的形象分为两个，不仅对立而且冲突，因而在"非常态"的环境下赢得了充分的合理性。张爱玲深入到了意识与潜意识、好人与真人这种深层的对照中，充分表现了形成人物性格丰富复杂性的言与行、隐与显、情感与理智、人性与道德、本能与文明等诸多因素的交织与冲突，从而为中国现代小说人物系列提供了曹七巧、佟振保、范柳原、梁太太、聂传庆、吕宗桢、吴翠远等典型形象。

张爱玲充分运用小说这种综合性强的艺术，调动各种感官形象和色彩声响进行浓描细绘，以便充分表现洋场社会的本质真实。因而精巧的比喻、繁复的象征、浓丽的色彩、丰富的声响描写就构成其独特的语言特色。犯冲的色彩、苍凉的基调、荒诞的生活、传奇的故事、变态的人物、对照的结构、繁复的语象——这，就是"张爱玲体"的构成要素。

张爱玲不满足于讲故事，哪怕是传奇味十足的故事，而刻意追求更凝练、更含蓄、更浓郁、更诗化的艺术效果。其象征因素与作品的故事性和人物刻画共存，与中国古典式的叙事结构、细节描写和西方心理分析技巧融合，构成独特的传统式的全知叙述角度，故事情节的传奇性，为张爱玲的作品赢得了广泛的读者；参差对照的人物结构，对乱世男女的精神生活的立体把握，表现了人性深度，从而为中国现代文学贡献了栩栩如生的洋场人物形象系列；而繁复的语象的运用不仅使作品获得了题材的深化与超越，也使张爱玲的"传奇"成为雅俗共赏的艺术精品。这些作品，创造性地转化中国古代小说的叙事手法，成功地借鉴西方现代派文学的描写技巧，精细地刻画了乱世男女的思想心理与变态人格，表现了中外文化在租界洋场这一特殊场域浊流相汇、污泥掺杂的情形，从而拓深了中国现代文学的题材领域，丰富了中国现代文学的表现手法。

"书名叫传奇，目的是在传奇里面寻找普通人，在普通人里面寻找传奇。"张爱玲小说达到了雅俗共赏的至境。五四新文学弃旧崇洋，"欧化"（即张爱玲所谓"新文艺腔"）较重；30年代文艺大众化讨论和老舍为新文学争取市民读者，表明"欧化"状况有所改变；到40年代，文坛雅俗融合已成为一种趋势，"张爱玲体"则标志着雅俗共赏可能达到的成功。

三、散文集《流言》

张爱玲的散文集《流言》同样是精心营造的艺术世界。她谈吃、谈穿、谈钱、谈艺术、谈女人、谈自己的生活,常有令人捧腹叫绝之语。她对生命意义的悲观反而导致了对生活小趣味的近于过分的嗜好,对"寻常中的反常"的发现使她产生了对万物超然、对俗事谅解的洒脱态度。《更衣记》的末尾,她描绘了这样一幅动态:一个小孩骑着自行车冲了过来,卖弄本领,大叫一声,放松了扶手,摇摆着,轻倩地掠过人群,满街人充满了不可理喻的景仰之心。写到这里,她随笔发挥:"人生最可爱的当儿便在那一撒手吧?"在这幅习见的情景中,张爱玲所感受的是人生的意义,与大道理毫不相干。与此相类似,她还有一句话:"人生的所谓生'趣'全在那些不相干的事。"(《流言·烬余录》)看似无道理,实际上颇能与人的生活体验相印证。她写自己遇急时的情形也要忙里偷闲地描绘一番周边景色(《私语》);她谈跳舞的姿态和心态的看法会使人们对这种现代男女交际方式有更新更深的理解(《谈跳舞》);她写香港战争,全是趣味野史,一幅生动的战时淑女图(《烬余录》);她把公寓描绘成比静穆悠远的乡村更为理想的遁世之所,表现了一个"看透者"的独有心境(《公寓生活记趣》)。她对世俗生活的精细观察是常人不及的。

张爱玲的散文世界有着舒缓的节奏,有着奇异的音响,有着沉郁的色彩。她的琐记与私语、她的谈艺与品戏,全没有大悲大勇,而是舒曼轻柔,淡中出奇,如同她所欣赏的巴赫的曲子,笨重凝固而又得心应手。她对颜色、声音、气味的敏感使她的散文如同在音乐声中徐徐展开的一幅幅繁丽有味的图画;奇妙的比喻更是俯拾即是。在现代散文家中,熟练地大量地运用着"五官通感"技巧的,当首推张爱玲。

张爱玲的《流言》实为中国现代文学史的优秀之作,与任何一位现代散文名家相比都并不逊色。尤其在散文创作比较平寂的40年代,她的文明意识、她的人生体悟、她的俏皮风格、她的独特文体,更显得难能可贵。

第三节 沦陷区其他作家

苏青(1917—1982),原名冯允庄,又名冯和仪,宁波人。曾考上南京国立中央大学英语系,尚未毕业便奉命回家完婚,又因怀孕中断了学业,后随夫迁居上海。1942年冬,夫妻反目,出于生计,卖文为生。后曾任中华联合制片公司编剧、天地出版社发行人并主编《小天地》月刊。抗战胜利后,成为人们攻击的对象,两顶脏帽子轮番戴在她头上,一顶是"文化汉奸",一顶是"色情作家"。她作专文予以澄清。解放后,为上海越剧团编过《屈原》、《司马迁》等历史剧。1955年受胡风事件牵连而入狱。之后,她被剧团辞退,生活艰难。1982年底,身患多种疾病的苏青悄无声息地离开了人间。

她的主要作品有四部:1944年4月出版散文集《浣锦集》,同年7月出版小说《结婚十年》,1945年出版散文集《涛》《饮食男女》,1947年出版《续结婚十年》。她的全部作品描绘和表现的都是女人的生活与爱情,没有出过女人的圈子。她影响最大的作品是自传性质的长篇小说《结婚十年》,以惊人的坦率和大胆的笔触描绘了一个女人的不幸婚姻以及离婚后抚育小孩和寻找职业的故事。其主题用作者自己的话概括就是:"生活在这个世界中,女人真是悲惨。嫁人也不好,不嫁人也不好,嫁了人再离婚出走更不好。但是不走不行,这是环境逼迫她如此。""希望普天下夫妇都互相迁就些,可过的还是马马虎虎。过下去吧,看在孩子份上,别再像本文中男女这般不幸。"①

可怜的希冀,难堪的企求,要求不太高,境界也不高,却赢得了很多人的同情,可见那时妇女的心态。这是《结婚十年》引起轰动的一个原因,还有一个原因是它被认为有"色情"描写,一时沸沸扬扬。作品畅销,她的生活有了改善,但声名却大为受损。有人以提"苏青"为不齿,有人称之为"文妓"。如果把那时报刊上谈及苏青的文字辑录起来,可装订成几大册。其实《结婚十年》并未有意渲染色情,不过对作为夫妇生活之一部分的性心理作了少量的如实描写。就涉及性爱的中国现代爱情小说而言,20年代郁达夫的《沉沦》第一次直言肯定了性爱是人生的正当要求;30年代丁玲的《莎菲女士的日记》正面展示了女人对爱的灵与肉的双重要求,也具有石破天惊的现代意识;不同于张爱玲的繁茂艳丽,苏青的文笔是单纯的白描。它平实地描绘了一个已婚妇女的生理尤其是心理苦楚,一任生活之流汩汩涌出,属于生活实录实感体,不太讲文法修饰,不大注重技巧,真切但缺少回味,坦诚却缺乏升华,但也自有其写实意义在。

路易士(1913—),原名路逾,笔名刘易斯、易士、纪弦等。原籍陕西,生于河北,后移居上海。为30年代现代诗派重要诗人。抗战爆发后流转于

---

① 苏青:《结婚十年正续·后记》,上海:上海书店影印四海出版社1948年版。

汉口、长沙、昆明、香港等地,曾任国际通讯社日文翻译,主编《诗领土》。那时的文学爱好者以读他的诗为时髦。抗战后开始以"纪弦"为笔名。出版的诗集有《摘星的少年》(1929)、《爱云的奇人》(1939)、《三十前集》,(1945)、《饮者诗抄》(1943—1948)等。1948年去台湾,成为台湾现代诗派的领袖。

路易士在沦陷上海发起创办过两份纯文艺刊物。一是和北平的诗人南星、杨桦三人共同发起、轮流主编的《文艺世纪》季刊,创刊于1944年9月15日。它"以研究及介绍世界文艺并从事整理我国历代文艺的遗产以及创新文艺为宗旨",尤其注意于纯文艺理论的翻译和研究。二是1944年3月创办了上海沦陷时期唯一的新诗社团——诗领土社,并出版《诗领土》月刊,极力提倡"全新"的"现代诗","内容形式上两者都新"。内容的新,主要是"放弃了过去的抒情的田园,来把握现代文明之特点,科学上的结论和数字"[①],要求具备"现代文明"意识,表现现代人的生活感受。形式的新,就是诗无定式,是自由的现代诗。"新诗追求新的表现,是以新的'诗素'之认识、发掘与把握其必然之根据的。……而新诗与旧诗的区别,可以说主要在于前者的'诗素'是新的而后者是旧的这一点上。"他举例,新诗如果只是把旧诗的"月如钩"改写成了"月亮好像钩子",虽有语言上的文白之分,但诗素还是陈旧的;但若写成"肺病之月"或"镀镍的月亮",诗素就是新的了,这样的诗才是真正的新诗。[②]

路易士是诗领土社的灵魂人物,在他主持下,从1944年3月至12月,诗领土社出版了五期《诗领土》。尽管只出了5期,但是成员却增加到70多人,吸收了华北、华东各沦陷区绝大部分的年轻诗人,不论在对年轻诗人的发现和引导,还是在诗歌理论的探索与研究上,都当之无愧地成为新诗凋落时期唯一的阵地和营垒。

他的作品题材广泛,几乎身边所有的一切都被他拈入了诗歌,自然的意境、生活的艰辛、现实的苦难、心绪的欢乐、危机、恐惧、虚无以及自我意向的宣示,都是他关注的对象。他非常注意自己"现在时"的存在,注意自己的主观感受,在内容和形式上都刻意追求一种与众不同的东西;另一方面则注意以口语入诗,追求一种日常感。如他这样描写一个"十足的Man":"修长的个子,/可骄傲的修长的个子;/穿着最男性的黑色的大衣,/拿着最男性

---

① 路易士:《什么是全新的立场》,《诗领土》第5号,1944年12月。
② 路易士:《从废名的〈街头〉谈起》,《文艺世纪》第1卷第2期,1945年2月。

的黑色的手杖,/黑帽,/黑鞋,/黑领带:/纯男性的调子。"①其实正是以"现代派"抗通俗化浪潮的诗人路易士的自画像。

师陀(1910—1988),河南杞县人。原名王长简,1946年以前用笔名"芦焚",之后以"师陀"为笔名。1921年高中毕业后赴北平谋生。第一个短篇小说集《谷》,1937年获《大公报》文艺奖金。1936年秋从北平到上海,曾任苏联上海广播电台文学编辑。《果园城记》的大部分写于这期间。他还写有长篇小说《结婚》等。1946年后相继任过上海戏剧学校教员、上海文华电影制片公司特约编辑,写过电影剧本。建国后为作协上海分会专业作家。60年代初期专注于历史小说和历史剧的创作,发表了剧本《西门豹》、《伐竹记》和小说《西门豹的遭遇》等。

李健吾认为师陀1937年出版的短篇小说集《里门拾记》表达了乡里世界的"一切只是一种不谐和的拼凑:自然的美好,人事的丑陋……这像一场噩梦。但是这不是梦,老天爷!这是活脱脱的现实,那样真实"②。而另一部短篇小说集《果园城记》(1946)亦保持了"反田园诗"的风格,艺术上更加成熟,是师陀的代表作。其创作断断续续地贯穿了整个抗日战争时期,由18个短篇组成,采用类似"系列小说"的结构方式和散文笔法,写出了作者的故乡和朋友的故乡偃城各种小人物的命运。

展示小城的情调和悲哀,《阿嚏》和《期待》写得十分精彩,《阿嚏》写的是水鬼阿嚏恶作剧的故事,《期待》写的是一个不知情的老母亲等待早已经被枪毙的革命者儿子回家的凄凉故事,给人以撕心裂肺般的苦涩意味。《阿嚏》所长在天真,《期待》所长在痛切,但作者写的更多的,还是果园城日常生活中无所不在的失落。这里有29岁的少女不停地为亲友缝嫁衣,绣寿衣,也给自己绣了够穿30年的嫁衣,但是却仍然无望地待字闺中的故事;有得风气之先的知识女性被孤立,最后吞颜料自杀的故事……这些作品用"现在"的眼光透视"过去"在"现在"的情况,在几分惋惜、几分忧伤之中预示了一去不复返的传统小城"未来"的命运。

抗战胜利的前一年,芦焚精心撰写了一部专门剖析这个摩登社会生活样式的讽刺型长篇小说《结婚》(1947年出版)。小说分上下卷,上卷由主人公胡去恶的六封信组成,采用第一人称叙事,下卷改用第三人称的全知全能的叙事方式,写的是上海的历史教员胡去恶为了赚钱和在乡下小学任教

---

① 路易士:《我之出现》,《风雨谈》第一期,1943年4月。
② 刘西渭(李健吾):《读〈里门拾记〉》,《文学杂志》第1卷第2期,1937年6月1日。

的、具有东方女性温柔美的情侣林佩芳结婚,去上海做投机生意,受洋场女性、富家小姐田国秀的诱骗逐渐堕落、毁灭的故事,是一个意志不坚定的小知识分子如何走向毁灭的历史悲喜剧,也是一个以个人的力量不择手段地对抗社会的极端利己主义者的历史悲喜剧。胡去恶在林佩芳和田国秀之间的选择,是一种迷误于田园情调和洋场风味的选择,最后以民族危机大背景下的田园失落和洋场崩溃作为其悲剧的结局。

他的另一长篇小说《马兰》(1948),通过一个美丽的乡镇女子马兰和大学教员李伯唐的恋爱悲剧,生动描写了马兰以坚韧的意志和顽强的生命力对抗命运的不公,由一个任人摆布的茫然少女成长为具有神秘色彩的、绝世独立的绿林女杰的故事,同时贬斥了知识分子李伯唐苍白无力的精神世界。

【导学训练】

1. 联系中国文化传统和现代教育体制阐述张爱玲小说《封锁》对"好人"吴翠远形象塑造的深刻性。

2. "反向吸纳"即是大众消费文化对精英文化的"消解"方式之一。应该看到,这种"反向吸纳"在当下中国已颇为常见,表现在一窝蜂似地戏说已有定评的历史事件、搞笑式改编经典名著等方面。试举例并分析这种现象。

3. 香港文学史家司马长风认为:"衡量文学作品,有三大尺度:(一)是看作品所含情感的深度与厚度,(二)是作品意境的纯粹性和独创性,(三)是表达的技巧。以《围城》及钱其它作品来说,作者在(二)、(三)两项都表现了出类拔萃的才能,但是感情的浓度稍感不足。总括的印象是:才胜于情。"①你是否同意司马长风衡量文学作品优劣的三个标准?你认为对钱钟书小说"才胜于情"的评价是否准确?

【研讨平台】

1. "张爱玲热"

提示:张爱玲在20世纪40年代中国上海的通俗报刊上发表了大量雅俗共赏的作品而成名,在50—70年代中国大陆的政治文化语境中销声匿迹,在80年代"重写文学史"浪潮中被主流学术界请进文学史并获得高度评价,在世纪转型期的消费主义文化浪潮中成为了小资的文化偶像、消费符号。上个世纪90年代以来中国大陆的"张

---

① 司马长风:《钱钟书的〈围城〉》,《中国新文学史》下卷,香港:昭明出版社1980年版,第100页。

爱玲热",早已在很大程度上超出了学术研究和文学欣赏的常态范围,成为了一场较大规模且持续不断的以张爱玲为品牌为文化符号的消费活动。有人也许不读张爱玲作品,却早知张爱玲的大名,熟知张爱玲的逸闻妙语。更普遍的情形是"误读"和"浅读"张爱玲,忽略其深刻的人性探寻和别致的审美创造,把张爱玲"明星化"、"小资化"。她的传奇经历、她的爱情悲欢、她的日常喜好、她的华美而苍凉的作品、她的俏皮话,一方面是出版业、影视业的卖点,另一方面也成为了小资阶层竞相追逐效仿的热点。创作名家变成了文化明星,文学名作变成了市场精品,欣赏张爱玲变成了"消费"张爱玲。

王德威从三个方面评价了张爱玲的时代意义:"第一,由文字过渡(或还原?)到影像的时代";"第二,由男性声音到女性喧哗的时代";"第三,由'大历史'到'琐碎历史'的时代。……正是在这些时代'过渡'的意义里,张爱玲的现代性得以凸显出来。"①从消费主义文化语境来看,张爱玲的作品被大量改编为电影电视剧,她早年主创的电影也在电视台重播,在影像时代张爱玲魅力不减,反而得到了更大的传播空间和接受效应。消费主义时代是以女性为消费主体的时代,张迷们大都为女性,女性谈张、看张、仿张写作已成为一种时尚。当代中国都市已出现后现代主义文化的某些特点,个人的、享乐的生活方式抬头,人们津津乐道世俗化的个人生活。张爱玲以写都市的世俗人生见长,喜爱张爱玲者大都为都市中人,读者从中窥视到旧上海的生活情形并得到想象性满足。"张爱玲所提供的文学想象与情感体验,又都与当下普遍的生存状态有着不同程度的契合。"②

消费主义时代的商业文化有意将张爱玲塑造成文化偶像、消费符号。可以说,在文化流通消费领域中的张爱玲在很大程度上只是小资的一种符号,她不再与文学有关,而是与时尚有关。谈论张成了一种身份的象征,看张也变成了一种时尚。张爱玲就这样被谈俗了,甚至被浅读和误读。张爱玲早就注意到过这种情形。她在谈到《红楼梦》的传播与影响问题时说:"《红楼梦》被庸俗化了,而家喻户晓,与《圣经》在西方一样普及,因此影响了小说的主流与阅读兴趣。"她举例说,美国的大学生视《红楼梦》如巴金的《家》,都是表兄妹的恋爱悲剧。这种读法当然大大缩小了原作的深广度。③张爱玲曾经哀叹她钟爱的《红楼梦》被庸俗化了,然而她自己又何尝免得了同样的命运?只见其"华丽"而不见其"苍凉",只见其"世俗"不见其"反世俗",是大众文化消费层面的"浅读"。的确,读张爱玲的表面是一件轻松愉快的事情。在这个削平深度、雅俗互融的时代,谈谈张爱玲的贵族出身、"另类"个性和浪漫爱情,欣赏她小说的故事性,品品她的俏皮话,是一件怡情养性的赏心乐事。张爱玲的悲哀与虚无、深刻与独创就这样被"误读"

---

① 王德威:《"世纪末"的福音》,《落地的麦子不死》,济南:山东画报出版社 2004 年,第 64 页。
② 温儒敏:《近二十年来张爱玲在大陆的"接受史"》,《再读张爱玲》,济南:山东画报出版社 2004 年版,第 26 页。
③ 《红楼梦魇》,《张爱玲全集》第 9 卷,台北:皇冠出版社 1991 年版。

和"浅读"掉了。

90年代以来,对张爱玲的"反向吸纳"可以说是全方位的:抽空其深刻的悲观主义人生态度,夸张其对世俗的迷恋;埋没其解剖人性的深度,渲染其故事的戏剧性;忽略其艺术表达的创造性,满世界套用其奇言妙语。一个探寻人性的大师变成了通俗言情小说名家,一个顽强活在自己世界的个人主义者变成了小资的榜样,一个严肃的作家变成了一个文化明星、消费符号。过分消费张爱玲的结果,是真实的严肃的深刻的张爱玲被消解。

2.《围城》的主题

提示:因篇幅较大、人物众多、事件纷繁,自《围城》问世以来,学术界对其主题意蕴的看法一直存有争议,并在20世纪80、90年代成为大陆现代文学研究界的一个小小的热门话题。简要概括起来,关于《围城》的主题主要有以下几种说法:

"新儒林说"。认为《围城》的主题是反映知识分子的困境和悲剧命运。1948年老作家巴人以"无咎"的笔名发表的文章指出《围城》反映了"新儒林外史颠倒于学而优则仕的闹墨中人的描写,划出了新旧时代的两个风貌"(《小说月刊》1948年7月1日)。李健吾认为《围城》"是一部讽世之作,一部新《儒林外史》!"作者谈论的是一个兵荒马乱、动荡不安的国家里的大事,谈论的是对战争的指挥不力、被疏散百姓的灾难,以及无人理睬的普通人的痛苦呻吟。①

"爱情说"。台湾学者司马长风可谓此论的代表。他称《围城》是"地地道道的一本爱情小说",它使人得到这般印象:"理想的爱情,多归虚妄,婚姻是不由自己的遇合。"②

"围城"说。持论者大都立足于"婚姻是围城"这一具有哲理性的意念之上,认为作者向世人昭示:在旧中国,恋爱与婚姻是围城,人生是围城,整个中国社会也是围城。台湾学者周锦认为:钱钟书不仅把男女婚姻比作鸟笼、城堡和围城,而且还把这种"在外面的想进去,进去了的想出来"的心理倾向扩大到"人生万事"。③

"人生境况"说。夏志清认为,"鸿渐是一个永远在寻找精神依附的人,但每次找到新的依附后,他总发现这其实不过是一种束缚而已",围城"象征了人生处境"④,因而"是一部探讨人的孤立和彼此间无法沟通的小说"⑤。20世纪80年代末有学者进一步从"人生困境"的角度阐发,认为《围城》是"对整个文明和现代人生进行整体反思和审美观照的艺术结晶,它所要反映和揭示的是整个现代文明的危机和现代人生的困境……从而在现代文明和现代意识的基础之上提出人的本性、人的存在的意义和价值、

---

① 李健吾:《重读〈围城〉》,《文艺报》1981年第3期。
② 司马长风:《钱钟书的〈围城〉》,《中国新文学史》下卷,香港:昭明出版社1980年版,第98—99页。
③ 周锦:《〈围城〉的研究》,台北:成文出版社1980年版,第6页。
④ 夏志清:《中国现代小说史》,刘绍铭编译,香港:传记文学出版社1985年版,第451页。
⑤ 同上书,第453页。

人的出路的问题,表达了存在主义的人生观。……表现了真正深刻意义上的现代性"①。

"多义说"。80年代末很多学者都意识到了《围城》内涵的丰富性,温儒敏从三个层面揭示其主题。"第一层是比较浮面的……具体讲,就是对抗战时期古老中国城乡世态相的描写……第二个意蕴层面是'文化反省层面'……企图以写新儒林来对中国传统文化进行反省。第三个意蕴层面是哲理思考层面即表现类似西方现代主义文学中普遍出现的那种人生感受和宇宙意识。"②

【拓展指南】

1.〔美〕夏志清:《中国现代小说史(1917—1957)》,美国:耶鲁大学出版社1961年初版英文版。1979年,刘绍铭等翻译的中译繁体字版本由香港友联出版社出版。2005年7月,陈子善编辑的中文简体字版由复旦大学出版社出版。

简介:这是一部有影响也有争议的著作。作者融贯中西,视野宽广,探讨中国现代小说的发展脉络,致力于"优美作品之发现和评审"。他注重文学蕴含的人文思想和道德力量、拥抱伟大传统的姿态和文学自身的美感,高度评价了张爱玲、张天翼、钱钟书、沈从文、吴组缃、师陀等作家的文学史地位。此书成为西方研究中国现代文学史的权威著作,也对中国现代文学研究产生了深远影响。20世纪80年代中国现代文学研究格局的改变,尤其是对沦陷区作家张爱玲、钱钟书、师陀等人的重视,与《中国现代小说史》中译本传入内地关系极大。

2. 刘川鄂:《传奇未完:张爱玲:1920—1995》,北京:十月文艺出版社2008年版。

简介:全书35万字,是作者2000年在该社出版且多次再版的《张爱玲传》之增订本。分上下两部。上部介绍张爱玲的出身、成长、成名和初恋,对她40年代文学创作的情形有详尽的介绍,对其代表作也有深入的评析。下部描述了自1952年传主离开大陆到香港、美国的生活与创作,最后一章浓墨重彩地描绘了张爱玲仙逝前后的经过。作者搜集了海内外大量资料,在中国现代历史和文学的宏观背景下,深入作家之为作家和女性之为女性的心底,考察张爱玲的生活和创作道路,解析张爱玲奇异的性格和谜一样的人生。其贵族出身与矜持性格、无爱童年与孤僻习性、寂寞生活与阅读习惯、纷纭乱世与才女的横空出世、欲仙欲死的爱情故事、海外生活的艰辛与自闭、与美国老作家赖雅的婚姻苦乐、孤居"老鼠洞里"的学者生涯以及对生命终点的清醒与绝世的凄凉,在这本书中都有绘声绘色的描述。资料丰富、详实,议论亦精当、平和,不但具有学者型传记的严谨客观,而且具有文学性传记的生动流畅。

---

① 解志熙:《人生的困境和存在的勇气》,《文学评论》1989年第5期。
② 温儒敏:《〈围城〉的三层意蕴》,《中国现代文学研究丛刊》1989年第1期。

【参考文献】

1. 钱理群主编:《中国沦陷区文学大系》(14卷),桂林:广西教育出版社1998年版。
2. 彭放主编:《中国沦陷区文学研究资料总汇》,哈尔滨:黑龙江人民出版社2007年版。
3. 〔美〕耿德华:《被冷落的缪斯:中国沦陷区文学史(1937—1945)》,张泉译,北京:新星出版社2006年版。
4. 黄万华:《论沦陷区作家的创作心态及其文学的基本特征——纪念抗战暨国际反法西斯战争胜利五十周年》,《华侨大学学报》1995年第2期。

第二十四章 台湾和香港文学30年

台湾文化自古就跟大陆中原文化有着密切联系。明郑以来,包括被日本侵占以后,台湾知识者更一直以文学表达对母体文化的认同意识和远隔祖国的海天孤愤,同时也深深扎根于台湾土地,这构成了台湾新文学产生的深刻背景。香港新文学一直在中国大陆南来作家和香港本土作家的互动耕耘中产生、发展,有其鲜明的地域性,也接纳、保存、发展了五四文学的多种传统,给中国大陆文学以内在的深远影响。台湾、香港文学的发生、发展,丰富了五四文学的传统。

第一节 台湾新文学的发生和发展

一、赖和和台湾新文学的产生

台湾新文化思潮的兴起,始终与中国大陆保持密切联系。1907年,台湾社会运动领袖林献堂赴日,与亡命日本的梁启超会晤,向其请教摆脱殖民统治的问题。梁启超对台湾的命运表示了极大的同情,说:"本是同根,今成异国,沧桑之感,谅有同情。"①1911年,梁启超应林献堂之邀赴台访问,进一步与"热心故国"的台湾文化人士商讨爱国革命大事,"全台士绅争相迎迓、吟诗唱和、同胞之情,溢于言表,轰动一时"②。这种历史的因缘际会反映出台湾被割让后台湾知识分子对祖国文化的强烈认同。

1915年台南"西来庵事件"是台湾最大规模的武装抗日斗争,遭到日军残酷镇压。此后,针对殖民当局转向采用"文治""化俗"政策,台湾人民也从武力抗日转为政治抗日、文化抗日,被称为"日据时代三大诗人"的连横、

---

① 叶荣钟编:《林献堂先生年谱》,台中:中台印刷厂1960年版,第16页。
② 洪铭水:《日据时期新旧文学论争》,联合报副刊编《台湾新文学发展重大事件论文集》,台南:台湾文学馆2004年版,第10页。

林幼春、胡南滨以"遗民"式的古典诗文写作来维系传统,抵抗殖民同化。1919 年留日台湾文化人士成立"声应会",取与五四新文学运动"同声相应"之意,同年改名"启发会"。随后又成立以林献堂为会长的"新民会",该会 1920 年 7 月创刊的《台湾青年》(后改名《台湾》,又为《台湾民报》周刊前身),以《卷头语》直接宣告"反抗横暴服从正义",争取"民族自决的尊重、男女同权的实现"的"文化运动"的开始。1921 年 10 月在台湾岛内则有台湾文化协会的成立,进一步在台湾本土展开政治、社会、文化的启蒙运动。正是在这样一种包含对外国统治的抗争心态和对祖国文化认同之情的台湾新文化运动导引下,台湾新文学逐步形成了自己的传统,其民主的诉求指向了反殖民主义。

早在 1920、1921 年,《台湾青年》就发表了陈炘"呼应陈独秀《文学革命论》"的文章《文学与职务》和陈瑞明"呼应胡适《文学改良刍议》"①的文章《日用文鼓吹论》。1923 年元月,《台湾》发表黄呈聪访问中国大陆后的《论普及白话文的新使命》和黄朝琴《汉文改革论》,立论于"就文化而论,中国是母,我们是子"和"普及白话文"是避免"民众变成愚昧"的"新的使命"。之后,曾就学北京的张我军在台湾《民报》相继发表《糟糕的台湾文学界》、《请合力拆下这座败草丛中的破旧殿堂》、《新文学运动的意义》等文,明确依据陈独秀、胡适的五四主张,提出了"台湾白话文学的建设"等主张,并和赖和、蔡孝乾等一起展开了与旧派文人的论战。1925 年,《人人》、《七音连弹》等新文学杂志创刊,台湾新文学由此诞生。

台湾新文学诞生之际虽展开了对于旧文学的批判,但在日本殖民统治下,旧体诗文有着维系民族文化血脉、抵抗殖民同化的积极作用,新文学的倡导者如赖和、张我军等都有很好的旧诗文功底,也曾用古典诗文的形式表达新思想。这种文化守成的革命性使得台湾文坛在新文学诞生后仍有着新旧文学的并存。

台湾新文学在其诞生之际同样需要用创作实绩表明自己的存在,而有力地显示出台湾新文学生命力的作家首推赖和(1894—1943)。他是台湾彰化人,从 1925 年发表白话散文《无题》,到 1941 年在狱中完成《狱中日记》,创作小说 14 篇、新诗 11 首、散文 13 篇,后结集为《赖和先生全集》(1979)。这些作品连同赖和积极倡导"平民文学"的活动,从多个方面奠定

---

① 洪铭水:《日据时期新旧文学论争》,《台湾新文学发展重大事件论文集》,台南:台湾文学馆 2004 年版,第 13 页。

了台湾新文学的基础,赖和也由此被誉为"培养了台湾新文学的父亲或母亲"①。

赖和的创作将寓有阶级和民族意识的现实主义精神带进了台湾新文学,而最有革命性的是他的小说成为日本殖民统治下法制、经济"现代化"的文学证伪,即对日据时代殖民者以"法律"名义、经济发展实施的种种"现代化"措施给予了深刻的批判,这种批判又因为台湾乡土和中华传统的结合而有了更丰富的内涵。《斗热闹》(1926)以民生艰难,台湾民众仍想方设法供奉妈祖神的"热闹"浓缩起台湾根同大陆的意识和情感。《一杆称仔》(1926)描写老实本分的小贩泰得参跟欺压他的警察同归于尽的悲苦遭遇,将批判的笔触直指"强权行使"的殖民统治,而这种殖民淫威正是在"合理合法"的市场制度下施行的。《蛇先生》(1930)在民众相信中医之神力的场景中写出了中华文化传统植根民间的强韧性,而"禁止非法行医"的法律成为对"既得利益者"的保护。《善讼人的故事》则以林先生只身跨海到福州为民告状的故事,在叙事空间上将大陆同台湾联结在一起,认同祖国的情感在潜行中显得更为澎湃。《不如意的过年》(1927)勾画了查大人(日本巡查)的统治心理,在"日式过年"的背景上颇有胆识地揭露了殖民警察制度推行的"同化政策"。赖和的小说在台湾乡土文化的背景下,寻根于中华传统,质疑于殖民"现代性",最早表现出了台湾新文学的愤怒特征和民族认同的隐忍性,并以现实主义同本土特色的统一、民族精神同现代意识的融合奠定了台湾文学的基础。

与赖和一起被称为台湾新文学初期"三杰"的杨云萍(1906—2000)和张我军(1902—1955)也各自显示了创作实绩。杨云萍1925年创办台湾第一本白话文学杂志《人人》,并致力于小说创作,其代表作《光临》借保正林通灵设家宴恭候日本警察光临的场景,犀利地抨击奴才思想,被称为"台湾新文学有了实质收获的肇始"。他还出版了诗集《山河》(1943)。张我军1925年的诗集《乱都之恋》则为台湾第一部新诗集,抒发台湾知识分子精神放逐的痛苦,表达对自由民主的向往,自有其历史价值。他1929年毕业于北京师范大学国文系,又长期任教于北京高校,其文论开拓了台湾新文学运动的视野。

二、日据后期台湾新文学的发展

台湾新文学的诞生晚于大陆新文学五六年,大致体现了其接受祖国大

---

① 王锦红:《赖懒云论》,《台湾时报》第201号。

陆新文化传播的过程。而台湾新文学一旦生根于台湾土地,便很快进入发展时期。30年代初,台湾新文学运动由散乱趋于统一整合。相继创刊的《台湾新民报·文艺》(1930)、《台湾文学》(台湾文艺作家协会,1931)、《南音》(南音社,1932)、《福尔摩沙》(台湾艺术会,1931)、《先发部队》(台湾文艺协会,1933)等都倡导文艺大众化,不同程度呈现出跟中国大陆30年代左翼文学运动呼应的思想脉络。而在1934年5月6日举行的第一次台湾全岛文艺大会上成立的台湾文艺联盟更明确地以"推翻腐败文学"、"实现文艺大众化"为努力目标。该联盟的机关刊物《台湾文艺》(1934—1936年共出15期)也作为"为人生而艺术、为社会而艺术的一种富有创造意识的杂志",为台湾新文学的中兴"留下了光辉的一页"。

1930—1932年,台湾新文学界还出现了乡土文学的倡导和讨论,寓有强烈的民族意识和现实批判精神,由此产生的台湾情结、台湾意识等也一直对台湾新文学产生复杂影响。

1930年8月16日的《伍人报》刊出黄石辉的《怎样不提倡乡土文学》(连载3期),文章说:"你是台湾人,你头戴台湾天,脚踏台湾地,眼睛所看到的是台湾的状况,耳孔所听见的是台湾的消息,时间所历的亦是台湾的经验,嘴里所说的亦是台湾的语言,所以你的那支如椽的健笔,生花的彩笔,亦应该去写台湾的文学了。"①"乡土文学"被作为"台湾"的想象共同体提出,具有强烈的民族主义意识。文章还提出"乡土文学"建设三原则:"用台湾话写成各种文艺"、"增读台湾音"、"描写台湾的事物,使文学家们趋向于写实的路上跑"。② 几乎同时,郭秋生发表《建设"台湾话文"一提案》等文,强调"现在的台湾话"要在现实生活中"随处可发现摄取的成分","能有用于台湾,能提高台湾话的、一切摄入台湾人的肚肠里消化做优雅的台湾话"③,这一主张反映了台湾新文学的大众化路线。他们的主张曾引起不同意见的讨论,总体上加深了台湾新文学与台湾现实的联系。

1937年4月,台湾总督府下令废止汉文书房,报刊禁用汉字。日本侵华战争全面爆发后,依据战时"国策"推行的"皇民化"运动,强迫台胞在语言文学、拜神祭祖、风俗习惯、饮食起居等方面加速日本化,台湾作家队伍分化、重组,除封笔蛰伏者外,形成了分别以《文艺台湾》和《台湾文学》为阵地潜在

---

① 黄石辉:《怎样不提倡乡土文学(三)》,《伍人报》第9期,1930年9月1日。
② 同上。
③ 郭秋生:《建设"台湾话文"一提案(下)》,《台湾新民报》380期,1931年9月7日。

对峙的双方阵营:《文艺台湾》以日人西川满为主导,追求以日人立场为本位的"异国情调"、"外地经验",后滑向国策性殖民立场;《台湾文学》由张文环主编兼发行,坚持台湾"本土文学"立场,隐含文化抵抗意识。在高度的政治压抑下,台湾文学在隐忍、曲折中发展,小说、诗歌等创作均有成熟的成果。

三、光复后初期的台湾文学

1945年8月日本无条件投降后,台湾五十一年的日本殖民历史宣告结束。半个月后,国民政府颁布"台湾省行政长官公署组织大纲",台湾开始了在国民党当局政治框架下的去殖民化进程,台湾现代文学正式纳入了中国现代文学的现实版图,此时期中国大陆文学格局的巨大变动直接与台湾文学产生了复杂纠结,台湾文学的战后转型成为中国现代文学转型的重要内容。

光复后台湾本土作家和大陆来台作家在台湾文学传统和中国新文学传统的艰难延续中展开创作。日据时期创作倾向不同的台湾作家对大陆文学共同的关注和大陆迁台作家在台湾播传中国文化的努力会合,一度成为战后台湾文学的主流。复杂的政治干预使台湾文学的去殖民性被简化为接受大陆政府统治、认同大陆文化,造成台湾作家的"失语",但台湾作家仍以源自"民族精神"的"向心力"顽强"回归"中国文学,并和大陆作家一起,以对战后台湾现实的深切关怀延续、丰富了日据时期形成的台湾文学传统。其中根植于台湾本土的左翼文学思潮发挥了尤为积极的建设作用,提供了战后中国左翼文学的在野形态。1947年11月至1948年末台北《新生报》副刊《桥》关于"如何建设台湾新文学"的论争,"把马克思主义的新写实主义引进台湾"。[①] 台湾作家和"进步"的内地作家在"五四运动内涵和左翼言语的共同基础下,组成了统一战线","相互间就战后台湾文学的重建问题作了对话"。[②] 杨逵、吕赫若、吴浊流等是这一时期最重要的台湾作家。

第二节　多种流脉中的台湾小说和诗歌

从1930年代到台湾光复后,台湾新文学创作成就一直以小说、诗歌为重。小说创作大致有三类作家,一类是以杨逵、吴浊流为代表的抵抗作家,

---

[①] 蓝博洲:《关于雷石榆与〈沉默的发声〉》,《文学二二八》,第355页。

[②] 彭瑞金、黄英哲:《〈桥〉副刊论争及战后台湾文学重建》,联合报副刊编《台湾新文学发展重大事件论文集》,台南:台湾文学馆2004年版,第68页。

直接塑造日据时期台湾人的抵抗形象,社会使命意识强烈;一类是以吕赫若、张文环为代表的风俗画家,寓抵抗意识于日常生活、风土习俗的真切呈现中;另一类是龙瑛宗那样受西方文化影响深、沉浸于唯美追求,思想上有更多彷徨、困惑的作家。

一、杨逵的创作

杨逵(1905—1985),台南人,原名杨贵。二三十年代因从事农民运动和进步文化运动为殖民当局所不容,先后入狱十余次,其志不悔。于1932年完成成名作《送报夫》,在《台湾新民报》刊出一半即遭腰斩,后投寄日本《文学评论》,获该刊征文第二奖(第一奖缺),发表于该刊1934年4月号后,被胡风译成中文,收入小说集《山灵》,成为最早介绍到大陆来的台湾新文学作品之一。小说以不乏惨烈凄厉的笔触描写台湾民众的苦难。一位杨姓台湾青年,其父因拒绝日本公司收买土地而遭毒打致死,其母在自尽的遗书中写下的更是字字血泪:"村子里的人们的悲惨,说不尽,自你去东京以后,跳到池子里淹死的已经有好几个,也有用绳子吊在梁上死的。最惨的是阿添叔、阿添婶和他们三个儿子,全家死在火窟里。"杨姓青年离乡背井,东渡日本,靠卖报为生,结果也被日本老板诱骗盘剥。作品在悲愤直言殖民统治下的台湾苦难的同时,也反复抒写了"日本底苦力不会压迫台湾人"的信息,两国送报夫患难中相濡以沫,进而携手抗争,取得了罢工斗争的胜利。与此构成强烈对照的是,杨姓青年的大哥当了巡查,为虎作伥,被其母逐出了家门。这样一种突破了狭隘民族主义的创作视野,可见出杨逵思想的深沉。

1934年,杨逵加盟台湾文艺联盟,出任《台湾文艺》编辑,自此以斗士身影活跃于台湾新文学界。1935年12月创办《台湾新文学》,发行15期,成为此时期台湾进步文学最重要的阵地。抗战爆发后,他归居垦荒,以"另隐处窟穴自藏,与其随佞而得志,不若从孤竹于首阳"的志向创办"首阳农场",在野菜煮粥、瓦盖当碗的艰难生活中坚持进步的文化运动和文学创作,后来结集为小说集《鹅妈妈出嫁》和散文集《羊头集》的作品有着一个明显的取向,就是在经济层面上对殖民性的揭露和批判。《鹅妈妈出嫁》(1942)一开始那"长得密如魔鬼蓬松头发"的野草"牛毛鬃",肆无忌惮地"抢夺阳光和阳水",全家如同"面临决斗"似的烈日下除草的场景就有着强烈的暗示。随后,小说用两个独立平行的故事构成一种讽刺的思考。一个故事描写经济学家林文钦受父辈儒学影响,急功好义,赈灾解难,又掷全部心力去研究"共荣经济"理论,希望"资本家都取回了良心,回到原始人一般的'朴实纯真'"。然而,这种书斋追求的结果却是家破人亡。另一个故事是讲述学艺术的"我"莳花为生,一场公用两百深庭树的交易中,官立医院院长中饱私囊,索要抢夺,看中了"我"家漂亮的母鹅后,恶言霸相,坐等"我"送"鹅妈妈出嫁"。两个故事并无情节上的联系,却交融于一种辛辣的讽刺:异族统治下的"经济共荣",只不过是以政治权力为依靠的巧取豪夺。《模范村》写阮新民外出留学十年,回到家乡,"就像走进了神经病院一般,被成群的疯子包围了"的情景,也是以经济生活的画面为主,一面是当局标榜的经济现代化,一面是"模范村"里肖乞食、蔡木槌、憨全福等一个个被"穷"逼得走投无路。杨逵小说对日本经济殖民掠夺性的揭露,不仅为日据台湾文学开辟了一个重要主题,而且对战后台湾文学有重要影响。

杨逵小说对殖民性的腐蚀有着高度的警觉,《泥娃娃》(1942)借家居生活述意,最发人深省的是主人公对受殖民奴化教育的孩子命运的深切忧虑。太平洋战争刚爆发,放学归来的孩子已在家院里用泥巴玩攻占新加坡的游戏,"决战"体制下的教育向孩子们灌输的就是战争强权。"不,孩子,再也没有比亡国的孩子去亡人之国更残忍的事了……"忘了亡国之痛,又去亡人之国,这才是被殖民者的最大哀痛。所以小说后来借孩子用烂泥所塑日本坦克、飞机、军舰和士兵在倾盆大雨中被"打成一堆烂泥"的生活场景,痛快淋漓地喊出了反对"奴役制的民族"战争的呼声,表达了对日本殖民战争同化恶果的高度警醒。

二、吴浊流的创作

此期间以"半地下文学"的状态进行文学创作,并塑造了众多成功的文学形象的作家是吴浊流(1900—1976),台湾新竹人。他1936年才开始发表小说,代表作《先生妈》(1949)是有感于"台湾总督府极力推行皇民化运动……软骨头的本岛人士亦有参加"的现实而创作[①]。小说描写出身贫苦的钱新发百般取媚于日本殖民者,经济上暴发后,更以博取日本式家庭的名声为荣。然而,他的奴性行为遭到了其生母的有力抵抗。小说在言语、衣着、饮食、起居、葬礼等日常习俗文化中写尽了钱母(先生妈)的民族操守。她不吃日本饭菜,不住日式房间,卧病床上也不食日本味噌汁,甚至把儿子要她穿着拍照的贵重的日本和服用菜刀乱砍成碎片,为的是"留着这样的东西,我死的时候,恐怕有人给我穿上了,若是穿上这样的东西,我也没有面

---

① 吴浊流:《泥沼中的金鲤鱼·自序》,台北:集文书局1963年版,第3页。

子去见祖宗"。"语言冲突"在小说中更作为殖民冲突的焦点被呈现。"钱家是日本语家庭,全家都禁用台湾话",台湾话就是汉语方言。可先生妈出来应酬,"说出满口台湾话来,声又大,音又高","台湾人来的时候不敢轻看她,所以用台湾话来叙寒暄,先生妈喜欢得好像小孩子一样"。"日本人来的时候",先生妈照样"含笑用台湾话应酬"。至于先生妈跟儿辈仆佣说话,更用台湾话,对方也只好用台湾话,这样一来,"全家都禁用台湾话"名存实亡。她临终之言是:"我不晓得日本话,死了以后,不可用日本和尚。"在日据台湾,日语的通用借助于政治势力的威势,已成为"身份分流"的标志。先生妈拒斥日本语的任何侵入,已不单是"乡音难舍",而是政治层面上对日本统治者决绝、有力的抵抗。

在吴浊流小说创作和台湾新文学史中都有里程碑意义的是他创作于1943—1945年的长篇小说《亚细亚的孤儿》。小说是在"地下"状态中完成的,常常"写好两三张纸就藏在厨房的炭笼下面,有了一些数目就疏散到乡下的老家去"①。小说写成时取名《胡志明》,意指"台湾人是明朝之遗民",其"志"何(胡)不在复明呢,从而开启了台湾文学"放逐"母题的重要源头。小说用意绪悠长的抒情笔调,展示了出身台湾乡间望族的知识分子胡太明的人生遭际和心灵历程。他因无力抗争日本教员殴打台籍学生的现实而辞职,东渡日本埋头科学,却因是台湾人而被疑为间谍。回台隐居,陷入更深的痛苦。转赴大陆前,曾在祖坟前焚香祈求祖父保佑他成为"埋骨江南"的第一人,却又仅因他是"台湾人"而被南京当局以"日本间谍嫌疑犯"囚禁入狱。得到中国学生相助,他越狱潜回台湾,却又被殖民当局视为中国间谍而跟踪监视。"卢沟桥事变",他被强征随军当翻译再次来到大陆,目睹日军暴行而昏厥暴病,遣送回台,随即而来的母亡弟死的家庭变故使他再次悲愤欲绝。他终于觉醒,三返大陆,投身抗日,"用实际行动来证明自己不是'庶子'。我们为建设中国而牺牲的热情,并不落人之后啊"。

胡太明漂泊于台湾、大陆、日本的几度空间中,他的"孤儿"意识不仅指产生于台湾被割让的历史屈辱中的跟祖国分离的孤绝感,也包括由于沦为日本殖民地而面临来自大陆政权、民众的警觉乃至拒斥时的深重悲哀,这种夹缝处境中产生的"孤儿"意识弥漫出历史的沉重、悲凉,凝结为一种现代个体特有的民族国家认同困惑。他的寻求和觉悟都表明作品借"孤儿"意识表明的中国意识明确指向日本殖民当局的奴化政策。而小说表达的中国

---

① 吴浊流:《亚细亚的孤儿·自序》,台北:华南出版社1962年版,第2页。

意识不仅是政治、国家层面上的归属意识、认同意识,更包含文化层面上的寻根意识、认同意识。例如,"由于汉文被禁",小说只好用日文写成,但小说叙事中"语言虽是日本的,其表现形式则是中文的"①。小说结尾,主人公觉醒之际,壁题"反诗":"志为天下士,岂甘作贱民?击暴椎何在?英雄立梦频。汉魂终不灭,断然舍此身!"用汉诗形式直接颠覆了日语。《亚细亚的孤儿》正是这样在交织着浓郁的地域民俗色彩和严酷的现实环境氛围的多层时空结构中,具体揭示了台湾"孤儿"情结的历史渊源,在认同国家统一的归属意识和认同民族根脉的文化意识的融合中生动地呈现了日据时期台湾知识分子的复杂心态,对光复后的台湾乡土文学产生了重大影响。

台湾光复后,吴浊流的小说创作锐意不减,长篇《孤帆》、《泥泞》,中篇《波茨坦科长》、《夜猿》和短篇集《功狗》等,都系政治讽刺小说,笔法老辣而又舒展自如。他的主要作品后来结集为 6 卷本《吴浊流全集》出版。1964 年,他创办《台湾文艺》;1969 年,他以田产和退休金设立"吴浊流文学奖"。这些在台湾文学史上都有重要影响。

三、吕赫若、张文环的创作

吕赫若(1914—1951),原名吕石堆,台中人。出版有小说集《清秋》和《台湾女性》等。处女作小说《牛车》1935 年发于日本刊物《文学评论》,描写殖民性的"工业文明"借助"国家"权力强行入侵乡村生活,依赖传统的牛车为生的农民杨添丁生死无路,只得依靠妻子卖淫为生,为了摆脱这种"男奴"困境,他无奈去偷鹅而入狱。《暴风雨的故事》等小说也是以农村经济破产的种种悲剧揭露殖民地半封建社会的矛盾。1939 年,吕赫若求学日本,其作品《蓝衣少女》、《田园与女人》等以一种细腻哀婉的风格描写台湾都市女性的生活。最能代表吕赫若创作价值的是他 1941 年后创作的家族小说,这类小说一方面深入开掘台湾新文学较薄弱的反封建题材,另一方面则以包括风情习俗的中国民间传统文化的描写对抗殖民同化政策。获"台湾文学赏"的《财子寿》(1942)描写主人公海文"多财多子多福寿"的处世哲学使得偌大家族最后兄弟分家,母亲身亡,妻子发疯,下女另嫁,只剩下荒芜空荡的宅第了。《合家平安》(1943)也描写一家之长的范庆星嗜食鸦片,家道一再衰落。这两篇小说都被视为描写封建世家"历史性的没落"的"最成熟的社会小说"。小说中祭祀、风水、节庆等风俗描写渗透出地道的中国

---

① 吴浊流:《睽违三年,重游日本》,《台湾文艺》1972 年第 2 期。

性。这些都使得吕赫若小说采用日文的形式却消解了殖民性"文化共同体"的神话。吕赫若的小说描写细密,结构匀称,人物心境点缀生动,风俗色彩浓郁,反讽意味丰富,艺术成就在当时的台湾小说界是突出的。

战后,吕赫若参加了左翼政治活动,1951年在中共地下党的"鹿窟武装基地"遭毒蛇咬啮身亡。此时期,吕赫若成为台湾较早以中文重新写作取得成绩的作家,其小说较多刻画日据时期台湾民众的精神苦难。《月光光》讲述庄玉秋一家因战争空袭另寻居所,房东却以"全家眷在日常生活都说日本话,要纯然的日本式的生活样式"为出租条件,庄玉秋一家不得不伪装"日本化",由此陷入了"装聋作哑"的痛苦生活。反抗的声音最早出自关在家中的祖母之口:"台湾人怎样不可说台湾话呢?""妈妈的话"使庄玉秋受到震动,在"一个很好的月夜",他把孩子们带到院子里,仰头望月,大声唱出了"月光光"的童谣,"粗大和微颤的喉音,在银色的空气里悠悠扬扬的浮荡着"。这种来自母语的深层召唤打开了台湾民众的心灵之门,也带来了吕赫若小说以往没有的明亮色彩,反映出战后台湾小说的变化。

张文环(1909—1978),台湾嘉义县人。1933年在《福尔摩沙》创刊号发表处女作《落蕾》,此后创作不辍,日据时期共发表中短篇小说20余篇和长篇《山茶花》。他的小说被认为"充满雾样的迷惑,他的芳香泥土的暗示,恐怕不是轻易解得开的谜"①,而其作品充盈的"芳香泥土"正是他以积淀着民族历史、传统、性格的风土习俗承担着殖民统治下保存民族集体记忆的责任。台湾文学中,习俗描写具有反封建和维系民族血脉的双重性,张文环的小说由此表现出民族的文化抵抗意识。小说《夜猿》中,写石和妻儿们被"街路"商界逼回祖传山林孤居,跟夜猿相伴,始终抱持"自己的土地,当然应该自己来守"的信念。而在两万来字的山林生活叙事中,始终隐伏着一条线索,便是汉族的节庆习俗,冬节、除夕、元宵、清明……支撑石家驱走孤寂的正是积淀久远历史的民族节庆习俗。《阉鸡》(1943)也写得富有乡俗气息。小说在"汉书房"、"中药铺"等构成的民族传统背景下,以一只"木雕阉鸡"弥漫出的乡间偶像崇拜的气息衬托出阿勇"失去灵魂"的日子,又在歌仔戏、客家剧、昭君画等风俗叙事中展开了他妻子月里血性性格的描写,她无法忍受"阉鸡"样无法鸣叫的日子,喜欢上了"常画些杨贵妃啦、王昭君啦"的瘸子阿凛,最后背着阿凛沉潭而死。这篇日文写成的小说当时被改编成舞台剧上演,"获得空前成功,尤其是变通的台湾歌谣插曲更引起全场

---

① 彭瑞金:《台湾新文学运动40年》,台北:自立晚报社1991年版,第283页。

合唱呼应,大大压制了皇民奉公会的气焰"①。张文环小说的习俗叙事中所包含的异族者难以悟透的民心民情就是一种文化抵抗精神。

张文环1974年还用日文创作了描写日据时期台湾民众生活的长篇《在地上爬的人》,入选"全日本优良图书100种",1975年译成中文《滚地郎》出版,被称为台湾文学史上最丰硕的收获之一。2002年台湾出版8卷本的《张文环全集》。

四、龙瑛宗的创作

龙瑛宗(1910—?),台湾新竹人,是战时台湾发表作品最多的作家之一。1937年发表处女作小说《植有木瓜的小镇》,获日本《改造》杂志小说征文奖。小说在台中一个小镇中日职员的生活对比中,描写了镇公所会计补助陈有三的失志、挫败,并塑造了充满绝望的台湾知识分子群像。早期创作的其他小说,如《黄昏月》、《貘》等也都呈现了台湾知识青年在殖民环境中精神、肉体时时被啮食的痛苦,弥漫出世纪末的绝望情绪。他战争后期的小说更多地转向了庶民世界,《一个女人的记录》(1942)用编年体的小说结构呈现了一个贫贱女子从1岁到54岁的生命史,近于散文诗的笔调简洁而富有意味地刻画了女主人公生命不同阶段的状态,自己从养女到佃农之妇,丈夫残疾后自杀身亡,聪慧的儿子照料病母时染疾而亡,贫寒绝境中女儿也沦为养女,但女主人公在承受一切苦难时总会寻找到自己的快乐,从幼时放牛吹草笛的欢乐到流落台北种菜补家计的满足。如此硬朗、健康的贫民女性正是龙瑛宗寻找到的庶民世界。《不知道的幸福》(1942)细微生动地描述了一对贫民夫妻相濡以沫的生涯,他们在艰辛、淡泊的生活中享受到家庭的快乐,除了因为那种"只要心里富裕"的庶民心愿,还来自他们"亲近自然"的生活方式。《海边旅宿》(1944)则写一个知识分子的孤独、怀疑如何在年轻的船夫"除了劳动以外,什么都不想"的生活中开始消除。庶民世界才是真实的台湾,也是抗衡皇民化的力量。

龙瑛宗的忧郁气质和敏锐思考,加上其唯美主义的追求,使得他的小说成为台湾最早的较为成熟的现代主义小说。他对庶民世界的发现则反映了战时台湾现代主义小说的特殊性。龙瑛宗80年代又恢复写作,出版长篇《红尘》和短篇集《午前的悬崖》,并获台湾联合报小说奖。

---

① 张建隆:《生息于新的"滚地郎"》,《台湾文学全集·张文环集》,台北:远景出版社1991年版,第261页。

五、诸多诗歌群体的创作

日据时期的新诗创作也成为台湾文化抵抗的重要领域。1932年开始形成的"盐分地带诗人群"（因诞生地处于台南县北门区的滨海盐分地带而得名）描写盐村风物人情，批判"厌世的人生观"，倡导"建设的社会观"①，表现出强韧刚健的诗风。吴新荣（1907—1967）是"盐分地带诗人群"最重要的成员，著有8卷本《吴新荣全集》（1981），其诗多揭露殖民黑暗，对民众痛苦有社会主义关怀。《故里与春之祭——将这首诗献给盐分地带的同志》（1935）②，真切地描写故乡的"河"和"村庄"，然而记忆中拥有"一切的恋爱、思慕、怀古"的"河"已有了"新主人"，"就是这座钢骨水泥桥"，它也似乎带走了往昔的一切；然而，在河的那一边，"过去我们祖先以死／守护下来的村庄"仍如"我的心脏"在"鼓动"……浓郁的写实中有深切的故土之思、现实之忧。"盐分地带"的重要诗人还有郭水潭等。

1933年左右成立的风车诗社是"台湾日据时期新诗坛里唯一以超现实风格为尚的社团"③，1933年10月创办有文学杂志《风车》。其诗借鉴当时盛行于日本的超现实主义，固然有"写实主义备受日帝的摧残"，"惟有以隐蔽意识的侧面烘托，推敲文学的表现技巧"，才能"稍避日人凶焰，将殖民文学以一种'隐喻'的方式写出"的原因，也有世界性前卫艺术的创作追求。风车诗社的发起者杨炽昌（1908—1994）出生于台南，1930年留学日本东京，接受现代主义文化的影响。1935年在台湾出版评论集《洋灯的思维》，表达了重视"新的理智思考"，追求"新奇的意象之美"，倡导"比现实还要更现实"的超现实写法的诗歌观。他在日据时期出版的诗集《热带鱼》等既隐含对民生疾苦的关怀，又有超现实的原创风格。如《青白色的钟楼》（1933）④描写"我"在"1933年的阳光"下的街头所见，一个"吸取新时代的她"在街头裸露"白色的胸部"，"在'死'里舞蹈着"，"敲撞拂晓的钟"……但街头仍响着"钟声青色的音波"、"无篷的卡车的爆音"，而"讥讽的天使不断地舞蹈着，笑着我生锈的无知"。这一幅街头情景交织起生与死、悲凉与冷漠，在冷调色彩的表达中有着对现实苦难的深刻揭露。风车诗社的重要

---

① 吴新荣：《青风会宣言》（1933年），吕兴昌编《吴新荣选集1》，台南：台南县文化中心1997年版，第377页。
② 吕兴昌编：《南瀛文学家——吴新荣选集1》，台南：台南县立文化中心1994版，第75—80页。
③ 张双英：《二十世纪台湾新诗史》，台北：五南图书出版公司2003年版，第58页。
④ 杨炽昌：《水荫萍作品集》，台南：台南文化中心1995年版，第73—75页。

诗人还有何建田、林永修等。

正式成立于1944年的银铃会是个跨越"1945年台湾光复"的诗歌社团,成员30余人,1942年就在台中出版《缘草》,1947年改名《潮流》,翌年停刊。刊物引进了包括象征主义、超现实主义、新写实主义等在内的世界文学思潮,也介绍了鲁迅、林语堂等大陆作家的作品,反映出银铃会开放的艺术视野。银铃会的代表诗人张彦勋(1925—1995)在日据时期出版诗集《幻》、《桐叶落》等,1960年代后转向小说创作,出版十余种小说集。他的诗刻画细腻,激情充沛。光复后写下的《站在砂丘上》[①],淋漓尽致地表达了台湾作家对"祖国中华"挚爱、伤感、愤恨交加的复杂情感,全诗以"站在冬日草木枯萎的砂丘上,我想念您中华。哦,祖国中华啊,您那慈祥的母爱令我永远难忘"的孺慕之情首尾呼应,传达出对"祖国中华"经千折百曲而不变的赤子之爱:"我爱您。爱您那悠久的历史;爱您那卓越的文化;爱您那美好的自然景象。当寒风吹刮而草木枯萎时,您仍然穿这美丽的绿衣矗立不摇。"然而,诗人歌吟"祖国中华"的旋律却是多重的,有着"我是你的儿子。中华!"的恭敬赞美,也有着"战乱之地""有家归不得"的仰天悲叹,更有着"祖国中华啊,因为我爱您才恨您"的难言愤懑。"恨您的自私,恨您那卑鄙的行为。在一片无边无际的旷土,充满着欺压与陷阱,那是您丑恶的面目……"这中间其实有着对曾被祖国"遗弃",回归后又遭"政府大员"鄙视甚至欺压的命运的怨怼。张彦勋的父亲在日据时期因具有社会主义思想倾向而多次被捕入狱;台湾光复后,张彦勋的弟弟张彦哲又被当局疑为共产党员,牵连张彦勋多次遭官方侦讯、拘捕。这种经历加深了诗人历史和现实中始终不被信任的命运感。但恰恰是这回旋、交织的情感,才足见台湾作家对祖国中华坚贞不渝的深爱。银铃会其他的重要成员詹冰、林亨泰等日后也都成为台湾的重要诗人。

第三节　迟出的香港新文学及其发展

一、新旧文学的并存

1927年2月,鲁迅两次到香港,分别作了抨击封建主义愚民政策的《无声的中国》和揭露殖民当局似是而非偏好的真实用意的《老调子已经唱

---

① 转引自《银铃会〈潮流〉作品简介》,《笠》诗刊第113期。

完》，在香港民众中直接播撒了新文学的火种。但当时旧文学建制的力量在香港仍占主导地位，鲁迅演讲的深远影响一时还难以充分显示出来（鲁迅的演讲在香港只刊登了一篇《无声的中国》）。香港新文学甚至比台湾新文学还要晚出。1925年后，香港报纸副刊才陆续刊出了一些白话文作品，一般被认为香港第一本新文学杂志的《伴侣》直至1928年8月才创刊，而1927—1941年底则被视为香港文学的"早期"[①]。1927年后，香港新文学逐步兴起，但旧文学依旧占据其阵地。

香港新文学迟出和新旧文学并存的局面，反映了当时香港文学运行于其中的文化机制。一是港英当局的立场。港英政府既尊重本国的自由主义传统，又有着稳定既有体制的殖民者立场，所以历来支持现有文化建制中的传统、保守势力，同时也会给新思潮、新文化提供较宽容的公共空间。二是香港社会的文化心理在20年代仍趋于保守，流亡香港的知识阶层则多有"遗民"情结，这些都提供了旧诗文赖以安身的基础。香港开埠后都市风气的侵袭，使知识青年阶层对新文化思潮的应合往往出于"喜新"这样一种个人的、世俗的层面，而非民族国家的层面，五四后香港文化跟内地接触最多的城市并非北京，而是上海，海派文化的创新求变更多迎合香港知识青年的心理。《伴侣》一问世就张扬起"大众所需要的通俗文学"的旗号，并以此作为"中国文艺一条新的出路"。当时香港青年作者的许多作品也是投向上海刊物发表。三是香港本地文坛跟中国内地南来作家间的关系。内地南来作家对香港新文学的推动功不可没，但南来作家跟本地文坛间也有较大差异，强调本地化的作家着力创作适合本地读者口味的作品，逐步形成了疏离于中国新文学"主流"之外的创作型态。四是香港的语言环境。虽然英文在香港通用，但汉语也一直通用于香港华人的任何阶层，而香港汉语是受粤方言支配性影响的中文书写，这使得五四那样的语言变革较难在香港中文书写中产生历史性震撼，相反，"地方意识随着地方语言膨胀，发展而成本土身份的辨知与认同"[②]。这些因素都一直影响着香港新文学的走向。

香港新文学一直到30年代初才略成气候，有了一批香港本土人士办的文学刊物《铁马》（1929）、《岛上》（1930）、《激流》（1930）、《红豆》（1933）等，有了一批香港本土出身的作家侣伦、李心若、陈红帆、谢晨光、张稚子、张稚庐、张吻冰、侯曜、黄天石等，但这些创作大多还停留在五四时期新文学的

[①] 郑树森等编：《早期香港新文学资料选（1927—1941）》，香港：天地图书有限公司1998年版。
[②] 余光中：《鸡同鸭讲》，收入《凭一张地图》，台湾：九歌出版社1990年版。

水准。一些较有特色的本地创作也都寻求在上海刊物发表,在上海结集出版,反映出香港本土作家创作还未跟香港本土的出版机制互动构成香港文学本土化的建制。而就在这种香港新文学初步展开的情境中,抗战爆发使香港新文学面临了一种迥异于以往的环境、机遇。

二、"中原"心态和本地化进程纠结中的战时香港文学

"八·一三"以后的短短两个月中,香港人口由60万激增至百万,这自然密切联系着上海沦为"孤岛",文化中心开始南移的局势。到1938年,将香港"代替上海来作全国的中心",已成为一种自觉的努力。一方面,由于当时香港的文化环境具有较大的包容力,加上抗战时期国内政治格局的变化,各种文学力量都得以在香港容身,代表左翼文艺阵营的"文协"香港分会和被视作右翼文艺阵营的中国文化协进会之间既有"政治暗涌",又有宣传抗日上的合作。这加强了香港本土文坛在国家、民族的层面上跟中国大陆文学的应合。另一方面,"上海旧有文化和华南地方文化的合流"使香港文学有可能"溅出""更较上海为辉煌"的"奇异的流花"①。1927年后香港新文学的兴起,一直较多地呼应于上海文学。大批原先活跃于上海地区的作家涌入香港,在延续香港文学原先的发展走向过程中,既有可能丰富香港文化的移民性、市井性,也有可能激活香港文化的原生性、区域性。这正是"外来"文学冲击给香港文学发展带来的一种机遇。

但香港在成为战时中国文学中心的同时,也面临着弱化乃至中断文学本土化进程的危机,因为香港成为战时中国文学的一个中心,主要是依赖、孕蓄于内地作家南来"旅居"香港所带来的文学力量。着眼于建立新的全国性的文化中心,按照内地抗战文艺的模式,服从于全国抗战的需要,来开展香港的文学运动和创作实践,这成为南来作家的共同心态和他们力图影响、引导香港文坛的自觉意识。这种"中原"心态充溢着强烈的爱国主义精神、执著的现实主义追求,但也难免"过客"心理。这种心态会给战时香港文坛的建设注入巨大的动力,也会忽略香港文坛建设的特殊性,延缓甚至多多少少损害香港文学的本地化进程。战时香港文学就是在"中原"心态和本地化进程的纠结中完成的。

南来作家中,许地山、茅盾、萧红、戴望舒、夏衍等都在香港完成了各自的重要作品。其中许地山的创作,有的直接描写香港城中的人和事,有的虽

---

① 丁丁:《建立新文化中心》,《立报·小茶馆》1938年4月2日。

未直接取材于香港生活,也都延续、负载了他在港六年多的一贯思考,包括对香港文化、历史的思考。他此时的创作,代表了南来作家本地化的一种进程,但南来作家像许地山那样将自己创作融入香港文学进程的终是少数,大多数南来作家关注的重心始终在"中原抗战"上,其创作跟内地的抗战文学并无差别。香港当时发生的"关于抗战文艺之形式与内容的讨论"、"抗战诗歌论争"、"反新式风花雪月论战"等也在南来作家主导下,热情呼应着中国内地的抗战文学思潮。在这种情况下,战时香港文学的本地化进程基本上由香港本土作家承担,其中侣伦是首先要关注的。

三、侣伦小说的香港本土性

侣伦(1911—),原名李林风,另有笔名林风、林下风等。1929年与谢晨光、张吻冰等组织"岛上社",1930年创办《岛上》杂志,在香港早期新文学中有重要影响。他1928年开始发表小说,相继出版了小说集《永久之歌》(1941)、《黑丽拉》(1941)等。战前近十年中,其小说缠绵悱恻的言情叙事中较多纤弱的因素,往往在游戏人生、报复人生中透出感伤。从最早的小说《殿微》,到30年代中期的《超吻甘》,都是描写周旋、玩弄于几个男子间的女性对男性社会的挑战、报复。即便在"言情"上有所突破的《伏尔加船夫曲》也是以霞对丈夫陆光婚外恋的惩罚表达了类似的题旨。这自然也有着"港味",但更多的是海派小说的影响。抗战爆发后,上海30年代的创作、传播机制被破坏,而香港仍处于较平稳的状态。此时,侣伦似乎有余裕来开掘香港本土的文化资源,战时的感受也加深了他对不同肤色种群之间纯洁人性相通的理解。《黑丽拉》(1937)还只是在南洋女子黑丽拉和穷作家"我"相爱的悲剧中写出了人性中强悍、自尊的一面,并表达了一种人道主义情怀。随后的《永久之歌》则将时空推远,描写了在德意志的星空下三个青年男女对美好人性的共同追求。名门之女戴茵罗对出身木匠之家的哈莱看重以至倾慕;出身望族的史密德久恋戴茵罗,却以成全哈莱和戴茵罗的善良心地作出自我牺牲;哈莱在私拆史密德信件知道事情真相后,便隐迹江湖;欧洲大战中,哈莱双目失明,史密德阵亡战场,戴茵罗的别墅夷为焦土,仍在回响的是这三个年轻人对友谊、爱情的执著追求……小说将这些情节环环相扣,一气呵成,在对异族青年男女的命运、追求的理解中表达了人类相通的爱和美。战后的《无尽的爱》(1946)更进了一步,以"我"的视线写出了人类历史中一种历久而存的悲壮。葡萄牙少女亚莉安娜在二次大战中的遭遇几乎浓缩了人类的一切苦难。母亲和弟妹身亡于日机轰炸之下,新婚前夕未婚夫巴罗奔赴前线,被俘后为跟亚莉安娜早日重聚而越狱牺牲。亚莉安娜对战争的理解显然早已突破了民族、国家的界限,她原先跟巴罗约定,要一起从越南进入中国,参加抗日义勇军。而巴罗遇难后,亚莉安娜又忍辱含垢,一心为未婚夫复仇。她以常人难以想象的毅力控制住自己,跟日本宪兵队长佐藤周旋,用每周六夜里一杯咖啡所下的慢性毒药最终让佐藤命归黄泉,她是为了巴罗"勇敢的爱而同样勇敢地去接受死"。小说结尾写到亚莉安娜从容就义:"她昂起头来傲岸地走着,乌黑的长发微微的飘动;两只圆大的耳环闪着金色的光芒,一步一步的走向囚车。"这情景,会使中国人都"联想起法兰西大革命的恐怖时代,那些昂然踏上断头台去为自由而献身的女英雄"。在这种人类共有的历史悲壮中,充溢着的是人的尊严。

显然,跟一般西方文学中对于"异"(例如东方)的虚构不同,侣伦小说将目光投向异族男女时,这些异族男女的血肉、灵魂,仍跟香港城紧密相连。侣伦小说从早期的感伤一变为战时的刚健明朗,黑丽拉的原始蛮性、史密德的自我牺牲、亚莉安娜的爱憎分明,都在跟邪恶的对峙中显得兀然独立,显现了战时香港文学的特异之处。而这又扣住了二战人类正邪对峙的本质。

侣伦小说中不仅人物形象有着香港社会华洋杂处的特征,而且人物场景也有浓郁的香港"乡土味",渡轮、咖啡店、士多店、酒店、有轨电车,点缀、穿梭于南国海滨的尖沙咀、油麻地……映衬出香港人的悲欢离合。这些都使得侣伦小说成为地道的香港本土作品,它甚至表明香港文学走出海派文化的影响而开始追求自己的独立品格。侣伦的上述小说在战后的香港畅销,其创作在战后也保持旺盛势头,香港文坛商业性"传奇"作品主导的局面开始改观,这正是侣伦战时小说,尤其是战时异族题材小说的文学史意义。

侣伦在战后还出版、发表了《恋曲二重奏》(1950)、《三颗心的男子》(1950)、《彩梦》(1951)、《伉俪》(1951)、《残渣》(1952)、《穷巷》(1948,1952)、《暗算》(1953)、《佳期》(1953)、《都市风尘》(1953)、《旧恨》(1953)、《寒士之秋》(1954)等十余部小说集。短短三五年中推出如此多的小说集,得力于他战时创作的积累。如果说,侣伦战时小说的"港味"多表现在对华洋杂处的香港都市风味的呈现,其中的文化认同多多少少有英殖民地的历史印记,而他的题材取向、"半通俗"的写法体现出香港小说的生成,那么,他战后的小说则呈现出更为本地化的探索。未完成的长篇《特殊家屋》用"洋场小说"的叙事口吻写战争期间香港人不忘"享受"人生,"写世相不避庸俗,说人情不隐劣德",很接近香港小说的"正宗"了。此时期他最成功的作品是长篇《穷巷》,1948 年连载于香港左翼报纸《华商报》,"讲说香港底层小人物的故事,'现实主义'手法与《华商报》副刊步伐一致"①,得到了左翼作家的肯定。但小说成功之处还是在于其所表现的香港商埠乡土意识,人物命运也较典型地反映了香港战后社会最初转型中香港人的生存状态。小说讲述香港一间狭小简陋的住房中四位相濡以沫的穷朋友的生活:新闻记者高怀抗战中积极从事抗日,战后失业;军人莫轮抗战致残,复员后捡破烂为生;同是抗日军人而被遣散的杜全更是生计无着,无奈中投奔莫轮;小学教员罗建也工薪微薄,全力支持着这"一家四口"的租金,还和高怀一起搭救了被逼自杀的女子白玫。小说以"住"的困窘凸显了香港的生存环境,在一间四个男子的小屋再挤进一个年轻女子的独异环境中写出了战后香港贫民的命运,也在香港的世态人情中写出了人物的善良、强韧,这种小人物的历史才是地道的香港历史,充溢着香港民间的情义和生命活力。而小说对知识分子形象的塑造,如写高怀的高尚情操、为他人分担的种种义举,写罗建的为人师表、埋头苦干,更是游离于当时左翼文学之外的。

四、鸥外鸥、柳木下诗歌的战时现代性和香港都市性

香港作家中,有成就的还有诗人鸥外鸥和柳木下。香港早期新诗诗人李心若、陈江帆等的诗作有现代诗风,但无都市诗性。鸥外鸥和柳木下被视为 30 年代中期后香港的"两大诗人"②,而鸥外鸥的出现更"令人耳目一新",成为香港诗坛的"一大惊喜"③。

鸥外鸥(1911—1995),原名李宗大,广东东莞人。诗集主要有《鸥外鸥诗集》(1944)和《鸥外鸥之诗》(1985)。他 1938 年到香港,战时诗作具有"时事性、即时性",而他看取战事,显然更多具有香港环境给予的世界视野。跟内地抗战诗歌较多关注民族命运、国家战事不同,鸥外鸥诗中密集的意象往往孕蓄于对世界战争、人类灾难的审视中。《欧罗巴的狼鼠祸》(1937)将纳粹视作"狼与鼠的混血儿、私生子"。而其产生是因为"日耳曼没有文化了/图书馆完全储藏了《我的奋斗》!/数百万千万册藏书都是《我的奋斗》!/全个国家的印刷所疲倦地印刷着《我的奋斗》!/全个国家的书

---

① 华嘉:《冬夜书局》,1948 年 12 月香港《文汇报·文艺周刊》15 期。
② 陈残云:《关于"报告诗"》,1938 年 10 月 1 日香港《立报》。
③ 郑树森等:《早期香港新文学作品三人谈》,《早期香港新文学作品选》,香港天地图书有限公司 1998 年版,第 12—13 页。

市场打着呵欠卖《我的奋斗》!"具有极大历史覆盖力的一个个场景叠合在一起,揭示了"纳粹进攻罗马尼亚"、"盗窃乌克兰",决非"猫可以对付的狼鼠祸",而是独裁文化要毁灭世界文明的巨大灾难。战争初期,鸥外鸥就敏感于二次大战作为人类进步文化和反动文化间大搏斗的实质,从而沟通了中华民族与"乌克兰"、"罗马尼亚"乃至"日耳曼"民族的命运,它们都系于两种文化的生死较量。到了《人类往何处去》(1940),作者的视野更是扫遍了全世界:"亚细亚"、"欧罗巴"、"波罗的海"、"斯堪的纳维亚"、"地中海"、"巴尔干"、"黑大陆"、"太平洋"、"北海"、"大西洋"……这一连串难免使一般中国人陌生的地理名词,涌动在一首诗中,呈现出"举着一步千里的长足"的战争和"放开了两条短笨的足""仓皇失色"的"我们"之间的紧张对峙,"没有可以往的港口/没有可以登陆的码头",甚至"车站"都"无可停车",一切退路都已消失,"人类的文明成了残废/盲者/跛者/聋者/哑者"……这样决绝的呈现,将中华民族的战争实难再次置于跟世界文明命运息息相通的境地,"人类死巷"的挣脱才是中华民族生命的复苏。鸥外鸥的"战争诗",无一例外地具有了香港语境中的开阔视域。

鸥外鸥属于香港本地诗群中的前卫实验派。沦陷前的香港,既时时笼罩着战争的阴影,又处于相对安定的"和平"环境中。鸥外鸥的诗善于从平稳的生活节奏中感受到战争迫近的脉搏,并借助于媒介因素(如印刷字体的变化组合、广播声音的戏拟借用等)使之具象化,提供了香港的第一批具象诗。《第二回世界讣闻》(1937)在每节的开头都用3—7个"war",字体由小至大进行排列,在视觉上造成战争阴影迎面步步逼近的感觉。而作者在诗题下就提醒"请以卖号外的声音朗读",诗末又加注:"利用英语'war'一词作为叫卖号外时惊呼'喔呀'的拟声,又用了原词'战争'的意义","不会被视为'形式主义'吧?"这样一种对英文词语音、形的中西"戏用",在与诗中一则则新闻电讯的呼应中强化了战争带来的恐惧。《文明人的天职》(1939)一诗是嘲讽、指斥英国绅士阶层某些人士在中日战争上的"中立"立场,表明"四万万五千万的男和女老与少的生命"同样"有不可犯的生存自由!"诗作采用文白相杂的形式,以视、听上的不和谐,凸现了"汝等反对虐待畜生""何故不更反对虐待人类"的诗题。

鸥外鸥的诗"意象密集",而其意象又多聚焦于香港都市环境。《大赛马——香港的照相册》(1939)以"赌注"百万的大赛马"这一'富有希望'的日子"的街头景象写出了香港的"疯狂"。《礼拜日》(1939)以香港庄士敦道和轩鲤诗道交叉的"歧路"景象,一边是教堂V字体的高耸肃穆,一边是

"满座"的电车不断将人群送往游泳池、跑马场,暗示出"我父"上帝既无心净化尘世,也无力保护和平。鸥外鸥的这些诗,可被视作香港最早的都市诗,而这些诗也联系着战争,因为正是香港面临战争时的"醉生梦死",才使鸥外鸥切实感受到了香港都市的历史本质。鸥外鸥的诗是香港的现代诗,却没有现代派的暗涩诗风,在透明、清澈中耐人咀嚼。

柳木下(1913？—1995),原名刘孟,广东人。1936年到香港,著有诗集《海天集》等。其诗风淡然朴实,抗战时期的诗作常在平和素朴的抒写中"陡转"出反战的力量。《手》(1939)开始的语气一如以往的平静甚至安详:"邻居的老妈妈,/常常举起她那松枝似的手,/划着十字,/低头祈祷:/——主呵,主呵!……/我也举起手,像邻居的老妈妈",但随后"祥和"就被打破,诗句在"陡转"中裹卷起情感的风暴:"但紧紧地,/我将它屈成拳头,/而且像一个掷弹兵!/和这同时,我掷出,/掷出我的愤怒。"《木下诗抄》(1940)中的《我们怕做奴隶》,先是在平实中表达一种民族的刚强:"不要用死来恫吓/你们的战舰/尽管开往我们的家乡/你们的大炮/尽管对准我们的胸膛/你们的飞机/尽管无日无夜地在我们头上飞翔",随即就是一种转折:"比飞机更怕/比大炮更怕/比战舰更怕/我们怕做一个奴隶/一个奴隶的爸爸",看似转折,却是诗情诗旨上的深化、提升,个人的家常的情感强化了民族抵抗的意志,不愿做"一个奴隶的爸爸",这种中国人血脉中最难割舍的父爱,很自然地升华为抗御外侮的无畏力量。

柳木下常写都市中的"乡土诗",他捕捉的意象常是城市中的"田庄",或是都市者视域中的"风物"。他视自己为"牧人"、"乡村少年",而"他者"在他眼中则往往成了"白杨"、"毛榉"、"海和天"……那"孵伏着许多商业计划"的大厦窗口,仰望着的仍是"故乡"(《大厦》);"单调又聒耳"的打字机声中仍会回荡着"斑鸠在林中"的"歌鸣"(《斑鸠》);即便是"闹市旋转门"昼夜旋转那样典型的都市景象,诗人感受到的仍是如自然生死轮回那样的"可爱、玄秘、又深幽"(《旋转门》)……事实上,柳木下诗中的都市和"田园"往往构成一种暗喻的关系,这使得他呈现的都市场景变得耐人咀嚼,从而构成香港诗歌一种特异的都市性。

总之,香港诗歌呈现的都市性,尤其是鸥外鸥写的都市具象诗,在中国新诗中,除了30年代的上海诗歌外,是极为少见的。而在抗战时期,当战争实际上已中断了中国现代都市诗的历史进程时,香港本土作家的诗作在中国抗战的整体格局中,延续了都市诗脉,开拓出殖民地环境中文学生存的空间,这无论如何也是香港战时文学对中国新文学的贡献。

香港文坛此时期还涌现了一批"港岛传奇"小说家。这类小说采用传统的章回体，多写富有传奇色彩的香港言情故事。杰克的《红巾误》(1939)以香港抗日为背景，讲述女主人公甜姐的沉沦和觉醒，但对"传奇性"的追求淹没了人物个性和抗日题材的"尖端性"。望云的《黑侠》(1940)以仗义行侠的"黑侠"雷孟君和女地下革命者李青薇之间的恋情为主线展开叙事，情节曲折离奇，但叙事方式陈旧。本可的《山长水远》(1941)以洋行买办的商场沉浮为中心，展开商战人生的曲折描写，更呈现出"港岛传奇"的特色。"港岛传奇"风行一时，虽然在香港沦陷后沉寂，还是预示出日后香港通俗文学发展的某种走向。

五、1945—1949年的香港文学

1945年8月光复后的香港，恢复了港英政府统治的传统，在国共内战日益激烈的中国内地之外，为中国现代文学的生存发展提供了一个较具包容性的空间。在占领战后香港的文化、宣传阵地方面，中国共产党及其领导下的左翼力量取得了成功。1945年11月创刊的《正报》，同年12月创刊的《新生日报》(有文艺副刊《新语》、《生趣》)，1946年1月复刊的《华商报》(有文艺副刊《热风》、《茶亭》、《文艺专页》、《读书生活》等)，同年3月创刊的《人民报》，以及设有《文艺周刊》等副刊的《文汇报》，这些有影响的报刊都属南来的左翼文人创办。左翼文化力量对《星岛日报》、《华侨日报》等本地报刊的渗透也极为成功，加上《中国诗坛》(1948)、《野草文丛》、《自由丛刊》、《大众文艺丛刊》、《新青年文学丛刊》(1948)、《海燕文艺丛刊》(1948)等丛刊，"生活书店"、"新知书店"、"初步书店"等新办书店，"新民主出版社"、"人间书屋"等出版社，"达德学院"、"南方学院"、"新闻学院"等新办学校，已经从作者、编者、读者及其公共空间上构筑成了一个左翼文化的影响、传播机制。这一机制在全国反独裁、争民主的背景下运行得异常顺畅，几乎主导了本时期的香港文坛。

左翼文艺政策在香港文坛得到了全面的诠释、宣传、推广。当时"文协"港粤分会提出的《关于文艺上的普及问题(讨论提纲)》和林洛《大众文艺新论》(1948年7月香港力耕出版社版)中《人民文艺的指导理论》一文，集中体现了香港文坛以革命化、大众化为其两翼重建香港文学的努力，并将毛泽东的文艺思想清晰置于马恩列斯的学说脉络中来充分肯定《讲话》的现实价值。香港文坛左翼文艺力量利用香港和平环境的空间有组织展开的对毛泽东《讲话》精神的学习，香港光复后重新得以启动的文学本地化进程

中的方言文学、粤语电影、粤剧改革等,也都被明确纳入了"革命化"、"大众化"轨道,为共和国文学形态的形成作了直接的准备。

由于香港社会的工商性质,香港人对政治的兴趣一向甚为淡薄,因此,香港文坛革命性、政治性、战斗性空间的开拓主要是提供给中国内地的,对香港本土的影响反而有限。而当香港本土作家被占主导地位的左翼文坛再次放逐至边缘时,他们也更需要在地方性的层面上获得生存空间。这就使得因为香港沦陷而一度中断的"中原情结"和本地化进程间的纠结再次成为香港文坛发展的一个焦点,而真切地反映了香港小说本土性演变的创作也得到了发展。除了前述侣伦的创作外,经纪拉的小说等也取得了成绩。

经纪拉就是 1970 年代署名"三苏",在《纯文学杂志》上写《香港二十年目睹怪现状》的高雄(1918—1981),原名高德熊,祖籍浙江绍兴。他 1944 年到香港,很快成了香港多产作家。其小说"切入本地与市井商场","下笔与市民意识认同","虽说是'商品化'运作的产品,却比日后传媒雄霸天下局面留出较多的想象与思维空间","就其为最具'香港味'的小说而言,所刻画的香港社会转型期的世态,所隐含的文人'卖文'时从俗媚俗与知识良心的矛盾'张力',往往可作艺术玩味",而其"提供的社会历史资料,以至日常变化,往往比'正统'的小说乃至学术著作更为具体丰富",这些都代表了香港小说的"一路",对后世"影响尤为深远"。① 这里几乎讲尽了高雄小说的香港价值和意义。而此时他的长篇小说《经纪拉日记》(1948)的内容、叙事、语言都颇具香港本色了,写得极通俗,却全然没有左翼文学"大众化"的印痕。一种商场掮客搵钱赚生活的语气被摹拟得惟妙惟肖,串起的人物极呈香港世相,而日记体运用也迥异于"新文艺"体,叙事简洁,常有情场之述,却无缠绵伤感之处,更不拖泥带水,处处呈现精明之分寸;虽有方言的引入,但其商场气息浓,有时反而使叙事脉络在清晰中更有香港意味。高雄小说的存在表明了战后初期香港文学本地化进程复苏的活力。而且高雄的笔调比侣伦更多种多样,几乎囊括了四五十年代香港副刊的文学类型,仿效者、呼应者不绝于后。这一线索才真正拓展开了香港文学的战后格局。

日记体的起用和改造,不仅反映出香港的读者需求,而且包孕着香港认同意识。在左翼文学主导香港文坛,作品被严重政治化、时局化时,日记体保留了某种世俗的、个人化的空间。而当时的日记体又多写香港"骑楼"、"写字楼"、"赛马场"生活,有着地道的香港情调。如吉士的《香港人日记》

---

① 黄继持:《香港小说选·导言》,香港:香港中文大学出版社 1998 年版,第 9 页。

（1947）以一个"复员"回到香港，出入于公寓、商行的小市民眼光，将香港战后的世态人情——摄入"个人档案"，叙事的亲切、勾勒的清晰、剪裁的精明，既脱胎于通俗笔法，又有着对五四时期文人日记体的超越，颇有几分地道的香港叙事气氛，尤为值得关注的是，其中不乏对香港的认同和喜爱。如小说第一节写"我"战乱流徙归来，虽无栖身之处，却"心里暗羡香港有福，经过了三年零八个月的战争，这个英国皇家殖民地不曾变了模样，却是桃花依旧笑春风！"待过海关时，虽遭检查，"篋里东西给翻到凌乱不堪"，"我倒觉得心满意足"，因为"仔细检查是他们的职责，怎好埋怨，而且检查行李人显然已较战前进步了，他们不曾向我罗嗦，要钱'饮茶'，呼喊也比战前的斯文得多"。

这种"心满意足"不能简单地判断为"殖民地心态"，因为它产生于日占三年零八个月的黑暗时期结束以后，香港虽是英属殖民地，但它也是香港人的家。这种"家"的感觉，正是香港文学本土性最丰厚的土壤，它的最初孕育就产生在战后的特殊年月里。侣伦当时在一篇文章中述及香港沦陷前自己意识到"要改换旗帜"时的沉重心情，这不是从一种殖民地沦入另一种殖民地时的失落，而是"那失了日常生活常态"时的"无比的困倦"①。鸥外鸥的《山水人情》是一篇至情至性之文，内地流徙之途中充溢着对"香港岁月"的深情怀念，那种"共栖于南国岛上"的回忆，完全是将香港作为"自己的家园"来呈现了。香港的沦陷，使香港本土作家第一次大规模离港流散，战乱迁徙会产生强烈的"思乡"之情；而战争中香港城的失而复得，使香港人有了对香港的归属感，香港本土作家也开始有了超越殖民地对峙意识形态的某种"香港意识"，即视香港为自己家园的意识。如果这样去看，日记体的大量起用就更在情理中了，因为它更能传达作家对香港民情生态的亲近感、平易感。

毗邻香港的澳门，其新文学更是迟出，要待到"当代文学"时期一并讲述了。

【导学训练】

1. 如何理解日据时期台湾文学的抵抗意识？
2. 如何看待光复初期台湾文学的复杂局面？
3. 如何看待中国南来作家和香港文学的关系？

---

① 侣伦：《火与泪》，《华侨日报》1946年8月25日。

【研讨平台】

1. 在中国现代文学的视野中,如何处理好中国大陆文学和台湾、香港文学的关系?

提示:由于中国现代文学的历史进程同时发生于中国大陆、台湾、港澳地区和海外华人社会的某些历史空间,因此本土与境外互为参照的文学史视野显得更加重要,即中国大陆、台湾、香港治文学史者各有其本土,本土之外的就构成了其境外,不管置身何处"本土",都不可受制于"本土中心"或"本土边缘"心态("边缘"心态也会产生强烈的建构"本土中心"的冲动);关注本土,恰恰要在本土与境外的互为参照中完成,在跨越本土的观照中返观本土,这样才可能走出文学史"迷思"。因此,在中国现代文学的视野中,中国大陆文学和台湾、香港文学的关系应该是一种互为参照的关系,在多元互补中成就了现代文学之丰富。

在很长时间里,中国现代文学史的叙述是"残缺"的,往往跟我们对中国现代文学的一些重要命题,如"思想启蒙"、"民族认同"、"现代性"、"民族性"、"主体性"、"多元性"、"文学传统"、"文学精神"等的单一认识有关。这些重要命题产生于20世纪至今中国社会被隔离的不同政治、文化空间中,一个命题也就有了不同的内容模式,而恰恰是不同模式及其关系才足以揭示这一命题的内涵意义。例如文学的"民族认同",只有在中国大陆、台湾、香港文学互为参照的视野中才足以揭示其多个层面的复杂性,起码可以看到民族主义、自由主义、共产主义等民族认同的复杂纠结和国族认同、伦理价值认同、文化审美认同等多个层面,从而有助于我们去探寻民族认同的本质是什么,它与思想启蒙可能发生的契合点在哪里,由此反省民族整体内在性上的缺失,弄清民族认同和民族新文学之间的历史关系。而当我们在互为参照的文学史视野中把握民族认同的复杂状况,从而深入思考思想启蒙和民族认同的关系时,就不至于各执一端而放逐种种民族文学历史了。

中国大陆和香港、台湾文学的直接交流已近三十年,一部中国现代文学史,到了自然地"接纳"香港、台湾文学的时候了。这种"接纳"不仅避免了中国现代文学史的残缺,而且会促使我们走出某些文学史"迷思",调整和深化我们的文学史观和文学批评观。

2. 中国大陆的台湾文学研究是如何得以深化的?

提示:中国大陆的台湾文学研究已有三十余年历史。在其起步阶段,政治因素成为影响和制约台湾文学研究最重要的因素,研究服从"促统"的政治目的,并受到大陆政治环境变化的制约。1970年代台湾乡土派作家杨青矗、王拓、陈映真、宋泽莱、黄春明以及日据时期具有鲜明爱国立场的作家钟理和、赖和、杨逵都较早受到重视,而现代派文学一度受到批判,研究模式也较单调。1980年代中期,台湾通俗文学和女性文学作品在大陆大量出版,带动了研究的开展,而现代主义思潮在大陆的兴起也促进了对台湾现代派文学的观照。1980年代末期,出现了将台湾文学放置在当代中国文学的整体格局中去考察的"宏观"性质的研究成果。

1990年代大陆对台湾文学的研究开始由政治本位向学术本位转化,对研究对象的选择更注重文学价值,研究领域的不断扩展和多层面、多向度发掘都呈现出台湾文学的丰富性和复杂性,新世代小说、散文文体流变、都市文学、日据时期"皇民文学"、后现代主义的文学思潮等研究都取得了成果,体现了"回归文学本体"的研究趋势。

新世纪大陆的台湾文学研究关注新的对象的学术视野更开阔,日据时期的台湾文学、战后二十年台湾文学、20世纪90年代台湾重要的文学现象等研究都有了文学史建构的意识;同性恋题材创作、台湾的"二二八文学"等较特殊的专题研究也有一定的学术深度。在这些研究中,经由台湾文学研究,转而"发现"原来中国现代文学史上被遮蔽、被遗忘的内容,反映出对大陆和台湾文学关系的认识的深化。台湾文学的传统不仅使中国现当代文学的视野更开放,也使得对于世界华文文学体系的认识更丰富。正是在对台湾文学的认识更开放、更多元的进展中,台湾文学史的撰写有重大进展。

3. 中国大陆的香港文学研究如何避免"中原心态"的影响?

提示:所谓"中原心态"是指按照中国内地文学的模式,服从于中国社会变革的需要来开展的文学运动和创作实践,并以此改造香港文坛。这实际上是一种以中国内地为中心的心态,原先产生于抗战时期南来作家中,但也一直影响了大陆的香港文学研究。"中原心态"在创作中会阻碍香港文学的本地化进程,在研究中则会遮蔽香港文学的丰富传统。

文学自身无"中心"、"边缘"之分,中国文学的现代性进程是同时发生于内地、台湾、香港等多个政治、经济、文化格局相异的社会空间中,中国大陆文学和香港文学更是多元互动的关系。香港文学不仅以其本地化进程大大丰富了中国文学的区域性传统,而且为中国现当代文学提供了丰富的建设性课题。例如,1945—1949年的香港文学呈现出"现代文学"和"当代文学生成"的密切联系。又如,"中原心态"影响下的研究,总难以完全看透左、右翼文学,而战后香港文学提供了东西方冷战意识形态对峙下左、右翼文学都"在野"而"自由竞争"的状况,对照于同时期台湾政治高压下的左翼文学和大陆体制化的"左翼文学",我们才可能切实把握战后左翼文学内在的运行机制。这样去审视五六十年代的中国文学,比以往只立足于中国大陆来讨论"十七年文学"要深入得多,由此不仅可以揭示出五六十年代文学的丰富性、重要性,而且还会启发我们从文学历史传承的长久性来重新思考近年来对"十七年文学"所作挖掘的价值和意义。再如,1970年代后中国文学的巨大变革到底意味着什么,其根本性课题是什么,恰恰是香港文学提供了最有启发性的答案,即1970年代后中国文学"转型"的核心内容是如何在促成稳定的多元价值的社会结构历史进程中真正实现文学的多元化。五四新文学后的很长时间里,中国文学基本上存在于"乡村中国"的视野中,独立的、审美的城市文学形态一直显得贫弱。然而,香港文学不仅一直有力地延续着"城与人"的话题,而且已经有了深厚的"都市乡土"意识,即城市是香港人根之所在。在文学的"乡村中国"和都市世界的转换中,香港文学扮演了最重要角色。总之,香港文学由于其一以贯之的开放性,在深层次上为中国文学建立着某种坐标。香港空间狭小,其文学在数量和某些质上难以提供重大影响,但它有助于揭示中国现当代文学的深层次机制,对"重写"20世纪中国文学史的影响是巨大的。

【拓展指南】

1. 刘登翰等主编:《台湾文学史(上)》,福州:海峡文艺出版社1991年版。

简介:全书40余万字。讲述了1945年前的台湾文学,对自初民以迄现代的台湾文学史料进行了发掘,梳理了台湾文学的历史脉络,提出了文学史整体观照的理论架构。1945—1949年的台湾文学则在《台湾文学史(下)》(1993年版)的"第一章"做了介绍。

2. 刘登翰主编:《香港文学史》,北京:人民文学出版社1999年版。

简介:全书近50万字。除总论外,上卷讲述从香港开埠到1949年的香港文学,下卷讲述1950—1997年的香港文学。上卷四章分别讲述"香港文学的起点"、"香港早期新文学"、"抗战时期的香港文学"和"战后香港文学"。

3. 黄万华:《史述与史论:战时中国文学研究》,济南:山东大学出版社2005年版。

简介:全书60余万字。"史述"以年表加年度评点的方式,讲述同一时段国统区、敌后抗日根据地、沦陷区、台湾、香港、海外华侨社会的文学要事及其联系。"史论"分三编,对包括台湾、香港、海外在内的战时中国文学的多元形态及其丰富内涵展开研究。

4. 黄万华:《战后20年中国文学研究》,北京:人民文学出版社2008年版。

简介:全书30余万字。从"思潮与格局"、"创作和文体"、"作品与期刊"三个方面讲述1945年抗战胜利后至1960年代中国大陆、台湾、香港的文学历史,打通了"现代文学"和"当代文学"的界限来考察战后中国文学的历史转型。

5. 黎湘萍:《文学台湾》,北京:人民文学出版社2003年版。

简介:全书30余万字。分"知识者的文学叙事"和"知识者的理论想象"两编,讲述了从日据时期文学抗争到20世纪八九十年代新生代文学救赎的历史,从"文学史的'遗忘'"入笔,揭示了台湾文学诸多被遮蔽的重要内容,还叙述了台湾体制内外知识者在理论范式、语言哲学、美学本体等层面上对文学意义的拯救。

6. 赵稀方:《小说香港》,北京:三联书店2003年版。

简介:全书20万字。分"历史想象"和"本土经验"两编,以"英国殖民书写"、"中国国族叙事"和"香港意识"的多重性讲述从五四到"九七"的香港文学,凸现"小说"和"香港"的互动。

【参考文献】

1. 陆士清:《台湾文学新论》,上海:复旦大学出版社1993年版。
2. 袁良骏:《香港小说史》(第一卷),深圳:海天出版社1999年版。
3. 曹惠民主编:《台港澳文学教程》,北京:汉语大词典出版社2000年版。
4. 杨匡汉主编:《中国文化中的台湾文学》,武汉:长江文艺出版社2002年版。
5. 朱双一:《台湾文学与中华地域文化》,厦门:鹭江出版社2008年版。

后　记

这本教材的体例,是依据《高等院校中文专业创新性学习系列教材》的整体构想且考虑到中国现代文学学科的特点而确定的,其宗旨在绪论的后面部分已经做了说明,使用者可以据为参考。

教材由主编提出编写大纲,经编委会讨论确定后,由各章的执笔者撰写。初稿交由主编汇总通稿,在文字上做必要的删改和增益。然后再返还各位执笔者,或确认或修改。有的章节如此来回数次,目的是教材在立意上要有所创新,而文字的风格又能够保持统一。

各章的执笔者(按章的顺序):

绪论、第一章、第二章、第三章　　陈国恩(武汉大学文学院)
第四章、第十九章、第二十章　　　方长安(武汉大学文学院)
第五章、第十四章　　　　　　　　吕若涵(福建师范大学文学院)
第六章、第十一章、第十二章　　　张　园(武汉大学文学院)
第七章、第八章　　　　　　　　　金宏宇(武汉大学文学院)
第九章　　　　　　　　　　　　　叶　君(黑龙江大学文学院)
第十章　　　　　　　　　　　　　高　玉(浙江师范大学文学院)
第十三章　　　　　　　　　　　　莫海斌(暨南大学华文学院)
第十五章、第二十二章　　　　　　徐德明(安徽师范大学文学院)
第十六章、第十七章　　　　　　　苏春生(山西大学文学院)
第十八章　　　　　　　　　　　　李文平(重庆师范大学文学与新闻学院)
第二十一章　　　　　　　　　　　郝明工(重庆师范大学文学与新闻学院)
第二十三章　　　　　　　　　　　陈玲珍、刘川鄂(湖北大学文学院)
第二十四章　　　　　　　　　　　黄万华(山东大学文学与新闻传播学院)

编写过程中,课题组成员多次就教材的学术性和应用性的关系问题进行交流,并随时提出编写中的重要问题交换意见,达成共识,从而保证了教材的质量。

责编艾英女士为教材的出版付出了辛勤的劳动,在此致谢。

2010年6月2日